ROBIN COOK

Das Experiment

Buch

Kim Stewart, eine junge Frau aus guten Verhältnissen, gerät in den Bann eines dunklen Familiengeheimnisses: Als sie zwei Häuser in Salem, Massachusetts erbt, macht sie sich daran, den Tod ihrer Vorfahrin Elizabeth Stewart zu untersuchen, die 1692 bei den Salemer Hexenprozessen verurteilt und hingerichtet worden war. Zusammen mit dem Hirnforscher und renommierten Biochemieprofessor Dr. Edward Armstrong versucht sie, die Hintergründe der damaligen Hysterie aufzudecken und ihre Familie von dem Schandfleck der »Hexerei« zu befreien. Sowohl Kim als auch Edward vermuten bald, dass ein Pilz, der damals den Roggen befallen hatte, Verhaltensveränderungen und Halluzination herbei geführt hat, die man als Anzeichen von Verhexung und Zauberei interpretierte. Als es dem Wissenschaftler gelingt, winzige Mengen dieses Pilzes zu isolieren, nimmt das Verhängnis seinen Lauf: Er ist überzeugt, dass eine medizinische Sensation – und damit auch eine Menge Geld – zum Greifen nah ist und testet die Wirkung des Pilzes sogar im Selbstversuch. Experimente mit der neuen Wunderdroge führen bei Edward und seinen Mitarbeitern allerdings zu grauenvollen Veränderungen …

Autor

Robin Cook hat lange Jahre als HNO-Arzt gearbeitet. Inzwischen hat er die Tätigkeit als Mediziner aufgegeben und widmet sich ganz dem Schreiben seiner Bestseller, von denen mehrere für das Fernsehen verfilmt wurden. Der Autor lebt in Florida.

Von Robin Cook außerdem lieferbar:

Der Experte. Roman (35324)
Chromosom 6. Roman (35220)
Blindwütig. Roman (42944)
Das Labor. Roman (43312)
Fieber. Roman (42448)
Gottspieler. Roman (42447)
Narkosemord. Roman (42325)
Tödliche Geschäfte. Roman (44283)
Todesengel. Roman (43136)

Robin Cook

Das Experiment

Roman

Ins Deutsche übertragen von
Bärbel Arnold und Heinz Zwack

BLANVALET

Die Originalausgabe erschien unter dem Titel
»Acceptable Risk« bei G. P. Putnam's Sons, New York

Umwelthinweis:
Alle bedruckten Materialien dieses Taschenbuches
sind chlorfrei und umweltschonend.

Blanvalet Taschenbücher erscheinen im Goldmann Verlag,
einem Unternehmen der Verlagsgruppe Random House.

Deutsche Taschenbuchausgabe 7/2001

Umschlaggestaltung: Design Team München
Umschlagfoto: Wolf Huber
Druck: Elsnerdruck, Berlin
Verlagsnummer: 35509
VB · Herstellung: Heidrun Nawrot
Printed in Germany
ISBN 3-442-35509-5
www.blanvalet-verlag.de

1 3 5 7 9 10 8 6 4 2

Für Jean, meinen »Leitstern«

»Der Teufel hat Gewalt sich zu verkleiden
in lockende Gestalt«

William Shakespeare, *Hamlet*

Prolog

Samstag, 6. Februar 1692

Von der durchdringenden Kälte getrieben knallte Mercy Griggs ihrer Stute die Reitgerte über das Hinterteil. Das Pferd, das den Schlitten mühelos über den platt getretenen Schnee zog, verfiel in den Paßgang. In einem vergeblichen Versuch, sich vor der arktischen Kälte zu schützen, kuschelte Mercy sich noch tiefer in den großen Kragen ihres Seehundfellmantels und rieb ihre Hände aneinander, die in einem Muff steckten.

Es war ein windstiller, klarer Tag, und die Sonne verbreitete ein fahles Licht. In dieser Jahreszeit war sie in die südliche Hemisphäre verbannt und hatte große Schwierigkeiten, es in der verschneiten Landschaft von Neuengland richtig Tag werden zu lassen. Der unbarmherzige Winter beherrschte das Land, und selbst in der Mittagszeit warfen die Stämme der kahlen Bäume lange, violette Schatten. Über den Schornsteinen der weit verstreut liegenden Farmhäuser standen erstarrte Rauchfahnen und verharrten so regungslos, als ob sie an dem eisblauen Polarhimmel festgefroren wären.

Mercy war jetzt ungefähr seit einer halben Stunde unterwegs. Sie wohnte auf der Royal Side am Fuße des Leach Hill und war aus südwestlicher Richtung über die Ipswich Road gekommen. In ihrem Schlitten hatte sie sich über mehrere Brücken ziehen lassen und hatte zunächst den Frost Fish River, dann den Crane River und schließlich den Cow House River überquert. Jetzt erreichte sie Northfields, einen Ortsteil von Salem Town. Von hier waren es nur noch eineinhalb Meilen bis ins Zentrum des Dorfes.

Doch heute war Mercy nicht auf dem Weg ins Dorf. Als sie das Farmhaus der Jacobs hinter sich gelassen hatte, konnte sie ihr Ziel bereits erkennen. Es war das Haus von Ronald Stewart, einem erfolgreichen Kaufmann und Schiffseigner. Es waren vor allem nachbarliche Sorgen, die sie an diesem eiskalten Tag dazu gebracht hatten, ihre eigene warme Feuerstelle zu verlassen. Doch auch

Neugier schwang mit, denn zur Zeit war der Haushalt der Stewarts weit und breit die Quelle des interessantesten Klatsches.

Mercy brachte ihre Stute vor dem Haus zum Stehen und betrachtete das Gebäude. Mr. Stewart war ohne Zweifel ein wohlhabender Geschäftsmann. Es war ein stattliches Haus mit mehreren Giebeln. Das Dach hatte eine starke Neigung und war mit braunen Schindeln gedeckt. Die zahlreichen Fenster waren mit importierten, rautenförmigen Scheiben verglast. Am beeindruckendsten aber waren die kunstvoll gedrechselten Verzierungen, die an den überhängenden Seiten des ersten Stockwerks herunterhingen. Alles in allem hätte das Haus besser ins Dorfzentrum als in diese abgelegene Gegend gepaßt.

Mercy war sicher, daß das Gebimmel der Schlittenglöckchen ihre Ankunft bereits angekündigt hatte, und wartete. Rechts neben der Eingangstür stand bereits ein anderes Pferd mit einem Schlitten, was vermuten ließ, daß die Stewarts bereits Besuch hatten. Das Pferd war mit einer Decke zugedeckt. Aus seinen Nüstern stiegen in regelmäßigen Abständen Dunstschwaden auf, die in der knochentrockenen Luft sofort verdampften.

Mercy mußte nicht lange warten. Die Tür ging auf, und auf der Schwelle erschien eine siebenundzwanzigjährige Frau mit rabenschwarzem Haar und grünen Augen; Mercy wußte, daß es Elizabeth Stewart war. In ihren Armen hielt sie locker eine Muskete. Von allen Seiten tauchten plötzlich neugierige Kindergesichter auf; in einem so abgelegenen Haus war es ungewöhnlich, bei diesem Wetter unerwarteten Besuch zu bekommen.

»Mercy Griggs«, stellte die Besucherin sich vor. »Ehefrau von Dr. William Griggs. Ich bin gekommen, um Ihnen einen angenehmen Tag zu wünschen.«

»Was für eine Überraschung«, erwiderte Elizabeth. »Bitte, kommen Sie doch auf ein Gläschen heißen Apfelwein herein. Der wird Ihnen die Kälte aus den Knochen treiben.« Elizabeth lehnte die Muskete gegen die Innenseite des Türrahmens und bat den neunjährigen Jonathan, ihren ältesten Jungen, nach draußen zu gehen und das Pferd von Mrs. Griggs zuzudecken und anzubinden.

Erfreut betrat Mercy das Haus und folge Elizabeth nach rechts in den Wohnraum. Im Vorbeigehen musterte sie die Muskete. Elizabeth sah ihren Blick. »Das rührt noch daher«, erklärte sie,

»daß ich in der Wildnis von Andover groß geworden bin. Dort mußten wir ständig vor den Indianern auf der Hut sein.«

»Ich verstehe«, sagte Mercy, obwohl sie noch nie eine Frau mit einem Gewehr in der Hand gesehen hatte. An der Schwelle zur Küche zögerte Mercy einen Moment und warf einen Blick auf die häusliche Kulisse, die mehr an eine Schule als an einen Haushalt erinnerte. In dem Raum tummelten sich mehr als ein halbes Dutzend Kinder.

Im Kamin knisterte ein gewaltiges Feuer und strahlte eine angenehme Wärme aus. Im Raum hing eine Mischung aus verschiedenen appetitanregenden Gerüchen: Einige entstiegen einem Kessel, der auf der Haltevorrichtung über dem Feuer stand und in dem Schweinefleisch schmorte; ein anderes Aroma stieg aus einer großen Schüssel auf, in der gerade eine Nachspeise aus Getreide abkühlte; doch der intensivste Duft kam aus dem Ofen, der einem Bienenkorb glich und der in den hinteren Teil der Feuerstelle eingelassen war. In dem Ofen buken etliche Brotlaibe, die teilweise schon eine dunkle, goldbraune Farbe angenommen hatten.

»Ich hoffe in Gottes Namen, daß ich nicht störe«, sagte Mercy.

»Um Himmels willen, nein«, erwiderte Elizabeth, während sie Mercy den Mantel abnahm und ihre Besucherin zu einem Leiterstuhl neben der Feuerstelle führte. »Sie sind mir sogar sehr willkommen. So kann ich mich endlich mal ein wenig von dieser wilden Kinderhorde erholen. Ich bin allerdings gerade dabei, Brot zu backen, und ich muß noch die Laibe aus dem Ofen holen.« Sie griff nach einem Brotschieber mit einem langen Stiel, schob die acht Brotlaibe einen nach dem anderen mit kurzen, flinken Stößen darauf und legte sie zum Abkühlen auf den langen, auf Holzböcken stehenden Tisch, der in der Mitte des Raumes stand.

Mercy beobachtete ihre Gastgeberin bei der Arbeit und stellte fest, daß Elizabeth eine hübsche Frau war; sie hatte hohe Wangenknochen, einen porzellanfarbenen Teint und einen geschmeidigen Körper. Außerdem war offenkundig, daß ihr in der Küche keiner etwas vormachen konnte; sie war sehr geschickt beim Brotbacken und beherrschte auch die Kunst, das Feuer zu schüren und mit dem Kesselhaken umzugehen.

Gleichzeitig irritierte Mercy aber irgend etwas an Elizabeth.

Elizabeth mangelte es eindeutig an der gebotenen christlichen Sanftmut und Demut. Sie wirkte derart selbstbewußt und strahlte eine solche Kühnheit aus, daß ihre Art für eine puritanische Frau, deren Mann sich gerade in Europa aufhielt, schon recht ungebührlich wirkte. Mercy glaubte allmählich, daß hinter dem Gerede, daß sie aufgeschnappt hatte, doch mehr steckte als nur ein bloßes Gerücht.

»Ihr Brot verbreitet einen so ungewöhnlich würzigen Duft«, sagte sie, während sie sich über die abkühlenden Laibe beugte.

»Es ist Roggenbrot«, erklärte Elizabeth und begann acht weitere Laibe in den Ofen zu schieben.

»Roggenbrot?« fragte Mercy. Nur die verarmten Farmer aus dem Sumpfgebiet aßen Roggenbrot.

»Ich bin mit Roggenbrot groß geworden«, fuhr Elizabeth fort. »Ich mag den würzigen Geschmack. Aber Sie fragen sich bestimmt, warum ich so viele Brote backe. Das liegt daran, daß ich das ganze Dorf dazu bringen will, mit Roggen zu backen und die Weizenvorräte aufzuheben. Wie Sie wissen, hat das kalt-nasse Wetter im Frühjahr und im Sommer zu schlechten Ernten geführt; und jetzt haben wir auch noch diesen schrecklichen Winter.«

»Das ist zwar ein edles Anliegen«, warf Mercy ein, »doch vielleicht sollte so etwas besser von den Männern auf der Dorfversammlung besprochen werden.«

Elizabeth brach in ein herzhaftes Gelächter aus. Als sie die schockierte Fassungslosigkeit in Mercys Gesicht wahrnahm, erklärte sie: »Männer denken nicht praktisch. Sie kümmern sich lieber um die ständigen Reibereien zwischen dem Dorf und der Stadt. Und außerdem gibt es noch mehr zu berücksichtigen als die schlechte Ernte. Wir Frauen müssen schließlich auch an die Flüchtlinge denken, die wegen der ständigen Indianerüberfälle zu uns kommen; der Krieg von König William geht nun schon ins vierte Jahr, und es ist noch immer keine Ende in Sicht.«

»Eine Frau kümmert sich um den Haushalt ...«, begann Mercy, doch dann verstummte sie, so perplex war sie über die kesse Art, in der Elizabeth mit ihr sprach.

»Ich habe den Leuten auch empfohlen, Flüchtlinge aufzunehmen«, fuhr Elizabeth fort, während sie sich das Mehl von den Händen abklopfte und auf ihre Schürze rieseln ließ. »Nach dem

Überfall auf Casco in Maine im Mai vor einem Jahr haben wir selber auch zwei Kinder bei uns aufgenommen.« Elizabeth rief in scharfem Ton nach den Kindern; sie sollten ihr Spiel unterbrechen und die Frau des Arztes begrüßen.

Zuerst stellte Elizabeth ihrer Besucherin die zwölfjährige Rebecca Sheaff und die neunjährige Mary Roots vor. Die beiden Mädchen hatten bei dem grausamen Überfall auf Casco ihre Eltern verloren, doch im Moment wirkten sie munter und zufrieden. Als nächstes wurde die dreizehnjährige Joanna vorgestellt, Ronalds Tochter aus erster Ehe. Dann kamen ihre eigenen Kinder an die Reihe: die zehnjährige Sarah, der neunjährige Jonathan und der dreijährige Daniel. Und schließlich stellte Elizabeth noch die zwölfjährige Ann Putnam, die elfjährige Abigail Williams und die neunjährige Betty Parris vor, die in Salem Village wohnten und heute zu Besuch gekommen waren.

Nachdem die Kinder Mercy brav einen guten Tag gewünscht hatten, durften sie weiterspielen, wobei sie, wie Mercy feststellte, mit mehreren Gläsern Wasser und mit ein paar frischen Eiern herumhantierten.

»Ich bin überrascht, die Dorfkinder hier zu sehen«, sagte Mercy.

»Ich habe meine Kinder gebeten, sie einzuladen«, erwiderte Elizabeth. »Sie sind befreundet, weil sie gemeinsam die Royal Side School besuchen. Ich hielt es für besser, meine Kinder nicht in Salem Town zur Schule zu schicken – bei all den Rüpeln und dem Gesindel dort.«

»Ich verstehe«, bemerkte Mercy.

»Ich werde den Kindern nachher ein paar von meinen Roggenbroten mitgeben«, fuhr Elizabeth fort. Ein verschmitztes Lächeln huschte über ihr Gesicht. »Das ist viel wirkungsvoller, als ihren Familien einfach nur eine Empfehlung zu geben.«

Mercy nickte, sagte aber nichts. Sie war überwältigt von Elizabeths Art.

»Darf ich Ihnen vielleicht auch ein Brot anbieten?« fragte Elizabeth.

»O nein, vielen Dank«, winkte Mercy ab. »Mein Mann würde niemals Roggenbrot essen. Es ist viel zu trocken.«

Als Elizabeth sich nun ihrer zweiten Ladung Brote zuwendete, ließ Mercy ihren Blick durch die Küche schweifen. Sie sah ein Rad

Käse, das gerade erst frisch aus der Käsepresse gekommen sein mußte. Dann fiel ihr Blick auf eine Karaffe mit Apfelwein, die neben der Feuerstelle stand. Doch im nächsten Moment erweckte etwas Sonderbares ihre Aufmerksamkeit. Auf dem Fenstersims standen in einer Reihe mehrere Puppen aus bemaltem Holz, die alle liebevoll geschneiderte Kleider trugen. Jede der Puppen trug ein Gewand, das einem bestimmten Beruf zuzuordnen war. Die eine stellte einen Händler dar, eine andere einen Hufschmied, die nächste war eine Hebamme, dann gab es einen Wagenbauer, und sogar ein Arzt war dabei. Der Arzt war ganz in Schwarz gekleidet und hatte einen gestärkten Kragen aus Spitze.

Mercy stand auf, ging zum Fenster und nahm die Arztpuppe in die Hand; aus ihrer Brust ragte eine lange Nadel.

»Was sind das für Figuren?« fragte Mercy besorgt.

»Das sind Puppen, die ich für die Waisenkinder mache«, erwiderte Elizabeth, ohne von ihren Broten aufzusehen. Sie holte jeden Laib einzeln aus dem Ofen, bestrich sie alle mit Butter undschob sie dann zurück ins Feuer. »Meine verstorbene Mutter – Gott habe sie selig – hat mir beigebracht, wie man diese Puppen herstellt.«

»Aber warum hat diese arme Kreatur eine Nadel in der Brust, die ihr das Herz zerreißt?« fragte Mercy.

»Weil der Anzug noch nicht fertig ist«, erwiderte Elizabeth. »Ich verlege die Nadel immerzu – und Nadeln sind doch so teuer.«

Mercy stellte die Puppe wieder an ihren Platz zurück und wischte sich unbewußt die Hände ab. Alles, was auch nur im entferntesten auf Magie oder Okkultismus hindeutete, machte ihr angst. Sie wandte sich von den Puppen ab und richtete ihr Augenmerk auf die Kinder. Nachdem sie sie einen Moment lang beobachtet hatte, fragte sie Elizabeth, was die Kinder gerade spielten.

»Sie probieren einen Trick aus, den meine Mutter mir beigebracht hat«, antwortete Elizabeth und schob den letzten Brotlaib in den Ofen. »Es ist eine Methode, mit der man die Zukunft voraussagen kann: Man deutet die Form, die das Eiweiß bildet, wenn es sich mit dem Wasser verbindet.«

»Sagen Sie den Kindern, daß sie sofort damit aufhören sollen!« rief Mercy bestürzt.

Elizabeth schaute von ihrer Arbeit auf und sah ihre Besucherin an. »Aber warum denn?« fragte sie.

»Das ist weiße Magie«, warnte Mercy.

»Aber nein, es ist nur ein harmloser Spaß«, entgegnete Elizabeth. »Damit die Kinder etwas zu tun haben, wenn sie wegen des schlechten Wetters nicht nach draußen können. Meine Schwester und ich haben den Eiweißtrick früher oft ausprobiert, um herauszufinden, welche Berufe unsere zukünftigen Ehemänner wohl haben würden.« Elizabeth lachte. »Aber unser Spielchen hat mir natürlich nie offenbart, daß ich einen Schiffseigner heiraten und nach Salem ziehen würde. Ich hatte immer geglaubt, das Leben einer armen Farmersfrau fristen zu müssen.«

»Weiße Magie beschwört Schwarze Magie herauf«, warnte Mercy. »Und wer Schwarze Magie betreibt, widersetzt sich unserem Herrn. Schwarze Magie ist Teufelswerk.«

»Meiner Schwester und mir hat das Spiel nie geschadet«, sagte Elizabeth. »Und meiner Mutter auch nicht.«

»Ihre Mutter ist tot«, erwiderte Mercy mit ernster Miene.

»Ja, aber ...«, begann Elizabeth.

»Es ist Hexerei«, beharrte Mercy. Ihr stieg das Blut in den Kopf und rötete ihre Wangen. »Und Hexerei ist niemals harmlos. Denken Sie nur an die schlechte Zeit, die wir gerade durchmachen: der Krieg und dann auch noch die Pocken, die letztes Jahr in Boston gewütet haben. Am vergangenen Sabbat erst hat Reverend Parris uns in seiner Predigt erklärt, daß all diese furchtbaren Dinge nur deshalb geschehen, weil die Menschen den Bund mit Gott aufgekündigt haben und alle religiösen Vorschriften mißachten.«

»Ich glaube kaum, daß dieses harmlose Kinderspiel den Bund mit Gott in irgendeiner Weise beeinträchtigt«, entgegnete Elizabeth. »Und was unsere religiösen Pflichten angeht – die haben wir auf keinen Fall vernachlässigt.«

»Aber natürlich haben Sie das«, warf Mercy ein. »Indem Sie sich nämlich der Magie hingeben. Und genauso verwerflich ist Ihre Toleranz gegenüber den Quäkern.«

Elizabeth machte eine wegwerfende Handbewegung. »Ach, was weiß ich schon über die Quäker. Allerdings finde ich, daß an ihnen wirklich nichts auszusetzen ist; sie sind friedliche und arbeitsame Leute.«

»Sie sollten besser Ihre Zunge im Zaum halten!« wies Mercy ihre Gastgeberin zurecht. »Reverend Increase Mather hat klargestellt, daß die Quäker dem Teufel verfallen sind. Vielleicht sollten Sie mal das Buch von Reverend Cotton Mather lesen, es heißt *Memorable Providences: Relating to Witchcraft and Possessions.* Ich kann es Ihnen gerne einmal leihen; mein Mann hat es vor ein paar Wochen in Boston aufgetrieben. Reverend Mather glaubt, daß die schlechten Zeiten, die wir gerade durchmachen, daher rühren, daß der Teufel unser gelobtes Neuengland an seine Kinder zurückgeben will – an die gottlosen Rothäute.«

Elizabeth wandte sich den Kindern zu und ermahnte sie zur Ruhe. Das Kindergeschrei war immer lauter geworden. Doch im Grunde ging es ihr gar nicht darum, die aufgeregten Stimmen zu besänftigen; vielmehr suchte sie eine Möglichkeit, Mercys Sermon endlich zu unterbrechen. Als sie das geschafft hatte, wandte Elizabeth sich wieder ihrer Besucherin zu und sagte, daß sie das Buch wirklich gerne lesen wolle.

»Da wir schon mal bei dem Thema sind«, übernahm Mercy wieder das Wort. »Hat Ihr Mann eigentlich schon darüber nachgedacht, ob er sich der Dorfkirche anschließen will? Da er hier Land besitzt, wäre er jederzeit willkommen.«

»Ich habe keine Ahnung«, erwiderte Elizabeth. »Bisher haben wir noch nie darüber gesprochen.«

»Wir brauchen dringend Unterstützung«, fuhr Mercy fort. »Die Familie Porter und deren Freunde weigern sich, ihren Anteil an den Kosten für Reverend Parris zu übernehmen. Wann kommt Ihr Mann eigentlich zurück?«

»Im Frühjahr«, erwiderte Elizabeth.

»Und warum ist er nach Europa gefahren?« erkundigte sich Mercy.

»Er will dort ein neuartiges Schiff bauen lassen«, erklärte Elizabeth. »Man nennt es Fregatte. Ronald behauptet, daß eine Fregatte sehr schnell ist und gut dafür geeignet, sich gegen französische Freibeuter und karibische Piraten zu verteidigen.«

Nachdem Elizabeth die abkühlenden Brote betastet hatte, rief sie den Kindern zu, daß es Zeit zum Essen sei. Während sich alle um den Tisch versammelten, fragte Elizabeth die Kinder, ob sie von dem frischen, warmen Brot probieren wollten. Ihre eigenen Kinder rümpften zwar die Nase, doch Ann Putnam, Abigail

Williams und Betty Parris wollten es unbedingt probieren. Elizabeth öffnete eine Falltür, die sich in einer Ecke der Küche befand, und schickte Sarah hinunter in den Vorratskeller, um etwas Butter zu holen.

Mercy war von der Falltür begeistert.

»Ronald ist auf die Idee gekommen«, erklärte Elizabeth. »Die Falltür funktioniert wie eine Schiffsluke und macht es einem möglich, den Keller zu betreten, ohne das Haus verlassen zu müssen.«

Als alle Kinder vor ihren Tellern mit Schweinefleisch saßen und dazu ein paar dicke Scheiben Brot aßen, schenkte Elizabeth sich selbst und Mercy etwas von dem heißen Apfelwein ein. Um sich in Ruhe unterhalten zu können, gingen die beiden mit ihren Bechern in den Salon.

»Meine Güte!« entfuhr es Mercy. Ihr war sofort das riesige Portrait von Elizabeth ins Auge gefallen, das über dem Kamin hing. Es wirkte erschreckend realistisch; vor allem die strahlend grünen Augen ließen Mercy erschaudern. Für einen Augenblick blieb sie wie angewurzelt in der Mitte des Raumes stehen, während Elizabeth versuchte, das Feuer neu zu entfachen, das nur noch aus ein paar glimmenden Kohlen bestand.

»Ihr Kleid ist so freizügig«, bemerkte Mercy. »Und Ihr Kopf ist gar nicht bedeckt.«

»Mich hat das Gemälde zu Anfang auch irritiert«, gab Elizabeth zu. Sie richtete sich auf und stellte zwei Stühle vor das nun wieder lodernde Feuer. »Es war Ronalds Idee, das Portrait malen zu lassen. Ihm gefällt es. Und ich habe mich inzwischen auch daran gewöhnt.«

»Es wirkt so papistisch«, bemerkte Mercy spöttisch und rückte ihren Stuhl zur Seite, damit das Gemälde aus ihrem Blickwinkel verschwand. Dann nahm sie einen Schluck von dem warmen Apfelwein und versuchte, ihre Gedanken zu ordnen. Ihr Besuch war ganz anders verlaufen, als sie ihn sich vorgestellt hatte. Elizabeths Art brachte sie aus der Fassung. Und die Angelegenheit, deretwegen sie eigentlich gekommen war, hatte sie noch nicht einmal angesprochen. Sie räusperte sich.

»Ich habe da so ein Gerücht gehört«, begann sie. »Aber ich bin sicher, daß nichts Wahres daran ist. Ich habe gehört, daß Sie die Ländereien in Northfields kaufen wollen.«

»Das ist kein Gerücht«, erwiderte Elizabeth und strahlte. »Die Angelegenheit ist bereits erledigt. Wir besitzen jetzt auf beiden Seiten des Wooleston River Land. Das Gelände erstreckt sich bis nach Salem Village, wo es an die Grundstücke angrenzt, die Ronald im Dorf besitzt.«

»Aber die Putnams hatten doch vor, dieses Land zu kaufen«, entrüstete sich Mercy. »Es ist wichtig für sie. Für ihre Unternehmungen benötigen sie unbedingt den Zugang zum Wasser, vor allem für ihre Schmiede. Sie werden allerdings erst nach der nächsten Ernte genug Geld haben. Die Putnams werden sehr ärgerlich sein, wenn sie hören, daß Sie das Land gekauft haben.«

Elizabeth zuckte mit den Schultern. »Ich habe das Geld jetzt«, entgegnete sie. »Ich brauche das Land, weil wir ein neues Haus bauen wollen, damit wir in Zukunft noch mehr Waisen aufnehmen können.« Elizabeth strahlte vor Freude, und ihre Augen funkelten. »Daniel Andrew hat bereits eingewilligt, das Haus zu entwerfen und zu bauen. Es soll so aussehen wie die Häuser in London – es soll ein großes Backsteinhaus werden.«

Mercy konnte schier nicht glauben, was sie hörte. Elizabeths Stolz und ihre Gier schienen keine Grenzen zu kennen. Mercy trank einen weiteren Schluck Apfelwein. »Wissen Sie, daß Daniel Andrew mit Sarah Porter verheiratet ist?« fragte sie.

»Ja, natürlich«, erwiderte Elizabeth. »Bevor Ronald abgereist ist, haben wir die beiden zu uns eingeladen.«

»Und wie, wenn ich fragen darf, kommen Sie an so viel Geld?«

»Ronald hat in letzter Zeit sehr gute Geschäfte gemacht, weil die Nachfrage nach Kriegsgütern enorm gestiegen ist.«

»Er profitiert also von dem Leiden anderer Menschen«, bemerkte Mercy vorwurfsvoll.

»Ronald zieht es vor zu sagen, daß er dringend benötigtes Material zur Verfügung stellt.«

Mercy starrte einen Augenblick in Elizabeths strahlend grüne Augen. Sie war wirklich erschrocken, daß Elizabeth offenbar gar nicht merkte, wie anstößig sie sich verhielt. Im Gegenteil – sie grinste Mercy unverschämt an und nippte zufrieden an ihrem Apfelwein.

»Ich habe das Gerücht gehört«, sagte Mercy schließlich, »aber ich konnte es einfach nicht glauben. Es ist nicht statthaft, daß Sie derartige Geschäfte tätigen, wenn Ihr Mann fort ist. So etwas hat Gott nicht vorgesehen, und ich muß Sie warnen: Die Leute im Dorf reden über Sie. Sie sagen, daß Sie Dinge tun, die Ihnen als einer einfachen Farmerstochter nicht zustehen.«

»Ich werde immer die Tochter meines Vaters bleiben«, erwiderte Elizabeth. »Aber jetzt bin ich auch die Ehefrau eines Kaufmanns.«

Mercy kam nicht mehr zu einer Antwort, da aus der Küche ein gewaltiges Krachen und lautes Geschrei zu hören waren. Der plötzliche Tumult ließ die beiden Frauen erschrocken hochfahren. Elizabeth eilte in die Küche und griff im Vorbeigehen nach der Muskete; Mercy blieb ihr dicht auf den Fersen.

Der Tisch war umgeworfen. Die Holzschalen, aus denen die Kinder gegessen hatten, lagen verstreut auf dem Boden. Ann Putnam taumelte ruckartig durch den Raum; während sie sich ihre Kleider vom Leib zu reißen versuchte und gegen mehrere Möbelstück stieß, schrie sie unentwegt, daß sie gebissen werde. Die anderen Kinder standen ängstlich beieinander an der Wand.

Elizabeth stellte das Gewehr ab, eilte zu Ann und packte sie an den Schultern. »Was ist los mir dir, Mädchen?« frage sie. »Was beißt dich?«

Für einen Augenblick verharrte Ann regungslos. Ihre Augen waren glasig, und sie schien völlig abwesend.

»Ann!« rief Elizabeth. »Was hast du denn?«

Ann öffnete den Mund, und ganz langsam glitt ihre Zunge heraus. Gleichzeitig begann ihr Körper unkoordiniert zu zucken. Elizabeth versuchte sie festzuhalten, doch Ann bäumte sich mit überraschender Kraft gegen sie auf. Dann faßte sich Ann mit beiden Händen an den Hals.

»Ich kriege keine Luft«, krächzte das Mädchen. »Helfen Sie mir! Ich ersticke.«

»Wir müssen sie nach oben bringen«, rief Elizabeth Mercy zu. Gemeinsam schleppten sie das um sich schlagende Mädchen in den ersten Stock; zeitweise mußten sie Ann tragen, sonst schleiften sie sie einfach hinter sich her. Kaum hatten sie das Mädchen auf das Bett bugsiert, wurde sie von einem schweren Krampf geschüttelt.

»Sie hat ja einen furchtbaren Anfall«, stellte Mercy fest. »Es ist wohl das beste, wenn ich schnellstens meinen Mann hole. Das Kind braucht dringend einen Arzt.«

»Ja, bitte!« pflichtete Elizabeth ihr bei. »Beeilen Sie sich!«

Mercy rannte die Treppe hinunter und schüttelte bestürzt den Kopf. Doch als sie sich von dem ersten Schrecken erholte hatte, wurde ihr bewußt, daß sie eigentlich nicht überrascht war; sie kannte die Ursache dieser Katastrophe. Es lag an der Hexerei. Elizabeth hatte den Teufel in ihr Haus eingeladen.

Dienstag, 12. Juli 1692

Ronald Stewart öffnete die Kabinentür und trat in die kühle Morgenluft hinaus aufs Deck. Er trug seine beste Kniebundhose, hatte seine rote Weste mit den gestärkten Rüschen angezogen und sogar seine gepuderte Perücke aufgesetzt. Er war vor Aufregung ganz außer sich. Gerade hatten sie den Naugus Point vor Marblehead umrundet und steuerten nun direkt auf Salem Town zu. Über den Bug hinweg konnte er bereits Turner's Wharf erkennen.

»Laßt uns die Segel erst im allerletzten Moment einholen«, rief er Kapitän Allen zu, der hinter ihm am Steuer stand. »Die Stadtmenschen sollen sehen, wie schnell dieses Schiff ist.«

»Aye, aye, Sir«, rief Kapitän Allen zurück.

Ronald lehnte seinen stattlichen und muskulösen Körper über das Schandeck und ließ die Seebrise über sein breites sonnengebräuntes Gesicht und durch seine rotblonden Haare streichen. Voller Freude betrachtete er die vertraute Umgebung. Es war ein gutes Gefühl, wieder nach Hause zu kommen, doch er hatte auch ein wenig Angst. Er war beinahe sechs Monate fort gewesen, zwei Monate länger als geplant; und er hatte nicht einen einzigen Brief erhalten. Schweden war ihm wie das Ende der Welt vorgekommen. Er fragte sich, ob Elizabeth seine Briefe erhalten hatte. Ob sie wirklich zugestellt worden waren, war nicht sicher, denn er hatte kein Schiff gefunden, das auf direktem Wege in die Kolonie fuhr, nicht einmal eins nach London hatte er ausfindig machen können.

»Jetzt wird es aber Zeit«, rief Kapitän Allen, als sie sich der Küste näherten. »Sonst setzt das Schiff auf einer Kaimauer auf und rast weiter bis zur Essex Street.«

»Dann geben Sie den Befehl!« erwiderte Ronald.

Die Männer kletterten auf Befehl ihres Kapitäns in die Takelung hinauf, holten innerhalb weniger Minuten die großen Segel ein und banden die Spiere fest. Das Schiff wurde langsamer. Als sie noch etwa hundert Meter vom Kai entfernt waren, sah Ronald, daß jemand ein kleines Boot ins Wasser ließ und schnell in ihre Richtung ruderte. Bald konnte er erkennen, daß es sein Angestellter Chester Procter war, der im Bug des Ruderbootes stand. Ronald winkte ihm fröhlich zu, doch Chester erwiderte die Geste nicht.

»Ich grüße Sie«, rief Ronald, als er in Hörweite war. Chester antwortete nicht. Als das kleine Boot herangefahren war, konnte Ronald sehen, daß das schmale Gesicht seines Angestellten ganz eingefallen war und er sehr bekümmert wirkte. Ronalds Vorfreude schwand schlagartig, und er hatte plötzlich Angst. Irgend etwas war nicht in Ordnung.

»Ich glaube, Sie sollten sofort an Land gehen«, rief Chester zu Ronald hinauf, während er sein Boot an dem größeren Schiff festmachte.

Schnell wurde eine Strickleiter hinabgeworfen, und nachdem Ronald sich kurz mit seinem Kapitän besprochen hatte, kletterte er zu Chester ins Boot. Als er im Heck Platz genommen hatte, legten sie ab. Chester hockte sich neben ihn. Die beiden Ruderer, die in der Mitte des Bootes saßen, ruderten zurück in Richtung Kaimauer.

»Was ist passiert?« fragte Ronald unruhig. Seine größte Sorge war, daß die Indianer sein Haus überfallen hatten. Er wußte, daß sie bei seiner Abfahrt bereits in Andover gewesen waren, und von dort war es nicht weit bis zu ihm nach Hause.

»In Salem sind furchtbare Dinge geschehen«, begann Chester. Er schien überreizt und sehr nervös. »Göttliche Vorsehung hat Sie gerade noch rechtzeitig nach Hause gebracht. Wir hatten uns schon große Sorgen gemacht, daß Sie womöglich zu spät kommen würden.«

»Ist meinen Kindern irgend etwas passiert?« fragte Ronald besorgt.

»Nein, mit Ihren Kindern hat es nichts zu tun«, erwiderte Chester. »Sie sind gesund und in Sicherheit. Es ist Ihre Frau Elizabeth, um die Sie sich Sorgen machen müssen. Sie sitzt seit Monaten im Gefängnis.«

»Was wirft man ihr vor?« fragte Ronald.

»Hexerei«, antwortete Chester. »Ich bitte um Vergebung, daß ich der Überbringer solch schlechter Nachrichten bin. Sie ist von einem Sondergericht zum Tode verurteilt worden. Nächsten Dienstag soll sie hingerichtet werden.«

»Aber das ist doch absurd!« knurrte Ronald. »Meine Frau ist keine Hexe!«

»Das weiß ich«, sagte Chester. »Aber seit Februar ist die ganze Stadt in Aufruhr. Man hat fast hundert Frauen der Hexerei beschuldigt. Und eine ist auch schon getötet worden. Am zehnten Juni. Bridget Bishop.«

»Die kenne ich doch«, warf Ronald ein. »Sie hatte ein feuriges Temperament. Ihr gehörte die Schenke in der Ipswich Road. Na gut, für die Schenke hatte sie keine Konzession, aber eine Hexe? Das scheint mir doch sehr unwahrscheinlich. Was in aller Welt hat diese Hysterie ausgelöst?«

»Es ist wegen der Anfälle«, klärte Chester ihn auf. »Einige Frauen sind auf qualvolle Weise von ihnen befallen worden. Vor allem junge Frauen hat es erwischt.«

»Haben Sie selbst so einen Anfall gesehen?« fragte Ronald.

»O ja«, antwortete Chester. »Die ganze Stadt war Zeuge, als ein paar Frauen während der Verhandlung vor den Friedensrichtern von den Anfällen geschüttelt wurden. Es ist ein furchtbares Schauspiel. Die Befallenen schreien vor Schmerzen, und sie verlieren den Verstand. Nach dem Anfall werden sie entweder blind, taub oder stumm, manchmal tritt auch alles gleichzeitig ein. Sie zittern schlimmer als die Quäker, und sie schreien immerfort, daß sie von irgendwelchen unsichtbaren Kreaturen gebissen werden. Dann würgen sie ihre Zungen so weit heraus, als wollten sie sie gleich ausspucken, und schließlich scheinen sie keine Luft mehr zu bekommen. Doch das schlimmste ist, daß sie ihre Gelenke so weit verbiegen, bis sie zu brechen drohen.«

Ronalds Gedanken wirbelten durcheinander. Mit so etwas hatte er wirklich nicht gerechnet. Die sengende Morgensonne brannte auf seine Stirn, so daß ihm der Schweiß ausbrach. Wütend riß er sich die Perücke vom Kopf und knallte sie auf den Boden des Bootes. Er zermarterte sich den Kopf, was er tun sollte.

»Ich habe eine Kutsche bereitstellen lassen«, sagte Chester schließlich und durchbrach die schwermütige Stille, als sie sich dem Kai näherten. »Ich habe angenommen, daß Sie direkt zum Gefängnis fahren wollen.«

»In der Tat«, erwiderte Ronald knapp. Sie verließen das Boot, eilten zur Straße und bestiegen die Kutsche. Chester nahm die Zügel in die Hand, knallte einmal mit der Reitgerte, und das Pferd trabte los. Die Kutsche rumpelte laut über das Kopfsteinpflaster. Keiner der beiden Männer sagte ein Wort.

»Wer hat denn gesagt, daß diese Anfälle durch Hexerei hervorgerufen werden?« fragte Ronald, als sie die Essex Street erreichten.

»Das hat Dr. Griggs behauptet«, erwiderte Chester. »Und der Dorfpfarrer, Reverend Parris, hat ihm zugestimmt. Schließlich haben ihm alle beigepflichtet, sogar die Friedensrichter.«

»Und wieso sind sie sich ihrer Sache so sicher?« wollte Ronald wissen.

»Während der Verhandlung wurde es ganz offensichtlich«, erklärte Chester. »Wir haben alle gesehen, wie die Beschuldigten ihre Opfer quälen und die Leidenden auf der Stelle von ihren Qualen erlöst waren, wenn sie von den Beschuldigten berührt wurden.«

»Aber sie haben die Opfer nicht berührt, um die Qualen hervorzurufen?«

»Es waren die Geister der Beschuldigten, die das Unheil angerichtet haben«, fuhr Chester fort. »Und nur die Opfer waren in der Lage, diese Geister zu erkennen. So wurden die Beschuldigten von den Opfern entlarvt.«

»Und so wurde auch meine Frau entlarvt?« fragte Ronald.

»Ja«, antwortete Chester. »Und zwar von Ann Putnam, der Tochter Thomas Putnams aus Salem Village.«

»Ich kenne Thomas Putnam«, bemerkte Ronald. »Ein kleiner, zorniger Mann.«

»Ann Putnam wurde als erste heimgesucht«, fuhr Chester zögernd fort. »Es geschah Anfang Februar in Ihrem Haus. Sie hatte den ersten Anfall in Ihrer Wohnstube. Und sie leidet bis heute darunter, genau wie ihre Mutter, Ann Putnam senior.«

»Und was ist mit meinen Kindern?« fragte Ronald. »Leiden sie auch an diesen Anfällen?«

»Ihren Kindern ist das Schicksal gnädig gewesen«, erwiderte Chester.

»Dem Herrn sei Dank«, warf Ronald ein.

Sie bogen jetzt in die Gasse ein, die zum Gefängnis führte, und beide schwiegen. Vor dem Gefängnis brachte Chester die Kutsche zum Stehen. Ronald wies ihn an zu warten und stieg aus.

Ronalds Nerven lagen bloß, als er nach dem Gefängniswärter William Dounton Ausschau hielt. Er fand ihn in seinem unaufgeräumten Büro, wo er sich gerade ein Stück frisches Weizenbrot aus der Bäckerei in den Mund stopfte. William hatte eine rote Knollennase, einen ungewaschenen Haarschopf, und er war ziemlich fettleibig. Ronald verachtete ihn, weil er wußte, daß der Mann ein Sadist war und es genoß, die Gefangenen zu quälen.

William war offensichtlich wenig erfreut über Ronalds Besuch. Er erhob sich und blieb geduckt hinter seinem Stuhl stehen.

»Die Verurteilten dürfen keinen Besuch empfangen«, krächzte er mit vollem Mund. »Befehl von Richter Hathorne.«

Ronald war kaum noch Herr seiner selbst; er packte William am Wollhemd und zog ihn bis auf wenige Zentimeter zu sich heran. »Wenn Sie meine Frau mißhandelt haben, werden Sie dafür büßen«, drohte er.

»Es ist doch nicht meine Schuld«, versuchte sich William zu rechtfertigen. »Die Obrigkeit hat es befohlen. Ich muß mich an die Anweisungen halten.«

»Bringen Sie mich zu ihr«, fuhr Ronald ihn an.

»Aber …«, begann William zu protestieren, doch Ronald packte ihn noch fester beim Kragen und schnürte ihm die Luft ab. William japste verzweifelt. Ronald lockerte seinen Griff ein wenig, woraufhin der Wärter einen Hustenanfall bekam und die Schlüssel herauszog. Jetzt erst ließ Ronald ihn los. »Das werde ich melden«, fauchte der Wächter, während er eine dicke Eichentür aufschloß.

»Das wird nicht nötig sein«, entgegnete Ronald. »Ich werde anschließend auf direktem Wege zum Richter gehen und ihm Bericht erstatten.«

Jenseits der Eichentür befanden sich etliche Zellen, die alle belegt waren. Die Gefangenen starrten Ronald mit glasigen Augen an. Einige erkannte er, sprach sie aber nicht an. Im Gefängnis herrschte eine bedrückende Stille. Ronald mußte sich ein Taschentuch vor die Nase halten; der Geruch war unerträglich.

William blieb auf dem Absatz einer Steintreppe stehen und zündete eine Laterne an. Nachdem er eine weitere dicke Eichentür aufgeschlossen hatte, stiegen die beiden in den schlimmsten Teil des Gefängnisses hinab. Hier unten stank es unbeschreiblich. Der Keller war in zwei große Räume unterteilt, die Wände waren aus feuchtem Granit. Die Gefangenen waren alle entweder mit den Handgelenken oder mit den Beinen an den Wänden oder am Boden festgekettet. Ronald mußte über etliche Menschen hinwegsteigen, um William folgen zu können. Für Besucher reichte der Platz hier unten kaum aus.

»Warten Sie einen Moment«, sagte Ronald.

William blieb stehen und drehte sich um.

Ronald bückte sich. Er hatte eine Frau erkannt, von der er wußte, daß sie sehr fromm war. »Rebecca Nurse?« fragte er. »Was, um Himmels willen, machen Sie denn hier?«

Rebecca schüttelte schwerfällig den Kopf. »Das weiß nur Gott allein«, brachte sie mühsam hervor.

Als Ronald sich wieder aufrichtete, fühlte er sich plötzlich ganz schwach. Es schien ihm, als wäre die ganze Stadt auf einmal verrückt geworden.

»Hier rüber«, sagte William und zeigte auf die gegenüberliegende Kellerecke. »Lassen Sie uns die Sache zu Ende bringen.«

Ronald folgte ihm. Seine Wut war inzwischen in Mitleid umgeschlagen. Als William stehenblieb, sah er nach unten. Im Schein der Kerze erkannte er seine Frau kaum wieder. Elizabeth starrte vor Schmutz. An ihren Armen und Beinen klirrten überdimensionale Ketten, und sie hatte kaum die Kraft, das im Halbdunkel umherkriechende Ungeziefer zu vertreiben.

Ronald nahm William die Kerze ab und kniete sich neben seine Frau. Trotz ihres entsetzlichen Zustands lächelte sie ihn an.

»Ich freue mich so, daß du wieder da bist«, sagte sie mit schwacher Stimme. »Jetzt muß ich mir wenigstens keine Sorgen mehr um die Kinder machen. Geht es ihnen gut?«

Ronald schluckte. Sein Mund war wie ausgetrocknet. »Ich bin vom Schiff direkt zum Gefängnis gefahren«, sagte er. »Die Kinder habe ich noch gar nicht gesehen.«

»Bitte, du mußt sofort zu ihnen gehen. Sie werden sich freuen, dich wiederzusehen. Ich glaube, sie machen sich schreckliche Sorgen.«

»Ich kümmere mich schon um sie«, versprach Ronald. »Aber zuerst muß ich dafür sorgen, daß du freigelassen wirst.«

»Vielleicht«, entgegnete Elizabeth mutlos. »Warum bist du jetzt erst nach Hause gekommen?«

»Ich habe für die Ausrüstung des Schiffs viel länger gebraucht als geplant«, erklärte Ronald. »Es gab eine Menge Probleme, weil die Ausstattung neuartig ist.«

»Ich habe dir Briefe geschrieben«, sagte Elizabeth.

»Aber ich habe keinen einzigen erhalten«, erwiderte Ronald.

»Wenigstens bist du jetzt wieder zu Hause«, seufzte Elizabeth.

»Ich komme bald wieder«, sagte Ronald, während er sich aufrichtete. Er zitterte vor Aufregung und war außer sich vor Angst. Zusammen mit William verließ er den Keller und folgte dem Wärter in dessen Büro.

»Ich tue nur meine Pflicht«, sagte William unterwürfig. Er war nicht sicher, in welcher Verfassung Ronald sich befand.

»Zeigen Sie mir die Papiere«, verlangte Ronald.

William zuckte mit den Schultern, durchsuchte den Papierstapel, der sich auf seinem Tisch türmte, und reichte Ronald Elizabeths Hafteinweisung und den Hinrichtungsbefehl. Ronald las beide Papiere durch und gab sie zurück. Dann nahm er ein paar Münzen aus seinem Portemonnaie. »Ich möchte, daß Elizabeth woanders hingebracht wird und daß ihre Haftbedingungen verbessert werden.«

William nahm das Geld glücklich entgegen. »Ich danke Ihnen, freundlicher Herr«, sagte er und ließ die Münzen in den Taschen seiner Kniebundhose verschwinden. »Aber ich kann sie nicht in einen anderen Raum bringen. Die schweren Fälle werden immer in den unteren Kerker eingewiesen. Und die Eisenketten darf ich ihr auch nicht abnehmen; die Hafteinweisung schreibt die Ankettung Ihrer Frau vor, damit der böse Geist ihren Körper nicht verlassen kann. Als Dank für Ihre freundliche Anerkennung kann ich aber versuchen, es Ihrer Frau da unten ein wenig zu erleichtern.«

»Tun Sie, was Sie können«, erwiderte Ronald.

Draußen schaffte er es nur mit Mühe, wieder in die Kutsche zu steigen. Seine Beine waren weich und wackelig. »Zum Haus von Richter Corwin«, befahl er.

Chester trieb das Pferd zur Eile. Er hätte gerne nach Elizabeth gefragt, doch er traute sich nicht. Es war offensichtlich, daß Ronald verzweifelt war.

Während der Fahrt wurde kein Wort gesprochen. Als sie die Kreuzung erreichten, an der die Essex und die Washington Street zusammentrafen, stieg Ronald aus. »Warten Sie hier!« befahl er knapp.

Ronald klopfte an der Haustür und war erleichtert, als sie sich öffnete und die große und hagere Gestalt seines alten Freundes Jonathan Corwin auf der Schwelle erschien. Sobald Jonathan seinen Besucher erkannt hatte, wich sein pikierter Gesichtsausdruck einem wohlwollenden Mitgefühl. Er geleitete Ronald sofort in den Salon und bat seine Frau, die vor ihrem Spinnrad saß, den Raum zu verlassen, damit er unter vier Augen mit Ronald reden konnte.

»Es tut mir wirklich leid«, begann Jonathan, als die beiden allein waren. »Für einen müden Heimkehrer ist das ein trauriger Empfang.«

»Bitte sagen Sie mir, was ich tun soll«, flehte Ronald mit schwacher Stimme.

»Ich fürchte, ich weiß auch nicht, was ich sagen soll«, erwiderte Jonathan. »Wir leben in einer schlimmen Zeit. In der Stadt herrschen Streitsucht und Feindseligkeit; vielleicht sind die Leute auch einem allgemeinen Irrglauben erlegen. Ich weiß selbst nicht mehr, was ich von alldem halten soll; vor kurzem haben sie sich auch auf Margaret Thatcher gestürzt, meine eigene Schwiegermutter. Sie ist auf keinen Fall eine Hexe, und deshalb frage ich mich, ob die befallenen Mädchen tatsächlich die Wahrheit sagen respektive was sie mit ihren Anschuldigungen bezwecken.«

»Im Augenblick ist mir egal, was die Mädchen bezwecken«, entgegnete Ronald. »Ich will wissen, was ich für meine Frau tun kann. Sie wird im Gefängnis schlimmer behandelt als ein Tier.«

Jonathan seufzte. »Ich fürchte, daß man da wenig machen kann. Ihre Frau ist bereits von den Geschworenen des Schöffengerichts von Oyer und Terminer verurteilt worden; das ist ein Sondergericht für die Frauen, die der Hexerei beschuldigt wurden.«

»Aber Sie haben doch gerade gesagt, daß nicht sicher ist, ob die Ankläger die Wahrheit sagen«, warf Ronald ein.

»Ja«, stimmte Jonathan ihm zu. »Aber bei Ihrer Frau war es

anders. Sie wurde weder aufgrund der Aussagen der Mädchen schuldig gesprochen noch aufgrund einer spirituellen Beweisführung. Das Verfahren gegen Ihre Frau wurde schneller abgeschlossen als alle anderen, sogar noch schneller als das gegen Bridget Bishop. Die Schuld Ihrer Frau war für jedermann offenkundig, weil es einen eindeutigen und sichtbaren Beweis gab. Es bestand nicht der geringste Zweifel.«

»Sie glauben also auch, daß meine Frau eine Hexe ist?« fragte Ronald fassungslos.

»In der Tat glaube ich das«, entgegnete Jonathan, »so leid es mir tut. Es muß ein schwerer Schlag für einen Mann sein, so etwas zu erfahren.«

Ronald starrte seinen Freund an und versuchte zu verarbeiten, was er gerade gehört hatte. Er hatte Jonathans Meinung immer geschätzt und respektiert.

»Aber ich muß doch irgend etwas für Elizabeth tun können«, flehte Ronald schließlich. »Und wenn ich nur einen Aufschub der Hinrichtung erreiche, damit ich etwas Zeit gewinne, um mich über die Einzelheiten zu informieren.«

Jonathan legte seinem Freund eine Hand auf die Schulter. »Ich bin nur der kleine Friedensrichter unserer Gemeinde, und ich kann gar nichts tun. Vielleicht sollten Sie besser nach Hause gehen und sich um Ihre Kinder kümmern.«

»So einfach gebe ich nicht auf«, widersprach Ronald.

»Dann kann ich Ihnen nur den Rat geben, nach Boston zu fahren und sich mit Samuel Sewall auseinanderzusetzen«, sagte Jonathan. »Soweit ich weiß, sind Sie aufgrund Ihrer gemeinsamen Zeit am Harvard College mit ihm befreundet. Vielleicht weiß er einen Rat, schließlich hat er gute Verbindungen zur Kolonialregierung. Er wird gewiß nicht uninteressiert sein. Immerhin ist er einer der Richter am Gericht von Oyer und Terminer, und er hat mir gegenüber erwähnt, daß er bei dieser ganzen Angelegenheit erhebliche Bedenken hat – genauso übrigens wie Nathaniel Saltonstall, der sogar sein Richteramt niedergelegt hat.«

Ronald bedankte sich bei Jonathan und ging. Er sagte Chester, was er vorhatte, und innerhalb der nächsten Stunde hatte er ein gesatteltes Pferd und machte sich auf den Weg. Bis nach Boston waren es siebenundzwanzig Kilometer. Er ritt zunächst in Richtung Cambridge und überquerte den Charles River. Dann nahm er die Landstraße nach Roxberre und näherte sich seinem Ziel von Südwesten her.

Während er den schmalen Landstreifen der Shawmut-Halbinsel entlanggaloppierte, hielt ihn eine wachsende Angst im Griff. Er überlegte bereits, was er tun sollte, wenn auch Samuel ihm nicht helfen wollte oder konnte. Er hatte keine Ahnung. Samuel war seine letzte Hoffnung.

Als er das Stadttor durchquerte, fiel sein Blick auf den Galgen, an dem eine frische Leiche baumelte. Der grausige Anblick jagte ihm einen kalten Schauer über den Rücken. Hastig gab er seinem Pferd die Sporen.

In Boston, das aus etwa achthundert Häusern bestand, lebten mehr als sechstausend Menschen. In der Mittagszeit herrschte ein dichtes Gewimmel in den Straßen, so daß Ronald nur langsam vorankam. Als er das am Südende gelegene Haus von Samuel endlich erreicht, war es beinahe ein Uhr. Ronald stieg von seinem Pferd und band es an einem Palisadenzaun fest.

Er traf Samuel im Salon an, wohin dieser sich nach dem Mittagessen zurückgezogen hatte, um seine Pfeife zu rauchen. Ronald bemerkte, daß sein Freund im Laufe der letzten Jahre Fett angesetzt hatte; früher, als sie gemeinsam auf dem Charles River Schlittschuh gelaufen waren, war Samuel ein flotter Bursche gewesen.

Samuel freute sich, Ronald zu sehen, doch seine Begrüßung war zurückhaltend. Noch bevor Ronald auf Elizabeths Verurteilung zu sprechen kam, wußte er schon, warum sein Freund zu ihm gekommen war. Als Antwort auf Ronalds Fragen konnte er nur bestätigen, was Jonathan Corwin ihm bereits gesagt hatte. Er erklärte ihm, daß Elizabeths Schuld aufgrund des offensichtlichen Beweisstückes, welches Sheriff Corwin in ihrem Haus gefunden hatte, unstrittig war.

Ronald sackte in sich zusammen. Er seufzte und kämpfte gegen die Tränen. Er wußte nicht mehr aus noch ein. Verzweifelt bat er seinen Gastgeber um einen Krug Bier. Als Samuel mit dem Gebräu zurückkam, hatte Ronald sich wieder gefaßt. Nachdem er einen tiefen Zug aus dem Krug genommen hatte, fragte er Samuel nach dem Beweisstück, das man gegen seine Frau ins Feld geführt hatte.

»Das sage ich dir sehr ungern«, antwortete Samuel.

»Aber warum?« bohrte Ronald. Samuel war deutlich anzusehen, wie unwohl er sich bei dieser Frage fühlte. Ronalds Neugier wuchs. Leider hatte er vergessen, Jonathan nach dem Beweisstück zu fragen. »Ich habe doch wohl ein Recht, es zu erfahren.«

»Ja, natürlich«, erwiderte Samuel, ohne jedoch mit der Sprache herauszurücken.

»Bitte«, drängte Ronald, »ich hoffe, daß ich diese schäbige Geschichte dann besser verstehen kann.«

»Vielleicht ist es das beste, wenn wir meinen guten Freund, Reverend Cotton Mather, besuchen«, schlug Samuel vor und erhob sich. »Er hat mehr Erfahrung mit den Dingen aus der unsichtbaren Welt. Und er wird dir bestimmt auch einen Rat geben können.«

»Ich beuge mich deiner Entscheidung«, sagte Ronald und erhob sich ebenfalls.

Sie nahmen Samuels Kutsche und fuhren auf schnellstem Wege zur Old North Church. Eine Putzfrau teilte ihnen mit, daß Reverend Mather in seinem Haus an der Kreuzung Middle und Prince Street anzutreffen sei. Da es bis dahin nicht weit war, gingen sie zu Fuß.

Auf Samuels Klopfen hin erschien eine jugendliche Hausangestellte und führte die beiden Männer in den Salon. Im nächsten Moment erschien auch schon Reverend Mather und begrüßte sie überschwenglich. Samuel erklärte ihm den Grund ihres Besuches.

»Aha«, sagte Reverend Mather und bat seine beiden Gäste, es sich auf den Stühlen bequem zu machen.

Ronald betrachtete den Geistlichen, den er nicht zum ersten Mal sah. Er war jünger als Ronald und Samuel; er hatte das Harvard College erst 1678 abgeschlossen, sieben Jahre nach ihnen also. Ungeachtet seines geringeren Alters waren bei ihm bereits die gleichen körperlichen Veränderungen zu erkennen, die Ronald auch bei Samuel aufgefallen waren. Und zwar aus demselben Grund: Er hatte zugenommen. Seine Nase war rot und leicht vergrößert, sein Gesicht wirkte aufgeschwemmt. Doch seine Augen sprühten vor Intelligenz und feuriger Willensstärke.

»Ich nehme von Herzen Anteil an Ihrem Leid«, wandte er sich an Ronald. »Gottes Wege sind uns Sterblichen oft unergründlich. Über Ihr persönliches Leid hinaus bin ich aber auch in großer Sorge wegen der Ereignisse in Salem Town und Salem Village. Unter den Menschen dort herrscht ein nicht zu bändigender Aufruhr, und ich fürchte, daß die Vorfälle allmählich außer Kontrolle geraten.«

»Ich mache mir im Augenblick nur Sorgen um meine Frau«, warf Ronald ein. Er war nicht gekommen, um sich eine Predigt anzuhören.

»Das sollten Sie auch«, erwiderte Reverend Mather. »Doch ich versuche, Ihnen klarzumachen, daß der Klerus und die zivilen Behörden auch an die Gemeinde als Ganzes denken müssen. Ich habe immer gewußt, daß der Teufel in unserer Mitte erscheinen würde. Angesichts der dämonischen Heimsuchung bleibt uns nur ein kleiner Trost: Dank Ihrer Frau wissen wir nun, wo der Satan sein Unwesen treibt.«

»Ich will wissen, auf Grund welchen Beweises meine Frau verurteilt worden ist«, erklärte Ronald.

»Den Beweis werde ich Ihnen zeigen«, entgegnete Reverend Mather. »Sie müssen mir allerdings versprechen, mit niemandem darüber zu reden. Wir befürchten nämlich, daß eine Preisgabe des Geheimnisses die Unruhe und die Hysterie unter den Menschen von Salem zusätzlich anfachen würde.«

»Aber was ist, wenn ich mich entscheide, Einspruch gegen die Verurteilung zu erheben?« wollte Ronald wissen.

»Wenn Sie den Beweis gesehen haben, werden Sie keinen Einspruch mehr erheben«, erwiderte Reverend Mather. »Vertrauen Sie mir. Habe ich Ihr Wort?«

»Sie können sich auf mein Wort verlassen«, versprach Ronald. »Unter der Voraussetzung, daß mir mein Recht auf Widerspruch nicht genommen wird.«

Sie erhoben sich, und Reverend Mather führte sie zu einer steinernen Treppe. Nachdem er eine Kerze angezündet hatte, stiegen sie in den Keller hinab.

»Ich habe lange mit meinem Vater, Increase Mather, über das Beweisstück diskutiert«, sagte Reverend Mather im Gehen. »Wir sind beide der Meinung, daß es für zukünftige Generationen von ungeheurer Bedeutung ist, weil es einen grundlegenden Beweis für die Existenz der unsichtbaren Welt darstellt. Deshalb glauben wir, daß der rechtmäßige Ort, an dem es aufbewahrt werden sollte, das Harvard College ist. Wie Sie wissen, ist mein Vater derzeit Rektor des Instituts.«

Ronald schwieg. Im Moment war er nicht imstande, sich mit akademischen Problemen zu beschäftigen.

»Außerdem sind mein Vater und ich der Meinung, daß man sich bei der Beweisführung in den Hexenprozessen von Salem viel zu sehr auf die Geister konzentriert hat«, fuhr Reverend Mather fort. Sie erreichten jetzt den unteren Treppenabsatz, wo Samuel und Ronald warteten, bis der Geistliche die Wandleuchter angezündet hatte. Während sie den Keller durchquerten, führte er weiter aus: »Wir befürchten, daß das Vertrauen in diese Art der Beweisführung auch unschuldige Menschen an den Galgen bringen kann.«

Ronald wollte dazwischenfahren. Er hatte wirklich nicht die Geduld, sich die grundsätzlichen Erwägungen des Geistlichen noch länger anzuhören, doch Samuel hielt ihn zurück, indem er ihm zur Beruhigung die Hand auf die Schulter legte.

»Ein so anschauliches und offensichtliches Beweisstück, wie Elizabeth es uns geliefert hat, hätten wir gerne in jedem Prozeß«, sagte Reverend Mather und forderte Ronald und Samuel mit einer Geste auf, ihm zu einem großen, verschlossenen Schrank zu folgen. »Es kann die Menschen natürlich auch zu furchtbaren Taten aufstacheln. Auf mein Betreiben hin wurde es nach dem Prozeß sofort hierher gebracht und unter Verschluß genommen. Ein stärkerer Beweis für die dämonische Macht des Teufels und seine Fähigkeit, furchtbares Unheil anzurichten, ist mir noch nie unter die Augen gekommen.«

»Bitte, Reverend«, unterbrach ihn Ronald schließlich. »Ich muß so schnell wie möglich nach Salem zurück. Wenn Sie mir das Beweisstück jetzt bitte zeigen würden – dann kann ich mich endlich wieder auf den Weg machen.«

»Nur mit der Ruhe, mein lieber Freund«, versuchte der Reverend ihn zu besänftigen und zog einen Schlüssel aus seiner Westentasche. »Ich muß sie auf das vorbereiten, was Sie gleich sehen werden. Es ist wirklich schockierend. Aus diesem Grund habe ich auch dafür gesorgt, daß die Öffentlichkeit bei dem Prozeß gegen Ihre Frau ausgeschlossen wurde und die Geschworenen schwören mußten, nichts über das Beweisstück zu verraten. Es war eine reine Vorsichtsmaßnahme; wir hatten bestimmt nicht vor, Ihrer Frau ein ordnungsgemäßes Verfahren vorzuenthalten. Wir wollen lediglich eine öffentliche Hysterie vermeiden, denn die hätte dem Teufel nur in die Hände gespielt.«

»Ich bin soweit«, sagte Ronald erschöpft.

»Der Herr, unser Erlöser, sei mit Ihnen«, murmelte Reverend Mather, während er den Schlüssel ins Schloß steckte. »Machen Sie sich auf etwas gefaßt.«

Reverend Mather schloß den Schrank auf. Dann öffnete er schwungvoll mit beiden Händen die Türen und trat einen Schritt zurück, damit Ronald hineinsehen konnte.

Ronald schnappte nach Luft und riß die Augen weit auf. Vor Abscheu und Bestürzung hielt er sich automatisch die Hand vor den Mund. Er mußte schwer schlucken und versuchte etwas zu sagen, doch seine Stimme ließ ihn im Stich. Dann räusperte er sich.

»Es reicht!« brachte er hervor und wandte sich ab.

Reverend Mather klappte die Türen zu und verschloß den Schrank.

»Ist das mit Sicherheit das Machwerk von Elizabeth?« fragte Ronald mit schwacher Stimme.

»Ohne jeden Zweifel«, erwiderte Samuel. »Sheriff George Corwin hat es in deinem Haus gefunden. Aber darüber hinaus hat Elizabeth auch aus freien Stücken die Verantwortung dafür übernommen.«

»Um Himmels willen«, entfuhr es Ronald. »Da hatte wohl tatsächlich der Teufel seine Hände im Spiel. Und trotzdem bin ich im Grunde meines Herzen davon überzeugt, daß Elizabeth keine Hexe ist.«

»Für jeden Mann ist es schwer zu fassen, daß seine Frau einen Bund mit dem Teufel geschlossen hat«, sagte Samuel. »Aber wir haben es hier mit einem absolut überzeugenden Beweisstück zu tun, und darüber hinaus haben auch noch etliche der befallenen Mädchen ausgesagt, daß sie von Elizabeths Geist gequält worden sind. Es tut mir leid, mein guter Freund, aber Elizabeth ist eine Hexe.«

»Ich bin erschüttert«, brachte Ronald hervor.

Samuel und Cotton Mather warfen sich einen Blick voller Verständnis und Mitgefühl für Ronald zu. Dann gab Samuel das Zeichen zum Aufbruch.

»Am besten gehen wir erst mal zurück in den Salon«, schlug Reverend Mather vor. »Ich glaube, wir könnten jetzt alle einen Krug Ale vertragen.«

Nachdem sie sich gesetzt und von dem erfrischenden Bier getrunken hatten, übernahm Reverend Mather das Wort: »Die Zeit, in der wir leben, stellt jeden von uns auf die Probe. Doch nun müssen wir alle dazu beitragen, die Katastrophe zu überwinden. Nachdem wir jetzt wissen, daß der Teufel Salem auserwählt hat, müssen wir mit Gottes Hilfe seine Diener und deren Vertraute ausfindig machen und sie aus unserer Mitte verbannen. Nur so können wir die Unschuldigen und die Frommen beschützen, die der Teufel verachtet.«

»Es tut mir leid«, warf Ronald ein. »Aber ich kann Ihnen dabei nicht helfen. Ich bin voller Sorge und Trauer. Ich kann einfach nicht glauben, daß Elizabeth eine Hexe sein soll. Ich brauche Zeit. Bestimmt gibt es einen Weg, ihr eine Gnadenfrist zu verschaffen – und wenn sie nur einen Monat Aufschub bekommt.«

»Einen Aufschub kann nur Gouverneur Phips gewähren«, sagte Samuel. »Aber es ist vergebliche Mühe, einen Antrag zu stellen. Er wird einen Aufschub nur gewähren, wenn ein zwingender Grund vorliegt.«

Die drei Männer verfielen in Schweigen. Nur der Stadtlärm drang durch das offene Fenster in den Raum.

»Vielleicht könnte ich einen Strafaufschub erwirken«, sagte Reverend Mather auf einmal.

Ein kleiner Hoffnungsschimmer huschte über Ronalds Gesicht. Samuel sah den Geistlichen verwirrt an.

»Ich glaube, daß ich dem Gouverneur gegenüber eine Gnadenfrist rechtfertigen könnte«, erklärte Reverend Mather. »Aber nur unter einer Bedingung: Elizabeth müßte mit uns zusammenarbeiten. Sie müßte bereit sein, dem Fürsten der Finsternis den Rücken zu kehren.«

»Ich bin sicher, daß sie zur Zusammenarbeit bereit ist«, sagte Ronald. »Was müßte sie tun?«

»Zunächst muß sie im Gemeindehaus von Salem vor den Gläubigen ein Geständnis ablegen«, begann Reverend Mather. »Sie muß schwören, ihren Pakt mit dem Teufel zu kündigen. Zweitens muß sie die Gemeindemitglieder benennen, die ein ähnliches Bündnis mit dem Teufel eingegangen sind. Für die Gemeinde wäre das von großem Nutzen. Schließlich leiden die befallenen Frauen nach wie vor unter den Anfällen, und das ist wohl Beweis genug, daß der Teufel in Salem noch immer viele Gehilfen hat.«

Ronald sprang auf. »Ich werde noch heute nachmittag dafür sorgen, daß sie einwilligt«, sagte er aufgeregt. »Bitte sprechen Sie sofort mit Gouverneur Phips.«

»Ich warte lieber, bis wir Elizabeths Einverständnis haben«, erwiderte Reverend Mather. »Bevor sie eingewilligt hat, möchte ich seine Exzellenz lieber nicht behelligen.«

»Sie werden Elizabeths Wort bekommen«, versprach Ronald. »Allerspätestens morgen früh bin ich wieder hier.«

»Behüte Sie Gott«, sagte Reverend Mather zum Abschied.

Auf dem Weg zur Old North Church, wo die Kutsche wartete, konnte Samuel kaum mit Ronald Schritt halten.

»Du kannst mindestens eine Stunde sparen, wenn du die Fähre noch Noddle Island nimmst«, schlug Samuel vor, während sie die Stadt durchquerten.

»Dann nehme ich die Fähre«, sagte Ronald.

Samuel hatte recht gehabt. Für den Rückweg nach Salem benötigte Ronald erheblich weniger Zeit. Bereits am späten Nachmittag bog er wieder in die Prison Lane ein und brachte sein Pferd vor dem Gefängnis von Salem zum Stehen. Er hatte dem Tier, dem vor Erschöpfung der Schaum von den Nüstern tropfte, gnadenlos die Sporen gegeben.

Wie sein Pferd war Ronald am Ende seiner Kräfte und über und über mit Staub bedeckt. Der Schweiß floß ihm in Rinnsalen über die Stirn. Er fühlte sich seelisch ausgelaugt und hatte Hunger und Durst. Doch der Hoffnungsschimmer, den er Cotton Mather zu verdanken hatte, ließ ihn seine eigenen Bedürfnisse vergessen.

Als er in das Büro des Gefängniswärters platzte, mußte er frustriert feststellen, daß es leer war. Er hämmerte gegen die Eichentür, die zu den Zellen führte. Sofort wurde die Tür einen Spaltbreit geöffnet, und er starrte in das aufgedunsene Gesicht von William Dounton.

»Ich will meine Frau sehen«, schnaufte Ronald.

»Ich teile gerade das Essen aus«, entgegnete William. »Kommen Sie in einer Stunde wieder.«

Ronald trat so fest gegen die Tür, daß sie beinahe aus den Angeln flog und William zur Seite geschleudert wurde. Dabei schwappte ein Teil der Schleimsuppe über, die er in einem Eimer bei sich trug.

»Ich will sie jetzt sehen!« fauchte Ronald den Wärter an.

»Das werde ich dem Richter melden«, beschwerte sich William. Doch er stellte seinen Eimer ab und führte Ronald zu der Tür, die in den Keller führte.

Wenige Minuten später ließ Ronald sich neben Elizabeth nieder und berührte sie sanft an der Schulter. Als sie ihre Augen öffnete, fragte sie als erstes nach den Kindern.

»Ich habe sie immer noch nicht gesehen«, mußte Ronald gestehen. »Aber ich habe gute Nachrichten. Ich habe mit Samuel Sewall und mit Reverend Cotton Mather gesprochen. Sie glauben, daß der Gouverneur dir vielleicht eine Gnadenfrist gewährt.«

»Gott sei Dank«, erwiderte Elizabeth. Ihre Augen funkelten im Kerzenlicht.

»Aber du mußt dich schuldig bekennen«, fuhr Ronald fort, »und du mußt die Namen anderer nennen, von denen du weißt, daß sie im Bund mit dem Teufel sind.«

»Wessen soll ich mich denn schuldig bekennen?« fragte Elizabeth.

»Der Hexerei«, erwiderte Ronald verzweifelt. Er war so nervös und erschöpft, daß ihm die Ungeheuerlichkeit dieser Anschuldigung gar nicht mehr bewußt war.

»Ein solches Geständnis kann ich nicht ablegen«, sagte Elizabeth.

»Und warum nicht?« fragte Ronald schrill.

»Weil ich keine Hexe bin«, antwortete Elizabeth.

Einen Augenblick lang starrte Ronald seine Frau nur an und ballte vor Verzweiflung die Fäuste.

»Ich kann doch nicht lügen«, durchbrach Elizabeth das angespannte Schweigen. »Ich werde mich auf keinen Fall der Hexerei schuldig bekennen.«

Das war zuviel für Ronald, er bekam einen Wutanfall. Er schmetterte seine Faust in die Handfläche und kam mit seinem Gesicht ganz nah an das von Elizabeth heran. »Du wirst ein Geständnis ablegen«, fauchte er. »Ich befehle dir, dich der Hexerei schuldig zu bekennen.«

»Mein geliebter Mann«, begann Elizabeth; sie ließ sich durch Ronalds Drohgebärden nicht einschüchtern. »Hat man dir von dem Beweisstück berichtet, auf Grund dessen ich verurteilt wurde?«

Ronald richtete sich auf und sah kurz zu William hinüber. Es war ihm peinlich, daß der Wärter die Unterhaltung mitverfolgte. Er befahl ihm zu verschwinden, woraufhin William den Suppeneimer nahm und seine Runde durch den Keller fortsetzte.

»Ich habe den Beweis mit meinen eigenen Augen gesehen«, sagte Ronald, als William außer Hörweite war. »Reverend Mather bewahrt ihn bei sich zu Hause auf.«

»Ich habe anscheinend gegen die Gebote Gottes verstoßen«, sagte Elizabeth. »Dazu könnte ich mich auch bekennen, wenn ich nur wüßte, welche Sünde ich auf mich geladen habe. Aber ich bin keine Hexe, und ich habe mit Sicherheit keinem der Mädchen, die gegen mich ausgesagt haben, irgendein Leid zugefügt.«

»Dann bekenne dich einfach nur zum Schein der Hexerei schuldig, damit sie dir die Gnadenfrist gewähren«, flehte Ronald sie an. »Ich will doch dein Leben retten.«

»Aber ich kann nicht mein Leben retten und dabei gleichzeitig meine Seele verlieren«, beharrte Elizabeth. »Wenn ich lüge, spiele ich dem Teufel in die Hände. Außerdem kenne ich keine einzige Hexe, und ich kann unmöglich eine unschuldige Person anschwärzen, um meine eigene Haut zu retten.«

»Du mußt gestehen!« schrie Ronald sie an. »Wenn du nicht gestehst, muß ich dich aufgeben.«

»Tu, was dein Gewissen dir befiehlt«, erwiderte Elizabeth. »Ich werde mich jedenfalls nicht der Hexerei schuldig bekennen.«

»Bitte«, flehte Ronald sie an und änderte sein Taktik. »Tu es den Kindern zuliebe.«

»Wir müssen dem Herrn vertrauen«, entgegnete Elizabeth.

»Der Herr hat uns verlassen«, klagte Ronald, während ihm Tränen über das staubverschmierte Gesicht liefen.

Mit aller Kraft hob Elizabeth ihre angekettete Hand und legte sie Ronald auf die Schulter. »Verlier nicht den Mut, mein geliebter Mann. Gottes Ratschlüsse sind unerforschlich.«

Das war zuviel für Ronald. Er sprang auf und stürmte aus dem Gefängnis.

Dienstag, 19. Juli 1692

Nervös verlagerte Ronald sein Gewicht von einem Fuß auf den anderen. Er stand am Rande des Prison Lane, nicht weit vom Gefängnis entfernt. Auf seiner Stirn, die von der breiten Krempe seines Hutes verdeckt wurde, hatten sich Schweißperlen gebildet. Es war ein drückend heißer und diesiger Tag, und obwohl sich überall erwartungsvolle Menschen drängten, hatte sich eine bedrohliche Stille über die Stadt gelegt. Sogar die Möwen waren verstummt, ganz Salem schien den Atem anzuhalten. Alle warteten darauf, daß der Wagen in Sicht kam.

Ronalds Nerven lagen bloß, und seine Gedanken waren wie gelähmt; er war gleichzeitig ängstlich, traurig und panisch. Es war ihm ein Rätsel, womit er und Elizabeth dieses Unglück verdient hatten; was hatten sie nur falsch gemacht? Am Tag zuvor, als er Elizabeth ein letztes Mal zur Zusammenarbeit hatte überreden wollen, hatte der Richter ihm den Zutritt zum Gefängnis verwehrt. Bis dahin hatte er ihr immer wieder gut zugeredet, sie angefleht und ihr sogar gedroht – doch er hatte sie nicht umstimmen können. Sie wollte kein Geständnis ablegen.

Vom abgeschiedenen Gefängnishof hörte Ronald jetzt das metallische Klappern, das die Eisenfelgen auf dem Granit-Kopfsteinpflaster verursachten. Kurz darauf konnte er den Wagen sehen. Auf der Ladefläche standen fünf Frauen, die sich eng aneinanderpreßten. Sie waren noch immer angekettet. William Dounton lief hinter dem Wagen her; er grinste zufrieden, denn er freute sich darauf, die Gefangenen dem Henker auszuliefern.

Plötzlich erhob sich Freudengeschrei und lautes Gejohle; die Gaffer erklärten das Spektakel für eröffnet. Die Kinder sprudelten über vor Energie und begannen ihre Lieblingsspiele zu spielen, währen die Erwachsenen scherzten und sich gegenseitig auf die Schultern klopften. Wie beinahe immer, wenn jemand gehängt wurde, versprach der Tag für die Gaffer ein Festtag zu werden. Das galt natürlich nicht für Ronald und für die Familien und Freunde der anderen Opfer.

Da Ronald von Reverend Mather darauf vorbereitet worden war, überraschte es ihn nicht, daß er Elizabeth nicht auf dem Wagen sah; es stimmte ihn aber auch nicht zuversichtlich. Der Geistliche hatte ihm erzählt, daß Elizabeth erst zum Schluß hingerichtet werden würde, wenn der Blutdurst der Meute durch die Hinrichtung der ersten fünf Frauen bereits gestillt sein würde. Man wollte so einer Massenhysterie vorbeugen, vor allem bei denen, die von dem gegen Elizabeth verwendeten Beweisstück gehört oder es sogar gesehen hatten.

Als der Wagen an Ronald vorbeirumpelte, sah er in die Gesichter der Verurteilten. Sie wirkten alle gebrochen und mutlos. In Anbetracht des Schicksals, das ihnen unmittelbar bevorstand, war das kein Wunder. Ronald erkannte nur zwei der Frauen: Rebecca Nurse und Sarah Good. Sie waren beide aus Salem Village. Die anderen stammten aus benachbarten Ortschaften. Ronald wußte, daß Rebecca Nurse eine fromme Frau war; daß ausgerechnet sie auf dem Weg zu ihrer Hinrichtung an ihm vorbeifuhr, erinnerte ihn an die Warnung Reverend Mathers, wie leicht die Hexenprozesse von Salem außer Kontrolle geraten könnten.

Als der Wagen die Essex Street erreichte und nach Westen abbog, lief die Meute ihm hinterher. Reverend Cotton Mather stach deutlich aus der Menge hervor, weil er der einzige war, der auf einem Pferd gekommen war.

Eine halbe Stunde später hörte Ronald im Innenhof des Gefängnisses erneut das verräterische Gerumpel der schweren Räder. Der zweite Wagen kam in Sicht. Auf der Ladefläche hockte Elizabeth, den Kopf zu Boden gesenkt. Ihre Eisenketten waren so schwer, daß sie sich nicht aufrecht halten konnte. Auch als der Wagen an Ronald vorbeifuhr, blickte Elizabeth nicht auf. Ronald rief sie nicht an. Sie hätten ohnehin nicht gewußt, was sie sich noch hätten sagen sollen.

Er folgte dem Wagen in einigem Abstand. Sein Alptraum wurde Wirklichkeit. Er hatte gemischte Gefühle, was seine Anwesenheit betraf. Einerseits wollte er am liebsten die Flucht ergreifen und sich vor der Welt verstecken, andererseits wollte er Elizabeth bis zum bitteren Ende begleiten.

Im Westen von Salem Town, direkt hinter der Town Bridge, bog der Wagen von der Hauptstraße ab, um sich zum Galgenhügel emporzuquälen. Der Weg führte durch dorniges Gestrüpp und ging dann in einen Felskamm über, an dem hier und dort ein paar vereinzelte Eichen und Robinien wuchsen. Schließlich blieb der Wagen mit Elizabeth neben dem ersten Wagen stehen, der inzwischen leer war.

Ronald wischte sich den Schweiß von der Stirn und trat hinter dem Wagen hervor. Vor sich sah er die johlende Menschenmenge, die sich um eine der größeren Eichen versammelt hatte. Im Hintergrund erblickte er Cotton Mather, der immer noch auf seinem Pferd saß. Unter dem Baum standen die Verurteilten. Der Henker, der ein schwarzes Kapuzengewand trug und extra aus Boston angereist war, hatte seinen Strick über einen kräftigen Ast geworfen. Das eine Ende des Stricks hatte er am Baumstamm festgebunden und das andere zu einer Schlinge geformt, die er soeben um den Hals von Sarah Good gelegt hatte. Sarah verharrte regungslos auf einer Leiter, die gegen den Baum gelehnt worden war.

Ronald sah, wie Reverend Noyes von der Kirchengemeinde in Salem Town zu der Verurteilten hinüberging. In seiner Hand hielt er eine Bibel. »Bekenne dich schuldig, Hexe!« brüllte er zu Sarah hinauf.

»Ich bin keine Hexe – genausowenig wie Sie ein Hexenmeister sind!« schrie Sarah zurück. Dann begann sie wüst zu fluchen, doch Ronald konnte ihre Worte nicht verstehen; die Meute war in lautes Johlen ausgebrochen, nachdem jemand lauthals gefordert hatte, daß der Henker endlich zur Sache kommen solle. Daraufhin tat der Henker seine grausige Pflicht: Er stieß Sarah Good von der Leiter, so daß sie in der Luft baumelte.

Die Meute grölte und brüllte in Sprechchören: »Hexe stirb!«, während Sarah mit dem Strick kämpfte, der ihr die Luft abschnürte. Ihr Gesicht färbte sich zuerst knallrot und dann schwarz. Als Sarah aufgehört hatte zu zucken, nahm sich der Henker die nächste Delinquentin vor.

Bei jedem weiteren Opfer ebbte das Gejohle der Menschenmenge ab. Als die letzte Frau von der Leiter gestoßen wurde und die ersten Gehängten bereits abgeschnitten waren, zeigte die Meute kein Interesse mehr. Einige der Gaffer waren zwar etwas näher herangerückt, um zu sehen, wie die Leichen in ein flaches, steiniges Gemeinschaftsgrab gestoßen wurden, doch die meisten waren bereits auf dem Rückweg in die Stadt, wo die Feierei fortgesetzt werden sollte.

Nun war für Elizabeth die Zeit gekommen; sie wurde zum Galgen geleitet. Die Ketten hingen wie ein Klotz an ihr, so daß der Henker sie auf dem Weg zur Leiter stützen mußte.

Ronald mußte schlucken. Er hatte das Gefühl, den Boden unter den Füßen zu verlieren. Am liebsten hätte er seine Wut herausgeschrien. Gleichzeitig wollte er um Gnade bitten. Doch er tat nichts dergleichen. Er verharrte regungslos.

Als Reverend Mather Ronald erblickte, gab er seinem Pferd einen Klaps und kam zu ihm herübergeritten. »Es ist der Wille Gottes«, versuchte er ihn zu trösten. Er hatte alle Mühe, sein Pferd im Zaum zu halten, denn es hatte Ronalds innere Unruhe gespürt.

Ronald wandte seinen Blick nicht von Elizabeth. Er spürte den Drang, nach vorne zu preschen und den Henker zu töten.

»Vergessen Sie nicht, was Elizabeth getan hat«, sagte Reverend Mather. »Sie sollten dem Herrn dafür danken, daß der Tod sein gnädiges Werk rechtzeitig verrichtet, um unser gelobtes Land zu retten. Sie haben den Beweis doch mit eigenen Augen gesehen.«

Ronald nickte niedergeschlagen und kämpfte vergeblich gegen die Tränen. Er hatte den Beweis gesehen. Es war eindeutig ein Werk des Teufels gewesen. »Aber warum nur?« schrie er plötzlich. »Warum Elizabeth?«

Für den Bruchteil einer Sekunde sah er, wie Elizabeth ihre Augen aufschlug und ihn anblickte. Sie bewegte ihre Lippen, als wolle sie etwas sagen, doch bevor sie ein Wort herausbringen konnte, gab der Henker ihr den tödlichen Stoß. Diesmal hatte er sich einer anderen Technik bedient: Er hatte das Seil, das er um Elizabeths Nacken geschlungen hatte, nicht straff gezogen. Als sie von der Leiter gestoßen wurde, stürzte sie ein paar Meter tief und war, da die Schlinge sich ruckartig zuzog, auf der Stelle tot. Im Gegensatz zu den anderen Opfern zuckte sie nicht im Todeskampf, und ihr Gesicht verfärbte sich nicht.

Ronald vergrub sein Gesicht in den Händen und weinte.

Kapitel 1

Dienstag, 12. Juli 1994

Kimberly Stewart sah auf ihre Uhr. Sie passierte das Drehkreuz der belebten U-Bahn-Station am Harvard Square in Cambrigde, Massachusetts, und ging nach draußen. Es war kurz vor sieben, und obwohl sie wußte, daß sie auf keinen Fall zu spät dran war, ging sie etwas schneller. Sie schob sich durch die Menschenmenge, die sich um den Zeitungskiosk in der Mitte des Platzes drängelte, und legte den kurzen Weg über die Massachusetts Avenue fast im Laufschritt zurück. Dann bog sie nach rechts in die Holyoke Street ein.

Als sie den Hasty Pudding Club erreicht hatte, verschnaufte sie kurz und betrachtete das Gebäude. Sie hatte schon von diesem Gesellschaftsclub der Harvard University gehört, doch sie kannte ihn eigentlich nur im Zusammenhang mit der jährlichen Verleihung des Schauspielpreises. Das Clubgebäude sah aus wie die meisten Häuser in Harvard: Es war ein rotes Backsteinhaus mit weißen Verzierungen. Obwohl sich in der oberen Etage ein Restaurant mit dem Namen *Upstairs at the Pudding* befand, hatte Kimberly das Haus noch nie betreten. Dies sollte ihr erster Besuch sein.

Als sie wieder normal atmete, öffnete Kim die Tür und betrat das Gebäude. Sie mußte mehrere pompöse Treppen hinaufsteigen, und als sie schließlich die Empfangstheke des Restaurants erreicht hatte, war sie schon wieder leicht außer Atem. Sie erkundigte sich nach der Damentoilette.

Während sie versuchte, ihr kräftiges rabenschwarzes Haar zu bändigen, sagte sie sich immer wieder, daß sie keinen Grund hatte, nervös zu sein. Schließlich gehörte Stanton Lewis zur Familie. Allerdings hatte er sie noch nie zuvor auf die letzte Minute angerufen und sie bedrängt, »unbedingt« an einem Abendessen teilzunehmen. Es handele sich um einen »Notfall«, hatte er gesagt.

Obwohl sie immer noch nicht damit zufrieden war, ließ sie schließlich von ihrer Frisur ab und begab sich erneut zum Empfang. Diesmal bat sie den Begrüßungskellner, sie zu Mrs. und Mr. Stanton Lewis zu führen.

»Die Gesellschaft ist fast komplett«, bemerkte der Kellner. Kim folgte ihm durch das Restaurant und spürte, wie ihre Unsicherheit wuchs. Bei dem Wort »Gesellschaft« war sie zusammengezuckt. Sie überlegte, wer wohl außer Stanton und seiner Frau noch bei dem Essen dabeisein würde.

Der Kellner führte sie auf eine Terrasse, wo bereits allerhand Gäste auf ihr Essen warteten. Stanton und seine Frau Candice saßen an einem Vierertisch in der Ecke.

»Tut mir leid, daß ich mich verspätet habe«, entschuldigte sich Kim, als sie den Tisch erreichte.

»Aber du kommst gar nicht zu spät«, erwiderte Stanton.

Er sprang auf, schloß sie überschwenglich in die Arme und schien sie gar nicht wieder loslassen zu wollen. Kim versuchte sich aus seiner Umarmung zu befreien. Ihr Gesicht wurde knallrot. Sie hatte das unangenehme Gefühl, daß jeder Gast auf der überfüllten Terrasse sie anstarrte. Als sie Stanton endlich abgeschüttelt hatte, ließ sie sich auf dem Stuhl nieder, den der Diener ihr zurechtgerückt hatte, und wäre am liebsten auf der Stelle im Erdboden versunken.

Jedesmal wenn sie mit Stanton zusammen war, fühlte sich Kim wie auf einem Präsentierteller. Stanton war zwar ihr Cousin, aber er war völlig anders als sie. Während sie sich für schüchtern, manchmal sogar menschenscheu hielt, strotzte Stanton nur so vor Selbstbewußtsein: Er galt als weltläufiger, äußerst durchsetzungsfähiger und gebildeter Mann. Er hatte eine sportliche Figur, war groß und zwang sich immer zu einer aufrechten Haltung. Jeder sah in Stanton den vollendeten Unternehmer. Und auch Candice war alles andere als ein Mauerblümchen; trotz ihres Lächelns vermittelte sie Kim das Gefühl, gesellschaftlich inakzeptabel zu sein.

Kim sah sich vorsichtig um und stieß dabei aus Versehen an den Kellner, der ihr gerade eine Serviette auf den Schoß legen wollte. Gleichzeitig baten sie einander um Entschuldigung.

»Ganz ruhig, Cousine«, sagte Stanton, nachdem der Kellner gegangen war. Dann schenkte er Kim ein Glas Weißwein ein. »Du bist ja ein einziges Nervenbündel.«

»Du machst mich nur noch nervöser, wenn du an mir herumnörgelst«, zischte Kim und nippte an ihrem Glas.

»Es ist wirklich komisch mit dir«, bemerkte Stanton beiläufig.

»Ich werde nie begreifen, warum du immer so schrecklich gehemmt bist – und erst recht nicht, wenn du mit deinen Verwandten in einem Raum voller Leute sitzt, die du nie wiedersehen wirst. Warum trägst du deine Haare eigentlich nicht offen?«

»Weil meine Haare so störrisch sind, daß ich keinen Einfluß darauf habe, wie sie liegen«, antwortete Kim scherzhaft. Sie wurde nun doch etwas ruhiger. »Im übrigen ist mir völlig klar, warum du dir nicht vorstellen kannst, daß ich mich unwohl fühle. Du bist eben dermaßen von dir überzeugt, daß es für dich unvorstellbar ist, wie jemand ganz anders sein kann als du.«

»Dann gib mir doch die Chance, dich zu verstehen«, schlug Stanton vor. »Erklär mir zum Beispiel, warum du dich jetzt unwohl fühlst. Mein Gott, deine Hand zittert ja!«

Kim stellte ihr Glas ab und legte die Hände auf ihre Beine. »Vor allem bin ich nervös, weil alles so schnell gehen mußte«, begann sie. »Nach deinem überraschenden Anruf hatte ich ja kaum noch Zeit zum Duschen, geschweige denn, mit etwas Vernünftiges zum Anziehen herauszusuchen. Außerdem macht mich mein Pony wahnsinnig.« Kim versuchte vergeblich, die Fransen zurechtzuzupfen, die ihr in die Stirn fielen.

»Ich finde dein Kleid hinreißend«, schaltete Candice sich ein.

»Keine Frage«, pflichtete Stanton ihr bei. »Kimberly, du siehst einfach phantastisch aus.«

Kim lachte. »Ich weiß natürlich, daß provozierte Komplimente nichts mit der Wahrheit zu tun haben.«

»So ein Quatsch!« widersprach Stanton. »Es ist die Wahrheit. Du bist eine attraktive, hübsche Frau, auch wenn du immer so tust, als wüßtest du das nicht. Aber das macht dich wiederum erst recht liebenswert. Wie alt bist du jetzt eigentlich, fünfundzwanzig?«

»Siebenundzwanzig«, antwortete Kim und nahm noch einen Schluck Wein.

»Siebenundzwanzig, und mit jedem Jahr wirst du hübscher«, fuhr Stanton fort und grinste schelmisch. »Für dein anmutiges Gesicht würden andere Frauen sterben. Deine Haut ist wie die eines Babypopos, du hast die Figur einer Ballerina – von deinen smaragdgrünen Augen, mit denen du selbst eine griechische Statue betören könntest, ganz zu schweigen.«

»Was für ein Quatsch«, entgegnete Kim. »An meinem Gesicht ist mit Sicherheit nichts Besonderes, meine Haut ist ganz passabel, aber sie wird nicht richtig braun, und wenn du von meiner Ballerina-Figur sprichst, dann willst du mir wohl auf nette Weise sagen, daß ich nicht gerade üppig ausgestattet bin.«

»Ich finde, du bist dir selbst gegenüber ungerecht«, schaltete Candice sich nun wieder ein.

»Vielleicht sollten wir besser das Thema wechseln«, schlug Kim vor. »Wenn wir nämlich weiter über mich reden, werde ich sicher nicht ruhiger.«

»Ich entschuldige mich für die zutreffenden Komplimente«, sagte Stanton und setzte erneut sein schelmisches Grinsen auf. »Worüber möchtest du denn reden?«

»Warum erklärst du mir nicht mal, was es mit diesem angeblichen ›Notfall‹ auf sich hat und warum du mich herbestellt hast«, forderte Kim ihn auf.

Stanton beugte sich etwas vor. »Ich brauche deine Hilfe.«

»Meine Hilfe?« fragte Kim und mußte lachen. »Der große Finanzmogul braucht meine Hilfe? Soll das ein Witz sein?«

»Ganz im Gegenteil«, erwiderte Stanton. »In ein paar Monaten werde ich mit einer meiner Biotechnologie-Gesellschaften an die Börse gehen. Die Firma heißt Genetrix.«

»Ich werde bestimmt kein Geld investieren«, sagte Kim schnell. »Du wendest dich an das falsche Familienmitglied.«

Stanton lachte laut auf. »Ich bin nicht auf der Suche nach Geld«, stellte er klar. »Es geht um etwas ganz anderes. Zufällig habe ich heute mit Tante Joyce gesprochen und …«

»Oh, nein!« unterbrach Kim ihn ärgerlich. »Was hat dir meine Mutter denn erzählt?«

»Sie hat lediglich erwähnt, daß du dich vor kurzem von deinem Freund getrennt hast«, antwortete Stanton.

Kim wurde bleich. Das flaue Gefühl, daß sie beim Betreten des Restaurants empfunden hatte, kehrte schlagartig zurück. »Ich wünschte, meine Mutter würde endlich einmal lernen, ihren Mund zu halten«, sagte sie gereizt.

»Joyce hat bestimmt keine peinlichen Details ausgeplaudert«, versuchte Stanton sie zu besänftigen.

»Das spielt gar keine Rolle«, entgegnete Kim. »Sie hat schon die persönlichsten Dinge über Brian und mich in aller Öffentlichkeit erörtert, als wir noch Teenager waren.«

»Sie hat nur gesagt, daß Kinnard nicht der richtige Mann für dich war«, sagte Stanton. »Wobei ich ihr übrigens recht geben muß. Er ist doch ständig mit seinen Freunden auf irgendwelchen Ski- oder Angeltrips.«

»Das hört sich für mich aber ganz stark nach persönlichen Details an«, stellte Kim fest. »Und außerdem ist es übertrieben. Das Angeln hat er erst vor kurzem entdeckt. Und Skilaufen geht er einmal im Jahr.«

»Um dir die Wahrheit zu sagen – ich habe deiner Mutter kaum zugehört«, fuhr Stanton fort. »Zumindest nicht, bis sie mich gefragt hat, ob ich nicht einen passenderen Mann für dich wüßte.«

»Oh, nein!« entfuhr es Kim. Sie kochte innerlich. »Das kann doch nicht wahr sein! Sie hat dich also tatsächlich gebeten, mich mit jemandem zu verkuppeln!«

»Eigentlich ist das ja nicht meine Stärke«, bemerkte Stanton. Ein zufriedenes Lächeln huschte über sein Gesicht. »Aber dann hatte ich einen Geistesblitz. Gleich nachdem Joyce aufgelegt hatte, wußte ich, wen ich dir vorstellen würde.«

»Jetzt erzähl mir bloß nicht, daß du mich deshalb heute abend hier herbestellt hast«, schnaubte Kim aufgebracht. Sie merkte, wie ihr Puls zu rasen begann. »Ich wäre niemals gekommen, wenn ich das auch nur geahnt hätte.«

»Beruhige dich doch«, versuchte Stanton seine Cousine zu beschwichtigen. »Warum regst du dich denn so auf? Es wird schon alles gutgehen. Verlaß dich ganz auf mich.«

»Es ist doch noch viel zu früh«, sagte Kim resigniert.

»Es ist nie zu früh«, entgegnete Stanton. »Mein Motto lautet: Heute ist, was gestern noch morgen war.«

»Du bist unmöglich, Stanton«, sagte Kim. »Ich habe keine Lust auf irgendwelche Verabredungen. Außerdem sehe ich furchtbar aus.«

»Das ist nicht wahr«, widersprach Stanton. »Glaub mir, Edward Armstrong wird hin und weg sein, wenn er dich sieht. Ein Blick in deine smaragdgrünen Augen – und er wird schwach.«

»Das ist doch lächerlich«, schnaubte Kim.

»Aber ich will ehrlich sein«, gestand Stanton. »Ich hatte auch noch etwas anderes im Sinn, als ich dich herbestellt habe. Ich versuche schon seit längerem, Edward für eine meiner Biotechnologie-Firmen zu gewinnen. Und jetzt, wo ich mit Genetrix an die Börse gehen will, brauche ich ihn dringender denn je. Ich dachte, ich kann ihm das Ganze vielleicht schmackhafter machen, indem ich ihn mit meiner bezaubernden Cousine bekannt mache. Vielleicht beißt er dann an und übernimmt den Posten im wissenschaftlichen Beirat von Genetrix. Allein sein Name wäre Gold wert und könnte bei der Börseneinführung locker vier bis fünf Millionen Dollar zusätzlich einbringen. Und ihn selbst kann ich dabei auch zum Millionär machen.«

Kim schwieg und starrte in ihr Weinglas. Sie war wütend. Bisher hatte sie sich nur unsicher gefühlt, jetzt kam sie sich mißhandelt und ausgenutzt vor. Doch sie behielt ihren Ärger für sich. Es war ihr noch nie leichtgefallen, sich zur Wehr zu setzen. Wie immer hatte Stanton sie mit seiner manipulativen, eigennützigen und zugleich offenen Art völlig überrumpelt.

»Vielleicht will Edward Armstrong ja gar kein Millionär werden«, sagte sie schließlich.

»Unsinn«, widersprach Stanton. »Jeder will gerne Millionär sein.«

»Daß du dir das nicht vorstellen kannst, wundert mich nicht«, stellte Kim fest. »Aber es gibt auch Menschen, die nicht nur ans Geld denken.«

»Edward ist ein richtiger Gentleman«, warf Candice ein.

»Hört sich so an, als wolltet ihr mir meinen unbekannten Rendezvouspartner um jeden Preis schönreden. Nach dem Motto ›Hauptsache, er beißt nicht‹.«

Stanton gluckste. »Weißt du, meine liebe Cousine, du magst zwar einen psychischen Knacks haben, aber deinen Humor hast du nicht verloren.«

»So habe ich das gar nicht gemeint«, sagte Candice. »Edward ist einfach ein aufmerksamer Mensch. Und ich finde, das ist eine wichtige Eigenschaft. Ich war zuerst gegen Stantons Idee, dich mit Edward zusammenzubringen, aber dann dachte ich, daß es doch eigentlich ganz schön für dich wäre, einen so zuvorkommenden Mann kennenzulernen. Zwischen Kinnard und dir ist es ja wohl recht stürmisch zugegangen. Ich finde, du hast einen besseren Mann verdient.«

Kim traute ihren Ohren nicht. Als ob Candice irgend etwas über Kinnard wußte. Doch Kim hielt sich zurück. »Wenn Kinnard und ich Probleme miteinander hatten, dann haben wir beide unseren Teil dazu beigetragen«, stellte sie klar.

Kim schielte zur Tür. Am liebsten wäre sie einfach aufgestanden und gegangen. Doch das entsprach einfach nicht ihrer Art, obwohl sie sich im Moment dafür verfluchte.

»Edward ist übrigens nicht nur sehr zuvorkommend«, fing Stanton wieder an. »Er hat auch sonst eine Menge zu bieten. Er ist nämlich ein Genie.«

»Oh, das ist ja phantastisch! Dann wird Mr. Armstrong mich nicht nur unattraktiv, sondern auch noch stinklangweilig finden. Es gehört nicht zu meinen besonderen Fähigkeiten, mit irgendwelchen Genies geistreiche Konversation zu treiben.«

»Ihr werdet prima miteinander auskommen«, versuchte Stanton sie zu beruhigen. »Ihr arbeitet in ähnlichen Bereichen. Edward ist Doktor der Medizin. Wir haben zusammen in Harvard studiert. Als Studenten haben wir oft gemeinsame Experimente und Laborversuche durchgeführt. Im dritten Jahr hat er dann aber die Fakultät verlassen, um in Biochemie zu promovieren.«

»Ist er praktizierender Arzt?« fragte Kim.

»Nein«, erwiderte Stanton. »Er arbeitet in der Forschung. Er hat sich darauf spezialisiert, die chemischen Prozesse des menschlichen Gehirns zu ergründen – ein ergiebiges und zukunftsträchtiges Forschungsgebiet. In seinem Fach ist Edward eine Koryphäe. In Wissenschaftskreisen wird er längst wie ein Star gefeiert, und die Harvard University hat es gerade erst geschafft, ihn aus Stanford abzuwerben und wieder zurückzuholen. Da wir übrigens gerade vom Teufel sprechen – da kommt er ja endlich.«

Kim drehte sich um und sah einen großen, breit gebauten, aber noch recht jungenhaft aussehenden Mann auf ihren Tisch zu steuern. Wie sie gerade gehört hatte, war er mit Stanton im gleichen Semester gewesen; also mußte er um die Vierzig sein, doch er wirkte erheblich jünger. Er hatte rotblondes Haar und ein breites, sonnengebräuntes Gesicht, in dem noch keine Fältchen zu erkennen waren. Er ging leicht gebeugt, fast so, als ob er Angst hätte, sich den Kopf an irgendeinem Balken zu stoßen.

Stanton sprang auf und begrüßte ihn ebenfalls mit einer stürmischen Umarmung. In typischer Männermanier klopfte er ihm dann noch ein paarmal kumpelhaft auf die Schulter.

Kim fand den Neuankömmling auf der Stelle sympathisch, denn sie registrierte sofort, daß Edward sich angesichts dieser übertrieben herzlichen Begrüßung genauso unwohl fühlte wie sie selbst vor ein paar Minuten.

Stanton stellte seinen Gast kurz vor, woraufhin Edward den beiden Frauen kurz die Hand reichte und sich dann setzte. Er stotterte leicht und strich sich nervös das Haar aus der Stirn.

»Es tut mir schrecklich leid, daß ich mich verspätet habe«, entschuldigte sich Edward. Er hatte Schwierigkeiten, das »sch« richtig auszusprechen.

»Ihr seid wirklich aus dem gleichen Holz geschnitzt«, sagte Stanton lachend und wandte sich an Edward. »Meine hinreißende, talentierte und sexy Cousine hat vor fünf Sekunden genau das gleiche gesagt.«

Kim spürte, wie ihr das Blut in die Wangen schoß. Das konnte ja ein heiterer Abend werden. Stanton war wirklich ein ungehobelter Kerl, doch es half nichts: Man mußte ihn nehmen, wie er war.

»Ganz ruhig, Ed«, fuhrt Stanton fort, während er seinem Gast ein Glas Wein einschenkte. »Du bist nicht zu spät. Ich hatte doch gesagt, wir treffen uns gegen sieben. Du kommst also genau richtig.«

»Ich dachte nur, ihr wartet schon alle auf mich«, entgegnete Edward. Dann lächelte er schüchtern und hob sein Glas, als ob er einen Toast ausbringen wollte.

»Eine gute Idee«, bemerkte Stanton und griff ebenfalls nach seinem Glas. »Ich möchte einen Trinkspruch vorschlagen. Zuerst sollten wir auf meine liebe Cousine Kimberly Stewart anstoßen. Sie ist zweifellos die beste Krankenschwester der chirurgischen Intensivstation im Massachusetts General Hospital.« Während alle anderen erwartungsvoll ihre Gläser hielten, richtete sich Stanton nun direkt an Edward. »Wenn man dir jemals die Prostata zusammenflicken muß, dann solltest du darum beten, daß Kimberly gerade Dienst hat. Sie ist berühmt für ihre Perfektion beim Anlegen von Kathetern.«

»Stanton, ich bitte dich!« protestierte Kim.

»Okay, okay«, sagte Stanton und machte mit seiner freien Hand eine abwehrende Bewegung, als wolle er sein Publikum zur Ruhe bringen. »Laßt mich meinen Toast auf Kimberly zu Ende bringen. Ich halte es für meine Pflicht, euch auf keinen Fall vorzuenthalten, daß der Stammbaum meiner verehrten Cousine bis fast in die Zeiten der *Mayflower* zurückreicht. Das ist natürlich die väterliche Seite. Mütterlicherseits läßt sich die Geschichte ihrer Familie bis zum Unabhängigkeitskrieg zurückverfolgen. Diesem weniger bedeutenden Zweig der Familie entstamme übrigens auch ich – wenn ich das noch kurz hinzufügen darf.«

»Stanton, nun hör doch endlich auf«, bat Kim ihren Cousin. Die Situation wurde zunehmend peinlicher.

»Aber es gibt doch noch mehr zu berichten«, fuhr Stanton unbeirrt fort. Er wirkte wie ein geübter Abendgesellschaftsredner. »Schon 1671 hat der erste Vorfahre von Kimberly an unserem guten, alten Harvard College seinen Abschluß gemacht. Es war niemand anders als Sir Ronald Stewart, der sowohl die Maritime Ltd. als auch die heutige Stewart-Dynastie gegründet hat. Doch die schillerndste Figur in Kimberlys Familie ist eine Vorfahrin ihrer Urgroßmutter; vor dreihundert Jahren ist nämlich eine Stewart der Hexerei beschuldigt und in Salem gehängt worden. Wenn das nicht amerikanische Geschichte ist, dann weiß ich nicht, was sonst!«

»Jetzt reicht's aber, Stanton!« fuhr Kim wütend dazwischen und vergaß für einen Augenblick ihre Unsicherheit. »Ich finde es nicht gut, wenn du diese Geschichte in aller Öffentlichkeit breittrittst.«

»Warum, zum Teufel, soll ich nicht darüber reden?« fragte Stanton lachend und wandte sich an Edward: »Die Stewarts haben einen geradezu absurden Komplex wegen dieser Geschichte. Obwohl das alles schon eine Ewigkeit zurückliegt, halten sie die Hinrichtung dieser Hexe für einen Schandfleck in ihrer Familienchronik.«

»Ob du es absurd findest oder nicht, ist mir egal«, schnaubte Kim. »Jeder kann darüber denken, wie er will. Außerdem ist meine Mutter die einzige, die wegen dieser Geschichte Probleme hat. Und sie ist deine Tante und eine geborene Lewis. Mein Vater hat nie ein einziges Wort darüber verloren.«

»Wir wollen nicht streiten«, sagte Stanton beschwichtigend. »Ich persönlich finde die Geschichte faszinierend. Ich wäre glücklich, wenn ich in meiner Familie Vorfahren hätte, die mit der *Mayflower* gekommen sind oder in dem Boot gesessen haben, mit dem George Washington den Delaware überquerte.«

»Ich finde, wir sollten das Thema wechseln«, schlug Kim vor.

»Einverstanden«, willigte Stanton gleichgültig ein und fuhr

mit seinem nicht enden wollenden Trinkspruch fort. »Und jetzt zu Edward Armstrong. Stoßen wir an auf den aufregendsten, intelligentesten, produktivsten und kreativsten Neurochemiker der Welt – nein, des Universums! Ein Hoch auf den Mann aus dem armen Brooklyn, der nur unter größten Anstrengungen seinen Schulabschluß geschafft hat und der jetzt auf dem Höhepunkt seiner Karriere angelangt ist! Auf den Mann, der seinen Flug nach Stockholm schon mal buchen sollte, denn für seine bahnbrechende Erforschung des Gehirns, der Neurotransmitter und der Quantenmechanik hat er den Nobelpreis so gut wie in der Tasche!«

Stanton streckte den anderen nun sein Weinglas entgegen, woraufhin sie miteinander anstießen und endlich einen Schluck nehmen konnten. Als Kim ihr Glas wieder absetzte, blickte sie verstohlen zu Edward hinüber. Es war eindeutig, daß er genauso unsicher und schüchtern war wie sie.

Stanton knallte sein leeres Glas auf den Tisch und schenkte sich Wein nach. Er registrierte mit einem kurzen Blick, daß die übrigen Gläser noch voll waren, und stellte die Flasche zurück in den Eiskübel. »Jetzt habe ich euch bekannt gemacht«, fuhr er fort, »und nun erwarte ich von euch, daß ihr euch ineinander verliebt, daß ihr heiratet und viele süße Kinder bekommt. Das einzige, was ich als Gegenleistung für meine Dienste erwarte, ist, daß Edward einwilligt, im wissenschaftlichen Beirat von Genetrix mitzuarbeiten.«

Stanton lachte lauthals und störte sich nicht daran, daß er offensichtlich der einzige war, der seine Sprüche lustig fand. Als er sich wieder beruhigt hatte, grölte er: »Wo, zum Teufel, bleibt der Kellner. Laßt uns endlich essen!«

Draußen vor dem Restaurant blieb die Gruppe stehen.

»Was haltet ihr davon, wenn wir noch kurz um die Ecke zu Herrell's gehen und ein Eis essen?« fragte Stanton.

»Ich kann beim besten Willen nichts mehr essen, ich bin total satt«, stöhnte Kim.

»Mir geht es genauso«, pflichtete Edward ihr bei.

»Und ich esse sowieso nie Nachtisch«, bemerkte Candice.

»Okay – soll ich jemanden nach Hause fahren?« fragte Stanton. »Mein Auto steht gleich nebenan in der Tiefgarage des Holyoke Center.«

»Ich nehme lieber die U-Bahn«, sagte Kim.

»Und ich kann zu Fuß nach Hause gehen«, fügte Edward hinzu.

»Na gut, dann verlassen wir euch jetzt«, sagte Stanton. Nachdem er Edward versichert hatte, daß er sich bald wieder melden würde, nahm er Candice bei der Hand und führte sie zu seinem Auto.

»Soll ich dich noch zur U-Bahn begleiten?« fragte Edward.

»Ja, gerne«, erwiderte Kim.

Während sie nebeneinander hergingen, spürte Kim, daß Edward etwas sagen wollte; kurz vor der nächsten Straßenecke rückte er mit der Sprache heraus. »Es ist so ein herrlicher Abend«, begann er und stotterte nun wieder leicht. »Hättest du Lust, noch ein wenig mit mir über den Harvard Square zu bummeln?«

»Eine gute Idee«, erwiderte Kim.

Sie hakte sich bei Edward ein und spazierte mit ihm zu jenem unüberschaubaren Platz, an dem die Massachusetts Avenue, der JFK Drive genannte Abschnitt der Harvard Street, die Eliot Street und die Brattle Street aufeinandertrafen. Trotz seines Namens war der Harvard Square eigentlich kein richtiger Platz, sondern eher eine Art große Kreuzung, an der mehrere kurvige Straßen und einige seltsam geformte, unbebaute Plätze ineinander übergingen. In Sommernächten verwandelte sich die ganze Gegend oft in eine Art mittelalterlichen Marktplatz, wo Jongleure, Musiker, Leute, Märchenerzähler, Zauberer und Akrobaten ihre Talente unter Beweis stellten.

Es war eine angenehme, laue Nacht. Hoch oben am dunklen Himmel zwitscherten ein paar Nachtvögel, und trotz der hellen Stadtbeleuchtung konnte man die funkelnden Sterne erkennen. Kim und Edward flanierten über den Platz und blieben hin und wieder stehen, um den Künstlern zuzusehen. Sie hatten das Treffen mit Stanton und Candice beide als eher unangenehm empfunden und genossen es nun, alleine zu sein.

»Ich bin wirklich froh, daß ich heute abend ausgegangen bin«, sagte Kim.

»Mir geht es genauso«, sagte Edward.

Schließlich ließen sie sich auf einer niedrigen Betonmauer nieder. Links neben ihnen trug eine Frau eine schwermütige Ballade vor, und zu ihrer Rechten musizierte eine quirlige peruanische Gruppe auf indianischen Panflöten.

»Stanton ist wirklich unmöglich«, bemerkte Kim.

»Ich weiß gar nicht, was mir peinlicher war«, sagte Edward, »die Rede, die er über dich losgelassen hat, oder was er über mich erzählt hat.«

Kim lachte. Ihr war dieser ganze Trinkspruch-Sermon ebenfalls höchst unangenehm gewesen.

»Das Verblüffendste an ihm ist, daß er die Leute manipulieren und trotzdem so charmant wirken kann«, fuhr Kim fort.

»Ja, es ist in der Tat bemerkenswert, was er sich alles herausnehmen kann«, pflichtete Edward ihr bei. »So wie er könnte ich niemals sein. Ich habe immer das Gefühl gehabt, in seinem Schatten zu stehen, und habe ihn oft beneidet und mir gewünscht, mich wenigstens halb so gut durchsetzen zu können wie er. Aber leider bin ich eher zurückhaltend, vielleicht sogar etwas ›kauzig‹.«

»Dann geht es dir wie mir«, gestand Kim. »Ich wollte auch schon immer selbstbewußter auftreten. Aber es ist mir noch nie gelungen. Ich war schon als kleines Mädchen so schüchtern. Nie fällt mir die passende Antwort ein, erst wenn es zu spät ist, weiß ich, was ich hätte sagen sollen.«

»Stanton hat offensichtlich den Nagel auf den Kopf getroffen, als er vorhin meinte, wir beide seien aus dem gleichen Holz geschnitzt«, stellte Edward fest. »Das Problem ist einfach, daß Stanton unsere Schwächen bestens kennt und genau weiß, wie er uns verunsichern kann. Ich sterbe jedesmal zehn Tode, wenn er mit diesem Unsinn von dem Nobelpreis anfängt, den ich angeblich so gut wie in der Tasche habe.«

»Ich entschuldige mich im Namen meiner Familie für ihn«, sagte Kim. »Aber er meint es nicht böse.«

»Wie seid ihr eigentlich miteinander verwandt?« wollte Edward wissen.

»Er ist mein Cousin«, klärte Kim ihn auf. »Meine Mutter ist die Schwester von Stantons Vater.«

»Ich bin eigentlich derjenige, der sich entschuldigen sollte«, sagte Edward. »Schließlich habe ich schlecht über Stanton gesprochen. Dabei kenne ich ihn aus der Uni, wir waren im gleichen Semester. Ich habe ihm immer im Labor etwas geholfen; zum Ausgleich hat er dann dafür gesorgt, daß ich auf den Partys zum Zuge kam. Wir waren ein richtig gutes Team, und seitdem sind wir auch gute Freunde.«

»Wie kommt es dann, daß du noch nicht in eines von seinen Spekulationsprojekten eingestiegen bist?« wollte Kim wissen.

»Ich habe mich nie so richtig dafür interessiert«, antwortete Edward. »Mich zieht es eher in die akademische Welt, in der man nur um der Forschung willen forscht. Nicht daß ich etwas gegen die angewandte Wissenschaft habe. Aber sie ist nun mal nicht so interessant. Außerdem haben Wissenschaft und Industrie zum Teil unterschiedliche Interessen. Vor allem stört mich, daß die Industrie immer darauf bedacht ist, die Ergebnisse ihrer Forschung zunächst geheimzuhalten. Dabei ist freie Kommunikation das Lebenselixier aller Wissenschaft, während die Geheimhaltungsvorschriften der Industrie reines Gift für die Forschung sind.«

»Stanton behauptet, daß er dich zum Millionär machen könnte«, warf Kim ein.

Edward lachte. »Selbst wenn er recht hätte – was würde sich dadurch in meinem Leben ändern? Was ich zur Zeit mache, ist genau das, was ich will: Ich arbeite gleichzeitig in der Forschung und in der Lehre. Eine Million Dollar würde mein Leben nur komplizierter machen und mir meine Unabhängigkeit nehmen. An der Uni bin ich rundum glücklich und zufrieden.«

»Das habe ich Stanton auch schon klarzumachen versucht«, sagte Kim. »Aber stur, wie er ist, will er natürlich nichts davon wissen.«

»Wenigstens ist er trotz seiner Sturheit ganz sympathisch und unterhaltsam«, stellte Edward fest. »Als er seinen endlosen Trinkspruch auf mich losgelassen hat, hat er natürlich maßlos übertrieben; aber wie steht es eigentlich bei dir? Läßt sich die Geschichte deiner Familie wirklich bis ins siebzehnte Jahrhundert zurückverfolgen?«

»Ja, das ist wahr«, antwortete Kim.

»Da ist faszinierend«, staunte Edward. »So was beeindruckt mich wirklich. Ich wäre schon froh, wenn ich nur die letzten zwei Generationen meiner Familie rekonstruieren könnte – aber vermutlich müßte ich mich meiner Herkunft schämen.«

»Ich finde es bei weitem beeindruckender, mit Ach und Krach den Schulabschluß zu schaffen und danach als erfolgreicher Wissenschaftler zu arbeiten«, entgegnete Kim. »Du hast einen Erfolg allein deiner eigenen Initiative zu verdanken. Ich hingegen bin nur in die Familie der Stewarts hineingeboren und habe mich nie ernstlich anstrengen müssen.«

»Und was hat es mit dieser Hexe in Salem auf sich?« wollte Edward wissen. »Ist das wahr, was Stanton vorhin erzählt hat?«

»Ja«, gestand Kim. »Aber darüber rede ich nicht gern.«

»Oh, Entschuldigung«, sagte Edward schnell und fing sofort wieder an zu stottern. »Bitte, verzeih mir. Ich kapiere zwar nicht, wieso dir die Geschichte Probleme bereitet, aber ich hätte natürlich nicht davon anfangen sollen.«

Kim schüttelte ihren Kopf. »Ich wollte dich nicht in Verlegenheit bringen«, sagte sie. »Ich reagiere wohl nicht ganz normal, wenn diese Hexengeschichte zur Sprache kommt. Ich muß auch gestehen, daß ich keine Ahnung habe, warum ich so stark darauf reagiere. Wahrscheinlich liegt es an meiner Mutter. Sie hat mir eingebleut, daß dieses Thema für uns tabu ist. Sie hält die Geschichte für einen Schandfleck auf unserem Familiennamen.«

»Aber das Ganze liegt doch mehr als dreihundert Jahre zurück«, entgegnete Edward.

»Du hast völlig recht«, sagte Kim und zuckte mit den Schultern. »Es hat wirklich keinen Sinn, sich darüber aufzuregen.«

»Weißt du etwas Näheres über die Geschichte?« fragte Edward.

»Ich kenne nur die wesentlichen Fakten«, antwortete Kim. »Die wahrscheinlich jeder in Amerika kennt.«

»Zufällig weiß ich ein bißchen mehr über die Hexenprozesse von Salem als der Normalbürger«, bemerkte Edward. »Harvard University Press hat ein Buch zu dem Thema herausgebracht, das von zwei hervorragenden Historikern geschrieben wurde. Es heißt *Salem Possessed*. Einer meiner Studenten hat mich bedrängt, das Buch zu lesen, weil es irgendeine wichtige Auszeichnung bekommen hat. Deshalb habe ich es gelesen, und ich habe es tatsächlich begeistert verschlungen. Soll ich es dir mal leihen?«

»Ja, das wäre nett«, erwiderte Kim aus reiner Höflichkeit.

»Ich meine es ernst«, beharrte Edward. »Das Buch ist sehr spannend, und vielleicht siehst du die Geschichte danach in einem anderen Licht. Die sozialen, politischen und religiösen Aspekte, die in dem Buch angesprochen werden, sind sehr aufschlußreich. Ich habe jedenfalls eine Menge gelernt. Wußtest du zum Beispiel, daß nur wenige Jahre nach den Hexenprozessen einige der Geschworenen und sogar einige der Richter ihre Urteile öffentlich widerrufen und um Verzeihung gebeten haben, weil sie wußten, daß unschuldige Menschen hingerichtet worden waren?«

»Ach, tatsächlich?« sagte Kim höflich.

»Aber nicht nur die Tatsache, daß man einfach unschuldige Menschen hingerichtet hat, hat mich beschäftigt«, fuhr Edward fort. »Manchmal ist es ja so, daß ein Buch zu einem bestimmten Thema einen besonders fesselt, und man sucht nach weiteren Informationen. So kam es, daß ich *Poison of the Past* gelesen habe, in dem eine höchst interessante Theorie entwickelt wird – eine Theorie, die vor allem einen Neurowissenschaftler wie mich fasziniert. In dem Buch wird vermutet, daß einiger der jungen Frauen aus Salem, die von seltsamen ›Anfällen‹ heimgesucht wurden und die die hingerichteten Frauen der Hexerei beschuldigt hatten, in Wahrheit einem Gift zum Opfer gefallen sind. Man nimmt an, daß sie mit ihrer Nahrung einen Schimmelpilz aufgenommen haben, der unter dem Namen Claviceps purpurea bekannt ist. Claviceps purpurea ist ein Pilz, der vor allem Getreide befällt; insbesondere Roggen ist für diesen giftigen Schimmelpilz ziemlich anfällig.«

Obwohl Kim eigentlich immer noch nichts von der alten Geschichte wissen wollte, wurde sie jetzt hellhörig. »Vergiftet durch Schimmelpilze?« fragte sie. »Was passiert denn, wenn man sie ißt?«

»Oh, eine ganze Menge«, erwiderte Edward und rollte mit den Augen. »Erinnerst du dich an den Beatles-Song *Lucy In The Sky With Diamonds*? Der Schimmelpilz dürfte wohl eine ähnliche Reaktion hervorrufen, wie sie in dem Song beschrieben wird, denn er enthält Lysergsäurediäthylamid, auch LSD genannt.«

»Glaubst du, die Leute in Salem haben damals unter Halluzinationen und Wahnvorstellungen gelitten?« fragte Kim.

»Es könnte zumindest sein«, erwiderte Edward. »Ergotismus, also die Mutterkornvergiftung, ruft entweder eine Gangrän hervor, die sehr schnell zum Tode führt, oder die Betroffenen bekommen Krämpfe und Halluzinationen. In Salem ist wohl letzteres passiert; vor allem haben die Vergifteten wahrscheinlich an Halluzinationen gelitten.«

»Das ist wirklich eine interessante Theorie«, bemerkte Kim.

»Vielleicht könnte sich sogar meine Mutter dafür erwärmen. Unter Umständen würde sie dann anders über ihre Vorfahrin denken. Wenn sie zuträfe, könnte man kaum einzelne Personen für die schlimmen Dinge verantwortlich machen, die damals passiert sind.«

»Das habe ich mir auch gedacht«, pflichtete Edward ihr bei. »Allerdings kann das noch nicht die ganze Geschichte sein. Die Schimmelpilzvergiftungen mögen damals vielleicht den Stein ins Rollen gebracht haben; aber für die allgemeine Hysterie muß es noch einen anderen Grund gegeben haben. Nach allem, was ich weiß, glaube ich, daß damals jeder die allgemeine Verunsicherung ausgenutzt hat, um soziale und wirtschaftliche Vorteile für sich herauszuschlagen; und das muß nicht einmal bewußt geschehen sein.«

»Jetzt hast du mich tatsächlich neugierig gemacht«, sagte Kim. »Ich schäme mich fast dafür, daß ich mich über das normale High-School-Pensum hinaus nie für die Hexenprozesse von Salem interessiert habe. Eigentlich müßte ich im Erdboden versinken, denn der Grundbesitz meiner hingerichteten Vorfahrin gehört noch immer meiner Familie. Es ist sogar so, daß mein Bruder und ich das Land wegen eines kleinen Zwists zwischen meinem Vater und meinem verstorbenen Großvater vor kurzem geerbt haben.«

»Das darf nicht wahr sein!« rief Edward. »Willst du damit sagen, daß das ganze Land über dreihundert Jahre hinweg im Besitz deiner Familie geblieben ist?«

»Nicht ganz«, schränkte Kim ein. »Früher umfaßte der Grundbesitz der Stewarts auch noch Ländereien, die jetzt zu den Gemeinden Beverly, Danvers, Peabody und Salem gehören. Heute haben wir nur noch in Salem etwas Land, und das ist nur ein winziger Rest des damaligen Besitzes. Aber es ist immer noch ein ganz schön großes Gelände. Ich weiß gar nicht genau, wie groß die Fläche eigentlich ist.«

»Trotzdem ist es bemerkenswert«, sagte Edward. »Das einzige, was ich von meinem Vater geerbt habe, waren sein Gebiß und ein paar Steinmetzwerkzeuge. Es haut mich einfach um, wenn ich mir vorstelle, daß du auf einem Stück Land herumspazieren kannst, auf dem schon deine Vorfahren im siebzehnten Jahrhundert ihre Spuren hinterlassen haben. Ich dachte immer, solche Erfahrungen wären dem europäischen Adel vorbehalten.«

»Ich kann sogar noch mehr tun, als nur auf dem Land herumspazieren«, entgegnete Kim. »Wenn ich will, kann ich auch das Haus meiner Ahnen besichtigen. Das alte Haus steht nämlich noch.«

»Jetzt willst du mich aber auf den Arm nehmen, nicht wahr?« sagte Edward. »Das kannst du mir nicht erzählen.«

»Das ist kein Scherz«, versicherte ihm Kim. »Es ist gar nicht so ungewöhnlich, daß das Haus noch steht. In der Umgebung von Salem findet man noch jede Menge Häuser aus dem siebzehnten Jahrhundert. Und einige von ihnen haben sogar einmal den Frauen gehört, die damals wegen Hexerei hingerichtet wurden, zum Beispiel das Haus von Rebecca Nurse.«

»Davon hatte ich keine Ahnung«, staunte Edward.

»Vielleicht solltest du dich mal in Salem umschauen«, schlug Kim vor.

»In welchem Zustand ist denn das alte Haus der Stewarts heute?« wollte Edward wissen.

»In einem ziemlich guten, glaube ich«, antwortete Kim. »Ich bin schon sehr lange nicht mehr draußen gewesen. Das letzte Mal, als ich dort war, war ich noch ein Kind. Dafür, daß es schon 1670 gebaut worden ist, sieht es noch verdammt gut aus. Ronald Stewart hat es damals gekauft, und seine Frau Elizabeth wurde als Hexe hingerichtet.«

»An den Namen Ronald erinnere ich mich«, sagte Edward. »Stanton hat ihn vorhin in seinem Trinkspruch erwähnt. Er soll der erste Harvard-Absolvent im Stewart-Clan gewesen sein.«

»Das wußte ich bisher auch nicht«, bemerkte Kim.

»Hast du oder hat dein Bruder schon eine Ahnung, was ihr mit dem Besitz machen wollt?«

»Zunächst mal gar nichts«, erwiderte Kim. »Wir warten erst ab, bis Brian aus England zurückkommt. Er kümmert sich dort um die Reedereigeschäfte unserer Familie. In etwa einem Jahr will er wieder dasein, und dann werden wir überlegen, was wir mit dem Land machen. Allerdings ist das Anwesen ein ganz schöner Klotz am Bein; wir müssen Steuern zahlen und für seine Instandhaltung sorgen.«

»Hat dein Großvater in dem alten Haus gelebt?« fragte Edward.

»Du liebe Güte, nein«, antwortete Kim. »In dem Haus hat schon seit einer Ewigkeit niemand mehr gewohnt. Ronald

Stewart hat damals ein riesiges Stück Land gekauft, das an den ursprünglichen Besitz angrenzte, und darauf hat er ein größeres Haus gebaut. Das alte Haus hat er verpachtet oder an Hausangestellte vermietet. Im Laufe der Jahre wurde das größere Haus mehrmals abgerissen und wieder aufgebaut, zum letzten Mal um die Jahrhundertwende. Mein Großvater hat in diesem Haus gelebt, das heißt, er hat sich vom Zugwind durch das Gemäuer treiben lassen; das Haus ist nämlich riesengroß und unheimlich zugig.«

»Ich wette, daß das Haus historisch ziemlich wertvoll ist«, sagte Edward.

»So ist es«, bekräftigte Kim. »Es haben sich auch bereits zwei Kaufinteressenten gemeldet: das Peabody-Essex-Institut aus Salem und der Bostoner Verein für die Erhaltung der historischen Gebäude Neuenglands. Aber meine Mutter will es nicht verkaufen. Ich glaube, sie hat Angst, daß die ganze Hexengeschichte dann wieder aufgewärmt wird.«

»Das ist wirklich schade«, bemerkte Edward und begann wieder leicht zu stottern.

Kim sah ihn an. Er tat so, als würde er die peruanische Gruppe beobachten, doch irgend etwas schien ihm unter den Nägeln zu brennen.

»Was hast du denn?« fragte Kim. Sie konnte sein Unbehagen regelrecht greifen.

»Ach, nichts«, erwiderte er ein bißchen zu energisch. Er zögerte einen Augenblick und sagte dann: »Es tut mir leid, und ich weiß, daß ich dich gar nicht erst fragen sollte. Sag einfach nein, wenn es dir nicht paßt. Ich würde das voll und ganz verstehen.«

»Nun frag schon«, forderte Kim ihn auf. Sie war leicht beunruhigt.

»Ich habe dir doch erzählt, daß ich einige Bücher darüber gelesen habe«, begann Edward. »Deshalb würde ich mir das alte Haus unheimlich gerne einmal ansehen. Ich weiß, es ist unverschämt, dich darum zu bitten.«

»Aber das ist doch gar kein Problem«, erwiderte Kim. »Ich zeige es dir gerne. Nächsten Samstag habe ich keinen Dienst. Wenn es dir paßt, können wir einen Ausflug nach Salem machen. Den Schlüssel kann ich vorher bei meinem Rechtsanwalt abholen.«

»Macht es dir auch wirklich nichts aus?« fragte Edward.

»Nein, überhaupt nicht«, versicherte ihm Kim.

»Am Samstag würde es mir auch gut passen«, sagte Edward. »Darf ich dich zum Dank vielleicht am Freitag abend zum Essen einladen?«

Kim lächelte. »Abgemacht. Und weil ich morgen schrecklich früh aufstehen muß, sollte ich mich jetzt schleunigst auf den Weg machen. Die Frühschicht im Krankenhaus beginnt nämlich schon um halb acht.«

Sie rutschten von der Mauer und schlenderten zum Eingang der U-Bahn.

»Wo wohnst du eigentlich?« fragte Edward.

»In Beacon Hill«, antwortete Kim.

»Ich habe gehört, daß das eine ziemlich feine Gegend sein soll«, bemerkte Edward.

»Von dort ist es nicht weit bis zum Krankenhaus«, sagte Kim. »Ich wohne in einem großen Apartment. Leider muß ich Anfang September ausziehen, weil meine Mitbewohnerin heiratet – und sie ist die Hauptmieterin.«

»Mir geht es ähnlich«, sagte Edward. »Ich habe eine wunderschöne Wohnung im Obergeschoß eines Einfamilienhauses. Aber die Eigentümer bekommen bald Nachwuchs und brauchen den Platz dann selber. Deshalb muß ich ebenfalls bis zum ersten September ausziehen.«

»Das tut mir leid«, sagte Kim.

»So schlimm ist es nun auch wieder nicht«, fuhr Edward fort. »Ich will mir schon seit Jahren etwas Neues suchen und habe es immer vor mir hergeschoben.«

»Wo wohnst du denn?« fragte Kim.

»Ganz in der Nähe«, erwiderte Edward. »Man kann zu Fuß hingehen.« Dann füge er zögernd hinzu: »Magst du vielleicht noch mitkommen?«

»Vielleicht ein anderes Mal«, winkte Kim ab. »Ich muß morgen wirklich sehr früh aufstehen.«

Sie hatten den Eingang zur U-Bahn erreicht. Kim wandte sich zu Edward und blickte ihn direkt an. Ihr gefiel, was sie sah; er war ein Mann mit Feingefühl.

»Ich möchte dir übrigens noch gratulieren, weil du mich gefragt hast, ob du das alte Haus besichtigen darfst«, sagte sie. »Ich weiß genau, daß es dir nicht leichtgefallen ist; daß weiß ich, weil es mir auch nicht leichtgefallen wäre. Ich hätte mich wahrscheinlich nicht getraut.«

Edward errötete, doch dann grinste er. »Na ja, zwischen Stanton Lewis und mir liegen wohl Welten. Ich weiß ganz genau, daß ich mich manchmal ein bißchen ungeschickt anstelle.«

»Ich denke, wir sind uns ganz schön ähnlich«, stellte Kim fest. »Wobei ich sicher bin, daß du wesentlich besser mit anderen Leuten umgehen kannst, als du glaubt.«

»Das liegt an dir«, erwiderte Edward. »Wenn ich mit dir zusammen bin, fühle ich mich völlig entspannt. Und das will schon etwas heißen, wo wir uns doch gerade erst kennengelernt haben.«

»Mir geht es genauso«, sagte Kim.

Für einen Augenblick faßten sie sich bei den Händen. Dann drehte sich Kim um und lief die Treppe hinunter zur U-Bahn.

Kapitel 2

Samstag, 16. Juli 1994

Edward parkte in zweiter Reihe vor dem Boston Commons und stürmte in das Foyer des Apartmenthauses, in dem Kim wohnte. Während er bei ihr klingelte, behielt er die Straße im Blick, um zu sehen, ob sich eine der berüchtigten Bostoner Politessen näherte, mit denen er schon reichlich schlechte Erfahrungen gemacht hatte.

»Tut mir leid, daß ich dich hab' warten lassen«, entschuldigte sich Kim, als sie die Tür öffnete. Sie trug Khakishorts und eine einfache, weiße Bluse. Ihre üppige schwarze Mähne hatte sie zu einem Pferdeschwanz zusammengebunden.

»Ich muß mich bei dir entschuldigen«, entgegnete Edward. »Schließlich bin ich derjenige, der zu spät kommt. Ich mußte noch kurz ins Labor.« Auch er hatte sich für den Ausflug ganz leger gekleidet.

Sie sahen sich kurz an und mußten gleichzeitig lachen.

»Wir sind vielleicht zwei seltsame Vögel«, stellte Kim fest.

»Ich kann nichts dafür«, gluckste Edward. »Dauernd muß ich mich entschuldigen, selbst wenn es völlig überflüssig ist. Ich scheine wirklich nicht ganz richtig zu ticken. Und bis gestern wußte ich noch nicht einmal, daß ich diese alberne Angewohnheit habe; und ich wüßte es immer noch nicht, wenn du mich nicht darauf aufmerksam gemacht hättest.«

»Mir ist es nur aufgefallen, weil ich genauso bin«, sagte Kim. »Nachdem du mich gestern abend nach Hause gebracht hast, habe ich noch ein wenig darüber nachgedacht. Ich glaube, wir sind so, weil wir uns irgendwie für alles, was in dieser Welt schiefläuft, verantwortlich fühlen.«

»Vielleicht hast du recht«, stimmte Edward ihr zu. »Ich habe schon als Kind immer alle Fehler bei mir gesucht – selbst wenn ich nichts dafür konnte, daß etwas schiefgelaufen war.«

»Es ist fast beängstigend, wie sehr wir uns ähneln«, stellte Kim fest und lächelte.

Sie stiegen in Edwards Saab und verließen die Stadt in nördlicher Richtung. Es war ein wunderschöner klarer Sommertag; obwohl es noch früh am Morgen war, brannte die Sonne bereits heftig.

Kim kurbelte das Fenster herunter und lehnte sich entspannt zurück. »Ich fühle mich wie auf dem Weg in einen Kurzurlaub«, sagte sie fröhlich.

»Du kannst dir wahrscheinlich kaum vorstellen, wie es mir geht«, seufzte Edward. »Ich verbringe nämlich normalerweise jede Minute in meinem Labor.«

»Auch am Wochenende?« wollte Kim wissen.

»An sieben Tagen in der Woche«, antwortete Edward. »Daß Sonntag ist, erkenne ich meistens nur daran, daß dann weniger Leute im Labor arbeiten. Ich fürchte, ich bin ein ziemlich langweiliger Typ.«

»Ich würde es anders ausdrücken«, erwiderte Kim. »Du gehst voll und ganz in deiner Arbeit auf. Außerdem bist du wirklich aufmerksam. Die Blumen, die du mir geschickt hast, sind wunderschön. Es ist das erste Mal, daß mir jemand so den Hof macht; ich weiß gar nicht, ob ich das verdient habe.«

»Ach, das war doch nichts Besonderes«, winkte Edward ab.

Kim spürte, daß er wieder verlegen wurde. Er strich sich nervös das Haar aus der Stirn.

»Für mich war es sehr wohl etwas Besonderes«, stellte sie klar. »Nochmals vielen Dank.«

»Hattest du Probleme, die Schlüssel zu dem Haus aufzutreiben?« fragte Edward, um das Thema zu wechseln.

Kim schüttelte den Kopf. »Nein, nicht im geringsten. Ich habe sie einfach gestern nach der Arbeit beim Anwalt abgeholt.«

Sie fuhren zunächst auf der Route 93 nach Norden und bogen dann auf die Route 128 nach Osten ab. Auf den Straßen war so gut wie kein Verkehr.

»Ich fand es übrigens sehr nett gestern abend«, bemerkte Edward.

»Ich auch«, gestand Kim. »Nochmals danke schön für die Einladung. Aber als ich heute morgen über unser Gespräch nachgedacht habe, habe ich mir doch leichte Vorwürfe gemacht; du bist ja kaum zu Wort gekommen. Ich glaube, ich habe viel zuviel über mich und meine Familie geredet.«

»Willst du dich etwa schon wieder entschuldigen?« fragte Edward.

»Oh, mein Gott!« rief Kim lachend und schlug sich mit der Hand an die Stirn. »Ich glaube, ich bin wirklich ein hoffnungsloser Fall.«

»Wenn sich überhaupt einer zu entschuldigen hätte«, gluckste Edward, »dann ich. Schließlich habe ich dich endlos mit Fragen bombardiert, von denen die meisten sicher viel zu persönlich waren.«

»Überhaupt nicht«, entgegnete Kim. »Ich hoffe nur, daß ich dir keinen Schrecken eingejagt habe, als ich dir von diesen Angstattacken erzählt habe, unter denen ich in meinen ersten College-Monaten gelitten habe.«

»Aber ich bitte dich«, entgegnete Edward. »Jeder von uns hat doch irgendwann einmal mit solchen Ängsten zu tun. Vor allem wahrscheinlich die Leute, die immer das Gefühl haben, anderen helfen zu müssen – zum Beispiel Ärzte. Ich habe selbst schon solche Angstattacken gehabt. Vor jeder Prüfung ging es mir hundeelend, dabei war ich eigentlich immer gut vorbereitet und habe nie schlechte Noten bekommen.«

»Ich war zeitweise vollkommen außer Gefecht gesetzt«, gestand Kim. »Eine Zeitlang habe ich mich nicht einmal mehr getraut, Auto zu fahren; ich hatte Angst davor, einen Panikanfall zu bekommen, wenn ich hinterm Steuer sitze.«

»Hast du denn keine Medikamente gegen die Anfälle genommen?« fragte Edward.

»Doch«, erwiderte Kim. »Ich habe Xanax genommen, aber nicht sehr lange.«

»Hast du es mal mit Prozac probiert?« fragte Edward.

Kim sah ihn entsetzt an. »Aber nein!« entgegnete sie. »Warum sollte ich Prozac nehmen?«

»Weil du unter Angstattacken *und* deiner Schüchternheit gelitten hast«, erklärte Edward. »Prozac hätte gegen beides helfen können.«

»Prozac stand nie zur Debatte«, sagte Kim. »Und selbst wenn es mir jemand empfohlen hätte – ich hätte es auf keinen Fall genommen. Man kann doch nicht starke Tabletten schlucken, bloß weil man schüchtern ist. Man sollte nur Medikamente nehmen, wenn man ernsthaft krank ist, und nicht, um seine Alltagskrisen zu bewältigen.«

»Entschuldigung«, sagte Edward. »Ich wollte dich nicht kränken.«

»Du hast mich nicht gekränkt«, stellte Kim klar. »Aber ich habe eine feste Meinung, wenn es um dieses Thema geht. Als Krankenschwester kriege ich ständig mit, wie viele Menschen viel zu viele Medikamente schlucken. Die Pharmaindustrie will uns ständig einreden, daß es für jedes Problemchen die passende Pille gibt.«

»Im Grunde stimme ich dir zu«, sagte Edward. »Doch als Neurowissenschaftler weiß ich, daß das Verhalten und der Gemütszustand eines Menschen auf bestimmte biochemische Prozesse im Kopf zurückzuführen sind. Und soweit man diese Prozesse mit sauberen psychotropen Medikamenten beeinflussen kann, habe ich inzwischen eine andere Einstellung zu dem Thema.«

»Was meinst du mit ›sauberen‹ Medikamenten?« fragte Kim.

»Ich meine damit Medikamente, die keine oder fast keine Nebenwirkungen haben«, erklärte Edward.

»Aber alle Medikamente haben doch Nebenwirkungen«, entgegnete Kim.

»Im Prinzip hast du schon recht«, gab Edward zu. »Aber manche Nebenwirkungen sind so minimal, daß sie in Relation zu ihrem möglichen Nutzen als ein durchaus annehmbares Risiko betrachtet werden können.«

»Genau dieses Argument ist es wahrscheinlich, weshalb sich so leidenschaftlich über das Thema streiten läßt«, warf Kim ein.

»Oh, da fällt mir gerade etwas ganz anderes ein«, rief Edward. »Ich habe die beiden Bücher mitgebracht, von denen ich dir erzählt habe.« Er griff nach hinten, fand die Bücher auf dem Rücksitz und legte sie Kim in den Schoß.

»Ich habe in den Aufzeichnungen über die Hexenprozesse von Salem nachgelesen, ob dort etwas über deine Vorfahrin steht«, sagte er. »Aber im Register habe ich keinen Hinweis auf eine Elizabeth Stewart gefunden. Bist du sicher, daß sie wirklich hingerichtet wurde? Die Autoren haben eigentlich sehr gründlich recherchiert.«

»Soweit ich weiß, ja«, erwiderte Kim und klappte den Index von *Salem Possessed* auf. Nach »Spirituelle Beweisführung« stand der Name »Stoughton, William«. Der Name Stewart wurde nicht erwähnt.

Nach einer halbstündigen Fahrt erreichten sie Salem. Die Straße führte direkt an dem berühmten Hexenhaus vorbei. Edwards Interesse war sofort geweckt, und er brachte den Wagen am Straßenrand zum Stehen.

»Was ist das für ein Gebäude?« fragte er.

»Man nennt es das »Hexenhaus«, erklärte Kim. »Es ist eine der größten Touristenattraktionen in dieser Gegend.«

»Das Gebäude scheint tatsächlich aus dem siebzehnten Jahrhundert zu sein«, staunte Edward und betrachtete das alte Haus. »Oder ist es eine Attrappe à la Disneyland?«

»Nein, es ist wirklich echt«, sagte Kim. Es steht auch noch an seinem ursprünglichen Platz. In der Nähe des Peabody-Essex-Instituts gibt es noch ein anderes Haus aus dem siebzehnten Jahrhundert, aber das hat früher einmal woanders gestanden.«

»Stark«, entfuhr es Edward. Das Haus war märchenhaft. Die zweite Etage ragte über die erste hinaus, die Fenster waren rautenförmig.

»Als ›stark‹ hätte man es damals wohl nicht bezeichnet«, sagte Kim lachend. »Sagen wir lieber ›ehrfurchtgebietend‹.«

»Einverstanden«, stimmte Edward ihr zu. »Es ist wirklich ehrfurchtgebietend.«

»Es sieht unserem alten Haus überraschend ähnlich«, bemerkte Kim. »Du wirst dich gleich selbst davon überzeugen. Allerdings ist dieses Haus im Grunde kein Hexenhaus. Hier hat nämlich keine Hexe gelebt, sondern Jonathan Corwin. Er war einer der Friedensrichter, die die Voruntersuchungen zu den Prozessen durchgeführt haben.«

»An den Namen erinnere ich mich aus *Salem Possessed*«, sagte Edward. »Wenn man solche historischen Orte besucht, scheint die Geschichte wieder lebendig zu werden.« Versonnen schaute er sich um. »Wie weit ist es bis zu deinem Haus?«

»Nicht weit«, erwiderte sie. »Höchstens zehn Minuten.«

»Hast du heute morgen schon gefrühstückt?«

»Nur ein bißchen Obst und Saft«, gestand Kim.

»Was hältst du davon, wenn wir irgendwo anhalten und uns Kaffee und ein paar Donuts besorgen?« fragte Edward.

»Klingt verlockend«, sagte Kim.

Da es noch früh war und die meisten Touristen erst später eintreffen würden, fanden sie problemlos einen Parkplatz in der Nähe des Rathauses. Auf der gegenüberliegenden Straßenseite war ein Frühstückscafé. Sie besorgten sich einen Kaffee und flanierten dann durch das Zentrum. Sie warfen einen Blick in das Hexenmuseum und sahen sich noch ein paar weitere Touristenattraktionen an. Als sie die Essex Street entlangbummelten, fiel ihnen auf, wie viele Geschäfte und Bauchladenverkäufer irgendwelches Hexenbrimborium als Souvenirs anboten.

»Die Hexenprozesse haben eine komplette Heimindustrie entstehen lassen«, bemerkte Edward. »Das meiste ist ziemlich kitschig und albern.«

»Vor allem verharmlost es die Qualen der Menschen damals. Aber es beweist auch, wie ungeheuer aufregend die Leute das heute noch finden. Jeder ist fasziniert von diesen Hexengeschichten.«

Als sie das Besucherzentrum des National Park Service betraten, staunte Kim über die umfangreiche Bibliothek, in der jede Menge Bücher und Broschüren über die Hexenprozesse auslagen. »Ich hatte nicht die geringste Ahnung, daß es so viel Literatur darüber gibt«, bemerkte sie. Nachdem sie ein wenig herumgestöbert hatte, kaufte sie einige Bücher. Sie gingen wieder zum Auto zurück und fuhren auf der North Street stadtauswärts. Nach dem Hexenhaus bogen sie rechts in die Orne Road ein. Als der Greenlawn-Friedhof in Sicht kam, erwähnte Kim, daß auch der Friedhof einmal Teil der Stewartschen Ländereien gewesen war.

Sie dirigierte Edward nach rechts in eine unbefestigte Straße. Er mußte das Lenkrad mit beiden Händen festhalten. Es war unmöglich, allen Schlaglöchern auszuweichen.

»Bist du sicher, daß wir hier richtig sind?« fragte Edward.

»Absolut sicher.«

Nach ein paar weiteren Biegungen und Windungen erreichten sie ein imposantes schmiedeeisernes Tor, das in zwei massiven Stützpfeilern aus groß behauenen Granitsteinen verankert war. Ein hoher Stacheldraht umzäunte das Gebiet und verlor sich im dichten Wald.

»Sind wir da?« fragte Edward.

»Ja«, antwortete Kim und stieg aus.

»Ziemlich beeindruckend«, rief Edward, während Kim sich an dem schweren Vorhängeschloß zu schaffen machte. »Das Gelände sieht nicht besonders einladend aus.«

»Früher haben sich alle reichen Leute in solch wuchtigen Festungen verschanzt«, rief Kim zurück. »Sie demonstrierten damit, daß sie echte Feudalherren waren.« Als sie das Vorhängeschloß entfernt hatte, schob sie das Tor auf; die verrosteten Scharniere quietschten laut in den Angeln.

Kim stieg wieder ein, und sie fuhren durch das Tor. Nach ein paar weiteren Kurven mündete der Weg in ein großes, mit Gras bewachsenes Feld. Edward hielt noch einmal an.

»Mein Gott«, staunte er. »Jetzt verstehe ich, warum du von Feudalherren geredet hast.«

Aus dem weitläufigen Feld erhob sich ein riesiges, mehrstöckiges Haus mit Ecktürmen, Zinnen und zahlreichen Verzierungen. In dem schiefergedeckten Dach waren zahlreiche Mansardenfenster mit reichverzierten Vorsprüngen eingebaut. Auf allen Seiten des Gebäudes ragten Schornsteine in den Himmel.

»Eine interessante Mischung der unterschiedlichsten Stilrichtungen«, stellte Edward fest. »Stellenweise sieht es aus wie eine mittelalterliche Burg, andererseits erinnert es an ein Herrenhaus im Tudorstil, und teilweise wirkt es sogar wie ein französisches Schloß. Wirklich imposant.«

»Meine Familie hat es immer ›die Burg‹ genannt«, erklärte Kim.

»Das kann ich gut verstehen«, sagte Edward. »Nachdem du mir das Haus als ein riesiges, zugiges, altes Gemäuer beschrieben hast, hätte ich nie gedacht, daß es so prachtvoll ist. So ein Haus gehört eigentlich in eines der Millionärsviertel von Newport.«

»An der Küste nördlich von Boston stehen noch etliche von diesen großen, alten Herrenhäusern«, sagte Kim. »Einige wurden natürlich abgerissen, aber viele sind restauriert und zu Apartmenthäusern umgebaut worden. Im Moment ist der Markt für solche Häuser allerdings ziemlich flau. Vielleicht verstehst du jetzt, weshalb mein Bruder und ich das Haus eher als einen Klotz am Bein empfinden.«

»Und wo ist das alte Haus?« wollte Edward wissen.

Kim zeigte nach rechts. In der Ferne war undeutlich ein dunkelbraunes Haus zu erkennen, das von Birken umgeben war.

»Und was ist das da hinten links für ein Gebäude?« fragte Edward.

»Das war einmal die Mühle«, erklärte Kim. »Aber sie ist schon vor langer Zeit zu einem Stall umgebaut worden.«

Edward fuhr langsam weiter, hielt aber nach ein paar Metern wieder an. Er hatte eine Mauer entdeckt, die das Feld begrenzte und fast ganz mit Unkraut überwuchert war.

»Und was ist das?« fragte er und zeigte auf die Mauer.

»Dahinter ist der alte Familienfriedhof.«

»Das gibt's doch gar nicht«, entfuhr es Edward. »Können wir uns den Friedhof ansehen?«

»Ja, warum nicht?«

Sie stiegen aus und kletterten über die Mauer. Den ursprünglichen Eingang konnten sie nicht benutzen, weil stachelige Brombeersträucher den Weg versperrten.

»Es sieht so aus, als ob die meisten Grabsteine zerbrochen sind«, stellte Edward fest. »Aber sie scheinen noch nicht lange kaputt zu sein.« Er hob ein abgebrochenes Stück Marmor auf und betrachtete es.

»Vandalismus«, erklärte Kim. »Wir können nicht viel dagegen tun, weil niemand hier lebt.«

»Es ist eine Schande«, sagte Edward und versuchte das Datum auf dem Stein zu entziffern: 1843. Darüber war der Name Nathaniel Stewart in den Stein gemeißelt worden.

»Meine Familie hat ihre Angehörigen ungefähr bis zur Mitte des letzten Jahrhunderts auf diesem Friedhof bestattet«, erklärte Kim.

Gemächlich durchquerten sie das überwucherte Gelände. Je weiter sie vordrangen, desto schlichter und älter wurden die Grabsteine.

»Ist Ronald Stewart auch hier begraben worden?« fragte Edward.

»Ja«, antwortete Kim und führte ihn zu einem einfachen, abgerundeten Grabstein, auf dessen Flachrelief ein Totenkopf eingearbeitet worden war. Darunter standen die Worte: *Hier ruht Ronald Stewart, Sohn von John und Lydia Stewart. Gestorben am 1. Oktober 1734 im Alter von 81 Jahren.*

»Er ist einundachtzig geworden«, staunte Edward. »Muß ein gesunder Bursche gewesen sein. Um so ein hohes Alter zu erreichen, muß er ziemlich schlau gewesen sein und sich die Ärzte vom Leibe gehalten haben. Damals waren viele Ärzte für ihre Patienten genauso tödlich wie die Krankheiten, die sie eigentlich bekämpfen wollten.«

Neben dem Grab von Ronald befand sich das Grab von Rebecca Stewart. Die Inschrift auf dem Stein besagte, daß sie Ronalds Frau gewesen war.

»Wahrscheinlich hat er wieder geheiratet«, vermutete Kim.

»Ist Elizabeth auch hier begraben worden?« fragte Edward.

»Ich habe keine Ahnung«, erwiderte Kim. »Jedenfalls hat mir noch nie jemand ihr Grab gezeigt.«

»Bist du sicher, daß diese Elizabeth tatsächlich existiert hat?« fragte Edward.

»Ich glaube schon, daß sie gelebt hat«, antwortete Kim. »Aber beschwören kann ich es nicht.«

»Schauen wir doch mal, ob wir sie finden«, schlug Edward vor. »Sie müßte doch in diesem Bereich hier begraben worden sein.«

Ein paar Minuten suchten sie schweigend den Friedhof ab; Kim ging in die eine Richtung, Edward in die andere.

»Edward!« rief Kim plötzlich.

»Hast du sie gefunden?« rief Edward zurück.

»Nicht direkt.«

Edward ging zu ihr. Sie stand vor einem Grabstein, der so ähnlich aussah wie der von Ronald. Er zierte das Grab eines gewissen Jonathan Stewart, der laut Inschrift der Sohn von Ronald und Elizabeth Stewart gewesen war.

»Zumindest wissen wir nun, daß sie gelebt hat«, bemerkte Kim.

Sie suchten noch eine halbe Stunde weiter, konnten das Grab von Elizabeth aber nicht finden. Schließlich gaben sie auf und gingen zurück zum Auto. Wenig später hielten sie vor dem alten Haus.

»Du hast recht«, sagte Edward, während er das Gebäude betrachtete. »Es sieht dem Hexenhaus wirklich sehr ähnlich. Es hat den gleichen massiven Schornstein, das gleiche steile Giebeldach und die gleichen rautenförmigen Fenster. Am auffallendsten aber ist, daß auch bei diesem Haus die zweite Etage über die erste hinausragt. Ich frage mich, was sich die Architekten dabei gedacht haben.«

»Das weiß wahrscheinlich niemand so genau«, sagte Kim. »Die alte Krankenstation im Peabody-Essex-Institut sieht genauso aus.«

»Die Verzierungen an dem Vorsprung sind bei diesem Haus jedenfalls noch feiner gearbeitet als am Hexenhaus«, stellte Edward fest.

»Wer auch immer sie gedrechselt hat, muß ein Meister seines Faches gewesen sein«, stimmte Kim ihm zu.

»Es ist ein bezauberndes Haus«, sagte Edward. »Es ist noch um Klassen raffinierter als die Burg.«

Sie schlenderten langsam um das alte Gemäuer herum und bestaunten die vielen Details, die ihnen erst bei genauerem Hinsehen ins Auge fielen. Hinter dem Haus entdeckte Edward ein weiteres, frei stehendes kleines Gebäude. Er wollte von Kim wissen, ob es auch schon so alt sei.

»Ich glaube, ja«, antwortete Kim. »Man hat mir erzählt, daß es für die Tiere war.«

»Ein Ministall also«, staunte Edward.

Als die beiden zur Eingangstür zurückkehrten, mußte Kim

etliche Schlüssel ausprobieren, bevor sie schließlich den passenden fand. Sie stieß die Tür auf, die genauso laut quietschte wie das alte Tor am Eingang des Stewartschen Anwesens.

»Klingt ja wie in einem Spukhaus«, bemerkte Edward.

»Sag bitte nicht so etwas«, protestierte Kim.

»Du glaubst doch nicht etwa an Gespenster?« wollte Edward wissen.

»Sagen wir mal, ich respektiere sie«, erwiderte Kim und lachte. »Bitte, du gehst vor.«

Edward trat ein und blieb in einer kleinen Diele stehen. Vor ihm war eine Wendeltreppe, die nach oben führte. Auf beiden Seiten waren Türen. Die rechte Tür führte zur Küche, die linke in den Salon.

»Wo fangen wir an?« fragte Edward.

»Du bist der Gast«, sagte Kim.

»Dann inspizieren wir zuerst den Salon.«

Ein riesiger, mindestens zwei Meter breiter Kamin beherrschte den Raum. Hier und da standen einige koloniale Möbelstücke, ein paar Gartengeräte und anderer Kleinkram lagen herum. Am interessantesten schien ihnen ein Himmelbett, dessen kunstvoll bestickte Vorhänge noch original erhalten waren.

Edward ging zum Kamin und schaute in den Rauchabzug. »Scheint zu funktionieren«, stellte er fest. Dann betrachtete er die Wand über dem Kaminsims. Er trat ein paar Schritte zurück und nahm die Stelle noch einmal genauer ins Visier.

»Siehst du dieses blasse, rechteckige Muster?« fragte er.

Kim stellte sich neben ihn in die Mitte des Zimmers und betrachtete ebenfalls die Wand. »Ja«, sagte sie. »Sieht so aus, als ob da mal ein Bild gehangen hätte.«

»Das glaube ich auch«, stimmte Edward ihr zu. Er befeuchtete seine Fingerspitze und versuchte die Umrißlinie zu verwischen. Vergeblich. »Das Bild muß ziemlich lange da gehangen haben«, sagte er. »Sonst hätte der Rauch nicht diese deutlichen Umrisse hinterlassen.«

Sie verließen den Salon und gingen die Treppe hinauf. Neben dem Treppenabsatz befand sich ein kleines Studierzimmer. Über dem Salon und der Küche waren zwei Schlafzimmer, die jeweils einen eigenen Kamin hatten. Von ein paar Betten und einem Spinnrad abgesehen, gab es hier oben keine weiteren Möbel.

Schließlich stiegen sie wieder nach unten und besichtigten die Küche; fasziniert blieben sie vor der riesigen Feuerstelle stehen. Edward schätzte, daß sie mindestens drei Meter breit war. Links waren Halterungen für Töpfe angebracht, rechts ein bienenkorbförmiger Ofen in die Feuerstelle eingebaut worden. Ein paar alte Töpfe, Pfannen und Kessel standen noch herum.

»Kannst du dir vorstellen, hier zu kochen?« fragte Edward.

»Nein«, erwiderte Kim. »Ich habe schon in einer modernen Küche meine Schwierigkeiten.«

»Die alten Siedlerfrauen müssen ziemlich geschickt gewesen sein«, stellte Edward fest. »Es ist nicht einfach, so ein großes Feuer in Gang zu halten. Ich frage mich, wie sie die Temperatur reguliert haben. Gerade beim Brotbacken kommt es auf die richtige Temperatur an.«

Durch eine weitere Tür gelangten sie in einen Anbau. Überrascht stellte Edward fest, daß dort noch eine zweite Küche war.

»Ich glaube, diese Küche haben sie im Sommer benutzt«, sagte Kim. »Wenn es draußen warm war, wäre es doch ein Wahnsinn gewesen, diese riesige Feuerstelle zu benutzen.«

Sie verließen den Anbau und gingen zurück in die Hauptküche. Edward blieb in der Mitte des Raumes stehen und kaute nachdenklich auf seiner Unterlippe herum. Kim sah, daß er über irgend etwas nachdachte.

»Was geht dir gerade durch den Kopf?« fragte sie.

»Hast du jemals darüber nachgedacht, hier zu leben?« fragte er.

»Nein, nie«, entgegnete sie. »Es wäre doch so, als würde ich auf einem Campingplatz leben.«

»Natürlich weiß ich, daß man das Haus nicht in dem jetzigen Zustand bewohnen kann«, erklärte Edward. »Aber man müßte gar nicht so viel verändern.«

»Du meinst, man sollte es renovieren?« fragte Kim. »Es wäre unverantwortlich, dieses historische Juwel zu zerstören.«

»Aber das muß man doch gar nicht. Du könntest einfach in dem Anbau eine moderne Küche und ein Bad einrichten; dieser Teil ist ja sowieso erst nachträglich dazugekommen. Das Hauptgebäude bliebe vollkommen erhalten.«

»Glaubst du wirklich, das könnte funktionieren?« fragte Kim und sah sich um. Das Haus hatte einen unbestreitbaren Charme. Und es würde bestimmt Spaß machen, es neu einzurichten.

»Du mußt doch sowieso aus deiner Wohnung raus«, fuhr Edward fort. »Und eigentlich ist es doch eine Schande, dieses wunderschöne Haus leer stehen zu lassen. Früher oder später werden die Randalierer auch hier ihr Unwesen treiben und vielleicht irreparable Schäden anrichten.«

Sie machten noch einmal einen Rundgang durch das Haus, wobei sie sich diesmal in jedem Zimmer überlegten, wie man es wirklich wohnlich machen könnte. Edward war zusehends begeistert von der Idee, und auch Kim konnte ihr immer mehr abgewinnen.

»Stell dir nur vor, wie nah dir deine Vorfahren wären, wenn du hier wohnen würdest«, bemerkte Edward. »Ich würde nicht eine Minute zögern, hier einzuziehen.«

»Ich muß erst mal eine Nacht darüber schlafen«, sagte Kim schließlich. »Die Idee ist faszinierend, aber ich muß auch noch mit meinem Bruder darüber reden. Immerhin haben wir das Anwesen gemeinsam geerbt.«

»Eines ist mir noch unklar«, sagte Edward und schaute sich in der Küche um. »Wo haben die Bewohner früher ihre Vorräte aufbewahrt?«

»Wahrscheinlich im Keller«, erwiderte Kim.

»Ich dachte, es gäbe hier keinen Keller«, sagte Edward. »Als wir um das Haus gegangen sind, habe ich keinen Kellereingang gesehen. Und hier drinnen scheint auch keine Treppe nach unten zu führen.«

Kim ging um den Tisch herum und zog eine abgetretene Sisalmatte zur Seite. »In den Keller kommt man durch diese Falltür«, erklärte sie. Sie bückte sich, steckte ihren Finger durch ein Loch im Boden, zog die Falltür hoch und klappte sie zurück. Eine Leiter führte hinab in die Dunkelheit.

»Diese Falltür ruft viele Erinnerungen in mir wach«, erzählte sie. »Als wir Kinder waren, hat mein Bruder mir manchmal gedroht, mich in den Keller zu sperren. Die Falltür hatte es ihm wirklich angetan.«

»Ein netter Bruder«, bemerkte Edward. »Kein Wunder, daß du Panikanfälle hattest. Bei solchen Drohungen hätte es wohl jeder mit der Angst bekommen.«

Edward beugte sich vornüber und versuchte, einen Blick in den Keller zu werfen, doch er konnte kaum etwas erkennen.

»Er hat seine Drohungen nie ernst gemeint«, sagte Kim. »Er wollte mich nur ärgern. Eigentlich durften wir hier gar nicht spielen, und er wußte genau, daß ich Angst hatte. Du weißt doch, wie Kinder sind; es macht ihnen Spaß, sich gegenseitig einen Schrecken einzujagen.«

»Ich habe eine Taschenlampe im Auto«, sagte Edward. »Ich gehe und hole sie.«

Als er mit der Lampe zurück war, kletterte er die Leiter hinunter. Von unten sah er zu Kim hinauf und fragte, ob sie nicht runterkommen wolle.

»Soll ich wirklich?« fragte sie. Dann stieg sie ebenfalls hinab und blieb neben Edward stehen.

»Es ist kühl, feucht und muffig«, stellte er fest.

»Das kann man wohl sagen«, bemerkte Kim. »Was sollen wir hier unten?«

Der Keller war klein. Er umfaßte nur den Bereich unter der Küche. Die Wände waren aus flachen Steinen mit etwas Mörtel gemauert. Der Boden war aus Lehm. An der hinteren Wand standen mehrere Behältnisse, deren Seitenwände zum Teil aus Steinen, zum Teil aus Holz waren. Edward ging näher an die großen Kisten heran und leuchtete mit seiner Taschenlampe hinein. Kim blieb dicht neben ihm.

»Du hast recht«, sagte Edward. »Hier wurden die Vorräte aufbewahrt.«

»Was für Vorräte sie wohl damals hatten?« fragte Kim.

»Äpfel, Mais, Weizen, Roggen«, vermutete Edward. »Vielleicht auch Milchprodukte. Die Schinken haben sie wahrscheinlich im Anbau zum Trocknen aufgehängt.«

»Ist ja interessant«, bemerkte Kim ohne große Begeisterung. »Hast du alles gesehen?«

Edward beugte sich über einen der Vorratsbehälter und kratzte etwas von dem angetrockneten Schmutz ab. Dann rollte er das Klümpchen zwischen seinen Fingern. »Die Erde ist feucht«, stellte er fest. »Ich bin zwar kein Botaniker, aber ich gehe jede Wette ein, daß der Claviceps purpurea hier prächtig gedeihen würde.«

Jetzt wurde auch Kim neugierig und wollte wissen, ob man den Pilz irgendwie nachweisen könne.

Edward zuckte mit den Schultern. »Möglicherweise«, erwiderte er. »Das hängt davon ab, ob man hier tatsächlich Claviceps-Sporen findet. Ein Freund von mir ist Botaniker. Ich könnte ein bißchen von dem Zeug hier mitnehmen und ihn bitten, sich die Proben mal anzusehen.«

»In der Burg finden wir bestimmt ein paar passende Behälter«, sagte Kim.

»Okay, sehen wir mal nach.«

Sie verließen das alte Haus und machten sich auf den Weg zur Burg. Sie ließen das Auto stehen und gingen zu Fuß durch das kniehohe Gras. Heuschrecken sprangen vor ihnen auf, Schmetterlinge und Bienen tummelten sich im warmen Sonnenschein.

»Manchmal sehe ich in der Ferne Wasser glitzern«, bemerkte Edward.

»Das ist der Danvers River«, erklärte ihm Kim. »Früher reichte das Feld bis an das Ufer des Flusses.«

Sie näherten sich der Burg, und Edwards Ehrfurcht vor dem Gebäude wuchs mit jedem Schritt. »Es ist noch viel imposanter, als ich gedacht habe«, sagte er. »Da drüben ist ja sogar so etwas wie ein Burggraben.«

»Man hat mir erzählt, daß der Architekt sich vom Schloß Chambord in Frankreich hat inspirieren lassen«, erklärte Kim. »Die Burg ist wie ein ›U‹ geformt; die Gästezimmer sind im linken Flügel untergebracht und die Räume fürs Personal im rechten.«

Sie überquerten die Brücke, die über den ausgetrockneten Graben führte. Während Edward die gotischen Verzierungen am Eingangsportal bewunderte, kämpfte Kim wieder mit den zahlreichen Schlüsseln an ihrem Bund. Es dauerte eine Weile, bis sie schließlich den richtigen gefunden hatte und die Tür öffnen konnte.

Sie betraten eine eichengetäfelte Eingangshalle und gingen durch einen Bogen in den großen Salon. Der riesige Raum war zwei Stockwerk hoch, an jeder Seite befand sich eine Feuerstelle im gotischen Stil. Die Fenster hatten die Ausmaße von Kirchenfenstern; zwischen ihnen führte eine breite Treppe nach oben. Von oben her fiel durch ein Buntglasfenster mit einer Fensterrose ein ungewöhnlich helles Licht in den Raum.

Edward gab einen undefinierbaren Laut von sich. »Das ist einfach unglaublich«, sagte er ehrfürchtig. »Du hast mir gar nicht erzählt, daß sogar die Möbel noch hier sind.«

»Wir haben alles so gelassen, wie es war«, erklärte Kim.

»Wann ist dein Großvater denn gestorben?« fragte Edward. »Wenn man die Einrichtung betrachtet, fühlt man sich in die zwanziger Jahre zurückversetzt.«

»Er ist in diesem Frühjahr gestorben«, antwortete Kim. »Mein Großvater war ziemlich exzentrisch, vor allem nach dem Tod seiner Frau – und die ist vor circa vierzig Jahren gestorben. Ich glaube nicht, daß er irgend etwas verändert hat, seitdem er mit seinen Eltern hier gelebt hat. Es war übrigens sein Vater, der das Haus gebaut hat.«

Edward wanderte durch den Raum und ließ seinen Blick über die verschwenderische Ausstattung schweifen. Er entdeckte eine mittelalterliche Ritterrüstung und wollte wissen, ob sie echt sei.

»Ich habe keine Ahnung«, gestand Kim achselzuckend.

Edward ging zu einem der Fenster und betastete den Vorhand. »In meinem ganzen Leben habe ich noch nie so gewaltige Vorhänge gesehen«, bemerkte er. »Wieviel Stoff man dafür gebraucht hat – mindestens einen Kilometer.«

»Die Vorhänge sind sehr alt«, erklärte Kim. »Sie sind aus Seidendamast.«

»Zeigst du mir das Haus?« bat Edward.

»Komm mit«, sagte Kim.

Sie verließen den großen Salon und betraten die dunkel getäfelte Bibliothek. Sie war ebenfalls zweigeschossig, das Obergeschoß war über eine schmiedeeiserne Wendeltreppe zu erreichen. An die oberen Reihen der hohen Bücherregale gelangte man mit Hilfe einer Leiter, die sich auf einer Schiene bewegen ließ. Alle Bücher waren in Leder gebunden. »Genau so stelle ich mir eine Bibliothek vor«, gestand Edward. »Das ist der richtige Ort, um sich zurückzuziehen und in Ruhe zu lesen.«

Von der Bibliothek gingen sie weiter ins Eßzimmer. Die Decke war ebenso hoch wie im großen Salon, und auch hier gab es auf jeder Seite eine Feuerstelle. Überall an den Wänden hingen große Flaggen an Stangen.

»Historisch ist die Burg mindestens so wertvoll wie das alte Haus«, bemerkte Edward. »Ich komme mir vor wie in einem Museum.«

»Die wirklichen historischen Schätze sind im Weinkeller und auf dem Dachboden zu finden«, sagte Kim. »Dort lagern massenhaft alte Papiere.«

»Auch Zeitungen?« fragte Edward.

»Ja«, erwiderte Kim. »Aber vor allem Briefe und Dokumente.«

»Komm«, drängte Edward, »das schauen wir uns mal an.«

Über die Haupttreppe stiegen sie in die erste Etage hinauf, die man wegen der hohen Räume im Erdgeschoß eigentlich schon als die zweite Etage bezeichnen mußte. Eine kleinere Treppe führte weiter in die beiden oberen Stockwerke und zum Dachboden hinauf. Auch hier oben kostete es Kim einige Mühe, die Tür zu öffnen. Die Räume waren seit einer Ewigkeit nicht mehr betreten worden.

Der Dachboden war riesig. Bis auf die Ecktürme umfaßte er die gesamt U-förmige Grundfläche der Burg. Die hohen Türme hatten jeweils einen eigenen, kegelförmigen Dachboden. Die gewölbte Decke des Hauptdachbodens entsprach dem Profil des Dachs. Die vielen Mansardenfenster ließen reichlich Licht herein.

Kim und Edward gingen den mittleren Gang entlang, der zu beiden Seiten von unzähligen Aktenregalen, Schränken, Truhen und alten Überseekoffern gesäumt war. Hin und wieder blieb Kim stehen, um Edward zu zeigen, daß auch die Kisten und Koffer bis zum Rand mit Rechnungsbüchern, Journalen, Aktenmappen, Dokumenten, Korrespondenz, Fotos, Zeitungen und alten Magazinen gefüllt waren. Der Dachboden war eine wahre Fundgrube.

»Mit dem Papier, das hier lagert, könnte man locker mehrere Waggons füllen«, bemerkte Edward. »Weißt du, bis in welches Jahr die ältesten Dokumente zurückreichen?«

»Bis in die Zeit von Ronald Stewart«, antwortete Kim. »Schließlich hat er die Firma damals gegründet. Die meisten Sachen haben irgend etwas mit dem Geschäft zu tun, aber manchmal sind auch ein paar persönliche Briefe dazwischen. Mein Bruder und ich haben früher oft gewettet, wer das älteste Dokument findet. Wenn mein Großvater uns erwischt hat, war er sehr wütend, denn eigentlich durften wir hier nicht spielen.«

»Stapelt sich im Weinkeller auch so viel Papier?« wollte Edward wissen.

»Ich glaube, noch mehr«, erwiderte Kim. »Wir können ja mal runtergehen. Der Weinkeller ist wirklich sehenswert. Er ist im gleichen Stil eingerichtet wie das Haus.«

Über die Haupttreppe gingen sie wieder ins Eßzimmer hinunter. Dort öffneten sie eine schwere, mit großen, schmiedeeisernen Scharnieren befestigte Eichentür und stiegen die Stufen aus Granitstein in den Weinkeller hinab. Edward sah sofort, was Kim mit der Bemerkung gemeint hatte, der Weinkeller sei im gleichen Stil eingerichtet wie der Rest des Hauses. Er erinnerte an einen mittelalterlichen Kerker. An den Steinwänden hingen Wandleuchten, die wie Fackeln geformt waren. Der Keller war in lauter kleine Räume unterteilt, die an Zellen erinnerten. Überall standen Weinregale an den Wänden. Vor jedem dieser Verliese war eine Eisentür, die oben mit einer vergitterten Luke versehen war.

»Hier hat jemand einen seltsamen Humor gehabt«, bemerkte Edward, während sie den düsteren Gang entlanggingen. »Das einzige, was hier noch fehlt, sind Foltergeräte.«

»Mein Bruder und ich fanden das früher überhaupt nicht komisch«, sagte Kim. »Daß wir hier nichts zu suchen hatten, mußte uns Großvater nicht zweimal sagen. Wir wären nicht im Traum auf die Idee gekommen, freiwillig hier runterzugehen.«

»Und all diese Truhen sind vollgestopft mit alten Dokumenten?« wollte Edward wissen. »So wie oben auf dem Dachboden?«

»Ja«, erwiderte Kim. »Voll bis obenhin.«

Edward blieb stehen und stieß die Tür zu einem der zellenähnlichen Räume auf. Die Weinregale waren größtenteils leer und mit Aktenschränken, Bücherregalen und Truhen verbaut worden. Er zog eine der wenigen Flaschen aus dem Regal.

»Mein Gott!« rief er. »Jahrgang achtzehnhundertsechsundneunzig! Der Wein dürfte ganz schön wertvoll sein.«

Kim schüttelte den Kopf. »Das bezweifle ich«, sagte sie. »Wahrscheinlich ist der Korken längst zerbröselt. Seit einem halben Jahrhundert hat sich niemand mehr um den Wein gekümmert.«

Edward legte die verstaubte Flasche zurück und zog die Schublade eines Aktenschrankes heraus. Er griff in den Papierberg und zog ein Zolldokument aus dem neunzehnten Jahrhundert hervor. Beim nächsten Versuch hielt er einen Seefrachtbrief aus dem achtzehnten Jahrhundert in den Händen.

»Hier ist anscheinend nie etwas sortiert worden«, stellte er fest.

»Das stimmt leider«, gestand Kim. »Was die Papiere angeht, herrscht das absolute Chaos. Jedesmal, wenn die Stewarts ein neues Haus gebaut haben und umgezogen sind, mußten alle Papiere mitwandern. So ist im Laufe der Jahrhunderte alles durcheinandergeraten.«

Um ihre Aussage zu bekräftigen, öffnete sie eine andere Schublade und zog ein weiteres Dokument heraus, einen Seefrachtbrief. Sie reichte ihn Edward und wies ihn auf das Datum hin.

»Das gibt's doch gar nicht!« rief er. »Sechszehnhundertneunundachtzig. Das war ja noch drei Jahre vor der großen Hexenhysterie.«

»Da siehst du, was hier für ein Durcheinander herrscht«, sagte Kim. »Wir haben drei Papiere herausgezogen, und jedes stammt aus einem anderen Jahrhundert.«

»Ich glaube, das hier ist die Unterschrift von Ronald«, bemerkte Edward und zeigte Kim den Schriftzug auf dem Dokument. Sie stimmte ihm zu.

»Ich habe eine Idee«, sagte sie. »Du hast mich so neugierig gemacht, daß ich wirklich gerne mehr über diese mysteriöse Hexengeschichte erfahren möchte. Vor allem möchte ich wissen, was meiner Vorfahrin Elizabeth widerfahren ist. Vielleicht findet sich ja in diesen alten Papieren etwas über sie.«

»Du meinst, warum sie zum Beispiel nicht auf dem Familienfriedhof beerdigt wurde?« fragte Edward.

»Das und vieles mehr«, erwiderte Kim. »Ich möchte gerne wissen, was es mit dieser ganzen Geheimnistuerei auf sich hat. Mich interessiert auch, ob man sie wirklich hingerichtet hat. Du hast ja vorhin selber gesagt, daß sie in dem Buch, das du mir gegeben hast, gar nicht erwähnt wird. Je mehr ich darüber nachdenke, desto geheimnisvoller kommt mir die ganze Geschichte vor.«

Edward ließ seinen Blick durch die Zelle schweifen. »Es wird eine Ewigkeit dauern, das alles durchzuarbeiten«, stellte er fest. »Und am Ende könnte sich herausstellen, daß es pure Zeitverschwendung war, weil die meisten Dokumente Geschäftsunterlagen sind.«

»Aber es wäre eine Herausforderung«, entgegnete Kim. Sie war zunehmend von ihrer Idee begeistert und wühlte schon wieder in einer Schublade. »Ich glaube, es würde mir wirklich Spaß machen, hier herumzustöbern. Es wäre eine neue Erfahrung der Selbstfindung für mich – oder, wie du drüben im alten Haus gesagt hast, eine Möglichkeit, meinen Vorfahren näherzukommen.«

Während Kim weiter in den Papieren blätterte, schaute Edward sich weiter im Weinkeller um. Er knipste die Taschenlampe an, weil die meisten Glühbirnen längst ihren Geist aufgegeben hatten. Edward steckte seinen Kopf durch die Tür der hintersten Zelle und leuchtete in den Raum hinein. Auch hier schien es vor allem Aktenschränke, Regale, Truhen und Kisten zu geben. Doch im hintersten Winkel des Raumes lehnte etwas an der Wand, das ihn neugierig machte: Es sah aus wie ein Ölgemälde.

Vorsichtig hob er es hoch und trug es hinaus in den Kellergang, wo er es gegen die Wand lehnte. Auf dem Bild war eine attraktive junge Frau zu sehen; es war ein schönes Bild, auch wenn der Malstil etwas steif und primitiv war.

Am unteren Rand des Gemäldes entdeckte Edward ein kleines Namensschildchen aus Zinn. Er rubbelte mit einer Fingerspitze den Dreck weg und beleuchtete die Stelle. Dann nahm er das Bild und trug es hinüber zu Kim.

»Sieh dir mal an, was ich gefunden habe«, sagte er. Er lehnte das Bild gegen einen Aktenschrank und richtete den Strahl seiner Lampe auf das Zinnschildchen.

Kim drehte sich um und betrachtete das Bild. Sie spürte, daß Edward aufgeregt war. Neugierig las sie das hell beleuchtete Namensschild.

»Du liebe Güte!« rief sie. »Das ist ja Elizabeth.«

Erfreut über die sensationelle Entdeckung trugen sie das Gemälde nach oben, um es im großen Salon bei besserem Licht betrachten zu können.

»Weißt du, was mich am meisten verblüfft?« fragte Edward. »Elizabeth sieht dir total ähnlich, vor allem hat sie die gleichen grünen Augen.«

»Sie hat vielleicht die gleiche Augenfarbe«, gab Kim zu. »Aber Elizabeth war viel hübscher als ich; und wie man sieht, hat die Natur sie etwas üppiger ausgestattet als mich.«

»Was man schön findet, ist natürlich Geschmacksache«, bemerkte Edward. »Und in meinen Augen ist es umgekehrt: Du bist die hübschere von euch beiden.«

Kim starrte auf das Portrait ihrer berüchtigten Vorfahrin. »Es gibt wirklich ein paar Ähnlichkeiten«, sagte sie. »Sie scheint genauso widerspenstige Haare gehabt zu haben wie ich, und auch unsere Gesichtsformen ähneln sich.«

»Ihr könntet glatt als Schwestern durchgehen«, stimmte Edward ihr zu. »Es ist wirklich ein schönes Bild. Ich frage mich, warum man es in den letzten Kellerwinkel verbannt hat? Es gefällt mir viel besser als die meisten anderen Gemälde in diesem Haus.«

»Es ist seltsam«, stellte Kim fest. »Mein Großvater hat sicher von dem Bild gewußt; aber meiner Mutter zuliebe hat er es bestimmt nicht in den Keller verbannt. Die beiden konnten sich nicht ausstehen.«

»Von der Größe her könnte das Bild genau an die Stelle passen, die uns über dem Kaminsims im alten Haus aufgefallen ist«, stellte Edward fest. »Wollen wir es mal mit nach drüben nehmen und ausprobieren, ob es da gehangen hat?«

Edward wollte schon losmarschieren, doch Kim hielt ihn zurück und erinnerte ihn daran, weswegen sie eigentlich hergekommen waren. Edward stellte das Gemälde wieder ab, und sie gingen in die Küche. In der Speisekammer fand Kim schließlich drei Plastikschüsseln mit Deckel.

Dann machten sie sich mit dem Bild auf den Weg zum alten Haus. Kim bestand darauf, das Gemälde zu tragen. Mit seinem schmalen schwarzen Rahmen war es nicht besonders schwer.

»Irgendwie habe ich ein komisches Gefühl«, sagte Kim im Gehen. »Aber es ist ein gutes Gefühl. Es kommt mir beinahe so vor, als sei eine lange verschollen geglaubte Verwandte wieder aufgetaucht.«

»Es ist wirklich ein komischer Zufall«, stimmte Edward ihr zu. »Vor allem wenn man bedenkt, daß wir ja im Grunde ihretwegen gekommen sind.«

Plötzlich blieb Kim stehen. Sie hielt das Bild mit gestreckten Armen vor sich und starrte in Elizabeths Gesicht.

»Was ist los?« fragte Edward.

»Ich mußte einfach darüber staunen, wie ähnlich wir uns sehen«, sagte Kim. Sie starrte weiter auf das Bild, aber plötzlich machte sie einen Satz nach vorne.

»Ist alles in Ordnung?« fragte Edward und legte ihr beruhigend eine Hand auf die Schulter.

Kim schüttelte den Kopf und atmete tief durch. »Mir ist gerade etwas Furchtbares durch den Kopf gegangen«, gestand sie.

»Ich habe mir vorzustellen versucht, wie man sich fühlt, wenn man weiß, daß man gehängt wird.«

»Laß mich lieber das Bild tragen«, sagte Edward. »Du kannst die Plastikbehälter nehmen.«

Kim willigte ein, und sie gingen weiter.

»Es muß an der Hitze liegen«, versuchte Edward die Stimmung wieder etwas aufzuheitern. »Oder vielleicht hast du auch nur Hunger. Dann kann die Phantasie schon mal mit einem durchgehen.«

»Ich bin wirklich etwas erschüttert, weil wir dieses Bild gefunden haben«, gab Kim zu. »Mir ist so, als ob Elizabeth über die Jahrhunderte hinweg versuchen würde, mir etwas mitzuteilen – vielleicht will sie mich bitten, ihren Ruf wiederherzustellen.«

Edward starrte sie ungläubig an, während sie nebeneinander durch das hohe Gras stapften. »Machst du Witze?« fragte er.

»Nein, überhaupt nicht«, antwortete sie. »Du hast doch auch festgestellt, was für ein seltsamer Zufall es ist, daß wir dieses Bild gefunden haben. Ich glaube nicht, daß es nur Zufall war. Überleg doch mal! Diese Entdeckung – es muß ein tieferer Grund dahinterstecken.«

»Leidest du nur vorübergehend unter abergläubischen Anwandlungen, oder bist du immer so?« wollte Edward wissen.

»Ich weiß nicht«, sinnierte Kim. »Ich versuche nur, die Dinge zu verstehen.«

»Glaubst du an außersinnliche Wahrnehmungen oder an Gedankenübertragung?« fragte Edward neugierig.

»Darüber habe ich noch nie nachgedacht«, mußte Kim gestehen. »Glaubst du daran?«

Edward mußte lachen. »Wenn du meine Fragen so geschickt an mich zurückgibst, kommst du mir vor wie eine Psychologin. Jedenfalls glaube ich nicht an übernatürliche Kräfte. Ich bin Wissenschaftler. Ich glaube an alles, was man rational beweisen und durch Experimente wiederholen kann. Ich bin weder religiös noch abergläubisch. Und wenn ich jetzt behaupte, daß die beiden letztgenannten Eigenschaften eng miteinander verbunden sind, hältst du mich wahrscheinlich für einen Zyniker.«

»Ich bin auch nicht sehr religiös«, sagte Kim. »Trotzdem kann ich mir vorstellen, daß es übernatürliche Kräfte gibt.«

Sie waren am alten Haus angekommen. Kim hielt Edward die

Tür auf, damit er das Gemälde in den Salon tragen konnte. Als er es über den Kamin hielt, bestätigte sich seine Vermutung: Es paßte genau in den vom Rauch gezeichneten Rahmen.

»Jetzt wissen wir zumindest, daß das Bild einmal hier gehangen hat«, stellte Edward fest und ließ es auf dem Kaminsims stehen.

»Und ich werde dafür sorgen, daß es bald wieder seinen angestammten Platz einnehmen kann«, bemerkte Kim. »Elizabeth hat es verdient, wieder in ihr Haus zurückzukehren.«

»Heißt das, daß du das Haus renovieren willst?«

»Vielleicht«, erwiderte Kim. »Aber erst muß ich mit meiner Familie darüber sprechen. Vor allem mit meinem Bruder.«

»Ich finde die Idee jedenfalls hervorragend«, sagte Edward. Dann nahm er die Plastikbehälter und ging noch mal in den Keller, um die Schmutzproben zu holen. An der Tür blieb er stehen.

»Falls ich da unten wirklich Spuren von Claviceps purpurea finde«, sagte er mit einem trockenen Lächeln, »dann dürfte diese Entdeckung zumindest eines zur Folge haben: Die Geschichten über die Hexenprozesse von Salem werden endlich ihren übernatürlichen Touch verlieren.«

Kim gab keine Antwort. Sie stand vor dem Portrait Elizabeths und war tief in Gedanken versunken. Edward zuckte mit den Schultern. Dann ging er in die Küche und stieg in den dunklen, feucht-kühlen Keller hinab.

Kapitel 3

Montag, 18. Juli 1994

Wie immer herrschte in Edward Armstrongs Labor in der medizinischen Fakultät der Harvard University an der Longfellow Avenue hektisches Treiben. Inmitten futuristischer High-Tech-Instrumente liefen eine Menge Menschen in weißen

Kitteln hin und her. Auf einen Außenstehenden wirkte der Laborbetrieb chaotisch, doch jeder Insider wußte, daß an diesem Ort kontinuierlich gearbeitet wurde.

Obwohl neben Edward auch andere Wissenschaftler hier arbeiteten, hatte in der letzten Zeit alles an ihm gehangen; längst hatten seine Kollegen das Labor liebevoll »Armstrongs Imperium« getauft. In der Welt der Wissenschaft hielt man ihn für ein Genie; darüber hinaus galt Edward auf dem Gebiet der synthetischen Chemie und der Neurowissenschaft als eine Koryphäe, weshalb sich die Bewerbungen um eine der wenigen Doktoranden- und Assistentenstellen bei ihm stapelten. Da seine Laborkapazitäten, sein Budget und seine eigene Zeit begrenzt waren, konnte er nicht alle einstellen; nur die besten und intelligentesten Studenten und Wissenschaftler schafften es, in Edwards Forschungsteam aufgenommen zu werden.

Die anderen Professoren hielten ihn für einen Masochisten. Er betreute nämlich nicht nur die größte Anzahl an Doktoranden; er bestand auch darauf, im Sommersemester eine Chemievorlesung für die Studenten im Grundstudium abzuhalten. Kein anderer Professor wäre jemals auf eine solche Idee gekommen. Doch Edward hielt es für seine Pflicht, die jungen Studenten so früh wie möglich für ihr Fach zu begeistern.

Edward hatte gerade eine seiner berühmten Grundvorlesungen beendet und eilte zurück in sein Allerheiligstes. Als er eine der Seitentüren zum Labor öffnete, wurde er sofort wie ein Tierwärter im Käfig von seinen Promotionsstudenten umringt. Sie arbeiteten alle an verschiedenen Aspekten eines gemeinsamen Forschungsziels, das Edward vorgegeben hatte; sie versuchten die genaue Funktionsweise des Kurz- und Langzeitgedächtnisses zu erklären. Edward wurde mit Problemen und Fragen bedrängt, die er kurz und bündig beantwortete, um seine Mitarbeiter dann zügig an ihre Forschungsarbeiten zurückzuschicken.

Als er den letzten Studenten abgefertigt hatte, ging er zu seinem eigenen Schreibtisch. Da er es als eine sinnlose Verschwendung dringend benötigter Arbeitsflächen betrachtete, hatte er auf ein eigenes Büro verzichtet. Er gab sich mit einer Ecke zufrieden, in der es nicht mehr gab als eine schlichte Arbeitsfläche, ein paar Stühle, einen Computer und einen Aktenschrank. Eleanor Youngman kam zu ihm herüber, eine promovierte Biochemikerin, mit der er seit vier Jahren zusammenarbeitete und die er zu seiner Assistentin auserkoren hatte.

»Du hast Besuch«, sagte Eleanor, »er wartet im Sekretariat.«

Edward legte seine Vorlesungsunterlagen auf den Tisch, zog sein Tweedjackett aus und einen weißen Laborkittel an. »Ich habe keine Zeit für Besucher.«

»Ich fürchte, daß du diesen Gast nicht abwimmeln kannst.«

Edward sah sie neugierig an. Sie grinste und stand offenbar kurz davor, in lautes Lachen auszubrechen. Eleanor war hellblond und wirkte sehr lebendig und intelligent. Sie kam aus Oxnard, Kalifornien, und man hätte sie eigentlich eher im Kreise braungebrannter Surfer vermutet. Doch der Schein trügte, denn mit dreiundzwanzig Jahren hatte sie an der Universität von Berkeley ihren Doktortitel in Biochemie erhalten. Edward hielt nicht nur wegen ihrer Intelligenz große Stücke auf sie; sie ging auch voll und ganz in ihrer Arbeit auf. Sie bewunderte ihn und war davon überzeugt, daß er mit Hilfe der Quantenmechanik bald den entscheidenden Sprung nach vorn machen und die Funktionsweise der Neurotransmitter und deren Wirkung auf die Gefühle und das Gedächtnis vollends würde erklären können.

»Wer, in Gottes Namen, ist es denn?« wollte Edward wissen.

»Stanton Lewis«, sagte Eleanor. »Ich muß mich jedesmal halb totlachen, wenn er kommt. Diesmal wollte er mich dazu bringen, in eine neue Chemiezeitschrift zu investieren; sie soll *Bonding* heißen und sich regelmäßig einem ›Molekül des Monats‹ widmen – mit ausklappbarem Modell! Ich weiß nie, wann er mich auf den Arm nimmt und wann er es ernst meint.«

»Das hat er bestimmt nicht ernst gemeint«, sagte Edward. »Er flirtet gerne mit dir, das ist alles.«

Er sah schnell seine Post durch, doch es schien nichts Weltbewegendes dabei zu sein. »Gibt's irgendwelche Probleme im Labor?« fragte er.

»Ich fürchte, ja«, erwiderte Eleanor. »Das neue Kapillar-Elektrophorese-System, mit dem wir die elektrokinetische Mizellen-Kapillar-Chromatographie durchführen, spielt mal wieder verrückt. Soll ich den Vertreter von Bio-Rad bestellen?«

»Laß nur«, sagte Edward. »Ich schau es mir gleich an. Von mir aus kannst du Stanton jetzt reinschicken. Dann kann ich die beiden Probleme vielleicht in einem Aufwasch erledigen.«

Edward befestigte das Strahlungsdosimeter am Revers seines Kittels und ging zu dem Chromatographen. Er versuchte es mit den verschiedensten Steuerbefehlen, doch irgend etwas schien definitiv nicht in Ordnung zu sein. Aus unerfindlichem Grund stürzte das Set-up-Menü ständig ab.

Edward war so in seine Arbeit vertieft, daß er Stanton gar nicht wahrnahm. Erst als dieser ihm zur Begrüßung kräftig auf den Rücken schlug, merkte er, daß sein alter Freund neben ihm stand.

»Hi, Kumpel! Ich habe eine Überraschung für dich, die dich umhauen wird!« Stanton reichte Edward eine Hochglanzbroschüre, die in einer Plastikhülle steckte.

»Was ist das?« fragte Edward, während er nach der Broschüre griff.

»Das, worauf du schon lange gewartet hast«, verkündete Stanton. »Der Prospekt über Genetrix.«

Edward lächelte und schüttelte den Kopf. »Du willst es einfach nicht begreifen.« Dann legte er die Broschüre zur Seite und widmete sich erneut dem Chromatographie-Computer.

»Wie ist denn dein Rendezvous mit Schwester Kim gewesen?« fragte Stanton.

»Gut«, erwiderte Edward. »Deine Cousine ist eine Wahnsinnsfrau.«

»Seid ihr schon miteinander ins Bett gegangen?« bohrte Stanton weiter.

Edward drehte sich abrupt um. »Das geht dich einen feuchten Kehricht an.«

»Mein Gott«, stöhnte Stanton mit einem breiten Grinsen. »Dich kann man aber leicht auf die Palme bringen. Wenn ich es richtig verstehe, heißt das wohl, daß ihr euch ineinander verknallt habt. Sonst wärst du sicher nicht so empfindlich.«

»Du ziehst mal wieder voreilige Schlüsse«, entgegnete Edward mit einem leichten Stottern.

»Nun komm schon«, drängte Stanton seinen Freund. »Ich kenne dich doch. Du warst schon früher so. Wenn es um dein Labor oder um die Wissenschaft geht, spielst du dich auf wie ein kleiner Napoleon. Aber wehe, du begegnest einer Frau. Dann bist du ein richtiger Waschlappen. Ich begreife das nicht. Aber jetzt raus mit der Sprache. Euch hat's erwischt, hab' ich recht?«

»Kim ist großartig«, stammelte Edward. »Wir waren am Freitag abend zusammen essen.«

»Na bitte!« rief Stanton. »Das ist doch genauso gut, wie zusammen ins Bett zu gehen.«

»Warum mußt du nur immer so übertreiben?«

»Ich übertreibe nicht«, erwiderte Stanton. »Ich bin echt begeistert. Ich wollte, daß du mir einen Gefallen schuldest – und genau das habe ich erreicht. Der Preis dafür, daß ich dich mit meiner netten Cousine bekannt gemacht habe, ist gar nicht so hoch. Du mußt nur diese Broschüre lesen.«

Stanton nahm den Prospekt und drückte ihn Edward noch einmal in die Hand.

Edward seufzte. Diesmal hatte er verloren. »Okay«, willigte er ein, »ich werde mir die verdammte Broschüre irgendwann ansehen.«

»Wunderbar«, sagte Stanton. Du solltest ein wenig über die Firma wissen, da ich dir fünfundsiebzigtausend Dollar im Jahr als Mitglied des wissenschaftlichen Beirats zahlen würde; außerdem hättest du natürlich Anspruch auf einen Anteil der Aktien.«

»Ich habe keine Zeit, an irgendwelchen bekloppten Versammlungen teilzunehmen«, entgegnete Edward.

»Wer sagt denn, daß du jemals zu irgendeiner Versammlung kommen mußt?« wollte Stanton wissen. »Ich will einfach nur deinen Namen erwähnen dürfen, wenn ich mit Genetrix an die Börse gehe.«

»Aber warum in aller Welt?« fragte Edward. »Molekularbiologie und Biotechnologie sind doch nicht meine Fachgebiete.«

»Herrgott noch mal!« brüllte Stanton. »Wie kann man nur so naiv sein! Du bist eine wissenschaftliche Berühmtheit. Es ist doch völlig egal, ob du überhaupt was von Molekularbiologie verstehst. Das einzige, was zählt, ist dein Name.«

»Ein *bißchen* was von Molekularbiologie verstehe ich allerdings«, entgegnete Edward wütend.

»Nun reg dich doch nicht auf«, versuchte Stanton ihn zu besänftigen. Dann zeigte er auf den Chromatographen, an dem Edward herumbastelte. »Was, zum Teufel, ist das eigentlich für eine Maschine?«

»Das ist ein Kapillar-Elektrophorese-Gerät«, erwiderte Edward.

»Und was macht man mit so einem Ding?«

»Mit der Anlage kann man ein relativ neues Trennungsverfahren durchführen«, erklärte Edward. »Man wendet es an, um Verbindungen zu trennen und zu identifizieren.«

»Und was ist an dem Verfahren neu?« fragte Stanton und fingerte an der Plastikummantelung der Zentraleinheit herum.

»Es ist nicht vollkommen neu«, erwiderte Edward. »Vom Prinzip her funktioniert es genauso wie die herkömmliche Elektrophorese; allerdings erlaubt der geringe Durchmesser der Kapillare bei diesem Gerät, auf ein Antikonvektionsmittel zu verzichten, da die Wärmeabstrahlung voll ausgenutzt wird.«

Stanton machte eine abwehrende Handbewegung. »Okay, mir reicht's«, sagte er. »Da kann ich beim besten Willen nicht mehr mitreden. Sag mir einfach nur, ob das Ding funktioniert.«

»Es funktioniert großartig«, erwiderte Edward und wandte sich wieder dem Gerät zu. »Normalerweise jedenfalls. Im Moment streikt es.«

»Vielleicht ist der Stecker nicht drin?« sagte Stanton.

Edward verdrehte verzweifelt die Augen.

»Ich wollte dir ja nur helfen«, scherzte Stanton.

Edward nahm den Deckel des Geräts ab und inspizierte das Karussell mit den vielen Glasfläschchen. Er sah sofort, daß eines der Probefläschchen nicht richtig in seiner Halterung steckte und deshalb die Drehung des Karussells verhinderte. »Ist das nicht wunderbar?« rief er erfreut. »Ein Handgriff nur, und schon ist das Problem gelöst!« Er steckte das Glasröhrchen an den vorgesehenen Platz, woraufhin sich das Karussell sofort in Bewegung setzte. Dann machte er den Deckel wieder zu.

»Ich kann mich also darauf verlassen, daß du dir die Broschüre ansiehst?« erinnerte Stanton seinen Freund noch einmal. »Und denk auch über mein Angebot nach.«

»Der Gedanke, daß ich mit Nichtstun soviel Geld verdienen soll, behagt mir nicht besonders«, bemerkte Edward.

»Warum denn nicht?« wollte Stanton wissen. »Wenn sich Spitzenathleten von Turnschuhfirmen verpflichten lassen – warum sollen Wissenschaftler sich ihren guten Namen nicht auch vergolden lassen?«

»Ich denke darüber nach«, versprach Edward.

»Mehr kann ich wohl nicht verlangen«, sagte Stanton resigniert. »Ruf mich an, wenn du den Prospekt gelesen hast. Und vergiß nicht: Ich kann dich reich machen.«

»Bist du mit dem Auto gekommen?« wollte Edward wissen.

»Nein, mit der Concorde«, entgegnete Stanton spitz. »Natürlich bin ich mit dem Auto hier. Was für ein kläglicher Versuch, das Thema zu wechseln!«

»Kannst du mich vielleicht bis zum Hauptgebäude mitnehmen?« fragte Edward.

Fünf Minuten später saß er neben Stanton in dessen Mercedes 500 SEL. Stanton startete und machte eine schnelle Hundertachtzig-Grad-Wendung. Er hatte auf der Huntington Avenue in der Nähe der Countway Medical Library geparkt. Sie fuhren über den Fenway und bogen dann in den Storrow Drive ein.

»Ich möchte dich etwas fragen«, begann Edward, nachdem sie eine Weile wortlos nebeneinandergesessen hatten. »Bei unserem Abendessen neulich hast du doch von Kims Vorfahrin Elizabeth Stewart gesprochen. Bist du sicher, daß man sie wegen Hexerei gehängt hat? Oder beruht die ganze Geschichte auf einem Gerücht, das sich so lange gehalten hat, bis die Familie schließlich daran geglaubt hat?«

»Beschwören kann ich es nicht«, erwiderte Stanton. »Ich weiß nur, was man mir erzählt hat.«

»Ich kann ihren Namen nämlich in keinem der gängigen Bücher finden«, erklärte Edward. »Und es gibt jede Menge Abhandlungen über das Thema.«

»Meine Tante hat mir die Geschichte erzählt«, sagte Stanton. »Wie sie sagt, hüten die Stewarts die Affäre schon seit Menschengedenken wie ein Staatsgeheimnis. Jedenfalls haben sie die Geschichte nicht erfunden, um sich interessant zu machen.«

»Okay«, sagte Edward. »Nehmen wir mal an, Elizabeth ist wirklich gehängt worden. Warum, zum Teufel, sollte sich die Familie heute noch dafür schämen? Es ist doch eine Ewigkeit her. Bei den Kindern und Enkeln von Elizabeth hätte man das ja noch verstehen können, aber doch nicht dreihundert Jahre später.«

Stanton zuckte mit den Schultern. »Ich habe keine Ahnung«, sagte er. »Wahrscheinlich wäre es besser gewesen, ich hätte den Mund gehalten. Meine Tante wird mir den Kopf abreißen, wenn sie erfährt, daß ich die Geschichte ausposaunt habe.«

»Am Anfang wollte nicht einmal Kim mit mir darüber reden«, sagte Edward.

»Das liegt wahrscheinlich an ihrer Mutter«, erklärte Stanton. »Sie hat es mit dem Ruf der Familie und all dem Firlefanz der besseren Gesellschaft immer peinlich genau genommen. Sie ist eine sehr eigentümliche Dame.«

»Ich war mit Kim in Salem, und sie hat mir das Familienanwesen gezeigt«, berichtete Edward. »Wir haben sogar das Haus besichtigt, in dem Elizabeth wahrscheinlich damals gelebt hat.«

Stanton starrte Edward entgeistert an. Dann schüttelte er bewundernd den Kopf. »Alle Achtung«, sagte er. »Du hast sie ja verdammt schnell rumgekriegt, Tiger!«

»Es war alles ganz harmlos«, wehrte Edward ab. »Offenbar geht deine schmutzige Phantasie mal wieder mit dir durch. Für mich war der Besuch ziemlich faszinierend, und Kim ist seitdem Feuer und Flamme, alles über Elizabeth zu erfahren.«

»Ihre Mutter wird davon wahrscheinlich nicht sehr angetan sein«, warf Stanton ein.

»Vielleicht kann ich dazu beitragen, daß die Stewarts mit dieser Geschichte endlich ins reine kommen«, fuhr Edward fort. Er öffnete die Tasche auf seinem Schoß und holte einen der Plastikbehälter heraus, die er und Kim aus Salem mitgebracht hatten. Er erklärte Stanton, was sich in dem Gefäß befand.

»Du mußt dich wirklich bis über beide Ohren verliebt haben«, bemerkte Stanton. »Sonst würdest du nicht soviel von deiner kostbaren Zeit investieren.«

»Ich glaube, daß ich die Hexenhysterie erklären kann, die damals in Salem herrschte«, erläuterte Edward. »Wahrscheinlich haben die Menschen an einer Krankheit gelitten, die man Ergotismus nennt. Wenn ich diese Theorie beweisen könnte, wäre endlich Schluß mit der Stigmatisierung, unter der so viele Leute noch immer zu leiden scheinen. Und auch die Stewarts müßten sich nicht mehr ihrer Vorfahrin schämen.«

»Ich glaube immer noch, daß du dich ziemlich verknallt haben mußt«, sagte Stanton. »Diese Theorie ist doch nur eine Rechtfertigung für den ganzen Aufwand, den du betreibst. Für mich machst du keinen Finger krumm – nicht einmal, wenn ich dich mit Geld überschütten will.«

Edward seufzte. »Also gut«, sagte er. »Wenn du es genau wissen willst: Als Neurowissenschaftler bin ich einfach davon fasziniert, daß das Drama von Salem möglicherweise von einem Halluzinogen verursacht worden sein könnte.«

»Ich verstehe«, erwiderte Stanton. »Allerdings muß man kein Neurowissenschaftler sein, um sich für die Geschichte zu interessieren. Die Faszination, die von dieser Hexengeschichte ausgeht, ist durchaus universell.«

»Aha, der Unternehmer gibt sich als Philosoph«, bemerkte Edward lachend. »Vor fünf Minuten hätte ich das noch für unmöglich gehalten. Erklär mir doch mal, was du mit ›universeller Faszination‹ meinst.«

»Hexengeschichten sind schaurig und zugleich verlockend«, erklärte Stanton. »Die Leute lieben so etwas. Du kannst dieses Phänomen vielleicht mit den ägyptischen Pyramiden vergleichen, die eben nicht nur ein paar Steinhaufen sind; sie verkörpern viel mehr. Für uns sind sie wie ein Tor in die Welt des Übernatürlichen.«

»Da bin ich aber anderer Meinung«, widersprach Edward und packte die Schmutzprobe wieder ein. »Ich bin Wissenschaftler und auf der Suche nach einer rationalen Erklärung.«

»Was für ein Unsinn«, seufzte Stanton resigniert.

Als sie die Divinity Avenue in Cambridge erreichten, hielt er an, und Edward stieg aus. Bevor er die Tür zuschlug, mahnte Stanton ihn noch einmal, unbedingt den Genetrix-Prospekt zu lesen.

Edward ging um die Divinity Hall herum und betrat die Biologielabors der Harvard University. Die Fachbereichssekretärin wies ihm den Weg zum Büro Kevin Scrantons. Kevin und er waren zusammen an der Universität von Wesleyan gewesen, doch sie hatten sich nicht mehr gesehen, seit Edward in Harvard unterrichtete.

Sie plauderten zehn Minuten über die alten Zeiten, dann erst stellte Edward die drei Behälter auf den Schreibtisch.

»Ich möchte dich bitten zu prüfen, ob in dem Schmutz irgendwelche Claviceps-purpurea-Sporen sind«, sagte Edward.

Kevin nahm einen der Behälter und öffnete den Deckel. »Und warum willst du das wissen?« fragte er, während er die Probe betastete.

»Darauf würdest du im Traum nicht kommen«, erwiderte Edward. Er erzählte Kevin, wo er die Proben entnommen hatte und daß sie womöglich mit den Hexenprozessen von Salem in Verbindung gebracht werden konnten. Mit Rücksicht auf Kim verschwieg er den Namen Stewart.

»Klingt ja wirklich spannend«, sagte Kevin, als Edward mit seiner Geschichte fertig war. Dann stand er auf und begann die feuchte Schmutzprobe für eine mikroskopische Untersuchung zu präparieren.

»Ich würde gerne einen kleinen Artikel in *Science* oder *Nature* darüber veröffentlichen«, sagte Edward. »Vorausgesetzt natürlich, daß wir tatsächlich Claviceps-Sporen nachweisen können.«

Kevin schob das feuchte Präparat unter sein Mikroskop und sah sich die Probe genau an. »Ich kann jede Menge Sporen erkennen, aber das ist natürlich nicht ungewöhnlich.«

»Und wie kann man feststellen, ob auch Claviceps-Sporen darunter sind?« wollte Edward wissen.

»Da gibt es verschiedene Möglichkeiten«, erklärte Kevin. »Wie schnell brauchst du das Ergebnis?«

»So schnell wie möglich«, erwiderte Edward.

»Eine DNA-Analyse wäre ziemlich zeitaufwendig«, sagte Kevin. »Wahrscheinlich befinden sich in jeder Probe drei- bis fünftausend verschiedene Sporenarten. Wenn wir ganz sicher sein wollen, daß auch Claviceps-Sporen dabei sind, müßten wir versuchen, Claviceps zu züchten. Das wird zwar nicht ganz einfach sein, aber ich werde mein Bestes versuchen.«

Edward erhob sich von seinem Stuhl. »Tu, was du kannst. Und vielen Dank einstweilen.«

Kim gönnte sich eine kurze Verschnaufpause. Da ihre Hände in sterilen Handschuhen steckten, mußte sie ihren Arm zu Hilfe nehmen, um sich die Haare aus der Stirn zu streichen. Auf der chirurgischen Intensivstation war es wie immer sehr hektisch zugegangen. Die Arbeit erforderte zwar viel Kraft, aber Kim empfand sie als sehr befriedigend. Doch jetzt war sie erschöpft und sehnte sich nach ihrem Feierabend; in zwanzig Minuten hatte sie Dienstschluß. In diesem Moment wurde ihre kurze Pause jäh unterbrochen, als Kinnard Monihan einen neuen Patienten auf die Station brachte.

Gemeinsam mit ein paar anderen Schwestern, die nicht dringend woanders gebraucht wurden, eilte Kim hinzu, um den neuen Patienten zu versorgen. Kinnard ließ den Kranken nicht aus den Augen; auch ein Anästhesist war noch hinzugekommen.

Während Kim und Kinnard sich um den Patienten kümmerten, vermieden sie jeden Augenkontakt. Doch Kim spürte seine Anwesenheit mehr als deutlich. Kinnard war ein großer, drahtig wirkender Mann mit scharfen, kantigen Gesichtszügen. Er war achtundzwanzig Jahre alt und ständig in Bewegung. Man hätte ihn eher für einen trainierenden Boxer halten können als für einen Arzt, der mitten in seiner Fachausbildung zum Chirurgen steckte.

Als der Patient versorgt war, machte Kim sich auf den Weg zur Stationsaufnahme. Plötzlich spürte sie eine Hand auf ihrem Arm. Sie drehte sich um und blickte in Kinnards große, dunkle Augen.

»Bist du mir immer noch böse?« fragte er. Ihm bereitete es offenbar keinerlei Probleme, auch heikle Themen mitten auf der Intensivstation anzusprechen.

Kim sah zur Seite. Sie spürte, wie die Angst in ihr hochkroch. Sie war völlig durcheinander.

»Jetzt sag bloß nicht, daß du nicht mal mehr mit mir reden willst«, blaffte Kinnard. »Ich weiß ja, daß du verletzt bist. Aber übertreibst du nicht ein bißchen?«

»Ich habe dich gewarnt«, begann Kim, als sie ihre Sprache wiedergefunden hatte. »Ich habe dir gesagt, daß sich einiges ändern wird, wenn du an diesem schwachsinnigen Angeltrip teilnimmst. Wir hatten den Ausflug nach Martha's Vineyard lange genug geplant.«

»Aber wir hatten doch noch nichts Konkretes vor«, entgegnete Kinnard. »Außerdem konnte ich ja nicht ahnen, daß Dr. Markey mich zu dem Campingausflug einladen würde.«

»Natürlich hatten wir konkrete Pläne«, unterbrach ihn Kim. »Warum hätte ich mir sonst extra Urlaub genommen? Und wieso habe ich wohl die Freunde von meinen Eltern angerufen und gefragt, ob wir in ihrem Bungalow übernachten können?«

»Wir haben nur ein einziges Mal ganz kurz darüber gesprochen«, insistierte Kinnard.

»Zweimal«, widersprach Kim. »Und beim zweiten Mal habe ich dir auch von dem Bungalow erzählt.«

»Jetzt reicht's aber«, sagte Kinnard aufgebracht. »Dieser Ausflug war enorm wichtig für mich. Dr. Markey ist immerhin der zweite Mann in der Chirurgie. Es mag ja sein, daß wir uns mißverstanden haben, aber deshalb mußt du doch nicht gleich so ein Drama veranstalten.«

»Indem du nicht mal die geringste Spur von Reue zeigst, machst du die Sache nur noch schlimmer«, antwortete Kim. Ihr Gesicht war inzwischen knallrot angelaufen.

»Ich denke doch nicht daran, mich zu entschuldigen, wenn ich gar nichts falsch gemacht habe«, erwiderte Kinnard.

»Wie du willst«, sagte Kim und unternahm einen weiteren Versuch, zur Stationsaufnahme hinüberzugehen. Doch Kinnard hielt sie wieder zurück.

»Es tut mir leid, daß du dich über mich geärgert hast«, sagte er. »Aber ich hatte wirklich gehofft, daß du dich inzwischen beruhigt hast. Was hältst du davon, wenn wir Samstag abend darüber sprechen. Dann habe ich dienstfrei, und wir könnten zusammen Essen gehen und uns danach noch irgendeine Show ansehen.«

»Tut mir leid, ich habe schon etwas anderes vor«, log Kim. Im gleichen Moment zog sich ihr Magen zusammen. Sie haßte jede Art von Konfrontation und wußte genau, daß sie bei Streitereien meistens den kürzeren zog. Wie immer schlug ihr die Auseinandersetzung sofort auf den Magen.

Kinnard blieb vor Staunen der Mund offenstehen. »Daher weht also der Wind«, bemerkte er wütend. Seine Augen verengten sich.

Kim schluckte. Mit dieser Lüge hatte sie Kinnard offensichtlich in Rage gebracht.

»Dieses Spiel kann ich auch spielen«, schnaubte er. »Ich kenne eine Frau, mit der ich mich schon immer mal treffen wollte. Jetzt habe ich die Gelegenheit dazu.«

»Wer ist die Frau?« wollte Kim wissen. Im selben Moment verfluchte sie sich dafür.

Kinnard grinste nur höhnisch und verschwand.

Kurz davor, die Fassung zu verlieren, flüchtete Kim in den abgeschiedenen Vorratsraum. Sie zitterte am ganzen Leib. Nachdem sie ein paarmal tief Luft geholt hatte, fühlte sie sich etwas besser. Sie wollte gerade wieder zurückgehen, als sich die Tür öffnete und ihre Mitbewohnerin Marsha Kingsley den Raum betrat.

»Ich habe zufällig deine Unterhaltung mit Kinnard gehört«, sagte Marsha. Sie war eine kleine, quirlige Frau und hatte eine rotbraune Mähne, die sie während der Arbeit auf der Intensivstation zu einem Pferdeschwanz zusammenband. Kim und Marsha wohnten nicht nur zusammen, sie arbeiteten auch auf der gleichen Station.

»Er ist ein Mistkerl«, sagte Marsha. Sie wußte besser als irgend jemand anders über Kims Beziehung zu Kinnard Bescheid. »Laß dich von diesem blöden Egoisten bloß nicht verrückt machen!«

Marshas plötzliches Erscheinen brachte Kim vollends aus der Fassung. Sie begann hemmungslos zu weinen. »Ich hasse es zu streiten«, schluchzte sie.

»Ich finde, du hast dich diesmal hervorragend geschlagen.« Marsha reichte Kim ein Taschentuch.

»Er will sich nicht einmal entschuldigen«, jammerte Kim, während sie sich die Augen abtupfte.

»Er ist eben ein unsensibler Saukerl«, stellte Marsha fest.

»Ich weiß einfach nicht, was ich falsch gemacht habe«, sagte Kim. »Bis vor kurzem habe ich noch geglaubt, wir hätten eine gute Beziehung.«

»Du hast überhaupt nichts falsch gemacht«, versuchte Marsha sie zu trösten. »Wenn jemand etwas falsch macht, dann er. Er ist ein verdammter Egoist. Vergleiche ihn doch nur mal mit Edward. Der hat dir jeden Tag Blumen geschickt.«

»Ich verlange ja gar nicht, daß man mir jeden Tag Blumen schickt«, schluchzte Kim.

»Natürlich nicht«, sagte Marsha. »Aber er denkt an dich. Und das ist es, worauf es ankommt. Kinnard kümmert sich einen feuchten Kehricht um deine Gefühle. Du hast wirklich einen besseren Mann verdient.«

»Ich weiß es nicht«, murmelte Kim in ihr Taschentuch, während sie sich die Nase putzte. »Nur eines weiß ich genau. Ich muß etwas in meinem Leben ändern. Vielleicht ziehe ich nach Salem. Ich könnte dort ein altes Haus restaurieren, das sich schon seit einer Ewigkeit im Besitz meiner Familie befindet und das ich zusammen mit meinem Bruder geerbt habe.«

»Eine großartige Idee!« rief Marsha. »Ein Ortswechsel würde dir bestimmt guttun, vor allem wärst du dann weit weg von Kinnard.«

»Genau das habe ich auch gedacht«, erwiderte Kim. »Ich fahre gleich nach der Arbeit rüber. Willst du nicht mitkommen? Vielleicht hast du ja auch ein paar gute Vorschläge, wie man das Haus wieder in Schuß bringen kann.«

»Wir müssen die Sache leider auf ein andermal verschieben«, sagte Marsha. »Ich bekomme gleich Besuch.«

Nachdem Kim alle Arbeiten erledigt und alle Berichte geschrieben hatte, verließ sie das Krankenhaus. Sie stieg in ihr Auto und fuhr stadtauswärts. Obwohl ziemlich viel Verkehr herrschte, kam sie zügig voran. Nachdem sie die Tobin Bridge überquert hatte, wurde es zusehends leerer auf den Straßen. Unterwegs legte sie einen Zwischenstopp bei dem Haus ihrer Eltern ein, die auf der Landenge von Marblehead wohnten.

»Hallo! Ist keiner zu Hause?« rief sie, als sie das Foyer des prächtigen Hauses betrat. Es war im Stil eines französischen Schlosses gebaut und bot einen herrlichen Blick aufs Meer. Es ähnelte ein bißchen der alten »Burg« in Salem, doch es war wesentlich kleiner und viel geschmackvoller eingerichtet.

»Ich bin im Atelier«, rief Joyce von oben.

Kim rannte die Haupttreppe hoch, durch den langen Korridor und betrat den auf drei Seiten verglasten Raum, in dem ihre Mutter sich die meiste Zeit aufhielt. Nach Süden hin blickte man hinaus in den Garten, und nach Osten hatte man einen atemberaubenden Blick auf den Ozean.

»Du hast dich ja noch gar nicht umgezogen«, stellte Joyce fest. Den mißbilligenden Ton in ihrer Stimme hörte Kim nicht zum ersten Mal.

»Ich komme direkt von der Arbeit«, entgegnete Kim. »Ich habe mich beeilt, um den schlimmsten Feierabendverkehr zu umgehen.«

»Hoffentlich trägst du mir keine Bazillen hier herein«, nörgelte Joyce. »Noch eine Krankheit wäre wirklich das letzte, was ich im Moment gebrauchen könnte.«

»Meine Patienten haben keine ansteckenden Krankheiten«, erklärte Kim. »Auf meiner Station schwirren wahrscheinlich weniger Bazillen herum als in diesem Raum.«

»Erzähl mir doch nichts«, raunzte Joyce.

Die beiden Frauen sahen sich kein bißchen ähnlich. Sowohl ihre Gesichtszüge als auch ihre Haare hatte Kim von ihrem Vater geerbt. Joyce hatte ein breites Gesicht, tiefliegende Augen und eine leicht gebogene Nase. Ihre Haare waren einmal braun gewesen, doch inzwischen waren sie längst ergraut, und sie hatte sie nie färben lassen. Obwohl der Hochsommer vor der Tür stand, war sie bleich wie der Tod.

»Du bist ja noch im Morgenrock«, stellte Kim fest und ließ sich ihrer Mutter gegenüber in einen Sessel sinken.

»Ich hatte keinen Grund, mich anzuziehen«, entgegnete Joyce. »Außerdem fühle ich mich nicht besonders .«

»Das soll wohl heißen, daß Dad nicht zu Hause ist, hab' ich recht?« fragte Kim. Im Laufe der Jahre hatte sie die Reaktionen ihrer Mutter kennengelernt.

»Dein Vater ist gestern abend zu einer kurzen Geschäftsreise nach London aufgebrochen«, sagte Joyce.

»Das tut mir leid«, erwiderte Kim.

»Es macht mir nichts aus«, sagte Joyce. »Wenn er hier wäre, würde er mich auch nicht mehr beachten. Wolltest du mit ihm sprechen?«

»Ja, eigentlich schon«, sagte Kim.

»Er kommt am Donnerstag zurück. Wenn er es sich nicht anders überlegt.«

Kim merkte, wie gequält ihre Mutter klang. »Ist er mit Grace Traters nach London geflogen?« fragte sie. Grace Traters war seine derzeitige persönliche Assistentin.

»Natürlich begleitet sie ihn«, schnaubte Joyce. »Ohne Grace kann sich dein Vater doch nicht einmal mehr die Schuhe zubinden.«

»Ich begreife nicht, warum du dir das alles gefallen läßt«, sagte Kim. »Du ärgerst dich doch jedesmal darüber.«

»Ich habe doch gar keine andere Wahl«, entgegnete Joyce.

Kim biß sich auf die Zunge. Sie spürte, wie langsam die Wut in ihr hochstieg. Einerseits tat es ihr leid, daß ihre Mutter die ständigen Eskapaden ihres Vaters ertragen mußte, auf der anderen Seite verachtete sie sie deswegen, weil sie ihre Opferrolle regelrecht auszukosten schien. Ihr Vater hatte schon immer Affären mit anderen Frauen gehabt; meist hatte er nicht einmal ein Geheimnis daraus gemacht. Kim konnte sich nicht daran erinnern, daß es jemals anders gewesen war.

Um das Thema zu wechseln, fragte sie ihre Mutter nach Elizabeth Stewart.

Joyce fiel die Lesebrille von der Nase und baumelte an einer Kette vor ihrer Brust.

»Was für eine seltsame Frage«, sagte sie überrascht. »Warum, um Himmels willen, willst du etwas über diese Frau wissen?«

»Ich war in Großvaters Weinkeller«, erklärte Kim. »Und dort bin ich zufällig auf ein Portrait von ihr gestoßen. Sie sieht mir ziemlich ähnlich. Mir ist aufgefallen, daß ich eigentlich so gut wie nichts über sie weiß. Hat man sie wirklich wegen Hexerei aufgehängt?«

»Darüber rede ich nicht gerne«, sagte Joyce.

»Und warum nicht?« wollte Kim wissen.

»Es ist einfach ein Tabuthema.«

»Vielleicht solltest du deinen Neffen Stanton mal daran erinnern«, bemerkte Kim. »Er hat die Geschichte nämlich vor kurzem auf einer Dinnerparty zum besten gegeben.«

»Das werde ich tun«, sagte Joyce wütend. »Was fällt ihm bloß ein, in aller Öffentlichkeit darüber zu reden. Er weiß genau, daß ich das nicht möchte.«

»Aber warum ist die Geschichte nach so vielen Jahren noch immer tabu?« wollte Kim wissen.

»Weil wir auf dieses Kapitel unserer Familiengeschichte nicht gerade stolz sein können«, erwiderte Joyce. »Es war eine grauenvolle Angelegenheit.«

»Ich habe gestern etwas über die Hexenprozesse von Salem gelesen«, sagte Kim. »Es gibt jede Menge Bücher darüber. Aber nirgends wird Elizabeth Stewart erwähnt. Langsam frage ich mich, ob man sie wirklich der Hexerei bezichtigt hat.«

»Nach allem, was ich darüber weiß, wurde sie von einem Gericht verurteilt«, erwiderte Joyce. »Aber nun laß uns dies Thema bitte beenden. Wie bist du eigentlich auf ihr Portrait gestoßen?«

»Ich war am Samstag in der Burg«, erklärte Kim. »Ich habe mal unser Anwesen inspiziert, und jetzt bin ich drauf und dran, das alte Haus zu renovieren, um dort einzuziehen.«

»Um Himmels willen!« stöhnte Joyce. »Wie kannst du nur auf so eine hirnverbrannte Idee kommen? Das Haus ist doch viel zu klein.«

»Aber es hat Charme«, entgegnete Kim. »Außerdem ist es um einiges größer als mein Apartment. Und ich finde es sehr verlockend, mal aus Boston rauszukommen.«

»Bist du dir darüber im klaren, wieviel Arbeit du in die alte Bruchbude stecken mußt, um sie wieder bewohnbar zu machen?« fragte Joyce.

»Genau darüber wollte ich mit Dad sprechen«, sagte Kim. »Aber leider ist er nicht da – wie immer, wenn ich ihn mal brauche.«

»Er hätte dir auch nicht helfen können; von solchen Dingen hat er keine Ahnung. Warum bittest du nicht George Harris und Mark Stevens um Rat? George Harris ist Bauunternehmer, und Mark Stevens ist Architekt. Die beiden haben gerade unser Haus renoviert, und alles hat wie am Schnürchen geklappt. Die beiden arbeiten immer zusammen und haben ein Büro mitten in Salem. Außerdem solltest du noch mit deinem Bruder über die Angelegenheit sprechen.«

»Das versteht sich von selbst«, sagte Kim.

»Ruf ihn doch gleich an«, schlug Joyce vor. »Während du mit ihm redest, kann ich dir die Nummern von Harris und Stevens raussuchen.«

Joyce erhob sich und verließ das Zimmer. Kim lächelte, als sie sich das Telefon heranholte. Ihre Mutter verblüffte sie immer wieder. Gerade noch hatte sie apathisch und in sich selbst versunken dagehockt, und jetzt war sie putzmunter und stürzte sich voller Energie auf das Projekt ihrer Tochter. Kim wußte genau, worin das Problem ihrer Mutter bestand: Sie hatte nicht genug zu tun. Im Unterschied zu ihren Freundinnen hatte sie sich nie ehrenamtlich in irgendwelchen Wohltätigkeitsverbänden engagiert.

Als Kim das Freizeichen hörte, warf sie einen Blick auf ihre Uhr und überlegte, wie spät es jetzt in London war. Allerdings spielte die Uhrzeit kaum eine Rolle, denn ihr Bruder war ein Nachtmensch und schlief nur wenig. Wenn er die Nächte durcharbeitete, holte er seinen Schlaf tagsüber schubweise nach.

Brian nahm nach dem ersten Klingeln ab. Nachdem sie ein paar Begrüßungsfloskeln ausgetauscht hatten, berichtete Kim ihm von ihrem Plan. Brian war begeistert und ermutigte sie, das Vorhaben in die Tat umzusetzen. Ihm erschien es sehr sinnvoll, daß endlich wieder jemand auf dem riesigen Anwesen wohnen würde. Seine einzigen Bedenken galten der Burg und den antiken Möbeln und Gemälden, die sich in dem alten Haus befanden.

»In der Burg werde ich nichts verändern«, versprach Kim.

»Die können wir uns gemeinsam vornehmen, wenn du aus London zurück bist.«

»Einverstanden«, sagte Brian.

»Wo ist Vater?« wollte Kim abschließend wissen.

»Er wohnt im Ritz«, antwortete Brian.

»Und Grace?«

»Frag lieber nicht«, entgegnete Brian. »Die beiden fliegen am Donnerstag zurück.«

Während sich Kim von ihrem Bruder verabschiedete, kam Joyce zurück und reichte ihr wortlos einen Zettel mit einer Telefonnummer. Kim hatte kaum aufgelegt, da drängte ihre Mutter sie auch schon, die Nummer zu wählen.

»Mit wem soll ich denn sprechen?« fragte Kim, während sie wählte.

»Mit Mark Stevens«, erwiderte Joyce. »Er wartet schon auf deinen Anruf. Ich habe gerade auf der anderen Leitung mit ihm gesprochen, als du mit Brian telefoniert hast.«

Kim ärgerte sich zwar ein wenig darüber, daß ihre Mutter sich schon wieder einmischen mußte, doch sie sagte nichts. Sie wußte ja, daß Joyce es gut meinte. Kim mußte an ihre Schulzeit zurückdenken; damals hatte sie ihre Mutter oft nur mit äußerster Mühe davon abhalten können, auch noch ihre Aufsätze zu verfassen.

Das Gespräch mit Mark Stevens war kurz. Er machte den Vorschlag, sich in einer halben Stunde auf dem Anwesen der Stewarts zu treffen. Er wollte sich das Haus unbedingt ansehen, bevor er etwas zu dem Projekt sagte. Kim hatte nichts dagegen, sich mit dem Architekten zu treffen.

»Falls du das alte Haus wirklich renovieren willst, bist du bei Mark Stevens in guten Händen«, sagte Joyce, nachdem ihre Tochter aufgelegt hatte.

Kim erhob sich. »Dann gehe ich am besten gleich los«, sagte sie.

»Ich bringe dich noch nach draußen«, bot Joyce an.

»Das ist nicht nötig, Mutter«, erwiderte Kim.

»Ich bestehe darauf«, sagte Joyce.

Sie gingen nebeneinander den langen Flur entlang.

»Wenn du mit deinem Vater über das alte Haus reden solltest«, begann Joyce schließlich, »empfehle ich dir, ihn nicht auf Elizabeth anzusprechen. Er würde sich nur ärgern.«

»Wieso sollte er sich darüber ärgern?« fragte Kim gereizt.

»Jetzt reg dich nicht gleich wieder auf«, versuchte Joyce sie zu besänftigen. »Ich versuche doch nur, den Familienfrieden zu wahren.«

»Das ist doch wirklich lächerlich«, fuhr Kim ihre Mutter an. »Ich verstehe gar nichts mehr.«

»Ich weiß auch nur, daß Elizabeth die Tochter eines armen Farmers aus Andover war«, sagte Joyce. »Sie war nicht einmal offizielles Mitglied der Kirchengemeinde.«

»Als ob das heute noch eine Rolle spielen würde«, entgegnete Kim. »Weißt du zum Beispiel, daß damals viele der Geschworenen und sogar einige Richter nur ein paar Monate nach den Hexenprozessen um Verzeihung gebeten haben, weil sie sich darüber klargeworden waren, daß sie unschuldige Menschen an den Galgen gebracht hatten? Ist es nicht völlig idiotisch, daß wir uns noch dreihundert Jahre danach weigern, über sie zu reden? Warum taucht ihr Name eigentlich in keinem der Bücher auf?«

»Weil die Familie offenbar Mittel und Wege gefunden hat, das zu verhindern«, erklärte Joyce. »Unsere Vorfahren haben sie nämlich keineswegs für unschuldig gehalten. Und deshalb sollten auch wir nicht in der Vergangenheit herumstochern und die Geschichte auf sich beruhen lassen.«

»Ich halte dieses ganze Getue für einen einzigen Schwachsinn«, sagte Kim, während sie in ihr Auto einstieg.

Sie verließ die Küste und fuhr landeinwärts. Als sie Marblehead erreichte, mußte sie sich dazu zwingen, das Tempo zu drosseln. Vor lauter Wut und Unbehagen hatte sie einfach das Gaspedal durchgetreten.

Als Kim das Eingangstor erreichte, registrierte sie einen Ford Bronco, der am Wegesrand parkte. Sie stieg aus, um das Vorhängeschloß des schweren Tores zu öffnen; im selben Moment verließen zwei Männer den Bronco. Einer von ihnen war kräftig und muskulös; er sah aus, als ob er jeden Tag Gewichte stemmen würde. Der andere war eher fettleibig und japste nach Luft; er schien sich schon mit dem Aussteigen völlig verausgabt zu haben.

Der dicke Mann stellte sich als Mark Stevens vor, der Kraftprotz war George Harris. Kim schüttelte beiden die Hand.

Dann schloß sie das Tor auf, stieg wieder ein und geleitete ihre Gäste zu dem alten Haus.

»Phantastisch!« rief Mark, nachdem sie ausgestiegen waren. »Was für ein Haus!« Fasziniert betrachtete er das Gebäude.

»Gefällt es Ihnen?« fragte Kim. Sie freute sich, daß der Architekt so angetan schien.

»Es ist zauberhaft«, sagte er.

Zuerst besichtigten sie das Haus von außen. Kim erläuterte den beiden Männern ihr Vorhaben, in dem Anbau eine moderne Küche und ein Bad zu installieren und die Einheit des Hauptgebäudes im großen und ganzen zu erhalten.

»Außerdem müßte man natürlich eine Heizung und eine Klimaanlage einbauen«, bemerkte Mark. »Aber das dürfte kein Problem sein.«

Als sie mit der Außenbesichtigung fertig waren, gingen sie nach drinnen, und Kim zeigte ihnen das Haus von oben bis unten, wobei sie auch den Keller nicht vergaß. Am meisten zeigten sich die Männer von der Art und Weise beeindruckt, in der Balken und Träger miteinander verbunden waren.

»Das Haus ist solide und ordentlich gebaut«, stellte Mark fest.

»Glauben Sie, man könnte es renovieren?« fragte Kim.

»Ich sehe darin kein Problem«, erwiderte Mark. Er blickte George an, der zustimmend nickte.

»Ich glaube, es könnte ein wunderhübsches, kleines Häuschen werden«, sagte George. »Ich bin wirklich beeindruckt.«

»Und sie meinen auch, daß der historische Wert des Gebäudes durch die notwendigen Arbeiten nicht zerstört würde?« wollte Kim wissen.

»Absolut nicht«, erwiderte Mark. »Wir können alle Rohre, Leitungen und Stromanschlüsse im Anbau und im Keller unterbringen. Man wird nichts davon sehen.«

»Wir heben einen tiefen Graben aus, durch den wir die Kabel ins Haus verlegen«, erklärte George. »Wir schieben sie einfach unterm Fundament durch, so daß wir die Mauern gar nicht antasten müssen. Eines würde ich Ihnen allerdings dringend empfehlen: Sie sollten den Kellerboden mit Beton ausgießen lassen.«

»Glauben Sie, das Haus könnte bis zum ersten September fertig sein?« fragte Kim.

Mark sah George an. Der nickte und sagte, sofern sie keine Spezialwünsche habe, ließe sich das arrangieren.

»Ich hätte noch einen Vorschlag zu machen«, meldete sich

Mark wieder zu Wort. »Das große Badezimmer sollten wir wirklich im Anbau unterbringen. Aber ich empfehle Ihnen, noch ein weiteres, kleineres Bad im ersten Stock einzubauen, und zwar zwischen den beiden Schlafzimmern. Damit würden wir nichts kaputtmachen, und Sie hätten es viel komfortabler.«

»Klingt nicht schlecht«, sagte Kim. »Wann könnten Sie anfangen?«

»Sofort«, erwiderte George. »Wenn wir am ersten September fertig sein sollen, bleibt uns gar nichts anderes übrig, als morgen loszulegen.«

»Wir haben schon oft für Ihren Vater gearbeitet«, sagte Mark. »Deshalb schlage ich vor, daß wir bei diesem Projekt so verfahren wie immer. Wenn alles fertig ist, rechnen wir die Arbeitsstunden und das verbrauchte Material ab.«

»Einverstanden. Dann erteile ich Ihnen hiermit den Auftrag«, sagte Kim mit überraschender Entschlossenheit. »Fehlt noch irgend etwas, damit es losgehen kann?«

»Wir belassen es vorläufig bei dieser Absprache und fangen morgen an«, sagte Mark. »In den nächsten Wochen können wir einen schriftlichen Vertrag machen, den wir alle unterzeichnen.«

»Wunderbar.« Kim streckte den Männern die Hand hin, um den Abschluß mit einem Händedruck zu besiegeln.

»Wir müssen noch ein bißchen hierbleiben, um das Haus zu vermessen«, sagte Mark.

»Gerne«, erwiderte Kim. »Von mir aus können Sie sofort loslegen. Die Möbel, die noch im Haus stehen, können Sie in die Garage neben dem Hauptgebäude bringen lassen. Sie ist nicht abgeschlossen.«

»Und wie sieht es mit dem Tor aus?« wollte George wissen.

»Am besten lassen wir es einfach offen«, schlug Kim vor.

Die Männer begannen mit ihrer Vermessung, und Kim ging. Aus etwa zwanzig Meter Entfernung blickte sie noch einmal zurück. Das Haus war wirklich ein Juwel. Spontan überlegte sie, in welcher Farbe sie die Schlafzimmer anstreichen sollte; mit Sicherheit würde es ihr Spaß machen, das Haus neu einzurichten. Während sie über weitere Details nachdachte, fiel ihr plötzlich wieder Elizabeth ein. Mit was für einem Gefühl hatte ihre Vorfahrin das Haus wohl zum ersten Mal gesehen, und wie mochte es ihr gegangen sein, als sie eingezogen war? Ob Elizabeth damals auch so aufgeregt gewesen war?

Kim ging noch einmal ins Haus zurück und teilte Mark und George mit, daß sie in der Burg zu erreichen sei, falls es irgend etwas zu besprechen gäbe.

»Im Augenblick sind wir ausreichend beschäftigt«, sagte Mark. »Aber morgen wird es bestimmt einiges zu besprechen geben. Unter welcher Telefonnummer können wir Sie erreichen?«

Kim gab den Männern ihre private Telefonnummer und die Nummer des Krankenhauses. Dann verließ sie das alte Haus, stieg in ihr Auto und fuhr zur Burg hinüber. Sie hatte so viel über Elizabeth nachdenken müssen, daß sie noch ein bißchen in den alten Papieren herumstöbern wollte.

Sie öffnete die Eingangstür und ließ sie einen Spaltbreit offenstehen, damit Mark oder George gegebenenfalls hereinkommen konnten. Drinnen wußte sie nicht, ob sie sich den Dachboden oder den Weinkeller vornehmen sollte. Als ihr dann einfiel, daß sie den Seefrachtbrief aus dem siebzehnten Jahrhundert im Weinkeller entdeckt hatte, entschied sie sich, dort weiterzusuchen.

Sie durchquerte den großen Salon und das Eßzimmer und öffnete die schwere Eichentür. Während sie die Kellertreppe hinabstieg, fiel die Tür plötzlich mit einem dumpfen Krachen hinter ihr zu.

Kim blieb stehen. Auf einmal kam es ihr unheimlich vor, sich ganz allein in diesem großen Haus aufzuhalten; mit Edward hatte sie keine Angst gehabt. Sie hörte leise, wie das Gebälk des Hauses in der Hitze knarrte und ächzte. Nervös drehte sie sich um und betrachtete die Kellertür. Plötzlich kroch eine irrationale Angst in ihr hoch. Wenn die Tür sich nicht mehr öffnen ließ und sie hier unten gefangen war?

»Das ist ja lächerlich«, sagte sie laut zu sich selbst. Doch so einfach bekam sie die Angst nicht in den Griff. Schließlich ging sie wieder hinauf und lehnte sich gegen die Tür, die ohne Probleme aufging. Erleichtert ließ Kim sie wieder zufallen.

Sie stieg erneut in den düsteren Weinkeller hinab und rügte sich wegen ihrer wilden Phantasie. Um sich zu beruhigen, summte sie vor sich hin, doch es half nichts: Sosehr sie sich auch bemühte – der Keller war ihr unheimlich. Hinzu kam, daß das riesige Haus erdrückend wirkte; der schwere Geruch, der in der Luft hing, bereitete ihr regelrechte Schwierigkeiten beim Atmen. Und das stetige Ächzen des Gebälks tat ein übriges.

Kim zwang sich mit aller Kraft, ihre Angst zu verdrängen. Immer noch die gleiche Melodie summend, betrat sie schließlich die Zelle, in der ihr der Seefrachtbrief aus dem siebzehnten Jahrhundert in die Hände gefallen war. Da sie die Schublade, in der sie das Dokument entdeckt hatte, bei ihrem letzten Besuch bereits gründlich durchstöbert hatte, begann sie jetzt, den Rest des Aktenschrankes umzukrempeln.

Doch ihr wurde ziemlich schnell klar, daß es sehr lange dauern würde, wenn sie wirklich alle Dokumente der Stewarts sichten wollte. Schließlich hatte sie es nicht mit einem, sondern mit unzähligen Aktenschränken zu tun. Jede Schublade war vollgestopft mit Papieren, und sie wollte gewissenhaft jedes einzelne Dokument unter die Lupe nehmen. Die meisten Papiere waren handgeschrieben und schwer lesbar. Auf anderen konnte Kim nirgends ein Datum entdecken. Und dann kam noch hinzu, daß der fackelähnliche Wandleuchter kaum Licht spendete. Kim beschloß, bei ihrem nächsten Ausflug in den Keller eine ordentliche Lampe mitzubringen.

Nachdem sie eine weitere Schublade durchforstet hatte, gab sie auf. Die Papiere, die datiert waren, stammten fast alle aus dem späten achtzehnten Jahrhundert. In der vagen Hoffnung, daß in dem wilden Chaos vielleicht doch irgendeine Ordnung herrschen könnte, begann sie wahllos Schubladen herauszuziehen und im Stichprobenverfahren nach älteren Dokumenten zu suchen. Als sie die oberste Schublade eines Schrankes öffnete, der dicht neben der Kellertür stand, wurde sie schließlich fündig.

Zunächst erregten ein paar lose herumliegende Seefrachtbriefe ihre Aufmerksamkeit, die allesamt aus dem siebzehnten Jahrhundert stammten; sie waren noch älter als die Dokumente, die sie Edward am Samstag gezeigt hatte. Plötzlich hielt sie einen ganzen Stapel Seefrachtbriefe in den Händen, die mit einer Schnur zusammengebunden waren. Die Schrift war klar und von außerordentlicher Eleganz; auf jedem Frachtbrief war ein Datum vermerkt. In den meisten Papieren ging es um die Beförderung von Pelzen, Holz, Fisch, Rum, Zucker und Getreide. Doch mitten in dem Stapel entdeckte sie einen Briefumschlag, der an Ronald Stewart adressiert war. Die Adresse war eindeutig in einer anderen Handschrift geschrieben; sie war krakelig und ungleichmäßig.

Kim ging mit dem Brief in den Flur, wo die Beleuchtung etwas besser war. Die Schrift ließ sich nur mühsam entziffern. Am oberen Rand stand das Datum: 21. Juni 1679.

Sehr geehrter Herr,

seit der Ankunft Ihres Briefes sind inzwischen einige Tage vergangen. In dieser Zeit haben meine Familie und ich so manche Unterhaltung über Ihre Zuneigung zu unserer geliebten Tochter Elizabeth geführt, die ein sehr lebendiges Mädchen ist. Wenn es denn Gottes Wille ist, werden wir Ihnen unsere Tochter unter der Bedingung zur Heirat geben, daß Sie mir Arbeit geben und meine Familie nach Salem Town umsiedeln kann. Hier in Andover herrscht große Unruhe wegen der Indianerüberfälle, die eine Gefahr für unser aller Leben darstellen.

Ihr untertänigster Diener,
James Flanagan

Nachdenklich steckte Kim den Brief wieder in den Umschlag. Was sie gerade gelesen hatte, bestürzte sie. Sie hielt sich eigentlich nicht für eine Feministin, doch der Inhalt dieses Briefes kränkte sie und weckte ihren Kampfgeist. Elizabeth war wie ein Stück Vieh verkauft worden. Auf einmal fühlte Kim sich ihrer Vorfahrin noch stärker verbunden.

Sie kehrte in das enge Kellerabteil zurück und legte den Brief auf den Schrank, in dem sie ihn gefunden hatte. Dann nahm sie sich noch einmal die Schublade vor. Zeit und Raum vergessend, studierte sie jedes Blatt Papier. Sie fand zwar noch den einen oder anderen Frachtbrief aus dem siebzehnten Jahrhundert, doch weitere Briefe entdeckte sie nicht. Trotz dieses Mißerfolgs machte sie sich unverzagt über die nächste Schublade her. Plötzlich wurde sie von einem Geräusch aufgeschreckt: über ihr waren deutlich Schritte zu hören.

Kim lief es kalt über den Rücken. Die unbestimmte Angst, die sie vorhin gepackt hatte, überwältigte sie. Diesmal grauste es ihr nicht nur vor dem großen, leeren Haus; ihre Angst vermischte sich mit Schuldgefühlen, weil sie in die verbotene und leidgeprüfte Vergangenheit ihrer Vorfahren eingedrungen war. Ihre Phantasie drohte mit ihr durchzugehen. Als sie die Schritte genau über sich hörte, glaubte sie auf einmal die Umrisse eines schauderhaften Geistes zu erkennen. Einen Augenblick lang hielt sie es sogar für möglich, daß ihr toter Großvater zurückgekehrt war, um sie für ihren unverschämten und dreisten Versuch zu strafen, die gut gehüteten Geheimnisse der Familie ans Tageslicht zu zerren.

Als die Schritte verhallten, war wieder das Knarren und Ächzen des alten Hauses zu hören. Zwei Gedanken schossen ihr durch den Kopf: Sollte sie die Flucht ergreifen, oder war es klüger, sich hinter den Schränken und Regalen zu verstecken? Unfähig, eine Entscheidung zu treffen, schlich sie langsam zur Tür der kleinen Zelle. Am Türpfosten blieb sie stehen und lugte vorsichtig um die Ecke; sie konnte den langen Flur bis zur Treppe überblicken. Plötzlich hörte sie das laute Knarren der Kellertür; es gab keinen Zweifel, daß jemand sie gerade aufgetreten hatte.

Gelähmt vor Angst verharrte Kim hilflos an ihrem Platz und mußte mit ansehen, wie eine Gestalt die Stufen hinabstieg; sie trug schwarze Schuhe und eine dunkle Hose. Auf halbem Wege verharrte die Gestalt einen Moment und beugte sich ein wenig nach vorne. Von ihrem Platz aus konnte Kim nur einen von hinten beleuchteten Kopf mit einem konturenlosen Gesicht erkennen.

»Kim?« rief Edward. »Bist du hier unten?«

Kim seufzte vor Erleichterung. Jetzt erst merkte sie, daß sie die ganze Zeit die Luft angehalten hatte. Ihre Beine waren so zittrig, daß sie sich an der Kellerwand abstützen mußte. Dann rief sie Edward zu, wo sie war. Kurz darauf stand er vor ihr.

»Du hast mir vielleicht einen Schrecken eingejagt«, sagte sie; sie gab sich alle Mühe, so ruhig wie möglich zu klingen. Da sie nun wußte, daß Edward die Geräusche verursacht hatte, schämte sie sich für ihren Panikanfall.

»Das tut mir leid«, erwiderte Edward stockend. »Ich wollte dich wirklich nicht erschrecken.«

»Warum hast du denn nicht schon früher gerufen?« wollte Kim wissen.

»Das habe ich ja«, erwiderte Edward. »Mehrmals sogar. Ich

habe schon an der Haustür nach dir gerufen und dann noch mal im Salon. Ich glaube, der Weinkeller ist schalldicht.«

»So wird es wohl sein«, stimmte Kim ihm zu. »Warum bist du eigentlich hier? Ich habe gar nicht mit dir gerechnet.«

»Ich habe bei dir angerufen«, erklärte Edward. »Und Marsha hat mir erzählt, daß du wegen der Renovierungspläne nach Salem fahren wolltest. Daraufhin habe ich mich ins Auto gesetzt und bin hergefahren. Irgendwie fühle ich mich mitverantwortlich; schließlich habe ich dich ja auf die Idee gebracht.«

»Das ist wirklich nett von dir«, sagte Kim. Ihr Puls raste immer noch wie wild.

»Es tut mir wirklich leid, daß ich dich so erschreckt habe«, beteuerte Edward nochmals.

»Schon vergessen«, sagte Kim. »Außerdem habe ich es mir selbst zuzuschreiben, wenn meine blühende Phantasie mit mir durchgeht. Als ich oben Schritte hörte, habe ich sofort an einen Geist gedacht.«

Edward versuchte seine Hände zu Krallen zu formen und bemühte sich, ein möglichst furchterregendes Gesicht zu ziehen. Kim boxte ihn in die Seite und sagte, sie fände das gar nicht lustig.

»Wie ich sehe, hast du weiter nach Elizabeth geforscht«, stellte Edward mit einem Blick auf die geöffneten Schubladen des Aktenschrankes fest. »Hast du schon etwas Interessantes gefunden?«

»Allerdings«, erwiderte Kim stolz. Sie ging an den Schrank und reichte ihm den Brief, den James Flanagan vor mehr als dreihundert Jahren an Ronald Stewart geschrieben hatte.

Edward zog den Brief vorsichtig aus dem Umschlag und hielt ihn ins Licht. Genau wie Kim kostete es ihn einige Mühe, die Handschrift zu entziffern.

»Indianerüberfälle in Andover!« las er laut vor. »Kannst du dir das vorstellen? Damals haben die Leute wirklich andere Sorgen gehabt als wir.«

Als er den Brief gelesen hatte, gab er ihn Kim zurück. »Faszinierend«, sagte er.

»Und was da steht, regt dich gar nicht auf?« wollte Kim wissen.

»Nicht besonders«, erwiderte Edward. »Warum sollte es mich aufregen?«

»Also, ich finde es erschütternd, daß die arme Elizabeth offenbar gar nicht gefragt wurde«, erklärte Kim. »Sie mußte sich in ihr Schicksal fügen, ob sie wollte oder nicht. Ihr Vater hat sie einfach als Verhandlungsobjekt bei einem Kuhhandel mißbraucht. Wenn das nicht gemein ist!«

»Vielleicht siehst du das nicht ganz richtig«, widersprach Edward. »Im siebzehnten Jahrhundert konnten die meisten Menschen ihr Leben nicht selbst bestimmen. Sie hatten es viel härter als wir heute. Die Leute mußten sich zusammentun, um überhaupt irgendwie zu überleben. Individuelle Interessen haben so gut wie keine Rolle gespielt.«

»Aber das ist doch noch kein Grund, die eigene Tochter zu verhökern«, empörte sich Kim. »Für mich klingt das Ganze so, als wäre sie für ihren Vater nicht mehr gewesen als ein Stück Vieh oder irgendein anderes Gut.«

»Ich glaube wirklich, daß du die ganze Sache falsch siehst«, sagte Edward. »Daß James und Ronald einen Handel vereinbart haben, heißt doch noch lange nicht, daß Elizabeth bei der Wahl ihres Mannes nicht mitreden durfte. Es könnte doch genausogut so gewesen sein, daß sie es als einen Segen empfunden hat, durch ihre Ehe mit Ronald für den Rest ihrer Familie sorgen zu können.«

»Okay, vielleicht war es ja wirklich so«, gab Kim zu. »Das Problem ist nur, daß ich weiß, wie die Geschichte ausgegangen ist.«

»Wir wissen nach wie vor nicht, ob sie wirklich gehängt wurde«, erinnerte Edward sie.

»Da hast du natürlich recht«, stimmte Kim ihm zu. »Aber in dem Brief wird zumindest ein Aspekt erwähnt, der sie in Mißkredit gebracht und zum Ziel von Hexereibeschuldigungen gemacht haben könnte. Ich weiß, daß es früher nicht gerne gesehen wurde, wenn jemand seine gesellschaftliche Stellung verändert hat; wer es trotzdem tat, dem wurde oft vorgeworfen, den Willen Gottes zu mißachten. Durch ihren plötzlichen Aufstieg von einer armen Farmerstochter zu einer verhältnismäßig wohlhabenden Kaufmannsfrau könnte Elizabeth durchaus Mißgunst und Neid auf sich gezogen haben.«

»Daß sie durch ihre Heirat mit Ronald möglicherweise in Mißkredit geraten ist, heißt aber noch lange nicht, daß sie anschließend auch als Hexe verurteilt wurde«, erwiderte Edward. »Solange ich ihren Namen in keinem der Bücher finde, werde ich meine Zweifel behalten.«

»Meine Mutter glaubt, daß ihr Name nirgends auftaucht, weil die Familie Stewart Mittel und Wege gefunden hat, die Geschichte zu verheimlichen. Unsere Vorfahren sollen Elizabeth sogar für schuldig gehalten haben.«

»Das ist ja ein ganz neuer Aspekt«, sagte Edward. »In gewisser Hinsicht macht es sogar Sinn. Die Menschen im siebzehnten Jahrhundert haben ja wirklich an Hexerei geglaubt. Vielleicht war Elizabeth so eine Art Heilerin, der man übernatürliche Kräfte zugeschrieben hat.«

»Moment mal«, unterbrach ihn Kim. »Du meinst also, Elizabeth könnte tatsächlich eine Hexe gewesen sein? Ich bin immer davon ausgegangen, daß sie vielleicht etwas Unerlaubtes getan haben könnte – zum Beispiel, daß sie aus ihrem gesellschaftlichen Stand ausgebrochen ist. Aber daß sie sich selbst übernatürliche Kräfte zugeschrieben haben könnte – darauf bin ich noch gar nicht gekommen.«

»Es wäre doch denkbar, daß sie sich als magische Heilerin betätigt hat«, fuhr Edward fort. »Damals hat man zwischen weißer und Schwarzer Magie unterschieden. Der Unterschied war der, daß man mit weißer Magie nur Gutes bewirkt hat, zum Beispiel Menschen oder Tiere geheilt hat. Mit Schwarzer Magie hingegen hat man die bösen Geister angerufen und Unheil beschworen. Das war es, was man als Hexerei bezeichnete. Es war bestimmt oft Ansichtssache, ob man einen bestimmten Trunk oder deine Behandlungsmethode für weiße oder für Schwarze Magie gehalten hat.«

»Vielleicht hast du recht«, sagte Kim. Doch nachdem sie kurz nachgedacht hatte, schüttelte sie den Kopf. »Nein, ich glaube nicht, daß es so war. Meine Intuition sagt mir, daß Elizabeth unschuldig war und das Opfer eines furchtbaren Schicksalsschlages geworden ist. Was auch immer ihr widerfahren ist – es muß schrecklich gewesen sein. Und daß man ihren Namen bis heute aus der Geschichte zu tilgen versucht, verschlimmert nur die Ungerechtigkeit, die ihr widerfahren sein muß.« Kim betrachtete die vielen Aktenschränke, Regale und Kisten. »Die Frage ist nur: Findet sich die Erklärung für das, was damals passiert ist, in diesen Papieren?«

»Immerhin hast du diesen Brief aufgestöbert«, stellte Edward fest. »Das ist doch vielversprechend. Denn wenn es einen Brief gibt, finden sich vielleicht auch noch andere. Des Rätsels Lösung wird sich wohl am ehesten in der persönlichen Korrespondenz finden lassen.«

»Ich wünschte nur, daß es in all diesen Papieren irgendeine chronologische Ordnung gäbe!« stöhnte Kim.

»Wie sieht es eigentlich mit dem alten Haus aus?« fragte Edward. »Weißt du schon, ob du es renovieren lassen willst?«

»Ja«, erwiderte Kim. »Ich habe gerade einen Architekten beauftragt. Komm, wir fahren mal rüber, dann erkläre ich dir alles.«

Sie ließen Edwards Auto an der Burg stehen und fuhren mit Kims Wagen zu dem alten Haus hinüber. Kim führte Edward noch einmal durch das Haus und erklärte ihm, daß sie seinem Vorschlag folgen und sowohl das Bad als auch die Küche in dem Anbau installieren lassen würde. Außerdem würde sie zwischen den Schlafzimmern im ersten Stock ein weiteres kleines Bad einbauen lassen.

»Ich glaube, es wird alles wunderbar werden«, sagte Edward, als sie wieder hinausgingen. »Da kann man ja regelrecht neidisch werden.«

»Ich bin auch ganz aufgeregt«, sagte Kim. »Am meisten freue ich mich darauf, das Haus neu einzurichten. Ich glaube, ich nehme im September Urlaub, damit ich mich voll und ganz meinem neuen Zuhause widmen kann.«

»Willst du alles selbst machen?«

»Auf jeden Fall.«

»Bewundernswert«, staunte Edward. »Ich könnte das nicht.«

Sie stiegen wieder ein, doch Kim ließ den Motor noch nicht an. Durch die Windschutzscheibe betrachtete sie andächtig das Haus.

»Eigentlich wollte ich immer Innenarchitektin werden«, sagte sie wehmütig.

»Tatsächlich?« fragte Edward.

»Ja, aber die Chance hab' ich wohl verpaßt«, fuhr Kim fort. »Ich habe mich schon als Kind immer sehr für Kunst und Mode interessiert. Weil ich so ein Kunstnarr war, wurde ich auf der High-School für einen ziemlich seltsamen Vogel gehalten. Kein Wunder, daß ich nie zu der Clique gehörte, die damals gerade ›in‹ war.«

»Mir ging es genauso«, sagte Edward.

Kim ließ den Motor an, wendete und fuhr in Richtung Burg.

»Warum bist du eigentlich nicht Innenarchitektin geworden?« wollte Edward wissen.

»Meine Eltern haben es mir ausgeredet«, erklärte Kim. »Vor allem mein Vater.«

»Das verstehe ich nicht«, warf Edward ein. »Am Freitag hast du mir doch erzählt, daß du nie ein besonders gutes Verhältnis zu deinem Vater gehabt hast.«

»Das stimmt ja auch«, erwiderte Kim. »Aber er hat trotzdem großen Einfluß auf mich gehabt. Ich habe mir immer die Schuld daran gegeben, daß wir kein besseres Verhältnis zueinander gefunden haben. Und deshalb habe ich immer versucht, mich nach seinen Wünschen zu richten. Es war sein Wunsch, daß ich Krankenschwester oder Lehrerin werden sollte; mit Innenarchitektur konnte er nichts anfangen. Also bin ich Krankenschwester geworden.«

»Väter können ihre Kinder ganz schön unter Druck setzen«, sagte Edward. »Ich wollte es meinem Vater auch immer recht machen. Völlig verrückt – wenn ich heute darüber nachdenke. Ich hätte ihn einfach ignorieren sollen. Er hat mich immer damit aufgezogen, daß ich gestottert habe; außerdem hätte er lieber einen sportlichen Jungen gehabt. Ich muß eine herbe Enttäuschung für ihn gewesen sein.«

Sie hatten die Burg erreicht, und Kim parkte neben Edwards Wagen. Edward war schon im Begriff auszusteigen, doch dann ließ er sich noch einmal in den Sitz zurückfallen.

»Hast du eigentlich schon etwas gegessen?« fragte er.

Kim schüttelte den Kopf.

»Ich auch noch nicht«, sagte Edward. »Was hältst du davon, nach Salem zu fahren und ein nettes, kleines Restaurant zu suchen?«

»Eine prima Idee«, sagte Kim.

Sie fuhren los, und nachdem sie eine Zeitlang geschwiegen hatten, sagte Kim: »Ich bin inzwischen davon überzeugt, daß meine Eltern daran schuld sind, daß ich auf dem College so durchhing. Bestimmt lag es an dem schwierigen Verhältnis, das wir zueinander hatten. Glaubst du, das war bei dir auch so?«

»Daran besteht nicht der geringste Zweifel«, erwiderte Edward.

»Es ist wirklich erstaunlich, wie wichtig die Selbstachtung für einen Menschen ist«, bemerkte Kim. »Und ich finde es beängstigend, wie leicht Eltern das Selbstbewußtsein ihrer Kinder zerstören können.«

»Das von Erwachsenen ist allerdings auch schneller ruiniert, als man denkt«, sagte Edward. »Und wenn erst einmal das Selbstbewußtsein zerstört ist, verändert sich das ganze Verhalten eines Menschen; er kommt sich vollkommen wertlos vor. Und dann beginnt ein Teufelskreis, den man sogar biochemisch nachweisen kann. Da sind wir übrigens wieder bei einem Argument angelangt, das entschieden für die Einnahme von Medikamenten spricht: Man muß den Teufelskreis durchbrechen.«

»Reden wir über Prozac?« fragte Kim.

»Indirekt, ja«, erwiderte Edward. »Prozac wirkt bei manchen Patienten positiv auf das Selbstwertgefühl.«

»Hättest du während deiner Collegezeit Prozac genommen, wenn es damals schon erhältlich gewesen wäre?« wollte Kim wissen.

»Vielleicht«, gestand Edward. »Wahrscheinlich hätte ich dann völlig andere Erfahrungen gemacht.«

Kim sah kurz zu Edward hinüber. Er lächelte. Sie hatte den Eindruck, daß er ihr gerade etwas sehr Persönliches erzählt hatte.

»Ich möchte dich etwas fragen«, begann sie vorsichtig. »Du brauchst mir nicht zu antworten, wenn du nicht willst. Hast du schon einmal Prozac genommen?«

»Wieso sollte ich dir darauf keine Antwort geben?« entgegnete Edward. »Ja, vor ein paar Jahren habe ich eine Zeitlang Prozac geschluckt. Nach dem Tod meines Vaters hatte ich schwere Depressionen. Da wir eigentlich nie ein besonders enges Verhältnis hatten, hat mich diese heftige Reaktion völlig überrascht. Ein Kollege hat mir damals Prozac empfohlen, und ich hab's ausprobiert.«

»Sind die Depressionen dadurch weggegangen?« wollte Kim wissen.

»Ja«, sagte Edward bestimmt. »Nicht sofort, aber allmählich. Das Interessanteste war aber, daß ich ganz unerwartet einen regelrechten Energieschub hatte; ich war plötzlich ein richtig entschlußfreudiger Mensch. Damit hatte ich nicht im Traum gerechnet, und deshalb kann es auch keine Placebowirkung gewesen sein. Ich habe mich rundum gut gefühlt.«

»Und wie war es mit Nebenwirkungen?« fragte Kim weiter.

»Davon habe ich fast nichts bemerkt«, antwortete Edward. »Im Vergleich zu den Depressionen waren sie auf jeden Fall akzeptabel.«

»Ist ja interessant«, sagte Kim nachdenklich.

»Nun weißt du also, daß ich schon mal Antidepressiva genommen habe«, sagte Edward. »Hoffentlich habe ich dich nicht schockiert – wo du doch so strenge Vorstellungen hast, was die Einnahme von Medikamenten angeht.«

»Unsinn!« entgegnete Kim. »Ganz im Gegenteil. Ich finde es gut, daß du so offen darüber sprichst. Außerdem kann ich mir kein Urteil darüber erlauben. Ich habe zwar noch nie Prozac genommen, aber dafür war ich während meiner Collegezeit mal in psychotherapeutischer Behandlung. Somit haben wir also beide Erfahrungen auf diesem Gebiet gemacht.«

Edward lachte. »Du hast recht! Wir sind beide verrückt.«

In Salem fanden sie ein kleines, beliebtes Restaurant, in dem frischer Fisch serviert wurde. Es war so voll, daß sie sich mit zwei Barhockern an der Theke begnügen mußten. Sie bestellten beide gebackenen Kabeljau und dazu ein Bier. Als Nachspeise aßen sie einen Pudding, der nach einem uralten indianischen Rezept zubereitet worden war.

Nach der lauten, kneipenähnlichen Atmosphäre in dem Restaurant genossen sie anschließend die Stille im Auto. Als sie das Anwesen der Stewarts wieder erreicht hatten und das Tor passierten, wurde Edward plötzlich ganz nervös. Er zappelte unruhig auf seinem Sitz hin und her und strich sich immer wieder das Haar aus der Stirn.

»Was ist mit dir los?« wollte Kim wissen.

»Gar nichts«, erwiderte Edward leicht stotternd.

Kim hielt neben seinem Wagen und zog die Handbremse; den Motor ließ sie laufen. Dann wartete sie, weil sie wußte, daß Edward noch etwas loswerden wollte.

Endlich überwand er sich und rückte mit der Sprache heraus: »Hättest du nicht vielleicht Lust, noch mit zu mir zu kommen?«

Die Einladung rief bei Kim ein zwiespältiges Gefühl hervor. Einerseits wußte sie genau, daß Edward gerade all seinen Mut zusammengenommen hatte, und sie wollte ihn nur ungern zurückweisen. Andererseits mußte sie an die Patienten denken, die sie am nächsten Morgen zu versorgen hatte. Ihr berufliches Pflichtgefühl gewann schließlich die Oberhand. »Tut mir leid«, sagte sie. »Es ist schon zu spät; ich bin total erschöpft. Ich bin seit sechs Uhr heute morgen auf den Beinen.« Um die

Situation zu entkrampfen, fügte sie noch scherzhaft hinzu: »Sieh es doch einfach so: Die kleine Kim muß morgen in die Schule gehen, und sie hat ihre Hausaufgaben noch nicht erledigt.«

»Wir müssen ja nicht mehr lange aufbleiben«, bettelte Edward. »Außerdem ist es doch erst kurz nach neun.«

Diese Bemerkung brachte Kim aus der Fassung. »Ich glaube, das geht mir etwas zu schnell«, sagte sie verlegen. »Ich bin gerne mit dir zusammen. Aber ich möchte nichts überstürzen.«

»Natürlich«, murmelte Edward. »Du hast recht. Ich bin übrigens auch sehr gerne mit dir zusammen.«

»Vielleicht können wir uns ja am Wochenende sehen«, schlug Kim vor. »Freitag und Samstag habe ich keinen Dienst. Wie sieht es bei dir aus?«

»Was hältst du davon, wenn wir Donnerstag abend essen gehen?« fragte Edward. »Dann kannst du dich wenigstens nicht damit rausreden, daß du am nächsten Morgen arbeiten mußt.«

Kim lachte. »Abgemacht. Und ich werde versuchen, meine Hausaufgaben vorher zu erledigen.«

Kapitel 4

Freitag, 22. Juli 1994

Kim schlug die Augen auf und blinzelte ins Tageslicht. Im ersten Moment wußte sie nicht, wo sie war. Die Vorhänge, die die helle Morgensonne ausschlossen, kamen ihr unbekannt vor. Erst als sie sich umdrehte und den schlafenden Edward neben sich liegen sah, fiel ihr schlagartig alles wieder ein.

Sie zog sich die Decke unters Kinn und fühlte sich unwohl und fehl am Platze. »Du Heuchlerin«, schimpfte sie sich leise. Sie konnte sich noch gut daran erinnern, daß sie Edward erst vor ein paar Tagen ermahnt hatte, nichts zu überstürzen. Und jetzt wachte sie hier auf – in seinem Bett. Noch nie war sie mit einem Mann so schnell intim geworden.

Sie wollte aufstehen und sich so leise wie möglich anziehen, um Edward nicht aufzuwecken. Doch sie hatte Pech. Denn am Fußende des Bettes begann Buffer zu knurren, Edwards kleiner, weißer Jack-Russel-Terrier, der ziemlich scheußlich aussah und jetzt auch noch drohend die Zähne fletschte.

Edward richtete sich auf und scheuchte den Hund weg. Dann ließ er sich stöhnend in die Kissen zurückfallen.

»Wie spät ist es denn?« fragte er und hatte die Augen schon wieder geschlossen.

»Kurz nach sechs«, erwiderte Kim.

»Warum in aller Welt bist du schon wach?« wollte Edward wissen.

»Weil ich normalerweise um diese Zeit aufstehe«, entgegnete Kim.

»Aber wir sind doch erst kurz vor eins ins Bett gegangen.«

»Ich wache immer um sechs auf«, erklärte Kim. »Ich hätte wohl besser doch nach Hause gehen sollen.«

Edward öffnete nun die Augen und sah Kim an. »Fühlst du dich unbehaglich?« fragte er.

Kim nickte.

»Das tut mir leid«, sagte Edward. »Ich hätte dich nicht überreden dürfen hierzubleiben.«

»Aber das ist doch nicht dein Fehler«, widersprach sie.

»Natürlich«, sagte Edward. »Du wolltest gehen, und ich habe dich zurückgehalten.«

Sie sahen sich kurz an und mußten beide lachen.

»Irgendwie kommt mir die Situation bekannt vor«, gluckste Kim. »Wir versuchen wieder mal, uns gegenseitig mit Entschuldigungen zu überbieten.«

»Eigentlich ist das eher zum Weinen als zum Lachen«, sagte Edward. »Glaubst du nicht auch, wir hätten inzwischen ein paar Fortschritte machen sollen?«

Kim drehte sich um und schmiegte sich in Edwards Arme. Eine Zeitlang lagen sie einfach so da und genossen den Augenblick; keiner sagte etwas. Dann beendete Edward das Schweigen: »Fühlst du dich immer noch unwohl?«

»Überhaupt nicht«, erwiderte Kim. »Manchmal hilft es schon, wenn man nur darüber redet.«

Während Edward duschte, rief Kim bei ihrer Mitbewohnerin Marsha an. Kim wußte, daß sie bald zur Arbeit aufbrechen würde. Marsha war froh, daß ihre Freundin sich endlich meldete. Sie hatte sich schon Sorgen gemacht, weil Kim nicht nach Hause gekommen war.

»Ich hätte dich wirklich anrufen sollen«, gab Kim zu.

»Da du nicht gekommen bist, kann ich wohl davon ausgehen, daß du einen netten Abend hattest«, bemerkte Marsha trocken.

»Ja, es war wirklich schön«, entgegnete Kim. »Und auf einmal war es so spät, daß ich nicht mehr angerufen habe, weil ich dich nicht wecken wollte.« Dann wechselte sie schnell das Thema. »Könntest du bitte Sheba heute morgen füttern?«

»Deine Katze hat bereits gespeist«, sagte Marsha. »Übrigens hat dein Vater gestern abend angerufen. Du sollst ihn zurückrufen, sobald du Zeit hast.«

»Mein Vater?« fragte Kim erstaunt. »Der ruft mich doch sonst nie an.«

»Das mußt du mir nicht erzählen«, entgegnete Marsha. »Ich habe ihn gestern zum ersten Mal am Telefon gehabt, dabei wohnen wir schon seit ein paar Jahren zusammen.«

Als Edward fertig geduscht und sich angezogen hatte, überraschte er Kim mit dem Vorschlag, auf dem Harvard Square zu frühstücken. Kim hatte angenommen, daß er so schnell wie möglich in sein Labor wollte.

»Ich bin heute zwei Stunden früher aufgestanden als sonst«, sagte er. »Das Labor kann warten. Außerdem habe ich gestern den schönsten Abend des Jahres verbracht, und ich möchte ihn gerne noch ein bißchen verlängern.«

Kim lächelte, stellte sich auf die Zehenspitzen und schlang glücklich ihre Arme um seinen Hals. Edward erwiderte überschwenglich ihre Umarmung.

Sie nahmen Kims Auto, da es im Parkverbot stand und sowieso weggefahren werden mußte. Auf dem Harvard Square führte Edward sie in ein Studentencafé, wo sie sich Spiegeleier mit Schinken gönnten.

»Was hast du heute vor?« fragte Edward. Er mußte brüllen, um sich bei dem Lärm verständlich zu machen. Das Sommersemester war voll im Gange, und auf dem Platz tummelten sich bereits jede Menge Studenten.

»Ich werde nach Salem fahren«, erwiderte Kim. »Die Baufirma hat schon mit der Renovierung des Cottage angefangen, und ich möchte mal sehen, wie es vorangeht.« Kim hatte beschlossen, das alte Haus »Cottage« zu nennen, um es so von dem großen Herrenhaus zu unterscheiden.

»Weißt du schon, wann du zurückkommst?«

»Am frühen Abend«, erwiderte Kim.

»Hättest du Lust, dich gegen acht Uhr mit mir in der Harvest Bar zu treffen?« fragte Edward.

»Ja«, sagte Kim. »Das ist eine gute Idee.«

Nach dem Frühstück bat Edward sie, ihn in der Nähe der Biologielabore abzusetzen, da er noch bei Kevin vorbeischauen wollte.

»Soll ich dich nicht erst nach Hause bringen, damit du dein Auto holen kannst?« wollte Kim wissen.

»Nein, danke«, winkte Edward ab. »An der Uni gibt es sowieso keine Parkplätze. Und von Kevin aus kann ich den Shuttle-Service zu meinem Labor nehmen. Von da komme ich zu Fuß nach Hause. Das ist einer der Vorteile, wenn man so nahe am Harvard Square wohnt.«

Edward stieg an der Ecke Kirkland Street/Divinity Avenue aus. Er blieb noch einen Moment auf dem Bürgersteig stehen und blickte Kim nach, bis sie nicht mehr zu sehen war. Edward wußte, daß er sich verliebt hatte, und er genoß dieses Gefühl in vollen Zügen. Leichten Herzens ging er die Divinity Avenue hinauf. Am liebsten hätte er laut gesungen. Er hatte das wohltuende Gefühl, daß Kim ihn ebenfalls sehr gerne mochte. Er konnt nur hoffen, daß es so bleiben würde.

Als Edward bei den Biologielaboren ankam, war es noch nicht einmal acht Uhr. Auf der Treppe überlegte er, ob Kevin überhaupt schon da wäre. Doch seine Bedenken waren unbegründet. Kevin arbeitete bereits fleißig über seinen Reagenzgläsern.

»Gut, daß du da bist«, sagte Kevin. »Ich hätte mich heute auch bei dir gemeldet.«

»Hast du Claviceps-purpurea-Sporen gefunden?« fragte Edward gespannt.

»Nein«, erwiderte Kevin. »Keine Claviceps-Sporen.«

»So ein Mist!« fluchte Edward und ließ sich auf einen Stuhl

fallen. Er war enttäuscht und hatte plötzlich ein flaues Gefühl im Magen. Er hatte sich insgeheim gewünscht, Kim das positive Ergebnis sozusagen als ein kleines Geschenk der Wissenschaft überreichen zu können und ihr so die Möglichkeit zu eröffnen, Elizabeth zu rehabilitieren.

»Nun guck nicht so traurig aus der Wäsche«, sagte Kevin. »Ich habe zwar keine Claviceps-Sporen gefunden, dafür aber jede Menge andere Schimmelpilze. Einer von denen, die ich züchten konnte, sieht so ähnlich aus wie der Claviceps-purpurea-Pilz, aber er gehört zu einer bisher noch unbekannten Spezies.«

»Mach keine Witze«, staunte Edward. Daß sie offensichtlich doch etwas entdeckt hatten, heiterte ihn wieder etwas auf.

»Natürlich ist das nicht gerade überraschend«, fuhr Kevin fort. Edward fiel sofort wieder die Kinnlade herunter. »Wir kennen zur Zeit etwa fünfzigtausend verschiedene Pilzarten. Viele Experten gehen aber davon aus, daß es in Wirklichkeit zwischen hunderttausend und einer viertel Million verschiedene Spezies gibt.«

»Du willst mir also sagen, daß die Entdeckung dieses neuen Pilzes unbedeutend ist«, stellte Edward trocken fest.

»Das kann ich nicht beurteilen«, entgegnete Kevin. »Vielleicht findest du den Schimmelpilz sogar hochinteressant. Er ist nämlich ein Askomyzet wie Claviceps und entwickelt ebenfalls Sklerotien.«

Kevin nahm ein paar dunkle Klumpen von seinem Tisch und reichte sie Edward, der sie zwischen den Fingern rollte. Die Klümpchen sahen aus wie dunkle Reiskörner.

»Ich glaube, du solltest mir mal erklären, was es mit diesem Sklerotium auf sich hat«, forderte Edward seinen Freund auf.

»Sklerotium ist ein hartes, sporenbildendes Pilzfadengeflecht, das bestimmte Pilze entwickeln«, erklärte Kevin. »Im Gegensatz zu den einfachen, einzelligen Sporen ist ein Sklerotium vielzellig und enthält sowohl Pilzfilamente als auch Speicherstoffe.«

»Und warum glaubst du, daß mich das interessieren könnte?« wollte Edward wissen. Er fand, daß die Klumpen in seiner Hand den Körnern im Roggenbrot sehr ähnlich sahen. Als er sich eins unter die Nase hielt, stellte er fest, daß sie absolut geruchlos waren.

»Weil das Claviceps-Sklerotium bioaktive Alkaloide enthält, die Ergotismus verursachen können«, erklärte Kevin.

»Tatsächlich?« rief Edward. Er saß plötzlich kerzengerade und nahm das Sklerotium zwischen seinen Fingern noch einmal gründlich in Augenschein. »Wie stehen denn die Chancen, daß dieses kleine Körnchen die gleichen Alkaloide enthält wie Claviceps?«

»Das ist die große Frage«, erwiderte Kevin. »Aber ich glaube, sie stehen ganz gut. Es gibt nämlich gar nicht so viele Pilze, die Sklerotien bilden. Und diese neue Spezies scheint dem Claviceps purpurea wirklich sehr ähnlich zu sein.«

»Warum probieren wir es nicht einfach mal aus?« fragte Edward.

»Was, um Himmels willen, meinst du damit?« wollte Kevin wissen. Er warf Edward einen Blick zu, als ahnte er schon, was jetzt kommen würde.

»Warum mixt du uns nicht einfach ein kleines Gebräu aus diesen Kügelchen, und wir probieren, wie es wirkt?« schlug Edward vor.

»Ich hoffe, das meinst du nicht ernst«, entgegnete Kevin.

»Doch«, stellte Edward klar. »Ich meine es vollkommen ernst. Ich will wissen, ob dieser neue Schimmelpilz eine halluzinogene Wirkung hat. Und das läßt sich doch wohl am schnellsten und einfachsten herausfinden, indem wir uns eine Kostprobe genehmigen.«

»Du bist wohl völlig durchgeknallt!« rief Kevin entrüstet. »Mykotoxine können hochgiftig sein. Die armen Menschen, die unter Ergotismus gelitten haben, haben das am eigenen Leibe erfahren. Du gehst da ein ziemlich großes Risiko ein.«

»Wo ist bloß deine Abenteuerlust geblieben?« stichelte Edward und erhob sich. »Darf ich dein Labor für meinen kleinen Selbstversuch benutzen?«

»Ich weiß nicht, was ich von der Idee halten soll«, sagte Kevin. »Aber du scheinst dir diesen Irrsinn nicht ausreden zu lassen.«

»Auf keinen Fall«, stellte Edward klar. »Ich werde jetzt eine kleine Probe nehmen.«

Kevin führte ihn in sein Labor und fragte, was er benötige. Edward verlangte einen Mörser und ein Pistill oder etwas ähnliches; außerdem ein wenig destilliertes Wasser, eine schwache Säure, um das Alkaloid zu präzipitieren, etwas Filterpapier, ein Litergefäß und eine Milliliter-Pipette.

»Du bist wirklich verrückt«, wiederholte Kevin, während er die gewünschten Instrumente und Chemikalien zusammentrug.

Dann machte Edward sich an die Arbeit. Zuerst zerstieß er ein paar Sklerotien und extrahierte das Pulver mit destilliertem Wasser. Mit Hilfe der Säure gelang es ihm, ein paar Milligramm einer weißen Substanz auszufällen. Er nahm das Filterpapier und isolierte aus dem weißen Präzipitat ein paar Körnchen. Ungläubig und fassungslos beobachtete Kevin seinen Freund.

»Bitte, sag nicht, daß du das Zeug essen willst«, beschwor ihn Kevin. Ihm wurde langsam mulmig.

»Glaubst du, ich bin wahnsinnig«, entgegnete Edward.

»Ich dachte schon«, murmelte Kevin leise.

»Paß auf«, begann Edward. »Ich will nur wissen, ob das Zeug eine halluzinogene Wirkung hat. Wenn es tatsächlich berauschend wirkt, dann genügt eine minimale Dosis. Damit meine ich weniger als ein Mikrogramm.«

Edward nahm einen Spatel zur Hilfe und ließ ein winziges Körnchen des Präzipitats in einen Erlenmeyerkolben fallen, den er zuvor mit einem Liter destillierten Wasser gefüllt hatte. Dann schüttelte er den Kolben kräftig.

»Wenn ich mich nicht als Versuchskaninchen zur Verfügung stelle, müssen wir womöglich noch ein halbes Jahr mit dem Zeug experimentieren und wissen dann vielleicht immer noch nicht, ob es Halluzinationen hervorruft«, sagte Edward. »Letzten Endes müssen wir es sowieso an einem menschlichen Gehirn testen. Und deshalb stelle ich mein Gehirn sofort zur Verfügung. Wenn es um die Wissenschaft geht, bin ich ein Mann der Tat.«

»Ist dir klar, daß das Zeug ein toxisches Nierenversagen hervorrufen kann?« fragte Kevin.

Edward winkte ungläubig ab. »Bei dieser Dosierung? Niemals! Wir liegen immerhin um den Faktor zehn unter der Toxizität des Botulinustoxins, und das ist von allen bisher bekannten Substanzen die giftigste. Hinzu kommt, daß ich nicht nur weniger als ein Mikrogramm nehme – das Zeug ist ja selbst ein Gemisch der verschiedensten Substanzen, so daß die Konzentration des eigentlichen Giftes noch einmal stark dezimiert sein dürfte.«

Edward bat Kevin, ihm die Milliliter-Pipette zu reichen. Kevin zögerte kurz, bevor er sie ihm schließlich gab.

»Bist du sicher, daß du nicht auch ein Tröpfchen probieren willst?« fragte Edward lachend. »Vielleicht entgeht dir eine interessante wissenschaftliche Erfahrung.« Dann zog er etwas Flüssigkeit in die schlanke Pipette.

»Nein, danke«, winkte Kevin ab. »Das will ich meinen Nieren auf keinen Fall zumuten.«

»Na dann – auf deine Gesundheit!« sagte Edward und hob die Pipette vor sein Gesicht. Er tropfte einen Milliliter der Flüssigkeit auf seine Zunge und spülte ihn mit einem kräftigen Schluck Wasser hinunter.

»Und?« fragte Kevin nervös, nachdem einen Moment lang keiner etwas gesagt hatte.

»Schmeckt etwas bitter«, sagte Edward und machte seinen Mund mehrmals auf und zu, um den Geschmack zu verstärken.

»Sonst noch irgendwas?« wollte Kevin wissen.

»Mir wird ein bißchen schwindelig«, erwiderte Edward.

»Erzähl mir nichts«, winkte Kevin ab. »Du warst wahrscheinlich schon vorher schwindelig.«

»Ich gebe zu, daß mein kleines Experiment strengen wissenschaftlichen Kriterien wahrscheinlich nicht genügen dürfte«, gluckste Edward. »Alles, was ich empfinde, könnte genausogut eine Placebowirkung sein.«

»Ich will nichts mit dieser Sache zu tun haben«, sagte Kevin energisch. »Ich bestehe darauf, daß du noch heute deinen Urin untersuchen und eine Bestimmung deiner Blut-, Harn- und Stickstoffwerte vornehmen läßt.«

»Oho!« rief Edward plötzlich. »Jetzt passiert etwas.«

»Ach, du meine Güte!« stammelte Kevin. »Was denn?«

»Ich sehe Farben, die sich bewegen und Muster bilden; es ist so, als würde ich durch ein Kaleidoskop gucken.«

»Das fängt ja gut an«, bemerkte Kevin. Er starrte Edward an und mußte feststellen, daß dieser in einer Art Trancezustand zu schweben schien.

»Jetzt höre ich so etwas wie einen Synthesizer. Mein Mund ist auf einmal ganz trocken. Und mein Arm kribbelt so komisch. So, als ob mich etwas beißt oder zwickt. Ein ganz seltsames Gefühl.«

»Soll ich einen Arzt holen?« fragte Kevin.

Plötzlich griff Edward nach Kevins Unterarm, um sich mit aller Kraft an ihm festzukrallen.

»Der ganze Raum bewegt sich plötzlich«, sagte Edward. »Außerdem habe ich das Gefühl, daß mir irgend etwas den Hals zudrückt.«

»Ich rufe sofort einen Arzt«, rief Kevin. Sein Puls raste, als er zum Telefon griff. Doch Edward ließ ihn nicht los.

»Es ist schon wieder in Ordnung«, sagte er. »Die Farben verschwinden langsam wieder.« Edward schloß die Augen, wagte aber nicht, sich zu bewegen. Er hielt noch immer Kevins Arm umklammert.

Schließlich öffnete er die Augen und seufzte. Jetzt erst wurde ihm bewußt, daß er sich an Kevin festgekrallt hatte. Er ließ ihn los, holte einmal tief Luft und strich seine Jacke glatt. »Ich glaube, wir wissen jetzt Bescheid«, sagte er.

»Du bist total verrückt!« schimpfte Kevin. »Deine Sperenzchen haben mir einen ganz schönen Schrecken eingejagt. Ich war kurz davor, einen Notarzt zu rufen.«

»Nur keine Panik«, versuchte Edward ihn zu beruhigen. »So schlimm war es doch gar nicht. Du wirst doch nicht gleich die Fassung verlieren, nur weil ich sechzig Sekunden lang ein bißchen berauscht war.«

Kevin warf einen Blick auf seine Uhr. »Es waren nicht sechzig Sekunden, sondern zwanzig Minuten«, stellte er fest.

Edward warf auch einen Blick auf seine Uhr. »Ist das nicht merkwürdig?« fragte er. »Ich habe jegliches Zeitgefühl verloren.«

»Fühlst du dich wieder normal?« wollte Kevin wissen.

»Aber ja«, beteuerte Edward überschwenglich. »Es geht mir hervorragend. Ich fühle mich ...« Er horchte einen Augenblick in sich hinein und suchte nach den passenden Worten für seine Empfindungen. »Ich fühle mich so energiegeladen wie nach einem Urlaub. Außerdem habe ich einen absolut klaren Kopf, ich sehe alles ganz deutlich. Vielleicht bin ich sogar ein bißchen euphorisch, aber das kann natürlich auch an dem positiven Resultat liegen: Immerhin haben wir gerade festgestellt, daß dieser neu entdeckte Pilz eindeutig eine halluzinogene Substanz enthält.«

»Wir wollen doch lieber nicht ›wir‹ sagen«, stellte Kevin klar. »Du hast das festgestellt, nicht ich. Ich übernehme für diesen Wahnsinn keinerlei Verantwortung.«

»Ob wir es mit den gleichen Alkaloiden zu tun haben wie bei Claviceps?« fragte sich Edward. »Ich verspüre allerdings nicht die geringsten Anzeichen einer Durchblutungsstörung, dabei ist das doch bei Ergotismus eines der häufigsten Symptome.«

»Versprich mir wenigstens, daß du noch heute eine Urinuntersuchung machen und deinen Kreatininwert bestimmen läßt«, insistierte Kevin. »Wenn du dir auch offensichtlich keine Gedanken über die Folgen deines Wahnsinns zu machen scheinst – ich tue es schon.«

»Okay«, willigte Edward ein. »Wenn du damit heute nacht besser schlafen kannst, verspreche ich es dir. Könntest du mir eigentlich noch mehr von diesen Sklerotien verschaffen? Oder geht das nicht?«

»Da ich inzwischen herausgefunden habe, in welchem Medium dieser Pilz gedeiht, kann ich noch ein bißchen mehr davon züchten. Von den Sklerotien kann ich dir aber keine größeren Mengen versprechen. Es ist nicht gerade einfach, den Pilz zur Sklerotienproduktion zu bringen.«

»Okay, versuch dein Bestes«, sagte Edward. »Vielleicht ist es dir ein Ansporn, wenn du daran denkst, daß wir wahrscheinlich einen schönen kleinen Aufsatz über diesen neuen Pilz veröffentlichen können.«

Als Edward über das Campusgelände zur Haltestelle des Shuttle-Busses eilte, hätte er vor Freude jauchzen können. Er konnte es gar nicht abwarten, Kim von seiner Entdeckung zu berichten. Nach dem, was er herausgefunden hatte, war die Vergiftungstheorie, was die Hexenhysterie von Salem betraf, aktueller denn je.

Kim brannte darauf, die Fortschritte an ihrem Cottage zu sehen; aber noch mehr drängte es sie zu erfahren, warum ihr Vater angerufen hatte. Da sie ihn noch zu erwischen hoffte, bevor er in sein Bostoner Büro aufbrach, machte sie einen Umweg über Marblehead.

Sie betrat das Haus und ging direkt in die Küche. Wie erwartet saß ihr Vater bei einer Tasse Kaffee am Tisch und hatte sich in seine Zeitung vertieft. John Stewart war ein großer stämmiger Mann, der als Student der Harvard University wie ein richtiger Athlet ausgesehen haben soll. Früher hatte er auch einen ebenso dunklen und wilden Haarschopf gehabt wie Kim. Doch im Laufe der Jahre war John ergraut, was ihm ausgesprochen gut stand und ihm ein typisch väterliches Erscheinungsbild verlieh.

»Guten Morgen, Kimmy«, sagte er, ohne von seiner Zeitung aufzusehen.

Kim schaltete die Espressomaschine ein und schäumte Milch für einen Cappuccino auf.

»Ist mit deinem Auto alles in Ordnung?« fragte John, während er laut mit der Zeitung raschelte. »Ich hoffe, du hältst dich an meinen Rat und läßt es regelmäßig warten.«

Kim gab keine Antwort. Sie war es gewohnt, daß ihr Vater sie wie ein kleines Mädchen behandelte. Doch ein bißchen ärgerte sie sich trotzdem. Ständig wollte er ihr vorschreiben, wie sie Ordnung in ihr Leben zu bringen hatte. Doch je älter sie wurde, desto sicherer glaubte sie, auf seine Empfehlungen verzichten zu können: Schließlich war das Leben, das ihr Vater führte, alles andere als vorbildlich; das galt insbesondere für seine Ehe.

»Ich habe gehört, daß du gestern abend bei mir angerufen hast«, begann Kim, während sie auf einem Stuhl neben dem Erkerfenster Platz nahm; von hier aus hatte sie einen herrlichen Blick über das Meer.

John sah von seiner Zeitung auf.

»Ja, das habe ich«, bestätigte er. Deine Mutter hat mir erzählt, daß du dich neuerdings für Elizabeth Steward interessierst und viele Fragen über sie gestellt hast. Das hat mich ziemlich überrascht. Ich wollte dich fragen, warum du deine Mutter mit dieser Fragerei so aufregen mußtest.«

»Ich habe nicht vorgehabt, Mutter aufzuregen«, entgegnete Kim. »Ich wollte einfach nur ein paar grundlegende Fakten über Elizabeth wissen. Zum Beispiel interessiert mich, ob man sie wirklich wegen Hexerei gehängt hat oder ob das nur ein Gerücht ist.«

»Sie ist tatsächlich gehängt worden«, sagte John. »Das weiß ich absolut sicher. Und ich weiß auch, daß die Familie Stewart alles daran gesetzt hat, die ganze Geschichte zu vertuschen. Deshalb solltest du die Sache lieber auf sich beruhen lassen und nicht weiter nachbohren.«

»Aber wieso nicht?« fragte Kim. »Warum in aller Welt so viel Geheimnistuerei um eine Geschichte, die mittlerweile dreihundert Jahre zurückliegt.«

»Ob du es verstehst oder nicht, ist ganz egal«, erwiderte John.

»Es war damals eine Schande für die Familie, und daran hat sich bis heute nichts geändert.«

»Willst du mir etwa weismachen, daß du es persönlich als eine Schande empfindest, daß man Elizabeth Stewart vor dreihundert Jahren gehängt hat?« fragte Kim ungläubig.

»Nein, ich nicht«, räumte John ein. »Aber deine Mutter schämt sich deswegen. Und wenn sie nichts von der Geschichte hören will, dann solltest du das akzeptieren und dich nicht darüber lustig machen. Schließlich hat sie es schon schwer genug.«

Kim biß sich auf die Zunge. In Anbetracht der gegebenen Umstände kostete es sie einige Mühe, keine böse Bemerkung fallenzulassen. Statt dessen sagte sie, daß sie sich nicht nur für Elizabeths Schicksal interessiere, sondern sich ihrer Vorfahrin inzwischen sogar sehr verbunden fühle.

»Wie, in aller Welt, kommt denn das?« fragte John gereizt.

»Zum einen, weil ich ein Portrait von ihr gefunden habe«, erklärte Kim. »Jemand muß es im hintersten Winkel von Großvaters Weinkeller versteckt haben. Als ich das Bild in Händen hielt, ist mir zum ersten Mal klargeworden, daß sie eine lebendige Frau gewesen ist. Sie hatte sogar die gleichen Augen wie ich. Was immer sie auch getan hat, ein solches Schicksal hatte sie mit Sicherheit nicht verdient. Da kann man doch gar nicht anders, als Sympathie für sie zu empfinden.«

»Ich wußte, daß das Portrait da unten steht«, sagte John. »Aber was hattest du überhaupt in dem Weinkeller zu suchen?«

»Nichts Besonderes«, erwiderte Kim. »Ich habe mich einfach mal umgesehen. Und weil ich in letzter Zeit einiges über die Hexenprozesse von Salem gelesen habe, dachte ich, mich trifft der Schlag, als ich das Portrait von Elizabeth entdeckt habe. Die Bücher über die Hexenprozesse haben mich übrigens erst recht darin bestärkt, für Elizabeth Partei zu ergreifen. Wußtest du zum Beispiel, daß die Geschworenen und die Richter ihre Urteile schon kurz nach der Vollstreckung öffentlich widerrufen und um Verzeihung gebeten haben? Schon damals haben die Menschen gewußt, daß sie offensichtlich Unschuldige hingerichtet hatten.«

»Nicht alle waren unschuldig«, warf John ein.

»Mutter hat auch so eine geheimnisvolle Bemerkung gemacht«, stellte Kim fest. »Was hat Elizabeth denn nur getan, daß ihr alle so von ihrer Schuld überzeugt seid?«

»Eine gute Frage«, sagte John. »Die genauen Einzelheiten kenne ich auch nicht. Aber mein Vater hat mir erzählt, daß sie bei irgendwelchen okkulten Dingen die Hände im Spiel gehabt haben soll.«

»Was hat sie denn gemacht?« bohrte Kim weiter.

»Ich habe dir doch gerade gesagt, daß ich es nicht weiß«, fuhr John sie wütend an. »Nun hör endlich auf zu fragen.«

»Und geh auf dein Zimmer!« fügte Kim leise hinzu. Sie fragte sich, ob ihr Vater jemals begreifen würde, daß sie kein Kind mehr war, und ob er sie jemals wie eine Erwachsene behandeln würde.

»Jetzt hör mir mal zu, Kimmy«, begann er von neuem, in einem versöhnlicheren, väterlichen Ton. »Laß die Vergangenheit ruhen – in deinem eigenen Interesse! Wenn du in den alten Geschichten herumrührst, gibt es nichts als Ärger.«

»Bei allem Respekt«, sagte Kim, »aber warum sollte ich mich davon abhalten lassen, die Vergangenheit meiner Familie zu erforschen?«

John suchte verzweifelt nach einer Antwort.

»Ich werde dir mal erzählen, was ich von der Sache halte«, fuhr Kim mit einer Resolutheit fort, die sie selbst überraschte. »Ich glaube, daß die Angehörigen von Elizabeth es damals wirklich als Schande empfunden haben, als sie als Hexe verurteilt und hingerichtet wurde. Ich kann mir auch vorstellen, daß die Verurteilung für das Geschäft ihres Mannes Ronald nicht gerade vorteilhaft gewesen ist; und er war es ja, der unsere Firma, die Maritime Limited, gegründet und damit den Grundstein für den Reichtum vieler Generationen von Stewarts gelegt hat – unsere Familie eingeschlossen. Doch daß man heute immer noch so tut, als sei es ein Verbrechen, überhaupt nur über Elizabeth zu reden, und daß man nun seit dreihundert Jahren versucht, ihren Namen aus der Familiengeschichte zu tilgen – das ist eine Schande! Immerhin ist sie ein Mitglied unserer Familie! Wäre sie nicht gewesen, würden weder du noch ich heute hier sitzen. Ich kann nicht glauben, daß im Laufe all der Jahre noch nie jemandem bewußt geworden ist, wie lächerlich diese ganze Geheimnistuerei um Elizabeth eigentlich ist.«

»Wenn du aufgrund deiner eigenen, egoistischen Sichtweise nicht von dem Thema lassen kannst«, unterbrach John sie gereizt, »dann tu es wenigstens deiner Mutter zuliebe. Joyce betrachtet die Geschichte nun einmal als Schande; warum das so ist, spielt doch keine Rolle. Es ist eben so. Und das sollte Grund genug für dich sein, nicht mehr weiter in Elizabeths Vergangenheit herumzuwühlen. Hör endlich auf, deiner Mutter ständig diese alten Geschichten unter die Nase zu reiben!«

Kim nahm einen Schluck von ihrem inzwischen kalten Cappuccino. Sie gab den Versuch auf, mit ihrem Vater eine vernünftige Unterhaltung zu führen. Im Grunde war ihr das sowieso noch nie gelungen. Ihr Vater war nur zu Monologen fähig: Er befahl ihr, was sie zu tun hatte und wie sie es zu tun hatte, basta.

»Deine Mutter hat mir auch erzählt, daß du das alte Stewartsche Haus renovieren läßt«, fuhr John fort. »Was hast du denn damit vor?«

Kim berichtete ihm von ihrem Entschluß, das alte Haus modernisieren zu lassen und dort einzuziehen. Während sie erzählte, wandte ihr Vater sich wieder seiner Zeitung zu. Die einzige Frage, die ihn wirklich zu interessieren schien, betraf die Burg und die Besitztümer seines Vaters, die sich darin befanden.

»In der Burg werde ich nichts antasten«, versicherte Kim. »Jedenfalls nicht, bevor Brian zurückkommt.«

»In Ordnung«, grummelte John und konzentrierte sich wieder auf das Wall Street Journal.

»Wo ist Mutter eigentlich?« wollte Kim wissen.

»Oben«, erwiderte John. »Es geht ihr nicht gut, und sie will niemanden sehen.«

Wenig später verließ Kim traurig und bekümmert das Haus ihrer Eltern. Als sie in ihr Auto stieg, empfand sie eine Mischung aus Mitleid, Wut und Abscheu für die Art, in der ihre Eltern zusammenlebten. Sie ließ den Motor an und schwor sich, niemals selbst eine solche Ehe zu führen.

Kim verließ die Einfahrt und bog in die Straße ein, die nach Salem führte. Während der Fahrt rief sie sich in Erinnerung, daß sie trotz ihrer Aversion gegen das Eheleben ihrer Eltern Gefahr lief, sich selbst in eine ähnliche Situation zu bringen. Daß sie so heftig auf Kinnards Wunsch reagiert hatte – der lieber mit seinen Kollegen angeln gehen wollte, als das Wochenende wie geplant mit ihr zu verbringen –, war zum Teil sicher auf die deprimierende Beziehung ihrer Eltern zurückzuführen.

Plötzlich lächelte Kim, und all ihre trüben Gedanken waren

wie weggeblasen. Sie hatte gerade an die Blumen gedacht, die Edward ihr jeden Tag geschickt hatte. In gewisser Weise war es ihr zwar peinlich, andererseits bewies diese Geste aber auch, wie zuvorkommend und liebevoll Edward war. Jedenfalls war sie sich ziemlich sicher, daß er kein Casanova war.

Die frustrierende Unterhaltung mit ihrem Vater hatte bei Kim genau das Gegenteil dessen bewirkt, was dieser eigentlich bezweckt hatte. Ihr Interesse an Elizabeths Schicksal war größer denn je. Als sie in Salem ankam, machte sie einen kleinen Umweg ins Zentrum und stellte ihr Auto ab.

Vom Parkhaus ging sie zum Peabody-Essex-Institut hinüber, einem kulturhistorischen Verein, der in mehreren restaurierten Häusern im Zentrum der Stadt residierte. Der Verein kümmerte sich um die Stadtgeschichte und archivierte alte Dokumente aus Salem und Umgebung, also auch Dokumente über die Hexenprozesse.

Kim zahlte am Eingang ihre Benutzergebühr und ließ sich von der Rezeptionistin den Weg zur Bibliothek zeigen. Sie stieg gegenüber der Empfangstheke eine kleine Treppe empor und öffnete eine schwere Tür. Das Gebäude stammte aus dem frühen neunzehnten Jahrhundert und hatte hohe Stuckdecken und dunkle Holzzierleisten. Im Hauptraum gab es mehrere Kamine aus Marmor, an den Decken hingen Kronleuchter, und überall standen dunkel gebeizte Eichentische mit dazu passenden Stühlen. Der Geruch von alten Büchern erfüllte den Raum, und es war mucksmäuschenstill.

Eine freundliche, hilfsbereite Bibliothekarin namens Grace Meehan eilte Kim sofort zu Hilfe. Sie war eine ältere Frau mit grauen Haaren und einem netten Gesicht. Nachdem Kim gefragt hatte, wo sie Informationen über die Hexenprozesse von Salem finden könne, führte Grace sie zu den Regalen, in denen sich die alten Dokumente befanden. Kim war überrascht. Die schriftlich niedergelegten Anschuldigungen von damals, die Strafanzeigen, die Haftbefehle, die Zeugenaussagen, die Anhörungsprotokolle, die Haftanweisungen, die Hinrichtungsbefehle – alles war vorhanden. Jedes einzelne Dokument war sorgfältig archiviert und in die veraltete Zettelkartei der Bibliothek aufgenommen worden.

Nicht im Traum hatte Kim damit gerechnet, eine solche Fülle von Informationen zu finden, die sie ohne Schwierigkeiten benutzen konnte. Ihr wurde klar, warum so viele Historiker über die Hexenprozesse von Salem geschrieben hatten. Für Forscher mußte das Institut eine unerschöpfliche Fundgrube sein.

Sie war ziemlich aufgeregt und suchte zunächst nach dem Namen Elizabeth Stewart. Doch ihre Hoffnung, ihn hier vielleicht irgendwo zu entdecken, wurde schnell enttäuscht. Weder war eine Elizabeth Stewart verzeichnet, noch wurde der Name Stewart in der Kartei überhaupt erwähnt.

Kim wandte sich noch einmal an die Bibliothekarin und fragte, ob ihr der Name Elizabeth Stewart vielleicht ein Begriff sei.

»Nein«, erwiderte Grace. »Der Name ist mir nicht geläufig. Wissen Sie, was diese Frau mit den Hexenprozessen zu tun gehabt haben soll?«

»Soviel ich weiß, war sie eine der Verurteilten«, erklärte Kim. »Sie soll gehängt worden sein.«

»Das kann nicht sein«, widersprach Grace, ohne zu zögern. »Ich kann, glaube ich, von mir behaupten, daß ich die vorhandenen Unterlagen über die Hexenprozesse in- und auswendig kenne. Aber der Name Elizabeth Stewart ist mir noch nie untergekommen; über eine Elizabeth Stewart existieren keine Zeugenaussagen, und sie gehörte auf gar keinen Fall zu den zwanzig Opfern. Wie kommen Sie darauf, daß sie als Hexe hingerichtet worden sein soll?«

»Das ist eine lange Geschichte«, erwiderte Kim ausweichend.

»Auf jeden Fall stimmt sie nicht«, betonte Grace noch einmal mit Nachdruck. »Das Thema ist umfassend erforscht, und es ist völlig ausgeschlossen, daß man ein Opfer vergessen hat.«

»Ich verstehe«, sagte Kim und verzichtete auf weitere Diskussionen mit der Bibliothekarin. Sie bedankte sich und nahm sich noch einmal die Zettelkartei vor. Sie beschloß, die Dokumente über die Hexenprozesse vorerst außer acht zu lassen und sich lieber einem anderen interessanten Aspekt zu widmen. Das Peabody-Essex-Institut hatte mit großer Akribie die Stammbäume etlicher Familien aus dem Essex County erforschen und archivieren lassen.

Bei der Suche nach der Familienchronik der Stewarts stieß Kim auf zahlreiche Informationen. In der Stammbaumkartei gab es fast eine ganze Schublade voller Zettel mit Daten über die Stewarts. Als Kim die Unterlagen studierte, stellte sie fest, daß der Stewart-Clan aus zwei Hauptzweigen bestand, dem Zweig, dem sie selbst entstammte, und einem anderen, dessen Geschichte nicht ganz so weit zurückreichte.

Nach einer halben Stunde fand Kim einen knappen Hinweis auf die Existenz Elizabeth Stewarts. Sie war am 4. Mai 1665 als Tochter von James und Elisha Flanagan geboren worden und am 19. Juli 1692 als Ehefrau von Ronald Stewart gestorben. Die Todesursache wurde nicht genannt. Kim rechnete schnell nach und kam zu dem Ergebnis, daß Elizabeth schon mit siebenundzwanzig Jahren gestorben war.

Nachdenklich sah Kim von den Papieren auf und starrte gedankenverloren aus dem Fenster. Plötzlich bekam sie eine Gänsehaut im Nacken. Sie war ebenfalls siebenundzwanzig, und auch sie hatte im Mai Geburtstag – nicht am vierten, aber am sechsten. Als sie sich dann auch noch in Erinnerung rief, wie ähnlich sie ihrer Vorfahrin sah und daß sie vorhatte, demnächst das Haus zu beziehen, in dem auch Elizabeth gewohnt hatte, überlegte sie sich, ob das nicht zu viele Zufälle auf einmal waren. Hatte das Ganze womöglich irgend etwas zu bedeuten?

»Entschuldigen Sie bitte«, sagte Grace Meehan und riß Kim aus ihren Gedanken. »Ich habe Ihnen hier eine Liste mit den Namen der Frauen kopiert, die man wegen Hexerei hingerichtet hat. Es sind auch die Daten und die jeweiligen Wochentage ihrer Hinrichtung aufgeführt, und darüber hinaus sind ihr Alter, Wohnsitz und die Kirchengemeinde angegeben, der sie angehörten – sofern sie Mitglieder der Kirche waren. Wie Sie sehen, ist die Liste vollständig, und eine Elizabeth Stewart ist nicht aufgeführt.«

Kim bedankte sich und suchte sofort das Datum Dienstag, 19. Juli 1692. An diesem Tag waren fünf Frauen gehängt worden. Zwar mußte sie sich eingestehen, daß eine Übereinstimmung der Daten noch kein Beweis dafür war, daß auch Elizabeth zu den Gehängten gehört hatte, doch zumindest hielt sie jetzt zum ersten Mal einen Anhaltspunkt in den Händen.

Dann fiel ihr plötzlich noch etwas anderes auf. Sie erinnerte sich daran, daß am vergangenen Dienstag der 19. Juli gewesen war. Sie überprüfte noch einmal die Liste von Grace und stellte fest, daß die Daten im Jahr 1692 auf die gleichen Wochentage fielen wie im Jahr 1994! Kim fragte sich, ob das ein weiterer Zufall war, der womöglich etwas zu bedeuten hatte.

Dann wandte Kim sich wieder den Büchern über Ahnenforschung zu. Sie schlug unter dem Namen Ronald Stewart nach und registrierte, daß Elizabeth nicht seine erste Frau gewesen war. Ronald hatte bereits im Jahr 1677 Hanna Hutchinson geheiratet, die im folgenden Jahr ihre Tochter Joanna geboren hatte. Doch Hannah war bereits im Januar 1679 gestorben; die Todesursache war nicht angegeben. 1681 hatte Ronald dann mit achtundzwanzig Jahren Elizabeth Flanagan geheiratet und mit ihr drei weitere Kinder gezeugt: Seine Tochter Sarah war 1681 geboren, sein Sohn Jonathan 1682 und Daniel 1689. Schließlich hatte Ronald 1692 noch eine dritte Frau geheiratet, nämlich Rebecca Flanagan, die jüngere Schwester von Elizabeth, mit der er im Jahr 1693 noch eine weitere Tochter namens Rachel bekommen hatte.

Kim ließ das Buch in ihren Schoß sinken und starrte mit leerem Blick in den Raum. Während sie versuchte, Ordnung in ihre Gedanken zu bringen, begannen in ihrem Kopf leise die Alarmglocken zu schrillen. Was war Ronald bloß für ein Mensch gewesen? Sie sah noch einmal in das Buch und stellte fest, daß Ronald nur zwei Jahre nach dem Tod seiner ersten Frau bereits Elizabeth geheiratet hatte. Und nachdem sie gestorben war, hatte er ihre Schwester noch im gleichen Jahr zur Frau genommen!

Ein ungutes Gefühl machte sich in Kim breit. Sie kannte die amourösen Abenteuer ihres Vaters und hielt es für möglich, daß Ronald genauso geartet gewesen war. Sie fragte sich, ob Ronald wohl schon eine Affäre mit Elizabeth gehabt hatte, als er noch mit Hannah verheiratet gewesen war, und ob er schon mit Rebecca angebändelt hatte, als er noch mit Elizabeth zusammen gewesen war. Immerhin stand fest, daß Elizabeth unter ungewöhnlichen Umständen ums Leben gekommen war. Kim überlegte, woran Hannah wohl gestorben sein mochte.

Doch dann schüttelte sie den Kopf und mußte über sich selbst lachen. Sie hatte zu viele Seifenopern gesehen, so daß jetzt die Phantasie mit ihr durchging; offenbar neigte sie dazu, nur noch in melodramatischen Dimensionen zu denken.

Nachdem Kim sich noch ein paar Minuten mit dem Stammbaum der Familie Stewart beschäftigt hatte, waren ihr zwei weitere Dinge klar. Zum einen wußte sie nun, daß sie selbst zu jenem Familienzweig gehörte, der auf Ronalds und Elizabeths Sohn Jonathan zurückzuführen war. Und zum anderen war ihr aufgefallen, daß der Name Elizabeth in der dreihundertjährigen

Familiengeschichte nie wieder auftauchte. Bei so vielen Generationen von Stewarts konnte das kein Zufall sein. Ihre Vorfahren mußten den Namen Elizabeth bewußt vermieden haben, und Kim konnte sich immer weniger vorstellen, was die arme Frau Schlimmes getan haben sollte, daß man sogar ihren Namen innerhalb der Familie verboten hatte.

Kim verließ das Peabody-Essex-Institut und wollte zu ihrem Auto gehen, um zu dem Stewartschen Anwesen hinauszufahren; doch als sie die unterste Stufe der Treppe erreicht hatte, hielt sie inne. Als sie darüber gegrübelt hatte, was Ronald wohl für ein Mensch gewesen sein mochte, war ihr unter anderem durch den Kopf gegangen, daß er Elizabeth auch umgebracht haben könnte, und das brachte sie jetzt auf eine neue Idee. Sie ging noch einmal zurück und fragte nach dem Weg zum Gerichtsgebäude des Essex County.

Das Haus lag an der Federal Street, ganz in der Nähe des berühmten Hexenhauses. Es war ein streng an der griechischen Architektur orientiertes Renaissancegebäude mit einem schlichten Giebeldreieck und massiven dorischen Säulen. Kim betrat den Justiztempel und fragte am Empfang, wo die Gerichtsakten aufbewahrt wurden.

Sie hatte keine Ahnung, ob sie wirklich irgend etwas finden würde. Sie wußte nicht einmal, ob Gerichtsakten überhaupt so lange aufbewahrt wurden oder ob sie, wenn sie tatsächlich noch existieren sollten, öffentlich zugänglich waren. Nichtsdestoweniger wandte sie sich an die zuständige Beamtin und fragte, ob sie die Akten über Ronald Stewart einsehen dürfe. Sie fügte noch hinzu, daß sie von jenem Ronald Stewart spreche, der 1653 geboren war.

Das Alter der schläfrig wirkenden Frau hinter dem Schalter war schwer zu schätzen. Falls Kim sie mit ihrer Bitte überrascht hatte, so ließ sie sich das zumindest nicht anmerken. Sie gab den Namen in ihren Computer ein, warf einen kurzen Blick auf den Bildschirm und verließ dann den Raum. Sie hatte noch kein einziges Wort gesagt. Sicher erkundigten sich so viele Leute nach den Hexenprozessen von Salem, daß die städtischen Angestellten inzwischen völlig abgestumpft waren, wenn es um Anfragen aus jener Epoche ging.

Kim sah ungeduldig auf ihre Uhr. Es war schon halb elf, und sie hätte eigentlich längst bei ihrem Häuschen sein wollen.

Die Frau kam mit einer Urkundenmappe zurück. Sie reichte Kim die alte Akte und sagte: »Sie dürfen die Mappe nur hier in diesem Raum einsehen.« Sie zeigte auf die gegenüberliegende Zimmerseite, wo ein paar Tische und Plastikstühle standen. »Sie können da drüben Platz nehmen.«

Kim nahm die Mappe und suchte sich einen freien Stuhl. Dann klappte sie den Aktendeckel auf; ein dicker Stapel mit Schriftstücken kam zum Vorschein, die alle in einer mehr oder weniger gut leserlichen Handschrift verfaßt waren.

Zunächst fand Kim nur jede Menge Papiere über irgendwelche Zivilklagen, die Ronald damals erhoben hatte, um seine Außenstände einzutreiben. Doch dann stieß sie auch auf interessantere Dokumente, zum Beispiel auf die Anfechtung eines Testaments, das etwas mit Ronald zu tun zu haben schien.

Kim studierte den Schriftsatz gründlich. Ein gewisser Jacob Cheever hatte ein Testament angefochten, doch das Gericht hatte eine Entscheidung zu Ronalds Gunsten gefällt. Kim las, daß Jacob ein Kind aus Hannahs erster Ehe gewesen war; Hannah war wesentlich älter gewesen als Ronald. Jacob hatte ausgesagt, Ronald habe seine Mutter in betrügerischer Absicht dazu gebracht, ihr Testament zu ändern, wodurch er selbst um sein rechtmäßiges Erbe gebracht worden sei. Offenbar war das Gericht jedoch anderer Auffassung gewesen. Im Ergebnis hatte Ronald jedenfalls etliche tausend Pfund geerbt, was in der damaligen Zeit ein gehöriges Sümmchen gewesen sein mußte.

Wie Kim überrascht feststellte, schien sich das Leben im späten siebzehnten Jahrhundert nicht so stark von dem heutigen Leben unterschieden zu haben. Eigentlich hatte sie immer geglaubt, daß zumindest die Rechtsangelegenheiten damals viel einfacher abgewickelt worden wären. Doch nachdem sie diese Testamentsklage studiert hatte, war sie eines Besseren belehrt. Sie fragte sich ein weiteres Mal, was Ronald wohl für ein Mensch gewesen war.

Das nächste Schriftstück schien ihr auf den ersten Blick noch kurioser. Es war ein Vertrag zwischen Ronald Stewart und Elizabeth Flanagan, der auf den 11. Februar 1681 datiert war. Er war also noch vor der Eheschließung der beiden aufgesetzt worden und erinnerte Kim spontan an einen modernen vorehelichen Vertrag. Doch in dem Dokument ging es gar nicht um Geld oder

Eigentum. Der Vertrag billigte Elizabeth lediglich das Recht zu, auch nach der Eheschließung in eigenem Namen Verträge schließen und Grundeigentum besitzen zu dürfen.

Kim las den Vertrag durch, an dessen Ende Ronald eine handschriftliche Erklärung angefügt hatte. Kim erkannte die graziöse Handschrift sofort wieder; es war die gleiche Schrift, in der auch die meisten Seefrachtbriefe abgefaßt worden waren, die sie in der Burg aufgestöbert hatte. Ronald hatte geschrieben: »Es ist mein Wunsch, daß meiner Verlobten, Elizabeth Flanagan, das Recht zugebilligt wird, all unsere gemeinsamen Angelegenheiten zu verwalten und nötigenfalls auch die entsprechenden Maßnahmen zu ergreifen, wenn mich meine Kaufmannstätigkeit dazu zwingt, für längere Zeit von der Maritime Ltd und von Salem Town abwesend zu sein.«

Kim las den Vertrag noch einmal durch, um sicherzugehen, daß sie auch alles richtig verstanden hatte. Sie war verblüfft. Die Tatsache, daß ein solcher Vertrag offensichtlich notwendig gewesen war, damit Elizabeth Verträge unterzeichnen durfte, rief ihr in Erinnerung, daß die Frauen im puritanischen Zeitalter nicht gerade viel zu melden gehabt hatten. Ihre Rechte waren auf ein Minimum begrenzt gewesen. Diese Botschaft hatte sie ja auch schon dem Brief von Elizabeths Vater an Ronald entnommen.

Kim legte den Vertrag beiseite und sah die übrigen Papiere durch, die sich in der Aktenmappe über Ronald Stewart befanden. Zunächst stieß sie auf weitere Klagen, mit denen Ronald seinen säumigen Kunden zu Leibe gerückt war, doch dann entdeckte sie ein wirklich interessantes Dokument. Es war ein von Ronald Stewart unterzeichneter Antrag auf die Erhebung einer Herausgabeklage. Datiert war der Antrag auf Dienstag, 26. Juli 1692 – genau eine Woche nach Elizabeths Todestag.

Kim hatte keine Ahnung, was eine Herausgabeklage war, doch nachdem sie ein bißchen weitergelesen hatte, wußte sie schon mehr. Ronald hatte geschrieben: »Ich bitte das Gericht unterwürfigst, mir in Gottes Namen das sogenannte offenkundige Beweisstück zurückzugeben, welches Sheriff George Corwin in unserem Haus beschlagnahmt und während der Verhandlung vor dem Court of Oyer and Terminer am 20. Juni 1692 im Zusammenhang mit der wegen Hexerei gegen Elizabeth erhobenen Anklage verwendet hat.«

An der Rückseite des Antrags war eine Entscheidung vom 3. August 1692 angeheftet worden, in der Richter John Hathorne es abgelehnt hatte, die Beschlagnahme aufzuheben und das Beweisstück herauszugeben. In seiner Ablehnung hatte der Richter geschrieben: »Das Gericht empfiehlt dem Antragsteller Ronald Stewart, seinen Antrag auf Herausgabe des erwähnten Beweisstücks erneut gegenüber seiner Exzellenz dem Gouverneur des Commonwealth zu stellen, da die Verantwortung über die Aufbewahrung des besagten Beweisstücks gemäß dem Durchführungsbefehl nicht mehr dem Essex County, sondern dem Suffolk County obliegt.«

Kim stellte zufrieden fest, daß sie jetzt endlich einen indirekten Hinweis dafür gefunden hatte, was mit Elizabeth geschehen war: Man hatte Anklage gegen sie erhoben, und sie war offenbar tatsächlich verurteilt worden. Gleichzeitig mußte sie aber enttäuscht zur Kenntnis nehmen, daß nirgendwo etwas Genaueres über das »offenkundige Beweisstück« gesagt wurde. Sie studierte sowohl den Antrag als auch die Entscheidung noch einmal mit aller Sorgfalt und hoffte, daß sie vielleicht etwas übersehen hatte. Doch sie hatte nichts übersehen. Das Beweisstück wurde definitiv nicht näher beschrieben.

Kim blieb noch ein paar Minuten sitzen und überlegte, um was für ein Beweisstück es sich wohl gehandelt haben mochte. Sie dachte an die vage Äußerung ihres Vaters und kam zu dem Schluß, daß es vermutlich etwas mit Okkultismus zu tun gehabt hatte. Plötzlich kam ihr eine Idee. Sie warf noch einmal einen Blick auf den Antrag und schrieb sich das Datum der Gerichtsverhandlung auf. Mit diesem Zettel ging sie an den Schalter und bat die Beamtin noch einmal um Hilfe.

»Könnte ich vielleicht auch kurz die Gerichtsakten des Court of Oyer and Terminer vom 20. Juni 1692 einsehen?«

Die Frau begann lauthals zu lachen und hörte auch nicht auf, als Kim ihre Bitte noch einmal wiederholte. Verwirrt fragte sie, was denn an ihrer Frage so komisch sei.

»Sie wollen genau das, was hier jeder haben will«, erwiderte die Angestellte. Ihr Slang ließ vermuten, daß sie aus dem Hinterland von Maine stammte. »Das Problem ist nur, daß diese Akten nicht existieren. Ich wünschte, es gäbe sie, aber Sie werden sie nirgends finden. Über die Hexenprozesse vor dem Court of

Oyer and Terminer gibt es keine Protokolle. Das einzige, was noch vorhanden ist, sind hier und da ein paar schriftliche Zeugenaussagen; die Gerichtsakten selbst müssen sich irgendwann allesamt in Luft aufgelöst haben.«

»Wie schade«, entgegnete Kim. »Aber vielleicht können Sie mir etwas anderes sagen. Wissen Sie, was genau unter dem Begriff ›offenkundiges Beweisstück‹ zu verstehen ist?«

»Ich bin keine Juristin«, erwiderte die Frau. »Aber warten Sie einen Moment. Ich frage eine Kollegin.«

Sie verschwand in ein anderes Büro und kam kurz darauf mit einer stämmigen Person im Schlepptau zurück. Die andere Frau hatte eine Brille mit riesigen Gläsern auf ihrer kurzen, breiten Nase.

»Sie wollen wissen, was ein ›offenkundiges Beweisstück‹ ist?« fragte sie.

Kim nickte.

»Eigentlich sagt es ja schon das Wort selbst«, erklärte die Frau. »Man meint damit Beweismaterial, das unwiderlegbar ist. Mit anderen Worten – es geht um Beweisstücke, die eindeutig sind und sich nur auf eine einzige Art interpretieren lassen.«

»Genau das habe ich mir gedacht«, stellte Kim fest und bedankte sich. Sie holte sich die Unterlagen und kopierte den Antrag auf die Erhebung einer Herausgabeklage sowie die ablehnende Entscheidung des Gerichts. Dann gab sie die Dokumente wieder zurück.

Als sie dann endlich zu ihrem Anwesen hinausfuhr, hatte sie leichte Gewissensbisse. Sie hatte Mark Stevens angekündigt, daß sie morgens kommen würde, und nun war es beinahe Mittag. Als sie die letzte Biegung hinter dem Tor genommen hatte und aus dem Wald herausfuhr, sah sie neben ihrem Häuschen mehrere Kleinlaster und Lieferwagen stehen. Als sie genauer hinsah, registrierte sie auch einen kleinen Bagger und Berge von frisch ausgehobener Erde. Doch nirgendwo waren Arbeiter zu sehen – nicht einmal der Bagger war besetzt.

Sie parkte und stieg aus. Die schwüle Mittagshitze und der herumwirbelnde Staub waren schier unerträglich. Kim schlug die Autotür zu und hielt sich zum Schutz vor der Sonne die Hand über die Augen. Dann fixierte sie die Linie des Grabens, der quer über das Feld in Richtung Burg verlief. In diesem Augenblick ging die Tür ihres Hauses auf, und George Harris kam auf sie zu. Auf seiner Stirn standen Schweißperlen.

»Schön, daß Sie kommen konnten«, begrüßte er sie. »Ich habe schon versucht, Sie anzurufen.«

»Ist etwas nicht in Ordnung?« fragte Kim.

»Kann man so sagen«, erwiderte George ausweichend. »Am besten kommen Sie mal mit, ich zeig's Ihnen.«

Er forderte sie mit einem Handzeichen auf, ihm zum Bagger zu folgen.

»Wir mußten die Arbeit unterbrechen«, erklärte George.

»Warum denn?« wollte Kim wissen.

George gab darauf keine Antwort. Statt dessen gab er ihr mit einem weiteren Wink zu verstehen, daß sie ihm zum Graben folgen solle.

Da sie Angst hatte einzubrechen, trat Kim vorsichtig näher und beugte sich vor, um etwas zu sehen; der Graben war mindestens zweieinhalb Meter tief. Aus den Seitenwänden ragten Wurzeln, die wie kleine Bürsten aussahen. George zeigte auf eine Stelle, an der der Graben abrupt endete – von dort bis zum Cottage waren es vielleicht fünfzehn Meter. Kim sah, daß fast am Grunde des Grabens das beschädigte Ende einer Holzkiste aus der Erdwand ragte.

»Das ist der Grund, weshalb wir die Arbeiten unterbrechen mußten«, erklärte George.

»Was ist das?« fragte Kim.

»Ich fürchte, es ist ein Sarg«, erwiderte George.

»Um Gottes willen«, entfuhr es Kim.

»Wir haben auch einen Grabstein gefunden«, sagte George. »Er muß uralt sein.« Mit einem erneuten Handzeichen bat er sie, ihm weiter zu folgen. Sie gingen zum Ende des Grabens, wo die Arbeiter die frisch ausgehobene Erde zu einem kleinen Hügel aufgehäuft hatten. Hinter dem Erdhügel lag eine schmutzige weiße Marmorplatte im Gras.

»Der Grabstein muß hier seit Jahren flach auf dem Boden gelegen haben«, erklärte George. »Im Laufe der Zeit ist er dann überwuchert worden.« George beugte sich hinab und wischte den angetrockneten Dreck von der Marmorplatte.

Kim schnappte nach Luft. »Mein Gott – da steht ja ›Elizabeth‹!« brachte sie mühsam hervor. Dann schüttelte sie entsetzt den Kopf. Langsam konnte sie nicht mehr glauben, daß all dies nichts zu bedeuten haben sollte.

»War sie eine Verwandte von Ihnen?« fragte George.

»Ja«, erwiderte Kim und sah sich den Grabstein näher an. Er ähnelte dem von Ronald. Auch auf diesem Stein waren lediglich Geburts- und Todesdatum vermerkt.

»Wußten Sie, daß sie hier begraben war?« wollte George wissen. Seine Frage war nicht vorwurfsvoll gemeint, er war nur neugierig.

»Nein«, erwiderte Kim. »Ich hatte keine Ahnung. Ich weiß allerdings seit ein paar Wochen, daß sie nicht auf unserem Familienfriedhof beerdigt wurde.«

»Und was sollen wir jetzt tun?« fragte George. »Wenn man ein Grab verlegen will, braucht man eine Genehmigung.«

»Können Sie nicht um den Sarg herumbaggern und ihn einfach an seinem Platz lassen?« schlug Kim vor.

»Doch, ich denke, das müßte sich machen lassen«, erwiderte George. »Wir können den Graben an der Stelle etwas breiter ausheben. Glauben Sie, daß hier noch andere Särge verbuddelt sein könnten?«

»Nein«, entgegnete Kim. »Das halte ich für ausgeschlossen. Elizabeth war ein Sonderfall.«

»Bitte entschuldigen Sie meine Direktheit«, sagte George. »Sie sind sehr blaß. Geht es Ihnen nicht gut?«

»Danke«, erwiderte Kim. »Mit mir ist alles okay. Ich bin nur ein bißchen erschrocken. Außerdem stimmt es mich ein bißchen abergläubisch, daß Sie ausgerechnet auf das Grab dieser Frau gestoßen sind.«

»Uns ist es ähnlich gegangen«, sagte George. »Vor allem meinem Baggerfahrer. Er war total entsetzt und ist einfach ins Haus gerannt. Ich werde ihn mal wieder rausholen. Wir müssen schließlich noch jede Menge Kabel und Leitungen ins Haus legen, bevor wir im Keller den Zement gießen können.«

Nachdem George im Haus verschwunden war, wagte Kim sich noch einmal etwas näher an den Rand des Grabens heran, um die freiliegende Kante von Elizabeths Sarg genauer zu inspizieren. Dafür, daß er schon seit mehr als dreihundert Jahren in der Erde war, war das Holz noch erstaunlich gut erhalten. Nicht einmal da, wo der Bagger den Sarg gerammt hatte, war das Holz geborsten.

Kim hatte keine Ahnung, was sie von dieser neuerlichen Entdeckung halten sollte. Erst das Portrait von Elizabeth und jetzt ihr Grab. Es wurde immer schwieriger, all diese Funde als bloße Zufälle abzutun.

Als Kim das Brummen eines näher kommenden Autos hörte, schaute sie auf. In der Ferne konnte sie ein Auto erkennen, das ihr irgendwie bekannt vorkam. Es holperte langsam über die unbefestigte Straße, die durch das Feld zum Cottage führte. Erst als der Wagen neben ihr hielt, wußte sie, warum er ihr so vertraut vorgekommen war. Es war Kinnards Wagen.

Mit einem mulmigen Gefühl ging sie zu dem Auto und beugte sich hinunter, um durch das offene Beifahrerfenster mit Kinnard zu sprechen.

»Das ist ja eine seltene Überraschung«, sagte sie. »Warum bist du nicht im Krankenhaus?«

»Hin und wieder lassen sie mich auch mal raus aus dem Käfig«, erwiderte Kinnard vergnügt.

»Und was führt dich nach Salem?« wollte Kim wissen. »Woher weißt du überhaupt, daß ich hier bin?«

»Marsha hat es mir verraten«, klärte Kinnard sie auf. »Ich habe sie heute morgen auf der Intensivstation getroffen. Und da habe ich ihr erzählt, daß ich heute nach Salem fahren wollte, um mir ein Zimmer zu suchen. Ich habe im August und im September hier im Krankenhaus Dienst. Und ich habe wirklich keine Lust, zwei Monate lang im Krankenhaus zu übernachten. Du weißt doch, daß ich einen Teil meiner Facharztausbildung in Salem absolvieren muß.«

»Das hatte ich ganz vergessen«, gestand Kim.

»Das habe ich dir schon vor ein paar Monaten erzählt«, nörgelte Kinnard.

»Na gut, wenn du es sagst.« Kim fühlte sich ohnehin nicht besonders wohl und hatte nicht die geringste Lust, sich mit Kinnard zu streiten.

»Du siehst blendend aus«, stellte Kinnard fest. »Scheint dir gut zu bekommen, mit Dr. Edward Armstrong zu flirten.«

»Woher weißt du von ihm?« fragte Kim gereizt.

»Im Krankenhaus wird viel geredet«, erwiderte Kinnard. »Und da du dir eine wissenschaftliche Koryphäe ausgesucht hast, verbreitet sich das Gerücht besonders schnell. Das Verrückte ist, daß ich den Kerl auch noch kenne. Ich habe während meines Forschungsjahres in seinem Labor gearbeitet.«

Kim merkte, wie ihr das Blut in die Wangen schoß. Am liebsten hätte sie keine Reaktion gezeigt, doch sie konnte nichts dagegen tun. Kinnard versuchte mal wieder, sie auf die Palme zu bringen, und meistens gelang es ihm auch.

»Was seine wissenschaftliche Arbeit angeht, mag Edward ja ein cleveres Kerlchen sein«, fuhr Kinnard fort. »Aber ansonsten ist er, glaube ich, ein ziemlich seltsamer Kauz. Na gut, vielleicht bin ich jetzt auch ungerecht. Sagen wir mal, er ist ein Exzentriker.«

»Ich finde, er ist sehr nett und sehr aufmerksam«, widersprach ihm Kim.

»Das kann ich mir vorstellen«, sagte Kinnard und verdrehte die Augen. »Ich hab' schon gehört, daß er dir jeden Tag Blumen schickt. Der Typ muß ganz schön verklemmt sein – sonst würde er doch wohl nicht so maßlos übertreiben.«

Kim wurde knallrot. Marsha hatte Kinnard also auch von den Blumen erzählt. Sie fragte sich, ob es eigentlich noch irgend etwas gab, das ihre Mutter und ihre Mitbewohnerin nicht über sie wußten.

»Jedenfalls wirst du mit Edward Armstrong sicher nie übers Skilaufen streiten müssen«, stichelte Kinnard. »So steif, wie der Typ ist, reichen dem schon ein paar Treppenstufen.«

»Du bist wirklich kindisch«, erwiderte Kim frostig, als sie die Sprache wiedergefunden hatte. »Du benimmst dich wie ein Idiot. Ich hatte dich für etwas reifer gehalten.«

»Ach, erzähl mir doch nichts«, winkte Kinnard ab und lachte zynisch. »Ich habe mich längst nach neuen Weidegründen umgesehen – wie man so schön sagt. Ich bin frisch verliebt und glücklich.«

»Freut mich für dich«, entgegnete Kim sarkastisch.

Kinnard duckte sich ein wenig, um durch die Windschutzscheibe beobachten zu können, wie der Bagger seine Arbeit wieder aufnahm. »Marsha hat mir erzählt, daß du das Haus hier renovieren läßt«, sagte er. »Zieht Doc Armstrong auch gleich mit ein?«

Kim wollte gerade nein sagen, doch dann überlegte sie es sich anders. »Wir denken darüber nach, haben uns allerdings noch nicht entschieden«, erwiderte sie.

»Dann amüsier dich gut – mit oder ohne Edward«, sagte Kinnard mit dem gleichen sarkastischen Unterton. »Viel Vergnügen für deinen weiteren Lebensweg.«

Kinnard legte krachend den Rückwärtsgang ein, fuhr ein paar Meter zurück und bremste. Dann ließ er den Motor aufheulen, trat das Gaspedal voll durch und wirbelte eine riesige Staubwolke und unzählige kleine Steinchen auf. Im Nu war er hinter den Bäumen verschwunden.

Im ersten Moment mußte Kim sich vor den herumfliegenden Steinchen schützen. Als die Gefahr vorüber war, sah sie Kinnards Auto nach, bis es außer Sichtweite war. Obwohl sie von Anfang an gewußt hatte, daß er nur gekommen war, um sie zu provozieren, hatte sie sich nicht dagegen wehren können. Sie war völlig durcheinander. Doch als sie zu dem Graben zurückging, wo die Arbeiter sich inzwischen wieder ans Werk gemacht hatten, und den Sarg von Elizabeth sah, wurde sie wieder ruhiger. Wenn sie daran dachte, welche Sorgen sich Elizabeth in ihrem Alter wahrscheinlich hatte machen müssen, dann waren ihre Probleme mit Kinnard wirklich belanglos.

Nachdem sie ihre wirren Gefühle wieder unter Kontrolle hatte, machte sie sich endlich an die Arbeit. Der Nachmittag verging wie im Flug. Die meiste Zeit verbrachte sie im Büro von Mark Stevens, der bis in die letzten Einzelheiten mit ihr besprach, wie sie die Küche und das Badezimmer gestalten wollten. Kim war voll und ganz bei der Sache. Zum ersten Mal in ihrem Leben konnte sie ein ganzes Haus nach ihren eigenen Wünschen gestalten.

Um halb acht waren Mark und George ziemlich erschöpft; Kim hingegen hatte ihren toten Punkt längst überwunden. Erst als die beiden Männer erklärten, daß ihnen langsam die Augen weh taten, erklärte sich Kim bereit, endlich Feierabend zu machen. Die Männer begleiteten sie noch zum Auto, bedankten sich für ihren Besuch und versprachen, das Projekt zügig voranzutreiben.

Als Kim den Ortseingang von Cambridge erreichte, versuchte sie gar nicht erst, einen Parkplatz auf der Straße zu finden. Sie steuerte direkt das Charles-Parkhaus an und ging von dort zu Fuß zur Harvest Bar hinüber. Wie an jedem Freitagabend war die Bar brechend voll; die meisten Gäste waren schon zur Happy Hour gekommen.

Kim hielt Ausschau nach Edward, doch sie konnte ihn nirgendwo sehen. Sie bahnte sich ihren Weg durch die Menge, die sich an der Theke drängelte. Schließlich entdeckte sie Edward an einem Tisch; er nippte gerade an seinem Weißwein. Als er sie kommen sah, strahlte er und sprang auf, um ihr einen Stuhl zurechtzurücken.

»Du siehst so aus, als könntest du ein Glas Wein vertragen«, sagte Edward nach der Begrüßung.

Kim nickte. Sein leichtes Stottern verriet ihn; Edward war entweder aufgeregt oder unsicher. Sie beobachtete ihn, während er die Kellnerin heranwinkte und zwei Gläser Wein bestellte. Dann wandte er sich an Kim.

»Hattest du einen schönen Tag?« fragte er.

»Es war ziemlich anstrengend«, erwiderte Kim. »Und wie war es bei dir?«

»Ich hatte einen großartigen Tag!« platzte er heraus. »Ich habe gute Nachrichten für dich. In den Schmutzproben, die wir von den Vorratskisten im Keller gekratzt haben, war tatsächlich ein Schimmelpilz, der eine halluzinogene Wirkung hervorruft. Ich glaube, wir sind ein ganzes Stückchen weiter und wissen nun, was wahrscheinlich damals den Anstoß für die Hexenhysterie von Salem gegeben hat. Jetzt müssen wir nur noch klären, ob der Pilz auch Mutterkornvergiftungen, also Ergotismus, hervorrufen kann; oder ob er womöglich in einer noch völlig unbekannten Art und Weise wirkt.«

Dann erzählte Edward ihr von seinem aufregenden Morgen in Kevins Büro.

Kim hörte fassungslos zu. »Du hast ein Mittel geschluckt, von dem du nicht wußtest, wie es wirken würde?« fragte sie besorgt. »War das nicht gefährlich?«

»Du redest genau wie Kevin«, zog Edward sie auf. »Offenbar bin ich von lauter Leuten umgeben, die sich Sorgen um mich machen. Aber dieser kleine Selbstversuch war wirklich vollkommen harmlos. Schließlich war die Dosis minimal. Allerdings kann man mit Sicherheit davon ausgehen, daß dieser neue Pilz eine ziemlich stark berauschende Wirkung hat, wenn man bedenkt, wie diese winzige Menge bei mir gewirkt hat.«

»Ich finde es trotzdem verantwortungslos, was du da gemacht hast«, sagte Kim.

»Das siehst du falsch«, entgegnete Edward. »Heute nachmittag habe ich eine Urinuntersuchung und eine Kreatininwertbestimmung durchführen lassen; sonst hätte Kevin keine Ruhe gegeben. Beide Tests waren in Ordnung. Mir geht es prächtig, glaub mir. Es geht mir sogar besser denn je. Ich bin regelrecht in Hochstimmung. Zuerst habe ich ja gehofft, daß dieser neue Pilz die gleiche Alkaloidmischung enthält wie der Claviceps; dann hätten wir nämlich den Beweis gehabt, daß damals tatsächlich eine Epidemie die Ursache des Übels gewesen ist. Inzwischen hoffe ich aber, daß der Pilz eigene Alkaloide produziert.«

»Was sind denn Alkaloide?« fragte Kim. »Der Begriff kommt mir irgendwie bekannt vor, aber ich könnte ihn nicht genau definieren.«

»Alkaloide sind stickstoffhaltige Verbindungen pflanzlicher Herkunft«, erklärte Edward. »Es gibt jede Menge davon. Die bekanntesten sind zum Beispiel Coffein, Morphin und Nikotin. Wie du dir sicher vorstellen kannst, sind die meisten Alkaloide pharmakologisch aktiv.«

»Und warum bist du so scharf darauf, neue Alkaloide zu entdecken?« wollte Kim wissen.

»Weil ich bereits nachgewiesen habe, daß das Alkaloid aus diesem Pilz auf die Psyche wirkt«, erklärte Edward. »Die Entdeckung einer neuen Substanz mit halluzinogener Wirkung kann dabei helfen, die Funktionsweise des Gehirns zu verstehen. Halluzinogene imitieren nämlich die Neurotransmitter des Gehirns; sie sind ihnen sehr ähnlich.«

»Und wann weißt du, ob du neue Alkaloide entdeckt hast?« fragte Kim.

»Bald«, erwiderte Edward. »Aber jetzt erzähl mir mal von deinem Tag.«

Kim atmete einmal tief durch und berichtete Edward, was sie alles erlebt hatte. Sie begann mit dem unerfreulichen Gespräch, das sie mit ihrem Vater geführt hatte, und endete mit einer Beschreibung der neuen Küche und des Badezimmers im Cottage.

»Dann hattest du ja einen ganz schön betriebsamen Tag«, staunte Edward. »Aber daß du Elizabeths Grab entdeckt hast, haut mich wirklich um! Und du sagst, der Sarg ist noch gut erhalten.«

»Soweit ich sehen konnte, ja«, erwiderte Kim. »Er war sehr tief vergraben, mindestens zweieinhalb Meter. Ein Ende des Sarges ragt unten im Graben aus der Erde. Es ist beim Baggern leicht beschädigt worden.«

»Warst du sehr geschockt, als du den Sarg gesehen hast?« wollte Edward wissen.

»Irgendwie schon«, erwiderte Kim und lachte gequält. »Mir war ganz schön mulmig, als ich nach dem Portrait nun auch noch auf den Sarg gestoßen bin. Ich habe wieder dieses komische Gefühl – als ob Elizabeth versuchen wollte, mir etwas mitzuteilen.«

»Aah«, seufzte Edward. »Könnte es sein, daß dein Aberglaube wieder mit dir durchgeht?«

Obwohl es ihr wirklich ernst war, mußte Kim lachen.

»Wie ist es denn, wenn dir eine schwarze Katze über den Weg läuft?« stichelte Edward. »Oder wenn du unter einer Leiter durchgehen mußt? Und wie steht es mit der Zahl dreizehn?«

Kim zögerte einen Augenblick. Sie war wirklich etwas abergläubisch, aber bisher hatte sie noch nie darüber nachgedacht.

»Du bist also tatsächlich abergläubisch!« stellte Edward fest. »Weißt du eigentlich, daß man dich deswegen im siebzehnten Jahrhundert der Hexerei bezichtigt hätte; damals hielt man Aberglaube nämlich für Okkultismus.«

»Okay, du Schlauberger«, erwiderte Kim. »Vielleicht bin ich ja wirklich ein bißchen abergläubisch. Aber du wirst doch wohl zugeben, daß ich in letzter Zeit ziemlich viele Entdeckungen gemacht habe, die irgend etwas mit Elizabeth zu tun haben. Und weißt du, was ich heute auch noch herausgefunden habe? Im Jahr 1692 lagen die Wochentage genauso wie in diesem Jahr. Und als Elizabeth gestorben ist, war sie genauso alt wie ich heute. Und als ob das nicht schon genug wäre, habe ich auch noch entdeckt, daß sie am 4. Mai Geburtstag hatte, und ich habe zwei Tage später; wir sind im gleichen Sternzeichen geboren.«

»Was willst du damit sagen?« fragte Edward.

»Hast du vielleicht eine Erklärung für all diese seltsamen Übereinstimmungen?« gab Kim die Frage zurück.

»Natürlich«, erwiderte Edward. »Es ist reiner Zufall. Wenn man lange genug sucht, kann man immer Verbindungen zwischen den seltsamsten und unerklärlichsten Dingen herstellen.«

»Ich geb's auf«, sagte Kim mit einem Lächeln und trank einen Schluck Wein.

»Tut mir leid«, sagte Edward und zuckte mit den Schultern. »Ich bin nun mal Wissenschaftler.«

»Ich habe übrigens heute noch weitere interessante Dinge in

Erfahrung gebracht«, sagte Kim. »Früher war offenbar doch nicht alles so einfach, wie man immer denkt. Ronald war dreimal verheiratet. Als seine erste Frau starb, hat sie ihm ein großes Vermögen hinterlassen. Ihr Sohn aus erster Ehe hat das Testament angefochten, allerdings ohne Erfolg. Ein paar Jahre später hat Ronald dann Elizabeth geheiratet. Und nachdem Elizabeth tot war, hat er noch im gleichen Jahr ihre Schwester zur Frau genommen.«

»Tatsächlich?« horchte Edward auf.

»Kommt dir die Geschichte nicht auch ein bißchen faul vor?« fragte Kim.

»Nein«, erwiderte Edward. »Du darfst nicht vergessen, daß das Leben damals ziemlich hart war. Ronald mußte an seine Kinder denken, die er großzuziehen hatte. Und damals war es durchaus üblich, jemanden aus dem weitläufigen Verwandtenkreis zu heiraten.«

»Also, ich weiß nicht«, sagte Kim. »Für mich läßt diese Geschichte viele Fragen offen.«

Die Kellnerin unterbrach ihr Gespräch, um ihnen mitzuteilen, daß ihr Tisch bereit sei. Kim war angenehm überrascht; sie hatte gar nicht damit gerechnet, in der Harvest Bar zu Abend zu essen, dabei hatte sie einen Bärenhunger.

Sie folgten der Kellnerin auf die Terrasse und nahmen unter einem Baum Platz, der mit kleinen, weißen Lämpchen geschmückt war. Die Hitze des Tages hatte sich verflüchtigt, und es war angenehm warm. Kein Lüftchen wehte, nicht einmal die Kerze flackerte.

Während sie auf ihr Essen warteten, zeigte Kim Edward die Kopie des Antrags auf Herausgabe. Edward las das Dokument interessiert durch. Als er fertig war, gratulierte er Kim zu ihrer Detektivarbeit. Das war der Beweis, daß Elizabeth tatsächlich in die Hexenaffäre verwickelt gewesen war. Kim erzählte noch von dem Hinweis ihres Vaters, nach dem Elizabeth sich möglicherweise mit okkulten Dingen beschäftigt hatte.

»Das hatte ich ja auch schon vermutet«, warf Edward ein.

»Könntest du dir vorstellen, daß das offenkundige Beweisstück irgend etwas mit Okkultismus zu tun hat?«

»Ich glaube, das steht außer Frage«, erwiderte Edward.

»Aber was stellst du dir konkret darunter vor?« wollte Kim wissen.

»Ich denke, ich weiß nicht genug über Hexerei, um diese Frage beantworten zu können«, mußte Edward zugeben.

»Könnte es sich zum Beispiel um ein Buch handeln?« wollte Kim wissen. »Oder möglicherweise um irgend etwas, was sie geschrieben hat?«

»Vielleicht«, sagte Edward. »Vielleicht hat sie auch ein anstößiges Bild gemalt.«

»Vielleicht war es ja auch eine Puppe?« schlug Kim vor.

»Eine gute Idee«, stimmte Edward ihr zu. »Jetzt weiß ich, was es gewesen sein muß!« rief er plötzlich.

»Was denn?« fragte Kim aufgeregt.

»Der Besen«, sagte Edward lachend.

»Du machst dich über mich lustig«, beklagte sich Kim, mußte dann aber selbst grinsen. »Jetzt sag doch mal im Ernst, was du meinst.«

Edward entschuldigte sich für seinen Scherz. Dann erklärte er ihr, was es mit dem Hexenbesen auf sich hatte. Die Geschichte, so führte er aus, ging auf das Mittelalter zurück; damals habe man einen Besenstiel mit einer Paste bestrichen, der man berauschende Substanzen beigemischt habe. Dann habe man sich die Paste im Zuge satanischer Rituale mit Hilfe des Stieles auf die Schleimhäute im Intimbereich geschmiert, um bewußtseinserweiternde Erfahrungen zu machen.

»Es reicht«, sagte Kim. »Ich glaube, ich verstehe, was du meinst.«

Ein Kellner brachte ihnen das Essen. Erst als er sich wieder entfernt hatte, fuhr Edward fort: »Das Problem ist, daß das Beweisstück alles mögliche gewesen sein könnte, und wenn du keine näheren Hinweise findest, wirst du niemals erfahren, um was es sich gehandelt hat. Vielleicht sollte man mal in den alten Gerichtsakten nachsehen?«

»Auf die Idee bin ich auch schon gekommen«, erwiderte Kim. »Aber wie man mir versichert hat, existieren von dem Sondergericht, dem Court of Oyer and Terminer, leider keinerlei Unterlagen mehr.«

»Schade«, bemerkte Edward. »Dann wird dir nichts anderes übrigbleiben, als den ganzen Papierberg in der Burg durchzuarbeiten.«

»Da hast du wohl leider recht«, stimmte Kim ihm ohne große

Begeisterung zu. »Aber ob ich dort wirklich etwas finde, steht in den Sternen.«

Sie aßen und ließen das Thema zunächst einmal ruhen. Erst als sie mit dem Nachtisch fertig waren, kam Edward noch einmal auf den Sarg zurück.

»In welchem Zustand war eigentlich Elizabeths Leiche?« wollte er wissen.

»Die habe ich doch gar nicht gesehen!« empörte sich Kim. Die Frage schockierte sie. »Der Sarg ist verschlossen. Der Bagger hat ihn nur ganz leicht gerammt und ein bißchen angekratzt.«

»Vielleicht sollten wir ihn öffnen«, schlug Edward vor. »Ich würde wahnsinnig gerne eine Probe entnehmen – falls von Elizabeth noch irgend etwas übrig ist. Wenn wir in ihren Überresten auch nur die winzigste Spur des gleichen Alkaloids nachweisen, das in diesem neuen Pilz enthalten ist, dann haben wir den Beweis, daß der Teufel, der damals in Salem gewütet hat, nichts anderes war als ein profaner Schimmelpilz.«

»Ich kann mir nicht vorstellen, daß du so etwas ernstlich in Erwägung ziehst«, entgegnete Kim. »Es kommt überhaupt nicht in Frage, daß wir Elizabeths Totenruhe stören.«

»Du bist wirklich abergläubisch«, stellte Edward fest. »Wenn du auf diesem Standpunkt beharrst, müßtest du gegen jede Art von Autopsie sein.«

»Elizabeths Ruhe zu stören ist ja wohl ganz etwas anderes«, widersprach Kim. »Schließlich liegt sie schon seit dreihundert Jahren in der Erde.«

»Es werden doch alle naselang irgendwelche Leichen exhumiert«, warf Edward ein.

»Na ja, wahrscheinlich hast du recht«, gab Kim nur widerwillig zu.

»Was hältst du davon, wenn ich dich morgen nach Salem begleite und wir uns deine Vorfahrin gemeinsam anschauen?« schlug Edward vor.

»Um eine Leiche zu exhumieren, braucht man eine Genehmigung«, gab Kim zu bedenken.

»Der Bagger hat sie doch schon halb freigelegt«, winkte Edward ab. »Wir können uns die Sache ja mal ansehen und dann entscheiden, was wir tun.«

Die Rechnung kam und Edward zahlte. Kim bedankte sich und

versicherte ihm, daß das nächste Essen auf ihre Rechnung gehen würde. »Das werden wir ja sehen«, entgegnete Edward.

Beim Verlassen des Restaurants hatten sie eine schwierige Entscheidung zu treffen. Edward fragte Kim, ob sie noch mit zu ihm kommen wolle, doch Kim hatte Bedenken. Schließlich einigten sie sich darauf, erst mal gemeinsam zu Edward zu gehen und dann weiterzusehen.

Als sie wenig später auf Edwards Sofa saßen, fragte Kim, ob er sich an einen Studenten namens Kinnard Monihan erinnere, der vor vier oder fünf Jahren in seinem Labor geforscht habe.

»Kinnard Monihan«, wiederholte Edward und schloß die Augen, um sich zu konzentrieren. »In meinem Labor kommen und gehen jede Menge Studenten. Aber doch, ich erinnere mich an ihn. Soweit ich weiß, macht er gerade im General Hospital seine Facharztausbildung als Chirurg.«

»Genau, den meine ich«, sagte Kim. »Erinnerst du dich noch daran, wie er sonst so war?«

»Ich weiß noch, daß ich ziemlich enttäuscht war, als ich gehört habe, daß er Facharzt werden will«, erwiderte Edward. »Er war ein cleveres Bürschchen, und ich hatte gehofft, daß er in der Forschung bleiben würde. Warum fragst du nach ihm?«

»Wir waren ein paar Jahre zusammen«, sagte Kim. Sie wollte ihm gerade von Kinnards unerfreulichem Besuch in Salem erzählen, als Edward sie unterbrach.

»Wart ihr etwa ein Liebespaar?« wollte er wissen.

»Das kann man so sagen«, gab Kim zögernd zu. Edward wirkte verstört. Er begann wieder zu stottern und schien völlig durcheinander. Kim mußte eine halbe Stunde auf ihn einreden, bevor er sich beruhigte und ihr endlich glaubte, daß ihre Beziehung zu Kinnard beendet war. Sie bereute, Kinnard überhaupt erwähnt zu haben.

Um das Thema zu wechseln, fragte sie Edward, wie weit er mit seiner Wohnungssuche sei. Edward gestand, daß er noch keine Zeit gehabt habe, sich darum zu kümmern; Kim wies ihn mahnend darauf hin, daß der September bereits vor der Tür stehe.

Im Laufe des Abends vermieden sie die Frage, wo Kim die Nacht verbringen würde. Kim blieb. Als sie nebeneinander im Bett lagen, fiel ihr wieder ein, daß sie Kinnard erzählt hatte, Edward würde bei ihr einziehen. Eigentlich hatte sie das nur gesagt, um Kinnard zu provozieren, doch jetzt zog sie den Gedanken ernsthaft in Erwägung. Es war mit Sicherheit nicht ohne Reiz, mit Edward zusammenzuleben. Ihre Beziehung schien unter einem guten Stern zu stehen. Außerdem bot ihr neues Häuschen nicht nur problemlos zwei Menschen Platz, es lag auch sehr abgeschieden. Vielleicht würde sie sich da draußen alleine viel zu einsam fühlen.

Kapitel 5

Samstag, 23. Juli 1994

Kim wachte ganz allmählich auf. Noch bevor sie ihre Augen richtig geöffnet hatte, drang Edwards Stimme an ihr Ohr. Im ersten Moment hatte sie noch geglaubt, es wäre ein Traum, doch während sie langsam zu sich kam, registrierte sie, daß seine Stimme aus dem Nebenzimmer kam.

Schließlich öffnete sie die Augen. Als erstes nahm sie zur Kenntnis, daß Edward tatsächlich nicht neben ihr lag. Dann warf sie einen Blick auf die Uhr. Es war erst Viertel vor sechs!

Kim ließ ihren Kopf ins Kissen zurücksinken. Da sie befürchtete, daß irgend etwas passiert war, versuchte sie aufzuschnappen, was Edward sagte, doch sie konnte kein Wort verstehen. Allerdings erkannte sie am Klang seiner Stimme, daß er aufgeregt war.

Nach ein paar Minuten kam er ins Schlafzimmer. Er trug nur seinen Bademantel und schlich auf Zehenspitzen durch den Raum, um ins Bad zu gehen. Als Kim »guten Morgen« sagte, kam er herüber und setzte sich auf die Bettkante.

»Es gibt großartige Neuigkeiten«, flüsterte er.

»Ich bin wach«, wiederholte Kim. »Du kannst ganz normal mit mir reden.«

»Ich habe gerade mit Eleanor telefoniert«, erklärte Edward.

»Morgens um Viertel vor sechs?« fragte Kim. »Und wer ist Eleanor?«

»Eleanor ist eine meiner wissenschaftlichen Mitarbeiterinnen«, erwiderte Edward. »Im Labor ist sie meine rechte Hand.«

»Ist es nicht noch ein bißchen früh, um über die Arbeit zu fachsimpeln?« stichelte Kim. Sie mußte an Grace Traters denken, die sogenannte Assistentin ihres Vaters.

»Sie hat die Nacht durchgearbeitet«, erklärte Edward. »Kevin hat gestern abend noch jede Menge Sklerotien rübergeschickt, die der neue Pilz produziert hat. Eleanor ist im Labor geblieben, um sie in einem ersten Durchlauf im Massenspektrometer zu analysieren. Und dabei ist herausgekommen, daß wir es nicht mit den Alkaloiden aus dem Claviceps purpurea zu tun haben. Es sieht mehr danach aus, als ob wir drei vollkommen neue Alkaloide entdeckt hätten.«

»Das freut mich für dich«, sagte Kim knapp. Zu einer ausführlicheren Würdigung war sie so früh am Morgen nicht in der Lage.

»Das Interessanteste ist allerdings, daß ich von mindestens einem der Alkaloide weiß, daß es auf die Psyche wirkt«, fuhr Edward fort. »Vielleicht haben sogar alle drei eine bewußtseinserweiternde Wirkung.« Er rieb sich aufgeregt die Hände und erweckte den Eindruck, als wolle er sich am liebsten sofort in die Arbeit stürzen.

»Du kannst dir wahrscheinlich gar nicht vorstellen, wie spektakulär diese Entdeckung ist«, fuhr Edward fort. »Vielleicht sind wir auf einen ganz neuartigen Wirkstoff gestoßen – oder sogar eine ganze Gruppe von neuartigen Wirkstoffen. Und selbst wenn sie sich klinisch nicht verwenden lassen sollten – für die Wissenschaft ist die Entdeckung auf jeden Fall von unschätzbarem Wert.«

»Na dann herzlichen Glückwunsch«, sagte Kim und rieb sich die Augen. Sie konnte im Moment nur daran denken, daß sie ins Bad gehen und sich die Zähne putzen wollte.

»Es ist immer wieder erstaunlich, welche Rolle der Zufall bei der Entdeckung neuer Substanzen spielt.« Edward war nicht zu bremsen. »Stell dir mal vor – wir interessieren uns für die Hexenprozesse von Salem, und rein zufällig stoßen wir dabei auf einen sensationellen Wirkstoff. Das ist fast noch besser als die Entdeckungsgeschichte von Prozac.«

»Wurde das auch zufällig entdeckt?« wollte Kim wissen.

»Das kann man wohl sagen«, erwiderte Edward und lachte. »Der Forschungsleiter hat mit irgendwelchen Antihistaminika herumgespielt und ein Experiment durchgeführt, bei dem er deren Wirkung auf den Neurotransmitter Noradrenalin messen wollte. Durch Zufall ist er dabei auf Prozac gestoßen. Dabei ist es gar kein Antihistamin und wirkt auch nicht auf Noradrenalin, sondern auf Serotonin, einen anderen Neurotransmitter; auf den wirkt es allerdings zweihundertmal stärker.«

»Ist ja wirklich erstaunlich«, sagte Kim, doch sie hatte gar nicht richtig zugehört. Sie brauchte erst mal eine Tasse Kaffee, bevor sie derartig komplizierten Themen folgen konnte.

»Am liebsten würde ich diese neuen Alkaloide sofort testen«, sagte Edward.

»Willst du vielleicht lieber hierbleiben und nicht mit nach Salem fahren?« fragte Kim.

»Auf keinen Fall!« erwiderte Edward, ohne eine Sekunde zu zögern. »Ich will mir unbedingt Elizabeths Grab ansehen. Komm, steh auf! Da du ja sowieso schon wach bist, können wir auch gleich losfahren!« Um seinen Worten Nachdruck zu verleihen, boxte er Kim neckisch in die Seite.

Nachdem Kim geduscht, die Haare gefönt und sich geschminkt hatte, verließen sie Edwards Apartment, um sich ein weiteres Mal ein fettiges, aber wohlschmeckendes Frühstück auf dem Harvard Square zu gönnen. Nachdem sie in einer Buchhandlung noch ein Buch über Puritanismus gekauft hatten, machten sie sich auf den Weg.

Kim fuhr, da sie ihr Auto nicht auf dem Anwohnerparkplatz von Edwards Haus stehenlassen wollte. Die Straßen waren fast frei, so daß sie zügig vorankamen und um kurz vor zehn in Salem waren. Da sie genauso gefahren waren wie am Samstag, kamen sie auch diesmal an dem berühmten Hexenhaus vorbei.

Edward griff nach Kims Arm. »Hast du das Hexenhaus schon mal besichtigt?« wollte er wissen.

»Ja, aber das ist schon eine Ewigkeit her«, erwiderte sie. »Warum fragst du? Hast du Lust, es dir anzuschauen?«

»Auch wenn du mich auslachst – ja, ich würde es gerne besichtigen«, gab Edward zu. »Meinst du, wir könnten uns ein bißchen Zeit dafür nehmen?«

»Natürlich«, sagte Kim. Sie bog in die Federal Street ein und parkte in der Nähe des Gerichtsgebäudes. Dann gingen sie zu Fuß zurück. Doch am Eingang mußten sie feststellen, daß das Hexenhaus erst um zehn Uhr geöffnet wurde. Außerdem waren sie nicht die einzigen Besucher; vor dem alten Haus warteten bereits etliche Familien und Pärchen auf Einlaß.

»Es ist wirklich erstaunlich, daß die Hexenprozesse von Salem offenbar immer noch so eine Anziehungskraft auf die Menschen ausüben«, stellte Kim fest. »Ob die Leute schon mal darüber nachgedacht haben, warum sie sich eigentlich dafür interessieren?«

»Dein Cousin Stanton meinte, Hexengeschichten seien eben so schön schaurig und verlockend«, bemerkte Edward.

»Typisch Stanton«, sagte Kim.

»Seiner Meinung nach liegt der Reiz dieser Geschichten darin, daß sie für uns eine Art Tor in die Welt des Übernatürlichen darstellen. In gewisser Weise hat er da sicher recht. Fast jeder ist ja ein bißchen abergläubisch, und diese Hexengeschichten beflügeln ihre Phantasie.«

»Da ist bestimmt was dran«, stimmte Kim ihm zu. »Aber ich fürchte, es steckt auch eine perverse Sensationsgier dahinter. Die Leute sind von den Hexengeschichten fasziniert, weil es Hinrichtungen gab. Und außerdem waren vor allem Frauen Opfer der Hexenhysterie. Es geht also auch um die Unterdrückung von Frauen.«

»Du machst es dir zu einfach, wenn du das Ganze nur aus dem Blickwinkel der Frauenbewegung betrachtest«, warf Edward ein. »Wahrscheinlich wurden vor allem deshalb Frauen hingerichtet, weil sie aufgrund ihrer Rolle in der kolonialen Gesellschaft viel eher Anstoß erregt haben. Im Gegensatz zu den Männern haben sie sich um alles gekümmert, was mit Geburt und Tod, mit Gesundheit und Krankheit zu tun hatte. Und das waren genau die Bereiche, in denen die Menschen damals abergläubisch waren und schnell magische Handlungen vermuteten.«

»Wahrscheinlich haben wir beide recht«, sagte Kim. »Ich stimme dir ja durchaus zu, aber es hat mich bei meiner kleinen Recherche doch schockiert, daß die Frauen zu Elizabeths Zeiten offenbar keinerlei Rechte hatten. Wenn die Männer vor irgend etwas Angst hatten, haben sie einfach die Frauen vorgeschoben. Wahrscheinlich hat auch primitiver Frauenhaß eine große Rolle gespielt.«

Endlich wurde das Hexenhaus geöffnet. Die Wartenden wurden von einer jungen Frau willkommen geheißen, die ein Kleid aus der damaligen Zeit trug. Jetzt erst registrierten Kim und Edward, daß man das Haus offenbar nur im Rahmen einer Führung besichtigen konnte. Die Gäste betraten nacheinander das Haus und warteten auf den Beginn des Vortrags.

»Ich dachte, wir könnten uns einfach mal so umsehen«, flüsterte Edward.

»Ich auch«, zischte Kim.

Die Führerin erläuterte ausführlich jeden einzelnen Einrichtungsgegenstand; besonders detailliert ging sie auf ein Bibelkästchen ein und erklärte, daß es in einem puritanischen Haushalt unverzichtbar gewesen sei.

»Ich habe keine große Lust mehr, weiter zuzuhören«, flüsterte Edward. »Wollen wir verschwinden?«

»Von mir aus«, sagte Kim.

Als sie wieder auf der Straße standen, drehte Edward sich noch einmal um und betrachtete das Haus.

»Ich wollte eigentlich nur mal sehen, ob es deinem Häuschen auch von innen so ähnlich ist«, erklärte Edward. »Es ist wirklich verblüffend. Man könnte fast meinen, die beiden Häuser sind von dem gleichen Architekten gebaut worden.«

»Wahrscheinlich war es einfach so, wie du mir neulich erklärt hast«, sagte Kim. »Individuelle Wünsche haben damals keine Rolle gespielt.«

Sie stiegen ein und fuhren hinaus zum Stewartschen Anwesen. Als erstes fiel Edward der lange Graben ins Auge, durch den die Kabel und Rohre verlegt werden sollten. Er reichte inzwischen von der Burg bis zum Cottage. Vom Rand aus konnten sie sehen, daß die Arbeiter das Fundament des Gebäudes untertunnelt hatten.

»Da drüben ist der Sarg«, sagte Kim und zeigte auf die Stelle, wo die Holzkiste aus der Erdwand hervorragte; inzwischen hatten die Arbeiter den Graben hier erheblich verbreitert.

»Was für ein Glück, daß der Bagger auf Elizabeths Grab gestoßen ist!« rief Edward. »Offenbar ist es das Kopfende des Sargs. Mit der Tiefe hattest du übrigens recht. Der Sarg liegt mindestens zweieinhalb Meter unter der Erde, vielleicht sogar noch tiefer.«

»Der Graben ist nur hier so tief«, erklärte Kim. »Weiter drüben, auf dem freien Feld, ist er bei weitem flacher.«

»Stimmt«, sagte Edward, während er ein paar Schritte in Richtung Feld ging.

»Wo gehst du hin?« fragte Kim. »Willst du nicht den Grabstein sehen?«

»Erst mal will ich einen Blick auf den Sarg werfen«, rief Edward zurück. Als er die Stelle erreichte, an der der Graben flacher wurde, sprang er hinein und kam wieder zurück; mit jedem Schritt verschwand er tiefer in der Erdspalte.

Als Edward den Sarg erreicht hatte, ging er in die Hocke und inspizierte die beschädigte Stelle. Direkt daneben kratzte er etwas Schmutz ab und untersuchte ihn mit den Fingern.

»Ziemlich vielversprechend«, rief er zu Kim hinauf. »Die Erde ist knochentrocken, und hier unten ist es erstaunlich kühl.« Er bohrte seine Finger in eine Spalte, die der Bagger in den Sarg gerammt hatte. Dann riß er das Holz mit einem kräftigen Ruck ab.

»Ach, du meine Güte!« murmelte Kim.

»Könntest du mir bitte mal die Taschenlampe aus dem Auto holen?« bat Edward. Er blickte in den offenen Sarg hinein.

Kim erfüllte ihm den Wunsch, doch sie war nicht gerade glücklich über das, was Edward da unten trieb. Es gefiel ihr überhaupt nicht, daß Elizabeths Totenruhe nun noch mehr gestört wurde. Sie stellte sich direkt an den Rand des Grabens und warf die Lampe hinunter.

Edward leuchtete mit der Taschenlampe in den offenen Sarg. »Wir haben Glück!« rief er hinauf. »Die Kälte und die Trockenheit haben die Leiche mumifiziert. Sogar das Leichentuch ist noch in Ordnung.«

»Jetzt reicht's aber«, sagte Kim. Doch sie hätte genausogut gegen eine Wand reden können. Edward hörte ihr überhaupt nicht zu. Zu ihrem Entsetzen griff er jetzt auch noch in den Sarg hinein. »Edward! Was tust du da?«

»Ich will die Leiche ein bißchen vorziehen«, sagte er. Er umfaßte den Schädel und begann zu ziehen. Zunächst passierte nichts. Doch als er sich mit einem Fuß an der Grabenwand abstützte und kräftiger zog, löste sich plötzlich der Kopf. Edward krachte gegen die andere Seite des Grabens und landete, den mumifizierten Schädel von Elizabeth im Schoß, auf seinem Hinterteil. Von oben rieselte eine Ladung Erde auf ihn herab.

Kim bekam weiche Knie und mußte sich abwenden.

»Verdammter Mist!« fluchte Edward, während er sich wieder aufrappelte. Dann nahm er den Schädel genauer in Augenschein. »Sieht so aus, als wäre das Genick gebrochen, als sie gehängt wurde. Obwohl mich das wundert. Damals bevorzugte man eigentlich eine andere Methode; man ließ die Leute so lange am Strick baumeln, bis sie blau anliefen und schließlich erstickten.«

Edward beugte sich noch einmal hinunter, um das abgerissene Kopfstück des Sarges wieder zu befestigen. Er nahm einen Stein und schlug so lange gegen das Holz, bis es festsaß. Als er sich davon überzeugt hatte, daß alles mehr oder weniger so aussah wie vorher, ging er mit dem Schädel in der Hand wieder zu dem Punkt zurück, an dem er mühelos aus dem Graben steigen konnte.

»Das findest du ja wohl hoffentlich nicht lustig, oder?« stellte Kim ihn zur Rede, als er wieder bei ihr war. Sie weigerte sich, den Kopf aus der Nähe zu betrachten. »Ich möchte, daß du den Schädel wieder zurücklegst!«

»Natürlich«, versprach Edward. »Ich will nur eine kleine Probe nehmen. Laß uns erst mal reingehen und nachsehen, ob wir eine passende Kiste finden.«

Verzweifelt führte Kim ihn ins Haus. Wie hatte sie nur in eine solche Situation geraten können? Edward merkte, wie ihr zumute war. Deshalb griff er schnell nach einer Kiste, in der die Arbeiter Installationszubehör transportiert hatten, legte den Schädel hinein und trug sie zum Auto. Dann kam er zurück und sagte erwartungsvoll: »Okay, dann wollen wir mal deine Baustelle besichtigen.«

»Du legst den Schädel aber so schnell wie möglich wieder zurück«, sagte Kim.

»Natürlich«, sagte Edward noch einmal. Um das Thema zu wechseln, ging er in den Anbau und gab vor, die Verzierungen zu bewundern. Kim folgte ihm. Bald war sie so abgelenkt, daß sie nicht mehr an den Schädel dachte. Die Renovierungsarbeiten waren zügig vorangeschritten. Als sie in den Keller hinabstiegen, nahmen sie erfreut zur Kenntnis, daß sogar der Zement schon gegossen worden war.

»Ein Glück, daß ich die Probe schon bei unserem letzten Besuch mitgenommen habe«, stellte Edward fest.

Als sie in der ersten Etage nachsehen wollten, ob auch das kleine Bad schon eingebaut war, hörte Kim ein Auto. Sie sah durch eines der Flügelfenster und dachte im nächsten Moment, ihr Herz würde aussetzen. Vor der Tür stand ihr Vater.

»Oh, nein!« stöhnte Kim. Angst kroch in ihr hoch, und sie bekam feuchte Hände.

Ihr Unbehagen blieb Edward nicht verborgen. »Ist es dir peinlich, daß ich hier bin?« fragte er.

»Um Himmels willen, nein«, entgegnete Kim. »Ich mache mir Sorgen wegen Elizabeths Sarg. Laß dir bloß nicht anmerken, daß du den Schädel hast! Ich will meinem Vater auf keinen Fall einen Vorwand bieten, sich in die Renovierungsarbeiten einzumischen.«

Sie gingen nach unten, um ihn zu begrüßen. John stand am Rande des Grabens und betrachtete den Sarg. Kim machte die beiden Männer miteinander bekannt. Ihr Vater war zwar höflich, aber ziemlich kurz angebunden. Nach der knappen Begrüßung nahm er Kim zur Seite.

»Ein verdammt unglücklicher Zufall, daß George Harris auf das Grab von Elizabeth stoßen mußte«, stellte er fest. »Ich habe ihm gesagt, daß er die Entdeckung bloß nicht an die große Glocke hängen soll, und ich verlasse mich darauf, daß auch du mit niemandem darüber sprichst. Auf keinen Fall darf deine Mutter etwas davon erfahren. Sie würde völlig aus der Fassung geraten. Sie wäre einen Monat lang krank.«

»Warum sollte ich mit irgend jemandem darüber reden?« erwiderte Kim.

»Ehrlich gesagt bin ich ziemlich überrascht, daß sie hier begraben wurde«, sagte John. »Mein Vater hat mir erzählt, man habe sie irgendwo westlich von Salem in einem Gemeinschaftsgrab verscharrt. Wer ist eigentlich dieser Fremde, mit dem du hier bist. Weiß er etwas von dem Grab?«

»Erstens ist Edward kein Fremder«, erwiderte Kim, »und zweitens weiß er von dem Grab. Er weiß bestens über Elizabeth Bescheid.«

»Ich dachte, wir hätten uns darauf geeinigt, daß du mit niemandem über sie reden würdest«, fuhr John sie an.

»Er weiß es nicht von mir«, entgegnete Kim. »Es war Stanton Lewis, der davon angefangen hat.«

»Zum Teufel mit den Verwandten deiner Mutter!« fluchte John leise. Dann drehte er sich um und ging zu Edward, der geduldig gewartet hatte.

»Die Geschichte über Elizabeth Stewart geht niemanden etwas an«, sagte er barsch. »Deshalb hoffe ich, daß Sie alles, was Sie über sie wissen, für sich behalten.«

»Ich verstehe«, erwiderte Edward ausweichend. Er wollte lieber nicht wissen, was er zu dem Totenschädel in Kims Auto sagen würde.

Damit war das Thema für John offenbar abgehakt. Er warf einen kurzen Blick auf das alte Haus und nahm sich sogar ein paar Minuten Zeit, um das Gebäude von innen zu besichtigen. Als sie nach einem schnellen Rundgang wieder draußen waren und John schon im Begriff war abzufahren, zögerte er kurz. Dann sah er Edward an. »Kim ist ein anständiges und sensibles Mädchen. Sie ist sehr warmherzig und liebevoll.«

»Da haben Sie absolut recht«, stimmte Edward ihm zu.

John stieg in sein Auto und brauste davon. Kim sah ihm nach, bis das Auto hinter den Bäumen verschwunden war. »Es ist wirklich zum Verrücktwerden«, schimpfte sie. »Er schafft es jedesmal, mich auf die Palme zu bringen. Er scheint gar nicht zu merken, wie erniedrigend es ist, daß er mich immer noch Mädchen nennt und mich wie einen Teenager behandelt.«

»Immerhin hat er dich in den höchsten Tönen gepriesen«, warf Edward ein.

»Von wegen!« widersprach sie. »In Wirklichkeit hat dieser Lobgesang ihm selber gegolten. Auf diese Art will er die Lorbeeren für seine wohlgeratene Tochter einheimsen. Dabei hat er zu meiner Erziehung nichts beigetragen. Er hat sich nie um mich gekümmert; er kommt noch nicht mal auf die Idee, daß ein richtiger Vater oder Ehemann auch etwas mehr tun könnte, als nur für das Essen und ein Dach über dem Kopf zu sorgen.«

Edward legte ihr sanft seinen Arm um die Schultern. »Es bringt doch nichts, wenn du dich so aufregst«, versuchte er sie zu beruhigen.

Kim drehte sich abrupt zu ihm um. »Mir ist gestern abend etwas durch den Kopf gegangen«, sagte sie. »Was würdest du davon halten, am ersten September mit mir zusammen in das Cottage einzuziehen?«

Edward stockte. »Das ... das ist wirklich großzügig«, brachte er dann stotternd hervor.

»Ich finde die Idee hervorragend. Das Haus ist groß genug, und du mußt dir doch sowieso eine neue Wohnung suchen. Also, was hältst du von meinem Vorschlag?«

»Vielen Dank«, stammelte Edward. »Ich weiß gar nicht, was ich sagen soll. Vielleicht sollten wir wirklich mal darüber reden.«

»Darüber reden?« fragte Kim. Sie hatte nicht im geringsten damit gerechnet, daß Edward ihr womöglich eine Abfuhr erteilen könnte. Er schickte ihr schließlich nach wie vor jeden Tag einen Blumenstrauß.

»Ich fürchte nur, daß du mich jetzt aus einem Impuls heraus bittest, mit dir zusammenzuziehen«, erklärte Edward. »Und wenn du deine Meinung dann änderst, weißt du nicht, wie du mich wieder loswerden sollst.«

»Ist das der einzige Grund, weshalb du noch zögerst?« Kim stellte sich auf die Zehenspitzen und umarmte ihn. »In Ordnung. Wir reden noch mal darüber. Aber eins kann ich dir versprechen. Ich werde mein Angebot mit Sicherheit nicht zurückziehen.«

Nachdem sie alle noch anstehenden Renovierungsarbeiten ausführlich besprochen hatten, schlug Kim vor, noch einmal in die Burg zu gehen und in den alten Dokumenten herumzustöbern. Sie sagte, daß sie nach ihrer Unterhaltung vom Abend zuvor darauf brenne herauszufinden, welche Art von Beweisstück man gegen Elizabeth verwendet habe. Edward hatte nichts dagegen, sie zu begleiten.

Als sie das gewaltige Gebäude betraten, schlug Kim vor, diesmal auf dem Dachboden und nicht im Weinkeller weiterzusuchen. Edward war einverstanden, doch als sie oben ankamen, mußten sie feststellen, daß es dort extrem heiß war. Es wurde auch nicht besser, nachdem sie alle Mansardenfenster geöffnet hatten.

»Irgendwie habe ich das Gefühl, daß du keine Lust mehr hast«, stellte Kim fest. Edward hatte sich zwar eine Schublade mit ans Fenster genommen, aber er sah versonnen nach draußen.

»Tut mir leid, aber meine Gedanken kreisen ständig um diese neuen Alkaloide«, erklärte er. »Ich kann es kaum noch abwarten, mich im Labor an die Arbeit zu machen.«

»Warum fährst du nicht einfach zurück und machst es?« fragte Kim. »Ich kann doch später mit dem Zug nach Hause fahren.«

»Okay«, stimmte Edward zu. »Aber ich werde den Zug nehmen.«

Nach einem kurzen Wortwechsel willigte Kim ein, denn am späten Nachmittag würde es für sie schwierig werden, zum Bahnhof zu kommen.

Sie fuhren gemeinsam nach Salem, und auf halber Strecke fiel Kim plötzlich ein, daß auf dem Rücksitz Elizabeths Schädel lag.

»Das ist doch kein Problem«, sagte Edward. »Ich nehme ihn einfach mit.«

»Im Zug?« fragte Kim entsetzt.

»Warum denn nicht?« erwiderte Edward. »Er ist doch in der Kiste.«

»Ich bestehe darauf, daß du ihn so schnell wie möglich in den Sarg zurücklegst«, bekräftigte Kim noch einmal. »Und zwar bevor die Leitungen verlegt sind, denn dann wird der Graben wieder zugeschüttet.«

»Was ich vorhabe, dauert nicht lange«, versuchte Edward sie zu beruhigen. »Ich hoffe nur, daß ich in dem Schädel etwas finde, das ich für eine Probe verwenden kann. Wenn nicht, könnte ich es vielleicht noch mit der Leber versuchen.«

»Eins verspreche ich dir«, sagte Kim mit Nachdruck. »Der Sarg von Elizabeth wird nur einem einzigen Zweck noch einmal geöffnet – damit du den Schädel zurücklegen kannst. Vergiß nicht, daß mein Vater sich hier manchmal rumtreibt; außerdem kennt er den Bauunternehmer.«

Sie brachte Edward bis zur Bahnhofstreppe. Er nahm die Kiste vom Rücksitz und stieg aus.

»Wollen wir uns später zum Essen treffen?« fragte er.

»Heute lieber nicht«, erwiderte Kim. »Ich muß mich mal um meine Wohnung und die Wäsche kümmern. Außerdem habe ich morgen Frühdienst.«

»Dann können wir wenigstens telefonieren«, schlug Edward vor. »Abgemacht«, versprach Kim.

Obwohl Edward gerne mit Kim zusammen war, war er froh, wieder in seinem Labor zu sein. Zu seiner freudigen Überraschung war sogar Eleanor da. Sie war irgendwann nach Hause gegangen, um zu duschen und zu schlafen, doch nach vier oder fünf Stunden war sie wieder zurückgekommen. Sie sei einfach zu aufgeregt, sagte sie, und habe es zu Hause nicht ausgehalten.

Als erstes zeigte sie Edward die Ergebnisse der Massenspektrometrie. Sie war inzwischen absolut sicher, daß sie es mit drei neuen Alkaloiden zu tun hatten. Nachdem sie am Morgen mit Edward telefoniert hatte, hatte sie alle Resultate noch einmal gründlich überprüft; demnach war es ausgeschlossen, daß die Meßergebnisse von irgendwelchen bereits bekannten Verbindungen herrührten.

»Haben wir noch mehr Sklerotien zur Verfügung?« fragte Edward.

»Ein paar«, erwiderte Eleanor. »Kevin Scranton hat versprochen, uns noch weitere zu schicken, aber er weiß noch nicht, wann er soweit ist. Die wenigen, die wir noch haben, wollte ich nicht alle opfern, bevor ich mit dir gesprochen hatte. Wie willst du die Alkaloide trennen? Mit organischen Lösungsmitteln?«

»Am besten nehmen wir das Kapillar-Elektrophorese-Gerät«, erwiderte Edward. »Falls nötig, können wir auch eine elektrokinetische Mizellen-Kapillar-Chromatographie durchführen.«

»Soll ich einen Rohextrakt verwenden – wie bei der Massenspektrometrie?« fragte Eleanor.

»Nein«, erwiderte Edward. »Wir extrahieren die Alkaloide mit destilliertem Wasser und füllen sie mit einer schwachen Säure aus. So habe ich es auch in dem Biologielabor gemacht, und es hat prima funktioniert. So bekommen wir reinere Proben und erleichtern uns die Strukturaufklärung.«

Als Eleanor gerade zu ihrem Arbeitsplatz zurückgehen wollte, griff Edward nach ihrem Arm und hielt sie zurück. »Bevor du anfängst, die Alkaloide zu isolieren, möchte ich dir noch etwas anderes zeigen«, sagte er. Ohne weitere Vorwarnung öffnete er die Klempnerkiste und holte den mumifizierten Schädel heraus. Eleanor schreckte instinktiv zurück, als er ihr den makabren Gegenstand hinhielt.

»Du hättest mich ruhig vorwarnen können«, beschwerte sie sich.

»Da hast du vielleicht nicht ganz unrecht«, sagte er und lachte.

Auch er sah sich den Schädel jetzt zum ersten Mal etwas genauer an. Er sah grausig aus. Die Haut war dunkelbraun, beinahe mahagonifarben. Sie war im Laufe der Jahre so trocken geworden, daß sie wie Leder aussah; über den vorstehenden Knochen hatte sie sich ganz zurückgezogen. Das Gebiß war vollständig freigelegt, wie zu einem schauderhaften Grinsen. Die Haare waren vertrocknet und verfilzt wie Stahlwolle.

»Was ist das?« wollte Eleanor wissen. »Eine ägyptische Mumie?«

Edward erzählte ihr die Geschichte von Elizabeth. Er erklärte ihr, daß er den Kopf ins Labor mitgebracht hatte, weil er feststellen wollte, ob sich in dem Totenschädel noch etwas befinde, das man für eine Untersuchung verwenden könne.

»Laß mich raten«, sagte Eleanor. »Du willst es im Massenspektrographen analysieren.«

»Du hast es erfaßt«, erwiderte Edward. »Es wäre doch auch in wissenschaftlicher Hinsicht ziemlich spektakulär, wenn wir die gleichen Peaks wie bei den neuen Alkaloiden nachweisen könnten. Dann hätten wir den definitiven Beweis dafür, daß diese Frau vor dreihundert Jahren mit ihrer Nahrung unseren neuen Schimmelpilz aufgenommen hat.«

Während Eleanor zur Abteilung für Zellbiologie hinüberlief, um sich dort anatomische Sektionsinstrumente auszuleihen, kümmerte Edward sich um die zahlreichen Studenten und Assistenten, die bereits darauf warteten, mit ihm zu sprechen. Er beantwortete alle Fragen und hatte gerade den letzten Studenten abgefertigt, als Eleanor zurückkam.

»Ein Anatomiedozent hat mir geraten, am besten die ganze Schädeldecke abzunehmen«, sagte Eleanor und hielt eine elektrische Vibratorsäge hoch.

Edward machte sich ans Werk. Zuerst schob er die Kopfhaut zurück und legte den Schädel frei. Dann nahm er die Säge und entfernte die Schädeldecke. Zusammen mit Eleanor blickte er neugierig in das Innere des Kopfes. Viel gab es nicht zu sehen. Das Gehirn hatte sich zu einer starren Masse zusammengezogen und befand sich im hinteren Teil des Schädels.

»Was hältst du davon?« fragte Edward seine Assistentin, während er mit der Spitze des Skalpells in dem Hirnrest herumstocherte. Die Masse war steinhart.

»Schneid einfach ein Stück raus«, schlug Eleanor vor. »Ich werde es dann in irgendeiner Flüssigkeit auflösen.«

Edward folgte ihrem Vorschlag.

Als sie die Probe entnommen hatten, testeten sie mehrere Lösungsmittel. Ohne zu wissen, womit sie es eigentlich zu tun hatten, begannen sie die Substanzen in den Massenspektrometer einzuspritzen. Bei der zweiten Probe hatten sie Glück. Mehrere Peaks stimmten exakt mit denen der neuen Alkaloide aus dem Rohextrakt überein, den Eleanor am Abend zuvor in dem Spektrographen analysiert hatte.

»Ist es nicht großartig, der Wissenschaft zu dienen?« fragte Edward. Er war voll und ganz in seinem Element.

»Ja, so eine Entdeckung kann einem schon einen ganz schönen Kick geben«, erwiderte Eleanor.

Edward ging zu seinem Arbeitsplatz und rief bei Kim an, doch nur der Anrufbeantworter schaltete sich ein. Nach dem Piepston hinterließ er die Nachricht, daß es für den Teufel, der damals in Salem gewütet und Elizabeth befallen hatte, nun eine wissenschaftliche Erklärung gebe.

Er legte auf und ging wieder zu Eleanor. Er war in einer seltsamen Stimmung.

»Okay, genug mit diesen Spielereien«, sagte er. »Jetzt wollen wir uns mal wieder der wahren Wissenschaft zuwenden. Am besten versuchen wir zuerst einmal, diese neuen Alkaloide zu isolieren, damit wir endlich wissen, womit wir es eigentlich zu tun haben.«

»Das ist doch nicht zu fassen!« fluchte Kim und donnerte die Schublade eines Aktenschrankes zu. Ihr war heiß, und sie war schmutzig und frustriert. Nachdem sie Edward zum Bahnhof gebracht hatte, war sie auf den Dachboden der Burg zurückgekehrt und hatte vier Stunden lang vom Angestelltenflügel bis zum Gästeflügel den gesamten U-förmigen Bereich umgepflügt. Doch sie hatte weder ein interessantes Dokument noch irgendein Schreiben aus dem siebzehnten Jahrhundert gefunden.

»Da habe ich mir ja ganz schön was vorgenommen«, sagte sie zu sich selbst, während sie ihren Blick über die vielen Aktenschränke, Überseekoffer, Kisten und Regale schweifen ließ. Die Papierberge schienen endlos – und hinter dem Rechtsknick ging es noch weiter. Vor diesem riesigen Berg von Dokumenten kam sie sich hilflos und überfordert vor. Auf dem Dachboden stapelten sich noch mehr Unterlagen als im Weinkeller. Und wie im Keller waren die Papiere auch hier oben weder nach Themen noch chronologisch geordnet. Blätter, die übereinander lagen, konnten durchaus verschiedenen Jahrhunderten entstammen, und was die Inhalte anging, so war es ein buntes Durcheinander von Handelspapieren, Geschäftsbelegen, Quittungen, offiziellen Behördenschreiben und persönlicher Korrespondenz. Wenn sie sich wirklich eine Übersicht verschaffen wollte, mußte sie wohl oder übel jedes einzelne Dokument in die Hand nehmen.

In Anbetracht dieser bitteren Realität wußte Kim jetzt, wieviel Glück sie am vergangenen Montag gehabt hatte, als sie den dreihundert Jahre alten Brief von James Flanagan an Ronald Stewart gefunden hatte. Als sie diesen Brief in den Händen gehalten hatte, hatte sie noch geglaubt, es würde eine schöne, wenn auch nicht ganz einfache Aufgabe sein, Elizabeths Vergangenheit zu erforschen.

Schließlich war sie so hungrig, erschöpft und entmutigt, daß sie die Suche aufgab; sie würde ein andermal herausfinden müssen, was es mit diesem sogenannten offenkundigen Beweisstück auf sich hatte. Als sie die Treppen hinunterstieg und ihr die schweißtreibende Hitze des Spätnachmittags entgegenschlug, konnte sie nur noch an eine Dusche denken. Sie stieg in ihr Auto und machte sich auf den Weg nach Boston.

Kapitel 6

Montag, 25. Juli 1994

Edward blinzelte. Es war fünf Uhr morgens, und er hatte gerade vier Stunden geschlafen. Wenn ihn ein neues Projekt faszinierte, konnte er seinen Schlaf auf ein Minimum reduzieren. Und seine augenblickliche Arbeit fesselte ihn mehr als irgend etwas, das er je in Angriff genommen hatte. Seine wissenschaftliche Intuition sagte ihm, daß er diesmal auf eine wirklich große Sache gestoßen war – und bisher hatte ihn seine Intuition noch nie getäuscht.

Als er aus dem Bett sprang, fing Buffer wie wild an zu bellen. Der arme Hund dachte offenbar, sein Herrchen sei in Lebensgefahr. Edward verpaßte ihm einen leichten Klaps zur Beruhigung.

Nachdem er in aller Eile sein Morgenritual hinter sich gebracht hatte, zu dem unter anderem ein kurzer Spaziergang mit Buffer gehörte, fuhr er zum Labor. Es war kurz vor sieben, als er dort ankam, doch Eleanor war schon da.

»Ich habe Schlafprobleme«, gestand sie. Ihr normalerweise sorgfältig frisiertes langes, blondes Haar sah etwas strubbelig aus.

»Mir geht's genauso«, sagte Edward.

Sie hatten am Samstag bis ein Uhr nachts gearbeitet und auch den ganzen Sonntag im Labor verbracht. Da Edward kurz vor dem Durchbruch zu stehen glaubte, hatte er sogar seine für Sonntag abend geplante Verabredung mit Kim abgesagt. Als er ihr erklärt hatte, wie nahe er seinem Ziel war, hatte sie Verständnis gezeigt.

Am Sonntag kurz nach Mitternacht hatten Edward und Eleanor endlich die Methode gefunden, mit deren Hilfe sie die Alkaloide trennen konnten. Sie hatten vor allem deshalb große Schwierigkeiten gehabt, weil zwei von den Alkaloiden etliche physikalische Eigenschaften miteinander teilten. Nun brauchten sie unbedingt noch mehr von ihrem Ausgangsmaterial. Kevins

Anruf erschien ihnen deshalb wie ein Geschenk des Himmels; er teilte ihnen mit, daß er am Montag morgen einige weitere Sklerotion schicken werde.

»Ich möchte, daß alles vorbereitet ist, wenn das Material eintrifft«, sagte Edward. »Um neun Uhr können wir mit der Lieferung rechnen.«

»Aye, aye«, erwiderte Eleanor und knallte die Hacken zusammen, als würde sie salutieren. Edward versuchte, ihr einen Klaps zu geben, doch Eleanor war flink und entwischte ihm.

Nachdem sie eine gute Stunde konzentriert gearbeitet hatten, zupfte Eleanor Edward am Arm. »Ignorierst du deine Fangemeinde heute eigentlich mit Absicht?« fragte sie mit ruhiger Stimme, während sie einen Blick über ihre Schulter warf.

Edward richtete sich auf und sah eine Schar von Studenten. Bis jetzt hatte er sie gar nicht wahrgenommen, doch die Gruppe derer, die ihre Fragen bei ihm loswerden und seinen Rat haben wollten, war inzwischen ziemlich groß geworden.

»Ich bitte kurz um Ihre Aufmerksamkeit!« rief er in den Raum. »Sie müssen heute ohne mich zurechtkommen. Ich bin momentan mit einem Projekt beschäftigt, das nicht warten kann.«

Ein kurzes Grummeln ging durch die Menge, doch dann löste sie sich allmählich auf. Edward bekam von der Reaktion seiner Studenten nichts mit. Er war schon wieder ganz in seine Arbeit versunken; er war für seine außerordentliche Konzentrationsfähigkeit bekannt.

Ein paar Minuten später zupfte Eleanor ihn noch einmal am Arm. »Ich will dich ja nicht stören«, entschuldigte sie sich, »aber was ist mit deiner Neun-Uhr-Vorlesung?«

»Verdammt!« fluchte Edward. »Die hab' ich völlig vergessen. Sieh doch mal nach, ob du Ralph Carter irgendwo finden kannst, und schick ihn her.« Ralph Carter war einer seiner leitenden Assistenten.

Wenig später erschien Ralph im Labor. Sein spärliches Bärtchen paßte nicht so recht in sein breites rotes Gesicht.

»Ich möchte, daß Sie die Vorlesungen im Grundkurs Biochemie für mich übernehmen«, sagte Edward.

»Für wie lange?« wollte Ralph wissen. Seine Begeisterung hielt sich in Grenzen.

»Das werde ich Sie noch wissen lassen«, entgegnete Edward barsch.

Nachdem Ralph gegangen war, wandte Edward sich an Eleanor. »Ich hasse es, wenn jemand nicht widerspricht, obwohl er offensichtlich nicht einverstanden ist. Dabei ist es das erste Mal, daß ich jemanden bitte, einen Chemie-Grundkurs für mich zu übernehmen.«

»Du weißt doch, daß außer dir niemand Lust hat, Erstsemester zu unterrichten«, sagte Eleanor.

Wie versprochen trafen die Sklerotien in einem kleinen Glasgefäß kurz nach neun ein. Edward schraubte den Deckel ab und verteilte die dunklen, reisartigen Körner auf einem Stück Filterpapier; er behandelte sie so behutsam, als wären es Goldklümpchen.

»Das sind ja ziemlich häßliche kleine Dinger«, sagte Eleanor. »Sieht fast wie Mäusekötel aus.«

»Für mich sehen sie eher aus wie die Körner im Roggenbrot«, widersprach Edward. »Dieser Vergleich paßt übrigens auch in historischer Hinsicht besser.«

Noch vor Mittag hatten sie es geschafft, von jedem der Alkaloide eine winzige Menge zu isolieren. Die Proben befanden sich in kleinen, kegelförmigen Teströhrchen, die mit den Buchstaben A, B und C beschriftet waren. Äußerlich sahen alle drei gleich aus. In jedem Röhrchen befand sich ein weißes Pulver.

»Was tun wir als nächstes?« fragte Eleanor, während sie eines der Teströhrchen gegen das Licht hielt.

»Wir müssen herausfinden, welche von den Alkaloiden auf die Psyche wirken«, erklärte Edward. »Sobald wir das wissen, können wir uns darauf konzentrieren.«

»Und wie wollen wir das herausfinden?« wollte Eleanor wissen. »Ich denke, wir könnten Ganglienpräparate von Aplasia fasciata verwenden. Damit könnten wir sicher feststellen, welche Alkaloide neuroaktiv sind.«

Edward schüttelte den Kopf. »Das reicht mir nicht«, entgegnete er. »Ich will wissen, welche Alkaloide eine halluzinogene Wirkung haben, und zwar so schnell wie möglich. Dafür brauche ich ein menschliches Gehirn.«

»Wir können doch nicht Testpersonen dafür bezahlen, daß sie das Zeug schlucken!« rief Eleanor bestürzt. »Das würde eindeutig gegen das Berufsethos verstoßen.«

»Das stimmt«, erwiderte Edward. »Aber ich habe auch nicht vor, bezahlte Testpersonen einzusetzen. Ich denke, wir beide könnten das genausogut machen.«

»Ich weiß nicht, ob ich das mitmachen soll«, sagte Eleanor zögerlich. Langsam verstand sie, worauf Edward hinauswollte.

»Entschuldigen Sie bitte!« rief jemand. Edward und Eleanor drehten sich gleichzeitig um. Vor ihnen stand Cindy, die Fachbereichssekretärin. »Es tut mir wirklich leid, Sie stören zu müssen, Dr. Armstrong. Aber bei mir im Zimmer wartet ein Dr. Stanton Lewis, und er will unbedingt mit Ihnen sprechen.«

»Sagen Sie ihm, daß ich zu tun habe«, sagte Edward. Doch bevor Cindy das Labor verließ, rief er sie zurück. »Ich hab's mir anders überlegt. Schicken Sie ihn rein!«

»Ich sehe den Schalk in deinen Augen«, stellte Eleanor fest, während sie auf Stanton warteten.

»Ich führe nichts im Schilde«, sagte Edward und grinste. »Aber falls Mr. Lewis als einer der Hauptinvestoren in dieses Projekt einsteigen möchte, werde ich ihm nicht im Wege stehen. Ganz im Ernst – ich werde mit ihm darüber reden, was wir hier gerade machen.«

Stanton stolzierte gutgelaunt wie immer ins Labor und ließ seine übertriebenen Begrüßungssalven los. Daß er Eleanor und Edward gemeinsam traf, schien ihn besonders zu freuen.

»Ihr seid doch meine liebsten Freunde«, stellte er fest, »aber jeder von euch spricht einen anderen Teil meines Gehirns an.« Er lachte über seine eigene Bemerkung, die er offenbar für eine schlüpfrige Anspielung hielt. Doch Eleanor war schneller im Denken als er; sie habe ja noch gar nicht gewußt, konterte sie, daß er sich sexuell umorientiert habe.

»Wie bitte?« fragte Stanton vollkommen perplex.

»Nun, ich bin sicher, daß du mich wegen meiner intellektuellen Fähigkeiten attraktiv findest«, erklärte sie. »Also muß die Hirnhälfte, die für die niederen Instinkte zuständig ist, auf Edward reagieren.«

Edward gluckste. Stantons Schlagfertigkeit war sein Markenzeichen. Noch nie hatte Edward es erlebt, daß er von jemandem übertroffen wurde. Stanton lachte jetzt auch und versicherte Eleanor, daß ihre Intelligenz ihn für ihre anderen Reize blind gemacht habe.

Dann wandte er sich an Edward. »Spaß beiseite«, sagte er. »Reden wir von der Genetrix-Broschüre. Was hältst du von der Sache?«

»Ich hatte noch keine Zeit, sie mir anzusehen«, gestand Edward.

»Aber du hast es mir doch versprochen«, beschwerte sich Stanton. »Sollte ich meiner Cousine etwa mitteilen müssen, daß du ein unzuverlässiger Typ bist und sie sich besser nicht mehr mit dir treffen sollte?«

»Wer ist denn diese Cousine?« wollte Eleanor wissen und knuffte Edward freundschaftlich in die Rippen.

Edward wurde vor Verlegenheit knallrot. Er hatte keine Lust, jetzt über Kim zu reden. Als er etwas sagen wollte, merkte er, daß er sich verhaspeln würde, und das war ihm im Labor noch nie passiert. »Ich habe keine Zeit gehabt, überhaupt irgend etwas zu lesen«, brachte er mit einiger Mühe hervor. »Es hat sich in der Zwischenzeit etwas ergeben, das dich vielleicht auch interessieren dürfte.«

»Wollen wir hoffen, daß deine Geschichte gut ist«, erwiderte Stanton. Dann klopfte er Edward kumpelhaft auf den Rücken und sagte, daß er das mit Kim natürlich nicht ernst gemeint habe. »Ich würde euch Turteltäubchen doch nicht in die Quere kommen. Meine Tante hat mir schon erzählt, daß der alte Stewart euch beide in Salem überrascht hat. Ich hoffe für dich, alter Schlingel, daß er euch nicht in flagranti erwischt hat!«

Edward hustete nervös und gab Stanton mit einem Zeichen zu verstehen, daß er sich einen Stuhl heranziehen solle. Dann kam er sofort auf den neuen Pilz und die neuartigen Alkaloiden zu sprechen. Er klärte ihn darüber auf, daß mindestens eines der Alkaloide eine psychotrope Wirkung habe, und verriet ihm, warum er sich dessen so sicher sei. Um seinen Bericht zu unterstreichen, reichte er Stanton die drei Teströhrchen und erklärte ihm, daß sie es erst vor wenigen Minuten geschafft hatten, die neuen Verbindungen zu isolieren.

»Eine faszinierende Geschichte«, sagte Stanton und stellte die Teströhrchen wieder auf die Arbeitsfläche. »Aber wie kommst du auf die Idee, daß ausgerechnet ich dieses Projekt interessant finden könnte? Ich bin doch ein praktischer Mensch. Diese esoterischen Geschichten, an denen ihr Wissenschaftler euch so wahnsinnig erfreuen könnt, lassen mich eher kalt.«

»Meiner Meinung nach könnten sich diese Alkaloide sehr bald in bare Münze umsetzen lassen«, erklärte Edward. »Wir stehen vielleicht kurz davor, eine absolut neue Gruppe von psychotropen Wirkstoffen zu entdecken, die zumindest in der Forschung Anwendung finden dürften.«

Plötzlich war Stanton ganz Ohr. Seine lässige und beiläufige Art war mit einem Schlag verschwunden. »Neue Wirkstoffe?« fragte er. »Das klingt in der Tat interessant. Wie stehen denn die Chancen, daß man sie auch klinisch einsetzen kann?«

»Ich glaube, die Chancen sind ausgezeichnet«, erwiderte Edward. »Vor allem wenn man bedenkt, daß es im Bereich der modernen synthetischen Chemie jede Menge Techniken gibt, mit denen man Moleküle modifizieren kann. Hinzu kommt, daß ich mich nach meinem Rauscherlebnis mit dem Rohextrakt ganz eigenartig gefühlt habe; ich war total energiegeladen und hatte plötzlich einen völlig klaren Kopf. Ich könnte mir vorstellen, daß die Alkaloide über ihre halluzinogene Wirkung hinaus auch noch andere Prozesse im Hirn auslösen.«

»Das ist ja phantastisch!« staunte Stanton. Sein Puls beschleunigte sich, denn sein Spürsinn verriet ihm, daß hier vielleicht ein großes Geschäft zu machen war. »Womöglich wird das eine ganz heiße Sache.«

»Genau das haben wir auch gedacht«, pflichtete Edward ihm bei.

»Ich rede davon, daß ihr vielleicht einen Haufen Geld verdienen könnt«, erklärte Stanton.

»Wir wollen in erster Linie herausfinden, was diese neuartigen psychoaktiven Wirkstoffe der Wissenschaft bringen können«, stellte Edward klar. »Im Bereich der Hirnforschung wartet die ganze Welt gespannt auf den entscheidenden Durchbruch. Und wer weiß? Vielleicht ist unsere Entdeckung der Schlüssel zu diesem Durchbruch! Wenn es so wäre, dann müßten wir nur genügend Geld auftreiben, um den Stoff in großen Mengen zu produzieren. Denn dann würden uns Forscher aus der ganzen Welt das Zeug aus den Händen reißen.«

»Schön und gut«, warf Stanton ein. »Ich finde es ja prima, daß du so ehrgeizige Ziele hast. Aber warum willst du nicht zwei Fliegen mit einer Klappe schlagen und neben dem wissenschaftlichen Erfolg auch noch einen Haufen Geld verdienen?«

»Es reizt mich eben nicht besonders, Millionär zu werden«, sagte Edward. »Das solltest du langsam wissen.«

»Millionär?« erwiderte Stanton lachend. »Wenn dein neuer Wirkstoff gegen Depressionen oder Angstzustände hilft, oder sogar gegen beides gleichzeitig, dann könntest du demnächst eine Milliarde Dollar einstreichen.«

»Hast du eine Milliarde gesagt?«

»Ja«, wiederholte Stanton. »Eine Milliarde Dollar! Und ich übertreibe nicht. Die Erfahrungen mit Librium und Valium und auch mit Prozac zeigen doch, daß die Nachfrage nach klinisch wirksamen psychotropen Mitteln schier unbegrenzt ist.«

Edward starrte mit leerem Blick aus dem Fenster auf das Gelände der Harvard Medical School. Als er wieder ansetzte, etwas zu sagen, hatte seine Stimme einen flachen, tranceartigen Klang. »Was müßte man deiner Einschätzung und Erfahrung nach tun, um eine derartige Entdeckung zu vermarkten?«

»Nicht viel«, sagte Stanton. »Du mußt eine Firma gründen und den Wirkstoff patentieren lassen. So einfach ist das. Solange das nicht passiert ist, muß die Entdeckung unter allen Umständen geheimgehalten werden.«

»Niemand weiß etwas davon«, sagte Edward. Er wirkte immer noch etwas verwirrt. »Wir wissen ja selber erst seit ein paar Tagen, daß wir es mit etwas Neuem zu tun haben. Und außer Eleanor und mir hat niemand an diesem Projekt gearbeitet.« Kim erwähnte er lieber nicht, weil er befürchtete, Stanton würde das Gespräch dann wieder auf sie lenken.

»Je weniger Leute Bescheid wissen, um so besser«, erklärte Stanton. »Am besten schreite ich so schnell wie möglich zur Tat und gründe eine Firma. Dann kann nichts mehr schiefgehen, wenn die Dinge sich weiterhin gut entwickeln.«

Edward rieb sich erst die Augen und dann das ganze Gesicht. Nachdem er ein paarmal tief eingeatmet hatte, schien er aus seiner Trance zu erwachen. »Das geht mir ein bißchen zu schnell«, sagte er. »Bevor wir genau wissen, auf was wir gestoßen sind, müssen Eleanor und ich noch eine Menge Untersuchungen durchführen.«

»Und was wollt ihr als nächstes tun?« fragte Stanton.

»Gut, daß du fragst«, erwiderte Edward und ging hinüber zu einer Glasvitrine. »Darüber hatte ich mich gerade mit Eleanor unterhalten, als du kamst. Wir müssen zunächst feststellen, welche von diesen Verbindungen auf die Psyche wirkt.« Edward kam mit drei Glaskolben zurück und stellte sie auf die Arbeitsplatte. In jeden Kolben gab er eine winzige Menge jeweils eines anderen Alkaloids und füllte sie alle mit einem Liter destillierten Wasser auf. Anschließend schüttelte er die Kolben kräftig durch.

»Und wie willst du das feststellen?« wollte Stanton wissen; doch da er Edwards Geschichte kannte, ahnte er schon, was nun folgen würde.

Edward nahm drei Milliliter-Pipetten aus einer Schublade. »Will mir jemand Gesellschaft leisten?« fragte er. Doch weder Eleanor noch Stanton gaben ihm Antwort.

»Ihr Feiglinge«, zog Edward sie auf, fügte dann aber hinzu: »Das hab' ich natürlich nicht so gemeint. Ich will euch nur in meiner Nähe haben – man kann ja nie wissen. Ich stürze mich auch gerne allein ins Vergnügen.«

Stanton sah Eleanor an. »Ist er jetzt völlig übergeschnappt oder was?«

Eleanor nahm Edward kritisch ins Visier. Sie wußte, daß er normalerweise nie etwas Unbesonnenes tat. Sie hatte noch nie jemanden kennengelernt, der sein Fach so gut beherrschte wie er. Auf dem Gebiet der Biochemie war er für sie unschlagbar. »Du bist dir ganz sicher, daß nichts passieren kann, nicht wahr?« fragte sie.

»Es kann nicht schlimmer sein als ein paar Züge von einem Joint«, entgegnete er. »Ein Milliliter enthält doch höchstens ein paar millionstel Gramm. Außerdem habe ich doch schon von dem verhältnismäßig groben Extrakt gekostet, und dabei ist mir auch nichts Schlimmes passiert. Im Gegenteil – es hat mir sogar gutgetan. Und diese Proben hier sind relativ rein.«

»Okay«, sagte Eleanor. »Gib mir auch eine Pipette.«

»Willst du wirklich?« hakte Edward nach. »Ich will dich nicht unter Druck setzen. Ich teste auch alle drei Verbindungen selbst.«

»Das glaube ich dir gern«, erwiderte Eleanor und nahm eine Pipette.

»Und wie steht's mit dir, Stanton?« wollte Edward wissen. »Du hast die einmalige Gelegenheit, Wissenschaft hautnah zu erleben. Außerdem kannst du mir ja auch mal einen Gefallen tun, wenn ich schon deinen verdammten Prospekt lesen soll.«

»Wenn ihr beiden durchgedrehten Vögel sicher seid, daß das Experiment nicht gefährlich ist, dann kann ich es sicher auch wagen«, erwiderte Stanton zögernd. »Aber eins sage ich dir: Lies den Prospekt – sonst schicke ich dir demnächst meine Mafiafreunde vorbei.« Mit diesen Worten nahm auch er eine Pipette.

»Jeder darf sich sein Gift selbst aussuchen«, sagte Edward und zeigte auf die Kolben.

»Formulier das sofort noch mal anders, sonst steige ich wieder aus«, entgegnete Stanton.

Edward lachte. Er genoß es, daß Stanton sich auch einmal unbehaglich fühlte, sonst war ja er immer derjenige, der Stanton nicht das Wasser reichen konnte.

Stanton ließ Eleanor den Vortritt und griff dann auch nach einer Flasche. »Irgendwie kommt mir das Ganze wie eine Art pharmakologisches russisches Roulette vor«, stellte er fest.

Eleanor lachte. »Du bist wirklich ein helles Köpfchen.«

»Leider nicht helle genug, um mir solch komische Vögel wie euch vom Hals zu halten«, konterte er.

»Ladies first«, sagte Edward.

Eleanor zog etwas Flüssigkeit in ihre Pipette und tröpfelte einen Milliliter auf ihre Zunge. Edward riet ihr, mit einem Glas Wasser nachzuspülen.

Die beiden Männer beobachteten sie. Niemand sagte etwas. Es verstrichen mehrere Minuten, bis Eleanor schließlich mit den Schultern zuckte. »Nichts«, sagte sie. »Außer daß mein Puls etwas schneller geworden ist.«

»Das liegt an der Aufregung«, bemerkte Stanton.

»Jetzt bist du dran«, sagte Edward.

Stanton füllte seine Pipette. »Es ist wirklich eine Schande, was ich alles tun muß, um dich für den wissenschaftlichen Beirat zu gewinnen«, klagte er. Auch er träufelte einen winzigen Tropfen der Flüssigkeit auf seine Zunge und spülte mit einem Glas Wasser hinunter.

»Schmeckt bitter«, stellte er fest. »Aber sonst spüre ich nichts.«

»Warte noch ein paar Sekunden, bis die Substanz in den Kreislauf gelangt ist«, empfahl Edward. Dann begann er, seine eigene Pipette zu füllen.

»Ich glaube, mir wird schwindelig«, sagte Stanton plötzlich.

»Gut«, erwiderte Edward. Er erinnerte sich, daß auch ihm bei seinem ersten Versuch zunächst schwindelig geworden war. »Spürst du sonst noch etwas?«

Stanton wirkte plötzlich sehr angespannt. Er verzog das Gesicht und schien mit den Augen irgend etwas zu verfolgen, das sich blitzschnell bewegte.

»Was siehst du?« wollte Edward wissen.

»Farben!« rief Stanton aufgeregt. »Ich sehe lauter Farben, die hin und her springen.« Er hatte gerade angefangen, die Farben genauer zu beschreiben, als er plötzlich innehielt und einen lauten Angstschrei ausstieß. Dann sprang er auf und rieb sich wie wild die Arme.

»Was ist los?« fragte Edward.

»Ich werde von irgendwelchen Insekten gebissen«, jammerte Stanton. Er fuchtelte hektisch mit den Armen, um sich das imaginäre Ungeziefer vom Leib zu halten. Dann rang er plötzlich nach Luft.

»Was ist jetzt los?« wollte Edward wissen.

»Mir schnürt es die Brust zu!« krächzte Stanton. »Ich kann plötzlich nicht mehr schlucken.«

Edward packte ihn am Arm, während Eleanor zum Telefon griff und zu wählen begann. Doch Edward hielt sie zurück; es sei alles in Ordnung, erklärte er. Stanton hatte sich schon wieder beruhigt. Er schloß die Augen, und über sein Gesicht huschte ein Lächeln. Edward führte ihn zu einem Stuhl, damit er sich setzen konnte.

Auf Edwards Fragen reagierte Stanton nur sehr langsam und schleppend. Er sagte, er sei beschäftigt und wolle nicht gestört werden. Auf die Frage, womit er sich denn gerade beschäftige, erwiderte er nur: »Mit verschiedenen Dingen.«

Nach zwanzig Minuten verschwand das Lächeln aus seinem Gesicht. Eine kurze Zeitlang sah es so aus, als würde er schlafen, doch dann öffnete er langsam die Augen.

Als erstes schluckte er kräftig. »Mein Mund ist so trocken wie die Wüste Gobi«, stellte er fest. »Ich brauche dringend etwas zu trinken.«

Edward goß ihm ein Glas Wasser ein und reichte es ihm. Gierig verlangte Stanton nach einem zweiten Glas.

»Mein lieber Junge«, staunte er. »In den letzten paar Minuten war ja ganz schön was los. Aber irgendwie hat es Spaß gemacht.«

»Es waren ganze zwanzig Minuten«, klärte ihn Edward auf.
»Im Ernst?« fragte Stanton.
»Wie fühlst du dich jetzt?« wollte Edward wissen.
»Wunderbar ruhig«, erwiderte Stanton.
»Hältst du dich im Augenblick für besonders scharfsichtig?« fragte Edward weiter.
»Ja«, entgegnete Stanton. »Genauso könnte man es beschreiben. Ich erinnere mich plötzlich mit einer geradezu erschreckenden Klarheit an alle möglichen Dinge.«
»Genauso ist es mir auch ergangen«, sagte Edward. »Und wie war das mit dem Erstickungsgefühl?«
»Was für ein Erstickungsgefühl?« fragte Stanton verwirrt.
»Du hast doch darüber geklagt, daß du keine Luft mehr kriegst«, sagte Edward. »Außerdem bist du angeblich von Insekten gebissen worden.«
»Daran kann ich mich nicht mehr erinnern«, mußte Stanton gestehen.
»Macht nichts«, sagte Edward. »Das Wichtigste wissen wir ja nun: Verbindung B ruft definitiv Halluzinationen hervor. Jetzt müssen wir nur noch herausfinden, wie es mit der dritten Verbindung steht.«
Edward nahm seine Dosis. Genau wie bei Eleanor warteten sie ein paar Minuten. Doch es passierte nichts.
»Mit einer Trefferquote von eins zu zwei kann ich prima leben«, stellte Edward fest. »Jetzt wissen wir also, auf welches der Alkaloide wir uns bei unseren weiteren Schritten konzentrieren müssen.«
»Vielleicht sollten wir das Zeug einfach in Flaschen füllen und es so verkaufen, wie es ist«, sagte Stanton im Scherz. »Die Hippies hätten uns den Stoff aus den Händen gerissen. Ich fühle mich großartig, beinahe euphorisch. Natürlich kann das auch an meiner Erleichterung liegen, daß ich noch einmal mit einem blauen Auge davongekommen bin. Ein bißchen Angst hatte ich schon, das muß ich zugeben.«
»Ich habe mich nach meinem ersten Versuch auch so euphorisch gefühlt«, sagte Edward. »Da es also bei uns beiden das gleiche Gefühl hervorruft, können wir das als eine Folgewirkung des Alkaloids betrachten. Aber wie dem auch sei – ich bin sehr zuversichtlich. Ich denke, wir haben es mit einem Stoff zu tun,

der auf die Psyche wirkt. Er scheint beruhigende Eigenschaften zu haben und das Erinnerungsvermögen positiv zu beeinflussen.«

»Und wir erklärst du dir, daß man plötzlich das Gefühl hat, so klar denken zu können?« fragte Stanton.

»Wahrscheinlich ist das auf eine allgemein erweiterte Hirntätigkeit zurückzuführen«, erklärte Edward. »Das kann bedeuten, daß diese neue Verbindung auch eine antidepressive Wirkung hat.«

»Das ist Musik in meinen Ohren«, staunte Stanton. »Und wie geht es nun weiter?«

»Zuerst konzentrieren wir uns auf die Chemie der Verbindung«, erklärte Edward. »Das heißt, wir entschlüsseln ihre Struktur und bestimmen ihre physikalischen Eigenschaften. Wenn wir die Struktur kennen, müssen wir herausfinden, wie man den Wirkstoff synthetisch herstellen kann, damit wir den Extrakt nicht mehr aus dem Schimmelpilz gewinnen müssen. Danach kümmern wir uns um die physiologischen Eigenschaften des Stoffs und führen Toxizitätstests durch.«

»Toxizität?« fragte Stanton. Er wurde ein bißchen blasser.

»Du hast doch nur eine minimale Dosis geschluckt«, beruhigte Edward ihn. »Mach dir keine Sorgen. Deswegen wirst du keine Probleme bekommen.«

»Und wie wollt ihr die physiologische Wirkung des Stoffs untersuchen?« wollte Stanton wissen.

»Wir werden ein mehrstufiges Verfahren anwenden«, erklärte Edward. »Du weißt vielleicht, wie die meisten Wirkstoffe mit psychedelischem Effekt funktionieren; sie imitieren einen Neurotransmitter des Gehirns. LSD etwa imitiert Serotonin. Wir werden den Stoff zuerst an einzelligen Neuronen ausprobieren und dann zu synaptisch verbundenen Mehrzellsystemen übergehen; hierbei werden wir zermahlene und zentrifugierte lebende Hirnpräparate einsetzen, und zum Schluß arbeiten wir mit intakten Nervenzellsystemen, zum Beispiel mit den Ganglien niederer Tierarten.«

»Macht ihr keine Versuche an lebenden Tieren?« fragte Stanton.

»Das kommt noch später«, erwiderte Edward. »Wahrscheinlich arbeiten wir mit Ratten und Mäusen, vielleicht auch mit ein paar

Affen. Aber das steht noch lange nicht zur Debatte. Wir müssen uns auch noch um den ganzen molekularen Bereich kümmern. Wir müssen zum Beispiel die Bindungsstellen und die Informationsübermittlung in die Zelle charakterisieren.«

»Das hört sich ja nach einem mehrjährigen Projekt an«, stellte Stanton fest.

»Vor uns liegt jedenfalls eine Menge Arbeit«, sagte Edward und strahlte Eleanor an, die zustimmend nickte. »Aber es ist wahnsinnig spannend. Dieses Projekt könnte die Chance unseres Lebens sein.«

»Haltet mich auf dem laufenden«, sagte Stanton und erhob sich. Er machte ein paar vorsichtige Schritte, um auszuprobieren, ob er die Balance halten konnte. »Ich fühle mich wirklich großartig, das muß ich schon sagen.«

Vor der Tür drehte er sich um und kam noch einmal zurück. Edward und Eleanor waren schon wieder in ihre Arbeit vertieft. »Denk dran«, mahnte er Edward. »Du hast mir versprochen, diesen verdammten Prospekt zu lesen, und ich werde dich darauf festnageln – egal, wieviel du zu tun hast.«

»Ich werde ihn lesen«, versprach Edward. »Aber ich kann dir noch nicht sagen, wann.«

Stanton formte seine Hand zu einer Pistole, hielt sie an Edwards Kopf und tat so, als würde er abdrücken.

»Kim!« rief der Stationssekretär. »Ein Anruf auf Apparat eins für Sie.«

»Ich kann jetzt nicht«, rief Kim zurück. Sie kümmerte sich gerade zusammen mit einer anderen Schwester um einen schwerkranken Patienten.

»Geh ruhig ans Telefon«, sagte die Schwester. »Ich habe hier alles unter Kontrolle.«

»Bist du sicher?« fragte Kim.

Die Schwester nickte.

Kim raste quer durch die Intensivstation und schlängelte sich geschickt durch die vielen Betten; den ganzen Vormittag über hatte sie alle Hände voll zu tun gehabt.

»Ich hoffe, ich störe Sie nicht gerade bei einer wichtigen Arbeit«, sagte die Stimme am anderen Ende.

»Wer ist denn da?« fragte Kim.

»George Harris, Ihr Bauunternehmer aus Salem. Ich sollte Sie zurückrufen.«

»Oh, bitte, entschuldigen Sie«, entgegnete Kim. Sie hatte George vor ein paar Stunden angerufen und längst vergessen, daß er noch nicht zurückgerufen hatte. »Ich hab' Ihre Stimme nicht sofort erkannt.«

»Tut mir leid, daß ich mich erst jetzt melde«, entschuldigte sich George. »Ich war die ganze Zeit auf der Baustelle. Was kann ich für Sie tun?«

»Ich hätte gerne gewußt, wann Sie den Graben wieder zuschütten«, sagte Kim. Die Frage war ihr gestern abend plötzlich in den Sinn gekommen und hatte ihr seitdem einiges Kopfzerbrechen bereitet. Sie machte sich große Sorgen, daß der Graben womöglich zugeschüttet wurde, bevor Edward Elizabeths Schädel in den Sarg zurückgelegt hatte.

»Wahrscheinlich morgen früh«, sagte George.

»Morgen schon?« fragte Kim überrascht.

»Die Arbeiter sind schon dabei, die Leitungen zu verlegen«, erklärte George. »Warum? Gibt es irgendein Problem?«

»Nein«, sagte Kim schnell. »Ich wollte es nur gerne wissen. Und wie kommen Sie sonst voran?«

»Prima«, erwiderte George. »Es läuft alles wie am Schnürchen.«

Kim machte schnell Schluß. Nachdem sie aufgelegt hatte, wählte sie die Nummer von Edwards Labor. Mit pochendem Herzen wartete sie darauf, daß jemand abnahm. Es war gar nicht einfach, zu Edward durchzukommen. Die Sekretärin weigerte sich zunächst, Edward den Anruf durchzustellen; sie sagte, sie werde ihm eine Nachricht hinterlassen und er werde später zurückrufen. Erst als Kim hartnäckig darauf bestand, wurde sie schließlich mit Edward verbunden.

»Schön, daß du anrufst«, sagte er. »Ich habe schon wieder gute Nachrichten. Inzwischen ist es uns nicht nur gelungen, die Alkaloide zu trennen – wir wissen auch schon, welches von ihnen psychoaktiv ist.«

»Das freut mich«, entgegnete Kim. »Aber es gibt ein Problem. Wir müssen schnellstens Elizabeths Schädel zurückbringen.«

»Das können wir doch am Wochenende machen«, schlug Edward vor.

»Nein«, entgegnete Kim. »Das ist zu spät. Ich habe gerade mit dem Bauunternehmer gesprochen. Morgen soll der Graben wieder zugemacht werden.«

»Oh, nein«, stöhnte Edward. »Wir kommen hier gerade mit rasender Geschwindigkeit voran. Ich möchte die Arbeit jetzt auf keinen Fall unterbrechen. Kann der Graben nicht bis zum Wochenende warten?«

»Ich habe nicht danach gefragt«, erwiderte Kim. »Und ich will auch nicht danach fragen, weil ich dann eine Begründung haben müßte. Und wie du weißt, ist der Bauunternehmer in ständigem Kontakt mit meinem Vater. Er darf auf keinen Fall etwas von der Grabschändung erfahren.«

»So ein Mist!« fluchte Edward.

Es entstand eine unangenehme Pause.

»Du hast mir versprochen, den Schädel so schnell wie möglich zurückzubringen!« sagte Kim schließlich.

»Aber es paßt im Moment wirklich unheimlich schlecht in meinen Zeitplan«, sagte Edward kleinlaut. »Könntest du ihn nicht vielleicht selbst zurück in den Sarg legen?«

»Du machst wohl Witze«, entgegnete Kim. »Ich konnte den Kopf nicht einmal ansehen, und jetzt soll ich ihn sogar anfassen?«

»Du mußt ihn ja gar nicht anfassen«, sagte Edward schnell. »Du entfernst einfach das beschädigte Brett und stellst die Kiste hinein. Du mußt sie nicht aufmachen.«

»Edward, du hast es versprochen!« wiederholte Kim vorwurfsvoll.

»Bitte«, flehte Edward. »Ich werde es irgendwie wiedergutmachen. Aber ich kann das Labor jetzt wirklich nicht verlassen. Wir sind gerade dabei, die Struktur der Verbindung zu entschlüsseln.«

»Also gut«, seufzte Kim. Es war ihr schon immer schwergefallen, nein zu sagen, wenn sie von einem Freund um einen Gefallen gebeten wurde. Und im Grunde hatte sie nichts dagegen, nach Salem zu fahren. Sie wußte, daß es gut war, sich so oft wie möglich vor Ort vom Fortschreiten der Bauarbeiten zu überzeugen.

»Und wie soll ich an die Kiste kommen?« wollte sie wissen.

»Ganz einfach«, erwiderte Edward. »Ich schicke sie dir per Kurier, dann hast du sie noch vor Feierabend. Wie findest du das?«

»Also gut, aber nur weil du es bist«, willigte Kim schließlich ein.

»Ruf mich im Labor an, wenn du zurück bist«, sagte Edward. »Ich bin mindestens bis Mitternacht hier, wahrscheinlich noch länger.«

Gedankenverloren ging Kim wieder an die Arbeit. Während sie geschäftig zwischen den Betten hin- und herlief, ärgerte sie sich immer mehr darüber, daß sie Edward überhaupt gestattet hatte, den Schädel aus dem Sarg zu nehmen. Je länger sie darüber nachdachte, daß sie selbst ihn nun wieder zurücklegen sollte, desto unerträglicher wurde ihr der Gedanke. Und während es ihr am Telefon noch ganz vernünftig erschienen war, den Schädel einfach in der Kiste zu lassen, gelangte sie jetzt zu der Überzeugung, daß sie das auf keinen Fall mit ihrem Ordnungssinn vereinbaren konnte. Es blieb ihr gar nichts anderes übrig, als den Schädel aus der Kiste zu nehmen – ein Gedanke, bei dem es ihr kalt den Rücken herunterlief.

Sie war gerade mit einer intravenösen Injektion beschäftigt, die ihr nicht recht gelingen wollte, als ihr der Stationssekretär auf die Schulter klopfte.

»Es ist gerade ein Paket für Sie gekommen«, sagte er und zeigte auf einen Boten, der neben der Stationsaufnahme stand und sichtlich verlegen war. »Sie müssen noch die Quittung unterschreiben.«

Kim sah zu dem Boten hinüber. Die Atmosphäre auf der chirurgischen Intensivstation schien ihn ziemlich mitzunehmen. Vor seiner Brust hing ein Klemmbrett mit Stift und Papier, und neben ihm stand eine in Computerpapier eingewickelte Kiste, die mit einem Band verschnürt war. Kims Herzschlag setzte für einen Augenblick aus.

»Wir wollten ihn überreden, das Paket in der Poststelle abzugeben«, erklärte der Sekretär. »Aber er besteht darauf, es Ihnen persönlich auszuhändigen.«

»Danke, ich kümmere mich darum«, erwiderte Kim nervös. Während sie zur Stationsaufnahme hinüberging, blieb ihr der Sekretär dicht auf den Fersen. Und zu allem Überfluß mußte in diesem Augenblick auch noch Kinnard hinter dem Schreibtisch auftauchen; er hatte offenbar dort gesessen, um etwas in eine Patientenakte einzutragen. Jetzt war er gerade dabei, die Empfangsquittung für das Paket zu mustern. Kim hatte ihn seit ihrer kleinen Auseinandersetzung in Salem nicht mehr gesehen.

»Was haben wir denn hier?« fragte Kinnard.

Kim nahm schnell das Klemmbrett, das der Bote ihr hinhielt, und unterschrieb hastig.

»Ein Paket für Mrs. Stewart persönlich«, erklärte der Sekretär.

»Das sehe ich«, entgegnete Kinnard. »Und ich sehe auch, wer der Absender ist: Dr. Edward Armstrong. Was sich wohl in dem Paket befinden mag.«

»Das steht nicht auf der Quittung«, erwiderte der Sekretär.

»Gib mir sofort das Paket!« forderte Kim ihn mit strenger Miene auf. Sie langte über den Tresen und wollte es ihm abnehmen, doch Kinnard wich einen Schritt zurück.

Er grinste hochnäsig. »Das Paket ist von einem der zahlreichen Verehrer Mrs. Stewarts«, erklärte er dem Sekretär. »Wahrscheinlich sind Süßigkeiten drin. Wirklich clever von ihm, die Kiste mit seinem kleinen Liebesbeweis in Computerpapier einzuwickeln.«

»Es ist das erste Mal, daß ein Mitarbeiter hier auf der Intensivstation ein persönliches Paket bekommt«, bemerkte der Sekretär.

»Jetzt gib mir das Paket!« forderte Kim ihren Exfreund noch einmal auf. Sie war inzwischen knallrot, und vor ihrem inneren Auge sah sie die Kiste bereits heruntergefallen und Elizabeths Schädel über den Boden rollen.

Kinnard schüttelte die Kiste vorsichtig und horchte. Von der anderen Seite des Tresens konnte Kim deutlich hören, wie der schwere Schädel dumpf gegen die Seitenwände des Pakets kullerte.

»Sind wohl doch keine Süßigkeiten«, stichelte Kinnard weiter und verzog das Gesicht. »Es sei denn, er hat ihr einen Fußball aus Schokolade geschickt. Was glauben Sie, was da drin ist?« wandte er sich an den Sekretär und schüttelte das Paket noch einmal.

Kim war die Situation so unangenehm, daß sie am liebsten im Erdboden versunken wäre. Sie ging um den Tresen herum und versuchte Kinnard das Paket wegzunehmen, doch der hielt es hoch über seinen Kopf, so daß sie es nicht zu fassen bekam.

Plötzlich kam Marsha Kingsley von der anderen Seite um den

Tresen gestürmt. Wie die meisten anderen Mitarbeiter der Station hatte sie mitbekommen, was sich zwischen Kinnard und Kim abspielte. Sie stellte sich hinter Kinnard und zog seinen Arm herunter. Er leistete keinerlei Widerstand. Marsha nahm ihm das Paket ab und gab es Kim.

Da Marsha sah, daß Kim völlig aufgelöst war, zog sie sich kurz mit ihr in ein freies Zimmer zurück. Sie hörte, wie Kinnard und der Sekretär sich über sie lustig machten.

»Mach dir nichts draus«, versuchte Marsha ihre Freundin zu beruhigen. »Manche Leute haben eben einen seltsamen Humor. Es wird höchste Zeit, daß ihm mal jemand einen ordentlichen Tritt in seinen irischen Hintern verpaßt!«

»Vielen Dank für deine Hilfe«, sagte Kim. Sie hatte sich zwar schon ein bißchen beruhigt, doch ihre Hände zitterten immer noch.

»Ich verstehe nicht, was in ihn gefahren ist«, fuhr Marsha fort. »Warum tyrannisiert er dich nur so? Eine solche Behandlung hast du wirklich nicht verdient!«

»Er ist verletzt, weil ich mit Edward angebändelt habe«, erklärte Kim.

»Du willst ihn auch noch in Schutz nehmen?« fragte Marsha ungläubig. »Also ich kaufe Kinnard die Rolle des verschmähten Liebhabers wirklich nicht ab. Er ist ein verdammter Aufreißertyp!«

»Wen hat er sich denn geangelt?« wollte Kim wissen.

»Die neue Blonde aus der Notaufnahme.«

»Oh, das ist ja phantastisch«, bemerkte Kim sarkastisch.

»Das wird er schon noch selber merken«, sagte Marsha. »Nach allem, was man über die Frau hört, muß sie der Anstoß zu all den dämlichen Blondinenwitzen gewesen sein.«

Nach der Arbeit trug Kim das Paket zu ihrem Auto und packte es in den Kofferraum. Sie war unschlüssig, was sie als nächstes tun sollte. Ursprünglich hatte sie vorgehabt, dem Archiv des State House einen Besuch abzustatten. Nun überlegte sie, ob sie den Besuch nicht auf einen anderen Nachmittag verschieben sollte. Doch dann beschloß sie, beides miteinander zu verbinden; ihre unangenehme Aufgabe in Salem konnte sie sowieso erst in Angriff nehmen, wenn die Arbeiter die Baustelle verlassen hatten.

Kim ließ ihr Auto im Parkhaus des Krankenhauses stehen und ging durch Beacon Hill zum Massachusetts State House hinauf, einem imposanten Gebäude mit einer goldenen Kuppel. Nach der Arbeit im Krankenhaus genoß sie die frische Luft in vollen Zügen. Es war ein warmer, angenehmer Sommertag. Vom Meer wehte eine leichte Brise herüber, und die Luft schmeckte nach Salz. Als sie am Boston Commons vorbeiging, hörte sie das laute Kreischen der Möwen.

Am Informationsschalter des Parlaments fragte Kim nach dem Massachusetts-State-Archiv. Sie wurde an William MacDonald, einen stämmigen Angestellten, verwiesen. Ihm zeigte sie die Kopien von Ronalds Antrag und der abschlägigen Entscheidung Richter Hathornes.

»Das ist ja hochinteressant«, staunte William. »Ich liebe diese alten Dokumente. Wo haben Sie sie denn ausgegraben?«

»Im Gerichtsarchiv des Essex County«, erwiderte Kim.

»Und was kann ich für Sie tun?« wollte William wissen.

»Richter Hathorne hat Mr. Stewart empfohlen, einen neuen Antrag beim Gouverneur zu stellen, weil das Beweismittel, auf dessen Herausgabe er klagte, zwischenzeitlich im Bezirk Suffolk aufbewahrt wurde. Ich wüßte gerne, was der Gouverneur ihm geantwortet hat. Am meisten interessiert mich allerdings, um was für ein Beweisstück es sich eigentlich gehandelt hat. Aus irgendeinem Grund wird es weder in dem Antrag noch in der Entscheidung näher beschrieben.«

»Das muß Gouverneur Phips gewesen sein, der über den Antrag entschieden hat«, sagte William und strahlte über das ganze Gesicht. »Geschichte ist mein Steckenpferd, müssen Sie wissen. Dann wollen wir mal sehen, ob ich Ronald Stewart in meinem Computer finden kann.«

Während er sein elektronisches Register durchstöberte, versuchte Kim auf seinem Gesicht zu lesen, denn sie konnte die Daten auf dem Bildschirm trotz großer Anstrengung nicht erkennen. Zu ihrer Enttäuschung schüttelte er nach jeder Eingabe den Kopf.

»Kein Ronald Stewart«, sagte er schließlich. Dann warf er noch einmal einen Blick auf die richterliche Entscheidung und kratzte sich am Kopf. »Ich weiß wirklich nicht, wo ich ihn jetzt noch suchen könnte. Ich habe sogar schon versucht, ihn mit Hilfe eines

Verweises auf Gouverneur Phips zu finden. Aber ich bekomme einfach keine Daten. Das Problem ist, daß nicht mehr alle Unterlagen aus dem siebzehnten Jahrhundert existieren, und die vorhandenen Papiere sind nicht vollständig in den Index aufgenommen oder katalogisiert worden. Von solchen persönlichen Anträgen gibt es jede Menge. Damals hat es wahnsinnig viele Streitereien und Auseinandersetzungen gegeben. Die Leute haben mindestens genauso oft gegeneinander geklagt wie heute.«

»Und was ist mit dem Datum?« fragte Kim. »3. August 1692. Können Sie damit etwas anfangen?«

»Ich fürchte, nein«, erwiderte William. »Tut mir leid.«

Kim bedankte sich und ging. Sie war enttäuscht. Bei ihrer Recherche in Salem war es so einfach gewesen, den Antrag zu finden. Deshalb hatte sie große Hoffnungen gehegt, im Bostoner Archiv auf die Entscheidung des Gouverneurs zu stoßen, in der wahrscheinlich auch dieses mysteriöse Beweisstück näher definiert wurde, das man damals gegen Elizabeth ins Feld geführt hatte.

»Warum hat Ronald dieses verdammte Beweisstück nicht näher beschrieben?« überlegte sie, während sie durch Beacon Hill wieder hinabmarschierte. Doch plötzlich schoß ihr durch den Kopf, daß gerade die Tatsache, daß er das Beweisstück nicht näher beschrieben hatte, von großer Bedeutung sein konnte. Vielleicht war das schon ein Hinweis oder eine Botschaft.

Kim seufzte. Je länger sie sich den Kopf über das mysteriöse Beweisstück zerbrach, desto neugieriger wurde sie. Im Moment bildete sie sich sogar ein, daß ihre Neugierde mit diesem merkwürdigen Gefühl zusammenhing, Elizabeth versuche, Kontakt mit ihr aufzunehmen.

Als Kim die Cambridge Street erreichte, steuerte sie auf die Massachusetts General Garage zu. Nach ihrer mißlungenen Suche im Archiv des State House war ihr klar, daß sie nun auf die gewaltige Dokumentensammlung in der Burg zurückgreifen mußte, wenn sie mehr herausfinden wollte. Damit stand sie vor einer Aufgabe, die eigentlich nicht zu bewältigen war.

Kim stieg in ihr Auto und fuhr nach Salem. Diesmal war die Fahrt eher unangenehm; sie war mitten in den Feierabendverkehr geraten.

Während sie auf dem Storrow Drive im Stau stand, dachte sie an die blonde Frau, mit der Kinnard jetzt offenbar liiert war. Sie war froh, daß sie Edward angeboten hatte, bei ihr einzuziehen. Natürlich wollte sie gerne mit ihm zusammenleben, weil sie ihn mochte, doch sie mußte sich eingestehen, daß es ihr auch eine gewisse Genugtuung bereitete, Kinnard und ihrem Vater dadurch eins auswischen zu können.

Plötzlich fiel ihr wieder ein, daß sie mit Elizabeths Schädel im Kofferraum durch die Gegend fuhr. Als sie sich in Erinnerung rief, mit welcher Begründung es Edward abgelehnt hatte, sie nach Salem zu begleiten, begann sie sich ernsthaft über sein Verhalten zu wundern. Immerhin hatte er ihr versprochen, die Sache zu regeln, und er wußte, wie sehr es ihr widerstrebte, den Schädel selbst zurückzulegen. Irgendwie paßte dieses Benehmen nicht zu seiner sonstigen Zuvorkommenheit, und das brachte sie ziemlich ins Grübeln.

»Was soll ich dazu sagen?« fragte Edward wütend. »Muß ich Ihnen denn ständig die Hand halten?« Er sprach mit Jaya Dawar, einem intelligenten neuen Doktoranden aus Bangalore in Indien. Jaya war erst seit dem ersten Juli an der Harvard University und war noch auf der Suche nach dem richtigen Thema für seine Doktorarbeit.

»Ich dachte, Sie könnten mir vielleicht noch etwas Literatur empfehlen«, erwiderte Jaya kleinlaut.

»Ich kann Ihnen eine ganze Bibliothek empfehlen«, donnerte Edward und zeigte in die Richtung, in der sich die Countway Medical Library befand. »Sie ist nur hundert Meter von hier entfernt. Jeder Mensch muß damit leben, daß die Nabelschnur irgendwann durchtrennt wird. Gewöhnen Sie sich an, etwas eigenständiger zu arbeiten!«

Jaya verbeugte sich und zog sich schweigend zurück.

Edward wandte sich wieder den winzigen Kristallen zu, die er gerade heranzüchtete.

»Vielleicht sollte ich das Projekt mit den neuen Alkaloiden allein übernehmen«, schlug Eleanor vorsichtig vor. »Du kannst mir ja dabei über die Schulter sehen.«

»Und selbst auf den ganzen Spaß verzichten?« fragte Edward. Er beobachtete gerade durch ein Binokularmikroskop einige Kristalle, die sich auf der Oberfläche einer übersättigten Lösung bildeten, welche er auf den Objektträger aufgetragen hatte.

»Ich denke ja nur darüber nach, wie du es schaffen willst, deinen ganzen anderen Verpflichtungen nachzukommen«, gab Eleanor zu bedenken. »Hier im Labor sind jede Menge Studenten und Doktoranden auf deinen Rat angewiesen. Außerdem habe ich gehört, daß die Studenten aus dem Grundkurs sich schon beschwert haben, weil sie dich nie mehr zu Gesicht bekommen.«

»Ralph kennt den Stoff genauso gut wie ich«, erwiderte Edward.

»Aber er unterrichtet nicht gerne«, bemerkte Eleanor.

»Ich weiß dein Angebot wirklich zu schätzen«, sagte Edward. »Aber diese Gelegenheit lasse ich mir auf keinen Fall entgehen. Ich spüre es regelrecht in den Knochen, daß wir einen dicken Fisch an der Angel haben. Wie oft kommt es schon vor, daß einem ein Milliarden Dollar schweres Molekül in den Schoß fällt?«

»Bis jetzt wissen wir noch gar nichts«, versuchte Eleanor ihn zu bremsen. »Im Moment haben wir nur Vermutungen; es kann sich ebensogut herausstellen, daß die Verbindung vollkommen wertlos ist.«

»Aber je intensiver wir an der neuen Verbindung arbeiten, desto schneller wissen wir, womit wir es zu tun haben«, entgegnete Edward. »Die Studenten müssen eben mal eine Zeitlang auf mich verzichten. Vielleicht tut ihnen das ja sogar ganz gut.«

Je näher Kim dem Familienanwesen kam, desto mulmiger wurde ihr. Sie hatte fast den Eindruck, als ob die Hexenhysterie von 1692 einen bedrohlichen Schatten auf die Gegenwart warf, da sie gleich zu Beginn der Renovierungsarbeiten Elizabeths Grab entdeckt hatten.

Als Kim durch das offene Tor fuhr, fürchtete sie, daß die Arbeiter die Baustelle womöglich noch nicht verlassen hatten. Beim Näherkommen mußte sie feststellen, daß ihre Befürchtung sich bestätigte. Vor dem alten Haus standen zwei Fahrzeuge. Kim war nicht gerade glücklich darüber. Sie hatte inständig gehofft, daß die Arbeiter bereits Feierabend hätten.

Sie parkte neben den beiden Autos und stieg aus. Im gleichen Augenblick standen auch schon George Harris und Mark Stevens in der Haustür. Im Gegensatz zu Kim schienen sie bester Laune zu sein, und sie freuten sich offensichtlich, ihre Auftraggeberin zu sehen.

»Das ist ja wirklich eine nette Überraschung«, rief Mark. »Wir hatten gehofft, Sie später noch telefonisch zu erwischen, aber natürlich ist es viel besser, persönlich mit Ihnen zu sprechen. Wir haben jede Menge Fragen.«

In der nächsten halben Stunde ließ Kim sich von Mark und George durch das Haus führen. Dabei besserte sich ihre Laune zusehends. Zu ihrer großen Freude hatte Mark ein paar Musterfliesen mitgebracht, damit sie sich schon mal Gedanken über den Bodenbelag in Küche und Bad machen konnte.

Als sie mit der Innenbesichtigung fertig waren, gingen sie nach draußen. Während sie das Haus betrachteten, sagte Kim, daß sie für den Anbau gern die gleichen rautenförmigen Fenster hätte wie im Hauptteil des Gebäudes.

»Solche Fenster gibt es nur als Spezialanfertigung«, gab George zu bedenken. »Sie sind erheblich teurer als die Fenster, die wir vorgesehen hatten.«

»Ich möchte sie trotzdem haben«, erwiderte Kim, ohne zu zögern.

Das Schieferdach sollte ausgebessert und nicht durch ein neues ersetzt werden. Mark mußte ihr darin zustimmen, daß die Schieferplatten in der Tat besser aussehen würden. Daraufhin erteilte Kim ihnen den Auftrag, auch die Dachpappe auf dem alten Stall zu entfernen und ebenfalls durch Schieferplatten zu ersetzen.

Zwischenzeitlich hatten sie den Graben erreicht. Als Kim sich vorbeugte, sah sie, daß inzwischen ein Abflußrohr, eine Wasserleitung, ein Stromkabel, eine Telefonleitung und ein Fernsehkabel verlegt worden waren. Erleichtert stellte sie fest, daß der Sarg noch immer aus der Wand des Grabens ragte.

»Was wird mit dem Graben passieren?« wollte sie wissen.

»Er wird morgen wieder zugeschüttet«, erwiderte George.

Kim lief ein kalter Schauer über den Rücken; wenn George sie nicht angerufen hätte, hätte sie wirklich in einem Dilemma gesteckt.

»Glauben Sie, die Arbeiten können bis zum ersten September abgeschlossen werden?« fragte Kim, um die beunruhigenden Gedanken aus ihrem Kopf zu vertreiben.

Mark warf George einen fragenden Blick zu.

»Wenn keine unvorhergesehenen Probleme auftreten, müßten

wir es eigentlich schaffen«, sagte George. »Ich werde morgen früh die Fenster bestellen. Wenn sie nicht rechtzeitig lieferbar sind, können wir ja vorübergehend andere Fenster einsetzen.«

Nachdem die beiden endlich weggefahren waren, ging Kim ins Haus und suchte nach einem Hammer. Als sie ihn gefunden hatte, holte sie aus dem Kofferraum ihres Autos das Paket.

Während sie den Graben entlangging und nach einer flachen Einstiegsstelle suchte, registrierte sie überrascht, wie nervös sie war. Sie kam sich vor wie eine Diebin; alle paar Meter blieb sie stehen und horchte auf Geräusche.

Nachdem sie in den Graben gestiegen war und in Richtung Sarg zurückging, wurde es noch schlimmer. Zu allem Überfluß bekam sie plötzlich auch noch Platzangst. Über ihr ragten die endlosen Erdwände in den Himmel. Wenn sie aufsah, schienen sie sich über ihrem Kopf zu berühren, so daß sie Angst hatte, sie könnten jeden Moment einbrechen.

Mit zittrigen Händen machte sie sich an die Arbeit. Mit der Nagelklaue des Hammers stemmte sie das Kopfteil des Sargs auf und warf dann einen skeptischen Blick auf die mitgebrachte Kiste.

Nun stand ihr der unangenehmste Teil bevor. Ohne lange zu überlegen, entfernte sie hastig die Verpackung. Sosehr es ihr auch widerstrebte, den Schädel zu berühren – es war ihre heilige Pflicht, das Grab zumindest annähernd wieder so herzurichten, wie sie es vorgefunden hatten.

Kim öffnete die Laschen des Pappkartons und äugte vorsichtig hinein. Der Totenkopf lag mit dem Gesicht nach oben; an den Seiten war er von platt gedrücktem und vertrocknetem Haar umgeben. Kim starrte in die ausgetrockneten und eingesunkenen Augenhöhlen von Elizabeth. Sie schauderte. Verzweifelt versuchte sie, das grausige Gesicht der Mumie mit dem anmutigen Portrait in Einklang zu bringen; sie wollte es restaurieren und neu rahmen lassen.

Kim hielt die Luft an und griff in die Kiste. Als sie den Schädel berührte, bekam sie eine Gänsehaut; sie hatte das Gefühl, den Tod persönlich anzufassen.

Um nicht über irgendwelche Kabel und Leitungen zu stolpern, drehte Kim sich mit äußerster Vorsicht um und legte den Totenkopf zurück in den Sarg. Behutsam plazierte sie ihn an seinen ursprünglichen Platz. Sie berührte dabei mehrere feste Objekte, doch sie traute sich nicht nachzusehen, was es war. Eilig machte sie sich daran, das Kopfende des Sarges wieder festzunageln.

Als sie fertig war, packte sie die leere Kiste und die Schnüre zusammen und rannte zurück zum Auto. Erst als sie alles im Kofferraum verstaut hatte, entspannte sie sich etwas. Sie atmete einmal tief durch und war froh, daß sie die Sache hinter sich gebracht hatte.

Sie ging noch einmal zurück und warf einen letzten Blick auf den Sarg; sie wollte sichergehen, daß sie nichts vergessen hatte. Doch außer ihren Fußspuren war nichts zu entdecken.

Kim blieb noch eine Weile stehen, doch sie wandte ihren Blick von dem Sarg ab und betrachtete ihr ruhig daliegendes, gemütlich wirkendes Cottage. Als sie über das Feld zu der einsamen Burg hinüberblickte, türmten sich vor ihren Augen die unzähligen Aktenschränke, Koffer und Kisten auf.

Sie warf einen Blick auf die Uhr und stellte fest, daß es noch ein paar Stunden hell sein würde. Kurz entschlossen ging sie zu ihrem Auto und fuhr hinüber zur Burg.

Sie öffnete die schwere Eingangstür und pfiff leise vor sich hin, um sich Mut zu machen. Als sie vor der großen Treppe stand, zögerte sie. Natürlich war der Dachboden ein angenehmerer Aufenthaltsort als der finstere Weinkeller, doch ihre letzte Suchaktion auf dem Boden war ergebnislos gewesen. Sie hatte nicht ein einziges Dokument aus dem siebzehnten Jahrhundert entdeckt – obwohl sie nahezu fünf Stunden lang etliche Papierberge durchforstet hatte.

Kurz entschlossen machte sie kehrt, durchquerte das Eßzimmer und öffnete die schwere Eichentür, die in den Weinkeller führte. Bevor sie die Treppe hinabstieg, schaltete sie die Kellerbeleuchtung ein. Sie ging den langen Hauptflur entlang und warf im Vorbeigehen einen kurzen Blick in jedes Abteil.

Vor einem der zellenartigen Räume zögerte sie kurz: Irgend etwas schien hier anders. Sie nahm das Inventar etwas genauer in Augenschein. Wie überall standen auch hier jede Menge Aktenschränke, Kommoden, Koffer und Kisten herum. Doch dann fiel ihr auf einer der Kommoden eine Holzschachtel ins Auge, die ihr irgendwie bekannt vorkam. Sie erinnerte sie an das Bibelkästchen, daß die Führerin ihnen bei ihrem Besuch des Hexenhauses als unverzichtbaren Bestandteil eines jeden puritanischen Haushalts beschrieben hatte.

Kim ging zu der Kommode und strich vorsichtig über die Oberfläche des Kästchens; ihre Finger hinterließen in der dicken Staubschicht deutliche Streifen. Das Holz war zwar unbearbeitet, aber trotzdem ganz glatt. Das Kästchen schien sehr alt zu sein. Kim nahm es hoch und klappte vorsichtig den Deckel auf.

Wie erwartet lag in der Kiste eine abgegriffene, in dickes Leder gebundene Bibel. Kim nahm die Heilige Schrift heraus und sah, daß sich darunter mehrere Umschläge und Papiere befanden. Aufgeregt ging sie mit dem Buch auf den Flur, wo das Licht besser war. Sie schlug die erste Seite auf und suchte nach dem Erscheinungsdatum. Die Bibel war im Jahr 1635 in London gedruckt worden! Handschriftlich war auf der Innenseite des Deckels *Ronald Stewarts Bibel, 1663* vermerkt. Hastig blätterte Kim die Seiten durch; sie hoffte, vielleicht ein paar achtlos hineingesteckte und vergessene Papiere zu entdecken, doch sie fand nichts dergleichen.

Als sie die hinteren Seiten der Bibel durchblätterte, fand sie mehrere unbedruckte Seiten mit der Überschrift »Persönliche Vermerke«. Da, wo der Bibeltext endete, hatte Ronald sämtliche Eheschließungen, Geburten und Todesfälle seiner Familie festgehalten. Kim nahm ihren Zeigefinger zu Hilfe und ging die Daten der Reihe nach durch. Schließlich stieß sie auf den Eintrag über Ronalds dritte Hochzeit; er hatte Rebecca am Samstag, dem 1. Oktober 1692 geheiratet!

Kim war entsetzt. Als Ronald Elizabeths jüngere Schwester geheiratet hatte, war Elizabeth gerade zehn Wochen tot gewesen! Wieder schoß ihr durch den Kopf, daß er womöglich etwas mit Elizabeths Hinrichtung zu tun gehabt hatte. Angesichts einer derart überstürzten Wiederheirat konnte sie sich nur schwer vorstellen, daß Ronald und Rebecca nicht schon vorher eine Affäre miteinander gehabt hatten.

Durch ihre Entdeckung ermutigt, widmete Kim sich noch einmal dem Bibelkästchen und nahm die Umschläge und Papiere heraus. Gespannt öffnete sie die Briefe und hoffte, auf persönliche Korrespondenz zu stoßen, doch sie wurde enttäuscht. Es waren nur Geschäftsunterlagen aus der Zeit zwischen 1810 und 1837.

Kim wandte sich dem nächststehenden Aktenschrank zu. Sie sah sich jedes einzelne Papier genau an; die meisten Dokumente waren zwar relativ alt, aber nicht besonders interessant. Doch dann erweckte ein mehrseitiges, zusammengefaltetes Schriftstück, das mit einem Wachssiegel versehen war, ihre Aufmerksamkeit. Sie faltete es vorsichtig auseinander; es war die Übertragungsurkunde eines großen Gebietes, das als Northfields Property bezeichnet wurde.

Auf der zweiten Seite des Schriftstücks entdeckte Kim eine Karte. Sie hatte keinerlei Schwierigkeiten, die Gegend wiederzuerkennen. Es waren der derzeitige Stewartsche Familienbesitz sowie das Land, auf dem sich heute der Kernwood Country Club und der Greenlawn-Friedhof befanden. Das Gebiet erstreckte sich bis hinter den Danvers River, der in der Karte Wooleston River genannt wurde, und schloß auch noch ein kleines Gebiet des heutigen Beverly mit ein. Im Nordwesten grenzte das bezeichnete Grundstück an die heutigen Gemeinden Peabody und Danvers, die in der Urkunde unter dem Namen Salem Village aufgeführt waren.

Als Kim weiterblätterte, fiel ihr der interessanteste Teil der Urkunde ins Auge. Als Käufer hatte Elizabeth Flanagan Stewart unterzeichnet. Der Vertrag war am 3. Februar 1692 geschlossen worden.

Kim überlegte, warum Elizabeth und nicht Ronald das Land gekauft hatte. Es kam ihr seltsam vor, auch wenn sie sich an den vorehelichen Vertrag erinnerte, den sie im Gerichtsgebäude des Essex County gefunden hatte und der Elizabeth ausdrücklich das Recht zubilligte, in eigenem Namen Verträge abzuschließen. Aber warum hatte Elizabeth den Kaufvertrag unterzeichnet? Immerhin hatte es sich um ein riesiges Gebiet gehandelt, das ein Vermögen gekostet haben mußte.

An der letzten Seite des Vertrages war ein kleineres Blatt angeheftet, das in einer anderen Handschrift beschrieben worden war. Mit einiger Mühe gelang es Kim, die Unterschrift zu entziffern. Die Seite war von Richter Jonathan Corwin unterzeichnet, dem einstigen Bewohner des berühmten Hexenhauses.

Kim hielt das Dokument ins Licht, weil die Schrift nur schwer zu entziffern war. Es war ein von Richter Corwin erlassener Bescheid; er lehnte einen Antrag von Thomas Putnam ab, der das

Gericht aufgefordert hatte, den Kaufvertrag für null und nichtig zu erklären, weil dieser unberechtigterweise von Elizabeth unterzeichnet worden sei.

Richter Corwin hatte in dem Bescheid abschließend festgehalten: »Die Rechtmäßigkeit der Unterschrift auf der obengenannten Urkunde beruht auf dem zwischen Ronald Stewart und Elizabeth Flanagan am 11. Februar 1681 geschlossenen Vertrag.«

»Unglaublich«, murmelte Kim. Sie hatte das Gefühl, durch ein Fenster zu schauen und die Ereignisse des späten siebzehnten Jahrhunderts mitzuerleben. Den Namen Thomas Putnam kannte sie aus den Büchern, die sie gelesen hatte. Putnam hatte damals eine wichtige Rolle gespielt. Kim wußte, daß sowohl Thomas Putnams Frau als auch seine Tochter zu den Befallenen gehört und viele Frauen wegen Hexerei angeschwärzt hatten. Offenbar hatte Thomas Putnam nichts von dem vorehelichen Vertrag zwischen Ronald und Elizabeth gewußt, als er den Antrag auf eine Nichtigkeitserklärung gestellt hatte.

Nachdenklich faltete Kim die Urkunde und die richterliche Entscheidung wieder zusammen. Was sie gerade erfahren hatte, konnte ein wichtiger Hinweis für die Klärung von Elizabeths Schicksal sein. Offenbar hatte es Thomas Putnam nicht gepaßt, daß Elizabeth das Land gekauft hatte; wenn man in Betracht zog, welch wichtige Rolle er bei den Hexenprozessen gespielt hatte, dann war es bestimmt nicht von Vorteil gewesen, so einen Mann zum Feind zu haben. Vielleicht war Elizabeth diese Geschichte zum Verhängnis geworden.

Sie legte die Urkunde mitsamt der angehefteten Entscheidung auf die Bibel und sah sich die übrigen Papiere aus dem Kästchen an. Zu ihrer Freude entdeckte sie ein weiteres Schreiben aus dem siebzehnten Jahrhundert, doch während sie den Text überflog, schwand ihre Begeisterung. Es war ein Vertrag zwischen Ronald Stewart und einem Olaf Sagerholm aus dem schwedischen Göteborg. In dem Vertrag wurde Olaf mit dem Bau eines neuartigen, schnellen Fregattenschiffs beauftragt. Das Schiff sollte eine Länge von vierzig Metern, eine Breite von elf Metern und bei voller Beladung einen Tiefgang von sechseinhalb Metern haben. Das Dokument war am 12. Dezember 1691 aufgesetzt worden.

Kim legte die Bibel und die beiden Schriftsätze aus dem siebzehnten Jahrhundert zurück in die Holzschachtel und trug sie zu einem Konsoltischchen hinüber, das neben der Kellertreppe stand. In dieser Schachtel wollte sie von nun an alle Unterlagen sammeln, die in irgendeiner Weise Aufschluß über Elizabeth oder Ronald gaben. Deshalb holte sie als nächstes den Brief von James Flanagan und legte ihn zu den anderen Papieren in die Schachtel.

Anschließend ging sie noch einmal in die Zelle, in der sie das Bibelkästchen entdeckt hatte, und machte sich daran, die gesamte Kommode zu durchforsten, auf der das Kästchen gestanden hatte. Nach ein paar Stunden intensiver Suche richtete sie sich auf und streckte sich. Sie hatte nichts Interessantes mehr gefunden. Sie warf einen Blick auf ihre Uhr und mußte feststellen, daß es schon fast acht war; es war höchste Zeit, sich auf den Rückweg nach Boston zu machen.

Die Rückfahrt war wesentlich angenehmer als die Hinfahrt. Bis zum Stadtrand herrschte kaum Verkehr. Eigentlich wäre Kim nur ganz kurz auf dem Storrow Drive geblieben, doch sie entschied sich kurzfristig, erst die Ausfahrt Fenway zu nehmen. Ihr war plötzlich eingefallen, daß sie Edward ja auch im Labor besuchen könnte, anstatt ihn einfach nur anzurufen. Nachdem sie Elizabeths Schädel so problemlos hatte zurück in den Sarg befördern können, hatte sie nun ein schlechtes Gewissen, weil sie vorher so einen Aufstand deswegen gemacht hatte.

Am Eingang zur medizinischen Hochschule zeigte Kim dem Pförtner ihren Krankenhausausweis und wurde sofort durchgelassen. Da sie nach einem gemeinsamen Abendessen einmal mit Edward im Labor gewesen war, kannte sie den Weg. Das Fachbereichssekretariat war dunkel. Kim klopfte an eine Tür aus Milchglas, von der sie wußte, daß sie direkt ins Labor führte.

Als niemand öffnete, klopfte sie noch einmal, diesmal etwas fester. Sie drückte die Klinke herunter, doch die Tür war abgeschlossen. Nachdem sie ein drittes Mal geklopft hatte, konnte sie durch das Milchglas erkennen, wie sich jemand näherte.

Die Tür wurde geöffnet, und vor ihr stand eine schlanke, blonde Schönheit, deren kurvenreiche Figur sich deutlich unter ihrem großen, weißen Laborkittel abzeichnete.

»Ja, bitte?« sagte Eleanor der Form halber und musterte Kim von Kopf bis Fuß.

»Ich möchte zu Dr. Edward Armstrong«, sagte Kim.

»Er empfängt jetzt keine Besucher«, erwiderte Eleanor und

wollte die Tür wieder schließen. »Sie können sich morgen früh im Fachbereichssekretariat melden.«

»Ich denke, mich würde er auch jetzt empfangen«, sagte Kim zögernd. Tatsächlich war sie sich dessen gar nicht so sicher; vielleicht hätte sie doch besser anrufen sollen.

»Um diese Zeit?« fragte Eleanor von oben herab. »Wie heißen Sie? Sind Sie eine Studentin von ihm?«

»Nein«, erwiderte Kim. »Ich bin keine Studentin.« Die Frage schien ihr ziemlich absurd; schließlich trug sie immer noch ihre Schwesternuniform. »Mein Name ist Kimberly Stewart.«

Ohne ein weiteres Wort knallte Eleanor ihr die Tür vor der Nase zu. Kim wartete. Sie verlagerte ihr Gewicht von einem Bein auf das andere und wünschte, sie wäre nicht hergekommen. Schließlich wurde die Tür wieder geöffnet.

»Kim!« rief Edward. »Was, um Himmels willen, machst du denn hier?«

Kim stotterte eine Erklärung und entschuldigte sich, weil sie vielleicht in einem ungünstigen Moment gekommen war.

»Schön, dich zu sehen«, sagte Edward. »Ich bin im Augenblick wirklich stark beschäftigt, aber komm doch rein.« Dann trat er einen Schritt zurück.

Kim betrat das Labor und folgte ihm zu seinem Arbeitsplatz.

»Wer war denn die Frau, die mir geöffnet hat?« fragte sie.

»Das war Eleanor«, erwiderte Edward über die Schulter.

»Sie hat mich nicht gerade freundlich behandelt«, sagte Kim, obwohl sie nicht recht wußte, ob sie das überhaupt erwähnen sollte.

»Eleanor?« horchte Edward auf. »Das kann ich mir gar nicht vorstellen. Sie kommt mit allen Leuten gut aus. Hier im Labor bin ich eigentlich der einzige Miesepeter. Im Moment sind wir allerdings beide ziemlich erschlagen. Seit Samstag morgen haben wir mehr oder weniger durchgearbeitet. Eleanor steht sogar schon seit Freitag abend nonstop im Labor. Wir haben kaum geschlafen.«

Edward nahm einen Stapel Fachzeitschriften von einem Stuhl, legte sie auf einer Ecke seiner Arbeitsfläche ab und forderte Kim auf, sich zu setzen. Er selbst nahm auf seinem Schreibtischstuhl Platz.

Als Kim sich sein Gesicht etwas näher ansah, fiel ihr auf, daß er völlig überdreht wirkte; so als hätte er gerade ein Dutzend

Tassen Kaffee getrunken. Er kaute nervös auf einem Kaugummi herum, sein Unterkiefer war ständig in Bewegung. Seine kühlen, blauen Augen waren tief umschattet, auf seinen Wangen und an seinem Kinn sproß ein Zweitagebart.

»Warum denn diese überstürzte Eile?« fragte Kim.

»Es ist das neue Alkaloid, das uns so in Trab hält«, erklärte Edward. »Wir haben schon einiges über die neue Verbindung herausgefunden, und es sieht alles ziemlich gut aus.«

»Das freut mich für dich«, erwiderte Kim. »Aber warum geht ihr das Ganze nicht ein bißchen gelassener an? Müßt ihr irgendeine Frist einhalten?«

»Nein«, entgegnete Edward. »Es ist einfach die Aufregung. Es könnte sich herausstellen, daß es sich bei dem Alkaloid um ein hochwirksames Mittel handelt. Jemand, der nie in der Forschung gearbeitet hat, kann sicher nicht verstehen, wieso man deswegen so aus dem Häuschen geraten kann. Wir sind in einer Art Rauschzustand. Bisher waren alle Befunde positiv. Es ist einfach unglaublich.«

»Kannst du mir denn erklären, was ihr herausgefunden habt?« wollte Kim wissen. »Oder ist das ein Geheimnis?«

Edward beugte sich zu ihr und sprach leise weiter. Kim sah sich im Labor um, doch es war niemand zu sehen. Sie wußte nicht einmal, wo Eleanor geblieben war.

»Wir sind auf eine oral wirksame, psychoaktive Verbindung gestoßen, die problemlos die Blut-Hirn-Schranke durchdringt. Der Stoff hat eine so starke Wirkung, daß er schon im Mikrogrammbereich anschlägt.«

»Glaubst du, es ist die gleiche Verbindung, die damals in Salem die Anfälle verursacht und die Hexenhysterie ausgelöst hat?« fragte Kim. Sie dachte vor allem an Elizabeth.

»Ohne jeden Zweifel«, erwiderte Edward. »Es war nicht der Teufel, der in Salem sein Unwesen getrieben hat, sondern diese Verbindung.«

»Aber die Menschen, die das infizierte Getreide gegessen hatten, sind doch krank geworden«, gab Kim zu bedenken. »Die sogenannten Befallenen wurden von schrecklichen Anfällen heimgesucht. Wie kannst du da von diesem neuen Wirkstoff derart begeistert sein?«

»Er ruft Halluzinationen hervor«, erklärte Edward. »Dessen

sind wir uns inzwischen absolut sicher. Aber wir glauben, daß er auch noch ganz andere Wirkungen hat, zum Beispiel scheint er beruhigend und kräftigend zu sein.«

»Wie hast du das nur alles so schnell herausgefunden?« wollte Kim wissen.

Edward lachte verlegen. »Wir haben noch keine sicheren Ergebnisse«, räumte er ein. »Die meisten Forscher würden wahrscheinlich die Nase über unsere Arbeit rümpfen, weil sie ihnen nicht wissenschaftlich genug wäre. Wir haben einfach versucht herauszufinden, was das Alkaloid alles bewirken kann. Was wir machen, sind keine kontrollierten Versuche, die strengen wissenschaftlichen Kriterien genügen. Aber wir haben trotzdem schon unglaubliche Ergebnisse erzielt. Es ist einfach irre. Wir haben zum Beispiel schon entdeckt, daß der neue Stoff eine stärkere beruhigende Wirkung auf gestreßte Ratten hat als Imipramin; das ist der Maßstab für die Wirksamkeit von Antidepressiva.«

»Du glaubst also, dieser neue Wirkstoff könnte ein halluzinogenes Antidepressivum sein?« fragte Kim.

»Ja, unter anderem«, erwiderte Edward.

»Und wie sieht es mit den Nebenwirkungen aus?« hakte Kim nach. Sie verstand immer noch nicht, warum Edward so aufgeregt war.

Edward lachte wieder. »Wir haben uns, ehrlich gesagt, bisher noch nicht so viele Gedanken darüber gemacht, wie Ratten mit Halluzinationen zurechtkommen«, sagte er. »Aber Spaß beiseite – außer den Halluzinationen sind bisher keine weiteren Probleme aufgetreten. Wir haben einer ganzen Reihe von Mäusen eine ziemlich hohe Dosis verpaßt, und sie sind munterer denn je. Verschiedene Nervenzellkulturen haben wir sogar mit noch höheren Dosen bestückt, und die Zellen sind unversehrt geblieben. Der Wirkstoff scheint also nicht toxisch zu sein. Es ist wirklich faszinierend!«

Während Kim seinen Ausführungen lauschte, wuchs ihre Enttäuschung darüber, daß er sich nicht danach erkundigte, wie es ihr in Salem mit Elizabeths Schädel ergangen war. Als Edward seinen Redefluß kurz unterbrach, brachte sie das Thema schließlich selbst zur Sprache.

»Das hast du gut gemacht«, war sein einziger Kommentar. »Ich bin froh, daß das erledigt ist.«

Kim wollte ihm gerade beschreiben, wie sie sich bei der Aktion gefühlt hatte, als Eleanor hereinkam und Edward einen Computerausdruck hinhielt. Kims Anwesenheit schien sie nicht weiter zu interessieren, und Edward hielt es ebensowenig für nötig, sie miteinander bekannt zu machen.

Kim beobachtete sie bei ihrer angeregten Diskussion. Es war offensichtlich, daß Edward mit den neuen Ergebnissen zufrieden war. Er erteilte ein paar Anweisungen und klopfte ihr anerkennend auf die Schulter, woraufhin Eleanor wieder verschwand.

»Wo waren wir stehengeblieben?« fragte Edward, während er sich wieder Kim zuwandte.

»Gibt es schon wieder gute Neuigkeiten?« wollte Kim wissen und deutete auf den Ausdruck, den Eleanor gebracht hatte.

»Allerdings«, erwiderte Edward. »Wir sind dabei, die Struktur der Verbindung zu entschlüsseln, und Eleanor hat gerade unseren ersten Eindruck bestätigen können: Es ist ein tetrazyklisches Molekül mit zahlreichen Seitenketten.«

»Wie könnt ihr nur so etwas feststellen?« wollte Kim wissen. Sie war schwer beeindruckt.

»Willst du es wirklich wissen?« fragte Edward.

»Vorausgesetzt, deine Erklärungen übersteigen nicht meinen Horizont«, erwiderte Kim.

»Zuerst haben wir mit Hilfe einer Standard-Chromatographie das Molekulargewicht der neuen Verbindung bestimmt«, begann Edward. »Das war nicht besonders schwierig. Dann haben wir das Molekül in seine Bestandteile zu zerlegen versucht; dafür haben wir verschiedene Reagenzien verwendet, die bestimmte Arten von Bindungen aufzubrechen vermögen. Im nächsten Schritt sind wir dann darangegangen, zumindest einige der Fragmente mit Hilfe der Chromatographie, Elektrophorese und der Massenspektrometrie zu identifizieren.«

»Ich kann dir leider nicht mehr folgen«, gestand Kim. »Ich habe das zwar alles schon mal gehört, aber ich weiß beim besten Willen nicht, wie die einzelnen Verfahren funktionieren.«

»Es ist gar nicht so kompliziert«, versuchte Edward ihr Mut zu machen und erhob sich von seinem Stuhl. »Die Grundprinzipien sind eigentlich ganz einfach zu verstehen. Schwierig wird es erst, wenn man die Ergebnisse zu interpretieren versucht.

Komm mal mit, dann zeige ich dir die Geräte.« Er nahm Kim bei der Hand und zog sie hoch.

Sie zögerte zunächst, doch Edward war nicht zu bremsen; er zeigte ihr das Massenspektrometer, die Hochleistungs-Flüssigkeitschromatographie-Anlage und das Kapillar-Elektrophorese-Gerät. Dabei redete er pausenlos darüber, wie die jeweiligen Verfahren zur Trennung und Identifizierung von Stoffgemischen eingesetzt werden konnten. Kim hatte es längst aufgegeben, alles zu verstehen, doch eins wußte sie nun genau: Edward war ein talentierter Lehrer.

Er öffnete eine Seitentür und bat sie einzutreten. Kim blickte in einen Raum, in dessen Mitte ein zylinderförmiges Gerät stand; es war etwa einen Meter hoch und einen halben Meter breit. An allen Seiten hingen Kabel und Drähte aus dem Gerät wie die Schlangen aus dem Kopf der Medusa.

»Das ist unser magnetisches Kernresonanzspektrometer«, erklärte Edward stolz. »Ohne ein solches Gerät wären wir bei unserem Projekt aufgeschmissen. Es reicht nämlich nicht zu wissen, aus wie vielen Kohlenstoff-, Wasserstoff-, Sauerstoff- und Stickstoffatomen eine Verbindung besteht; wir müssen darüber hinaus eine dreidimensionale Vorstellung von ihr bekommen. Und genau die kann uns diese Anlage liefern.«

»Ich bin wirklich beeindruckt«, sagte Kim; etwas Besseres fiel ihr nicht ein.

»Komm, ich zeige dir noch ein anderes Gerät«, schlug Edward vor; es kam ihm überhaupt nicht in den Sinn, daß sie vielleicht keine Lust mehr hatte, seine Geräte weiter zu bestaunen.

Kim folgte ihm und stand wieder vor einem hoffnungslosen Durcheinander von Drähten, Kathodenstrahlröhren und elektronischen Geräten. »Interessant«, kommentierte sie.

»Weißt du, was das ist?« fragte Edward.

»Ich fürchte, da muß ich passen«, gestand Kim. Sie wollte Edward nicht so deutlich zeigen, wie wenig sie über seine Arbeit wußte.

»Das ist ein Röntgendiffraktometer, mit dessen Hilfe man Kristallstrukturen analysieren kann«, erklärte Edward mit demselben Stolz, mit dem er gerade über das Kernresonanzspektrometer gesprochen hatte. »Das Gerät ergänzt die Kernspintomographie. Bei der Erforschung des neuen Stoffs werden wir es auf jeden Fall einsetzen, da sich das Alkaloid leicht als ein Salz auskristallisieren läßt.«

»Du scheinst für diese Arbeit wie geschaffen«, stellte Kim fest.

»Ja«, stimmte Edward ihr zu. »Es ist zwar viel Arbeit, aber sie macht mir wirklich Spaß. Im Moment setzen wir unser gesamtes Forschungspotential ein; die Geräte spucken ständig neue Informationen aus. Wir werden die Struktur der Verbindung in einer Rekordzeit entschlüsseln, und das haben wir vor allem der Software zu verdanken, die man erst vor kurzem für all diese Instrumente entwickelt hat.«

»Viel Glück«, sagte Kim. Sie hatte zwar nur Bruchteile von dem verstanden, was Edward ihr erklärt hatte, doch wenigstens konnte sie jetzt ein bißchen besser nachvollziehen, warum er so von seiner Arbeit gefesselt war.

»Wie sieht es eigentlich in Salem aus?« wollte Edward plötzlich wissen. »Geht es mit den Renovierungsarbeiten voran?«

Im ersten Moment war Kim verblüfft, daß Edward nun doch noch danach fragte. Sie hatte sich schon damit abgefunden, daß er momentan viel zu sehr in seine eigene Arbeit vertieft war, um sich für ihr bescheidenes Projekt zu interessieren.

»Das Cottage macht große Fortschritte«, erwiderte sie. »Es wird wunderschön.«

»Du warst ziemlich lange dort«, stellte Edward fest. »Hast du dich wieder in die Familienpapiere vertieft?«

»Ja«, gestand Kim. »Ich habe ein paar Stunden im Keller herumgestöbert.«

»Und? Hast du etwas Neues über Elizabeth herausgefunden?« fragte er. »Diese Frau zieht mich inzwischen auch immer mehr in ihren Bann. Ich habe ihr enorm viel zu verdanken, denke ich. Wenn sie nicht gewesen wäre, hätte ich dieses Alkaloid wahrscheinlich nie entdeckt.«

»Ja«, entgegnete Kim. »Ich habe tatsächlich ein paar neue Dinge herausgefunden.« Dann berichtete sie Edward von ihrem Abstecher zum Bostoner State House und erzählte ihm von dem Kaufvertrag über das Northfields-Gelände, den Elizabeth unterschrieben und der Thomas Putnam offenbar schwer verärgert hatte.

»Das scheint mir bisher die wichtigste Entdeckung zu sein«, sagte Edward. »Nach allem, was ich über die Geschichte weiß, war man damals gut beraten, sich nicht mit Thomas Putnam anzulegen.«

»Das habe ich auch gedacht«, stimmte Kim ihm zu. »Seine Tochter Ann wurde als eines der ersten Mädchen von den Anfällen heimgesucht; sie hat später viele Frauen der Hexerei bezichtigt. Aber ich kann eine Fehde mit Thomas Putnam beim besten Willen nicht mit diesem mysteriösen Beweisstück in Verbindung bringen.«

»Vielleicht waren diese Putnams ja so bösartig, daß sie Elizabeth einfach irgend etwas untergeschoben haben«, spekulierte Edward.

»Das könnte sein«, erwiderte Kim. »Aber selbst wenn es so gewesen wäre, wüßten wir immer noch nicht, was es war. Ich glaube aber eigentlich, daß es sich um irgend etwas handeln muß, das Elizabeth selbst hergestellt oder verursacht hat.«

»Vielleicht hast du recht«, überlegte Edward. »Im Grunde könnte es alles gewesen sein, das man damals zwingend mit Hexerei in Verbindung gebracht hat.«

»Da fällt mir noch etwas ein«, sagte Kim. »Ich habe etwas über Ronald erfahren, das meine anfängliche Vermutung bestätigt hat. Nach Elizabeths Tod hat er nur zehn Wochen gewartet, bevor er wieder geheiratet hat. Eine verdammt kurze Trauerzeit, findest du nicht? Ich glaube, er hatte schon eine Affäre mit Rebecca, als Elizabeth noch lebte.«

»Möglich«, entgegnete Edward unbeeindruckt. »Ich glaube aber auch, daß wir uns überhaupt keine Vorstellung davon machen können, wie hart das Leben damals war. Ronald mußte sich um vier Kinder kümmern, und er hatte die Verantwortung für ein florierendes Unternehmen. Wahrscheinlich hatte er gar keine andere Wahl, als sofort wieder zu heiraten. Eine längere Trauerphase wäre ein Luxus gewesen, den er sich einfach nicht leisten konnte.«

Genauso überraschend wie vorhin stand plötzlich wieder Eleanor vor ihnen; sie verwickelte Edward in ein angeregtes Gespräch, bei dem Kim ausgeschlossen war. Als sie wieder verschwunden war, machte auch Kim Anstalten zu gehen.

»Ich mache mich jetzt wohl besser auf den Weg«, sagte sie.

»Ich begleite dich noch zum Auto«, bot Edward ihr an.

Während sie die Treppe hinabstiegen und den Innenhof

durchquerten, registrierte Kim, daß Edward wieder nervös wurde. Inzwischen kannte sie ihn gut genug, um zu wissen, daß er ihr etwas sagen wollte. Doch sie drängte ihn nicht; das würde sowieso nichts bringen.

Als sie beim Auto waren, rückte er endlich mit der Sprache heraus. »Ich habe in den letzten Tagen ständig darüber nachgedacht, ob ich bei dir einziehen soll«, sagte er schüchtern, während er mit dem Fuß ein Steinchen hin- und herrollte. Dann hielt er inne. Kim wartete unruhig; sie hatte keine Ahnung, was nun kommen würde. Doch dann platzte er heraus: »Wenn dein Angebot noch gilt, würde ich das sehr gerne tun.«

»Natürlich will ich immer noch, daß du bei mir einziehst«, versicherte Kim und fiel ihm erleichtert um den Hals. Edward drückte sie fest an sich.

»Wir können ja am Wochenende zusammen rausfahren«, schlug er vor. »Dann besprechen wir, welche Möbel wir aus meinem Apartment mitnehmen – falls dir überhaupt irgend etwas davon gefällt.«

»Gerne«, entgegnete Kim. »Ich freue mich schon drauf.«

Es fiel ihnen nicht leicht, sich zu trennen, doch schließlich stieg Kim ein. Bevor sie losfuhr, kurbelte sie das Fenster herunter, so daß Edward sich hineinlehnen konnte.

»Es tut mir leid, daß ich im Moment so von diesem Alkaloid in Beschlag genommen bin«, entschuldigte er sich.

»Das verstehe ich doch«, versicherte ihm Kim. »Es ist ja nicht zu übersehen, wie aufgeregt du bist. Ich bin tief beeindruckt, wie sehr du dich für deine Arbeit engagierst.«

Sie verabschiedeten sich, und Kim brauste in Richtung Beacon Hill davon – sie fühlte sich viel besser als vor einer halben Stunde.

Kapitel 7

Freitag, 29. Juli 1994

Je weiter die Woche voranschritt, desto aufgeregter wurde Edward. Gemeinsam mit Eleanor hatte er in rasantem Tempo jede Menge Informationen über das neue Alkaloid zutage gefördert. Weder er noch seine Assistentin hatten in der vergangenen Woche mehr als vier oder fünf Stunden pro Nacht geschlafen. Sie hatten noch nie so hart gearbeitet; im Moment spielte sich ihr Leben einzig und allein im Labor ab.

Edward bestand darauf, alles selbst zu erledigen. Alle Untersuchungen von Eleanor wiederholte er noch einmal, um hundertprozentig sicher zu sein, daß sie keine Fehler gemacht hatte. Im Gegenzug bat er seine Assistentin, auch seine eigenen Resultate zu überprüfen.

Edward war so in das neue Projekt vertieft, daß er seine sonstigen Verpflichtungen völlig vernachlässigte. Er ignorierte Eleanors Rat und kümmerte sich weder um sein murrendes Erstsemester, noch hielt er irgendwelche Vorlesungen. Auch seine Doktoranden ließ er links liegen. Für viele bedeutete das, daß sie ihre Forschungsprojekte auf Eis legen mußten, da sie ohne die ständige Betreuung durch ihren Mentor nicht weiterkamen.

Das alles interessierte Edward nicht die Bohne. Wie ein Künstler im Kreativitätsrausch war er von dem neuen Wirkstoff so fasziniert, daß er von seiner Umgebung nichts mehr mitbekam. Zu seiner großen Freude gelang es ihm, die Struktur des Stoffs Atom für Atom zu entschlüsseln und das Geheimnis dieser neuen Verbindung zu lüften.

Am frühen Mittwoch morgen hatte er eine Meisterleistung auf dem Gebiet der qualitativen organischen Strukturanalyse vollbracht; er hatte die tetrazyklische Struktur der Verbindung vollständig entschlüsselt. Am Nachmittag desselben Tages hatte er sämtliche Seitenketten analysiert. Er hatte die Zusammensetzung entschlüsselt und ihre Bindungsstellen am Molekülgerüst identifiziert.

Genau diese Seitenketten waren es, die Edward faszinierten; es waren fünf an der Zahl. Eine war wie das Gerüst selbst tetrazyklisch aufgebaut, ähnlich wie LSD. Eine andere hatte zwei Ringe und glich einem Wirkstoff namens Scopolamin. Die übrigen drei ähnelten den wichtigsten Neurotransmittern des Gehirns: Noradrenalin, Dopamin und Serotonin.

In den frühen Morgenstunden des Donnerstags hatten Edward und Eleanor einen weiteren Durchbruch erzielt: Auf dem Bildschirm erschien die dreidimensionale Darstellung der kompletten molekularen Struktur. Dieses Ergebnis hatten sie mehreren Faktoren zu verdanken: einer neuen Software zur Strukturbestimmung, einer enormen Computerkapazität sowie etlichen Stunden hitziger Debatten, in denen sie durch die gegenseitige kritische Überprüfung ihrer gesamten Resultate alle erdenklichen Fehler ausgemerzt hatten.

Edward und Eleanor starrten andächtig auf den Monitor ihres Hochleistungs-Computers, auf dem sich das Molekül langsam drehte; sie waren wie hypnotisiert. Das Molekül erschien in den schillerndsten Farben: Die Elektronenhüllen leuchteten in verschiedenen kobaltblauen Schattierungen, die Kohlenstoffatome waren rot, die Sauerstoffatome grün und die Stickstoffatome gelb.

Edward machte sich schließlich daran, es zu bearbeiten; er wollte die beiden Seitenketten eliminieren, von denen er instinktiv ahnte, daß sie für die halluzinogene Wirkung verantwortlich waren: die LSD- und die Scopolamin-Seitenkette.

Zu seiner großen Freude gelang es ihm, die LSD-Seitenkette bis auf zwei Kohlenstoffatome abzutrennen, ohne dabei die dreidimensionale Struktur der Verbindung oder die Verteilung der elektrischen Ladungen signifikant zu verändern. Er wußte, daß eine Veränderung einer dieser Komponenten unübersehbare Konsequenzen für die Bioaktivität des Stoffs haben würde.

Die Scopolamin-Seitenkette bereitete ihm größere Schwierigkeiten. Es gelang ihm lediglich, einen Teil zu eliminieren, während ein ziemlich großes Stück mit dem Molekül verbunden blieb. Als er versuchte, weitere Bestandteile dieser Seitenkette abzutrennen, fiel das Molekül in sich zusammen und veränderte dramatisch seine dreidimensionale Struktur.

Nachdem Edward von der Scopolamin-Seitenkette soviel wie

möglich entfernt hatte, übertrug er die Moleküldaten auf seinen eigenen Laborcomputer, auf dem die Darstellung nicht mehr ganz so eindrucksvoll wirkte; doch in gewisser Hinsicht erschien sie nun sogar noch interessanter. Edward hatte vor, mit Hilfe des Computers auf der Grundlage der natürlichen Verbindung, die sie entdeckt hatten, einen neuen, künstlichen Wirkstoff zu konstruieren.

Vor allem wollte er die halluzinogenen und die antiparasympathischen Nebenwirkungen beseitigen, die die Verbindung in ihrem Naturzustand verursachte – die Mundtrockenheit, Pupillenerweiterung und partielle Amnesie, die sowohl er als auch Stanton zu spüren bekommen hatten.

Jetzt kam Edwards wahre Stärke zum Tragen: die synthetische organische Chemie. Den ganzen Donnerstag bis in die späte Nacht suchte er wie ein Besessener nach einem Verfahren, um den neuen Wirkstoff mit Hilfe standardmäßig verfügbarer Reagenzien synthetisch herzustellen. Am frühen Freitag morgen hatte er es geschafft: Er hatte ein ganzes Fläschchen von dem neuen Stoff produziert.

»Was sagst du dazu?« wollte er von Eleanor wissen, die genau wie er auf das Fläschchen starrte. Sie waren völlig erschöpft, doch keiner von ihnen dachte an Schlaf.

»Ich finde, du hast eine außerordentliche chemische Meisterleistung vollbracht«, sagte Eleanor ernst.

»Um Komplimente ging es mir eigentlich nicht«, entgegnete Edward und gähnte. »Ich wollte gerne wissen, was wir deiner Meinung nach als erstes damit machen sollten.«

»Da ich in unserem Team bekanntlich der konservative Teil bin, würde ich mit einem Toxizitätstest beginnen«, schlug Eleanor vor.

»Okay, legen wir los«, sagte Edward. Er stand auf und reichte ihr die Hand, damit sie sich ebenfalls erhob. Dann machten sie sich wieder an die Arbeit.

Von den bisherigen Resultaten ermutigt, drängte es sie nach weiteren Ergebnissen. Sie vernachlässigten die übliche wissenschaftliche Prozedur und verfuhren genauso wie mit dem natürlichen Alkaloid: Sie verzichteten auf gründliche, kontrollierte Studien, um so schnell wie möglich Aufschluß über das Potential des Wirkstoffs zu erhalten.

Als erstes testeten sie unterschiedliche Konzentrationen an verschiedenen Gewebekulturen, unter anderem auch an Nieren- und Nervenzellen. Obwohl sie relativ hohe Dosierungen genommen hatten, nahmen sie mit Erleichterung zur Kenntnis, daß die Zellkulturen unverändert blieben. Sie stellten sie in einen Brutschrank, um gelegentlich nachsehen zu können, ob sich doch noch irgendwelche Auswirkungen bemerkbar machten.

Als nächstes untersuchten sie ein Ganglienpräpaprat von Aplasia fasciata, indem sie schwache Stromstöße an den darauf sofort reagierenden Nervenzellen applizierten. Durch den Anschluß der Mikroelektroden an einen Verstärker konnten sie die Zellaktivität anhand eines Signals auf dem Bildschirm eines Oszilloskops verfolgen. Langsam mischten sie ihren Wirkstoff der Perfusionsflüssigkeit bei. Als sie die Reaktion der Nervenzellen beobachteten, sahen sie, daß der Wirkstoff in der Tat neuroaktiv war, obwohl er die spontane Aktivität der Zellen weder verringerte noch erhöhte. Statt dessen schien er deren Rhythmus zu stabilisieren.

Da sie bei all ihren Tests bisher nur positive Ergebnisse erzielt hatten, machten sie mit fieberhafter Begeisterung weiter; Eleanor probierte den neuen Wirkstoff an mehreren gestreßten Ratten aus, Edward testete ihn an einem frisch präparierten, synaptisch verbundenen Mehrzellensystem. Eleanor war die erste, die mit neuen Ergebnissen aufwarten konnte. Sie hatte schnell herausgefunden, daß der synthetisch modifizierte Wirkstoff eine noch stärker beruhigende Wirkung auf die Ratten hatte als das unveränderte Alkaloid.

Edward brauchte etwas länger, bis er seine Ergebnisse vorliegen hatte. Er fand heraus, daß der neue Wirkstoff alle drei Neurotransmitter beeinflußte, allerdings nicht gleichmäßig. Es wirkte zum Beispiel stärker auf das Serotonin als auf Noradrenalin, und dieses wiederum wurde stärker beeinflußt als das Dopamin. Am meisten überraschte Edward, daß der Wirkstoff offenbar sowohl mit Glutamat als auch mit Gamma-Aminobuttersäure eine lose, kovalente Bindung zu bilden schien, also mit den beiden wichtigsten Hemmstoffen des Hirns.

»Das ist ja phantastisch!« rief er begeistert. »Wir können davon ausgehen, daß der Stoff einen ungeheuer breit gefächerten Wirkungsgrad hat. Ich gehe jede Wette ein, daß er sowohl stimmungsaufhellend als auch anxiolytisch wirkt. Wenn ich mich nicht irre, werden wir mit dieser Entdeckung den gesamten Psychopharmakamarkt revolutionieren. Vielleicht wird man unsere wissenschaftliche Leistung sogar einmal mit der Entdeckung des Penizillins vergleichen.«

»Aber wir können immer noch nicht ausschließen, daß der Wirkstoff Halluzinationen hervorruft«, gab Eleanor zu bedenken.

»Das bezweifle ich inzwischen stark«, entgegnete Edward. »Jedenfalls nicht mehr, nachdem wir die LSD-Seitenkette eliminiert haben. Aber du hast recht, wir müssen auf jeden Fall auf Nummer Sicher gehen.«

»Sehen wir uns doch noch mal die Gewebekulturen an«, schlug Eleanor vor. Sie wußte, daß Edward den Wirkstoff an sich selbst ausprobieren wollte. Es gab keine andere Möglichkeit herauszufinden, ob er Halluzinationen hervorrief.

Sie nahmen die Gewebekulturen aus dem Brutschrank und untersuchten sie unter dem Mikroskop. Sie waren alle in Ordnung. Es gab keinerlei Anzeichen dafür, daß der Wirkstoff das Gewebe geschädigt hatte, nicht einmal bei den Kulturen, die sie einer hohen Dosierung ausgesetzt hatten.

»Das Zeug scheint nicht die Spur toxisch zu sein«, stellte Edward gutgelaunt fest.

»Wenn ich es nicht mit eigenen Augen gesehen hätte, würde ich es nicht glauben«, bemerkte Eleanor.

Sie gingen zurück zu Edwards Arbeitsfläche und bereiteten verschiedene Lösungen mit unterschiedlichen Dosierungen vor. Sie begannen mit einer Konzentration, die in etwa der Dosis entsprach, die Stanton neulich von dem noch nicht modifizierten Alkaloid genommen hatte. Edward nahm als erster eine Kostprobe, und als er keine Reaktion zeigte, tat Eleanor es ihm nach. Auch sie verspürte keinerlei Wirkung.

Von dem negativen Resultat ermutigt, erhöhten sie die Dosierungen allmählich bis auf ein ganzes Milligramm. Dabei hatten sie vor Augen, daß LSD schon bei einer Dosierung von 0,05 Milligramm Halluzinationen hervorrief.

»Und?« fragte Edward nach einer halben Stunde.

»Keine halluzinogene Wirkung«, antwortete Eleanor.

»Aber Wirkung hat der Stoff«, stellte Edward fest.

»Allerdings!« stimmte Eleanor ihm zu. »Ich empfinde eine

tiefe innere Ruhe und Zufriedenheit. Ein sehr angenehmes Gefühl.«

»Und ich kann im Moment unheimlich klar denken«, sagte Edward. »Das kann nur mit diesem Stoff zu tun haben, denn vor zwanzig Minuten war ich noch völlig konfus; meine Konzentrationsfähigkeit war auf dem Nullpunkt angelangt. Außerdem fühle ich mich plötzlich so munter, als hätte ich die ganze Nacht durchgeschlafen.«

»Mir kommt es so vor, als ob mein Langzeitgedächtnis aus einem Dornröschenschlaf erweckt worden wäre«, fuhr Eleanor fort. »Ich erinnere mich auf einmal an die Telefonnummer, die wir hatten, als ich sechs Jahre alt war. Damals sind wir an die Westküste gezogen.«

»Was ist mit deinen Sinneswahrnehmungen?« wollte Edward wissen. »Ich glaube, ich empfinde mehr als sonst. Ich rieche plötzlich viel mehr.«

»Jetzt, wo du es sagst, fällt es mir auch auf«, sagte Eleanor; sie legte ihren Kopf zurück und schnupperte ein wenig. »Ich hätte nie gedacht, daß es hier im Labor so viele merkwürdige Gerüche gibt.«

»Und dann ist da noch etwas, das mir wahrscheinlich gar nicht auffallen würde, wenn ich nicht schon einmal Prozac genommen hätte«, fuhr Edward fort. »Ich strotze plötzlich vor Selbstbewußtsein und Kontaktfreude. Es würde mir im Moment nichts ausmachen, in eine Gruppe wildfremder Leute hineinzuplatzen und den großen Zampano zu spielen. Mit Prozac habe ich damals drei Monate gebraucht, bis ich soweit war.«

»Dazu kann ich nichts sagen«, entgegnete Eleanor. »Mir hat es nie an Selbstbewußtsein gemangelt. Aber mein Mund ist ein bißchen trocken. Ist das bei dir auch so?«

»Ja, vielleicht«, erwiderte Edward.

Dann blickte er Eleanor in ihre tiefblauen Augen. »Deine Pupillen scheinen leicht erweitert. Womöglich ist die Scopolamin-Seitenkette dafür verantwortlich, die wir nicht vollständig eliminieren konnten. Überprüf mal, ob du die Dinge in deiner Nähe gut erkennen kannst.«

Eleanor nahm ein Reagenzglas in die Hand und versuchte, die winzige Schrift auf dem Etikett zu entziffern. »Kein Problem«, sagte sie.

»Fällt dir sonst noch was auf?« fragte Edward. »Hast du Kreislauf- oder Atemprobleme?«

»Nein«, erwiderte Eleanor. »Mir geht's prima.«

»Entschuldigung«, sagte plötzlich jemand.

Edward und Eleanor drehten sich um und sahen, daß hinter ihnen unbemerkt eine der Doktorandinnen ins Labor gekommen war. Ihr Name war Nadine Foch; sie kam aus Paris. »Ich glaube, ich brauche Ihre Hilfe«, sagte sie. »Die Kernspintomographie-Anlage funktioniert nicht.«

»Vielleicht sollten Sie sich besser an Ralph wenden«, sagte Edward und lächelte sie freundlich an. »Ich würde Ihnen wirklich gerne helfen, aber ich bin im Moment sehr beschäftigt. Außerdem kennt Ralph sich mit dem Gerät besser aus als ich – jedenfalls was die Technik angeht.«

Nadine bedankte sich und verließ das Labor, um Ralph zu suchen.

»Du warst ja richtig nett zu ihr«, wunderte Eleanor sich.

»Ich fühl' mich auch so«, erwiderte Edward. »Und sie ist ja auch eine nette junge Frau.«

»Vielleicht solltest du dich auch allmählich mal wieder um deine anderen Verpflichtungen kümmern«, schlug Eleanor vor. »Immerhin sind wir mit einem sensationellen Tempo vorangekommen.«

»Aber das ist doch erst der Anfang«, widersprach Edward. »Ich weiß es ja zu schätzen, daß du mich an meine Lehr- und Aufsichtspflichten erinnerst, aber ich kann dir versichern, daß bestimmt niemand zu Schaden kommt, wenn ich mich mal eine Zeitlang aus dem Lehrbetrieb ausklinke. Ich lasse es mir auf keinen Fall nehmen, weiter an diesem aufregenden Projekt mitzuarbeiten. Und jetzt würde ich dich bitten, am Computer weitere Moleküle zu konstruieren; wir müssen die übrigen Seitenketten abspalten und weitere Verbindungen entwickeln.«

Während Eleanor sich an die Arbeit machte, setzte Edward sich an seinen Schreibtisch und griff zum Telefon. Er wählte die Nummer von Stanton Lewis.

»Hast du heute abend schon etwas vor?« fragte er seinen alten Freund.

»Ich habe eigentlich immer etwas vor«, erwiderte Stanton.

»Was gibt's denn? Hast du dir endlich den Prospekt zu Gemüte geführt?«

»Wie wär's, wenn du heute abend mit mir und Kim essen gehen würdest?« schlug Edward vor. »Ich glaube, es gibt etwas, das du erfahren solltest.«

»Ich ahne schon, worauf du hinaus willst, du alter Schlingel«, platzte Stanton heraus. »Ihr wollt wohl ein wichtiges gesellschaftliches Ereignis bekanntgeben.«

»Ich denke, wir sollten das besser nicht am Telefon besprechen«, erwiderte Edward ruhig. »Gehen wir nun zusammen essen oder nicht? Du bist eingeladen.«

»Klingt ja wirklich spannend«, sagte Stanton. »Ich habe für heute abend um acht einen Tisch im Anago Bistro in Cambridge reserviert – allerdings nur für zwei Personen. Ich sorge dafür, daß wir einen Vierertisch bekommen. Falls es ein Problem gibt, melde ich mich bei dir.«

»Dann bis heute abend um acht.« Bevor Stanton weitere Fragen stellen konnte, legte Edward schnell auf. Als nächstes rief er Kim im Krankenhaus an.

»Bist du im Streß?« fragte er, als er sie am Apparat hatte.

»Frag lieber nicht«, erwiderte sie.

»Ich habe uns gerade mit Stanton und seiner Frau zum Abendessen verabredet. Wenn Stanton sich nicht noch einmal meldet, treffen wir uns um acht im Anago Bistro. Tut mir leid, daß ich so kurzfristig damit komme. Ich hoffe, du hast nichts anderes vor.«

»Arbeitest du heute abend gar nicht?« fragte Kim überrascht.

»Nein«, erwiderte Edward. »Ich nehme mir heute abend frei.«

»Und was ist mit morgen?« wollte Kim wissen. »Bleibt es dabei, daß wir zusammen nach Salem fahren?«

»Darüber können wir ja später noch reden«, erwiderte Edward, ohne sich festzulegen. »Hast du heute abend Zeit?«

»Lieber würde ich ja mit dir allein essen gehen«, sagte Kim.

»Ich würde auch lieber mit dir allein ausgehen. Aber ich muß etwas mit Stanton besprechen, und da habe ich mir gedacht, es wäre viel schöner, sich in einer netten Runde zu treffen. In den letzten Tagen habe ich dir ja nicht gerade oft Gesellschaft geleistet.«

»Du klingst so aufgekratzt«, stellte Kim fest. »Ist irgend etwas Erfreuliches passiert?«

»Es ist alles bestens gelaufen«, entgegnete Edward. »Deshalb ist mir dieses Treffen auch so wichtig. Nach dem Essen können wir ja noch etwas allein unternehmen. Vielleicht hast du Lust, mit mir über den Harvard Square zu schlendern, so wie an unserem ersten Abend?«

»Okay, du hast mich überzeugt«, sagte Kim. »Bis später.«

Kim und Edward waren als erste da. Die Bedienung, eine der Eigentümerinnen des Anago Bistro, wies ihnen einen Tisch in einem gemütlichen Eckchen am Fenster zu. Von dort aus konnten sie die Main Street überblicken, an der zahlreiche Pizza-Imbisse und indische Restaurants lagen. In diesem Augenblick brauste mit Blaulicht und Sirenengeheul ein Feuerwehrwagen vorbei.

»Ich möchte wetten, daß sie mit den Feuerwehrautos auch zum Kaffeetrinken fahren«, sagte Edward lachend, während er dem vorbeifahrenden Auto nachsah. »Sie sind ständig unterwegs. So viele Feuer kann es gar nicht geben.«

Kim sah Edward an. Er war in einer seltsamen Stimmung. Sie hatte ihn noch nie so redselig und aufgedreht erlebt; obwohl er müde sein mußte, benahm er sich, als hätte er gerade ein paar Espressos getrunken. Doch bevor sie ihn deswegen fragen konnte, erschienen Stanton und Candice. Nach der kurzen, aber lautstarken Begrüßung kam Stanton umgehend zur Sache.

»Dann schießt mal los«, forderte er Edward und Kim auf, während er Candice einen Stuhl zurechtrückte. »Was habt ihr denn für wichtige Neuigkeiten auf Lager? Dürfen wir die Korken knallen lassen? Soll ich eine Flasche Dom Perignon bestellen?«

Kim warf Edward einen fragenden Blick zu.

»Ich habe schon einen italienischen Weißwein bestellt«, sagte Edward selbstbewußt. »Nichts schmeckt im Sommer besser als ein kühler, trockener Weißwein.«

Kim zog erstaunt die Augenbrauen hoch. Diese Seite kannte sie noch gar nicht an Edward.

»Nun sprich es schon aus.« Stanton stützte sich auf seine Ellbogen auf und beugte sich gespannt nach vorn. »Heiratet ihr?«

Kim wurde vor Verlegenheit knallrot. Hatte Edward seinem

alten Freund schon verraten, daß sie gemeinsam in das Cottage ziehen wollten? Sie wollte zwar kein Geheimnis daraus machen, aber es wäre ihr doch lieber gewesen, ihre Familie selbst zu informieren.

»Das wäre wirklich das Größte«, erwiderte Edward und lachte fröhlich. »Ich habe zwar gute Nachrichten, aber so gut sind sie nun auch wieder nicht.«

Kim sah Edward erstaunt an. Sie war beeindruckt, wie schlagfertig er Stantons taktlose Bemerkung gekontert hatte.

Eine Kellnerin brachte den Wein. Bevor sie die Flasche öffnen durfte, zog Stanton eine kleine Show ab und inspizierte genau das Etikett. »Ich bin überrascht, alter Kumpel«, sagte er zu Edward gewandt. »Keine schlechte Wahl.«

Als der Wein eingeschenkt war, wollte Stanton zu einem Trinkspruch ansetzen, doch Edward unterbrach ihn.

»Heute bin ich an der Reihe«, stellte er klar und hielt Stanton sein Glas hin. »Auf den cleversten Pharmaspekulanten der Welt«, prostete er ihm zu.

»Ich hatte schon befürchtet, du würdest das nie mehr merken«, erwiderte Stanton lachend. Dann nippten sie alle an ihren Gläsern.

»Ich will dich etwas fragen«, wandte sich Edward an Stanton. »War das neulich ernst gemeint, als du behauptet hast, ein neuer, effektiver Stoff, der auf die Psyche wirkt, könnte sich potentiell als ein Eine-Milliarde-Molekül entpuppen?«

»Das habe ich absolut ernst gemeint«, entgegnete Stanton. Er war plötzlich ganz Ohr. »Ist das der Grund, weshalb wir heute abend hier sind? Hast du etwas Neues über den Zauberstoff herausgefunden, der mich auf diesen herrlichen Trip geschickt hat?«

Candice und Kim wollten sofort wissen, von welchem »Trip« Stanton redete. Als sie die Geschichte von seinem Eigenversuch hörten, waren sie entsetzt.

»Es war überhaupt nicht schlimm«, versicherte Stanton. »Ich hab' es genossen.«

»Ich weiß inzwischen eine Menge über diesen neuen Wirkstoff«, ergriff Edward wieder das Wort. »Es sieht alles hervorragend aus. Wir haben es inzwischen geschafft, die halluzinogene Wirkung zu eliminieren, indem wir das Molekül verändert haben. Ich glaube, wir sind da einem Wahnsinnsstoff auf der Spur, der Prozac oder Xanax und all diese Produkte in den Schatten stellen dürfte. Diese neue Substanz scheint in jeder Hinsicht perfekt zu sein. Sie ist nicht toxisch, sie ist oral wirksam, sie hat so gut wie keine Nebenwirkungen, und wahrscheinlich deckt sie in therapeutischer Hinsicht ein ungeheuer breites Feld ab. Wahrscheinlich ist der Stoff im Psychopharmakabereich für alle möglichen Therapiearten einsetzbar. Er hat nämlich eine einzigartige Seitenkettenstruktur, die sich relativ einfach verändern läßt.«

»Werd mal ein bißchen deutlicher!« forderte Stanton ihn auf. »Wo wird dieser Stoff deiner Meinung nach einsetzbar sein?«

»Wir glauben, daß er ganz allgemein einen positiven Einfluß auf die Stimmung hat«, erklärte Edward. »Man kann ihn wahrscheinlich sowohl als Antidepressivum als auch als Anxiolytikum einsetzen; das heißt, er dämpft bestimmte Angstgefühle. Darüber hinaus scheint er auch als allgemeines Tonikum gegen Erschöpfungszustände zu wirken; er vermag die Zufriedenheit zu steigern, die Sinne zu schärfen und die Fähigkeit zum klaren Denken zu verbessern, weil er das Langzeitgedächtnis schärft.«

»Meine Güte!« rief Stanton. »Gibt es auch irgend etwas, das diese Droge nicht kann? In meinen Ohren klingt das fast wie Soma aus *Schöne, neue Welt.*«

»Mit dem Vergleich liegst du gar nicht so daneben«, entgegnete Edward.

»Eine Frage habe ich aber doch noch.« Stanton beugte sich ein Stück nach vorn und fragte etwas leiser: »Wirkt er sich auch positiv auf den Sex aus?«

Edward zuckte mit den Schultern. »Könnte durchaus sein«, erwiderte er. »Da er die Sinneswahrnehmungen schärft, verstärkt er vielleicht auch die sexuellen Empfindungen.«

»Wahnsinn!« rief Stanton und riß vor Begeisterung die Arme hoch. »Wir reden nicht von einem Molekül, das eine Milliarde Dollar wert ist; ich glaube, es könnte satte fünf Milliarden einbringen!«

»Meinst du das im Ernst?« fragte Edward.

»Sagen wir, eine Milliarde ist das Minimum«, erwiderte Stanton. »Nach oben sind keine Grenzen gesetzt.«

Als die Kellnerin kam, unterbrachen sie ihr Gespräch und bestellten ihr Essen. Danach ergriff Edward wieder das Wort:

»Alles, was ich euch gerade erzählt habe, ist natürlich noch nicht bewiesen«, erklärte er. »Wir haben bisher noch keinerlei kontrollierte Tests durchgeführt.«

»Aber du scheinst dir deiner Sache ziemlich sicher zu sein«, stellte Stanton fest.

»Ich bin mir sogar sehr sicher«, erwiderte Edward.

»Wer weiß über dieses Wundermittel Bescheid?« wollte Stanton wissen.

»Nur ich, meine engste Mitarbeiterin und alle, die hier am Tisch sitzen«, antwortete Edward.

»Hast du auch schon eine Ahnung, wie der Stoff seine Wirkung entfaltet?« fragte Stanton.

»Bisher habe ich nur eine vage Idee«, räumte Edward ein. »Er scheint die Konzentration der wichtigsten Neurotransmitter des Gehirns zu stabilisieren und auf verschiedenen Ebenen zu wirken. Er beeinflußt sowohl die einzelnen Neuronen als auch das gesamte Nervenzellsystem. Womöglich haben wir es also mit einem Gehirnhormon zu tun.«

»Wie bist du denn auf diese neue Substanz gestoßen?« wollte Candice wissen.

Edward faßte die Geschichte über die Entdeckung seines Alkaloids knapp zusammen. Er berichtete von Kims Vorfahrin Elizabeth und den Hexenprozessen von Salem; dann erläuterte er die Theorie, nach der die damals von den mysteriösen Anfällen heimgesuchten Menschen eine Schimmelpilzvergiftung hatten.

»Als Kim mich gefragt hat, ob man die Vergiftungstheorie beweisen könne, bin ich auf die Idee gekommen, aus dem Keller des Cottage ein paar Schmutzproben mitzunehmen«, fuhr Edward fort.

»Also, mir kann die Entdeckung wohl kaum als Verdienst angerechnet werden«, warf Kim ein.

»Aber natürlich«, widersprach Edward. »Dir und Elizabeth.«

»Ist es nicht ein unglaublicher Zufall, daß ihr diesen nützlichen Wirkstoff ausgerechnet in einer Schmutzprobe entdeckt habt?« bemerkte Candice.

»Nein«, erwiderte Edward. »Das ist gar nicht so ungewöhnlich. Es gibt jede Menge bedeutende Wirkstoffe, die buchstäblich im Dreck gefunden wurden, zum Beispiel die Cephalosporine oder auch die Cyclosporine. Das Groteske an unserem neuen Wirkstoff ist wohl, daß er eigentlich ein Werkzeug des Teufels war.«

»Bitte, Edward, sag das nicht«, meldete sich Kim. »Mir läuft es kalt den Rücken herunter.«

Edward lachte. Er zeigte mit dem Daumen auf Kim und erzählte den anderen, daß sie von Zeit zu Zeit an abergläubischen Anfällen leide.

»Mir gefällt die Assoziation mit dem Teufel auch nicht so gut«, sagte Stanton. »Ich betrachte den Wirkstoff lieber als ein Geschenk des Himmels.«

»Mich stört die Verbindung zu der Hexenhysterie vor dreihundert Jahren nicht im geringsten«, erklärte Edward. »Im Grunde gefällt sie mir sogar. Natürlich kann die Entdeckung eines neuen Wirkstoffs nicht den Tod von zwanzig Menschen rechtfertigen, aber so würde ihr grausames Schicksal doch wenigstens einen Sinn bekommen.«

»Einundzwanzig«, korrigierte ihn Kim und erklärte, daß die Historiker die Hinrichtung Elizabeths einfach unterschlagen hatten.

»Mir wäre es auch egal, wenn der Wirkstoff mit der Sintflut in Zusammenhang gebracht werden könnte«, sagte Stanton. »Mir scheint, Edward hat eine wirklich außergewöhnliche Entdeckung gemacht.« Er sah seinen Freund direkt an. »Und wie soll es nun weitergehen?«

»Um das zu klären, wollte ich dich heute abend sehen«, erwiderte Edward. »Was soll ich deiner Meinung nach tun?«

»Genau das, was ich dir neulich schon vorgeschlagen habe«, antwortete Stanton. »Wir sollten eine Firma gründen und den Wirkstoff so schnell wie möglich patentieren lassen. Und sämtliche Varianten der Verbindung natürlich auch.«

»Glaubst du wirklich, der Stoff könnte uns eine Milliarde Dollar einbringen?« fragte Edward noch einmal.

»Ich weiß, wovon ich rede«, versicherte ihm Stanton. »Auf diesem Gebiet kenne ich mich aus.«

»Dann laß uns loslegen«, sagte Edward. »Wir gründen eine Firma und ziehen die Sache durch.«

Stanton starrte ihn einen Augenblick lang ungläubig an. »Du meinst es also wirklich ernst«, staunte er.

»Darauf kannst du wetten«, erwiderte Edward.

»Okay, zuerst brauchen wir zwei Namen«, sagte Stanton und zog ein kleines Notizbuch und einen Kugelschreiber aus seiner Westentasche. »Wir brauchen einen Namen für den Stoff, und wir brauchen einen Namen für die Firma. Vielleicht sollten wir den Stoff einfach Soma nennen, das käme allen Literaturfreunden entgegen.«

»Es gibt bereits ein Medikament, das Soma heißt«, warf Edward ein. »Wie wär's mit Omni? Als Hinweis auf das breite Feld der klinischen Einsatzmöglichkeiten.«

»Omni klingt nicht nach einem Medikament«, gab Stanton zu bedenken. »Bei Omni denkt man eher an eine Firma. Wir könnten unser Unternehmen ja Omni Pharmaceuticals taufen.«

»Gefällt mir gut«, sagte Edward.

»Was haltet ihr davon, das neue Mittel Ultra zu nennen?« fragte Stanton. »Ich glaube, der Name wäre ziemlich werbewirksam.«

»Gefällt mir auch gut«, sagte Edward.

Die beiden Männer sahen die Frauen an, um ihre Meinung zu erfahren. Candice hatte gar nicht zugehört, deshalb wiederholte Stanton die Namen noch einmal. Während Candice sie guthieß, hatte Kim keine Meinung; ihr hatte die Diskussion regelrecht den Atem verschlagen. Sie war völlig perplex, daß Edward plötzlich so souverän über derartige Geschäfte verhandelte.

»Wieviel Geld kannst du lockermachen?« wollte Edward wissen.

»Was glaubst du, wie lange du brauchst, bis wir das fertige Präparat auf den Markt bringen können?« fragte Stanton.

»Das kann ich dir beim besten Willen nicht sagen«, erwiderte Edward. »Ich bin ja nicht einmal hundertprozentig sicher, ob der Wirkstoff überhaupt je auf den Markt gebracht werden kann.«

»Das ist mir schon klar«, sagte Stanton. »Aber du mußt es doch wenigstens ungefähr abschätzen können. Ich weiß selber, daß zwischen der Entdeckung eines potentiellen Medikaments, seiner Zulassung durch die Bundesbehörde und der anschließenden Vermarktung ungefähr zwölf Jahre vergehen und daß in dieser Zeit etwa zweihundert Millionen Dollar für die Entwicklungskosten draufgehen.«

»Zwölf Jahre brauche ich bestimmt nicht«, sagte Edward. »Und ich kann dir auch versprechen, daß ich nicht annähernd zweihundert Millionen Dollar für die Entwicklung benötigen werde.«

»Die Rechnung ist ganz simpel«, sagte Stanton. »Je kürzer die Entwicklungsphase ist und je weniger Geld sie kostet, desto mehr bleibt für uns übrig.«

»Alles klar«, murmelte Edward. »Ich hatte eigentlich gar nicht vor, so viel Eigenkapital in das Projekt zu stecken.«

»Wieviel Geld brauchst du?« fragte Stanton.

»Ich müßte ein komplettes High-Tech-Labor einrichten«, begann Edward laut zu denken.

»Warum kannst du nicht an der Uni weiterarbeiten?« wollte Stanton wissen.

»Das geht nicht«, erklärte Edward. »Ich muß das Ultra-Projekt von meiner Arbeit an der Uni trennen; ich habe bei meiner Einstellung eine Erklärung unterschrieben, daß die Universität an den Resultaten meiner Forschung beteiligt ist.«

»Können wir dadurch irgendwelche Schwierigkeiten bekommen?« wollte Stanton wissen.

»Nein«, beruhigte Edward ihn. »Das glaube ich nicht. In der Erklärung geht es um Entdeckungen, die man während der Dienstzeit unter Verwendung universitätseigener Geräte macht. Ich werde natürlich behaupten, daß ich in meiner Freizeit auf Ultra gestoßen bin, was ja auch der Wahrheit entspricht. Die ersten Trennungsverfahren und die Entschlüsselung der Molekülstruktur habe ich natürlich während meiner normalen Dienstzeit durchgeführt. Aber wie dem auch sei – vor einem möglichen Verfahren habe ich keine Angst. Ich bin schließlich nicht Eigentum der Harvard University.«

»Und was ist mit der Entwicklungsphase?« fragte Stanton. »Um wieviel kannst du sie verkürzen?«

»Da läßt sich einiges machen«, sagte Edward. »Das Faszinierendste an dem Stoff ist nämlich, daß er überhaupt nicht toxisch zu sein scheint. Allein das dürfte zu einer relativ zügigen Zulassung durch die Bundesbehörde führen; schließlich geht die meiste Zeit immer für die Bestimmung der spezifischen toxischen Wirkungen drauf.«

»Du meinst also, du könntest die Genehmigung der Zulassungsbehörde im Vergleich zu einem normalen Verfahren schon ein paar Jahre früher erhalten?« hakte Stanton nach.

»Auf jeden Fall«, bekräftigte Edward. »Wenn wir uns nicht um eine etwaige Toxizität kümmern müssen, können wir die Tierversuche beschleunigen. Und bei der klinischen Wirksamkeitsprüfung können wir die Phasen I und II im Rahmen des Beschleunigungsplans der Zulassungsbehörde miteinander verbinden.«

»Der Beschleunigungsplan ist ausschließlich für neue Medikamente vorgesehen, die bei lebensbedrohlichen Krankheiten eingesetzt werden sollen«, unterbrach Kim die beiden. Durch ihre Arbeit auf der Intensivstation wußte sie ein bißchen über Experimente mit noch nicht zugelassenen Arzneimitteln Bescheid.

»Wenn Ultra wirklich ein so wirksames Antidepressivum ist, wie ich vermute«, sagte Edward, »dann werden wir mit Sicherheit ausreichend Argumente finden, um das beschleunigte Prüfverfahren durchsetzen zu können.«

»Wir können Ultra ja auch in Europa und Asien auf den Markt bringen«, schlug Stanton vor, »Dort brauchen wir keine Zulassungsgenehmigung, um den Stoff zu verkaufen.«

»Genau«, stimmte Edward ihm zu. »Du hast recht. Schließlich sind die USA nicht der einzige Markt für pharmazeutische Produkte.«

»Dann spitz mal deine Ohren«, sagte Stanton. »Ich kann problemlos vier bis fünf Millionen Dollar auftreiben, ohne ein umfangreiches Aktienpaket verkaufen zu müssen; den größten Teil der Investition kann ich aus eigenen Mitteln finanzieren. Na, was sagst du dazu?«

»Das klingt phantastisch«, rief Edward. »Wann kann es losgehen?«

»Morgen«, erwiderte Stanton. »Als erstes kümmere ich mich um das Geld, und dann veranlasse ich die erforderlichen rechtlichen Schritte, um die Firma zu gründen. Gleichzeitig besorge ich schon mal Patentanträge.«

»Weißt du, ob man vielleicht den Kern des Moleküls patentieren lassen kann?« fragte Edward. »Eigentlich wäre es am besten, wenn man ein Patent beantragen könnte für sämtliche Verbindungen, die sich aus dem Kern entwickeln lassen.«

»Ich bin mir nicht sicher, ob das geht, aber ich werde es herausfinden«, versprach Stanton.

»Während du dich um die finanziellen und juristischen Angelegenheiten kümmerst«, sagte Edward, »werde ich den Aufbau des Labors in Angriff nehmen. Die erste Frage wird sein, wo wir es einrichten sollen. Es sollte an einem netten Ort sein; immerhin werde ich viel Zeit an meinem neuen Arbeitsplatz verbringen.«

»Wie würde dir Cambridge gefallen«, fragte Stanton.

»Ich hätte lieber eine größere Distanz zur Universität«, erwiderte Edward.

»Und was hältst du von der Gegend um den Kendall Square?« schlug Stanton vor. »Das wäre weit genug weg von Harvard und trotzdem noch nahe genug an deiner Wohnung.«

Edward drehte sich zu Kim und sah sie fragend an. Sie wußte sofort, worauf er hinauswollte, und nickte unauffällig. Weder Stanton noch Candice bekamen etwas davon mit.

»Ich werde Ende August von hier wegziehen«, verkündete Edward. »Ab September wohne ich in Salem.«

»Wir werden zusammenziehen«, fügte Kim hinzu. »Ich lasse das alte Haus auf unserem Familienanwesen renovieren.«

»Das ist ja wunderbar!« rief Candice.

»Du alter Gauner!« donnerte Stanton los und boxte Edward über den Tisch hinweg in den Oberarm.

»Zum ersten Mal in meinem Leben läuft es bei mir nicht nur beruflich gut, sondern ich habe auch privat endlich mal Glück«, sagte Edward.

»Wir könnten ja irgendein Städtchen an der Nordküste als Firmensitz wählen«, schlug Stanton vor. »Da drüben sind die Gewerbemieten bestimmt viel niedriger als hier.«

»Du bringst mich auf eine Wahnsinnsidee«, rief Edward aufgeregt. Er wandte sich an Kim. »Du hast mir doch diese alte Mühle gezeigt, die später zu einem Stall umgebaut worden ist«, begann er. »Das wäre der ideale Ort für unser Projekt; das Gelände liegt wunderbar abgeschieden.«

»Ich weiß nicht«, stammelte Kim. Sie fühlte sich von Edward überrumpelt.

»Ich meine natürlich, daß die Firma Omni die Mühle von dir und deinem Bruder mieten würde«, erklärte Edward. Er begeisterte sich immer mehr für seine Idee. »Du hast mir doch erzählt, daß ihr das Gelände sowieso als eine ziemliche Belastung empfindet. Wenn Omni euch eine anständige Miete zahlen würde, wärt ihr die Sorge los.«

»Keine schlechte Idee«, gab Stanton zu. »Die Miete könnten wir komplett abschreiben. Wirklich ein guter Vorschlag, alter Kumpel!«

»Nun sag schon, was hältst du von der Idee?« drängte Edward.

»Ich muß erst mit meinem Bruder darüber reden«, erwiderte Kim.

»Natürlich«, sagte Edward. »Wann kannst du ihn anrufen? Je früher, desto besser.«

Kim sah auf die Uhr und rechnete aus, daß es in London halb drei morgens sein mußte, also genau die Zeit, in der ihr Bruder normalerweise zu arbeiten begann. »Ich kann ihn jeden Abend erreichen«, sagte sie. »Eigentlich könnte ich ihn auch jetzt gleich anrufen.«

»So etwas höre ich gerne. Ich mag entschlußfreudige Menschen.« Stanton zog ein Handy aus seiner Tasche und reichte es Kim. »Omni zahlt das Telefonat.«

Kim erhob sich.

»Wo gehst du denn hin?« wollte Edward wissen.

»Ich will allein sein, wenn ich mit meinem Bruder spreche.«

»Verständlich«, sagte Stanton. »Geh doch auf die Damentoilette.«

»Ich gehe lieber nach draußen«, erwiderte Kim.

Als sie den Tisch verlassen hatte, beglückwünschte Candice Edward zu seiner offenbar prächtig gedeihenden Beziehung zu Kim.

»Wir kommen wirklich prima miteinander aus«, sagte Edward.

»Wie viele Mitarbeiter wirst du benötigen?« wollte Stanton wissen. »Nichts frißt das Kapital schneller auf als saftige Gehälter.«

»Ich werde versuchen, mit einem Minimum an Leuten auszukommen«, versprach Edward. »Aber ich brauche auf jeden Fall einen Biologen für die Tierversuche, einen Immunologen für die Zellstudien, einen Kristallexperten, einen Experten für Molekülmanipulationen, einen Biophysiker für die Kernspintomographie, einen Pharmakologen – und natürlich Eleanor und ich.«

»Um Himmels willen!« rief Stanton. »Willst du eine neue Uni gründen?«

»Ich versichere dir, daß man bei einem solchen Projekt nicht mit weniger Leuten auskommen kann«, entgegnete Edward ruhig.

»Und warum muß Eleanor dabei sein?«

»Weil sie meine Assistentin ist. Sie ist meine engste Mitarbeiterin, und sie ist bei diesem Projekt unabkömmlich.«

»Wann kannst du anfangen, das Team zusammenzustellen?« fragte Stanton.

»Sobald du das Geld hast«, antwortete Edward. »Wir brauchen erstklassige Leute, und die sind natürlich nicht billig.«

»Das ist genau der Punkt, vor dem ich am meisten Angst habe«, warf Stanton ein. »Ich kenne jede Menge biomedizinische Firmen, die eine glatte Bauchlandung hingelegt haben, weil sie zu großzügige Gehälter gezahlt und dann plötzlich kein Geld mehr hatten.«

»Ich werd's mir hinter die Ohren schreiben«, versprach Edward. »Wann kannst du das Geld bereitstellen, damit ich loslegen kann?«

»Anfang nächster Woche kannst du über die erste Million verfügen«, erwiderte Stanton.

Die Kellnerin brachte das Essen. Da Cancice und Stanton warme Vorspeisen bestellt hatten, bestand Edward darauf, daß sie schon anfingen. Sie hatten gerade ihr Besteck in die Hand genommen, als Kim zurückkam. Sie setzte sich und gab Stanton sein Telefon zurück.

»Ich habe gute Nachrichten«, sagte sie. »Mein Bruder ist von der Idee begeistert, die alte Mühle zu vermieten. Aber er will auf keinen Fall für die Renovierung aufkommen. Die Kosten dafür müßte Omni übernehmen.«

»Kein Problem«, sagte Edward und erhob sein Glas zu einem weiteren Toast. »Auf Omni und auf Ultra!«

»Ich glaube, ich weiß, wie die Kapitalstruktur unserer Firma aussehen sollte«, erklärte Stanton, als er sein Glas wieder abstellte. »Wir setzen viereinhalb Millionen Dollar ein, in Aktien zu jeweils zehn Dollar; du und ich behalten jeweils ein Drittel; mit dem restlichen Drittel können wir unseren zukünftigen Kapitalbedarf decken, indem wir ein paar finanzkräftige Leute dazu bringen, ihr Geld bei uns anzulegen. Wenn Ultra wirklich so ein Knaller wird, wie du heute abend prophezeit hast, dann wird der Wert unserer Aktien irgendwann rasant in die Höhe schnellen.«

»Darauf trinke ich«, sagte Edward und erhob sein Glas, woraufhin sie alle noch einmal miteinander anstießen. Edward war mit seiner Weinwahl außerordentlich zufrieden. Er hatte das Gefühl, noch nie einen besseren Weißwein getrunken zu haben; er ließ sich jeden Tropfen auf der Zunge zergehen.

Nach dem Essen verabschiedeten sie sich voneinander, und Edward und Kim gingen zu seinem Auto, das er auf dem Restaurantparkplatz abgestellt hatte.

»Wenn es dir nichts ausmacht, würde ich den Spaziergang über den Harvard Square gerne auf ein anderes Mal verschieben«, sagte Edward.

»Oh!« Kim war enttäuscht.

»Ich muß noch ein paar Telefonate führen«, erklärte Edward.

»Aber es ist doch schon nach zehn«, gab Kim zu bedenken. »Ist das nicht ein bißchen spät, um noch jemanden anzurufen?«

»Nicht wenn dieser jemand an der Westküste wohnt«, entgegnete Edward. »Ich kenne ein paar Wissenschaftler in Los Angeles und Stanford, die ich gerne für unser Omni-Team engagieren würde.«

»Du bist ja völlig aus dem Häuschen wegen dieser neuen Firma«, bemerkte Kim.

»Stimmt, ich bin regelrecht in Ekstase«, gab Edward zu. »In dem Moment, in dem mir klar wurde, daß wir drei völlig unbekannte Alkaloide entdeckt hatten, hat meine Intuition mir gesagt, daß ich einen dicken Fisch an der Angel habe. Ich wußte damals nur noch nicht, wie dick er tatsächlich ist.«

»Hast du keine Angst, daß du mit Harvard Ärger bekommst?« fragte Kim. »Du hast doch diese Erklärung unterschrieben. Es gab hier mal eine ähnliche Geschichte, die für einen ziemlichen Wirbel gesorgt hat; in den achtziger Jahren hat man oft den Vorwurf gehört, daß die Wissenschaft und die Industrie ein bißchen zu eng zusammenarbeiteten.«

»Das Problem überlasse ich gerne den Anwälten«, entgegnete Edward.

»Na, ich weiß nicht«, sagte Kim; seine Äußerung überzeugte sie wenig. »Auch wenn du die Sache von Anwälten regeln läßt –

deine akademische Karriere wird mit Sicherheit darunter leiden.« Sie wußte, wieviel Edward seine Vorlesungen bedeuteten, und sie machte sich Sorgen, daß sein Urteilsvermögen wegen der plötzlichen Begeisterung für die neue Firma gelitten haben könnte.

»Ich weiß, daß ich ein Risiko eingehe«, gab Edward zu. »Aber ich bin bereit, dieses Risiko einzugehen. Ultra bietet mir eine einmalige Chance. Ich kann mir weltweit einen Namen machen und gleichzeitig einen Haufen Geld verdienen.«

»Hast du nicht immer gesagt, es interessiert dich nicht, Millionär zu werden?« fragte Kim.

»Hat es mich auch nicht«, entgegnete Edward. »Aber jetzt steht eine Milliarde auf dem Spiel. Mir war nie richtig klar, um wieviel Geld es tatsächlich geht.«

Kim war sich nicht sicher, ob der Unterschied wirklich so groß war, doch sie sagte nichts. Hier ging es um eine ethische Frage, und sie hatte im Moment keine Lust, mit Edward darüber zu diskutieren.

»Es tut mir leid, daß ich das mit der alten Mühle vorgeschlagen habe, ohne vorher mit dir darüber zu sprechen«, sagte Edward. »Normalerweise posaune ich nicht einfach gleich alles heraus, was mir so in den Kopf kommt. Wahrscheinlich ist es mir nach der anregenden Unterhaltung mit Stanton einfach so herausgerutscht.«

»Ist schon okay«, sagte Kim. »Außerdem war mein Bruder ja von der Idee begeistert. Mit der Miete können wir die gesamten Grundsteuern bezahlen. Und die sind astronomisch hoch.«

»Wenigstens ist die Mühle weit genug vom Cottage entfernt«, bemerkte Edward. »Wir werden von der Existenz des Labors wahrscheinlich gar nichts merken.«

Sie verließen den Memorial Drive und bogen in ein ruhiges Wohngebiet ein. Edward lenkte den Wagen auf seinen Parkplatz und stellte den Motor ab. Dann schlug er sich mit der Hand vor den Kopf.

»Mein Gott, bin ich blöd«, schimpfte er. »Wir hätten doch gleich bei dir vorbeifahren können, um deine Sachen zu holen.«

»Willst du, daß ich heute bei dir übernachte?«

»Natürlich«, erwiderte Edward. »Du schläfst doch gerne bei mir – oder?«

»Du bist in letzter Zeit immer so beschäftigt gewesen«, sagte Kim. »Ich wußte nicht, was du heute vorhast.«

»Wenn du hierbleibst, können wir morgen früh gleich nach Salem fahren«, versuchte Edward sie zu überzeugen. »Wir könnten ganz zeitig aufstehen.«

»Du willst also wirklich mit mir nach Salem fahren?« fragte Kim. »Mußt du nicht ins Labor?«

»Aber nein«, entgegnete Edward. »Und nachdem wir entschieden haben, das neue Labor auf deinem Grundstück einzurichten, will ich auf jeden Fall hin.« Während er das sagte, startete er den Motor wieder und legte den Rückwärtsgang ein. »Am besten fahren wir doch noch mal bei dir vorbei, und du holst ein paar Sachen zum Wechseln. Natürlich nur, wenn du bleiben möchtest – was ich mir wirklich wünsche.« Im Halbdunkel verzog er sein Gesicht zu einem breiten Grinsen.

»Ich glaube schon«, erwiderte Kim. Sie hatte plötzlich ein komisches Gefühl, ohne genau zu wissen, warum.

Kapitel 8

Samstag, 30. Juli 1994

Kim und Edward brachen später auf als geplant. Das lag vor allem an Edward, der den halben Vormittag am Telefon verbracht hatte. Zuerst hatte er George Harris und Mark Stevens angerufen und die beiden Männer gebeten, sich auch um den Umbau der alten Mühle zu kümmern. Sie hatten den Auftrag bereitwillig angenommen und vorgeschlagen, sich gegen Mittag mit Edward und Kim auf dem Gelände zu treffen. Danach hatte er etliche Vertreter von Laboreinrichtern angerufen und auch sie gebeten, sich gegen Mittag bei der alten Mühle einzufinden.

Nachdem er sich noch einmal bei Stanton rückversichert hatte, daß das versprochene Geld auch tatsächlich in den nächsten Tagen zur Verfügung stehen würde, rief er schließlich noch eine Reihe von Wissenschaftlern an, die er für das Omni-Team in die engere Wahl genommen hatte. Als sie endlich losfuhren, war es schon nach zehn.

Eine halbe Stunde später bog Edward auf das Stewartsche Anwesen ein und parkte vor den ehemaligen Ställen. Zu seiner Freude hatte sich bereits eine Gruppe von Wartenden versammelt, die sich schon alle miteinander bekannt gemacht hatten. Er bat sie, ihm zu einer Schiebetür zu folgen, die mit einem Vorhängeschloß verriegelt war.

Die alte Mühle war ein langes, einstöckiges Steingebäude; unter dem Dachvorsprung befanden sich in großen Abständen ein paar Fenster. Da das Gelände zum Fluß hin stark abfiel, war die Rückseite des Hauses zweigeschossig. Auf dieser Seite gab es im unteren Stockwerk zu den verschiedenen Ställen mehrere Eingänge.

Kim mußte verschiedene Schlüssel probieren, bevor sie endlich den passenden gefunden hatte und das schwere Vorhängeschloß öffnen konnte.

Sie traten ein und standen in einem großen, ungeteilten, länglichen Raum mit einer gewölbten Decke. An einer Seite des Raumes befanden sich zahlreiche, mit Fensterläden verschlossene Luken. In einer Ecke stapelten sich Strohballen.

»Wie es aussieht, werden wir hier mit dem Abbruch keine Probleme haben«, stellte George fest.

»Dieser Raum ist ideal«, sagte Edward. »Er entspricht genau meiner Vorstellung von einem Labor: ein einziger großer Raum, so daß jeder mit jedem Kontakt halten kann.«

Über eine Treppe aus grob behauenen Eichenholzbrettern, die von dicken Dübeln zusammengehalten wurden, gelangten sie in die untere Etage im rückwärtigen Teil. Unten angekommen, befanden sie sich in einem langen Flur; auf der rechten Seite gab es mehrere Pferdeboxen, links waren einige kleinere Boxen, in denen früher das Zaumzeug aufbewahrt wurde.

Kim trottete mit und hörte sich Edwards Vorstellungen an, wie der alte Stall schnellstmöglich in ein biologisches und pharmakologisches High-Tech-Labor zu verwandeln sei. In der unteren Etage wollte er die Versuchstiere unterbringen; seinen Ausführungen zufolge benötigte er für die Rhesusaffen, die Mäuse, die Ratten und die Kaninchen jeweils verschiedene Räume. Außerdem brauchte er Platz für mehrere Brutschränke, in denen die Gewebe- und Bakterienkulturen aufbewahrt werden sollten, und natürlich einen Vorratsraum. Nicht zu vergessen die Räume für Kernspintomographie und Röntgenstrahlen-Kristallographie, die ebenfalls im unteren Bereich unterzubringen wären.

Das eigentliche Labor würde auf der oberen Etage eingerichtet werden; dort brauchte man auch einen kleinen klimatisierten Raum für den Hauptrechner. Jeder Arbeitsplatz in dem Labor müsse über ein eigenes Terminal verfügen. Damit die zahlreichen elektronischen Geräte immer mit ausreichend Strom versorgt werden könnten, müsse man besonders starke Leitungen verlegen.

»So, nun kennen Sie meine Vorstellungen«, sagte Edward, nachdem sie ihren Rundgang beendet hatten. Er wandte sich an den Bauunternehmer und den Architekten. »Sehen Sie irgendwelche Probleme?«

»Ich denke nicht«, sagte Mark. »Das Haus ist ja solide gebaut. Allerdings würde ich vorschlagen, am Eingang eine Art Empfangsbereich mit einzuplanen.«

»Wir werden zwar selten Besuch bekommen«, erwiderte Edward, »aber ich verstehe, was Sie meinen. Nehmen Sie den Vorschlag auf jeden Fall in Ihre Zeichnung mit auf. Gibt es sonst noch etwas?«

»Ich glaube nicht, daß wir mit der Baugenehmigung irgendwelche Probleme bekommen werden«, sagte George.

»Wenn wir nichts von den Tierversuchen erwähnen«, gab Mark zu bedenken. »Ich würde sie einfach unter den Tisch fallen lassen. Wenn wir den Behörden reinen Wein einschenken, können wir wahrscheinlich eine Ewigkeit warten, bevor wir mit dem Umbau beginnen können.«

»Ich wäre froh, wenn Sie sich um den ganzen Papierkram kümmern könnten«, sagte Edward. »Sie haben sicher eine Menge Erfahrung auf diesem Gebiet. Mir ist vor allem daran gelegen, dieses Projekt so schnell wie möglich in die Tat umzusetzen. Ich mache Ihnen ein Angebot: Um die Fertigstellung des Labors zu beschleunigen, zahle ich zehn Prozent mehr für alles.«

Mark und George grinsten; das war Musik in ihren Ohren, und sie nahmen das Angebot gerne an.

»Wann können Sie loslegen?« wollte Edward wissen.

»Sofort«, erwiderten beide wie aus einem Mund.

»Ich hoffe nur, daß meine kleine Baustelle nicht unter diesem neuen Projekt leiden wird«, meldete sich Kim nun zum ersten Mal zu Wort.

»Keine Sorge«, versuchte George sie zu beruhigen. »Die Arbeiten im Cottage werden dadurch höchstens noch beschleunigt. Wir werden demnächst mit einer größeren Truppe hier anrücken, so daß dann sämtliche Handwerker ständig präsent sind. Wenn also bei Ihnen drüben ein Klempner oder ein Elektriker gebraucht wird, dann sind sie nur einen Katzensprung von Ihrer Baustelle entfernt.«

Während Edward sich mit dem Bauunternehmer, dem Architekten und den verschiedenen Vertretern der medizinischen Ausstattungsfirmen an einen Tisch setzte, um die Einzelheiten für die Einrichtung des neuen Labors zu besprechen, ging Kim nach draußen. Es war ein bißchen diesig, doch die Mittagssonne war so intensiv, daß sie blinzeln mußte. Sie ging über das Feld zum Cottage hinüber, um nachzusehen, wie es mit den Renovierungsarbeiten voranging.

Als sie sich dem Haus näherte, registrierte sie als erstes, daß der Graben wieder zugeschüttet war. Zufrieden stellte sie fest, daß die Arbeiter Elizabeths Grabstein wieder an Ort und Stelle gelegt hatten; er lag flach über dem Grab, genauso wie sie ihn gefunden hatte.

Kim betrat ihr Cottage. Nach der Besichtigung des riesigen Stalls kam es ihr winzig vor. Die Arbeiten waren gut vorangeschritten; vor allem in der Küche und in den beiden Badezimmern war einiges geschehen. Zum ersten Mal konnte sie sich vorstellen, wie es hier aussehen würde, wenn alles fertig wäre.

Nachdem sie ihr zukünftiges Zuhause auch noch einmal von außen begutachtet hatte, ging sie wieder hinüber zur Mühle, doch dort deutete nichts darauf hin, daß Edward seine improvisierte Planungsbesprechung in absehbarer Zeit beenden würde. Kim unterbrach ihn kurz und sagte, daß sie noch mal in der Burg vorbeischauen wolle. Er wünschte ihr ein paar schöne Stunden und war sofort wieder in die Diskussion vertieft.

Als Kim aus dem grellen Sonnenlicht in die düstere, mit schweren Vorhängen abgedunkelte Burg trat, hatte sie das Gefühl, eine andere Welt zu betreten. Sie blieb stehen und horchte, wie das alte Gebälk in der Hitze ächzte und knarrte.

Sie stieg die Treppe zum Dachboden hinauf und öffnete zuerst alle Mansardenfenster, um die frische Brise hereinzulassen, die vom Fluß herüberwehte. Neben dem letzten Fenster entdeckte sie ein Regal, in dem sich stapelweise in Leinen gebundene Bücher befanden.

Sie nahm einen der dicken Bände in die Hand und betrachtete neugierig den Buchrücken. Der Titel stand handschriftlich in weißer Tinte auf einem schwarzen Hintergrund: »Seehexe«. Kim schlug neugierig das Buch auf. Zuerst dachte sie, es handele sich um ein Tagebuch, denn alle Eintragungen begannen mit dem täglichen Datum; es folgten ausführliche Beschreibungen der Wetterverhältnisse. Ihr wurde schnell klar, daß es sich nicht um ein Tagebuch, sondern um das Logbuch eines Schiffs handeln mußte.

Als sie den vorderen Buchdeckel aufklappte, sah sie, daß das Buch die Jahre zwischen 1791 und 1802 umfaßte. Sie legte das Logbuch zur Seite und inspizierte die Buchrücken der übrigen Bände. Es gab sieben weitere Bücher mit dem Titel »Seehexe«. Das älteste Logbuch umfaßte die Jahre 1737 bis 1749.

In der Hoffnung, vielleicht auch andere Bücher aus dem siebzehnten Jahrhundert zu finden, sah Kim die anderen Stapel in der Nähe des Fensters durch. Als erstes fiel ihr ein kleinerer Stoß ins Auge; sie zog ein sehr alt aussehendes, unbeschriftetes, in Leder gebundenes Buch heraus.

Das Buch war so abgenutzt und verstaubt, daß ihr sofort wieder die Bibel einfiel, die sie im Weinkeller entdeckt hatte. Sie öffnete es und las die Titelseite. Es war das Logbuch der *Endeavor,* und es enthielt Eintragungen aus den Jahren 1679 bis 1703. Vorsichtig blätterte Kim die vergilbten Seiten um; sie überflog die einzelnen Eintragungen, bis sie schließlich bei dem Jahr 1692 angelangt war.

Die erste Eintragung datierte auf den vierundzwanzigsten Januar. Sie las, daß es ein klarer und kalter Wintertag mit angenehmem Westwind gewesen war. Ferner war festgehalten worden, daß das Schiff mit der Flut ausgelaufen war und Kurs auf Liverpool genommen hatte; folgende Güter hatte es geladen: Walöl, Holz, Schiffsvorräte, Pelze, Pottasche, getrockneten Kabeljau und Makrelen.

Plötzlich stockte Kim der Atem. Im nächsten Satz stand nämlich, daß das Schiff einen distinguierten Herrn befördert hatte, den Schiffseigner Ronald Stewart. Aufgeregt las sie weiter. Ronald war auf dem Weg nach Schweden gewesen, um dort die Fertigstellung eines neuen Schiffes, *The Sea Spirit*, zu überwachen, das er in Auftrag gegeben hatte.

Hastig überflog sie die weiteren Reiseeintragungen. Doch über Ronald wurde nur noch mitgeteilt, daß er das Schiff nach einer ereignislosen Überfahrt in Liverpool verlassen hatte.

Kim klappte das Buch zu und stieg schnell vom Dachboden in den Weinkeller hinunter. Dort öffnete sie das Bibelkästchen und nahm die Urkunde heraus, die sie bei ihrer letzten Suchaktion gefunden hatte. Ein Blick auf das Datum bestätigte ihre Vermutung: Elizabeth hatte den Kaufvertrag unterschrieben, als Ronald auf hoher See gewesen war.

Sie war stolz, daß sie damit ein kleines Rätsel aus Elizabeths Vergangenheit gelöst hatte. Sie legte die Urkunde zurück in das Bibelkästchen und wollte ihrer kleinen Sammlung gerade auch noch das Logbuch hinzufügen, als aus dem hinteren Buchdeckel drei Briefumschläge herausfielen, die von einem dünnen Faden zusammengehalten wurden.

Mit zittrigen Händen hob Kim das Päckchen auf. Der obere Brief war an Ronald Stewart adressiert. Nachdem sie das Bändchen entfernt hatte, sah sie, daß alle drei an Ronald gerichtet waren. Ganz aufgeregt öffnete sie die Umschläge und nahm die Briefe vorsichtig heraus. Sie waren alle drei 1692 verfaßt worden; der erste am 23. Oktober, der zweite am 29. Oktober und der dritte am 11. November. Der Absender des ersten Briefes war Samuel Sewall:

Boston
23. Oktober 1692

Mein lieber Freund,

ich habe größtes Verständnis für Deine Niedergeschlagenheit und hoffe in Gottes Namen, daß Du in Deiner neuen Ehe wieder zur Ruhe kommen wirst. Darüber hinaus kann ich auch Deinen Wunsch nachvollziehen, die unglückliche Verbindung Deiner verstorbenen Ehefrau mit dem Prinzen der Dunkelheit geheimzuhalten; doch ich muß Dir den guten Rat geben, davon Abstand zu nehmen, beim Gouverneur einen Antrag auf Herausgabe des offenkundigen Beweisstückes zu stellen. Ich empfehle Dir, Reverend Cotton Mather in dieser Angelegenheit um Hilfe zu bitten, in dessen Keller Du die teuflischen Werke Deiner Frau hast begutachten können. Es ist mir zu Ohren gekommen, daß Reverend Mather offiziell das Recht gewährt wurde, das Beweisstück für unbefristete Zeit aufzubewahren.

In Freundschaft,
Dein Samuel Sewall

Kim war frustriert; nun hatte sie zwar einen weiteren Hinweis auf das mysteriöse Beweisstück, doch wieder wurde es nicht näher beschrieben. Sie nahm sich den zweiten Brief vor. Cotton Mather hatte ihn geschrieben.

Samstag, 29. Oktober
Boston

Sehr geehrter Herr,

ich habe Ihren Brief erhalten, in dem Sie auch darauf Bezug nehmen, daß wir beide Absolventen des Harvard College sind, was mich wiederum hoffen läßt, daß Sie diese ehrwürdige Institution in wohlwollender Erinnerung haben, so daß Ihr Verstand für die Entscheidung zugänglich sein wird, die mein hochehrwürdiger Vater und ich im Hinblick auf den geeigneten Aufbewahrungsort von Elizabeths Teufelswerk getroffen haben. Sie werden sich daran erinnern, daß ich Ihnen bei unserer Zusammenkunft in meinem Haus meine Sorgen darüber anvertraut habe, daß unter Umständen auch die guten Menschen aus Salem in einen Zustand höchster Aufregung und Hysterie geraten könnten, da die Anwesenheit des Teufels durch Elizabeths Taten und ihr grauenvolles Werk eindeutig bewiesen ist. Es ist sehr unglücklich, daß meine mit Inbrunst vorgetragenen Bedenken auf keinerlei Beachtung gestoßen sind und daß meine eindringlich und mehrfach geäußerten Warnungen im Hinblick auf die Anerkennung spiritueller Beweisführung vor Gericht in den Wind geschlagen worden sind, obwohl diese Art der Beweisführung es dem Vater aller Lügen, wie ich dargelegt habe, durchaus ermöglichen könnte, sich des Körpers argloser und nichts Böses im Schilde führender Menschen zu bedienen, und in dieser Hülle sogar unsere honorigen Richter, die für ihre unermüdlichen Anstrengungen bei der Wahrheitssuche sowie für ihren Gerechtigkeitssinn, für ihre Weisheit und für ihre Güte bekannt sind, zu täuschen und dadurch den Ruf unschuldiger Menschen zu besudeln. Ich kann Ihren ehrenhaften Wunsch sehr wohl verstehen, Ihre Familie vor weiteren Demütigungen schützen zu wollen, aber ich selber bin von der tiefen Überzeugung beseelt, daß das gegen Elizabeth verwandte Beweisstück wegen seiner Einzigartigkeit und seiner Eindeutigkeit, mit der es objektiv und ohne jeden Zweifel ein wahrhaftiges Bündnis mit dem Teufel und nicht nur eine böse Absicht zu belegen vermag, für künftige Generationen aufbewahrt werden sollte, damit diese in ihrem ewigen Kampf mit den Mächten des Bösen vielleicht Nutzen daraus ziehen mögen. Um in dieser Angelegenheit eine nach menschlichem Ermessen vernünftige Lösung zu finden, habe ich unzählige Dispute mit meinem hochverehrten Vater, dem Reverend Increase Mather, geführt, der die Ehre hat, in diesen Tagen dem angesehenen Harvard College als Rektor dienen zu dürfen. Nach langem Ringen ist in uns beiden der Entschluß gereift, das Beweisstück im College aufzubewahren, damit es künftigen Generationen von Studenten bei ihrer Heranreifung und ihrer Charakterbildung ein anschauliches Beispiel dafür bieten möge, wie wichtig es ist, dem Teufel bei seiner ständigen Wühlarbeit in Gottes neuem Land immer wieder einen Strich durch die Rechnung zu machen.

Ihr unermüdlich im Namen Gottes dienender
Cotton Mather

Kim war sich nicht sicher, ob sie den Brief richtig verstanden hatte, doch das Wesentliche hatte sie erfaßt. Sie nahm sich den letzten Brief vor. Ein Blick auf die Unterschrift verriet ihr, daß Increase Mather der Absender war.

11. November 1692
Cambridge

Sehr geehrter Herr,

wie ich Ihnen versichern kann, hege ich eine tiefe Sympathie für Ihr berechtigtes Begehren, daß das obengenannte Beweisstück zurückgegeben und Ihnen zu Ihrer freien Disposition überlassen wird, aber durch die beiden Mitglieder unseres Lehrkörpers, William Brattle und John Leverett, bin ich darüber in Kenntnis gesetzt worden, daß das Beweisstück in der Studentenschaft auf ein außergewöhnliches Interesse gestoßen ist und eine leidenschaftliche und lebhafte Debatte angeregt hat, was uns in unserer Überzeugung bestärkt hat, daß es offenbar Gottes Wille ist, die Hinterlassenschaft von Elizabeth in Harvard zu belassen, da sie ein wichtiges und einmaliges Beispiel dafür bietet, wie sich das Kirchenrecht im Hinblick auf die Hexerei und das verdammenswerte Werk des Teufels durchaus auf objektive Kriterien zu stützen vermag. Ich bitte Sie inständig darum, sich unserer Auffassung anzuschließen, daß dieses Beweisstück von enormer Wichtigkeit ist und unbedingt in unserer Sammlung außerordentlicher Lehrexponate verbleiben sollte. Für den Fall, daß die hochverehrten Lehrer irgendwann übereinkommen sollten, hier eine Fakultät für Rechtswissenschaften einzurichten, so werden wir das Beweisstück dieser Einrichtung zu weiteren Lehrzwecken überlassen.

Ihr ergebenster Diener
Increase Mather

»Verdammter Mist!« fluchte Kim, nachdem sie den dritten Brief gelesen hatte. Sie konnte es einfach nicht fassen; da hatte sie schon das Glück gehabt, so viele Hinweise auf das gegen Elizabeth verwendete Beweisstück zu finden, und jetzt wußte sie immer noch nicht, um was es sich dabei gehandelt hatte. Um sicherzugehen, daß sie auch wirklich nichts übersehen hatte, las sie alle Briefe noch einmal durch. Die gespreizte Syntax und die ungewöhnliche Wortwahl erschwerten das Verständnis ein wenig, doch nach dem zweiten Lesen wußte sie, daß sie wirklich nichts übersehen hatte.

Die Briefe hatten ihre Phantasie beflügelt, und sie zermarterte sich den Kopf darüber, was zum Teufel sich hinter diesem offenkundigen Beweisstück verbarg. In den vergangenen Wochen hatte sie weitere Bücher über die Hexenprozesse von Salem verschlungen und war nun immer mehr davon überzeugt, daß es sich um irgendeine Art von Buch handeln mußte. In den Prozessen war es oft um ein sogenanntes Teufelsbuch gegangen. Man war davon ausgegangen, daß die mutmaßlichen Hexen ihren Bund mit dem Teufel besiegelten, indem sie diese Teufelsbücher schrieben.

Kim sah sich die Briefe noch einmal an; das Beweisstück war mit den Worten »Elizabeths Teufelswerk« umschrieben worden. Vielleicht hatte Elizabeth ein Buch in einen Anstoß erregenden Ledereinband gebunden? Kim mußte über sich selbst lachen. Obwohl sie sich das Hirn zermarterte, wollte ihr einfach nichts einfallen.

Dann ging ihr wieder durch den Kopf, ob das Beweisstück nicht doch eine Puppe gewesen sein könnte. Vor ein paar Tagen erst hatte sie gelesen, daß im Prozeß gegen Bridget Bishop eine mit Nadeln gespickte Stoffpuppe als Beweismittel verwendet worden war; Bridget war die erste Frau gewesen, die man in Salem als Hexe hingerichtet hatte.

Kim seufzte. Sie wußte, daß ihre wüsten Spekulationen über die Beschaffenheit des Beweisstücks sie nicht weiterbringen würden. Sie sollte sich lieber an die Fakten halten. Immerhin lieferten die drei Briefe einen sehr wichtigen Hinweis: Das Beweisstück war 1692 der Harvard University übergeben worden. Kim überlegte, ob in der Uni vielleicht noch ein Hinweis auf das Beweisstück zu finden sei. Aber wahrscheinlich würde man sie auslachen, wenn sie ihr Anliegen dort vorbrächte.

»Da bist du ja«, rief Edward vom oberen Treppenabsatz in den Keller hinunter. »Hast du etwas gefunden?«

»Du wirst es nicht glauben, ja«, rief Kim zurück. »Komm runter, und sieh es dir an.«

Edward kam die Stufen herunter und nahm die Briefe in die Hand. »Mein Gott!« staunte er, nachdem er einen Blick auf die

Unterschriften geworfen hatte. »Die Briefe sind ja alle von berühmten Puritanern geschrieben. Was für eine Entdeckung!«

»Lies sie dir mal durch!« forderte Kim ihn auf. »Sie sind zwar hochinteressant, aber über das Beweisstück geben sie leider keinen Aufschluß.«

Edward lehnte sich gegen einen Aktenschrank und las.

»Phantastisch!« sagte er, als er zu Ende gelesen hatte. »Ich wette, daß die Harvard University an diesen Briefen brennend interessiert sein dürfte, vor allem an dem von Increase Mather.«

»Ach, meinst du wirklich«, sagte Kim erfreut. »Ich würde nämlich gerne in der Uni nach dem Beweisstück forschen. Aber ich habe Angst, daß man mich auslacht. Vielleicht kann ich ihnen ja einen Tausch anbieten.«

»Sie werden dich bestimmt nicht auslachen«, sagte Edward. »Ich bin sicher, daß es in der Widener-Bibliothek jemanden gibt, der die Geschichte toll findet. Natürlich würden sie nicht nein sagen, wenn du ihnen die Briefe schenken würdest, aber vielleicht bieten sie dir sogar an, sie zu kaufen.«

»Kannst du dir vielleicht jetzt, nachdem du die Briefe gelesen hast, eher vorstellen, um was für ein Beweisstück es sich gehandelt haben könnte?«

»Nein, nicht so richtig«, bekannte Edward. »Aber ich kann verstehen, daß du frustriert bist. Es ist ja beinahe nicht mehr normal, wie oft das Beweisstück erwähnt wird, ohne daß es auch nur ein einziges Mal näher beschrieben wird.« Er nahm sie in den Arm.

»Wir sind übrigens mit unserer Besprechung fertig. Was das neue Labor angeht, ist alles bestens geregelt. Dein Bauunternehmer ist wirklich ein fähiger Mann. Er will heute noch anfangen, einen Graben auszuheben.«

»Willst du gleich zurückfahren?« fragte Kim.

»Würde ich gerne«, gab Edward zu. »Da das Omni-Projekt ja nun bald Realität werden soll, gibt es jede Menge Leute, mit denen ich dringend sprechen muß. Aber ich kann gut mit dem Zug fahren. Wenn du hier weiter herumstöbern willst, kommst du später mit dem Auto nach.«

»Einverstanden«, erwiderte Kim. »Wenn es dir nichts ausmacht.« Die Entdeckung der Briefe hatte ihr neuen Auftrieb gegeben.

Kapitel 9

Freitag, 12. August 1994

Der August begann mit einer schwülen Hitzewelle. Es hatte schon im Juli kaum geregnet, und die Trockenheit schien weiterhin anzuhalten. Der Rasen im Boston Commons wechselte allmählich seine Farbe; wenn Kim aus ihrem Apartment schaute, sah sie nur noch braunes Gras.

Im Krankenhaus hatte sie es im Moment etwas leichter. Kinnard hatte mit seiner zweimonatigen Hospitanz in Salem begonnen, so daß ihr nicht ständig die Angst im Nacken saß, ihm auf der Intensivstation über den Weg zu laufen. Außerdem hatte sie mit ihrer Vorgesetzten verhandelt und schließlich erreicht, daß sie den ganzen September frei nehmen konnte. Da sie nicht genügend Urlaubstage hatte, waren ihr die fehlenden Tage als unbezahlte Freizeit gewährt worden. Ihre Vorgesetzte war zwar nicht gerade glücklich mit dieser Lösung, doch sie war bereit, einen Kompromiß einzugehen, um Kim nicht zu verlieren.

Am Anfang des Monats hatte Kim viel Zeit für sich selbst, da Edward ständig unterwegs war. Im ganzen Land führte er vertrauliche Einstellungsgespräche für Omni Pharmaceuticals. Doch während seiner Reisen vergaß er nie, Kim anzurufen. Trotz seines engen Terminplans telefonierten sie jeden Abend gegen zehn Uhr, kurz bevor sie schlafen ging. Er schickte ihr auch weiterhin Blumen, allerdings nicht mehr ganz so große Sträuße. Jeden Tag erhielt sie eine einzelne Rose – eine Geste, die Kim für etwas angemessener hielt.

Langweilig war ihr nie. Abends las sie über die Hexenprozesse von Salem und die Puritaner. Außerdem fuhr sie jeden Tag nach Salem, um die Baustelle zu besichtigen. Die Arbeiten gingen unglaublich schnell voran. An der alten Mühle arbeiteten zwar erheblich mehr Handwerker als im Cottage, doch auch damit ging es zügig voran; die Maler begannen schon mit dem Endanstrich, bevor alle Tischlerarbeiten erledigt waren.

Zu Kims Überraschung war ihr Vater offensichtlich beeindruckt. Für ihn stand allerdings nicht die Restaurierung des schönen, alten Cottage im Vordergrund; vielmehr war er stolz auf sie, weil sie die alte Mühle umbaute und als Labor vermieten wollte. Kim klärte ihn nicht darüber auf, daß sie mit diesem Projekt eigentlich nichts zu tun hatte und es auch nicht ihre Idee gewesen war.

Immer wenn sie zu dem Anwesen hinausfuhr, stöberte sie auch ein bißchen in den verstaubten Dokumenten herum. Doch sie förderte nichts mehr Interessantes zutage. Am Donnerstag, dem 11. August, faßte sie schließlich den Entschluß, mit dem Brief von Increase Mather nach Boston zu fahren; sie wollte ihn der Harvard University vorlegen.

Am 12. August ging sie nach der Arbeit zur Ecke Charles Street/Cambridge Street und stieg die Treppen zur MTA-Station hinauf. Allerdings hatte sie nur wenig Hoffnung, das mysteriöse Beweisstück ausgerechnet in der Universität zu finden. Sie konnte sich kaum vorstellen, daß die Uni derlei obskure Exponate über einen so langen Zeitraum aufbewahrte.

Während sie auf den Zug wartete, war sie kurz davor, ihr Vorhaben wieder abzublasen. Doch dann machte sie sich klar, daß sie gar keine andere Wahl hatte. Sie zwang sich, die Sache durchzuziehen – was auch immer auf sie zukommen mochte.

Da Edward die Widener-Bibliothek erwähnt hatte, wollte sie ihr Glück zuerst dort versuchen. Sie stieg die breite Treppe hinauf und ging zwischen zwei imposanten Säulen hindurch. Sie war nervös und mußte sich ständig Mut machen, um nicht doch noch einen Rückzieher zu machen. An der Information trug sie ihr Anliegen eher vage vor: Sie bat darum, mit jemandem sprechen zu können, der für die Betreuung sehr alter Objekte zuständig sei. Man schickte sie in das Büro von Mary Custland.

Mary Custland war eine dynamische Frau Ende Dreißig; sie trug ein modisches, dunkelblaues Kostüm, eine weiße Bluse und einen bunten Schal. Sie entsprach ganz und gar nicht der Vorstellung, die Kim von einer typischen Bibliothekarin hatte. Ihr offizieller Titel lautete »Kustos für seltene Bücher und Manuskripte«. Zu Kims Erleichterung erwies sie sich als eine angenehme und freundliche Frau.

Kim nahm den Brief aus ihrer Tasche und reichte ihn Mary; dabei erwähnte sie, daß sie eine Nachfahrin des Empfängers sei.

Als sie gerade zu weiteren Erklärungen ausholen wollte, wurde sie von Mary unterbrochen.

»Entschuldigen Sie bitte«, sagte sie überrascht. »Da ist ja ein Brief von Increase Mather!« Während sie sprach, ließ sie ehrfürchtig ihre Finger über das Papier gleiten.

»Das wollte ich Ihnen ja gerade erklären«, sagte Kim.

»Dann hole ich am besten Catherine Sturburg hinzu«, schlug Mary vor. Sie legte den Brief vorsichtig auf ihre Schreibtischunterlage und griff zum Telefon. Während sie darauf wartete, daß am anderen Ende jemand den Hörer abnahm, erklärte sie Kim, daß Catherine eine Spezialistin für Überlieferungen aus dem siebzehnten Jahrhundert sei und sich insbesondere für Increase Mather interessiere.

Noch während Kim erzählte, wo sie den Brief gefunden hatte, betrat Catherine das Zimmer. Sie war schon etwas älter, hatte graue Haare und trug eine Lesebrille. Mary machte die beiden Frauen miteinander bekannt und zeigte ihrer Kollegin den Brief.

Catherine hielt den Brief vorsichtig zwischen ihren Fingerspitzen und begann zu lesen. Jetzt erst wurde Kim bewußt, wie unbekümmert sie im Gegensatz zu den Bibliothekarinnen mit den alten Papieren umgegangen war.

»Was halten Sie davon?« fragte Mary, nachdem ihre Kollegin den Brief durchgelesen hatte.

»Er ist auf jeden Fall echt«, erwiderte Catherine. »Das kann ich aufgrund der Handschrift und der Syntax mit Sicherheit sagen. Interessanterweise wird sowohl auf William Brattle als auch auf John Leverett Bezug genommen. Aber um was für ein Beweisstück mag es in dem Brief gehen?«

»Deswegen bin ich gekommen«, erklärte Kim. »Eigentlich wollte ich nur etwas mehr über meine Vorfahrin Elizabeth Stewart erfahren, doch im Laufe meiner Recherchen hat sich herausgestellt, daß das nur möglich ist, wenn ich dieses Rätsel löse. Da das Beweisstück der Harvard University zur Aufbewahrung übergeben wurde, hoffe ich, daß Sie mir vielleicht weiterhelfen können.«

»Wissen Sie, was es mit dieser Anspielung auf die Hexerei auf sich hat?« fragte Mary.

Kim erklärte ihr, daß Elizabeth während der Hexenprozesse in

Salem aufgrund jenes mysteriösen Beweismittels verurteilt worden war.

»Natürlich«, sagte Catherine. »Anhand des Datums hätte mir die Verbindung zu den Hexenprozessen auch selbst auffallen können.«

»Als Mather das zweite Mal auf das Beweisstück Bezug nimmt, nennt er es ›Elizabeths Hinterlassenschaft‹«, stellte Mary fest. »Ich finde diese Ausdrucksweise ziemlich merkwürdig. Es könnte bedeuten, daß Elizabeth etwas Anstoßerregendes hergestellt oder erworben hat.«

Kim nickte. Sie erzählte den beiden Frauen von ihrer Vermutung, daß das Beweisstück vielleicht ein Buch oder ein Pamphlet sei; aber natürlich käme auch alles andere in Frage, das man damals mit Hexerei oder Magie in Verbindung gebracht habe.

»Es könnte auch eine Puppe gewesen sein«, sagte Mary.

»Daran habe ich auch schon gedacht«, stimmte Kim ihr zu.

Die beiden Bibliothekarinnen berieten sich kurz miteinander, und dann setzte sich Mary an ihr Terminal und gab den Namen »Elizabeth Stewart« ein.

Als eine lange Liste auf dem Monitor erschien, schöpfte Kim neue Hoffnung. Doch die sollte nicht lange anhalten. Von den aufgelisteten Elizabeth Stewarts war keine mit ihr verwandt, und außerdem hatten sie alle im neunzehnten oder zwanzigsten Jahrhundert gelebt.

Mary versuchte es mit »Ronald Stewart« und kam zu dem gleichen Ergebnis: keinerlei Hinweise auf das siebzehnte Jahrhundert. Schließlich gab sie den Namen »Increase Mather« ein; über ihn gab es massenhaft Material. Doch als sie den Computer nach der Verbindung zwischen Increase Mather und der Stewart-Familie befragte, bekam sie wiederum keine Daten.

»Das überrascht mich gar nicht«, sagte Kim. »Ich hatte von Anfang an keine Hoffnung, daß wir etwas finden würden. Hoffentlich habe ich Sie nicht zu sehr belästigt.«

»Ganz im Gegenteil«, widersprach Catherine. »Ich freue mich, daß Sie uns diesen Brief gezeigt haben. Wenn Sie nichts dagegen haben, würden wir ihn gerne kopieren und das kostbare Stück in unser Archiv aufnehmen.«

»Selbstverständlich können Sie ihn kopieren«, sagte Kim.

»Wenn ich mein Recherchen einmal beendet habe, möchte ich den Brief gerne der Bibliothek überlassen.«

»Das wäre wirklich sehr großzügig«, erwiderte Mary.

»Da ich mich hier im Archiv am meisten für Increase Mather interessiere, bin ich gerne bereit, auch in meinen umfangreichen Aktenordnern noch einmal nach dem Namen Elizabeth Stewart zu suchen«, versprach Catherine. »Mather hat ja in seinem Brief ausdrücklich bestätigt, daß das Beweisstück der Universität zur Aufbewahrung gegeben wurde; so müßte eigentlich irgendwo ein Hinweis darauf zu finden sein. Während der Hexenprozesse hat es hier hitzige Debatten über die sogenannte spirituelle Beweisführung gegeben; darüber haben wir jede Menge Informationen. Ich glaube, daß Mather in Ihrem Brief indirekt auf dieses Thema eingeht. Es gibt also ein Fünkchen Hoffnung, daß ich doch noch etwas finde.«

»Ich bin für jeden Versuch dankbar«, sagte Kim und gab den beiden Frauen ihre private und ihre dienstliche Telefonnummer.

»Aber machen Sie sich nicht zuviel Hoffnungen«, sagte Mary. »Wir sollten Sie wohl noch darauf hinweisen, daß die Chancen minimal sind. Am 24. Januar 1764 hat hier ein großes Feuer gewütet; das ganze Gebäude ging in Flammen auf, und alles wurde zerstört. Es war die größte Katastrophe seit Gründung dieser Bibliothek. Außer Büchern und Bildern haben wir auch eine Kollektion von ausgestopften Tieren verloren und eine ganz besondere Sammlung, die man damals als ›Fundgrube von Kuriositäten‹ bezeichnet hat.«

»Das klingt ja ganz so, als hätte man dort okkultistische und anrüchige Objekte gesammelt«, warf Kim ein.

»Mit Sicherheit«, erwiderte Mary. »Es ist sogar sehr wahrscheinlich, daß das, wonach Sie suchen, Bestandteil dieser mysteriösen Sammlung gewesen ist; doch das werden wir leider nie erfahren. Der Katalog über die Sammlung ist bei dem Feuer ebenfalls verbrannt.«

»Aber vielleicht stoße ich ja trotzdem noch auf irgendeinen Hinweis«, versuchte Catherine Kim ein bißchen Mut zu machen. »Ich werde jedenfalls mein Bestes tun.

Kim verließ die Bibliothek und nahm die U-Bahn zurück zur Charles Street. Sie holte ihr Auto aus der Tiefgarage des Krankenhauses und fuhr direkt zum Flughafen, um Edward abzuholen, den sie von der Westküste zurückerwartete.

Das Flugzeug landete pünktlich, und da Edward nur Handgepäck hatte, konnten sie das Flughafengebäude zügig verlassen.

»Es hätte gar nicht besser laufen können«, berichtete er, während sie zum Parkplatz gingen. Er war bestens gelaunt. »Von meinen Favoriten hat nur ein einziger das Angebot ausgeschlagen. Ansonsten waren alle, mit denen ich gesprochen habe, hellauf begeistert. Alle denken, daß Ultra ein ganz großer Renner wird.«

»Wie weit weihst du die Leute denn ein?« fragte Kim.

»Bevor sie sich nicht verpflichtet haben, bei Omni mitzuarbeiten, verrate ich ihnen fast gar nichts. Ich will ja kein Risiko eingehen. Aber selbst wenn ich nur ein paar allgemeine Dinge erzähle, sind alle so begeistert von dem Projekt, daß ich noch nicht viel Aktienkapital aus der Hand geben mußte, um die Leute zu ködern. Bisher mußte ich erst vierzigtausend Aktien weggeben.«

Kim wußte zwar nicht genau, wovon er redete, aber sie fragte auch nicht nach. Schließlich erreichten sie ihr Auto. Edward verstaute seine Reisetasche im Kofferraum, und sie fuhren los.

»Wie geht es denn in Salem voran?« wollte Edward wissen.

»Gut«, erwiderte Kim anteilslos.

»Du wirkst ein bißchen deprimiert«, sagte Edward besorgt.

»Ja, stimmt«, erwiderte Kim. »Ich war heute nachmittag in der Universität gewesen, um nach dem Beweisstück zu fragen.«

»Sag bloß nicht, man hat dich dort schlecht behandelt«, sagte Edward.

»Nein, die Leute waren sehr hilfsbereit«, entgegnete Kim. »Aber sie hatten schlechte Nachrichten für mich. 1764 hat es in der Harvard University ein großes Feuer gegeben. Die ganze Bibliothek ist in Flammen aufgegangen, und unter anderem wurde auch eine Sammlung zerstört, die man damals als ›Fundgrube von Kuriositäten‹ bezeichnet hat. Auch der Katalog ist verbrannt; und jetzt weiß niemand mehr, was die Sammlung alles enthalten hat. Ich fürchte, das Beweisstück, nach dem wir suchen, hat sich buchstäblich in Rauch aufgelöst.«

»Dann bleibt dir wohl nichts anderes übrig, als in der Burg weiterzusuchen.«

»Ja, leider«, sagte Kim resigniert. »Das Problem ist nur, daß ich längst nicht mehr so begeistert bin wie am Anfang.«

»Wie kommt's?« wollte Edward wissen. »Es muß dir doch mächtig Auftrieb gegeben haben, als du die Briefe von Mather und Sewall gefunden hast.«

»Hat es ja auch«, bestätigte Kim. »Aber die Wirkung läßt allmählich nach. Seit dieser Entdeckung habe ich fast dreißig Stunden in der Burg verbracht und nicht einen einzigen weiteren Brief aus dem siebzehnten Jahrhundert gefunden.«

»Ich habe dir ja gleich gesagt, daß es kein Zuckerschlecken werden würde«, erinnerte Edward sie.

Kim schwieg. Das letzte, was sie im Moment brauchen konnte, waren Sprüche wie »Ich habe dir ja gleich gesagt«.

Sie waren noch nicht richtig in der Wohnung, als Edward schon ans Telefon stürzte und Stantons Nummer wählte. Er nahm sich nicht einmal Zeit, sein Jackett auszuziehen. Kim hörte beiläufig zu, was er über seine erfolgreichen Einstellungsgespräche zu berichten hatte.

»Nur gute Nachrichten«, rief er, nachdem er aufgelegt hatte. »Stanton hat die viereinhalb Millionen für Omni so gut wie zusammen, und das Patentverfahren hat er auch schon in Gang gebracht. Es geht mit Vollgas voran.«

»Das freut mich für dich«, sagte Kim mit einem Lächeln und seufzte.

Kapitel 10

Freitag, 26. August 1994

Die letzten Augusttage verflogen im Nu. Die Arbeiten in Salem schritten in einem rasanten Tempo voran; vor allem das Labor, in dem Edward inzwischen beinahe seine gesamte Zeit verbrachte, machte schnelle Fortschritte. Jeden Tag trafen neue Teile der technischen Ausrüstung ein und sorgten für hektische Betriebsamkeit, da sie alle ordnungsgemäß aufgebaut, installiert und teilweise auch besonders abgeschirmt werden mußten.

Edward sprudelte über vor Aktivität und wollte am liebsten alles selbst erledigen. Einmal spielte er den Architekten, das nächste Mal war er Elektriker, und schließlich übernahm er die Aufgaben des Bauunternehmers, als er auch noch die Konstruktion des Notausgangs für das Labor selbst in die Hand nahm. All das nahm soviel Zeit in Anspruch, daß er seine Verpflichtungen in der Universität immer stärker vernachlässigte.

Da er nicht nur einen Forschungs-, sondern auch einen Lehrauftrag hatte, drohte ihm Ungemach; das Problem spitzte sich zu, als sich einer seiner Doktoranden beschwerte. Er hatte sich bei der Universitätsverwaltung darüber beklagt, daß Edward nie zu erreichen war. Edward war fuchsteufelswild geworden und hatte den Studenten aus seinem Projekt entlassen.

Doch damit war das Problem nicht aus der Welt. Der Student war ebenfalls erzürnt und verlangte bei der Verwaltung eine Wiedergutmachung. Die Verwaltung wandte sich daraufhin an Edward, doch der dachte gar nicht daran, sich bei dem Studenten zu entschuldigen oder ihn wieder in seinem Labor zuzulassen. Als Folge des Streits stand Edward fortan mit der Verwaltung auf Kriegsfuß.

Als dann die Lizenzabteilung der Harvard University von seiner Beteiligung an der Firma Omni Pharmaceuticals Wind bekam, war das Maß voll. Zudem war den Experten von der Lizenzabteilung das beunruhigende Gerücht zu Ohren gekommen, daß jemand ein Patent auf eine neue Klasse von Molekülen angemeldet hatte. Sie reagierten zunächst mit einer Reihe von Briefen, in denen sie Edward um eine Stellungnahme baten, doch der zog es vor, die Briefe zu ignorieren.

Die Universität war in einer schwierigen Situation.

Einerseits wollte sie Edward nicht verlieren, denn auf dem Gebiet der modernen Biochemie war er eine Kapazität und einer der gefragtesten Wissenschaftler überhaupt. Andererseits konnte die Universität nicht einfach über seinen Verstoß hinwegsehen, denn schließlich ging es ums Prinzip.

Der Druck, dem Edward nun ausgesetzt war, ging nicht spurlos an ihm vorbei. Am schlimmsten war, daß alles zusammenkam: der Streß und die Aufregung um Omni, die vielversprechende Entwicklung von Ultra und die täglichen Probleme auf der Baustelle.

Als Kim merkte, daß Edward langsam zusammenzubrechen drohte, versuchte sie ihm das Leben ein bißchen zu erleichtern. Sie übernachtete nun fast täglich bei ihm und hatte nach und nach, ohne daß er sie darum gebeten hatte, zahlreiche häusliche Pflichten übernommen: Sie bereitete das Abendessen, fütterte den Hund, und manchmal machte sie sogar sauber oder wusch die Wäsche.

Leider nahm Edward nichts von ihren Bemühungen wahr. Seitdem sie regelmäßig bei ihm übernachtete, schenkte er ihr auch keine Blumen mehr – das wäre ihr allerdings in der Tat übertrieben vorgekommen. Was sie jedoch vermißte, war die Aufmerksamkeit, die er ihr durch seine kleinen Geschenke demonstriert hatte.

Als Kim am Freitag Feierabend machte, dachte sie über ihre Situation nach; es war der 26. August. Weder sie noch Edward hatten bisher über den Umzug gesprochen, dabei blieben ihnen gerade noch fünf Tage Zeit, bis sie ihre Wohnungen verlassen mußten. Sie hatte sich bisher gescheut, das Thema anzusprechen, und immer darauf gewartet, daß Edward den Anfang machte.

Auf dem Nachhauseweg hielt sie an einem Lebensmittelgeschäft, um für das Abendessen einzukaufen. Sie suchte etwas aus, von dem sie wußte, daß Edward es gerne mochte. Außerdem kaufte sie eine Flasche Wein, um ihm eine besondere Freude zu bereiten. Edward hatte versprochen, gegen sieben zu Hause zu sein.

Doch es wurde sieben, und niemand kam. Kim nahm den Reis vom Herd, und als Edward um halb acht noch immer nicht da war, deckte sie eine Folie über den Salat und stellte ihn in den Kühlschrank.

Um acht kam Edward endlich.

»So ein verdammter Mist!« rief er, während er die Tür mit einem kräftigen Stoß hinter sich zutrat. »Ich nehme alles zurück, was ich jemals Lobendes über deinen Bauunternehmer gesagt habe. Der Typ ist total unfähig! Heute nachmittag hätte ich ihm glatt eine runterhauen können. Er hatte mir fest versprochen, daß heute die Elektroinstallationen gemacht würden, und was ist passiert? Nichts!«

Kim sagte nichts dazu und versuchte ihn statt dessen mit der

Ankündigung aufzuheitern, daß ein leckeres Abendessen auf ihn warte. Edward grummelte nur etwas Unverständliches und verschwand im Badezimmer. Währenddessen wärmte Kim den Reis in der Mikrowelle auf.

»Das ganze verdammte Labor wäre in kürzester Zeit funktionsfähig, wenn diese Schwachköpfe ihre Arbeit besser koordinieren könnten«, fluchte er aus dem Badezimmer.

Kim schenkte zwei Gläser Wein ein und nahm sie mit ins Schlafzimmer. Als Edward aus dem Bad kam, reichte sie ihm sein Glas. Er nahm es wortlos und trank.

»Ich will doch nicht mehr als endlich mit der Arbeit beginnen«, sagte er. »Aber wie es scheint, will mir alle Welt einen Strich durch die Rechnung machen.«

»Wir müssen noch etwas anderes besprechen«, begann Kim zögernd. »Auch wenn es dir im Moment vielleicht nicht paßt. Aber eigentlich paßt es dir ja nie. Wir müssen dringend überlegen, wie wir unseren Umzug organisieren wollen. Der erste September steht fast vor der Tür. Ich versuche schon seit Wochen, mit dir darüber zu reden.«

Diese Bemerkung brachte bei Edward das Faß zum Überlaufen. Er explodierte. In einem Anfall unkontrollierter Wut schmetterte er sein volles Weinglas in den Kamin, wo es in tausend Scherben zerbrach. »Daß du mir jetzt auch noch Druck machst, hat mir gerade noch gefehlt!« brüllte er.

In diesem Moment wirkte er regelrecht bedrohlich; mit weit aufgerissenen Augen und zitterndem Kinn stand er vor Kim und hatte sichtlich Mühe, seine Hände ruhig zu halten. An seinen Schläfen waren ihm vor Aufregung die Adern hervorgetreten.

»Es tut mir leid, das wollte ich nicht«, versuchte Kim ihn zu besänftigen. Sie war so erschrocken, daß sie sich nicht zu regen wagte. Diese Seite von Edward war ihr völlig neu. Plötzlich wurde ihr bewußt, wie groß und kräftig er war und was er ihr antun könnte, wenn er seine Selbstbeherrschung verlöre.

Kim ging in die Küche und machte sich an den Töpfen zu schaffen. Als sie den ersten Schock überwunden hatte, beschloß sie, die Wohnung sofort zu verlassen. Sie schaltete den Herd aus und schlich durch das Wohnzimmer zur Ausgangstür. Doch dann blieb sie abrupt stehen. Edward stand in der Tür und verbaute ihr den

Weg. Zu ihrer Erleichterung hatten sich seine Gesichtszüge inzwischen jedoch total verändert. Die Wut war aus seinen Augen gewichen; statt dessen wirkte er verwirrt und traurig.

»Es tut mir so leid«, sagte er. Er stotterte so heftig, daß ihn jedes einzelne Wort Mühe kostete. »Ich weiß wirklich nicht, was in mich gefahren ist. Wahrscheinlich bin ich im Moment einfach überlastet. Aber eine Entschuldigung ist das natürlich nicht. Ich schäme mich. Bitte, verzeih mir.«

Seine hilflose Offenheit verschlug Kim die Sprache. Sie lief zu ihm und schmiegte sich in seinen Arm. Gemeinsam gingen sie ins Wohnzimmer und setzten sich aufs Sofa.

»Zur Zeit läuft einfach alles gegen mich«, jammerte er. »In Harvard machen sie mich verrückt, dabei würde ich nichts lieber tun, als mich endlich auf die Entwicklung von Ultra zu stürzen. Eleanor arbeitet so gut wie möglich weiter an unserem Projekt; sie hat ständig positive Ergebnisse. Und ich Narr habe nichts Besseres zu tun, als meinen Frust an dir auszulassen.«

»Ich war auch ziemlich gereizt«, gab Kim zu. »Ich habe einen Horror vor Umzügen. Und dann kommt hinzu, daß ich langsam fürchte, von Elizabeth besessen zu sein.«

»Und ich bin dir überhaupt keine Hilfe gewesen«, sagte Edward. »Du glaubst gar nicht, wie leid mir das tut. Wir sollten uns versprechen, ab sofort ein bißchen feinfühliger miteinander umzugehen.«

»Eine wunderbare Idee«, stimmte Kim ihm zu.

»Ich hätte ja auch mal an den Umzug denken können«, räumte Edward ein. »Schließlich bist du nicht allein dafür verantwortlich. Wann würdest du die Sache denn am liebsten über die Bühne bringen?«

»Ich weiß nur, daß beide Wohnungen am ersten September leer sein müssen«, erwiderte Kim.

»Wie wär's dann mit dem einunddreißigsten?« schlug Edward vor.

Mittwoch, 31. August 1994

Am Tag ihres Umzugs stand Kim schon im Morgengrauen auf. Um halb acht stand der Möbelwagen vor ihrer Wohnung, um ihre Sachen aufzuladen. Anschließend fuhr er nach Cambridge, um Edwards Möbel abzuholen. Als der letzte Stuhl verstaut war, platzte das Auto aus allen Nähten.

Kim und Edward fuhren mit ihren eigenen Autos nach Salem; bei sich hatten sie nur ihre Haustiere. Als sie ankamen, trafen sich Sheba und Buffer zum ersten Mal. Da sie in etwa gleich groß waren, endete ihr Begrüßungskampf mit einem Unentschieden. Von da an ignorierten sie sich.

Als die Packer begannen, die Möbel ins Cottage zu tragen, machte Edward einen überraschenden Vorschlag: Er wollte getrennte Schlafzimmer haben.

»Warum denn das?« wollte Kim wissen. Sie war ziemlich perplex.

»Weil ich in der letzten Zeit unter Schlafstörungen leide«, erklärte Edward. »Seitdem ich soviel um die Ohren habe, komme ich nachts einfach nicht mehr richtig zur Ruhe. Wenn wir getrennte Schlafzimmer haben, kann ich mitten in der Nacht das Licht anmachen und lesen.«

»Das würde mich überhaupt nicht stören«, versuchte Kim ihn umzustimmen.

»Du hast doch die letzten Nächte in deinem eigenen Apartment verbracht«, sagte Edward. »Hast du da nicht besser geschlafen?«

»Nein«, erwiderte Kim.

»Okay, dann unterscheiden wir uns in dieser Hinsicht eben ein bißchen. Ich habe jedenfalls besser geschlafen. Wenn ich weiß, daß ich dich nicht störe, bin ich entspannter. Außerdem will ich ja nur vorübergehend ein eigenes Zimmer haben. Sobald im Labor alles läuft und sich die Dinge ein bißchen eingespielt haben, bin ich sicher wieder lockerer. Dann können wir wieder im gleichen Zimmer schlafen. Das verstehst du doch, nicht wahr?«

»In Ordnung«, resignierte Kim und bemühte sich, ihre Enttäuschung zu verbergen.

Das Ausladen der Sachen ging verhältnismäßig schnell, und

schon bald glich das Cottage einem riesigen Abstellager. Überall standen Kisten und Möbel herum. Als der Lastwagen leer war, bestätigte Kim mit ihrer Unterschrift, daß der Umzug ordnungsgemäß abgewickelt worden war, und sah dem davonfahrenden Lastwagen nach.

Der Wagen war gerade hinter den Bäumen verschwunden, als ein Mercedes über das Feld in ihre Richtung kam. Beim Näherkommen erkannte sie, daß es Stantons Auto war. Sie rief zu Edward hinauf, daß er Besuch habe.

»Wo ist Edward?« fragte Stanton knapp, ohne sich mit seinen üblichen Begrüßungsritualen aufzuhalten.

»Er ist oben«, antwortete Kim und zeigte über ihre Schulter.

Stanton stürmte an ihr vorbei und brüllte zu Edward hinauf, daß er sofort herunterkommen solle. Er wartete im Wohnzimmer, die Hände in die Hüften und ungeduldig mit dem rechten Fuß auf dem Boden trommelnd. Er schien ziemlich aufgebracht zu sein.

»Los, komm runter, Edward!« brüllte Stanton noch einmal. »Wir müssen reden.«

Schließlich erschien Edward auf dem oberen Treppenabsatz. »Hast du ein Problem?« fragte er, während er langsam die Stufen herunterkam.

»Nein, eigentlich nicht«, erwiderte Stanton sarkastisch. »Ich bin nur völlig baff, wie schnell du unser ganzes Kapital durchbringst! Das Labor kostet ja ein Vermögen! Was treibst du da eigentlich? Läßt du euren Lokus mit Diamanten verzieren?«

»Kannst du vielleicht mal ein bißchen konkreter werden?« forderte Edward ihn vorsichtig auf.

»Ich meine das ganze Projekt«, erklärte Stanton. »Man könnte ja meinen, du hättest bisher für das Pentagon gearbeitet. Egal, was du auch bestellst – es muß immer das teuerste sein.«

»Wer erstklassige Experimente durchführen will, braucht eine erstklassige Ausrüstung«, entgegnete Edward. »Das habe ich dir doch klipp und klar gesagt, als wir die Firma geplant haben. Du glaubst doch wohl nicht im Ernst, daß man ein solches Labor zu Flohmarktpreisen einrichten kann.«

Kim beobachtete die beiden. Je länger sie sich stritten, desto weniger Sorgen machte sie sich um Edward. Er kochte zwar vor Wut, aber er hatte sich eindeutig unter Kontrolle.

»Okay«, sagte Stanton. »Vergessen wir die Kosten für das Labor für einen Moment. Leg mir statt dessen einen detaillierten Zeitplan vor, aus dem ersichtlich ist, wann wir mit der Zulassung von Ultra rechnen können. Ich will alles noch einmal durchrechnen und wissen, wann endlich Geld reinkommt und nicht nur verpulvert wird.«

Edward schaute ihn entgeistert an. »Das Labor ist noch nicht einmal fertig eingerichtet, und du willst uns schon eine Deadline setzen? Damals im Restaurant haben wir uns doch ausführlich darüber unterhalten, wie lange es dauert, eine Zulassung zu bekommen. Hast du das schon wieder vergessen?«

»Jetzt hör mir mal zu, du kleiner Klugscheißer«, giftete Stanton. »Das Risiko für dieses Unternehmen lastet allein auf meinen Schultern. Und du machst es mir verdammt schwer, wenn du das Geld mit beiden Händen zum Fenster rausschmeißt.«

Stanton wandte sich an Kim, die noch immer regungslos in einer Ecke des Wohnzimmers stand. »Bitte, Kim«, forderte er sie auf, »erzähl du diesem verbohrten Holzkopf doch mal, wie wichtig es für die Gründung eines neuen Unternehmens ist, vernünftig mit Geld umzugehen.«

»Laß sie daraus!« brüllte Edward hysterisch.

Stanton merkte, daß er den Bogen überspannt hatte. Bevor Edward ausrastete, schlug er schnell einen versöhnlicheren Ton an.

»Laß uns noch mal ganz ruhig über die Sache reden«, schlug er vor und hob beschwichtigend die Hände. »Du mußt doch einsehen, daß ich ein Recht darauf habe, wenigstens ungefähr zu wissen, was du in diesem Superlabor vorhast. Schließlich verschlingt es einen Haufen Geld, und ich muß zumindest in etwa voraussehen können, wie hoch unser Finanzbedarf sein wird.«

Edward atmete laut aus und beruhigte sich ein wenig. »Wenn du wissen willst, was wir in dem Labor anstellen werden, klingt das schon etwas anders. Eben bist du hier reingeplatzt und wolltest auf der Stelle von mir wissen, wann wir die Zulassung für Ultra in der Tasche haben.«

»Tut mir leid, daß ich so ein Trampel bin«, entschuldigte sich Stanton. »Aber ich habe im Moment einen ziemlichen Bammel. Ich habe noch nie mein ganzes Geld in eine einzige Firma investiert und dann mit ansehen müssen, wie es in Windeseile ausgegeben wird.«

»Du hast dein Geld auf jeden Fall klug investiert«, beruhigte Edward ihn. »Bald werden wir beide Milliardäre sein. Ultra ist eine Wahnsinnsentdeckung. Da bin ich mir absolut sicher. Komm mal mit, ich zeige dir das Labor. Das wird dich etwas beruhigen.«

Kim seufzte erleichtert, als sie den beiden Männer nachsah, die einträchtig über das Feld zum Labor hinübergingen. Stanton hatte sogar seinen Arm um Edwards Schulter gelegt. Dann sah sie sich in ihrem neuen Zuhause um. Zu ihrer eigenen Überraschung regte sie das Umzugschaos nicht im geringsten auf. Statt dessen spürte sie in der Stille des Cottage ganz plötzlich die Nähe von Elizabeth; wieder hatte sie das deutliche Gefühl, daß sie versuchte, mit ihr Kontakt aufzunehmen. Doch sosehr sie sich auch bemühte – sie konnte sich keinen Reim darauf machen, was Elizabeth ihr mitteilen wollte. Aber sie hatte in diesem Moment keinen Zweifel, daß ein Teil von Elizabeth in ihr selbst weiter existierte und daß ihr neues Zuhause in gewisser Weise immer noch das ihrer Vorfahrin war.

Während Kim darüber nachdachte, schauderte sie. Irgendwie schien die Botschaft von Elizabeth etwas Bedrohliches zu enthalten.

Ohne sich um die vorrangigen Aufgaben zu kümmern, riß Kim hastig das restaurierte Portrait Elizabeths aus der Verpackung und hängte es über den Kamin. Da die Wände frisch gestrichen waren, war die alte Stelle nicht mehr zu erkennen. Kim schätzte die Höhe ab; sie wollte es genau an dem Platz aufhängen, an dem es auch schon vor dreihundert Jahren die Wand geziert hatte.

Sie ging einen Schritt zurück und betrachtete das Portrait. Schockiert stellte sie fest, wie lebendig es plötzlich wirkte. In besserem Licht hatte sie das Gemälde für primitiv gehalten. Doch in dem nachmittäglichen Dämmerlicht, das zu dieser Stunde ins Cottage fiel, wirkte es gänzlich anders. Im Schatten der Nachmittagssonne leuchteten die grünen Augen Elizabeths eindringlich.

Ein paar Minuten blieb Kim wie gebannt in der Mitte des Raumes stehen und starrte das Bild an; in gewisser Weise war es so, als würde sie in einen Spiegel sehen. Während sie in Elizabeths Augen blickte, spürte Kim intensiver denn je, daß ihre Vorfahrin versuchte, über die Jahrhunderte hinweg Kontakt zu ihr aufzunehmen.

Das Portrait strahlte etwas Mystisches aus, das sie dazu brachte, alle Kisten unausgepackt stehenzulassen und in die Burg hinüberzufahren. Trotz der vielen frustrierenden und unergiebigen Stunden, die sie schon in ihre Recherche gesteckt hatte, verspürte sie plötzlich den unwiderstehlichen Drang, es noch einmal zu versuchen. Elizabeths Portrait hatte ihre Neugier wieder entfacht. Sie wollte alles daransetzen, die Vergangenheit ihrer geheimnisvollen Vorfahrin zu ergründen.

Voller Elan erklomm sie die Stufen zum Dachboden. Es kam ihr vor, als würde sie von übernatürlichen Kräften geleitet. Schnurstracks steuerte sie auf einen alten Überseekoffer zu.

Das erste Buch, das sie in die Hand nahm, enthielt ein Verzeichnis über verschiedene Schiffsinventare. Es stammte aus dem Jahr 1862. Direkt darunter lag ein größeres, primitiv gebundenes Notizbuch, an dem ein Brief klemmte. Der Brief war an Ronald Stewart adressiert!

Sie erinnerte sich, mit welcher Sorgfalt die Bibliothekarinnen der Harvard University den Brief von Increase Mather angefaßt hatten; deshalb bemühte sie sich, das Papier nun ebenfalls nur noch mit den Fingerspitzen zu berühren. Das vergilbte Blatt ließ sich kaum auseinanderfalten. Es war nur eine kurze Notiz. Als Kim einen Blick auf das Datum warf, schwand ihre Vorfreude wieder dahin. Der Brief war aus dem achtzehnten Jahrhundert.

16. April 1726
Boston

Lieber Vater,
in Beantwortung Deiner Anfrage möchte ich Dir mitteilen, daß es meiner Einschätzung nach weder im Interesse unserer Familie noch im Interesse unseres Geschäftes ist, Mutters Grab auf unser Familienanwesen zu verlegen, da die dafür erforderliche Genehmigung für sehr viel Unruhe in Salem Town sorgen würde und die ganze traurige Affäre, die Du so geflissentlich und sorgfältig geheimzuhalten versucht hast, wieder ans Tageslicht käme.

Dein Dich liebender Sohn,
Jonathan

Kim faltete den Brief wieder vorsichtig zusammen und steckte ihn zurück in den Umschlag. Vierunddreißig Jahre nach der Hexenaffäre hatten Ronald und sein Sohn also immer noch Auswirkungen des Dramas für ihre Familie befürchtet; dabei hatte sich die Kolonialregierung zu diesem Zeitpunkt längst in aller Öffentlichkeit für die Hinrichtungen entschuldigt und einen Trauertag angeordnet.

Kim widmete ihre Aufmerksamkeit nun dem alten Notizbuch, das an mehreren Stellen auseinanderbrach. Sie nahm es in die Hand und schlug den Leinendeckel auf. Plötzlich begann ihr Herz zu rasen. Auf der ersten Seite standen die Worte: *Dieses Buch gehört Elizabeth Flanagan, Dezember 1678.*

Kim blätterte vorsichtig weiter und stellte zu ihrer unendlichen Freude fest, daß sie Elizabeths Tagebuch gefunden hatte! Die Eintragungen, die sie hastig überflog, waren zwar kurz und etwas durcheinander, doch das minderte die Aufregung nicht im geringsten.

Damit das Buch nicht völlig auseinanderfiel, umklammerte sie es mit beiden Händen und eilte zu einem der Mansardenfenster, wo das Licht besser war. Sie begann von hinten nach vorne zu blättern; die letzten Seiten waren leer. Als sie beim letzten Eintrag angelangt war, mußte sie leider feststellen, daß dieser zu einem viel früheren Zeitpunkt geschrieben worden war, als sie gehofft hatte. Er war Freitag, den 26. Februar 1692, datiert.

> Diese Kälte scheint kein Ende zu nehmen. Heute hat es noch mehr geschneit. Auf dem Wooleston River ist das Eis so dick, daß man zur Royal Side hinübergehen kann. Ich bin ziemlich in Sorge. Mein Geist ist seit einiger Zeit von einer Krankheit geschwächt; ich leide unter grausamen Anfällen und Krämpfen, die mir Sarah und Jonathan beschrieben haben, nachdem sie vorüber waren. Das gleiche Leiden habe ich auch bei der armen Rebecca, Mary und Joanna beobachtet und natürlich bei Ann Putnam, die ihren ersten Anfall bekommen hat, als sie uns besucht hat. Wenn ich nur wüßte, in welcher Weise ich gegen den allmächtigen Gott gesündigt habe, daß er seine ergebene Dienerin solchen Qualen aussetzt! Ich habe keine Erinnerung an die Anfälle, doch bevor sie beginnen, sehe ich immer Farben,

die mir angst machen, und ich höre seltsame Geräusche, die nicht von dieser Welt zu sein scheinen, und dann verliere ich das Bewußtsein, und wenn ich dann wieder bei Sinnen bin, muß ich meistens feststellen, daß ich am Boden liege; außerdem soll ich um mich geschlagen und unverständliche Dinge gemurmelt haben – das jedenfalls berichten meine Kinder Sarah und Jonathan, die, dem Herrn sei Dank, noch nicht von der Krankheit befallen sind. Oh, wie sehr wünsche ich, daß Ronald hier wäre und nicht auf hoher See! Diese Anfälle plagen mich, seitdem ich die Northfields-Ländereien gekauft habe und der böse Streit mit der Familie von Thomas Putman seinen Anfang nahm. Doktor Griggs steht vor einem Rätsel und hat mich ohne Erfolg immer wieder zu entschlacken versucht. Der Winter ist so grausam und eine solche Mühsal für uns alle! Ich habe große Angst um Hiob, der doch noch so unschuldig ist, und ich habe Angst, daß der Herr mich zu sich rufen wird, bevor mein Werk getan ist. Ich habe mich stets bemüht, Gott zu dienen und unserem Land und der Kirchengemeinde zu helfen; dies tue ich, indem ich Roggenbrot backe, damit wir die Vorräte auffüllen können, die durch den harten Winter und die schlechte Ernte zusammengeschrumpft sind. Schließlich müssen auch all die Flüchtlinge satt werden, die wegen der Indianerüberfälle im Norden zu uns gekommen sind. Ich habe die Gemeindemitglieder ermutigt, sie in ihre Familien aufzunehmen, so wie ich es mit Rebecca Sheafe und Mary Roots getan habe. Ich habe den älteren Kindern beigebracht, wie man Puppen bastelt. Wir schenken sie den verwaisten Flüchtlingskindern, die der Herr uns anvertraut hat, damit die Puppen ihnen helfen mögen, ihre wunden Seelen zu heilen. Ich bete für Ronalds baldige Rückkehr und flehe den Herrn um Hilfe an, daß diese furchtbaren Anfälle aufhören mögen, bevor meine Lebenskraft am Ende ist.

Kim schloß die Augen und atmete tief durch. Sie war überwältigt. Jetzt kam es ihr wirklich so vor, als spräche Elizabeth zu ihr. Trotz der Qualen, unter denen sie gelitten haben mußte, als sie das Tagebuch geschrieben hatte, war deutlich zu erkennen, welch starker Charakter und was für eine Persönlichkeit Elizabeth gewesen war: Sie war fürsorglich, energisch, großzügig, zielstrebig und mutig gewesen. All diese Wesenszüge hätte Kim auch gerne in sich vereint.

Aufmerksam las sie alles noch einmal durch. Erst jetzt wurde ihr die eigentliche Tragik bewußt: Vielleicht hatte Elizabeth durch ihre Großzügigkeit für die schnelle Verbreitung des giftigen Schimmelpilzes gesorgt. Mußte Elizabeth sterben, weil man ihr die Verbreitung des giftigen Pilzes vorgeworfen hatte?

Kim starrte eine Weile aus dem Fenster und dachte über diesen neuen Aspekt nach. Doch sosehr sie sich auch den Kopf zermarterte – ihr fiel nicht ein, wie man Elizabeth für eine Schimmelpilzepidemie hätte verantwortlich machen können. Damals hatte man die Anfälle bestimmt nicht mit dem giftigen Pilz in Verbindung gebracht.

Ratlos wandte sie sich wieder dem Tagebuch zu. Vorsichtig blätterte sie die Seiten um und überflog die weiteren Eintragungen. An den meisten Tagen hatte Elizabeth nur wenige Sätze geschrieben, die aber immer eine knappe Beschreibung des Wetters enthielten.

Kim schlug das Buch noch einmal von vorne auf. Der erste Eintrag datierte vom 5. Dezember 1678; damals war Elizabeths Handschrift noch größer und ungelenker gewesen als vierzehn Jahre später. 1678 war Elizabeth dreizehn Jahre alt gewesen; an jenem Dezembertag, so hatte sie festgehalten, war es eiskalt gewesen und hatte unentwegt geschneit. Kim klappte das Buch wieder zu. Sie war überglücklich, daß sie die alte Kladde gefunden hatte. Sie drückte sie sich wie einen wertvollen Schatz an die Brust und ging zurück zum Cottage. Dort zog sie sich einen Stuhl und einen Tisch in die Mitte des Zimmers und setzte sich. Sie las fasziniert und warf zwischendurch immer wieder einen Blick auf das Portrait. Eine längere Eintragung war auf den 7. Januar 1682 datiert.

Es war ein bewölkter und für die Jahreszeit recht warmer Tag gewesen. Elizabeth schrieb, daß sie an jenem Tag Ronald Stewart geheiratet hatte. Ausführlich schilderte sie das edle Gespann, mit dem sie von Salem Town in ihr neues Zuhause gebracht worden war. Wie Elizabeth ausführte, war es für sie eine riesige Freude und Überraschung gewesen, in ein so schönes Haus ziehen zu dürfen.

Kim lächelte. Während sie die ausführlichen Beschreibungen

der einzelnen Räume und der Einrichtung überflog, rief sie sich in Erinnerung, daß alle Empfindungen, die Elizabeth hier zu Papier gebracht hatte, sich auf dasselbe Haus bezogen, in dem auch für sie selbst ein neuer Lebensabschnitt beginnen sollte. Wenn das kein Zufall war, daß sie das Buch ausgerechnet an ihrem Einzugstag gefunden hatte! Die dreihundert Jahre, die sie von Elizabeth trennten, kamen ihr plötzlich sehr kurz vor.

Als sie weiterblätterte, erfuhr sie, daß Elizabeth schon ein paar Monate nach der Hochzeit schwanger geworden war. Kim seufzte. Was hätte sie in dem Alter – Elizabeth war ja erst siebzehn–, mit einem Kind angefangen? Ihr grauste bei der bloßen Vorstellung, doch Elizabeth war offenbar erstaunlich gut damit zurechtgekommen.

Kim blätterte wieder ein bißchen zurück, bis sie auf einen Eintrag stieß, der ihr besonders interessant erschien. Er war etwas länger als die anderen und datierte vom 10. Oktober 1681. Wie Elizabeth festgehalten hatte, war es ein heißer und sonniger Tag gewesen; ihr Vater war mit einem Heiratsantrag aus Salem Town zurückgekehrt. Weiter hieß es:

> Zuerst war ich ziemlich besorgt wegen dieser seltsamen Angelegenheit, denn ich weiß ja gar nichts über diesen Gentleman. Immerhin redet mein Vater gut über ihn. Vater sagt, ich sei dem Gentleman im September aufgefallen, als er unsere Ländereien besucht hat, um Holz für die Masten und Spiere seiner Schiffe zu beschaffen. Mein Vater sagt, er wolle mir die Entscheidung überlassen, aber ich solle wissen, daß der Gentleman ein äußerst gnädiges Angebot unterbreitet habe: Er wolle unsere ganze Familie nach Salem Town umsiedeln, meinem Vater Arbeit in seiner Firma geben und meine geliebte Schwester Rebecca auf eine Schule schicken.

Ein paar Seiten weiter schrieb Elizabeth:

> Ich habe meinem Vater mitgeteilt, daß ich den Heiratsantrag annehmen werden. Wie sollte ich mich auch anders entscheiden? All die langen Jahre war es unser Schicksal, in dieser armen und kargen Gegend von Andover leben und

ständig Angst haben zu müssen, von den roten Wilden überfallen zu werden. Unseren Nachbarn zu beiden Seiten ist Schlimmes widerfahren. Viele sind schon getötet oder gefangengenommen und grausam behandelt worden. Ich habe mich bemüht, William Paterson alles zu erklären, aber er versteht mich nicht, und ich befürchte, daß er nun sehr schlecht auf mich zu sprechen ist.

Kim hielt inne und ließ ihren Blick erneut zu Elizabeths Portrait schweifen. Sie war gerührt. Offenbar war ihre damals siebzehnjährige Vorfahrin bereit gewesen, ihre Teenagerliebe aufzugeben, um sich zum Wohl ihrer Familie auf diese Ehe einzulassen. Kim seufzte und fragte sich, wann sie zum letzten Mal so selbstlos gehandelt hatte.

Sie blätterte weiter und suchte nach einem Eintrag, in dem Elizabeth ihre erste Begegnung mit Ronald beschrieb. Nach kurzer Suche fand sie ihn. Am 22. Oktober 1681, einem, wie es hieß, sonnigen Herbsttag, an dem die Bäume ihre ersten Blätter verloren hatten, kam er zu Besuch.

Heute hat mich mein zukünftiger Ehemann besucht. Ich habe Mr. Ronald Stewart in unserer Wohnstube empfangen. Er ist älter, als ich gedacht habe, und hat bereits eine kleine Tochter von einer Frau, die an den Pocken gestorben ist. Er scheint ein guter Mann zu sein; er hat einen kräftigen Körper und einen starken Willen. Als er hörte, daß die Polks, unserer Nachbarn im Norden, vor zwei Nächten von den Indianern überfallen wurden, wurde er allerdings ziemlich laut. Er besteht darauf, daß wir alle so schnell wie möglich umziehen.

Nun wußte sie also, woran Ronalds erste Frau gestorben war; Kim bekam plötzlich Gewissensbisse, weil sie Ronald die schlimmsten Greueltaten zugetraut hatte. Als sie bis zum Jahr 1690 vorblätterte, stieß sie auf weitere Eintragungen, in denen Elizabeth ihre Angst vor Indianerüberfällen und den Pocken festgehalten hatte. Wie sie schrieb, hatten in Boston die Pocken gewütet, und nur fünfzig Meilen nördlich von Salem hatten die roten Wilden weiße Siedler überfallen und alles zerstört.

Das Schlagen der Tür ließ Kim hochfahren. Edward und Stanton waren zurück; Edward hielt die Entwürfe des Architekten in der Hand.

»Hier sieht es ja noch genauso aus wie vorhin«, stellte er mißbilligend fest, während er einen freien Platz für seine Pläne suchte. »Was hast du denn die ganze Zeit gemacht?«

»Ich habe ein Wahnsinnsglück gehabt«, sagte Kim aufgeregt. »Ich habe Elizabeths Tagebuch gefunden!«

»Hier im Cottage?« fragte Edward überrascht.

»Nein, in der Burg.«

»Also, ich finde, wir sollten erst mal das Haus hier in Ordnung bringen, bevor du weiter in den Papieren herumstöberst«, nörgelte Edward. »Du hast doch den ganzen September Zeit, dich in der Burg zu vergraben und weiterzusuchen.«

»Du wirst fasziniert sein, wenn du das hier liest«, sagte Kim, ohne auf seine Bemerkung einzugehen. Vorsichtig blätterte sie zum letzten Eintrag. Dann reichte sie es Edward.

Edward warf die Pläne auf das Tischchen und begann zu lesen. Während er sich in das Tagebuch vertiefte, löste sich sein Ärger allmählich in Luft auf. Er war plötzlich brennend interessiert.

»Du hast recht«, sagte er begeistert und gab das Buch an Stanton weiter. »Diesen Tagebucheintrag kann ich wunderbar als Einführung für einen Artikel in *Nature* oder *Science* verwenden, in dem ich die naturwissenschaftlichen Grundlagen für die mysteriösen Anfälle während der Hexenhysterie in Salem darlegen werde. Was Elizabeth hier schreibt, ist faszinierend. Diese detaillierte Beschreibung der Halluzinationen, unter denen sie gelitten hat – einfach klasse! Zusammen mit den Resultaten der Massenspektrographie ihrer Hirnmasse klärt dieser Tagebucheintrag sämtliche Fragen. Der Fall ist damit eindeutig geklärt.«

»Du willst doch wohl nicht einen Artikel über diesen neuen Schimmelpilz schreiben, bevor wir unser Patent in der Tasche haben?« warf Stanton ein. »Wir gehen auf keinen Fall irgendein Risiko ein, bloß damit du dich vor deinen Forscherkollegen profilieren kannst.«

»Natürlich werde ich noch warten«, beruhigte Edward ihn. »Was glaubst du denn, wer ich bin? Ein Vollidiot?«

»Du hast davon angefangen, nicht ich«, stellte Stanton klar.

Kim nahm Stanton das Tagebuch aus der Hand und zeigte Edward die Stelle, an der Elizabeth beschrieb, wie sie anderen beigebracht hatte, Stoffpuppen zu basteln. »Glaubst du, das könnte ein Anhaltspunkt sein?« fragte sie ihn.

»Du meinst im Hinblick auf das Beweisstück, hinter dem du so verzweifelt her bist?«

Sie nickte.

»Schwer zu sagen«, sagte Edward. »Es kommt mir schon ein bißchen merkwürdig vor. Aber jetzt mal ganz was anderes – ich sterbe vor Hunger. Wie steht's mit dir, Stanton? Möchtest du auch etwas essen?«

»Ich kann immer essen«, erwiderte Stanton.

»Wie steht's, Kim?« fragte Edward. »Kannst du uns nicht schnell was machen? Stanton und ich haben noch einiges zu besprechen.«

»Ich habe eigentlich keine Lust, eure Küchenfee zu spielen«, sagte Kim. Bisher hatte sie es noch nicht einmal geschafft, einen Blick in die neue Küche zu werfen.

»Dann bestellen wir etwas.« Edward begann seine Entwürfe auseinanderzurollen. »Wir sind nicht wählerisch.«

»Mir ist alles recht«, warf Stanton ein.

»Vielleicht könnte ich uns ja ein paar Spaghetti machen«, schlug Kim vor. Für Spaghetti hatte sie alle Zutaten im Haus. Der einzige Raum, in dem nicht das totale Chaos herrschte, war das Eßzimmer. Vor dem Umbau war es die ehemalige Küche gewesen. Der Eßtisch, die Stühle, die Anrichte – alles war an Ort und Stelle.

»Spaghetti wären prima«, sagte Edward.

Mit einem Seufzer der Erleichterung schlüpfte Kim in ihr frisch bezogenes Bett; es war die erste Nacht in ihrem neuen Zuhause. Nachdem sie die Spaghetti gegessen hatten, hatte sie Kisten ausgepackt. Erst vor einer halben Stunde hatte sie aufgehört und sich geduscht. Es gab zwar noch immer jede Menge zu tun, doch das gröbste Chaos war beseitigt. Als Stanton endlich gefahren war, hatte Edward ihr eifrig geholfen.

Kim nahm Elizabeths Tagebuch vom Nachttisch, um noch ein bißchen darin zu lesen. Als sie sich gemütlich zurücklehnte, wurde ihr bewußt, daß sie sich ihren ersten Abend im Cottage ganz anders vorgestellt hatte.

Sie legte das Tagebuch zur Seite und stand auf. Edwards Schlafzimmertür war angelehnt, und das Licht brannte noch. Als sie die Tür aufschob, knurrte Buffer sie drohend an. Kim biß die Zähne zusammen; dieser undankbare Köter ging ihr allmählich auf die Nerven.

»Was ist los?« fragte Edward. Er saß im Bett und hatte die Laborentwürfe um sich ausgebreitet.

»Ich wollte dir nur sagen, daß ich dich vermisse«, sagte Kim. »Bist du sicher, daß wir wirklich getrennt schlafen sollen? Ich habe mir unsere erste Nacht im Cottage eigentlich etwas romantischer vorgestellt.«

Edward schob die Pläne zusammen, klopfte auf die Bettkante und forderte sie auf, sich zu setzen. »Bitte entschuldige. Ich habe es bestimmt nicht böse gemeint. Aber ich glaube, daß es im Moment für uns beide wirklich das beste ist. Meine Nerven sind zum Zerreißen gespannt, und mit meinen Gedanken bin ich permanent im Labor.«

Kim nickte und sah betreten auf ihre Hände. Edward beugte sich vor, um ihren Kopf zu sich herumzudrehen.

»Bist du okay?« wollte er wissen.

Kim nickte wieder, aber sie kämpfte mit den Tränen.

»Es war ein langer Tag«, sagte Edward.

»Ich fühle mich total unwohl«, gestand Kim.

»Warum denn?« fragte Edward.

»Ich weiß es selbst nicht genau«, erwiderte sie. »Vielleicht hat es etwas mit Elizabeth zu tun; immerhin leben wir jetzt in ihrem Haus. Außerdem muß ich dauernd daran denken, daß Elizabeth und ich zum Teil die gleichen Gene haben. Irgendwie spüre ich ihre Anwesenheit.«

»Du bist erschöpft«, versuchte Edward sie zu beruhigen. »Du bist heute umgezogen; da kann man schon mal ein bißchen durcheinander sein. Schließlich sind wir alle Gewohnheitstiere.«

»Vielleicht hast du recht«, sagte Kim. »Aber es gibt noch etwas anderes, das mich nicht ruhen läßt.«

»Du willst mir doch wohl nicht mit irgendwelchen Gruselgeschichten kommen?« entgegnete Edward und grinste. »Oder glaubst du an Geister?«

»Habe ich eigentlich nie, aber inzwischen bin ich mir nicht mehr so sicher.«

»Machst du jetzt Witze, oder meinst du das im Ernst?«

Kim lachte. Offenbar hatte sie Edward einen kleinen Schrecken eingejagt. »Natürlich habe ich das nur im Scherz gemeint«, sagte sie. »Nein, ich glaube nicht an Geister. Aber was die Existenz von übernatürlichen Kräften angeht, muß ich meine Meinung wohl ändern. Mir läuft es immer noch kalt den Rücken runter, wenn ich daran denke, wie ich vorhin zielstrebig auf den Koffer zumarschiert bin, in dem Elizabeths Tagebuch lag. Ich hatte gerade das Portrait aufgehängt, als ich mich plötzlich von einem starken inneren Drang in die Burg gezogen fühlte. Und dort brauchte ich gar nicht mehr zu suchen. Das Tagebuch lag gleich im ersten Koffer, den ich geöffnet habe.«

»Es gibt Leute, die spüren schon die Kraft des Übernatürlichen, bloß weil sie in Salem sind«, sagte Edward und lachte über seinen eigenen Spruch. »Das hat wohl mit den alten Hexengeschichten zu tun. Wenn du glauben willst, daß du von einer mystischen Kraft in die Burg geführt wurdest, dann tu es. Verlang aber bitte nicht von mir, daß ich auch daran glaube.«

»Und wie erklärst du dir dann, was mir passiert ist?« fragte Kim. Sie kam jetzt richtig in Fahrt. »Ich hatte schon mehr als dreißig Stunden in den alten Papieren gekramt und nichts gefunden. Nichts aus dem siebzehnten Jahrhundert – und schon gar nicht so etwas Interessantes wie Elizabeths Tagebuch. Und dann mache ich plötzlich zielstrebig diesen Überseekoffer auf.«

»Ist ja gut«, versuchte Edward sie zu bremsen. »Ich will es dir ja gar nicht ausreden. Nun beruhige dich erst mal.«

»Entschuldige«, sagte Kim. »Eigentlich wollte ich dich gar nicht mit meinen Spinnereien belästigen. Ich bin ja nur gekommen, um dir zu sagen, daß ich dich vermisse.«

Nach einem ausgedehnten Gutenachtkuß ließ sie Edward mit seinen Laborentwürfen allein und verließ sein Zimmer. Als sie die Tür hinter sich geschlossen hatte, verharrte sie noch einen Moment lang unschlüssig im Mondlicht, das durch das kleine Badezimmerfenster fiel. Von hier aus konnte sie in der Ferne die Burg erkennen, deren gewaltige, schwarze Silhouette sich bedrohlich vom Nachthimmel abhob. Die Kulisse erinnerte sie an die alten Dracula-Filme, bei denen sie sich als Teenager immer so gefürchtet hatte.

Sie stieg die dunkle Wendeltreppe hinab und bahnte sich ihren Weg durch die unzähligen leere Kisten, die in der Eingangshalle herumstanden. Sie ging ins Wohnzimmer und betrachtete noch einmal das Portrait ihrer Vorfahrin. Selbst im Dunkeln konnte sie das strahlende Leuchten von Elizabeths Augen erkennen; es war so, als ob sie von innen her leuchteten.

»Was versuchst du mir nur mitzuteilen?« flüsterte sie in die Dunkelheit. Ihr war inzwischen klar, daß sie die Botschaft nicht in dem Tagebuch finden würde.

Plötzlich nahm sie aus dem Augenwinkel eine Bewegung wahr; nur mit Mühe konnte sie einen Schrei unterdrücken. Instinktiv hob sie die Arme, um sich zu schützen, doch nach ein paar Schrecksekunden ließ sie sie langsam wieder sinken. Sheba war auf den Tisch gesprungen.

Kim mußte sich für einen Moment setzen. Es war ihr regelrecht peinlich, wie schreckhaft sie war. Offenbar waren ihre Nerven wirklich bis zum äußersten gespannt.

Kapitel 11

Anfang September 1994

Das Labor wurde in der ersten Septemberwoche fertig, mit Reagenzien versorgt und eröffnet. Kim war zufrieden. Obwohl sie Urlaub hatte und daher an Ort und Stelle für Hunderte von Lieferungen die Empfangsquittungen hatte unterschreiben können, war sie doch froh, jetzt abgelöst zu werden. Diese Ablösung war Eleanor Youngman.

Eleanor war die erste Angestellte, die offiziell in dem Labor die Arbeit aufnahm. Sie hatte schon einige Wochen früher in Harvard mitgeteilt, daß sie ihre nach der Promotion angetretene Stellung aufgeben würde, hatte aber doch beinahe zwei Wochen gebraucht, um alle Arbeiten abzuschließen und nach Salem zu ziehen.

Kims Verhältnis zu Eleanor verbesserte sich aber keineswegs drastisch. Es war freundlich, aber irgendwie steif. Kim verspürte bei Eleanor eine gewisse Animosität, die auf Eifersucht zurückzuführen war. Sie hatte gleich bei der ersten Begegnung gespürt, daß die Hochachtung, die Eleanor Edward entgegenbrachte, auch den unausgesprochenen Wunsch nach einer persönlichen Beziehung enthielt. Daß Edward dafür blind war, verblüffte Kim. Zugleich beunruhigte sie es ein wenig, wenn sie daran dachte, wie oft ihr Vater mit sogenannten Assistentinnen Verhältnisse angefangen hatte.

Als nächstes trafen die Versuchstiere im Labor ein. Sie kamen mitten in der Woche zu nachtschlafender Zeit. Edward und Eleanor überwachten das Ausladen der Menagerie und sorgten dafür, daß die Tiere in die jeweiligen Käfige gebracht wurden. Kim sah dem ganzen Geschehen vom Fenster ihres Cottage zu. Viel von dem, was vorging, konnte sie nicht erkennen, aber das machte ihr nichts aus. Obwohl sie die Notwendigkeit einsah, waren ihr Tierversuche unangenehm.

Edward hatte dem Rat des Bauunternehmers und des Architekten folgend die Anweisung gegeben, möglichst wenig über die Vorgänge im Labor nach außen dringen zu lassen. Er wollte keine Schwierigkeiten mit irgendwelchen Bauvorschriften oder dem Tierschutzverein. Daß das Gelände ziemlich geschützt lag, kam ihm sehr zustatten: Ein dichter, von einem hohen Zaun eingesäumter Wald verbarg es vor allzu neugierigen Blicken.

Gegen Ende der ersten Septemberwoche trafen nach und nach die anderen wissenschaftlichen Mitarbeiter ein. Sie besorgten sich mit Edwards und Eleanors Hilfe Zimmer in den verschiedenen Pensionen in und um Salem. Ihre Dienstverträge sahen unter anderem vor, daß sie allein kommen mußten, ohne Familien, um ungestört rund um die Uhr arbeiten zu können. Als Ausgleich dafür konnte jeder von ihnen damit rechnen, Millionär zu werden, sobald die Aktien der Gesellschaft an der Börse gehandelt wurden.

Das erste auswärtige Teammitglied, das eintraf, war Curt Neuman. Das war am späten Vormittag, und Kim schickte sich an, zur Burg hinüberzugehen, als sie das gedämpfte Motorengeräusch eines Motorrads hörte.

»Kann ich Ihnen behilflich sein?« rief Kim durch das Fenster hinaus. Sie nahm an, daß es ein Lieferant sei, der die Abzweigung zum Labor verpaßt hatte.

»Entschuldigen Sie«, sagte er unsicher mit leichtem deutschem Akzent. »Vielleicht können Sie mir sagen, wo ich das Omni-Labor finde.«

»Sie müssen Dr. Neuman sein«, sagte Kim. »Augenblick, ich komme gleich raus.« Edward hatte den Akzent erwähnt, als er Kim von Curt erzählt hatte. Sie wußte, daß er heute kommen sollte, hatte allerdings nicht damit gerechnet, daß der berühmte Wissenschaftler mit dem Motorrad eintreffen würde.

Kim klappte schnell ein paar Bücher mit Stoffmustern zu, die offen auf dem Tisch gelegen hatten, und sammelte die über die Couch verstreuten Zeitungen ein, um Curt Neuman hereinbitten zu können. Dann öffnete sie nach einem kurzen prüfenden Blick in den Flurspiegel die Tür.

Curt hatte den Helm abgenommen und hielt ihn jetzt wie ein mittelalterlicher Ritter in der Armbeuge. Aber er sah nicht Kim an, sondern blickte zum Labor hinüber. Edward hatte offenbar das Motorrad gehört. Er folgte mit dem Wagen über die ungeteerte Straße, bremste, sprang heraus und umarmte Curt wie einen lange vermißten Bruder.

Die beiden Männer unterhielten sich kurz über Curts metallicrote BMW, bis Edward schließlich bemerkte, daß Kim in der Tür stand. Er stellte sie Curt vor.

Kim schüttelte dem Wissenschaftler die Hand. Er war groß, gut fünf Zentimeter größer als Edward, hatte blondes Haar und auffällig hellblaue Augen.

»Curt stammt ursprünglich aus München«, sagte Edward. »Er hat in Stanford und an der UCLA studiert. Viele Leute, auch ich, halten ihn für den talentiertesten Biologen im ganzen Land.«

»Das reicht jetzt, Edward«, sagte Curt und wurde rot.

»Glücklicherweise konnte ich ihn Merck abwerben«, fuhr Edward fort. »Die waren so erpicht darauf, ihn zu behalten, daß sie angeboten haben, ihm ein eigenes Labor zu bauen.«

Kim sah voll Mitgefühl, wie der arme Curt verlegen Edwards Lobpreisungen über sich ergehen ließ, und mußte an ihre eigenen Reaktionen auf Stanton Lobpreisungen an jenem Abend denken, als sie sich beim Abendessen zum ersten Mal gesehen hatten. Für seine beeindruckende Größe, sein gutes Aussehen und die Intelligenz, die man ihm nachsagte, schien Curt erstaunlich schüchtern. Er vermied jeden Augenkontakt mit Kim.

»Genug geplaudert«, sagte Edward. »Komm Curt. Fahr mit deiner Himmelfahrtsmaschine hinter mir her. Ich möchte dir das Labor zeigen.«

Gerade als Kim und Edward ein spätes, leichtes Mittagessen beendet hatten, traf der zweite auswärtige Wissenschaftler ein. Edward hörte den Wagen vorfahren. Er stand auf, ging hinaus und kehrte kurz darauf mit einem großen, hageren, aber muskulösen Mann im Schlepptau zurück. Mit seinem dunklen Teint und seinem guten Aussehen schien er Kim eher ein Tennisprofi als ein Wissenschaftler zu sein.

Edward stellte sie einander vor. Der Neuankömmling hieß François Leroux. Zu Kims Überraschung beugte er sich über ihre Hand und deutete einen Handkuß an, ohne dabei ihren Handrücken zu berühren. Sie verspürte nur den leichten Hauch seines Atems auf der Haut.

Ebenso wie er es mit Curt gemacht hatte, pries Edward jetzt François' Verdienste kurz, aber in den höchsten Tönen. Aber François schien im Gegensatz zu Curt Edwards Lob nichts auszumachen. Während Edward schwadronierte, musterten seine dunklen, durchdringenden Augen Kim auf eine Art und Weise, die sie verlegen machte.

»Kurz gesagt, François ist ein Genie«, sagte Edward. »Er ist Biophysiker, stammt aus Lyon in Frankreich und hat in Chicago studiert. Von seinen Kollegen unterscheidet ihn, daß er sich sowohl auf Kernspintomographie als auch auf Röntgen-Kristallographie spezialisiert hat. Er hat es geschafft, zwei normalerweise miteinander konkurrierende Technologien zu kombinieren.«

Kim sah an diesem Punkt von Edwards Lobrede ein leichtes Lächeln über François' Gesicht huschen. Außerdem hatte er sich leicht zu Kim hin verbeugt, wie um hervorzuheben, daß alles, was Edward sagte, den Tatsachen entsprach. Kim wandte sich ab. Ihrem Gefühl nach war dieser François ein wenig zu sehr von sich eingenommen.

»François' Arbeit wird uns helfen, bei den Forschungsarbeiten viel Zeit zu sparen«, fuhr Edward fort. »Wir können wirklich von Glück sagen, ihn hier zu haben. Das ist ein Verlust für Frankreich und ein Gewinn für uns.«

Ein paar Minuten später verließ Edward mit François das Haus, um ihn zum Labor zu bringen. Er wollte, daß François möglichst bald die Anlage zu sehen bekam und Curt kennenlernte. Kim sah ihnen vom Fenster aus nach. Es erschien ihr unbegreiflich, daß zwei so unterschiedliche Persönlichkeiten eine so ähnliche berufliche Entwicklung durchgemacht hatten.

Die letzten beiden Wissenschaftler des Kernteams trafen am Samstag, dem 10. September, mit dem Zug aus Boston ein. Edward und Kim standen gemeinsam als Begrüßungskomitee auf dem Bahnsteig, als der Zug einfuhr.

Edward sah die beiden zuerst und winkte ihnen zu. Als sie auf Edward und Kim zugingen, fragte Kim Edward scherzend, ob zu den Einstellkriterien auch gutes Aussehen gehört habe.

»Wie bitte?« fragte Edward.

»Alle deine Leute sehen so gut aus«, sagte Kim.

»Das ist mir gar nicht aufgefallen«, sagte Edward.

Edward stellte Kim Gloria Hererra und David Hirsh vor, und sie schüttelten einander die Hand.

Gloria paßte ebenso wie Eleanor nicht in Kims Klischeevorstellung einer Wissenschaftlerin. Aber das war auch der einzige Punkt, in dem die beiden sich ähnelten. Ansonsten waren sie sowohl im Aussehen als auch im Wesen völlig verschieden. Im Gegensatz zu der hellen Eleanor war Gloria dunkelhäutig, sie hatte ebenso dunkles Haar wie Kim, und ihre schwarzen Augen konnten fast genauso durchdringend blicken wie die von François. Und anders als die kühle, zurückhaltende Eleanor war Gloria warm und freimütig.

David Hirsh erinnerte Kim an François. Er war groß und schlank wie jener und hatte das selbstbewußte Auftreten eines Sportlers. Sein Teint war ebenfalls dunkel, aber nicht ganz so wie der von François. Auch er war weltgewandt, aber freundlicher, da er nicht so anmaßend war und sein freundliches Lächeln auf eine humorvolle Persönlichkeit deutete.

Unterwegs schilderte Edward Glorias und Davids Leistungen ähnlich detailliert und überschwenglich, wie er das vorher schon bei Curt und François getan hatte. Gloria und David versicherten Kim freilich, daß Edward übertreibe. Dann wandte sich das Gespräch Edward zu, und am Ende wußte Kim lediglich mit Sicherheit, daß Gloria Pharmakologin und David Immunologe war.

Als sie das Anwesen erreicht hatten, setzte Edward Kim beim Cottage ab. Kim stieg gutgelaunt aus und freute sich für Edward;

sie war überzeugt, daß Gloria und David einen guten Einfluß auf das Betriebsklima haben würden.

Am folgenden Tag, dem 11. September, veranstalteten Edward und seine Mitarbeiter eine kleine Feier, zu der Kim eingeladen wurde. Sie entkorkten eine Flasche Champagner und stießen auf den Erfolg von Ultra an. Wenige Minuten später machten sie sich mit geradezu wütendem Eifer an die Arbeit.

Im Laufe der nächsten Tage besuchte Kim das Labor häufig, um moralische Unterstützung zu leisten und sich zu vergewissern, daß es keine Probleme gab, bei deren Lösung sie vielleicht helfen konnte. Ihre Position schien ihr irgendwo in der Mitte zwischen der einer Gastgeberin und einer Vermieterin zu liegen. Im Laufe der Woche reduzierte sie ihre Besuche erheblich, weil man ihr immer öfter das Gefühl vermittelt hatte zu stören.

Edward war da auch nicht anders. Am vergangenen Freitag hatte er ihr geradeheraus gesagt, daß es ihm lieber sei, wenn sie nicht so oft käme, da ihre Besuche sie in ihrer Konzentration störten. Kim faßte das nicht als persönliche Zurückweisung auf, weil sie genau wußte, unter welchem Druck alle standen, so schnell wie möglich greifbare Ergebnisse zu produzieren.

Außerdem war Kim selbst voll beschäftigt, hatte sich inzwischen gut in ihrer neuen Umgebung eingelebt und fühlte sich sehr wohl. Gelegentlich hatte sie immer noch ein vages Gefühl von Elizabeths Präsenz, aber bei weitem nicht so beunruhigend intensiv wie in jener ersten Nacht. Ihr besonderes Interesse an Innenarchitektur hatte Kim veranlaßt, sich Dutzende von Büchern über Bodenbeläge, Tapeten aller Art, Vorhänge und Kolonialmöbel zu besorgen. Sie hatte unzählige Muster und Proben mitgebracht, die sie über das ganze Haus verteilte, um zu sehen, wo sie am besten zur Geltung kämen. Außerdem hatte sie sich den Spaß geleistet, in den vielen Antiquitätenläden der Gegend herumzustöbern und nach Möbeln im Kolonialstil zu suchen.

Darüber hinaus verbrachte Kim viel Zeit in der Burg, entweder auf dem Dachboden oder im Weinkeller. In den ersten Septembertagen, als Kim zum erstenmal nach dem Fund von Elizabeths Tagebuch wieder in die Burg gegangen war, fiel ihr ein weiterer wichtiger Brief in die Hände. Er war in demselben Koffer wie das Tagebuch gewesen und an Ronald adressiert. Er stammte von Jonathan Corwin, dem Richter, der ursprünglich das Hexenhaus bewohnt hatte.

20. Juli 1692
Salem Town

Lieber Ronald,
ich halte es für klug, Deine Aufmerksamkeit darauf zu lenken, daß Du von Roger Simmons dabei beobachtet worden bist, wie Du Elizabeths Leiche aus dem Grab auf dem Galgenhügel entfernt hast. Er hat auch den Sohn von Goodwife Nurse dabei beobachtet, wie dieser die Leiche seiner Mutter aus dem gleichen Grund wie Du entfernt hat. Ich bitte Dich, mein Freund, brüste Dich in diesen unruhigen, turbulenten Zeiten nicht mit dieser Tat, auf daß Du nicht über Dich und Deine Familie noch mehr Leid bringst, da viele es als Hexenwerk betrachten, die Verblichenen wieder aus dem Grab zu holen. Außerdem würde ich es angesichts der herrschenden Stimmung nicht für klug halten, aus ähnlichem Grund auf ein Grab aufmerksam zu machen, weil das zur Folge haben könnte, daß man zu Unrecht Anklage gegen Dich erhebt. Ich habe mit besagtem Roger Simmons gesprochen, und er hat mir geschworen, daß er über Deine Tat mit niemandem sprechen würde, nur mit einem Gerichtsbeamten, falls er zur Aussage aufgefordert werden sollte. Gott sei mit Dir.

Dein ergebener Diener und Freund
Jonathan Corwin

Nach dem Fund des Corwin-Briefes entdeckte Kim zwei Wochen lang nichts, was auf Ronald oder Elizabeth Bezug nahm. Das dämpfte aber ihre Begeisterung keineswegs, vielmehr machte es ihr nach wie vor Spaß, sich in der Burg aufzuhalten. Ihr war inzwischen klargeworden, daß beinahe alle Dokumente auf dem Dachboden und im Weinkeller historisch bedeutsam waren, und deshalb beschloß sie, die Papiere zu ordnen, statt sie nur nach Material aus dem siebzehnten Jahrhundert zu durchsuchen.

Dazu benutzte sie sowohl auf dem Dachboden als auch im

Weinkeller Kartons, in denen sie die Papiere nach halben Jahrhunderten vorsortierte. Anschließend trennte sie das Material nach den Kategorien Geschäft, Regierung und persönlich. Das war eine Aufgabe von monumentalen Ausmaßen, vermittelte ihr aber das Gefühl, etwas Wichtiges zu leisten.

So verstrich die erste Septemberhälfte auf angenehme Weise, und Kim teilte ihre Zeit zwischen dem Einrichten des Cottage und dem Durchforsten und Ordnen der Papiere in der Burg. Sie machte keine Besuche mehr im Labor und bekam deshalb die Wissenschaftler kaum noch zu sehen. Selbst Edward sah sie nur noch selten, weil dieser abends immer später nach Hause kam und am Morgen sehr früh wieder aus dem Haus ging.

Kapitel 12

Montag, 19. September 1994

Es war ein strahlend schöner Herbsttag, und die Sonne ließ die Temperatur schnell auf fünfundzwanzig Grad steigen. Zu Kims Entzücken zeigten einige Bäume in den weiter unten liegenden sumpfigen Bereichen des Waldes erste Anzeichen ihrer herbstlichen Pracht, und die Felder rings um die Burg waren ein einziger Teppich aus Goldrute.

Kim hatte Edward an jenem Tag noch nicht zu Gesicht bekommen. Er war schon um sieben Uhr aufgestanden und ohne Frühstück ins Labor gefahren. Jedenfalls hatte im Spülbecken kein benutztes Geschirr gestanden. Kim überraschte das nicht, weil Edward ihr einige Tage zuvor gesagt hatte, die Gruppe esse jetzt aus Zeitgründen gemeinsam im Labor. Er hatte auch gesagt, daß sie erstaunlich schnell vorankämen.

Kim verbrachte den Vormittag im Cottage. Nachdem sie eine Woche lang unschlüssig gewesen war, hatte sie jetzt die Wahl für die Tagesdecken und die Vorhänge für die beiden Schlafzimmer im Obergeschoß getroffen. Einen Zettel mit der Stoffnummer in der Hand, rief sie eine Freundin in Boston an und ließ sie die Bestellung aufgeben.

Nachdem sie zu Mittag einen leichten Salat und ein Glas Eistee zu sich genommen hatte, ging Kim hinüber zur Burg. Als sie das alte Gemäuer betreten hatte, sah sie sich vor die jeden Tag aufs neue zu treffende Entscheidung gestellt, ob sie den Nachmittag im Weinkeller oder im Dachgeschoß verbringen wollte. Das Dachgeschoß bekam schließlich wegen des Sonnenscheins den Zuschlag. Es würde noch genug düstere Regentage geben, an denen sie sich im Weinkeller aufhalten konnte.

Im hintersten Winkel des Dachbodens machte sie sich ans Werk. Kim war inzwischen ziemlich geschickt im Entziffern der alten Handschriften, und meistens reichte ein Blick auf das Titelblatt, um das jeweilige Schriftstück in den richtigen Karton zu legen. Am späten Nachmittag fand sie einen an Ronald Stewart adressierten Brief. Ein Blick auf den Absender ließ ihre Hoffnung steigen. Es war ein weiterer Brief von Samuel Sewall, den sie aus einem Umschlag zog.

8. Januar 1697
Boston

Mein lieber Freund,

wie Dir zweifellos bekannt ist, haben der Ehrenwerte Lieutenant-Governor sowie Rat und Versammlung Seiner Majestät der Provinz der Massachusetts Bay in allgemeiner Gerichtssitzung festgesetzt, daß der folgende Donnerstag, der 14. Januar, als allgemeiner Fastentag begangen werden soll, als Buße für jegliche Sünden, wie sie gegen unschuldige Leute seitens des Satans und seiner Verbündeten in Salem begangen wurden. In gleicher Weise möchte ich eingedenk meiner Mitwirkung in der ehemaligen Kommission von Oyer und Terminer meine Schuld und Schande der Öffentlichkeit zur Kenntnis bringen und werde das in der Old-South-Church tun. Aber was ich Dir, mein Freund, sagen soll, um Dein Leid zu lindern, weiß ich nicht. Daß Elizabeth mit den Mächten des Bösen zu tun hatte, steht für mich außer Zweifel, aber ob sie besessen oder im Bund mit ihnen war, weiß ich nicht und möchte dazu auch angesichts meiner vergangenen Fehleinschätzungen nichts sagen. Was Deine Anfrage hinsichtlich der Aufzeichnungen des Gerichtshofes von Oyer und Terminer im allgemeinen und in bezug auf Elizabeths Prozeß in Sonderheit angeht, so kann ich bestätigen, daß erstere sich im Besitz des Reverend Cotton Mather befinden, der mir geschworen hat, daß sie nie in falsche Hände fallen werden, um den Charakter der Richter und Gerichtsbeamten nicht in Zweifel zu ziehen, die nach bestem Wissen gehandelt haben, wenn auch in vielen Fällen falsch. Ich glaube, obwohl ich nicht wagte nachzufragen und es auch nicht wissen will, daß Reverend Mather die Absicht hat, die besagten Aufzeichnungen zu verbrennen. Was meine Ansicht bezüglich des Angebots von Richter Jonathan Corwin betrifft, Dir alle Aufzeichnungen des Prozesses gegen Elizabeth, einschließlich der ursprünglichen Klageschrift, des Haftbefehls und der Aussagen in den vorläufigen Vernehmungen, zu übergeben, so glaube ich, daß Du diese Akten haben und sie in gleicher Weise beseitigen solltest, damit nicht künftige Generationen Deiner Familie befürchten müssen, daß diese Tragödie an die Öffentlichkeit gelangt, die durch Elizabeths Taten ins Rollen gebracht oder begünstigt wurde.

Dein Freund in Christi Namen
Samuel Sewall

»Großer Gott!« schimpfte Edward. »Manchmal ist es wirklich schwierig, dich zu finden.«

Kim blickte von dem Sewall-Brief auf und sah Edward vor sich stehen. Sie war zum Teil von einem der schwarzen Aktenkästen verdeckt.

»Stimmt etwas nicht?« fragte Kim nervös.

»Ja, allerdings«, sagte Edward. »Ich suche dich jetzt schon seit einer halben Stunde. Ich hatte angenommen, daß du in der Burg bist, und war hier oben und habe nach dir gerufen. Als ich keine Antwort erhielt, bin ich in den Weinkeller gegangen und habe dich dort gesucht. Es ist wirklich lächerlich. Wenn du schon soviel Zeit hier verbringen mußt, dann laß wenigstens ein Telefon installieren.«

Kim richtete sich auf. »Tut mir leid«, sagte sie. »Ich habe nichts gehört.«

»Das kann ich mir denken«, sagte Edward. »Hör zu. Es gibt ein Problem. Stanton ist auf dem Kriegspfad, es geht wieder um Geld, und er ist schon hierher unterwegs. Wir haben eigentlich keine Zeit, mit ihm zu sprechen, schon gar nicht im Labor, wo er mit Sicherheit von jedem hören will, was er genau macht. Außerdem sind alle überarbeitet und ziemlich gereizt. Es gibt ohnehin schon dauernd Streitereien. Ich komme mir manchmal wie ein Kindermädchen vor. Jedenfalls möchte ich, daß das Gespräch im Cottage stattfindet. Die Abwechslung wird allen guttun. Und um Zeit zu sparen, dachte ich, könnten wir es mit dem Essen verbinden. Könntest du vielleicht eine Kleinigkeit zum Abendessen vorbereiten?«

Zuerst dachte Kim, er mache sich über sie lustig, aber als sie dann begriff, daß das nicht der Fall war, sah sie auf die Uhr. »Es ist schon nach fünf«, bemerkte sie.

»Wenn du dich nicht versteckt hättest, hätte ich dich bereits um halb fünf gefunden«, sagte Edward.

»Ich kann jetzt nicht mehr ein Abendessen für acht Leute machen«, sagte Kim.

»Warum nicht?« wollte Edward wissen. »Es braucht ja kein Festmahl zu sein. Meinetwegen läßt du Pizza kommen. Davon leben wir eh schon die ganze Zeit. Aber wir müssen was in den Bauch kriegen. Bitte, Kim. Du mußt mir helfen. Ich bin am Durchdrehen.«

»Also gut«, sagte Kim wider besseren Wissens. Sie sah, daß Edward ziemlich gestreßt war. »Etwas Besseres als eine Pizza kommen zu lassen schaffe ich schon, aber es wird bestimmt kein Feinschmeckermenü.« Kim nahm den Sewall-Brief und folgte Edward nach draußen.

Als sie die Treppe hinuntergingen, reichte sie ihm den Brief und erklärte ihm, um was es sich handelte. Er gab ihn ihr zurück.

»Im Augenblick habe ich keine Zeit für Samuel Sewall.«

»Es ist aber wichtig«, widersprach Kim. »Das erklärt, wie Ronald es fertiggebracht hat, Elizabeths Namen aus den historischen Aufzeichnungen zu entfernen. Er hat das nicht allein getan. Jonathan Corwin und Cotton Mather haben ihn dabei unterstützt.«

»Ich lese den Brief später«, sagte Edward.

»Es gibt da eine Stelle, die dich vielleicht interessieren wird«, sagte Kim. Sie waren inzwischen an der großen Freitreppe angelangt. Edward blieb unter dem rosa getönten Mosaikfenster stehen. In dem gelblichen Licht wirkte er besonders blaß. Kim fand, daß er beinahe krank aussah.

»Also schön«, sagte Edward leicht gereizt. »Zeig her, was ich so interessant finden könnte.«

Kim gab ihm den Brief und deutete auf den letzten Satz.

Edward blickte Kim an, nachdem er gelesen hatte. »Und?« fragte er. »Das wissen wir doch bereits.«

»Wir schon«, nickte Kim, »aber wußten sie das? Ich meine, wußten die über den Schimmelpilz Bescheid?«

Edward las den Satz ein zweites Mal. »Nein, das können sie nicht gewußt haben«, sagte er dann. »Die hatten damals weder Mittel und Vorrichtungen noch das Wissen dazu.«

»Wie erklärst du dir diesen Satz dann?« fragte Kim. »Weiter oben in dem Brief hat Sewall eingeräumt, daß er hinsichtlich der anderen verurteilten Hexen Fehler gemacht habe, aber nicht bei Elizabeth. Die wußten alle etwas, was wir nicht wissen.«

»Damit sind wir wieder bei dem geheimnisvollen Beweisstück«, sagte Edward. Er gab ihr den Brief zurück. »Das ist interessant, aber nicht für meine Zwecke, und ich habe jetzt wirklich keine Zeit dafür. Ich habe bereits genug um die Ohren, auch ohne daß Stanton mir jetzt auf den Geist gehen muß. Wenn das so weitergeht, bin ich bald reif für die Klapsmühle!«

»Und lohnt sich der ganze Aufwand?« fragte Kim.

Edward sah Kim ungläubig an. »Natürlich lohnt er«, sagte er gereizt. »Die Wissenschaft verlangt Opfer, das wissen wir alle.«

»Das klingt jetzt aber weniger nach Wissenschaft als nach Wirtschaft«, sagte Kim. Darauf gab Edward keine Antwort.

Vor der Burg ging Edward geradewegs zu seinem Wagen. »Wir sind um Punkt halb acht beim Haus«, rief er ihr noch über die Schulter zu, ehe er zum Labor zurückfuhr.

Kim stieg in ihren Wagen, trommelte mit den Fingern auf das Lenkrad und überlegte, was sie zum Abendessen machen sollte. Jetzt, da Edward weg war und sie Zeit zum Nachdenken hatte, war sie über sich selbst verärgert und enttäuscht, daß sie nicht nein gesagt hatte.

Kim erkannte ihr Verhalten sehr wohl, und es gefiel ihr nicht. Indem sie so nachgiebig war, fiel sie wieder in ihr kindliches Beschwichtigungsverhalten zurück, das sie immer ihrem Vater gegenüber an den Tag gelegt hatte. Aber das zu erkennen und etwas dagegen zu unternehmen waren zwei völlig unterschiedliche Dinge. Ebenso wie sie das bei ihrem Vater gewollt hatte, wollte sie auch Edward gefällig sein, weil ihr seine Zuneigung und seine Wertschätzung wichtig waren. Außerdem, redete Kim sich ein, stand Edward unter ungeheurem Druck und brauchte sie.

Sie ließ den Wagen an und fuhr in die Stadt, um einzukaufen. Sie wollte Edward nicht verlieren, aber in den letzten Wochen hatte sie den Eindruck gewonnen, daß er, je mehr sie sich um ihn bemühte, immer anspruchsvoller wurde.

In Anbetracht der knappen Zeit, die ihr zur Verfügung stand, entschied Kim sich für gegrillte Steaks mit Salat und heißen Brötchen. Zu trinken gäbe es Wien oder Bier. Als Nachtisch kaufte sie frisches Obst und Eiskrem. Um drei Viertel sechs waren die Steaks in Marinade eingelegt, der Salat vorbereitet, und die Brötchen warteten nur noch darauf, in den Backofen geschoben zu werden. Das Feuer im Grill brannte bereits.

Sie eilte ins Bad und duschte schnell. Dann ging sie nach oben und zog sich um, kehrte wieder in die Küche zurück und legte Servietten und Geschirr bereit. Sie war gerade dabei, den Tisch im Eßzimmer zu decken, als Stantons Mercedes vor dem Haus hielt.

»Sei mir gegrüßt, Cousinchen.« Stanton gab Kim einen Kuß auf die Wange.

Kim begrüßte ihn und fragte, ob er ein Glas Wein wolle. Stanton nahm dankend an und folgte ihr in die Küche.

»Ist das der einzige Wein, den du im Haus hast?« fragte Stanton und verzog das Gesicht, als Kim eine Drei-Liter-Flasche öffnete.

»Ich fürchte, ja«, antwortete sie.

»Dann nehm' ich lieber ein Bier.«

Während Kim mit ihren Vorbereitungen beschäftigt war, lümmelte Stanton sich auf einen Hocker und sah ihr beim Arbeiten zu. Er erbot sich nicht zu helfen, aber das machte Kim nichts aus. Sie hatte alles im Griff.

»Ich sehe, du und Buffer, ihr beide kommt gut zurecht«, meinte Stanton. Edwards Hund lief Kim dauernd vor den Füßen herum. »Das beeindruckt mich richtig. Er ist ein ziemlich widerlicher Köter.«

»Ich und mit Buffer zurechtkommen?« Kim verzog das Gesicht. »Das soll wohl ein Witz sein. Meinetwegen ist der jetzt ganz bestimmt nicht hier, der riecht die Steaks. Gewöhnlich ist er bei Edward im Labor.«

Sie überprüfte die Backofentemperatur und schob die Brötchen hinein.

»Wie gefällt es dir denn in diesem Cottage?« fragte Stanton.

»Gut«, sagte Kim. Dann seufzte sie. »Wenigstens im großen und ganzen. Im Augenblick dreht sich alles ums Labor. Edward ist meistens ziemlich gereizt, das liegt an dem Zeitdruck.«

»Allerdings«, seufzte Stanton.

»Und Harvard macht ihm Ärger«, sagte Kim. Daß das gleiche für Stanton galt, sagte sie bewußt nicht.

»Ich hab' ihn von Anfang an deswegen gewarnt«, sagte Stanton. »Harvard wird nicht so tun, als ob nichts wäre, wenn sie dahinterkommen, wieviel Geld hier zu verdienen ist. Die Universitäten sind in solchen Dingen in letzter Zeit recht empfindlich geworden, ganz besonders Harvard.«

»Ich fände es schade, wenn er seine akademische Laufbahn aufs Spiel setzen würde«, sagte Kim. »Bevor die ganze Geschichte losging, war der Lehrberuf seine große Liebe.«

Sie war damit beschäftigt, den Salat anzumachen.

Stanton sah ihr zu und sagte nichts, bis er einen Blick von ihr auffing. »Kommt ihr beide miteinander klar?« fragte er. »Ich will ja nicht neugierig sein, aber seit ich mit Edward näher zusammenarbeite, habe ich festgestellt, daß mit ihm gar nicht so einfach auszukommen ist.«

»In letzter Zeit war es ein wenig stressig«, gab Kim zu. »Der Umzug war doch mit mehr Arbeit verbunden, als ich erwartet hatte, aber da hatte ich natürlich auch Omni nicht berücksichtigt. Wie gesagt, Edward steht in letzter Zeit ziemlich unter Druck.«

»Nicht nur er«, sagte Stanton.

Die Haustür ging auf, und Edward und seine Mitarbeiter

kamen herein. Kim begrüßte sie und gab sich redlich Mühe, für gute Stimmung zu sorgen, aber das war nicht leicht. Alle waren gereizt, sogar Gloria und David. Anscheinend hatte niemand große Lust gehabt, zum Abendessen ins Cottage zu gehen. Edward hatte es ihnen praktisch befehlen müssen.

Am schlimmsten war Eleanor. Sobald sie hörte, was es zu essen geben sollte, verkündete sie verdrießlich, sie esse kein rotes Fleisch.

»Was ißt du denn normalerweise?« fragte Edward.

»Fisch oder Geflügel«, sagte sie.

Edward sah Kim an und zog die Augenbrauen hoch, als wolle er sagen: »Was machen wir jetzt?«

»Ich kann einen Fisch besorgen«, sagte Kim. Sie holte ihre Autoschlüssel und ging. Von Eleanor war das recht unhöflich, aber tatsächlich hatte Kim nichts dagegen, ein paar Minuten aus dem Haus zu kommen. Die Stimmung war bedrückend.

Zum nächsten Supermarkt, wo frischer Fisch verkauft wurde, war es nicht weit, und Kim kaufte ein paar Lachsfilets, für den Fall, daß außer Eleanor noch jemand Fisch wollte. Auf der Rückfahrt fragte sich Kim einigermaßen bange, was sie wohl bei ihrer Rückkehr erwarten würde.

Doch als sie eintraf, war sie angenehm überrascht. Die Atmosphäre hatte sich deutlich verbessert. Es gehörte zwar immer noch viel Phantasie dazu, das Ganze als fröhliches Beisammensein zu bezeichnen, aber die Situation war wesentlich entspannter. Alle waren mit Getränken versorgt und hatten offensichtlich auch schon einiges getrunken. Zum Glück hatte sie reichlich eingekauft.

Sie saßen im Salon um den Tisch, und Elizabeths Portrait starrte auf sie herunter. Kim nickte allen zu und ging geradewegs in die Küche. Sie wusch den Fisch und legte ihn neben das Fleisch auf eine Platte.

Dann ging sie mit einem Weinglas in der Hand in den Salon zurück. Stanton war aufgestanden, während sie in der Küche gewesen war, hatte jedem ein Blatt Papier in die Hand gedrückt und stand jetzt vor dem Kamin direkt unter dem Portrait.

»Was Sie hier sehen, ist eine Schätzung, die zeigt, wann uns das Geld ausgehen wird, wenn wir es weiterhin in diesem Tempo ausgeben«, sagte er. »Das ist natürlich eine absolut unbefriedigende Situation. Ich muß deshalb ungefähr wissen, wann jeder von Ihnen bestimmte Phasen in seiner Arbeit abschließen wird, um einen Finanzierungsplan erstellen zu können. Wir haben drei Möglichkeiten: Wir können an die Börse gehen, was meiner Ansicht nach jetzt nicht funktionieren würde, wenigstens nicht, solange wir nichts zu verkaufen haben –«

»Aber wir *haben* doch etwas zu verkaufen«, fiel Edward ihm ins Wort. »Wir haben das aussichtsreichste Präparat seit der Einführung von Antibiotika, und das haben wir der Gnädigsten hier zu verdanken.« Edward hob seine Bierflasche, als wolle er Elizabeths Portrait zuprosten. »Ich möchte gern einen Toast auf die Frau ausbringen, die vielleicht einmal die berühmteste Hexe von Salem werden wird.«

Alle außer Kim hoben ihre Gläser oder Bierflaschen. Selbst Stanton schloß sich ihnen an, nachdem er sein Bier vom Kaminsims geholt hatte. Nach einem kurzen Augenblick der Stille tranken alle.

Kim fühlte sich gar nicht wohl in ihrer Haut und hätte sich nicht gewundert, wenn Elizabeths Gesichtsausdruck sich verändert hätte. Sie empfand das, was Edward gesagt hatte, als respekt- und geschmacklos. Kim fragte sich, wie Elizabeth wohl zumute wäre, wenn sie jetzt da wäre und miterleben könnte, wie diese talentierten Leute sich in ihrem Haus bemühten, aus einer Entdeckung, die in so enger Beziehung zu ihrem Mißgeschick und ihrem frühen Tod stand, persönlichen Nutzen zu schlagen.

»Ich stelle ja gar nicht in Abrede, daß wir ein *aussichtsreiches* Produkt haben«, sagte Stanton, nachdem er sein Bier wieder weggestellt hatte. »Das wissen wir alle. Aber wir haben im Augenblick kein *verkäufliches* Produkt. Glauben Sie mir also, der Zeitpunkt ist nicht der richtige, um an die Börse zu gehen. Wir könnten uns Privataktionäre suchen, was den Vorteil hätte, daß wir damit die Kontrolle nicht in gleichem Maße aus der Hand geben müßten. Die letzte Alternative wäre, uns um zusätzliches Risikokapital zu bemühen – aber dann müßten wir natürlich einen großen Anteil unseres Aktienbestands aufgeben, und damit auch Eigenkapital. Es würde praktisch darauf hinauslaufen, einen großen Teil von dem, was wir bereits in der Hand haben, wieder herzugeben.«

Unzufriedenes Murmeln unter den Wissenschaftlern.

»Keine gute Idee«, erklärte Edward. »Die Aktien werden viel zu wertvoll sein, sobald Ultra auf dem Markt ist. Warum können wir nicht einfach ein Darlehen aufnehmen?«

»Weil wir keine Sicherheiten dafür anbieten können«, sagte Stanton. »Beträge dieser Größenordnung aufzunehmen, ohne Sicherheiten bieten zu können, würde exorbitante Zinsen zur Folge haben, da dieses Geld nicht von den üblichen Geldgebern zu bekommen wäre. Und auch die Leute, mit denen man dann verhandeln muß, lassen sich nicht auf geheime oder versteckte Geschichten ein – falls nämlich etwas schieflaufen sollte. Du verstehst, was ich damit sagen will, Edward?«

»Ich denke schon«, nickte er. »Aber du solltest die Möglichkeit trotzdem einmal überprüfen. Wir sollten auf alle Fälle vermeiden, weitere Kapitalanteile abzugeben. Das wäre wirklich eine Schande, weil Ultra eine absolut sichere Sache ist.«

»Bist du noch genauso zuversichtlich wie damals, als wir die Firma gegründet haben?« fragte Stanton.

»Mehr denn je«, erklärte Edward. »Und meine Überzeugung wächst jeden Tag. Alles läuft sehr gut, und wenn es so weitergeht, werden wir innerhalb von sechs bis acht Monaten bei den Behörden einen Antrag auf vorläufige Präparatfreigabe stellen – und das ist wesentlich schneller als die üblichen dreieinhalb Jahre.«

»Je schneller es geht, desto besser«, sagte Stanton. »Am besten wäre, wenn ihr noch einen Zahn zulegen könntet.«

Eleanor stieß ein kurzes, spöttisches Lachen aus.

»Wir arbeiten ohnehin alle auf Hochtouren«, sagte François.

»Das stimmt«, bekräftigte Curt. »Die meisten von uns schlafen nicht mal sechs Stunden täglich.«

»Eines habe ich bis jetzt noch nicht getan«, sagte Edward. »Ich habe mit den Leuten von der Gesundheitsbehörde noch keine Verbindung aufgenommen. Dazu fehlen mir noch ein paar Versuchsergebnisse. Wahrscheinlich werden wir den Stoff sowohl gegen starke Depressionen als auch bei AIDS einsetzen können, vielleicht sogar bei Krebs.«

»Alles, was uns Zeit spart, nützt uns«, sagte Edward. »Das kann ich gar nicht oft genug sagen.«

»Ich glaube, die Botschaft ist angekommen«, nickte Edward.

»Habt ihr jetzt eine genauere Vorstellung, wie Ultra eigentlich wirkt?« fragte Stanton.

Edward bat Gloria, Stanton zu erklären, wie weit sie in ihren Forschungen vorangekommen waren. Obwohl Stanton einige Semester Medizin studiert hatte, fiel es ihm nicht ganz leicht, ihren Ausführungen zu folgen.

»Wann wird es möglich sein, mit dem Verkauf in Europa und Japan zu beginnen?« fragte er, nachdem er sich Glorias Erläuterungen eine Weile hatte durch den Kopf gehen lassen.

»Das werden wir dann sagen können, wenn wir mit den klinischen Versuchen begonnen haben«, erklärte Edward. »Aber erst wenn wir die Anmeldung bei der FDA gemacht haben.«

»Wir müssen das irgendwie beschleunigen«, sagte Stanton. »Es ist verrückt! Da haben wir ein Milliardenpräparat und könnten pleite gehen.«

»Augenblick mal«, sagte Edward plötzlich, und alle Augen richteten sich auf ihn. »Mir ist gerade eine Idee gekommen, wie wir Zeit sparen könnten. Ich werde das Präparat selbst nehmen.«

Im Raum trat abrupt Stille ein, nur das Ticken einer Uhr auf dem Kaminsims und die heiseren Schreie der Möwen unten am Fluß waren zu hören.

»Ist das klug?« fragte Stanton.

»Verdammt, ja!« sagte Edward, der sich zunehmend an seiner eigenen Idee begeisterte. »Ich weiß wirklich nicht, warum ich nicht schon früher darauf gekommen bin. In Anbetracht der Toxizitätsuntersuchungen, die wir bereits abgeschlossen haben, habe ich nicht die geringsten Bedenken, Ultra zu nehmen.«

»Das ist richtig, Toxizität konnten wir nicht feststellen«, sagte Gloria.

»Gewebekulturen gedeihen von dem Zeug anscheinend prächtig«, sagte David. »Vor allem neutrale Zellkulturen.«

»Ich halte das für keine besonders gute Idee«, sagte Kim, die damit zum ersten Mal das Wort ergriff. Sie stand in der Tür zum Vorraum.

Edward warf ihr einen finsteren Blick zu. »Ich halte es für eine grandiose Idee.«

»Und wie ist damit Zeit zu sparen?« fragte Stanton.

»Nun, wir werden alle Antworten schon haben, bevor wir mit den klinischen Versuchen beginnen«, sagte Edward. »Denk doch, wie leicht es uns fallen wird, die Klinikprotokolle vorzubereiten.«

»Ich werde es ebenfalls nehmen«, sagte Gloria.

»Ich auch«, schloß sich Eleanor ihnen an.

Der Reihe nach stimmten auch die anderen zu und erklärten, es sei eine fabelhafte Idee.

»Wir können alle unterschiedliche Dosierungen nehmen«, sagte Gloria. »Sechs Leute liefern uns sogar ein Mindestmaß an statistischer Verwertbarkeit.«

»Wir könnten die Dosierung blind bestimmen«, schlug François vor. »Auf die Weise wissen wir nicht, wer die höchste und wer die niedrigste Dosis hat.«

»Ist es nicht verboten, im Experimentierstadium befindliche Präparate einzunehmen?« fragte Kim.

»Von wem sollte das verboten sein?« fragte Edward und lachte. »Das müßte die Vorschrift eines Ermittlungsausschusses sein. Und soweit es Omni betrifft, sind *wir* der Ermittlungsausschuß, und wir haben keinerlei Vorschriften erlassen.«

Die Wissenschaftler schlossen sich Edwards Lachen an.

»Ich dachte, die Regierung hätte Vorschriften oder Gesetze über solche Dinge erlassen«, beharrte Kim.

»Das Nationale Gesundheitsinstitut hat solche Bestimmungen«, erklärte Stanton. »Aber die gelten für Institutionen, die vom Nationalen Gesundheitsinstitut subventioniert werden. Und wir bekommen ja keine Regierungsgelder.«

»Es muß doch irgendeine Vorschrift geben, die den Einsatz eines Präparats an Menschen vor Abschluß der Tierversuche verbietet«, sagte Kim. »Mir sagt der gesunde Menschenverstand, daß das unvernünftig und gefährlich ist. Erinnert ihr euch nicht mehr an Contergan? Beunruhigt euch das gar nicht?«

»Das kannst du überhaupt nicht miteinander vergleichen«, sagte Edward. »Es war nie die Frage, ob Contergan eine natürliche Verbindung ist, und es war auch wesentlich toxischer. Außerdem verlangen wir ja nicht vor dir, daß du Ultra nimmst. Du kannst die Kontrolle übernehmen.«

Wieder lachten alle. Kim wurde rot und ging in die Küche. Sie war sehr überrascht, wie schnell sich die Atmosphäre verändert hatte. Anfangs waren alle ziemlich gereizt gewesen, und jetzt waren sie geradezu ausgelassen. Kim wurde das unbehagliche Gefühl nicht los, daß hier eine Art Gruppenhysterie vorlag, vielleicht aus einer Kombination von Überarbeitung und überspitzten Erwartungen heraus.

Sie machte sich daran, die Brötchen aus dem Backofen zu holen. Aus dem Salon hörte sie Gelächter und muntere Unterhaltung. Plötzlich spürte sie, daß jemand hinter ihr in die Küche gekommen war.

»Ich dachte, ich könnte Ihnen vielleicht etwas helfen«, sagte François.

Kim drehte sich um und sah ihn an, wandte sich dann aber gleich wieder ab und blickte sich in der Küche um. Sie wollte den Anschein erwecken, als überlege sie, was er tun könne. In Wirklichkeit störte sie François' Direktheit, und sie fühlte sich von der kleinen Episode im Salon immer noch ein wenig unbehaglich.

»Ich glaube, ich habe alles im Griff«, sagte sie. »Trotzdem vielen Dank für Ihr Angebot.«

»Darf ich mir nachschenken?« fragte er. Er hatte die Hand bereits an der Weinflasche.

»Selbstverständlich«, sagte Kim.

»Ich würde mir gern einmal die Umgebung ansehen, wenn es ein wenig ruhiger geworden ist«, sagte François, während er sich einschenkte. »Vielleicht könnten Sie mir die Sehenswürdigkeiten zeigen. Ich habe gehört, daß Marblehead reizend sein soll.«

Kim riskierte einen weiteren schnellen Blick auf François. Wie erwartet, starrte er sie eindringlich an. Als er ihren Blick bemerkte, lächelte er schief. Kim hatte das unbehagliche Gefühl, daß er mit ihr zu flirten versuchte.

Nachdem Kim sich zum Zubettgehen vorbereitet hatte, ließ sie ihre Tür offenstehen, um das Badezimmer im Auge behalten zu können. Sie wollte noch mit Edward reden, wenn der aus dem Labor kam. Unglücklicherweise wußte sie nicht, wann das sein würde.

Kim schob sich die Kissen zurecht, nahm Elizabeths Tagebuch vom Nachttisch und schlug es auf. Das Tagebuch hatte ihre Erwartungen nicht ganz erfüllt: Mit Ausnahme der letzten Eintragung war es eine Enttäuschung gewesen. Elizabeth hielt in erster Linie das Wetter und die Geschehnisse des Tages fest, statt dem Buch, was Kim viel interessanter gefunden hätte, ihre Gedanken anzuvertrauen.

Trotz ihrer Absicht, wach zu bleiben, schlief Kim gegen Mitternacht ein. Dann hörte sie plötzlich die Toilettenspülung. Sie schlug die Augen auf und sah Edward im Bad.

Kim rieb sich die Augen und schaute auf die Uhr. Es war kurz nach ein Uhr morgens. Mit einiger Mühe schaffte sie es schließlich, aufzustehen und in Morgenrock und Pantoffeln zu schlüpfen. Sie schlurfte ins Bad, wo Edward sich gerade die Zähne putzte.

Kim setzte sich auf den geschlossenen Toilettensitz und zog die Knie an die Brust. Edward warf ihr einen fragenden Blick zu, sagte aber nichts, bis er mit Zähneputzen fertig war.

»Wieso bist du um die Zeit noch wach?« fragte Edward. Es klang besorgt, nicht verstimmt.

»Ich wollte mit dir reden«, sagte Kim. »Ich wollte dich fragen, ob du wirklich vorhast, Ultra zu nehmen.«

»Sicher«, sagte er. »Wir werden morgen früh damit anfangen. Wir haben uns ein System ausgedacht, bei dem keiner weiß, wieviel er im Vergleich zu den anderen nimmt. Das war François' Idee.«

»Und du hältst das wirklich für eine gute Idee?«

»Das ist wahrscheinlich sogar die beste Idee, die ich seit Jahren gehabt habe«, sagte Edward. »Das beschleunigt den ganzen Auswertungsprozeß, und zugleich bin ich Stantons ewige Drängelei los.«

»Aber das ist doch riskant«, sagte sie.

»Natürlich ist es riskant«, sagte Edward. »Ein Risiko ist immer dabei, aber ich bin fest davon überzeugt, daß es ein akzeptables Risiko ist. Ultra ist nicht toxisch, das wissen wir ganz sicher.«

»Mich macht das äußerst nervös«, sagte Kim.

»Nun, dann will ich dich in einem sehr wichtigen Punkt beruhigen«, meinte Edward. »Ich bin kein Märtyrer! Im Grunde genommen bin ich eher ein Feigling. Ich würde das ganz bestimmt nicht tun, wenn ich nicht überzeugt wäre, daß es völlig ungefährlich ist, und ich würde auch nicht zulassen, daß die anderen es tun. Außerdem befinden wir uns historisch betrachtet in guter Gesellschaft. Viele Größen in der Geschichte der medizinischen Forschung haben ihre Entdeckungen zunächst in Selbstversuchen getestet.«

Kim hob fragend die Brauen. Sie war nicht überzeugt.

»Du mußt einfach Vertrauen zu mir haben«, sagte Edward. Er wusch sich das Gesicht und trocknete sich dann ab.

»Ich habe noch eine Frage«, sagte Kim. »Was hast du den Leuten im Labor über mich gesagt?«

Edward ließ das Handtuch sinken und sah Kim an. »Wie meinst du das? Warum sollte ich den Leuten im Labor etwas über dich sagen?«

»Ich meine, was unsere Beziehung betrifft«, sagte Kim.

»Das weiß ich nicht mehr genau«, meinte Edward mit einem Achselzucken. »Wahrscheinlich habe ich gesagt, daß du meine Freundin bist.«

»Und heißt das Geliebte, oder heißt das Freundin?« fragte Kim.

»Was ist eigentlich los?« fragte Edward gereizt. »Ich habe keine persönlichen Dinge preisgegeben, falls du das damit andeuten willst. Ich habe nie mit jemandem über unser Intimleben gesprochen. Und jetzt möchte ich wirklich wissen, was dieses Kreuzverhör um ein Uhr früh soll.«

»Tut mir leid, wenn du den Eindruck hast, daß ich dich verhören will«, sagte Kim. »Das war nicht meine Absicht. Mich hat nur interessiert, was du gesagt hast, weil wir ja nicht verheiratet sind und deine Mitarbeiter, wie ich annehme, mit dir über ihre Familien gesprochen haben«.

Kim hatte eigentlich etwas über François sagen wollen, es sich dann aber anders überlegt. Im Augenblick war Edward für ein solches Gespräch viel zu gereizt, weil er übermüdet war und wohl an nichts anderes als an Ultra dachte. Außerdem wollte Kim einen Streit zwischen ihm und François vermeiden, zumal sie ja nicht hundertprozentig sicher sein konnte, was François wirklich gewollt hatte.

Sie stand auf. »Ich hoffe, du bist jetzt nicht sauer«, sagte sie. »Ich weiß, du bist müde. Gute Nacht.« Sie verließ das Badezimmer und schickte sich an, ins Bett zu gehen.

»Warte«, rief Edward und folgte ihr. »Jetzt habe ich wohl schon wieder überreagiert«, sagte er. »Tut mir leid. Statt zu meckern, sollte ich dir eigentlich danken. Ich weiß wirklich zu schätzen, daß du das Abendessen so kurzfristig geschafft hast. Es war perfekt und hat uns allen gutgetan. Es hat uns auf andere Gedanken gebracht, und das brauchten wir dringend.«

»Schön, daß du das sagst«, meinte Kim. »Ich helfe dir doch gern. Ich weiß, wie sehr du unter Druck stehst.«

»Na ja, jetzt, wo Stanton ruhiggestellt ist, sollte es eigentlich besser werden«, meinte Edward. »Nun kann ich mich auf Ultra und Harvard konzentrieren.«

Kapitel 13

Ende September 1994

Edwards Anerkennung ihrer Bemühungen bestärkte Kim in ihrem Glauben, daß das Klima zwischen ihnen beiden sich bessern würde. Aber da sollte sie sich getäuscht haben. In der folgenden Woche verschlimmerte sich die Situation sogar. Kim bekam Edward in der ganzen Zeit praktisch nicht zu sehen. Er kam nachts, erst lange nachdem sie sich bereits schlafen gelegt hatte, nach Hause und war morgens schon wieder weg, ehe sie aufwachte. Er gab sich nicht die geringste Mühe, mit ihr in irgendeiner Weise zu kommunizieren, obwohl sie ihm eine Unzahl Zettel mit Mitteilungen aller Art hinlegte.

Selbst Buffer erschien ihr noch unleidlicher als sonst. Am Mittwoch tauchte er gegen Abend plötzlich auf. Da er sehr hungrig tat, füllte sie seinen Freßnapf mit seinem Futter. Kim stellte ihm die Schüssel hin, aber Buffer reagierte darauf mit Zähnefletschen und schnappte bösartig nach ihr. Kim kippte das Futter in den Müll.

Da sie mit niemandem im Labor Kontakt hatte, hatte Kim das Gefühl, von dem Geschehen dort völlig ausgeschlossen zu sein, und zwar in noch höherem Maße als zu Anfang des Monats. Sie begann sich einsam zu fühlen. Zu ihrer eigenen Überraschung stellte sie fest, daß sie sich darauf freute, nächste Woche wieder ins Krankenhaus zu fahren, ein Gefühl, mit dem sie eigentlich nie gerechnet hatte. Tatsächlich hatte sie Ende August bei Antritt ihres Urlaubs geglaubt, daß es ihr schwerfallen würde, im Oktober wieder mit der Arbeit zu beginnen.

Am Donnerstag, dem 22. September, merkte Kim, daß sie sich leicht deprimiert fühlte, und das machte ihr angst. Sie hatte in ihrem ersten Collegejahr unter Depressionen gelitten und wollte es erst gar nicht wieder soweit kommen lassen. Besorgt, die Symptome könnten sich verstärken, rief Kim Alice McMurray an, eine Therapeutin im MGH, die sie vor ein paar Jahren konsultiert hatte. Alice war so nett, am nächsten Tag einen Teil ihrer Mittagszeit für sie zu opfern.

Als Kim am Freitag morgen aufstand, fühlte sie sich ein wenig besser als an den vorangegangenen Tagen. Sie schrieb das ihrer Vorfreude auf den Besuch in der Stadt zu. Da sie während ihres Urlaubs keine Parkberechtigung im Krankenhaus hatte, beschloß sie, mit der Bahn zu fahren.

Sie traf kurz nach elf in Boston ein. Sie hatte noch genügend Zeit und ging zu Fuß vom Nordbahnhof ins Krankenhaus. Es war ein schöner Herbsttag, und die wenigen Wolken am Himmel konnten der Sonne nichts anhaben. Anders als in Salem waren die Bäume in der Stadt noch grün.

Kim tat es gut, sich wieder in der vertrauten Krankenhausumgebung zu bewegen, ein paar Kolleginnen und Kollegen liefen ihr über den Weg, die sie wegen ihrer Urlaubsbräune neckten. Alice' Büro befand sich in einem Gebäude, das der Krankenhausgesellschaft gehörte. Als Kim die Eingangshalle betrat, war der Empfang verwaist.

Doch fast im selben Augenblick ging eine Tür auf, und Alice erschien.

»Hallo!« begrüßte sie Kim. »Kommen Sie rein.« Sie deutete mit einer Kopfbewegung auf den Schreibtisch ihrer Sekretärin. »Alle sind zum Mittagessen, falls Sie sich gewundert haben.«

Alice' Büro war einfach, aber behaglich eingerichtet. In der Mitte des Zimmers standen auf einem Perserteppich vier Sessel um einen Couchtisch, während der kleine Schreibtisch hinten an die Wand gerückt war. Am Fenster stand eine Topfpalme, an den Wänden hingen Drucke von impressionistischen Gemälden und ein paar eingerahmte Diplome und Lizenzen.

Alice war eine üppige, mollige Frau. Sie hatte Kim einmal gestanden, daß sie schon ihr ganzes Leben lang gegen ihr Übergewicht gekämpft hatte. Dieser Kampf hatte Alice ein besonders gutes Einfühlungsvermögen für die Probleme anderer Menschen verschafft.

»Nun, was kann ich für Sie tun?« fragte Alice, als sie beide Platz genommen hatten.

Kim begann, ihre augenblicklichen Lebensumstände zu schildern. Sie versuchte, offen und ehrlich zu sein, und gab uneingeschränkt zu, wie enttäuscht sie darüber war, daß die Dinge sich nicht so entwickelt hatten, wie sie es erwartet hatte. Sie merkte, daß sie bei ihrer Schilderung den größten Teil der Schuld auf sich nahm. Auch Alice entging das nicht.

»Das klingt mir wie eine alte Geschichte«, sagte Alice und schaffte es, die Feststellung nicht wie ein Urteil klingen zu lassen. Sie erkundigte sich nach Edwards Persönlichkeit und seinen sozialen Fähigkeiten.

Kim beschrieb Edward, und Alice' Anwesenheit half ihr dabei, selbst zu hören, wie sie ihn verteidigte. »Glauben Sie, daß zwischen der Beziehung, die Sie mit Ihrem Vater hatten, und der Beziehung, die Sie jetzt mit Edward haben, eine Ähnlichkeit besteht?« wollte Alice wissen.

Kim überlegte und räumte dann ein, daß ihr dieser Gedanke auch schon gekommen war.

»Mir scheinen die beiden auf den ersten Blick einander recht ähnlich zu sein«, sagte Alice. »Ich weiß noch gut, was Sie mir über die Beziehung zu Ihrem Vater erzählt haben. Beide Männer scheinen so ausschließlich an ihren Geschäften interessiert zu sein, daß für das Privatleben kaum mehr Platz bleibt.«

»Bei Edward ist das etwas Vorübergehendes«, wandte Kim ein.

»Sind Sie da so sicher?« fragte Alice.

Kim überlegte eine Weile, ehe sie darauf antwortete: »Ich denke, man kann nie ganz sicher sein, was ein anderer Mensch denkt.«

»Richtig«, sagte Alice. »Es könnte natürlich sein, daß Edward sich ändert. Trotzdem habe ich den Eindruck, daß Edward Ihre emotionale Unterstützung braucht und Sie sie ihm auch geben. Daran ist überhaupt nichts auszusetzen, nur habe ich das Gefühl, daß dabei im Augenblick Ihre Bedürfnisse zu kurz kommen.«

»Das ist stark untertrieben«, gab Kim zu.

»Sie sollten darüber nachdenken, was für Sie gut ist, und entsprechend handeln«, sagte Alice. »Ich weiß, daß das leichter gesagt als getan ist. Sie haben Angst davor, dann seine Liebe zu verlieren. Aber Sie sollten wenigstens ernsthaft darüber nachdenken.«

»Wollen Sie damit sagen, daß ich nicht mit Edward zusammenleben sollte?« fragte Kim.

»Keineswegs«, widersprach Alice. »Mir steht es gar nicht zu, so etwas zu sagen. Das können nur Sie. Aber ich denke, Sie sollten über wechselseitige Abhängigkeit nachdenken.«

»Glauben Sie, daß es jetzt darum geht?« fragte Kim.

»Ich möchte nur, daß Sie sich gedanklich damit befassen«, sagte Alice. »Sie wissen, daß Menschen, die in der Kindheit mißhandelt worden sind, dazu neigen, später die Umstände dieser Mißhandlung wiederherzustellen.«

»Aber Sie wissen, daß ich nicht mißhandelt worden bin«, sagte Kim.

»Ich weiß, daß man Sie nicht im allgemeinen Wortsinn mißhandelt hat«, sagte Alice. »Aber Sie hatten keine gute Beziehung zu Ihrem Vater. Mißhandlungen können wegen des riesigen Machtgefälles zwischen Eltern und Kind die verschiedensten Formen annehmen.«

»Ich verstehe, was Sie meinen«, sagte Kim.

Alice beugte sich vor und legte die Hände auf die Knie. Sie lächelte gewinnend. »Mir scheint, es gibt da einige Dinge, über die wir sprechen sollten. Unglücklicherweise ist die halbe Stunde, die ich für Sie freimachen konnte, jetzt vorbei. Ich wünschte, ich könnte Ihnen jetzt noch mehr Zeit widmen, aber so kurzfristig war mir das nicht möglich. Ich hoffe, es ist mir zumindest gelungen, Sie zum Nachdenken über Ihre eigenen Bedürfnisse zu veranlassen.«

Kim stand auf. Ein Blick auf die Uhr ließ sie staunen, wie schnell die Zeit vergangen war. Sie dankte Alice überschwenglich.

»Wie steht es um Ihre Beklemmung?« fragte Alice. »Ich könnte Ihnen ein paar Xanax geben, wenn Sie meinen, daß Sie sie vielleicht brauchen.«

Kim schüttelte den Kopf. »Vielen Dank, aber es geht schon«,

sagte sie. »Außerdem habe ich noch ein paar von denen, die Sie mir beim letzten Mal gegeben haben.«

»Rufen Sie mich an, wenn Sie einen richtigen Termin vereinbaren wollen«, sagte Alice.

Kim versprach, sich beim nächsten Mal rechtzeitig anzumelden, und ging. Auf dem Rückweg zum Bahnhof dachte Kim über die kurze Sitzung nach. Sie hatte das Gefühl gehabt, gerade in Schwung zu kommen, als die halbe Stunde vorbei war. Aber Alice hatte ihr eine ganze Menge Stoff zum Nachdenken gegeben.

Auf der Rückfahrt beschloß Kim, mit Edward zu reden. Sie wußte, daß dies nicht leicht sein würde, weil ihr solche Auseinandersetzungen sehr schwerfielen. Außerdem war Edward im Moment sicher nicht in der Stimmung für ein so emotionsgeladenes Thema. Trotzdem stand für sie fest, daß sie das Gespräch mit ihm führen mußte, ehe alles noch schlimmer wurde.

Als Kim in ihr Familienanwesen fuhr, sah sie zu dem Laborgebäude hinüber und wünschte sich das nötige Selbstbewußtsein, um gleich hinüberzugehen und von Edward auf der Stelle eine Aussprache zu verlangen. Aber sie wußte, daß sie dazu nicht imstande war, ja sogar, daß sie ein solches Gespräch nicht einmal, falls er am Nachmittag im Cottage auftauchen würde, mit ihm würde führen können, sofern er ihr nicht von sich aus irgendwie das Gefühl vermittelte, daß auch er dazu bereit war. Resigniert fand sie sich damit ab, daß sie wohl Edward die Initiative würde überlassen müssen.

Aber Kim bekam Edward weder am Freitag abend noch am Samstag zu sehen. Sie entdeckte lediglich ein paar Hinweise darauf, daß er kurz nach Mitternacht nach Hause gekommen und vor Sonnenaufgang wieder weggegangen war. Das Wissen, daß sie mit ihm reden mußte, hing wie eine dunkle Wolke über Kim; ihre Beklemmung wurde immer stärker.

Am Sonntag morgen beschäftigte Kim sich auf dem Dachboden der Burg damit, Dokumente zu sortieren. Die wenig anspruchsvolle Tätigkeit verschaffte ihr ein gewisses Maß an Trost und lenkte sie für ein paar Stunden von ihrer unbefriedigenden Situation ab. Um Viertel vor eins ließ ihr Magen sie wissen, daß seit dem Frühstück, das aus einer Tasse Kaffee und einer Schale Cornflakes bestanden hatte, viel Zeit vergangen war.

Auf dem Weg hinüber zum Cottage betrachtete Kim die herbstliche Szene um sich herum. Das Laub an einigen Bäumen hatte sich schon verfärbt, aber bis zu der Pracht, die es in einigen Wochen entfalten würde, war es noch ein weiter Weg. Hoch über ihr am Himmel wiegten sich ein paar Möwen träge im Wind.

Kims Blick wanderte über das ganze Gelände und blieb schließlich an der Zufahrt zur Straße hängen, wo sie im Schatten der Bäume ein Auto erkennen konnte.

Neugierig, weshalb dort ein Wagen parkte, machte sie sich auf den Weg über das Feld, näherte sich dem Fahrzeug vorsichtig von der Seite und stellte dann einigermaßen überrascht fest, daß es Kinnard Monihan war.

Als Kinnard Kim erblickte, stieg er aus, und Kim sah etwas, was sie noch nie gesehen hatte: Kinnard wurde rot.

»Entschuldige«, sagte er verlegen. »Du sollst nicht glauben, daß ich hier lauere wie ein Spanner. Ich habe mich noch nicht getraut, bis zum Haus zu fahren.«

»Und warum nicht?« fragte Kim.

»Wahrscheinlich weil ich mich die letzten Male so albern benommen habe«, sagte Kinnard.

»Das muß eine Ewigkeit her sein«, sagte Kim.

»Ja, das ist es in mancher Hinsicht wohl«, gab Kinnard zu. »Ich hoffe jedenfalls, daß ich dich nicht störe.«

»Du störst mich nicht im geringsten.«

»Mein Dienst in Salem ist nächste Woche beendet«, sagte Kinnard. »Diese zwei Monate sind wie im Flug vergangen. Kommenden Montag in einer Woche werde ich wieder am MGH arbeiten.«

»Ich auch«, sagte Kim und fügte hinzu, daß sie sich den ganzen September freigenommen hatte.

»Ich war schon ein paarmal hier«, gab Kinnard zu. »Ich habe es nur immer für ziemlich unpassend gehalten, bei dir anzuklopfen. Und im Telefonbuch stehst du nicht.«

»Jedesmal, wenn ich am Krankenhaus vorbeigefahren bin, habe ich mich gefragt, wie es dir wohl gehen mag«, sagte Kim.

»Was macht die Renovierung?« fragte Kinnard.

»Davon kannst du dir selbst ein Bild machen«, sagte Kim. »Falls du es sehen möchtest.«

»Sogar sehr gern«, sagte Kinnard. »Komm, steig ein.«

Sie fuhren zum Cottage und stellten dort den Wagen ab. Kim führte Kinnard durchs ganze Haus. Er war sehr interessiert und machte ihr zahlreiche Komplimente.

»Mir gefällt wirklich, wie du das Haus modernisiert hast, ohne den kolonialen Charakter zu zerstören«, sagte Kinnard.

Sie waren im Obergeschoß, und Kim zeigte Kinnard gerade das neue Bad, als ein Blick durchs Fenster sie zusammenzucken ließ. Sie sah noch einmal hin und stellte erschreckt fest, daß es tatsächlich Edward und Buffer waren, die querfeldein auf das Cottage zukamen.

Kim fühlte sich sofort von leichter Panik erfaßt. Sie hatte keine Ahnung, wie Edward auf Kinnards Anwesenheit reagieren würde, insbesondere da sie ihn ja seit Montag nacht nicht mehr zu Gesicht bekommen hatte.

»Ich denke, wir sollten nach unten gehen«, sagte sie nervös.

»Ist etwas?« fragte Kinnard.

Kim gab ihm keine Antwort. Sie machte sich große Vorwürfe, weil sie die Möglichkeit, daß Edward erscheinen könnte, überhaupt nicht in Betracht gezogen hatte, und fragte sich, wie sie es immer wieder fertigbrachte, sich in solche Situationen zu manövrieren.

»Edward kommt«, sagte Kim schließlich und bedeutete Kinnard mit einer Handbewegung, ihr in den Salon zu folgen.

»Ist das ein Problem?« fragte Kinnard ein wenig verwirrt.

Kim versuchte zu lächeln. »Natürlich nicht«, sagte sie. Aber sonderlich überzeugend klang sie nicht, und sie spürte, wie ihr Magen sich verkrampfte.

Die Haustür ging auf, und Edward trat ein. Buffer rannte sofort in die Küche, um nachzusehen, ob vielleicht versehentlich irgend etwas Freßbares auf den Boden gefallen war.

»Ah, da bist du ja«, sagte Edward, als er Kim erblickte.

»Wir haben Besuch«, sagte Kim.

»So?« meinte Edward und trat in den Salon.

Kim stellte die beiden Männer einander vor. Kinnard streckte Edward die Hand hin, aber Edward rührte sich nicht. Er dachte nach.

»Ja, natürlich«, sagte er dann und schnippte mit den Fingern. Dann ergriff er Kinnards Hand und schüttelte sie begeistert. »Jetzt erinnere ich mich an Sie. Sie haben in meinem Labor gearbeitet. Hatten Sie sich nicht um eine Assistenzarztstelle in der Chirurgie bemüht?«

»Sie haben ein gutes Gedächtnis«, sagte Kinnard.

»Ich erinnere mich sogar an das Thema Ihrer Arbeit«, sagte Edward und lieferte dann in knappen Worten einen Abriß davon.

»Sie erinnern sich besser daran als ich«, grinste Kinnard verlegen. »Ich sollte mich schämen.«

»Wie wär's mit einem Bier?« fragte Edward. »Wir haben Sam Adams im Kühlschrank.«

Kinnards Blicke wanderten nervös zwischen Kim und Edward hin und her. »Vielleicht sollte ich besser gehen«, sagte er.

»Ach was, Unsinn«, meinte Edward. »Bleiben Sie doch, wenn Sie Zeit haben. Ich bin sicher, Kim kann etwas Gesellschaft gebrauchen. Ich muß gleich wieder ins Labor zurück. Ich bin nur hergekommen, weil ich sie etwas fragen wollte.«

Kim war ebenso verwirrt wie Kinnard. Edward verhielt sich völlig anders, als sie befürchtet hatte. Er war nicht gereizt, ganz im Gegenteil, er war blendend gelaunt.

»Ich weiß nicht, wie ich mich richtig ausdrücken soll«, sagte Edward zu Kim, »aber ich möchte, daß die Wissenschaftler in der Burg wohnen. Das wäre wesentlich bequemer für alle, weil die meisten Experimente rund um die Uhr überwacht werden müssen. Die Burg steht leer und hat so viele möblierte Räume, daß es einfach lächerlich wäre, wenn sie in ihren Pensionen blieben. Und Omni bezahlt dafür.«

»Also, ich weiß nicht ...«, stammelte Kim.

»Komm schon, Kim«, sagte Edward. »Es ist doch nur vorübergehend. Bald werden ihre Familien nachkommen, und dann werden sich alle Häuser kaufen.«

»Aber es sind doch so viele Familienerbstücke in der Burg«, sagte Kim.

»Was soll denn schon passieren?« fragte Edward. »Du hast doch alle selbst kennengelernt. Was sollen die schon anstellen? Hör zu, ich garantiere dir persönlich, daß es keinerlei Probleme geben wird. Und wenn doch, machen wir alles wieder rückgängig.«

»Laß mich darüber nachdenken«, bat Kim.

»Was gibt es da nachzudenken?« beharrte Edward. »Für mich sind diese Leute so etwas wie meine Familie. Außerdem schlafen sie ohnehin nur von eins bis fünf, genau wie ich. Du wirst überhaupt nicht merken, daß sie da sind. Du wirst sie weder hören noch sehen. Sie können im Gästeflügel und im Dienstbotenteil wohnen.«

Er zwinkerte Kinnard zu und fügte dann hinzu: »Es ist wohl besser, Männer und Frauen separat unterzubringen. Schließlich will ich keine häuslichen Zwistigkeiten haben.«

»Wären sie denn damit einverstanden, wenn wir sie in den Dienstboten- und Gästeflügeln unterbringen?« fragte Kim, der es schwerfiel, Edwards freundlich selbstbewußter Art zu widerstehen.

»Begeistert werden sie sein«, sagte Edward. »Ich kann dir gar nicht sagen, wie dankbar sie sein werden. Danke, meine Süße! Du bist ein Engel!« Edward gab Kim einen Kuß auf die Stirn und zog sie an sich.

»Kinnard!« sagte Edward und löste sich von Kim. »Jetzt, wo Sie wissen, wo wir sind, sollten Sie sich nicht so rar machen. Kim braucht Gesellschaft. Ich selbst bin in nächster Zeit leider ziemlich stark beschäftigt.«

Dann stieß Edward einen schrillen Pfiff aus, der Kim zusammenzucken ließ. Buffer kam aus der Küche getrottet.

»Also, dann bis später«, sagte Edward und winkte den beiden zu. Gleich darauf fiel die Haustür ins Schloß.

Kim und Kinnard sahen sich einen Augenblick lang wortlos an.

»Habe ich jetzt ja gesagt, oder was?« fragte Kim.

»Das ist ein wenig schnell gegangen«, meinte Kinnard.

Kim trat ans Fenster und sah Edward und Buffer nach, die querfeldein wieder auf das Labor zustrebten. Edward warf einen Stock für den Hund.

»Er ist wesentlich zugänglicher als damals, als ich in seinem Labor gearbeitet habe«, sagte Kinnard. »Du hast einen guten Einfluß auf ihn. Er war immer so steif und ernst. Ein richtig verbohrter Wissenschaftler.«

»Er hat in letzter Zeit mächtig viel um die Ohren«, sagte Kim, die immer noch zum Fenster hinaussah. Edward und Buffer schienen sich köstlich mit dem Stock zu amüsieren.

»Wenn man ihn so sieht, würde man das nicht glauben«, sagte Kinnard.

Kim drehte sich zu ihm um. Sie schüttelte den Kopf und rieb sich nervös die Stirn. »Worauf habe ich mich jetzt bloß wieder eingelassen?« fragte sie. »Mir paßt es eigentlich überhaupt nicht, daß Edwards Leute in der Burg wohnen.«

»Wie viele sind es denn?« wollte Kinnard wissen.

»Fünf.«

»Ist die Burg denn leer?«

»Es wohnt niemand dort, falls du das meinst«, sagte Kim. »Aber leer ist sie ganz sicherlich nicht. Willst du sie sehen?«

»Gern«, sagte Kinnard.

Fünf Minuten später stand Kinnard mitten in dem zweistöckigen großen Saal. Seine Augen waren ungläubig geweitet.

»Jetzt verstehe ich dich«, sagte er. »Das ist ja das reinste Museum.«

»Mein Bruder und ich haben die Burg von unserem Großvater geerbt«, erklärte Kim. »Wir haben keine Ahnung, was wir damit machen sollen. Trotzdem weiß ich nicht recht, was mein Vater oder mein Bruder sagen werden, wenn sich hier fünf Fremde breitmachen.«

»Sehen wir uns doch einmal die Zimmer an, wo sie schlafen sollen«, schlug Kinnard vor.

Sie inspizierten die beiden Flügel. In jedem waren vier Schlafzimmer, jedes mit einer eigenen Treppe und einer eigenen Außentür.

»Bei den separaten Eingängen und Treppen brauchen sie gar nicht durch das Hauptgebäude zu gehen«, meinte Kinnard.

»Ja, das hat etwas für sich«, sagte Kim. Sie standen in einem der Dienstbotenzimmer. »Vielleicht ist es gar nicht so schlimm. Die drei Männer können in diesem Flügel wohnen und die beiden Frauen drüben im Gästeflügel.«

Kinnard steckte den Kopf in das Bad, das zwei Räume verband. »Oh, oh!« sagte er. »Kim, komm mal her!«

»Was gibt's denn?«

Kinnard deutete auf die Toilette. »Kein Wasser«, sagte er. Er beugte sich über das Waschbecken und drehte den Hahn auf. Kein Wasser. »Irgendein Installationsproblem.«

Sie überprüfen die anderen Badezimmer im Dienstbotenflügel und stellten fest, daß nirgends Wasser lief. Sie schauten im Gästeflügel nach, aber dort war alles in Ordnung.

»Ich werden den Installateur rufen müssen«, sagte Kim.

»Es könnte auch etwas ganz Einfaches sein, vielleicht hat bloß jemand das Wasser abgedreht«, meinte Kinnard.

Sie verließen den Gästeflügel, und auf dem Weg zurück sagte Kinnard: »Das Peabody-Essex-Institut wäre von diesem Haus begeistert.«

»Wenn die erst das, was auf dem Dachboden und im Weinkeller liegt, sehen könnten«, sagte Kim. »Massenhaft alte Papiere, Briefe und Dokumente, die ältesten sind dreihundert Jahre alt.«

»Das muß ich sehen«, sagte Kinnard. »Macht es dir etwas aus?«

»Überhaupt nicht«, sagte Kim. Sie stiegen die Treppe hinauf, und Kim öffnete die Tür. »Willkommen im Stewart-Archiv«, sagte sie.

Kinnard trat ein und schaute sich um. Er schüttelte den Kopf. Er war baff. »Als Junge habe ich Briefmarken gesammelt«, sagte er. »Damals habe ich oft davon geträumt, einmal so etwas zu finden. Wer weiß, welche Schätze hier verborgen liegen?«

»Im Keller liegt noch einmal die gleiche Menge«, sagte Kim, der Kinnards Begeisterung gefiel.

»Ich könnte hier locker einen Monat verbringen«, sagte Kinnard.

»Das habe ich praktisch getan«, erklärte Kim. »Ich habe nach Hinweisen auf eine meiner Vorfahren gesucht. Elizabeth Stewart; sie war 1692 in diesen Hexenwahnsinn geraten.«

»Ganz ehrlich«, sagte Kinnard, »mich fasziniert das. Wie du vielleicht noch weißt, hatte ich auf dem College amerikanische Geschichte als Hauptfach belegt.«

»Das hatte ich ganz vergessen«, sagte Kim.

»In den letzten beiden Monaten habe ich die meisten Orte besucht, die mit dieser Hexengeschichte zu tun hatten«, erklärte Kinnard. »Meine Mutter hat mich einmal besucht, und wir sind gemeinsam hingefahren.«

»Warum hast du nicht die Blonde aus der Nachbarschaft mitgenommen?« fragte Kim, ehe sie richtig darüber nachgedacht hatte.

»Das ging nicht«, sagte Kinnard. »Sie hatte Heimweh und ist wieder nach Hause zurück. Wie läuft's denn bei dir? Die Sache mit Dr. Armstrong scheint sich ja gut zu entwickeln.«

»Die hat ihre Licht- und Schattenseiten«, meinte Kim vage.

»Was hatte eigentlich deine Vorfahrin mit dieser Hexerei zu tun?« fragte Kinnard.

»Man hat ihr den Prozeß als Hexe gemacht«, sagte Kim. »Und sie ist hingerichtet worden.«

»Wieso hast du mir nie davon erzählt?« fragte Kinnard.

»Weil ich an einem Vertuschungsmanöver beteiligt war«, sagte Kim und lachte. »Nein, ernsthaft: Meine Mutter hatte mir eingeschärft, nicht darüber zu reden. Aber das hat sich geändert. Jetzt bin ich damit beschäftigt, ihrem Fall auf den Grund zu gehen, und es ist für mich zu einer Art Kreuzzug geworden.«

»Schon irgendwie fündig geworden?« fragte Kinnard.

»Ein wenig«, nickte Kim. »Aber hier liegt so viel Material, und es hat mich mehr Zeit gekostet, als ich erwartet hatte.«

Kinnard legte die Hand auf eine Schublade und sah Kim an. »Darf ich?« fragte er.

»Nur zu«, sagte Kim.

Wie die meisten Schubladen war auch diese mit einem Durcheinander von Papieren, Umschlägen und Heften gefüllt. Kinnard wühlte darin herum, fand aber keine Briefmarken. Schließlich griff er nach einem der Umschläge und zog den Brief heraus. »Kein Wunder, daß da keine Briefmarken drauf sind«, sagte er. »Die sind schließlich erst Ende des neunzehnten Jahrhunderts erfunden worden. Und dieser Brief hier ist aus dem Jahre 1698!«

Kim nahm den Umschlag. Er war an Ronald adressiert.

»Du bist ein Glückspilz«, sagte sie. »Ich suche die ganze Zeit im Schweiße meines Angesichts nach solchen Briefen, und du kommst einfach hier herein und pickst ihn heraus.«

»Freut mich, dir behilflich sein zu können«, sagte Kinnard und reichte ihr den Brief, den sie laut vorlas.

12. Oktober 1698
Cambridge

Geliebter Vater,

ich bin zutiefst dankbar für die zehn Shilling, weil ich in jenen harten Tagen der Anpassung an das Leben auf dem College in bitterer Not war. Ich möchte gern in aller Demut berichten, daß mir in dem Vorhaben, über das wir vor meiner Immatrikulation viel debattiert hatten, Erfolg beschieden war. Nach langer und mühsamer Suche fand ich das Beweisstück, daß unserer lieben verblichenen Mutter zum Verhängnis geworden ist. Ich fand es in den Räumen eines unserer hochgeschätzten Lehrer, der an seinem grausigen Wesen Gefallen gefunden hatte. Es hat mich zunächst beunruhigt, daß es so sichtbar zur Schau gestellt war, aber am letzten Dienstag, als wir uns am Nachmittag alle in die Mensa zurückzogen, hatte ich Gelegenheit, die besagten Räume zu besuchen, wo ich getreu Deiner Anweisung den Namen gegen den der fiktiven Rachel Bingham ausgetauscht habe. Ebenso habe ich denselben im Katalog in der Bibliothek der Harvard Hall eingetragen. Ich hoffe, lieber Vater, Du findest jetzt Trost, da der Name Stewart von der schlimmsten Schmach befreit ist. Im Hinblick auf meine Studien kann ich mit einiger Freude berichten, daß meine Rezitationen wohlwollende Aufnahme gefunden haben. Meine Zimmerkollegen sind gesund und von angenehmer Wesensart. Abgesehen von den niedrigen Diensten, die ich den älteren Schülern leisten muß und vor denen Du mich gebührend gewarnt hast, bin ich wohlauf und zufrieden.

Dein Dich liebender Sohn
Jonathan

»Großer Gott!« sagte Kim, als sie zu Ende gelesen hatte.

»Was ist denn?« fragte Kinnard.

»Das ist dieses Beweisstück«, sagte Kim und deutete auf den Brief. »Das bezieht sich auf das Beweismaterial, das benutzt wurde, um Elizabeth schuldig zu sprechen. In einem Dokument, das ich im Bezirksgerichtsgebäude von Essex fand, wurde es als eindeutiger Beweis geschildert, der zu einem Schuldspruch führen mußte. Ich habe einige andere Hinweise darauf gefunden, aber was es tatsächlich war, wird nie gesagt. Herauszufinden, worum es sich handelt, ist das Hauptziel meiner Suche geworden.«

»Und hast du eine Ahnung, was es sein könnte?« erkundigte sich Kinnard.

»Ich glaube, daß es etwas mit Okkultismus zu tun hat«, sagte Kim. »Wahrscheinlich war es ein Buch oder eine Puppe.«

»Nach Lektüre dieses Briefes würde ich sagen, daß es eher eine Puppe ist«, sagte Kinnard. »Ich weiß nicht, wie man ein Buch als ›grausig‹ ansehen kann. Der Schauerroman ist schließlich erst im neunzehnten Jahrhundert erfunden worden.«

»Vielleicht war es ein Buch, in dem irgendein Hexentrank beschrieben wurde, zu dessen Zutaten Körperteile gehörten«, meinte Kim.

»Daran hatte ich nicht gedacht«, räumte Kinnard ein.

»In Elizabeths Tagebuch ist etwas von Puppen erwähnt«, sagte Kim. »Und in dem Urteil gegen Bridget Bishop haben Puppen eine Rolle gespielt. Ich könnte mir vorstellen, daß eine Puppe in der Weise ›grausig‹ sein könnte, daß sie entweder Verstümmelungen aufweist oder sexuelle Perversionen darstellt. Ich kann mir vorstellen, daß bei den Moralbegriffen der Puritaner viele Dinge, die irgendwie mit Sex zu tun haben, als grausig betrachtet wurden.«

»Es ist ein weitverbreitetes Vorurteil, daß die Puritaner Sex grundsätzlich als sündhaft betrachteten«, sagte Kinnard. »Aber ich weiß aus meinen Geschichtsvorlesungen, daß sie Lügen und Egoismus stärker verdammten als vorehelichen Sex.«

»Da sieht man, wie sich die Dinge seit der Zeit Elizabeths gewandelt haben«, meinte Kim schmunzelnd. »Was die Puritaner als schreckliche Sünde betrachteten, ist in der heutigen Gesellschaft akzeptiert und oft sogar hochgelobt. Man muß sich bloß einmal eine Regierungsanhörung im Fernsehen anschauen.«

»Du hoffst also, das Rätsel um dieses Beweismaterial dadurch zu lösen, indem du all diese Papiere durchgehst?« sagte Kinnard mit einer weit ausholenden Handbewegung, die das ganze Dachgeschoß einschloß.

»Hier und im Weinkeller«, sagte Kim. »Ich habe einen Brief von Increase Mather nach Harvard gebracht, in dem Elizabeths Mann mitgeteilt hatte, daß das Beweisstück in die Harvard-Sammlung aufgenommen worden war. Aber ich hatte kein Glück. Die Bibliothekarinnen konnten keinerlei Hinweis auf Elizabeth Stewart finden.«

»Seit Jonathans Brief weißt du, daß du nach einer Rachel Bingham hättest fragen müssen«, sagte Kinnard.

»Ja«, sagte Kim, »aber das hätte auch keinen Unterschied gemacht. 1764 hat es in Harvard gebrannt, und die ganze Bibliothek ging in Flammen auf. Nicht nur alle Bücher sind verbrannt, sondern auch eine sogenannte Fundgrube von Kuriositäten, sämtliche Kataloge und Verzeichnisse. Unglücklicherweise hat niemand auch nur die leiseste Ahnung, was dabei alles verlorengegangen ist. In Harvard komme ich also auch nicht weiter.«

»Das tut mir leid«, sagte Kinnard.

»Danke«, meine Kim.

»Wenigstens hast du noch eine Chance, unter all den Papieren etwas zu finden«, sagte Kinnard.

»Das ist jetzt meine einzige Hoffnung«, nickte Kim und zeigte ihm, wie sie die Unterlagen chronologisch und thematisch sortierte.

»Das ist eine Riesenaufgabe«, staunte Kinnard. Dann sah er auf die Uhr. »Ich fürchte, ich muß jetzt gehen. Ich muß heute nachmittag Patienten besuchen.«

Kim begleitete ihn zu seinem Wagen hinunter. Er bot an, sie zum Cottage mitzunehmen, aber sie lehnte ab und erklärte, sie wolle noch ein paar Stunden auf dem Dachboden arbeiten. Dabei wollte sie sich ganz besonders der Schublade annehmen, in der er Jonathans Brief gefunden hatte.

»Vielleicht sollte ich das nicht fragen«, sagte Kinnard, als er die Autotür schon geöffnet hatte. »Aber was macht Edward mit seinem Wissenschaftlerteam eigentlich hier?«

»Du hast recht«, meinte Kim. »Du solltest nicht fragen. Ich kann dir nichts sagen, weil ich mich zur Geheimhaltung verpflichtet habe. Aber daß sie hier ein neues Präparat entwickeln, ist allgemein bekannt. Edward hat in den alten Stallungen ein Labor gebaut.«

»Nicht dumm«, sagte Kinnard. »Ein idealer Platz für ein Forschungslabor.«

Kinnard saß schon hinterm Steuer, als Kim ihn noch einmal aufhielt. »Ich habe da eine Frage«, meinte sie. »Verstößt es gegen irgendein Gesetz, wenn Wissenschaftler selbst Präparate im Versuchsstadium einnehmen, bevor diese klinisch erprobt sind?«

»Die Vorschriften der Gesundheitsbehörde erlauben nicht, daß Präparate an Freiwilligen erprobt werden«, sagte Kinnard. »Aber wenn die Wissenschaftler selbst das Präparat einnehmen, so glaube ich nicht, daß die Gesundheitsbehörde dazu irgend etwas zu sagen hätte. Ich kann mir allerdings auch nicht vorstellen, daß sie es sanktionieren würden; möglicherweise kann es sogar zu Schwierigkeiten führen, wenn sie den Prüfungsantrag stellen.«

»Schade«, meinte Kim. »Ich hatte gehofft, es wäre verboten.«

»Man muß kein Genie sein, um zu erraten, weshalb du die Frage gestellt hast«, grinste Kinnard.

»Ich sage gar nichts. Und ich wäre dir dankbar, wenn du es auch für dich behalten würdest.«

»Wem sollte ich es denn sagen?« konterte Kinnard rhetorisch und fügte dann nach kurzem Zögern hinzu: »Nehmen sie alle das Präparat?«

»Ich möchte wirklich nichts sagen«, erklärte Kim.

»Wenn ja, würde das ein ernsthaftes ethisches Problem aufwerfen«, meinte Kinnard. »Dann würde sich nämlich die Frage stellen, ob die jüngeren Mitarbeiter etwa unter Zwang gehandelt haben.«

»Ich glaube nicht, daß hier Zwang im Spiel ist«, sagte Kim. »Eher Gruppenhysterie. Aber niemand zwingt jemanden zu etwas.«

»Na ja, wie auch immer, besonders klug ist es nicht, ein unbekanntes Präparat an sich selbst auszutesten«, sagte Kinnard. »Das Risiko von Nebenwirkungen ist einfach zu groß. Deshalb hat man ja diese Regeln ursprünglich aufgestellt.«

»War nett, dich wiederzusehen«, sagte Kim, um das Thema zu wechseln. »Ich freue mich, daß wir immer noch Freunde sind.«

Kinnard lächelte. »Besser hätte ich das auch nicht sagen können.«

Kim winkte ihm nach, als er wegfuhr. Ehe der Wagen zwischen den Bäumen verschwand, winkte sie noch einmal. Es tat ihr leid, ihn gehen zu sehen. Sein unerwarteter Besuch war eine angenehme Abwechslung gewesen.

Gegen Abend beschloß Kim, die Suche aufzugeben. Sie stand auf und streckte ihre schmerzenden Glieder. Leider war sie nicht so erfolgreich wie Kinnard gewesen; sie hatte nichts gefunden, was für sie interessant gewesen wäre.

Sie verließ die Burg und ging quer über das Feld zum Cottage. Die Sonne stand bereits tief am westlichen Horizont. Es war Herbst, und bald würde es Winter werden. Während sie so dahinging, dachte sie vage darüber nach, was sie zum Abendessen machen sollte.

Kim hatte das Cottage fast erreicht, als sie aus der Ferne erregte Stimmen hörte. Sie drehte sich um und sah, daß Edward und sein Team aus der Isoliertheit ihres Labors herausgekommen waren.

Kim blieb verblüfft stehen und sah die Gruppe näher kommen. Selbst aus der Ferne konnte sie erkennen, daß sie recht übermütig waren, wie Schulkinder, die man gerade in die Ferien entlassen hatte. Gelächter und Geschrei hallten zu ihr herüber. Die Männer, mit Ausnahme Edwards, warfen sich gegenseitig einen Fußball zu.

Kims erster Gedanke war, daß sie irgendeine grandiose Entdeckung gemacht hatten. Je näher sie kamen, desto mehr wuchs ihre Überzeugung, mit dieser Vermutung den Nagel auf den Kopf getroffen zu haben. Sie hatte sie noch nie so gut gelaunt erlebt. Als sie jedoch auf Rufweite herangekommen waren, nahm Edward ihr die Illusion.

»Da, schau, was du mit meinen Leuten angerichtet hast!« rief er ihr zu. »Ich habe ihnen gerade gesagt, daß du ihnen erlaubt hast, in der Burg zu wohnen, und jetzt drehen sie durch.«

Als die Wissenschaftler Kim erreicht hatten, stimmten sie unisono ein dreimaliges Hipphipphurra an und brachen in lautes Gelächter aus.

Kim merkte, daß sich ein Lächeln über ihr Gesicht gelegt hatte. Diese Ausgelassenheit war ansteckend. Sie wirkten wie Collegestudenten, die ihre Mannschaft beim Football anfeuerten.

»Deine Gastfreundschaft hat sie überwältigt«, erklärte Edward. »Sie wissen ganz genau, daß du ihnen damit einen echten Gefallen tust. Curt hat sogar ein paar Nächte im Labor auf dem Fußboden geschlafen.«

»Ihr Outfit gefällt mir«, sagte Curt zu Kim.

Kim blickte an sich herunter. Sie trug Jeans und eine Lederweste, nichts Besonderes. »Danke«, sagte sie.

»Wir möchten Sie wegen der Möbel in der Burg beruhigen«, sagte François. »Wir wissen, daß es sich um Familienerbstücke handelt, und wir werden vorsichtig damit umgehen.«

Eleanor trat vor und nahm Kim völlig unerwartet in die Arme. »Ihre Selbstlosigkeit ist beeindruckend«, sagte sie. Sie drückte Kim die Hand und sah ihr in die Augen. »Vielen herzlichen Dank.«

Kim nickte. Sie kam sich etwas hilflos vor und wußte nicht, was sie sagen sollte. Es war ihr peinlich, daß sie gegen die Idee gewesen war.

»Übrigens«, sagte Curt und drängte Eleanor beiseite, »ich wollte Sie schon fragen, ob Ihnen mein Motorrad zu laut ist. Ich kann auch gerne etwas abseits parken.«

»Ich habe nichts gehört«, sagte Kim.

»Kim!« rief Edward und trat auf der anderen Seite neben sie. »Wenn es dir jetzt paßt, könntest du allen zeigen, wo sie in der Burg schlafen sollen.«

»Ja, wir können das genausogut jetzt tun«, sagte Kim.

»Ausgezeichnet!« strahlte Edward.

Kim machte kehrt und führte die vergnügte Gruppe zur Burg. David und Gloria bemühten sich, mit ihr aufzuschließen und neben ihr zu gehen. Sie hatten unzählige Fragen über die Burg und wollten wissen, wann sie gebaut worden war und ob Kim je drin gewohnt hatte.

Als sie dann den Prachtbau betraten, brachen sie in viele Ohs und Ahs aus, besonders als sie den großen Saal und den Speisesaal mit den vielen Fahnen sahen.

Kim zeigte ihnen den Gästeflügel und schlug vor, daß die Frauen dort schlafen sollten. Eleanor und Gloria waren begeistert und entschieden sich für zwei durch eine Tür verbundene Schlafzimmer im ersten Stock.

»Dann können wir einander wecken, wenn wir verschlafen«, meinte Eleanor.

Kim zeigte ihnen, daß jeder Flügel einen separaten Eingang und eine separate Treppe hatte.

»Das ist ideal«, sagte François. »Dann brauchen wir den Mittelteil des Hauses überhaupt nicht zu betreten.«

Anschließend führte Kim ihre Gäste in den Dienstbotenflügel und erklärte, daß es dort Probleme mit der Wasserversorgung gebe, versicherte ihnen aber, daß sie gleich am nächsten Morgen einen Installateur bestellen würde. Dann zeigte sie ihnen ein Bad im Hauptteil des Hauses, das sie in der Zwischenzeit benutzen sollten.

Die Männer suchten sich ihre Zimmer aus, ohne daß es zu Meinungsverschiedenheiten kam, obwohl einige Zimmer wesentlich schöner waren als andere. Das beeindruckte Kim.

»Ich kann auch das Telefon anschließen lassen«, bot sie an.

»Machen Sie sich keine Mühe«, wehrte David ab. »Das ist sehr liebenswürdig von Ihnen, aber nicht nötig. Wir werden nur zum Schlafen hier sein. Wir können das Telefon im Labor benutzen.«

Es gab noch eine kurze Diskussion über Schlüssel, und man kam überein, die Türen der beiden Flügel zunächst unversperrt zu lassen. Kim würde, sobald sie dazu kam, Schlüssel machen lassen.

Nach einer Runde heftigen Händeschüttelns und einigen Umarmungen und Dankesbezeugungen fuhren die Wissenschaftler los, um ihr Gepäck zu holen. Kim und Edward gingen zum Cottage zurück.

Edward war glänzend gelaunt und bedankte sich immer wieder bei Kim für ihre Großzügigkeit.

»Du hast wirklich entscheidend dazu beigetragen, die Atmosphäre im Labor zu verbessern«, sagte Edward. »Du hast es ja selbst gesehen: Die sind über alle Maßen entzückt. Ich bin überzeugt, daß sich das in ihrer Arbeit niederschlagen wird. Somit hast du das ganze Projekt positiv beeinflußt.«

»Das freut mich wirklich«, sagte Kim; sie fühlte sich noch schuldbewußter, weil sie zunächst gegen den Vorschlag gewesen war.

Sie erreichten das Cottage, und Kim war überrascht, daß Edward sie nach drinnen begleitete. Sie hatte gedacht, er würde gleich wieder ins Labor gehen.

»War nett von diesem Monihan, daß er vorbeigekommen ist«, sagte Edward.

Kim blieb der Mund offenstehen.

»Ich könnte jetzt ein Bier gebrauchen«, sagte Edward. »Wie steht's mit dir?«

Kim schüttelte den Kopf. Sie war sprachlos. Als sie Edward in die Küche folgte, nahm sie sich vor, mit ihm über ihre Beziehung zu sprechen. Es war eine Ewigkeit her, daß er so gut gelaunt gewesen war.

Edward ging an den Kühlschrank. Kim setzte sich auf einen Hocker. Gerade als sie das Thema ansprechen wollte, knackte Edward den Verschluß der Bierdose und versetzte ihr den nächsten Schock.

»Ich möchte mich bei dir entschuldigen, weil ich den ganzen Monat so widerwärtig war«, sagte er. Er trank einen Schluck, stieß auf und entschuldigte sich. »Ich habe die letzten zwei, drei Tage darüber nachgedacht und weiß, daß ich schwierig, rücksichtslos und unaufmerksam war. Ich will auch die Schuld nicht auf andere schieben, aber ich stand die ganze Zeit unter mächtigem Druck von Stanton, von Harvard und den Wissenschaftlern und auch von mir selbst. Trotzdem hätte ich nicht zulassen dürfen, daß sich diese Dinge zwischen uns stellen. Noch einmal: Ich bitte dich sehr, mir zu verzeihen.«

Edwards Zerknirschung verblüffte Kim. Damit hatte sie überhaupt nicht gerechnet.

»Ich sehe, du bist verstimmt«, sagte Edward. »Du mußt jetzt nichts sagen, wenn du nicht willst. Ich kann mir gut vorstellen, daß du ziemlich sauer auf mich bist.«

»Aber ich möchte mit dir reden«, sagte Kim. »Ich habe mir schon eine ganze Weile vorgenommen, mit dir zu sprechen, besonders seit Freitag. Ich war nämlich in Boston bei einer Therapeutin, bei der ich vor Jahren schon einmal in Behandlung war.«

»Ich bin froh, daß du die Initiative ergriffen hast«, sagte Edward.

»Sie hat mich zum Nachdenken über unseren Umgang miteinander veranlaßt«, sagte Kim. Sie blickte auf ihre Hände. »Ich habe mir überlegt, ob es für uns im Augenblick wirklich das Richtige ist zusammenzuleben.«

Edward stellte seine Bierdose ab und ergriff ihre Hände. »Ich kann verstehen, wie dir zumute ist«, sagte er. »Und in Anbetracht meines Verhaltens in jüngster Zeit habe ich dafür auch Verständnis. Aber ich habe meine Fehler eingesehen und will mich bessern.«

Kim setzte an, etwas zu sagen, aber Edward ließ sie nicht zu Wort kommen.

»Das einzige, worum ich dich bitte, ist, den Status quo noch ein paar Wochen aufrechtzuerhalten; ich bleibe in meinem Zimmer und du in deinem«, sagte er. »Wenn du am Ende dieser Probezeit meinst, daß wir nicht zusammenbleiben sollten, dann ziehe ich zu den anderen in die Burg.«

Kim überlegte. Edward hatte sie mit seiner Einsicht und seiner Zerknirschtheit beeindruckt, und sie hatte das Gefühl, daß sein Angebot aufrichtig gemeint war.

»Also gut«, sagte sie schließlich.

»Wunderbar!« strahlte Edward. Er zog sie an sich.

Kim hielt sich zurück, es fiel ihr schwer, ihren Gefühlen so schnell eine neue Richtung zu geben.

»Das wollen wir feiern«, sagte Edward. »Laß uns zusammen essen gehen – nur du und ich.«

»Ich weiß, daß du dafür keine Zeit hast«, sagte Kim. »Aber ich weiß dein Angebot zu schätzen.«

»Unsinn!« widersprach ihr Edward. »Ich nehme mir eben die Zeit. Gehen wir doch wieder in die Wirtschaft, in der wir bei unseren ersten Besuchen waren. Erinnerst du dich noch an den Kabeljau, den wir dort gegessen haben?«

Kim nickte. Edward leerte sein Bier.

Als sie im Wagen saßen und Kim einen Blick auf die Burg warf, dachte sie unwillkürlich an die Wissenschaftler und deren überschwengliches Verhalten.

»Die waren überglücklich«, sagte Edward. »Im Labor läuft alles gut, und jetzt fällt auch noch die Fahrerei weg.«

»Habt ihr schon angefangen, Ultra zu nehmen?« wollte Kim wissen.

»Aber natürlich«, erwiderte Edward. »Am Dienstag.«

Kim überlegte, ob sie Edward etwas über Kinnards Gedanken zu dem Thema sagen sollte, zögerte aber, weil sie wußte, daß Edward verstimmt reagieren würde, wenn er erführe, daß sie mit jemandem über das Projekt gesprochen hatte.

»Etwas Interessantes haben wir bereits herausgefunden«, fuhr Edward fort. »Das Gewebeniveau von Ultra muß unkritisch sein, weil alle eine positive Beeinflussung verspüren, obwohl wir völlig verschiedene Dosierungen genommen haben.«

»Könnte diese Euphorie, die ihr empfindet, etwas mit dem Mittel zu tun haben?« erkundigte sich Kim.

»Ganz sicher sogar«, nickte Edward. »Indirekt jedenfalls, vielleicht sogar direkt. Innerhalb von vierundzwanzig Stunden nach der ersten Einnahme fühlten wir uns alle entspannt, zuversichtlich, zielbewußt und sogar ...« Edward suchte nach dem richtigen Ausdruck und meinte schließlich: »Zufrieden. Wir sind weit entfernt von der Beklemmung, der Müdigkeit und der Reizbarkeit, unter der wir vorher alle gelitten hatten.«

»Und was ist mit Nebenwirkungen?«

»Die einzige Nebenwirkung, die wir alle festgestellt haben,

war am Anfang eine Trockenheit im Mund«, erklärte Edward. »Und zwei haben sich über leichte Verstopfung beklagt. Ich war der einzige, der ein wenig Sehbeschwerden im Nahbereich hatte, aber das dauerte nur vierundzwanzig Stunden, und das Problem hatte ich auch früher schon, besonders wenn ich müde wurde.«

»Vielleicht solltet ihr wieder aufhören, das Mittel zu nehmen, wo ihr doch jetzt schon soviel darüber wißt«, meinte Kim.

»Nein«, widersprach Edward. »Nicht, wenn wir so positive Ergebnisse erzielen. Ich habe dir sogar etwas mitgebracht, falls du es auch probieren willst.«

Edward griff in die Jackentasche, zog ein Röhrchen mit Kapseln heraus und hielt es Kim hin. Sie zuckte zurück.

»Nein, vielen Dank«, sagte sie.

»Um Gottes willen, nimm doch wenigstens das Röhrchen.«

Kim ließ widerstrebend zu, daß Edward ihr das Röhrchen in die Hand drückte.

»Denk mal darüber nach«, sagte Edward. »Erinnerst du dich an das Gespräch, das wir vor einer Weile hatten – über das Gefühl, nicht dazuzugehören? Also, mit Ultra wirst du dieses Gefühl nicht mehr haben. Ich nehme es jetzt noch nicht einmal eine Woche, und doch ist mein wahres Ich schon zutage getreten; der Mensch, der ich schon immer sein wollte. Ich finde, du solltest es probieren. Was hast du schon zu verlieren?«

»Der Gedanke, meine Persönlichkeit mit Hilfe von Präparaten zu verändern, beunruhigt mich«, sagte Kim. »Persönlichkeit soll sich aus Erfahrungen entwickeln, nicht aus Chemie.«

»Das klingt wie ein Gespräch, das wir schon einmal geführt haben«, lachte Edward. »Wahrscheinlich muß ich das als Chemiker etwas anders sehen. Aber du mußt tun, was du für richtig hältst. Ich kann dir nur garantieren, daß du dich selbst viel positiver empfinden wirst, wenn du es versuchst. Und das ist nicht alles. Wir glauben, daß Ultra auch das Langzeitgedächtnis fördert und Angstzustände und Erschöpfung mildert. Für den letztgenannten Effekt hatte ich heute früh eine gute Demonstration. Ich bekam einen Anruf aus Harvard, in dem man mir mitteilte, daß sie Klage gegen mich eingereicht haben. Ich wurde wütend, aber der Zorn hielt nur ein paar Minuten an. Ultra hat meine Wut gemildert, und statt hochzugehen und gegen die Wände zu trommeln, konnte ich rational über die Situation nachdenken und die richtigen Entscheidungen treffen.«

»Freut mich, daß es dir so hilft«, sagte Kim. »Aber ich will es trotzdem nicht nehmen.« Sie wollte Edward das Röhrchen zurückgeben, aber er schob ihre Hand weg.

»Behalt es«, sagte er. »Ich bitte dich ja nur darum, ernsthaft darüber nachzudenken. Nimm einfach eine Kapsel pro Tag, und du wirst staunen, was du über dich erfährst.«

Kim gab den Widerspruch auf; sie ließ das Röhrchen in ihre Handtasche fallen.

Später im Restaurant, als Kim auf der Toilette war, fiel ihr das Röhrchen wieder in die Hände. Sie zog es heraus, schraubte den Deckel ab, schüttelte eine der blauen Kapseln heraus und betrachtete sie. Ihr schien es unglaublich, daß diese kleine Pille all das bewirken sollte, was Edward behauptete.

Sie sah in den Spiegel und gestand sich ein, wie sehr sie sich wünschte, selbstbewußter und weniger ängstlich zu sein. Die Versuchung war groß, diese leichte, stetige Beklemmung los zu werden. Wieder betrachtete sie die Kapsel, schüttelte dann aber den Kopf. Sie wußte, daß dieser Stoff keine Lösung war. Im Laufe der Jahre hatte sich in ihr die Meinung verfestigt, daß sie am besten auf die altmodische Art mit ihren Problemen klarkam, also mit Einsicht, etwas Schmerz und Anstrengung.

Als Kim später am Abend bequem im Bett lag und las, hörte sie, wie die Haustür zugeschlagen wurde. Sie zuckte zusammen, sah auf die Uhr und stellte fest, daß es kurz vor elf war.

»Edward?« rief sie beunruhigt.

»Ich bin's«, rief Edward und eilte zwei Stufen auf einmal nehmend die Treppe hinauf. Er steckte den Kopf zur Tür herein. »Ich hoffe, ich habe dich nicht erschreckt«, sagte er.

»Es ist noch so früh«, sagte Kim. »Geht es dir gut?«

»Könnte nicht besser sein«, sagte Edward. »Ich könnte Bäume ausreißen, und das verblüfft mich, wo ich doch schon seit fünf Uhr früh auf den Beinen bin.«

Er ging ins Bad und putzte sich die Zähne. Dabei erzählte er lebhaft von ein paar witzigen Zwischenfällen, die sich im Labor ereignet hatten. Die Wissenschaftler spielten sich untereinander wohl hin und wieder einen harmlosen Streich.

Während Edward so vergnügt plauderte, dachte Kim darüber nach, wie sehr sich ihre Stimmung von der aller anderen auf dem Gelände unterschied. Trotz Edwards offenkundiger Wandlung war sie immer noch angespannt, auf unbestimmte Art verängstigt und ein wenig deprimiert. Edward kam aus dem Bad und setzte sich auf ihre Bettkante. Buffer folgte ihm und versuchte, was Sheba gar nicht gefiel, aufs Bett zu springen.

»Nein, das läßt du hübsch bleiben, du Gauner«, sagte Edward, nahm den Hund und setzte ihn sich auf den Schoß.

»Gehst du schon zu Bett?« fragte Kim.

»Allerdings«, erklärte Edward. »Ich muß schon um halb vier aufstehen. Hier draußen habe ich keinen Assistenten, der das für mich machen könnte.«

»Das ist aber nicht viel Schlaf«, meinte Kim.

»Bisher hat's mir gereicht«, sagte Edward und wechselte abrupt das Thema. »Wieviel Geld hast du eigentlich neben diesen Grundstücken und den Häusern hier geerbt?«

Kim blinzelte. Bei Edward war man nie vor einer neuen Überraschung sicher. Diese recht unpassende Frage war eigentlich gar nicht seine Art.

»Du brauchst es mir nicht zu sagen, wenn es dir unangenehm ist«, sagte Edward, als er Kims Zögern spürte. »Ich frage nur, weil ich dir gern einen Anteil an Omni zukommen ließe. Ich wollte keine weiteren Aktien verkaufen, aber mit dir ist das anders. Du kannst mit einem grandiosen Ertrag rechnen, falls du interessiert bist.«

»Ich habe mein ganzes Geld angelegt«, brachte Kim schließlich hervor.

Edward setzte Buffer ab und hob die Hände. »Du darfst mich nicht mißverstehen«, sagte er. »Ich spiele hier nicht den Verkäufer. Ich wollte dir bloß einen Gefallen tun – als Gegenleistung für das, was du für Omni getan hast.«

»Ich weiß das Angebot zu schätzen«, meinte Kim.

»Wenn du nicht investieren willst, werde ich dir einige Aktien schenken«, sagte Edward. Dann tätschelte er durch die Decke ihre Beine und stand auf. »So, ich muß jetzt ins Bett. Ich sage dir, seit ich angefangen habe, Ultra zu nehmen, schlafe ich so tief, daß mir vier Stunden Schlaf völlig ausreichen. Ich habe nie gewußt, daß Schlaf etwas so Angenehmes sein kann.«

Mit federnden Schritten ging Edward ins Bad zurück und fing wieder an, sich die Zähne zu putzen.

»Übertreibst du nicht ein bißchen?« rief Kim.

Edward steckte den Kopf wieder in ihr Zimmer. »Was meinst du damit?« fragte er und preßte die Unterlippe über die Zähne.

»Du hast dir die Zähne schon geputzt«, sagte Kim.

Edward sah seine Zahnbürste an, als ob sie die Schuldige wäre. Dann schüttelte er den Kopf und lachte. »Langsam werde ich zum zerstreuten Professor«, sagte er.

Kim blickte auf Buffer hinab, der sich vor ihrem Nachttisch aufgebaut hatte. Er bettelte um ein paar Biscotti, die sie vorher aus der Küche mit heraufgebracht hatte.

»Dein Hund scheint Hunger zu haben«, rief Kim zu Edward hinüber, der jetzt in seinem Zimmer war. »Hat er heute abend zu fressen bekommen?«

Edward erschien in der Tür. »Das weiß ich ehrlich gesagt nicht mehr«, sagte er und verschwand wieder.

Kim stand resigniert auf, schlüpfte in ihren Morgenrock und ging in die Küche hinunter. Buffer folgte ihr auf den Fersen, als hätte er verstanden, was gerade geredet worden war. Kim füllte seinen Napf, und Buffer knurrte und bellte vor Freude. Es war offensichtlich, daß er nichts zu fressen bekommen hatte, vielleicht schon seit Tagen nicht mehr. Er würgte sein Fressen so schnell hinunter, daß sie Angst hatte, er könnte ersticken.

Als sie die Treppe wieder hinaufging, sah sie, daß bei Edward das Licht noch brannte. Sie warf einen kurzen Blick in sein Zimmer und stellte fest, daß er bereits tief schlief. Kim trat neben sein Bett und wunderte sich über sein lautes Schnarchen. Er mußte erschöpft sein. Sie schaltete das Licht aus und ging in ihr Zimmer zurück.

Kapitel 14

Montag, 26. September 1994

Als Kim die Augen aufschlug, stellte sie überrascht fest, daß es schon beinahe neun Uhr war. Das war wesentlich später als gewöhnlich. Sie stand auf und warf einen Blick in Edwards Zimmer, aber der war natürlich schon lange aus dem Haus gegangen. Sein leeres Zimmer wirkte adrett und ordentlich. Edward hatte die lobenswerte Eigenschaft, am Morgen sein Bett zu machen.

Ehe sie zum Duschen ins Bad ging, rief Kim den Installateur, Albert Bruer, an und hinterließ ihre Nummer auf seinem Anrufbeantworter.

Der Rückruf kam innerhalb der nächsten halben Stunde, und bevor Kim zu Ende gefrühstückt hatte, stand er vor der Tür. Sie fuhren zusammen zur Burg hinauf.

»Ich glaube, ich kenne das Problem«, sagte Bruer. »Ich kenne es aus der Zeit, als Ihr Großvater noch lebte. Die Rohre sind aus Gußeisen, und einige sind verrostet.«

»Läßt sich das reparieren?« fragte Kim.

»Selbstverständlich«, nickte Bruer. »Aber es wird eine Weile dauern, ich schätze etwa eine Woche.«

»Tun Sie es«, bat Kim. »Ich habe Leute, die hier wohnen.«

»Ich kann Wasser in das Bad im zweiten Stock legen. Dort haben die Rohre noch ganz gut ausgesehen. Wahrscheinlich hat oben niemand gewohnt.«

Nachdem der Installateur wieder weggefahren war, ging Kim zum Labor hinüber, um den Männern zu sagen, daß sie das Bad im zweiten Stock benutzen könnten. Sie war eine Weile nicht mehr im Labor gewesen und ging ungern hin. Man hatte ihr dort nie das Gefühl vermittelt, willkommen zu sein.

»Kim!« rief David fröhlich. Er war der erste, der sie aus dem leeren Empfangsbereich in das eigentliche Labor kommen sah. »Was für eine nette Überraschung.« David rief den anderen zu, daß Kim gekommen war. Alle, Edward eingeschlossen, ließen alles liegen und stehen und begrüßten sie.

Kim spürte, wie sie rot wurde. Sie hatte es nicht gern, wenn sie im Zentrum des Geschehens stand.

»Wir haben frischen Kaffee und Krapfen«, sagte Eleanor. »Darf ich Ihnen etwas bringen?«

Kim lehnte dankend ab und sagte, sie habe gerade gefrühstückt. Dann entschuldigte sie sich für die Störung und erklärte den Grund ihres Kommens.

Die Männer waren zufrieden und versicherten ihr, daß es ihnen überhaupt nichts ausmachen würde, das Bad im zweiten Stock zu benutzen. Sie versuchten ihr sogar auszureden, sich die Mühe mit den Reparaturen zu machen.

»Ich denke nicht, daß man es so lassen soll, wie es ist«, widersprach Kim. »Mir ist es lieber, wenn es repariert wird.«

Dann schickte sie sich wieder zum Gehen an, aber das wollten die Wissenschaftler nicht zulassen, und jeder bestand darauf, ihr seine Arbeit zu zeigen.

David war der erste. Er führte Kim zu seinem Laborpult und ließ sie durch ein Sektionsmikroskop blicken, während er ihr erklärte, daß sie da ein Ganglienpräparat aus dem Abdominalbereich sehe, das er einer Molluske mit der Bezeichnung *Aplasia fasciata* entnommen hatte. Dann zeigte er ihr Ausdrucke, auf denen zu erkennen war, wie Ultra den spontanen Abschuß bestimmter Neuronen von Ganglion modulierte. Ehe Kim auch nur ansatzweise verstand, was er ihr eigentlich zeigte, nahm David ihr die Ausdrucke weg und führte sie zu einem Inkubator für Gewebekulturen und erklärte ihr, wie er die Gewebekulturen nach Anzeichen von Toxizität untersuchte.

Dann waren Gloria und Curt an der Reihe. Sie führten Kim ins Untergeschoß zu den Versuchstieren und zeigten ihr einige jämmerliche Geschöpfe: gestreßte Ratten und Affen, die unter schweren Angstzuständen litten. Anschließend zeigten sie ihr ähnliche Tiere, die mit Ultra und mit Imipramin behandelt worden waren.

Kim gab sich Mühe, interessiert zu wirken, obwohl sie Tierexperimente eigentlich verabscheute.

Dann war François an der Reihe und führte Kim in einen abgeschirmten Raum, wo der Kernspintomograph untergebracht war, und versuchte ihr zu erklären, wie er die Struktur des Bindeproteins für Ultra zu ermitteln versuchte. Kim verstand kaum etwas von seinen Ausführungen, nickte deshalb nur und lächelte, wenn er eine Pause machte.

Als nächste kam Eleanor und führte Kim wieder nach oben zu ihrem Computer, wo sie ihr wortreich schilderte, was Molekularmodellierung bedeutete und daß sie sich bemühte, Wirkstoffe herzustellen, bei denen durch Permutation der Grundstruktur ein gewisses Maß der Bioaktivität von Ultra auftreten sollte.

»Das war äußerst interessant«, sagte Kim, als Eleanor schließlich ihren Vortrag beendete. »Vielen Dank, daß Sie sich soviel Zeit für mich genommen haben.«

»Warten Sie!« sagte François. Er eilte zu seinem Schreibtisch und kam mit einem Stapel Fotos wieder zurück. Er zeigte sie Kim und fragte, was sie davon halte. Es waren bunt eingefärbte PET-Scans.

»Ich finde, sie sind ...« Kim suchte nach einem möglichst nicht albern klingenden Wort. »Dramatisch«, sagte sie schließlich.

»Ja, nicht wahr?« sagte François und legte den Kopf etwas zur Seite. »Wie moderne Kunst.«

»Und was erkennen Sie darin?« wollte Kim wissen. Sie wäre jetzt lieber gegangen, aber weil alle sie beobachteten, fühlte sie sich genötigt, eine Frage zu stellen.

»Die Farben geben Konzentrationen von radioaktivem Ultra wieder«, erklärte François. »Rot ist die höchste Konzentration. Diese Scans zeigen ganz deutlich, daß das Präparat sich maximal im oberen Gehirnstamm, im Mittelhirn und im limbischen System lokalisiert.«

»Ich erinnere mich, wie Stanton damals beim Abendessen vom limbischen System gesprochen hat«, sagte Kim.

»Ja, das hat er«, sagte François. »Dabei handelt es sich um einen Teil des primitiveren oder reptilischen Gehirnteils, das sich um die autonomen Funktionen kümmert wie Laune, Emotion und sogar Geruch.«

»Und Sex«, sagte David.

»Was heißt ›reptilisch‹?« fragte Kim. Für sie hatte das Wort einen häßlichen Beigeschmack.

»Das sind die Teile des Gehirns, die Reptiliengehirnen ähnlich sind«, erklärte François.

»Das ist natürlich eine krasse Vereinfachung, aber ganz falsch ist es nicht. Obwohl das menschliche Gehirn sich aus einem gemeinsamen Vorfahren entwickelt hat, von dem auch die heutigen Reptilien abstammen, ist es natürlich nicht so, als würde man ein Reptiliengehirn nehmen und ein paar Gehirnhemisphären daraufstecken.«

Kim sah auf die Uhr. »Jetzt muß ich wirklich gehen«, sagte sie. »Ich muß einen Zug nach Boston erwischen.«

Damit konnte sie sich endlich von den Wissenschaftlern loseisen, die sie alle aufforderten, möglichst bald wiederzukommen. Edward brachte sie hinaus.

»Fährst du wirklich nach Boston?« fragte er.

»Ja«, sagte Kim. »Ich habe gestern abend beschlossen, es noch einmal in Harvard zu versuchen. Ich habe wieder einen Brief gefunden, der einen Hinweis auf dieses ominöse Beweismaterial enthält.«

»Viel Glück«, sagte Edward. »Und viel Spaß.« Er gab ihr einen Kuß und ging dann ins Labor zurück.

Auf dem Weg zum Cottage fühlte Kim sich von der geradezu überschwenglichen Liebenswürdigkeit der Wissenschaftler wie betäubt. Vielleicht stimmte etwas nicht mit ihr. Früher, als sie kühl und reserviert gewesen waren, hatte ihr das nicht gefallen, und jetzt stellte sie fest, daß sie mit ihrer Geselligkeit auch nichts anfangen konnte. War es so, daß man es ihr einfach nicht recht machen konnte?

Je länger Kim darüber nachdachte, um so bewußter wurde ihr, daß das mit der plötzlichen Gleichförmigkeit ihres Verhaltens zusammenhing. Als sie sie kennengelernt hatte, waren sie ihr sehr unterschiedlich erschienen, während jetzt ihre Persönlichkeiten zu einem liebenswürdigen, ausdruckslosen Ganzen verschmolzen waren, das ihre Individualität völlig verdeckte.

Während Kim sich für die Reise nach Boston umzog, mußte sie unaufhörlich über das Geschehen in dem Labor nachgrübeln. Sie spürte, wie ihr Unbehagen – jenes Gefühl der Beklemmung, das sie zu Alice getrieben hatte – wieder wuchs.

Sie ging in den Salon, um sich dort einen Pullover zu holen, und blieb kurz unter Elizabeths Portrait stehen und blickte zu dem zwar femininen, aber kraftvollen Gesicht ihrer Vorfahrin auf. In Elizabeths Antlitz war nicht das geringste Anzeichen von Angst zu erkennen.

Welche Ironie, dachte Kim. Elizabeths Persönlichkeit mit ihrem Selbstbewußtsein und ihrer Entschlußfreudigkeit wäre für die heutige Zeit perfekt gewesen; aber ebendiese Charakterzüge haben in ihrer eigenen Zeit zweifellos zu ihrem frühen Tod beigetragen. Kims Persönlichkeit hingegen, die eher pflichtergeben und unterwürfig als selbstbewußt und entschlossen war, hätte gut ins siebzehnte Jahrhundert gepaßt, eignete sich aber weniger für die Gegenwart.

Mit dem festen Entschluß, Elizabeths Geheimnis zu entwirren, machte sich Kim auf den Weg zu Mary Custlands Büro in der Widener-Bibliothek.

»Dieses Haus, das Sie da haben, muß eine wahre Schatztruhe sein«, sagte Mary, nachdem sie Jonathans Brief gelesen hatte. »Dieser Brief ist unbezahlbar.« Sie rief Katherine Sturburg, um ihr auch das Dokument zu zeigen.

»Dann müssen wir jetzt also nach ›Rachel Bingham‹ suchen«, sagte Mary und setzte sich an ihren Bildschirm.

Zwei Rachel Binghams erschienen auf dem Monitor, aber beide stammten aus dem zwanzigsten Jahrhundert und konnten daher keine Verbindung zu Elizabeth haben. Mary probierte noch ein paar andere Tricks, aber ohne Erfolg.

»Es tut mir wirklich leid«, sagte Mary. »Aber Sie wissen natürlich, selbst wenn wir eine Eintragung gefunden hätten, wäre der Brand von 1764 immer noch ein unüberwindliches Hindernis.«

»Ich verstehe«, sagte Kim. »Ich hatte auch nicht damit gerechnet, etwas zu finden. Aber wie ich schon bei meinem ersten Besuch sagte, fühle ich mich verpflichtet, allen neuen Hinweisen nachzugehen.«

»Sie können sich darauf verlassen, daß ich alle Archive nach dem neuen Namen absuchen werde«, versprach Katherine.

Als sie zu Hause ankam, sah sie bereits durch die Bäume ein Polizeiauto aus Salem vor dem Cottage stehen. Beim Näherkommen entdeckte sie Edward und Eleanor, die etwa fünfzig Meter vom Haus entfernt auf dem freien Feld standen und mit zwei Polizeibeamten sprachen. Eleanor hatte den Arm um Edwards Schultern gelegt.

Kim parkte neben dem Streifenwagen und stieg aus. Die Gruppe im Feld hatte sie entweder nicht kommen hören oder war zu beschäftigt, um sie zu bemerken.

Als Kim dann sah, worauf ihre Aufmerksamkeit gerichtet war, hielt sie unwillkürlich die Luft an. Es war Buffer. Der Hund war tot. Er bot einen scheußlichen Anblick, denn an seiner Hinterpartie war das Fleisch teilweise weggerissen, so daß die blutigen Knochen freilagen.

Kim warf Edward einen besorgten Blick zu, aber er begrüßte sie gefaßt und ließ erkennen, daß er sich vom ersten Schock erholt hatte. Sie konnte die eingetrockneten Tränen auf seinen Wangen sehen. Sie wußte, daß er ihn sehr gern gehabt hatte.

»Vielleicht sollte sich ein Arzt die Knochen ansehen«, sagte Edward. »Unter Umständen erkennt jemand die Zahnspuren und kann uns sagen, was für ein Tier das getan haben könnte.«

»Ich weiß nicht, was das Büro des Amtsarztes sagen würde, wenn wir ihn wegen eines toten Hundes rufen«, meinte einer der Beamten. Er hieß Billy Selvey.

»Aber Sie sagten doch, daß Sie in den letzten Nächten schon ähnliches gesehen haben«, wandte Edward ein. »Ich glaube, Sie sollten sich wirklich darum kümmern, was das für ein Tier war. Ich persönlich bin der Ansicht, daß es entweder ein Hund oder ein Waschbär war.«

Edwards klares Denken trotz des erlittenen Verlustes beeindruckte Kim. Er hatte sich bereits wieder soweit im Griff, um über Zahnspuren an freigelegten Knochen reden zu können.

»Wann haben Sie den Hund das letzte Mal gesehen?« wollte Selvey wissen.

»Gestern nacht«, sagte Edward. »Er schlief gewöhnlich bei mir im Zimmer, aber vielleicht habe ich ihn hinausgelassen. Ich kann mich nicht mehr erinnern. Gelegentlich blieb er die ganze Nacht draußen. Ich habe mir nie etwas dabei gedacht, weil das Anwesen so groß ist und ich wußte, daß der Hund niemand belästigen würde.«

»Ich habe ihn gestern abend gegen halb zwölf zu fressen gegeben«, sagte Kim. »Als ich ging, war er in der Küche und hat gefressen.«

»Hast du ihn rausgelassen?« fragte Edward.

»Nein, wie gesagt, er war in der Küche«, erklärte Kim.

»Als ich heute morgen aufstand, habe ich ihn nicht gesehen«, meinte Edward. »Aber ich habe mir nichts dabei gedacht. Ich nahm an, daß er später im Labor auftauchen würde.«

»Haben Sie hier eine von diesen Klapptüren für Hunde?« wollte Selvey wissen.

Kim und Edward verneinten die Frage gleichzeitig und wie aus einem Munde.

»Hat jemand letzte Nacht irgend etwas Ungewöhnliches gehört?« fragte Selvey.

»Ich habe wie ein Toter geschlafen«, sagte Edward. »Ich habe einen sehr tiefen Schlaf, ganz besonders in letzter Zeit.«

»Ich habe auch nichts gehört«, fügte Kim hinzu.

»Auf dem Revier war die Rede davon, daß es sich um ein tollwütiges Tier handeln könnte«, sagte der andere Beamte, der Harry Conners hieß. »Haben Sie sonst noch irgendwelche Haustiere?«

»Eine Katze«, erklärte Kim.

»Dann empfehlen wir Ihnen, in den nächsten Tagen gut auf sie aufpassen«, sagte Selvey.

Die Polizisten steckten Blocks und Stifte weg, verabschiedeten sich und gingen zu ihrem Streifenwagen.

»Was ist mit dem Kadaver?« rief Edward ihnen nach. »Wollen Sie ihn nicht mit zum Amtsarzt nehmen?«

Die beiden Beamten sahen einander an, und jeder hoffte, der andere würde antworten. Schließlich rief Selvey zurück, daß sie es für besser hielten, ihn nicht mitzunehmen.

Edward winkte ihnen freundlich nach. »Da gebe ich denen einen guten Tip, und was machen sie?« sagte er. »Sie gehen einfach.«

»Also, ich muß mich wieder an die Arbeit machten«, sagte Eleanor, die die ganze Zeit über nichts gesagt hatte. Sie sah Kim an. »Nicht vergessen, Sie haben versprochen, bald wieder ins Labor zu kommen.«

»Ich komme bestimmt«, versprach Kim. Sie wunderte sich über Eleanors Interesse, hatte aber den Eindruck, daß sie es ehrlich meinte.

Edward stand da und blickte auf Buffer. Kim wandte sich ab. Der Anblick war so gräßlich, daß sich ihr fast der Magen umdrehte.

»Mir tut das mit Buffer sehr leid«, sagte Kim und legte Edward die Hand auf die Schulter.

»Er hatte ein gutes Leben«, sagte Edward vergnügt. »Ich glaube, ich werde die Hinterbeine exartikulieren und sie einem Pathologen an der Universität schicken. Vielleicht kann der uns sagen, welches Tier dafür verantwortlich ist.«

Kim schluckte, als sie Edwards Vorschlag hörte. Sie hätte nicht erwartet, daß er den armen Hund noch weiter verstümmeln würde.

»Ich habe im Kofferraum eine alte Decke«, sagte Edward, »darin können wir den Kadaver einschlagen.«

Kim wußte nicht recht, was sie tun sollte, und blieb einfach neben Buffers sterblichen Überresten stehen, während Edward die alte Decke holen ging. Buffers grausames Schicksal rührte sie, was bei Edward offenbar nicht der Fall war. Sobald Buffer in die Decke eingewickelt war, begleitete sie Edward zum Labor.

Als sie sich dem Gebäude näherten, kam Kim plötzlich ein beunruhigender Gedanke. Sie blieb stehen und hielt Edward mit der Hand zurück. »Mir ist gerade etwas eingefallen«, sagte sie. »Meinst du, das, was Buffer passiert ist, könnte etwas mit Hexerei zu tun haben?«

Edward sah sie einen Augenblick lang an und warf dann den Kopf in den Nacken und brach in schallendes Gelächter aus. Er brauchte ein paar Minuten, bis er sich wieder unter Kontrolle hatte. Plötzlich lachte Kim ebenfalls, und es war ihr peinlich, so etwas angedeutet zu haben. »Augenblick!« protestierte sie. »Ich erinnere mich, irgendwo gelesen zu haben, daß Schwarze Magie und Tieropfer eng miteinander in Beziehung stehen.«

»Deine Phantasie ist wirklich äußerst unterhaltsam«, stieß Edward, immer noch mit unkontrolliertem Gelächter kämpfend, hervor. Als er sich schließlich wieder beruhigt hatte, entschuldigte er sich, daß er sie ausgelacht hatte, dankte ihr aber gleichzeitig, weil diese komische Bemerkung ihm Erleichterung verschafft habe.

»Sag mal«, meinte er dann, »glaubst du wirklich, daß der Teufel nach dreihundert Jahren beschlossen hat, nach Salem zurückzukehren und seine Hexerei gegen mich und Omni zu richten?«

»Ich habe doch nur eine Beziehung zwischen Tieropfern und Hexerei hergestellt«, sagte Kim. »Ich habe mir nichts dabei gedacht. Ich wollte auch keineswegs andeuten, daß ich so glaube, nur daß es vielleicht Leute gibt, die so etwas glauben.«

Edward legte Buffer ab und zog Kim an sich. Vielleicht hast

du zuviel Zeit in dieser Burg damit verbracht, in den alten Papieren herumzuwühlen. Sobald wir die Situation bei Omni richtig unter Kontrolle haben, sollten wir Urlaub machen. Irgendwo, wo es heiß ist und wir in der Sonne liegen können. Was hältst du davon?«

»Klingt großartig«, sagte Kim und fragte sich gleichzeitig, wann Edward glaubte, daß dies möglich wäre.

Kim war nicht erpicht darauf, Edward beim Sezieren Buffers zuzuschauen, und wartete draußen. Ein paar Minuten später kam er mit einer Schaufel in der Hand zurück. Er hob in der Nähe des Eingangs zum Labor eine flache Grube aus, und als er Buffer hineingelegt hatte, verschwand er noch einmal im Labor.

Als er wieder herauskam, zeigte er Kim ein Reagenzglas und legte es mit einer großen Geste an das Kopfende von Buffers Grab.

»Was ist das?« fragte Kim.

»Das ist ein chemischer Puffer, der sich TRIS nennt«, sagte Edward, »ein Puffer für Buffer.« Dann lachte er fast ebenso laut und herzlich, wie er das bei Kims Andeutung auf Hexerei getan hatte.

»Ich bin wirklich erstaunt, wie du mit dieser Sache fertig wirst«, sagte Kim.

»Ich bin sicher, daß es etwas mit Ultra zu tun hat«, sagte Edward, immer noch über sein Wortspiel schmunzelnd. »Zunächst war ich völlig niedergeschlagen. Buffer war für mich so etwas wie ein Familienmitglied. Aber die Bedrückung legte sich schnell. Ich meine, es tut mir immer noch weh, daß er nicht mehr ist, aber ich verspüre nicht diese gräßliche Leere, die sich in solchen Situationen häufig einstellt. Ich kann rational erkennen, daß der Tod die natürliche Vervollständigung des Lebens ist. Schließlich hatte Buffer für einen Hund ein gutes Leben, und er war nicht gerade der liebenswürdigste Hund.«

»Aber treu war er«, sagte Kim. Was sie selbst für den Hund empfunden hatte, behielt sie lieber für sich.

»Das ist ein weiteres Beispiel dafür, weshalb man Ultra eine Chance geben sollte«, sagte Edward. »Ich garantiere, daß es dich beruhigt. Wer weiß, vielleicht würde es dir sogar ausreichend Klarheit verschaffen, um dir bei deiner Suche nach der Wahrheit über Elizabeth zu helfen.«

»Ich glaube, das ist nur mit harter Arbeit zu schaffen«, wandte Kim ein.

Edward drückte ihr einen schnellen Kuß auf die Wange, dankte ihr überschwenglich für ihre moralische Unterstützung und verschwand ins Labor. Kim drehte sich um und ging auf die Burg zu. Sie war noch nicht weit gegangen, als sie plötzlich sich Sorgen wegen Sheba machte. Sie erinnerte sich daran, daß sie die Katze in der vergangenen Nacht, gleich nachdem sie Buffer zu fressen gegeben hatte, hinausgelassen und seitdem nicht mehr gesehen hatte.

Sie wechselte die Richtung und ging auf das Cottage zu. Ihre Schritte wurden immer schneller. Buffers Tod hatte ihre allgemeine Beklommenheit noch verstärkt.

Als Kim das Haus betrat, rief sie nach Sheba, eilte dann die Treppe hinauf und ging in ihr Schlafzimmer. Zu ihrer großen Erleichterung lag die Katze wie ein weißes Wollknäuel mitten auf dem Bett. Kim rannte zum Bett und kuschelte sich an das Tier. Sheba warf ihr einen jener angewiderten Blicke zu, mit denen sie ihre Umwelt wissen ließ, daß ihr die Störung mißfiel.

Sie streichelte die Katze ein paar Minuten lang und ging dann an ihren Schreibtisch und griff mit zitternder Hand nach dem Röhrchen Ultra, das sie am vergangenen Abend dorthin gelegt hatte. Wieder schüttelte sie eine der blauen Kapseln heraus und betrachtete sie. Sie sehnte sich nach Erleichterung und kämpfte mit sich, ob sie das Präparat ausprobieren sollte, einfach um zu sehen, was es an ihr bewirkte. Daß Edward so gut mit Buffers Tod fertig geworden war, war ein beeindruckendes Zeugnis. Kim ging soweit, sich ein Glas Wasser zu holen.

Am Ende schluckte sie die Kapsel doch nicht. Sie überlegte, ob Edwards Reaktion nicht vielleicht zu gleichmütig war. Aus der Literatur wie auch intuitiv wußte Kim, daß ein gewisses Maß an Leid eine notwendige menschliche Empfindung war. Und das brachte sie auf die Frage, ob ein Blockieren dieses normalen Vorgangs nicht in der Zukunft seinen Preis fordern würde.

Mit dieser Überlegung schob Kim die Kapsel in das Röhrchen zurück und riskierte einen weiteren Besuch im Labor. Aus Angst, weiteren Demonstrationen ausgesetzt zu sein, schlich Kim sich förmlich in das Gebäude.

Zum Glück hielten sich nur Edward und David im Obergeschoß auf, und die beiden waren so beschäftigt, daß sie sie nicht bemerkten. Als Edward sie sah und ihr zurufen wollte, brachte

Kim ihn zum Schweigen, indem sie den Finger an die Lippen legte. Sie ergriff seine Hand und zog ihn nach draußen.

Als die Tür des Labors sich hinter ihnen geschlossen hatte, grinste Edward und fragte: »Was in aller Welt ist denn in dich gefahren?«

»Ich will bloß mit dir reden«, erklärte Kim. »Mir ist etwas eingefallen, was du vielleicht in das klinische Protokoll von Ultra einfügen könntest.«

Kim teilte Edward ihre Überlegungen mit und sagte, daß diese schmerzhaften Gefühle sicher auch Auswirkungen auf Entwicklung, Veränderung und Kreativität des Menschen hätten. Sie schloß mit der Feststellung: »Worüber ich mir Sorgen mache, ist der Preis, den ein Präparat wie Ultra fordern könnte, ernsthafte Nebenwirkungen, an die im Augenblick keiner denkt.«

Edward lächelte und nickte dann bedächtig. Er war beeindruckt. »Ich weiß deine Sorge zu schätzen«, sagte er. »Das ist ein interessanter Gedanke, aber ich kann mich deiner Meinung nicht anschließen. Er basiert nämlich auf der falschen Voraussetzung, daß das Bewußtsein auf irgendeine mystische Weise vom materiellen Körper losgelöst ist. Das ist eine uralte Hypothese, die durch neueste Erkenntnisse widerlegt ist. Es gibt Untersuchungen, die eindeutig zeigen, daß Geist und Körper in bezug auf Stimmung und Emotion eins sind. Es ist bewiesen, daß Emotionen biologisch bestimmt sind, und zwar dadurch, daß sie von Präparaten wie Prozac beeinflußt werden, die das Niveau der Neurotransmission verändern. Diese Erkenntnis hat alles, was man bisher über die Gehirnfunktionen zu wissen glaubte, revolutioniert.«

»Diese Art zu denken ist unmenschlich«, beklagte sich Kim.

»Laß es mich anders formulieren«, sagte Edward. »Wie steht es mit Schmerz? Glaubst du, daß man Medikamente gegen Schmerzen nehmen sollte?«

»Schmerz ist etwas anderes«, sagte Kim. Sie ahnte, daß Edward sie in eine philosophische Falle zu locken versuchte.

»Da bin ich anderer Ansicht«, sagte Edward. »Schmerz ist ebenfalls biologischer Natur. Da physischer Schmerz und psychischer Schmerz biologischer Natur sind, sollten beide gleich behandelt werden, nämlich mit Präparaten, die auf die jeweils zuständigen Gehirnpartien fokussiert sind.«

Kim war enttäuscht. Sie hätte Edward gern gefragt, wo die Welt wohl wäre, wenn Mozart und Beethoven Medikamente gegen Beklemmung oder Depression genommen hätten. Aber sie sagte nichts, weil sie wußte, daß es keinen Sinn hatte. Solchen Argumenten war Edward unzugänglich.

Edward drückte Kim überschwenglich an sich und wiederholte, wie sehr er ihr Interesse an seiner Arbeit zu schätzen wisse, und tätschelte ihr dann den Kopf.

»Wir können uns gern weiter über dieses Thema unterhalten«, sagte er, »aber jetzt muß ich wieder an die Arbeit.«

Kim entschuldigte sich, daß sie ihn gestört hatte, und machte sich auf den Weg zurück zum Cottage.

Kapitel 15

Donnerstag, 29. September 1994

Im Verlauf der nächsten Tage war Kim noch einige Male versucht, Ultra auszuprobieren. Ihre zunehmende Beklemmung wirkte sich allmählich in Schlafstörungen aus. Aber jedesmal, wenn sie kurz davorstand, das Präparat zu schlucken, hielt etwas sie zurück.

Statt dessen versuchte sie sich von ihrer Beklemmung motivieren zu lassen. Sie verbrachte täglich mehr als zehn Stunden bei der Arbeit in der Burg und verließ den alten Bau erst, wenn es zu dunkel geworden war, um die handgeschriebenen Seiten zu lesen. Aber all ihre Bemühungen waren fruchtlos.

Die Anwesenheit der Installateure erwies sich als angenehme Abwechslung. Jedesmal wenn Kim eine Pause machte, hatte sie wenigstens jemanden, mit dem sie reden konnte. Sie sah ihnen eine Weile bei der Arbeit zu und war vom Einsatz der Lötlampe an den Kupferrohren richtig fasziniert.

Daß die Wissenschaftler in der Burg schliefen, bemerkte Kim nur daran, daß an den beiden Eingängen zu den Flügeln Schmutzspuren waren.

Edwards selbstbewußte, vergnügt-fürsorgliche Stimmung hielt an. Er ließ sogar am Dienstag einen großen Blumenstrauß ins Haus liefern, an dem ein Kärtchen mit der Aufschrift *In liebevoller Dankbarkeit* hing.

Nur am Donnerstag früh, als Kim gerade im Begriff war, zur Burg hinüberzugehen, verspürte sie einen Bruch in seinem Verhalten. Edward kam sichtlich gereizt zur Tür herein, knallte übellaunig sein Adreßbuch neben dem Telefon auf den Tisch, so daß Kim ihn unwillkürlich fragte: »Stimmt etwas nicht?«

»Das kann man wohl sagen«, knurrte er. »Ich muß hier rübergehen, um zu telefonieren. Wenn ich eines der Telefone im Labor benutze, steht immer einer von diesen Trotteln daneben und lauscht.«

»Warum hast du nicht den Apparat in dem leeren Empfangsbereich genommen?« wollte Kim wissen.

»Weil sie mich dort auch belauschen«, sagte er.

»Durch die Wände?« wunderte sie sich.

»Ich muß den Chef der Lizenzabteilung von Harvard anrufen«, beklagte sich Edward, ohne auf Kims Bemerkung einzugehen. »Dieser Typ führt jetzt einen persönlichen Rachefeldzug gegen mich.« Edward schlug sein Adreßbuch auf, um die Nummer herauszusuchen.

»Könnte es nicht sein, daß er einfach bloß seinen Job macht?« fragte Kim, wohl wissend, daß der Streit schon eine Weile im Gang war.

»Du meinst, er tut seinen Job, indem er mich suspendieren läßt?« schrie Edward. »Das ist unglaublich! Ich hätte nie gedacht, daß dieser Blödmann von einem Bürokraten den Mumm hätte, eine solche Schweinerei durchzuziehen.«

Kim spürte, wie ihr Herzschlag sich beschleunigte. Edwards Tonfall erinnerte sie in unangenehmer Weise an die Episode in seinem Apartment, wo er das Glas zerschmettert hatte. Sie wagte nicht, noch etwas zu sagen.

»Na schön«, sagte Edward plötzlich völlig ruhig. Er lächelte. »So ist eben das Leben. Wäre ja zu schön, wenn alles immer glattginge.« Er setzte sich und wählte die Nummer.

Kim ließ Edward nicht aus den Augen und hörte zu, wie er mit dem Mann, über den er sich gerade so aufgeregt hatte, eine äußerst zivilisierte Diskussion führte. Als er dann das Gespräch beendet hatte, sagte er, der Mann sei eigentlich ganz vernünftig.

»Wenn ich schon hier bin«, sagte Edward, »kann ich auch schnell die Sachen für die Reinigung holen.«

»Aber die Sachen sind doch schon hier«, sagte Kim. »Als ich heute morgen die Treppe runterkam, lagen die Sagen schon da.«

Edward blinzelte leicht verwirrt. »Tatsächlich?« staunte er. »Nun, ist ja prima! Ich sollte ohnehin schleunigst wieder ins Labor.«

»Edward?« rief Kim ihm nach, als er schon in der Haustür stand. »Fühlst du dich auch wirklich wohl? Du hast in letzter Zeit häufig irgendwelche Kleinigkeiten vergessen.«

Edward lachte. »Ja, stimmt«, sagte er. »Ich bin ein wenig vergeßlich. Aber ich habe mich nie wohler gefühlt. Ich bin nur manchmal ein wenig in Gedanken. Aber ich sehe bereits Licht am Ende des Tunnels – und wir werden alle ungeheuer reich werden. Das gilt auch für dich. Ich habe mit Stanton gesprochen, weil ich dir ein paar Aktien geben möchte, und er hat zugestimmt. Du wirst also auch was davon haben.«

»Ich bin geschmeichelt«, sagte Kim.

Dann ging sie ans Fenster und sah Edward nach, wie er zum Labor hinüberging. Er war ihr gegenüber jetzt insgesamt betrachtet wesentlich freundlicher, aber er war auch unberechenbarer geworden.

Sie griff impulsiv nach ihrem Autoschlüssel und fuhr in die Stadt. Sie mußte mit jemandem, dessen Meinung ihr etwas bedeutete, ein fachliches Gespräch führen. Glücklicherweise hatte Kinnard Salem noch nicht verlassen. Sie ließ ihn über den Apparat in der Information des Salem Hospital ausrufen.

Eine halbe Stunde später traf er sich mit ihr in der Cafeteria. Er trug noch seinen Arztkittel, weil er unmittelbar aus dem Operationssaal gekommen war. Sie hatte sich inzwischen mit einer Tasse Tee die Zeit vertrieben.

»Hoffentlich störe ich nicht«, sagte Kim, als er ihr gegenüber Platz nahm.

»Schön, dich zu sehen«, begrüßte sie Kinnard.

»Ich muß dich etwas fragen«, kam sie sofort zur Sache.

»Könnte als Nebeneffekt eines psychotropen Präparats Vergeßlichkeit auftreten?«

»Unbedingt«, sagte er. »Aber ich muß das einschränken und hinzufügen, daß es eine ganze Menge Dinge gibt, die das Kurzzeitgedächtnis beeinträchtigen. Das ist ein sehr unspezifisches Symptom. Soll ich aus deiner Frage schließen, daß Edward derartige Probleme hat?«

»Kann ich mich auf deine Diskretion verlassen?« fragte sie.

»Das habe ich dir doch schon einmal gesagt«, erklärte Kinnard. »Edward und sein Team nehmen wohl das Präparat immer noch?«

Kim nickte.

»Die sind verrückt«, sagte Kinnard. »Sie machen sich nur Schwierigkeiten damit. Hast du irgendwelche anderen Auswirkungen bemerkt?«

Kim lachte kurz. »Du wirst es nicht glauben«, sagte sie. »Die Reaktion ist geradezu dramatisch. Bevor sie das Präparat nahmen, haben sie sich die ganze Zeit gestritten, waren mürrisch und schlechtgelaunt. Jetzt sind sie ständig bester Laune. Sie könnten nicht glücklicher und zufriedener sein. Man hat den Eindruck, ihre Arbeit ist ein einzig großes Fest, und dabei schuften sie fieberhaft bis in die Nacht hinein.«

»Das klingt doch gut«, sagte Kinnard.

»In mancher Hinsicht ist es das auch«, räumte Kim ein. »Aber wenn man eine Weile mit ihnen zusammen gewesen ist, kommt einem das Ganze geradezu unheimlich vor; sie sind sich plötzlich alle sehr ähnlich und irgendwie langweilig.«

»Jetzt klingt es ein wenig wie *Schöne neue Welt*«, schmunzelte Kinnard.

»Lach nicht«, sagte Kim. »Ich habe genau das gleiche gedacht. Aber das ist eher eine philosophische Frage, und das ist es auch nicht, was mich im Augenblick beunruhigt. Aber die Vergeßlichkeit, die mir bei Edward seit einer Weile auffällt, macht mir Sorgen, und einige alberne alltägliche Dinge. Außerdem habe ich das Gefühl, daß es schlimmer wird. Ich weiß nicht, ob die anderen auch darunter leiden.«

»Und was willst du unternehmen?« fragte Kinnard.

»Das weiß ich nicht«, antwortete Kim. »Ich hatte gehofft, du könntest mir vielleicht einen Rat geben.«

»Das ist in diesem Fall ziemlich schwierig.« Aber ich kann dir etwas sagen, worüber du vielleicht nachdenken solltest. Die Wahrnehmung wird in außergewöhnlich hohem Maße von der Erwartung beeinflußt. Deshalb hat man in der medizinischen Forschung auch Blindstudien eingeführt. Es besteht durchaus die Möglichkeit, daß deine Erwartung, negative Auswirkungen in Edwards Präparat zu sehen, deine Wahrnehmung beeinträchtigt. Ich weiß, daß Edward außergewöhnlich intelligent ist, und mir will einfach nicht in den Kopf gehen, daß er ein solches Risiko eingeht.«

»Was du sagst, hat einiges für sich«, nickte Kim. »Ich weiß im Augenblick tatsächlich nicht, was ich sehe. Ich könnte mir auch alles einbilden – aber ich glaube das nicht.«

Kinnard warf einen Blick auf die Wanduhr. »Es tut mir leid, wenn ich unser Gespräch jetzt beenden muß«, sagte er, »aber ich muß zu einer Operation. Wir können uns aber gerne ein andermal unterhalten – ich bin die nächsten Tage noch hier. Sonst sehen wir uns in Boston.«

Aus Salem zurückgekehrt, begab Kim sich direkt zur Burg. Sie wechselte ein paar Worte mit den Installateuren, die ihr erklärten, daß sie gut vorankamen und in etwa drei Tagen fertig wären. Sie schlugen vor, auch gleich den Gästeflügel zu überprüfen, ob dort sich schon das gleiche Problem ankündigte. Kim sagte, sie sollten tun, was immer notwendig sei.

Bevor sie auf den Dachboden stieg, inspizierte Kim die beiden Seiteneingänge und war entsetzt, als sie den des Dienstbotenflügels sah. Nicht nur, daß die Treppen schmutzig waren, sondern es lag auch eine Menge Laub und Zweige herum. Selbst ein leerer Behälter mit dem Aufdruck eines Chinarestaurants lag neben der Tür.

Mit einer halblauten Verwünschung auf den Lippen ging Kim zum Besenschrank, holte einen Mop und einen Eimer mit Wasser und wischte die Treppe. Die Schmutzspuren führten bis in den ersten Stock hinauf.

Nachdem sie alles saubergemacht hatte, holte Kim die Fußmatte vom Haupteingang. Sie überlegte, ob sie noch einen Zettel schreiben sollte, fand dann aber, daß der Fußabtreter Botschaft genug sei. Anschließend machte sie sich auf dem Dachboden an ihre eigentliche Arbeit.

Als sich bereits wieder Enttäuschung in ihr regte, fand sie eine ganze Mappe mit Material aus dem 17. Jahrhundert, in der sie zwischen der Geschäftskorrespondenz ein persönliches Schreiben fand. Es war ein Brief an Ronald von Thomas Goodman.

17. August 1692
Salem Town

Sehr geehrter Herr Stewart,

viele Schurkereien haben unsere gottesfürchtige Stadt geplagt. Mir hat es großen Schmerz bereitet, daß ich gegen meinen Willen darin verwickelt war. Es quält mich, daß Sie schlecht von mir und meiner Pflicht als Mitglied Ihrer Kongregation denken und es abgelehnt haben, mit mir über Dinge von gemeinsamem Interesse zu sprechen. Es ist wahr, daß ich in gutem Glauben bei der Anhörung Ihrer verblichenen Frau gegen sie ebenso Zeugnis abgelegt habe wie bei ihrem Prozeß. Ich habe Ihr Haus Ihrer Bitte folgend gelegentlich aufgesucht, um Hilfe anzubieten, falls sie nötig sein sollte. An jenem schicksalhaften Tag fand ich Ihre Tür offen, obwohl schreckliche Kälte über dem Land lag. Der Tisch war mit vollen Schüsseln und Tellern gedeckt, als ob eine Mahlzeit unterbrochen wäre, wohingegen andere Gegenstände umgestürzt oder zerbrochen auf dem mit Blutstropfen besudelten Boden lagen. Ich fürchtete, es habe ein Indianerangriff stattgefunden, und sorgte mich um die Sicherheit der Ihren. Aber die Kinder, Ihre leiblichen ebenso wie die Flüchtlingsmädchen, hatten sich voll Angst im Obergeschoß versteckt und sagten, Ihre Frau habe beim Essen einen Anfall bekommen und sei völlig außer sich geraten. Sie sei in den Stall gerannt, um beim Vieh Zuflucht zu finden. Zögernd begab ich mich dorthin und rief ihren Namen in die Finsternis. Sie ging wie eine Wilde auf mich los und versetzte mich in große Angst. Ihre Hände und ihr Kleid waren mit Blut besudelt, und ich sah ihr Werk. Bestürzt und unter großem Risiko für mein eigenes Wohlergehen konnte ich sie beruhigen. Mit demselben Ziel bemühte ich mich um das Vieh, das verängstigt, aber in Sicherheit war. Über all diese Dinge habe ich im Namen Gottes die Wahrheit gesprochen.

Ich verbleibe als Ihr Freund und Nachbar
Thomas Goodman

»Diese armen Leute«, murmelte Kim. Nichts, was sie bisher gelesen hatte, hatte ihr die persönlichen Schrecken der Salemer Hexenprozesse näher gebracht, und Kim empfand Mitgefühl für alle Betroffenen. Sie spürte die Verwirrung und die Qual Thomas', der sich zwischen Freundschaft und dem, was er für die Wahrheit hielt, hin- und hergerissen fühlte. Und Kims Herz schlug für die arme Elizabeth, der der Schimmelpilz offenbar den Verstand geraubt hatte.

Dann wurde ihr plötzlich bewußt, daß der Brief noch einen neuen, beunruhigenden Aspekt ins Spiel brachte, den Hinweis auf Blut.

Kim las den Satz noch einmal, in dem Thomas schrieb, daß das Vieh trotz all des Blutes in Sicherheit gewesen sei. Auf den ersten Blick schien das verwirrend, es sei denn, Elizabeth hatte sich selbst etwas angetan. Der Gedanke einer Selbstverstümmelung ließ Kim schaudern. Daß es so gewesen sein konnte, wurde noch dadurch bestärkt, daß Thomas Blutstropfen auf dem Boden im Haus erwähnte. Aber das Blut im Haus wurde im gleichen Satz erwähnt, in dem von zerbrochenen Gegenständen die Rede war, und das wiederum deutete darauf hin, daß das Blut aus einer zufälligen Wunde stammen konnte.

Kim seufzte. Sie wußte nicht, was sie denken sollte, aber eines stand für sie fest: Die Wirkung des Schimmelpilzes wurde hier mit Gewalt in Verbindung gebracht, und das mußten Edward und die anderen sofort erfahren. Mit dem Brief in der Hand hastete Kim nach draußen und rannte beinahe zum Labor hinüber. Überrascht stellte sie fest, daß sie anscheinend in eine Art Feier hineingeplatzt war. Sie begrüßten Kim euphorisch und zogen sie zu einem der Labortische, wo eine Flasche Champagner stand. Kim versuchte den Meßbecher mit dem schäumenden Getränk abzulehnen, den man ihr hinhielt, aber davon wollten die Wissenschaftler nichts wissen. Wieder bekam sie das Gefühl, von einer Horde ausgelassener Studenten umgeben zu sein.

Sobald sich ihr die Möglichkeit dazu bot, trat sie neben Edward und fragte, was eigentlich los sei.

»Eleanor, Gloria und François haben gerade eine erstaunliche Leistung in analytischer Chemie vollbracht«, erklärte Edward. »Sie haben bereits die Struktur eines der Bindeproteine von Ultra bestimmt. Das ist ein mächtiger Sprung nach vorn und erlaubt uns, Ultra wenn nötig zu modifizieren oder andere Präparate zu entwickeln, die an derselben Stelle binden.«

»Das freut mich für dich«, sagte Kim. »Aber ich wollte dir etwas zeigen, das du unbedingt sehen solltest.« Sie reichte ihm den Brief.

Edward überflog ihn schnell. »Gratuliere«, sagte er. »Das ist bis jetzt mit Abstand das beste.« Dann wandte er sich den anderen zu und rief: »Mal alle herhören. Kim hat den bis jetzt klarsten Beweis für Elizabeths Schimmelpilzvergiftung gefunden. Der ist sogar noch geeigneter für den Artikel in *Science* als der Tagebucheintrag.«

Die Wissenschaftler drängten sich um sie. Edward gab Eleanor zuerst den Brief.

»Das ist einmalig«, sagte sie und reicht ihn David weiter. »Da ist sogar erwähnt, daß sie gegessen hatte. Es ist jedenfalls eine sehr anschauliche Schilderung, wie schnell das Alkaloid wirkt.«

»Es ist gut, daß Sie den halluzinogenen Seitenring eliminiert haben«, sagte David. »Ich hätte wirklich keine Lust, aufzuwachen und mich draußen bei den Kühen wiederzufinden.«

Alle lachten, nur Kim nicht. Sie sah Edward an und fragte ihn, als er schließlich zu lachen aufgehört hatte, ob ihn die Andeutung von Gewalt in dem Brief nicht beunruhige.

Edward nahm den Brief noch einmal. »Weißt du, das ist ein guter Hinweis«, meinte er zu Kim gewandt, als er den Brief zum zweitenmal gelesen hatte. »Wenn ich es mir genau überlege, sollte man ihn vielleicht doch nicht drucken. Das könnte zu überflüssigen Schwierigkeiten führen. Vor ein paar Jahren gab es ein Gerücht, daß Prozac die Gewaltbereitschaft fördere. Das war so lange ein Problem, bis man statistisch nachgewiesen hatte, daß diese Behauptung unhaltbar ist. Ich möchte nicht, daß mit Ultra etwas ähnliches passiert.«

»Wenn das unveränderte Alkaloid Gewalttätigkeiten ausgelöst hat, muß es derselbe Seitenring gewesen sein, der die Halluzinationen verursacht hat«, sagte Gloria. »Das könntest du in dem Artikel erwähnen.«

»Warum das Risiko eingehen?« meinte Edward. »Ich will nicht irgendeinem tollwütigen Journalisten auch nur den geringsten Anlaß geben, wieder das gleiche Schreckgespenst an die Wand zu malen.«

»Vielleicht sollte die Diskussion darüber in die klinischen Protokolle aufgenommen werden«, schlug Kim vor. »Dann hättet ihr, falls sich die Frage je stellen sollte, bereits Material dazu.«

»Das ist eine ausgezeichnete Idee«, sagte Gloria.

Davon ermutigt, daß man ihr zuhörte, schlug sie vor, auch Störungen im Kurzzeitgedächtnis aufzunehmen. Sie erzählte von den jüngsten Episoden, die sie mit Edward erlebt hatte.

Edward schloß sich dem freundlichen Lachen der anderen an. »Na und, was ist schon dabei, wenn ich mir zweimal die Zähne putze?« fragte er, was neues Gelächter auslöste.

»Ich glaube, den Verlust des Kurzzeitgedächtnisses in die klinischen Protokolle aufzunehmen ist eine ebenso gute Idee wie die mit der Gewalt«, sagte Curt. »David ist ähnlich vergeßlich gewesen. Ich weiß es, weil wir unmittelbare Zimmernachbarn sind.«

»Du mußt reden«, schmunzelte David und erzählte dann, daß Curt am vergangenen Abend seine Freundin zweimal hintereinander angerufen habe, weil er vergessen hatte, daß er unmittelbar zuvor bereits mit ihr telefoniert hatte.

»Ich wette, das hat ihr gutgetan«, sagte Gloria.

Kim fiel auf, daß Curt zahlreiche Schnitte und Kratzer an Händen und Fingern hatte. Als Krankenschwester reagierte sie darauf reflexartig und erbot sich, die Verletzungen anzusehen.

»Vielen Dank, aber das ist nicht so schlimm, wie es aussieht«, sagte Curt. »Mich stören sie nicht im geringsten, obwohl ich nicht weiß, wie ich sie mir zugezogen habe.«

»Das ist eine Berufskrankheit«, sagte David und zeigte seine Hände, die ähnlich, wenn auch nicht ganz so schlimm aussahen. »Das beweist nur, daß wir hier bis auf die Knochen arbeiten müssen.«

»Das liegt an dem ständigen Druck und daran, daß wir neunzehn Stunden am Tag arbeiten«, meinte François. »Mich wundert, daß alles so gut klappt.«

»Mir scheint, daß diese kurzzeitigen Gedächtnislücken eine Nebenwirkung von Ultra sind«, sagte Kim. »Es sieht so aus, als würden alle darunter leiden.«

»Ich nicht«, sagte Gloria.

»Ich auch nicht«, pflichtete Eleanor ihr bei. »Mein Verstand und mein Gedächtnis funktionieren nachweislich besser, seit ich Ultra nehme.«

»Das ist bei mir genauso«, sagte Gloria. »Ich glaube, François hat recht. Wir arbeiten nur alle zu schwer.«

»Augenblick, Gloria«, warf Eleanor ein. »Was war denn vorgestern früh, als du deinen Morgenrock im Bad vergessen hast und zwei Minuten später wütend geworden bist, weil er nicht hinter der Zimmertür hing?«

»Ich bin nicht wütend geworden«, widersprach Gloria vergnügt. »Außerdem ist das etwas anderes. Ich habe meinen Morgenrock auch gesucht, als ich noch kein Ultra nahm.«

»Wie auch immer«, sagte Edward. »Kim hat recht. Kurzzeitige Gedächtnislücken könnten auf Ultra zurückgeführt werden und sollten deshalb in den klinischen Protokollen aufgenommen werden. Aber wir brauchen uns darüber nicht den Kopf zu zerbrechen. Selbst wenn sich herausstellen sollte, daß es gelegentlich auftritt, wäre das sicherlich eine akzeptable Nebenwirkung, wenn man bedenkt, in welchem Maße das Präparat die mentalen Funktionen im allgemeinen fördert.«

Das Geräusch der sich schließenden Außentür ließ alle aufhorchen, weil nur selten Besucher ins Labor kamen. Alle Augen wandten sich zur Tür. Sie öffnete sich, und Stanton kam herein.

Die Wissenschaftler brachen spontan in ein dreifaches Hurra aus. Stanton blieb verwirrt stehen. »Was geht denn hier vor?« fragte er. »Arbeitet heute niemand?«

Eleanor drückte ihm einen Meßbecher mit Champagner in die Hand.

»Ein kleiner Trinkspruch«, sagte Edward und hob seinen Becher. »Wir würden gern auf deine ewige Drängelei trinken, die uns dazu veranlaßt hat, Ultra zu nehmen. Jetzt freuen wir uns täglich über die Auswirkungen.«

Alle lachten, Gloria und David mußten ihre Becher wegstellen, um nichts zu verschütten.

»Hier herrscht ja wirklich eine Bombenstimmung«, meinte Stanton.

»Dazu haben wir auch allen Grund«, erklärte Edward und berichtete Stanton von den neugewonnenen Erkenntnissen. Zum Teil schrieb er es Ultra zu, weil es die Denkfähigkeit aller geschärft habe.

»Das ist ja eine großartige Neuigkeit!« freute sich Stanton und ging dann herum, um jedem die Hand zu schütteln. Dann sagte er Edward, daß er mit ihm unter vier Augen sprechen müsse.

Kim benutzte dies als willkommene Gelegenheit, sich zu verabschieden, und ging. Sie hatte das Gefühl, mit ihrem Vorschlag, höhere Gewaltbereitschaft und Störungen im Kurzzeitgedächtnis in die klinischen Testprotokolle mit aufzunehmen, einen positiven Beitrag geleistet zu haben.

Als Kim zur Burg hinüberging, sah sie, daß ein Polizeiauto aus Salem zwischen den Bäumen auftauchte. Offenbar hatte der Fahrer sie gesehen, denn der Wagen fuhr sofort in ihre Richtung.

Kim blieb stehen und wartete. Als der Wagen anhielt, stiegen die beiden Beamten aus, die wegen Buffer dagewesen waren.

Selvey tippte sich an den Mützenschirm, Kim nickte ihm zu.

»Ich hoffe, wir stören nicht«, sagte Selvey.

»Ist etwas passiert?« wollte Kim wissen.

»Wir wollten fragen, ob es seit dem Tod des Hundes noch andere Probleme gegeben hat«, sagte Selvey. »In der unmittelbaren Umgebung ist es zu zahlreichen Fällen von Vandalismus gekommen, so als ob man Halloween einen Monat vorverlegt hätte.«

»Halloween ist in Salem ein wichtiges Ereignis«, meinte Conners. »Für die Polizei ist es die unangenehmste Zeit im Jahr.«

»Was für Vandalismus denn?« erkundigte sich Kim.

»Der übliche Unfug«, erklärte Billy. »Umgekippte Mülltonnen, weit verstreuter Abfall, außerdem sind weitere Haustiere verschwunden, und einige der Kadaver sind im Greenlawn Friedhof aufgetaucht.«

»Wir machen uns immer noch Sorgen, daß es hier ein tollwütiges Tier geben könnte«, sagte Conners. »Sie sollten Ihre Katze im Haus behalten.«

»Wir nehmen an, daß ein paar Jugendliche sich einen Spaß machen, um es einmal so zu formulieren«, erklärte Selvey. »Die imitieren das, was das tollwütige Tier getan hat. Für ein Tier ist es nämlich viel zuviel gewesen. Ich meine, wie viele Mülltonnen kann ein Waschbär schon in einer Nacht umkippen?« Er kicherte.

»Sehr nett von Ihnen, daß Sie hergekommen sind, um mich zu warnen«, sagte Kim. »Aber hier ist seit dem Tod Buffers nichts mehr passiert. Und ich werde dafür sorgen, daß die Katze im Haus bleibt.«

»Falls es irgendwelche Probleme gibt, rufen Sie uns an«, sagte Conners. »Wir möchten diese Geschichte gern schnellstens klären.«

Kim sah dem Polizeiwagen nach und wollte gerade in die Burg gehen, als sie Stanton rufen hörte. Sie dreht sich um und sah ihn aus dem Labor kommen.

»Was hat denn die Polizei hier gewollt?« fragte er, als er ein paar Meter von ihr entfernt war.

Kim berichtete ihm von ihrer Besorgnis wegen Tollwut.

»Irgend etwas ist immer los«, sagte Stanton. »Hör zu, ich würde gern mit dir über Edward reden. Hast du einen Augenblick Zeit?«

»Aber natürlich«, nickte Kim. »Wo möchtest du dich denn mit mir unterhalten?«

»Wir können gern hierbleiben«, sagte Stanton. »Ja, hm – wo soll ich anfangen? In letzter Zeit mache ich mir ein wenig Sorgen um Edward, und um die anderen übrigens auch. Jedesmal wenn ich im Labor auftauche, komme ich mir vor wie ein Außenseiter. Vor zwei Wochen herrschte dort noch eine Stimmung wie in einem Leichenhaus, und jetzt ist es geradezu unheimlich, wie lustig alle sind. Ich komme mir in ihrer Gesellschaft richtig blöd vor.« Stanton schnitt eine Grimasse, ehe er fortfuhr: »Edward geht richtig aus sich heraus. Er ist geradezu aufdringlich geworden. Er erinnert mich direkt an mich!«

Kim hielt sich die Hand vor den Mund und lachte über Stantons Selbsterkenntnis.

»Das ist gar nicht komisch«, beklagte sich Stanton, mußte aber selbst lachen. »Als nächstes wird Edward wahrscheinlich auf die Idee kommen, ein begnadeter Geschäftsmann zu sein. Er ist richtig in Fahrt gekommen, aber leider sehen wir die Dinge unterschiedlich. Wir streiten die ganze Zeit darüber, wie mehr

Kapital aufzubringen ist. Er ist so habgierig geworden, daß er keine Anteile mehr abgeben will. Er hat sich über Nacht von einem asketischen Akademiker in einen unersättlichen Kapitalisten verwandelt.«

»Warum erzählst du mir das alles?« fragte Kim. »Ich habe nichts mit Omni zu tun und will es auch nicht.«

»Vielleicht könntest du einmal mit Edward reden«, sagte Stanton. »Ich möchte nicht als Geldwaschanlage mißbraucht werden, und es tut mir sogar leid, daß ich die Möglichkeit überhaupt erwähnt habe. Das Risiko ist einfach zu groß. Ich meine nicht etwa das finanzielle Risiko. Ich spreche vom Risiko für Leib und Leben. Das ist das Ganze einfach nicht wert. Ich denke, Edward sollte die finanzielle Seite dieses Unternehmens mir überlassen, so wie ich den wissenschaftlichen Kram Edward überlasse.«

»Macht Edward auf dich einen vergeßlichen Eindruck?« fragte Kim.

»Absolut nicht«, sagte Stanton. »Der ist hundertprozentig auf Draht. Bloß wenn es um die verschlungenen Wege der Großfinanz geht, ist er ein unschuldiges Kind. Aber ein wenig paranoid kam er mir vor. Er wollte, daß wir nach draußen gehen, damit uns keiner belauschen kann.«

»Wer sollte euch denn belauschen?« wollte Kim wissen.

Stanton zuckte die Achseln. »Die anderen Wissenschaftler, nehme ich an. Ich habe ihn nicht gefragt.«

»Heute früh ist er ins Cottage herübergekommen, um zu telefonieren, damit keiner ihn belauschen kann«, sagte Kim. »Er hatte Angst, das Telefon im Empfangsbereich zu benutzen, weil er dachte, jemand würde ihn durch die Wände belauschen.«

»Das klingt ja noch paranoider«, sagte Stanton. »Aber zu seiner Verteidigung muß man sagen, daß ich ihm eingebleut habe, auf strengste Geheimhaltung zu achten.«

»Stanton, ich fange an, mir Sorgen zu machen«, sagte Kim.

»Sag das nicht«, jammerte Stanton. »Ich bin zu dir gekommen, damit du mir meine Ängste nimmst, nicht damit du sie noch steigerst.«

»Ich mache mir Sorgen, daß die Vergeßlichkeit und die Paranoia Nebenwirkungen von Ultra sein könnten«, erklärte Kim.

»Das will ich nicht hören«, sagte Stanton und hielt sich die Ohren zu.

»Die sollten das Zeug nicht selbst einnehmen«, sagte Kim. »Und das weißt du. Ich finde, du solltest ihnen das verbieten.«

»Ich?« staunte Stanton. »Ich habe dir erst vor einer Minute gesagt, daß mein Gebiet die Finanzen sind. Ich mische mich nicht in die wissenschaftliche Seite ein, ganz besonders seit die mir gesagt haben, daß es die Auswertung beschleunigt, wenn sie das Präparat schlucken. Vielleicht sind diese leichte Paranoia und die Vergeßlichkeit ja darauf zurückzuführen, daß sie so schwer arbeiten. Edward weiß schon, was er tut. Mein Gott, schließlich ist er einer der besten Leute auf seinem Gebiet.«

»Ich mache dir einen Vorschlag«, sagte Kim. »Wenn du versuchst, Edward zu überreden, das Präparat nicht mehr zu nehmen, versuche ich, ihn zu überzeugen, daß er sich aus den Finanzen heraushalten muß.«

Stanton verzog das Gesicht, als ob jemand ihm ein Messer in den Rücken gestoßen hätte. »Das ist ja lächerlich«, sagte er. »Jetzt muß ich mit meiner eigenen Cousine verhandeln.«

»Mir scheint das vernünftig«, sagte Kim. »Wir würden uns gegenseitig helfen.«

»Ich kann dir nichts versprechen«, sagte Stanton.

»Ich auch nicht«, erwiderte Kim.

»Wann wirst du mit ihm reden?« fragte Stanton.

»Heute abend«, versprach Kim. »Und du?«

»Nun, ich denke, ich könnte gleich zu ihm gehen und mich mit ihm unterhalten«, sagte Stanton.

»Also, sind wir uns einig?« wollte Kim wissen.

»Ich denke schon«, erwiderte Stanton widerstrebend. Dann hielt er ihr die Hand hin, und Kim schlug ein.

Am Abend blieb Kim absichtlich wach, bis Edward nach Hause kam. Sie lag im Bett und las, als sie kurz nach eins hörte, wie die Haustür geschlossen wurde und Edwards Schritte die Treppe heraufkamen.

»Du meine Güte!« sagte er und streckte den Kopf in ihr Zimmer. »Das muß je ein spannendes Buch sein, daß es dich so lange wachhält.«

»Ich bin nicht müde«, sagte Kim. »Komm rein.«

»Ich bin völlig erschöpft«, sagte Edward und trat ins Zimmer. Er streichelte Sheba geistesabwesend und gähnte. »Ich kann es gar nicht erwarten, ins Bett zu kommen. Nach Mitternacht setzt dieses Schlafbedürfnis bei mir wie ein Uhrwerk ein. Das Erstaunliche ist, wie schnell ich dann immer einschlafe. Ich muß vorsichtig sein, wenn ich mich setze. Und wenn ich mich hinlege, bin ich sofort weg.«

»Das ist mir auch schon aufgefallen«, nickte Kim. »Sonntag nacht hast du nicht einmal das Licht ausgeschaltet.«

»Ich denke, ich sollte dir eigentlich böse sein«, sagte Edward lächelnd. »Aber das bin ich nicht. Ich weiß, du meinst es mit mir nur gut.«

»Du wirst mir sicher sagen, wovon du redest?« fragte Kim.

»Als ob du das nicht wüßtest«, sagte Edward neckend. »Ich spreche von Stantons plötzlicher Besorgnis um mein Wohlergehen. Er hatte kaum den Mund aufgemacht, als ich schon wußte, daß du dahintersteckst. Es ist nicht seine Art, so mitfühlend zu sein.«

»Hat er dir etwas von unserer Übereinkunft gesagt?« fragte Kim.

»Was für eine Übereinkunft?«

»Er will versuchen, dir die Einnahme von Ultra auszureden, wenn ich dich davon überzeuge, daß die Finanzangelegenheiten von Omni ihm überlassen bleiben müssen.«

»Et tu brute«, sagte Edward und grinste. »Das sind ja schöne Zustände. Die zwei Menschen, von denen ich glaube, daß sie mir am nächsten stehen, schmieden hinter meinem Rücken Komplotte.«

»Wie du schon selbst gesagt hast, es geschieht ja nur in deinem Interesse«, sagte Kim.

»Ich glaube eigentlich, ich kann ganz gut selbst entscheiden, was für mich von Interesse ist«, sagte Edward liebenswürdig.

»Aber du hast dich verändert«, meinte Kim. »Stanton hat gesagt, du wirst ihm immer ähnlicher.«

Edward lachte. »Ist ja großartig!« sagte er. »Ich wollte immer schon so extravertiert wie Stanton sein. Schade, daß mein Vater das nicht mehr erlebt. Vielleicht wäre er jetzt endlich mit mir zufrieden.«

»Ich meine das nicht als Witz«, sagte Kim.

»Ich auch nicht«, erklärte Edward. »Ich finde es schön, selbstbewußt und kontaktfähig zu sein und nicht scheu und introvertiert.«

»Aber es ist gefährlich, ein unbekanntes Präparat einzunehmen«, sagte Kim. »Außerdem – hast du eigentlich keine ethischen Skrupel, weil sich diese Charakterzüge chemisch entwickeln? Ich meine, das ist doch unecht, beinahe geschummelt.«

Edward setzte sich auf Kims Bettkante. »Falls ich einschlafen sollte, mußt du einen Abschleppwagen rufen, der mich ins Bett schafft«, schmunzelte er. Dann gähnte er ausgiebig und versuchte sich dabei die Faust vor den Mund zu halten. »Hör zu, Liebling«, sagte er dann. »Ultra ist nicht unbekannt; es ist lediglich noch nicht *völlig* bekannt. Aber es ist nicht toxisch, und das ist das Entscheidende. Ich werde es weiterhin nehmen, bis sich ernsthafte Nebenwirkungen zeigen sollten, was ich aber aufrichtig bezweifle. Und was den zweiten Punkt angeht, so weiß ich, daß unerwünschte Charakterzüge, in meinem Fall meine Schüchternheit, sich durch Erfahrung noch vertiefen können. In gewissem Maße hat bereits Prozac und jetzt in wesentlich stärkerem Maße Ultra mein wahres Ich freigelegt. Meine augenblickliche Persönlichkeit ist weder eine Erfindung von Ultra, noch ist sie unecht.«

Edward schmunzelte wieder und tätschelte Kims Bein durch die Decke. »Ich kann dir versichern, ich habe mich in meinem ganzen Leben nie besser gefühlt. Vertrau mir. Meine einzige Sorge ist jetzt, wie lange ich Ultra nehmen muß, ehe mein augenblickliches Ich so stark ist, daß ich nicht wieder in mein schüchternes, tölpelhaftes altes Ich zurückfalle, wenn ich Ultra absetze.«

»Das hört sich so vernünftig an«, sagte Kim.

»Aber das ist es doch«, erklärte Edward. »Ich will so sein. Zum Teufel, wahrscheinlich wäre ich sogar so geworden, wenn mein Vater kein solcher Langweiler gewesen wäre.«

»Aber was ist mit der Vergeßlichkeit und der Paranoia?« fragte Kim.

»Was meinst du mit Paranoia?« fragte Edward.

Kim erinnerte ihn daran, daß er am Morgen ins Haus gekommen war, um zu telefonieren, und daß er das Labor verlassen hatte, um mit Stanton zu reden.

»Das hat nichts mit Paranoia zu tun«, sagte Edward leicht gereizt. »Diese Typen im Labor sind die schlimmsten Klatschmäuler geworden, die man sich vorstellen kann. Ich versuche nur, mir ein bißchen Privatleben zu erhalten.«

»Stanton und ich fanden es beide paranoid«, sagte Kim.

»Nun, ich kann dir versichern, daß es das nicht ist«, lächelte Edward, dessen Ärger bereits wieder verflogen war. »Die Vergeßlichkeit gebe ich zu, aber das andere nicht.«

»Warum setzt du das Präparat nicht ab und fängst während der klinischen Phase wieder damit an?«

»Du bist wirklich schwer zu überzeugen«, sagte Edward. »Aber ich bin jetzt wirklich zu müde. Ich kann kaum noch die Augen offenhalten. Es tut mir leid. Wir können dieses Gespräch ja morgen fortsetzen, wenn du willst. Aber jetzt muß ich ins Bett.«

Edward beugte sich vor, gab Kim einen Kuß auf die Wange und ging dann schwankend aus dem Zimmer. Sie hörte ihn noch ein paar Minuten in seinem Zimmer herumgehen; dann verrieten ihr seine gleichmäßigen Atemzüge, daß er schlief.

Kim staunte, wie schnell er eingeschlafen war, und stieg aus dem Bett. Sie schlüpfte in ihren Morgenmantel und ging durch den Verbindungsgang in Edwards Schlafzimmer, wo eine Spur weggeworfener Kleider quer durch das Zimmer zu Edward führte, der nur mit seiner Unterwäsche bekleidet auf dem Bett lag. Ebenso wie Sonntag nacht brannte seine Nachttischlampe noch.

Kim knipste das Licht aus und wunderte sich dann, als sie neben ihm stand, wie laut er schnarchte. Seltsam, daß sie das nie geweckt hatte, wenn sie zusammen geschlafen hatten.

Sie ging in ihr Zimmer zurück, machte das Licht aus und versuchte einzuschlafen. Aber es war unmöglich, ihre Gedanken ließen sich einfach nicht abschalten, und sie hörte Edward, als ob er sich im gleichen Raum mit ihr befände.

Eine halbe Stunde später stand Kim wieder auf und ging ins Bad. Sie fand das Röhrchen Xanax, das sie seit Jahren aufbewahrte, und nahm eine der rosa Pillen. Sie tat es ungern, glaubte aber, ohne Tablette nicht einschlafen zu können.

Als sie aus dem Bad kam, schloß sie Edwards Tür ebenso wie ihre eigene. Als sie sich dann ins Bett legte, konnte sie Edward zwar immer noch schnarchen hören, aber jetzt war das Geräusch wesentlich gedämpfter. Noch ehe eine Viertelstunde vergangen war, spürte sie, wie sich ein willkommenes Gefühl der Gelassenheit in ihr ausbreitete. Kurz darauf sank sie in tiefen Schlaf.

Kapitel 16

Freitag, 30. September 1994

Gegen drei Uhr morgens herrschte auf den dunklen Straßen Salems wenig Verkehr, und Dave Halpern hatte das Gefühl, die ganze Welt würde ihm gehören. Er war seit Mitternacht ohne Ziel in seinem roten Chevy Camaro unterwegs, zweimal in Marblehead gewesen und sogar bis hinauf nach Danvers gefahren.

Dave war siebzehn und Schüler an der Salem High-School. Den Wagen verdankte er einem Aushilfsjob bei McDonald's und einem ansehnlichen Darlehen seiner Eltern, und im Augenblick gab es in seinem ganzen Leben nichts, was er mehr liebte. Er schwelgte in einem Gefühl von Freiheit und grenzenlosen Möglichkeiten. Darüber hinaus genoß er die Aufmerksamkeit im Freundeskreis, die das Auto ihm eintrug, ganz besonders seitens Christina McElroy. Christina war ein Erstsemester und sah traumhaft aus.

Dave warf einen Blick auf die schwach beleuchtete Uhr am Armaturenbrett. Es war jetzt beinahe Zeit für das Rendezvous. Er bog in die Dearborn Street, wo Christina wohnte, ein, betätigte die Lichthupe, schaltete den Motor ab und ließ dann den Wagen langsam und lautlos unter einem mächtigen Ahorn ausrollen.

Er brauchte nicht lange zu warten. Christina tauchte hinter der Hecke auf, die ihr Haus umgab, lief zum Wagen und stieg ein. Im Halbdunkel konnte man das Weiß in ihren Augen und ihre Zähne blitzen sehen. Sie zitterte vor Aufregung.

Sie rutschte auf der Vinyl-bezogenen Sitzbank hinüber, bis ihre Schenkel in den engen Jeans sich gegen Daves Schenkel preßten.

Dave war bemüht, eine Aura der Nonchalance zu verbreiten, als wären Rendezvous mitten in der Nacht für ihn etwas Alltägliches, und so sagte er kein Wort. Er beugte sich nur vor und ließ den Motor an. Aber seine Hand zitterte dabei, so daß die Schlüssel klapperten. Aus Angst, sich verraten zu haben, warf er einen verstohlenen Blick auf Christina, registrierte ihr Lächeln und war besorgt, daß sie ihn nicht für cool halten könnte.

Als Dave die Straßenkreuzung erreichte, schaltete er die Scheinwerfer ein.

»Hat's irgendwelche Probleme gegeben?« fragte Dave, ganz auf die Straße konzentriert.

»Es war kinderleicht«, sagte Christina. »Ich verstehe gar nicht, warum ich solche Angst hatte, mich aus dem Haus zu schleichen. Meine Eltern sind bewußtlos. Ich hätte auch zur Haustür hinausgehen können, statt aus dem Fenster zu klettern.«

Sie fuhren eine von dunklen Häusern gesäumte Straße hinunter.

»Wo fahren wir hin?« fragte Christina in lässigem Ton.

»Wirst schon sehen«, erklärte Dave. »Wir sind gleich dort.«

Sie rollten jetzt an dem ausgedehnten Greenlawn-Friedhof entlang, der in Dunkelheit dalag. Christina drückte sich an Dave und spähte über seine Schulter in den Gottesacker.

Dave verlangsamte die Fahrt, und Christina saß plötzlich kerzengerade. »Da gehen wir nicht hinein«, erklärte sie trotzig.

Dave lächelte in der Dunkelheit, so daß seine weißen Zähne zu sehen waren. »Warum nicht?« fragte er und zog im gleichen Augenblick das Steuer nach links; der Wagen holperte über den Bordstein in den Friedhof. Dave schaltete die Scheinwerfer aus und verlangsamte die Fahrt auf Schrittgeschwindigkeit. Die Straße war unter dem dunklen Blattwerk kaum zu erkennen.

»O mein Gott!« sagte Christina. Sie musterte aus geweiteten Augen die unmittelbare Umgebung mit den gespenstisch in die Nacht ragenden Grabsteinen, von denen einige das Mondlicht widerspiegelten.

Christina drückte sich noch enger an Dave, und ihre linke Hand klammerte sich um seinen rechten Oberschenkel. Dave grinste zufrieden.

Sie rollten neben einem unbewegt daliegenden, von Weiden gesäumten Teich aus. Dave schaltete den Motor ab und verriegelte die Türen. »Man kann nicht vorsichtig genug sein«, sagte er.

»Vielleicht sollten wir die Fenster einen Spalt aufmachen«, schlug Christina vor, »sonst wird es hier drinnen zum Backofen.«

Die beiden sahen einander einen Augenblick lang verlegen an. Dann drückte Dave seinen Mund auf Christinas und sie umarmten einander heftig.

Plötzlich spürten sowohl Dave wie Christina eine Bewegung des Wagens, die nicht von ihnen verursacht war. Sie blickten gleichzeitig auf, und was sie vor der Windschutzscheibe sahen, jagte ihnen panische Angst ein. Durch die Nacht jagte ein fahles weißes Schemen auf sie zu. Was auch immer dieses unnatürliche Geschöpf war, es prallte gegen die Scheibe und rollte auf der Beifahrerseite des Wagens herunter.

»Was war das?« schrie Dave.

Christina kreischte auf und kämpfte gegen eine schmierige Hand, die durch das Fenster hereinfuhr und ihr eine Handvoll Haare ausriß.

»Verdammte Scheiße!« schrie Dave und kämpfte gleichfalls gegen eine Hand, die auf seiner Seite hereingriff. Fingernägel gruben sich in seinen Hals, rissen ein Stück von seinem T-Shirt weg und hinterließen ein dünnes Blutrinnsal.

Panisch startete Dave den Camaro. Er legte den Rückwärtsgang ein und schoß polternd über das steinige Terrain zurück. Christina stieß wieder einen Schrei aus, als ihr Kopf gegen das Wagendach prallte. Dann stieß der Wagen gegen einen Grabstein, der krachend zerbrach und umkippte.

Dave legte den ersten Gang ein und gab Vollgas.

»Wer zum Teufel war das?« schrie Dave.

»Das waren zwei«, stieß Christina hervor.

Sie hatten jetzt die Straße erreicht, und Dave lenkte den Wagen auf die Stadt zu. Christina schaute in den Rückspiegel und inspizierte den Schaden, den ihr Haar davongetragen hatte. »Mein ganzer Schnitt ist ruiniert«, jammerte sie.

Dave sah nach hinten, um sich zu vergewissern, daß ihnen niemand folgte. Er wischte sich mit der Hand über den Nacken und blickte dann ungläubig auf das Blut an seinen Fingern.

»Was, zum Teufel, hatten die eigentlich an?« fragte Dave wütend.

»Ist das wichtig?« maulte Christina.

»Die hatten weiße Kleider an oder so etwas Ähnliches«, sagte Dave. »Wie zwei Gespenster.«

»Wir hätten nie dahin fahren sollen«, heulte Christina. »Ich hab's ja gleich gewußt.«

»Jetzt hör schon auf«, fuhr sie Dave an. »Gar nichts hast du gewußt.«

»Doch, hab' ich doch«, widersprach sie. »Du hast mich bloß nicht gefragt.«

»Blödsinn!«

»Aber wer sie auch waren, sie müssen krank sein«, sagte Christina.

»Da hast du wahrscheinlich recht«, nickte Dave. »Wahrscheinlich kommen sie aus dem Danvers State Hospital. Aber wie sind sie dann bis hierher gekommen?«

Christina griff sich an den Mund und murmelte: »Mir wird gleich schlecht.«

Dave trat auf die Bremse und fuhr an den Straßenrand. Christina öffnete die Tür einen Spalt und übergab sich auf die Straße. Dave schickte ein stilles Stoßgebet zum Himmel, daß nichts ins Wageninnere geraten möge.

Christina richtete sich wieder auf, lehnte den Kopf an die Kopfstütze und schloß die Augen.

»Ich will nach Hause«, sagte sie schwach.

»Wir sind gleich da«, versprach Dave und fuhr los.

»Wir dürfen das niemandem sagen«, meinte Christina. »Wenn meine Eltern es erfahren, darf ich sechs Monate nicht mehr aus dem Haus.«

»In Ordnung«, versprach Dave.

»Versprochen?«

»Klar, kein Problem.«

Dave schaltete die Scheinwerfer wieder aus, als er in Christinas Straße einbog. Er hielt ein paar Häuser entfernt und hoffte, daß er ihr keinen Abschiedskuß geben mußte; er war erleichtert, als sie gleich ausstieg.

»Denk daran, du hast es mir versprochen«, sagte sie.

»Keine Angst«, versprach Dave.

Er sah ihr nach, wie sie über den Rasen rannte und dann hinter der Hecke verschwand.

Unter der nächsten Straßenlaterne stieg Dave aus und inspizierte seinen Wagen. Hinten, wo er den Grabstein angefahren hatte, hatte die Stoßstange eine Schramme, aber nicht besonders schlimm. Er ging auf die Beifahrerseite, öffnete die Tür, schnüffelte vorsichtig und war erleichtert, als er nichts roch. Er schloß die Tür und ging vorn um den Wagen herum. Der Scheibenwischer auf der Beifahrerseite fehlte.

Dave knirschte mit den Zähnen und fluchte halblaut. Was für eine Nacht, und noch dazu alles vergeblich! Er stieg wieder ein und überlegte, ob er George, seinen besten Freund, wecken sollte. Dave konnte es gar nicht erwarten, ihm zu erzählen, was er erlebt hatte. Es war so unheimlich wie in einem alten Horrorfilm gewesen. In gewisser Weise war er für den zerbrochenen Scheibenwischer dankbar. Sonst würde George ihm die Story wahrscheinlich gar nicht glauben.

Nachdem sie gegen halb zwei Uhr morgens das Xanax eingenommen hatte, schlief Kim wesentlich länger als gewöhnlich, und als sie schließlich aufwachte, fühlte sie sich ziemlich benommen. Das Gefühl war ihr unangenehm, aber sie war trotzdem überzeugt, daß das ein bescheidener Preis dafür war, wenigstens etwas Schlaf gefunden zu haben.

Den ersten Teil des Tages verbrachte Kim damit, ihre Sachen für Montag herzurichten. Sie wunderte sich selbst, wie sehr sie sich darauf freute, wieder arbeiten zu gehen. In den letzten zwei Wochen war sie in zunehmendem Maße des isolierten, einsamen Lebens müde geworden, das sie in Salem geführt hatte, ganz besonders nachdem sie mit dem Einrichten des Cottage fertig gewesen war.

Edward war in jeder Hinsicht ein Problem. Mit ihm zusammenzuleben war keineswegs so, wie sie es erwartet hatte, obwohl sie bei genauer Überlegung gar nicht wußte, was sie eigentlich erwartet hatte. Aber sie hatte jedenfalls gehofft, ihn häufiger zu

Gesicht zu bekommen und mehr gemeinsam mit ihm zu unternehmen. Und ganz sicherlich hatte sie nicht damit gerechnet, sich darüber Sorgen machen zu müssen, daß er ein Präparat im Experimentierstadium einnahm. Insgesamt war die ganze Situation recht absurd.

Nachdem Kim alles im Cottage erledigt hatte, ging sie zur Burg hinüber und lief dort gleich Bruer über den Weg. Sie hatte gehofft, die Installationsarbeiten wären beendet, aber Bruer sagte, daß das im Hinblick auf die zusätzliche Arbeit im Gästeflügel ein Ding der Unmöglichkeit sei, und erklärte, daß sie noch zwei Tage länger brauchen würden. Er fragte, ob sie das Werkzeug übers Wochenende in der Burg lassen dürften, wogegen Kim nichts einzuwenden hatte.

Sie inspizierte die Treppe im Dienstbotenflügel und warf einen Blick in den Eingangsbereich. Zu ihrer großen Enttäuschung war dort wieder alles schmutzig. Die Fußmatte schien völlig unberührt, gerade als ob sie sie bewußt ignoriert hätten.

Sie ging über den Hof und warf einen Blick auf den Eingang zum Gästeflügel. Dort war es weniger schmutzig als vorm Gesindeflügel, aber auch nicht besonders sauber.

Schließlich stieg Kim die Treppe hinauf und machte sich auf dem Dachboden an die Arbeit. Der Fund des Thomas-Goodman-Briefes am Tag zuvor hatte ihrer Begeisterung neuen Schwung verliehen. Die Zeit verging schnell, und ehe sie wußte, wie ihr geschah, war es Zeit zum Mittagessen.

Kim ging zum Cottage zurück. Als sie zum Labor hinübersah, überlegte sie, ob sie ihnen einen kurzen Besuch abstatten und von ihrem Problem mit dem Schmutz erzählen sollte.

Nach dem Mittagessen kehrte Kim ins Dachgeschoß zurück und arbeitete dort den ganzen Nachmittag. Das einzige, was sie aus der Zeit, die sie interessierte, fand, waren Jonathan Stewarts Collegezensuren. Kim überflog sie und erfuhr, daß Jonathan nur ein mittelmäßiger Schüler gewesen war. Um es mit den Worten eines der gewandteren Tutoren zu sagen, war Jonathan »je nach Jahreszeit im Teich schwimmen oder auf dem Charles-Fluß Schlittschuh laufen, statt sich mit Logik, Rhetorik oder Ethik auseinanderzusetzen«.

Als Kim am Abend ihren gegrillten Fisch mit frischem, gemischtem Salat genoß, sah sie einen Pizza-Lieferwagen zum Labor fahren. Solche Lieferungen, Pizza, Brathähnchen oder chinesisches Essen, kamen zweimal täglich. Zu Anfang des Monats hatte Kim sich erboten, Edward jeden Abend ein warmes Essen zuzubereiten, aber das hatte er abgelehnt und gesagt, es wäre besser, wenn er mit den anderen zusammen die Mahlzeiten einnähme.

In gewisser Hinsicht war Kim vom Fleiß der Wissenschaftler beeindruckt, während sie sie andererseits für Eiferer und ein wenig versponnen hielt.

Gegen elf ging Kim mit Sheba hinaus und blieb auf der Veranda stehen, während die Katze im Gras herumstreunte. Ohne sie aus den Augen zu lassen, sah Kim zum Labor hinüber, wo noch Licht brannte.

Als sie das Gefühl hatte, daß Sheba lange genug draußen gewesen war, trug Kim sie wieder hinein. Der Katze paßte das nicht so recht, aber in Anbetracht dessen, was Kim von der Polizei gehört hatte, wollte sie das Tier nicht frei herumlaufen lassen.

Kim ging nach oben und legte sich ins Bett. Sie las noch eine Stunde, aber wie am Abend zuvor wollte ihr Verstand auch heute einfach nicht zur Ruhe kommen. Tatsächlich schien ihre Beklemmung im Bett sogar noch zu wachsen. Sie ging ins Bad und nahm wieder eine Xanax-Tablette.

Kapitel 17

Samstag, 1. Oktober 1994

Kim quälte sich aus den Tiefen eines betäubungsähnlichen Schlafes hoch. Sie war überrascht, daß sie schon wieder so lange geschlafen hatte. Es war beinahe neun.

Nachdem sie geduscht und sich angezogen hatte, ließ sie Sheba hinaus. Ein wenig schuldbewußt, weil sie die Katze in ihrer normalen Bewegungsfreiheit einschränkte, war sie sehr geduldig mit ihr und ließ sie hingehen, wo sie wollte. Sheba entschied sich dafür, um das Haus herumzugehen. Kim folgte ihr.

Als Kim um die hintere Hausecke herumgegangen war, blieb sie plötzlich stehen, stemmte wütend die Hände in die Hüften und stieß eine Verwünschung aus. Die Vandalen, vor denen die Polizei sie gewarnt hatte, hatten diesmal sie zum Ziel gewählt; die beiden Mülltonnen waren umgekippt und der Müll im weiten Umkreis verteilt.

Sie wandte ihre Aufmerksamkeit kurz von Sheba ab und stellte die beiden Plastiktonnen wieder auf, wobei sie entdeckte, daß beide oben starke Beschädigungen aufwiesen.

»Verdammte Schweinerei!« rief Kim und trug die beiden Tonnen wieder an ihren Platz neben dem Haus. Bei genauerem Hinsehen wurde ihr klar, daß sie beide würde ersetzen müssen, weil die Deckel nicht mehr richtig schlossen.

Kim konnte Sheba gerade noch einfangen, ehe sie im Wald verschwand, und trug sie ins Haus zurück. Dann rief sie auf dem Polizeirevier an. Zu ihrer Überraschung bestanden die Beamten darauf, sofort jemanden zu ihr zu schicken.

Kim holte ihre Gartenhandschuhe und ging wieder hinaus, wo sie die nächste halbe Stunde damit verbrachte, den ganzen Müll wegzuräumen. Sie warf ihn wieder in die beiden beschädigten Tonnen und war gerade mit ihrer Arbeit fertig, als der Streifenwagen aus Salem eintraf.

Diesmal war es nur ein Beamter, der, wie Kim feststellte, etwa in ihrem Alter war. Es war ein ernst blickender junger Mann namens Tom Malick. Er bat, den Tatort besichtigen zu dürfen. Kim fand zwar, daß er die kleine Episode über Gebühr wichtig nahm, führte ihn aber hinter das Haus und zeigte ihm die Behälter. Sie erklärte ihm, daß sie gerade wieder alles eingesammelt hatte.

»Es wäre besser gewesen, wenn Sie zunächst alles liegengelassen hätten, damit wir es uns hätten ansehen können«, meinte Malick.

»Das tut mir leid«, bedauerte Kim.

Der Beamte hob einen der Deckel auf und wies sie auf ein paar parallel verlaufende Kratzspuren hin. »Ich denke, Sie sollten sich massivere Behälter besorgen«, sagte er.

»Ich hatte vor, sie zu ersetzen«, nickte Kim. »Ich muß mal sehen, was zu haben ist.«

»Sie werden möglicherweise bis Burlington fahren müssen, um welche zu finden«, meinte der Beamte. »In der Stadt sind sie ausverkauft.«

»Das klingt ja, als würde sich diese Geschichte zu einem richtigen Problem entwickeln«, sagte Kim.

»Das dürfen Sie laut sagen. Die ganze Stadt ist in Aufruhr. Haben Sie heute morgen nicht die Lokalnachrichten gesehen?«

»Nein.«

»Bis gestern sind immer nur Hunde und Katzen zu Tode gekommen«, erklärte der Beamte. »Heute morgen haben wir unser erstes menschliches Opfer gefunden.«

»Das ist ja schrecklich«, sagte Kim, der der Atem stockte. »Wer war das denn?«

»Ein stadtbekannter Landstreicher, John Mullins. Man hat ihn unweit von hier in der Nähe der Kernwood-Brücke gefunden. Das Gräßliche war, daß er zum Teil aufgefressen war.«

Vor Kims innerem Auge stieg das schreckliche Bild von Buffer auf, wie er im Gras lag, und sie spürte, wie ihr Mund trocken wurde.

»Mullins Alkoholpegel war ziemlich hoch«, sagte Malick, »es kann also durchaus sein, daß er bereits tot war, ehe das Tier ihn erwischt hat, aber das werden wir erst genauer wissen, wenn uns der Autopsiebericht vorliegt. Die Leiche ist nach Boston gebracht worden, weil wir hoffen, dort Näheres darüber zu erfahren, mit was für einem Tier wir es eigentlich zu tun haben.«

»Das klingt ja schrecklich.« Kim schauderte. »Daß es so ernst ist, wußte ich nicht.«

»Ursprünglich hatten wir an einen Waschbären gedacht«, meinte Malick. »Aber jetzt denken wir, daß es sich um ein größeres Tier handeln muß, einen Bären beispielsweise. Die Bären haben sich in New Hampshire stark vermehrt, das liegt also durchaus im Bereich des Möglichen. Aber was auch immer es ist, die örtliche Hexenindustrie ist begeistert. Die sagen natürlich, das ist der Teufel, und sonst noch allen möglichen Unsinn und versuchen den Leuten weiszumachen, es sei dasselbe wie 1692. Sie stellen es recht geschickt an, und ihr Geschäft läuft gut. Aber das kann man von unserem Geschäft auch sagen.«

Nachdem er Kim noch mal wegen der umfangreichen Wälder

auf ihrem Besitz zu besonderer Vorsicht ermahnt hatte, weil sich dort ohne weiteres ein Bär verstecken konnte, fuhr Malick wieder.

Ehe Kim die lange Fahrt nach Burlington antrat, rief sie den Eisenwarenladen in Salem an, wo sie gewöhnlich einkaufte. Man versicherte ihr, daß ein genügend großer Vorrat an Mülltonnen vorhanden sei, da erst gestern eine neue Lieferung eingetroffen war.

Gleich nach dem Frühstück fuhr Kim in die Stadt und geradewegs zu dem Laden. Der Verkäufer sagte ihr, sie habe gut daran getan, sofort zu kommen, weil sie nämlich seit dem Telefonat vor einer Stunde bereits den größten Teil ihrer neu eingetroffenen Mülltonnen verkauft hatten.

»Diese Bestie scheint weit herumzukommen«, sagte Kim.

»Das können Sie laut sagen«, nickte der Verkäufer. »Drüben in Beverly haben sie schon ähnliche Probleme. Alle reden davon, was das wohl für ein Tier sein mag. Selbst Wetten werden angeboten, falls Sie sich beteiligen wollen. Für uns ist es eine feine Sache. Nicht nur, daß wir eine Unmenge Mülltonnen verkauft haben; in unserer Sportabteilung herrscht Hochkonjunktur für Munition und Flinten.«

Während Kim an der Kasse wartete, hörte sie, wie andere Kunden sich über das Thema unterhielten. Die Spannung, die in der Luft lag, war beinahe zum Greifen.

Als Kim den Laden verließ, hatte sie ein unbehagliches Gefühl. Wenn es zu hysterischen Reaktionen kam, war es durchaus möglich, daß Unschuldige zu Schaden kamen. Sie schauderte bei dem Gedanken an schießwütige Leute, die sich hinter ihren Vorhängen versteckten und bloß darauf warteten, daß jemand oder etwas sich an ihrem Müll zu schaffen machte. So etwas konnte leicht zu einer Tragödie führen.

Zu Hause füllte Kim den Müll aus den beschädigten Behältern in die neuen um, deren Deckel von einem raffinierten Mechanismus gesichert waren. Während der Arbeit sehnte sie sich nach der Stadt und erinnerte sich wehmütig daran, wie einfach doch das Leben dort im Vergleich mit dem Leben auf dem Lande war. Dort mußte sie zwar aufpassen, daß sie nicht auf der Straße überfallen wurde, aber es gab wenigstens keine Bären.

Anschließend ging Kim hinüber zum Labor. Sie tat es nicht

sonderlich begeistert, fand aber, daß sie in Anbetracht der Umstände keine andere Wahl hatte.

Ehe sie hineinging, sah sie sich die Mülltonnen vorm Labor an. Es waren zwei schwere Stahlcontainer, die von der Müllabfuhr mit einer mechanischen Hebeanlage hochgehoben wurden. Die Deckel waren so schwer, daß Kim sie kaum heben konnte. Daran hatte sich offensichtlich niemand zu schaffen gemacht.

Kim ging durch den Empfangsbereich und betrat das eigentliche Labor. Dort erwartete sie wieder eine Überraschung. Beim letztenmal war es eine Feier gewesen, diesmal eine improvisierte Sitzung, die offenbar einem wichtigen Thema galt. Die vergnügte, geradezu ausgelassene Atmosphäre, mit der sie gerechnet hatte, war dahin, und an ihre Stelle war eine würdige Ruhe getreten.

»Tut mir schrecklich leid, wenn ich störe«, entschuldigte sie sich.

»Ist schon in Ordnung«, meinte Edward. »Wolltest du etwas Bestimmtes?«

Kim berichtete über die umgekippten Mülltonnen und den Besuch der Polizei und fragte dann, ob jemandem während der Nacht irgend etwas Ungewöhnliches aufgefallen sei.

Die Wissenschaftler sahen einander erwartungsvoll an. Zunächst antwortete keiner, dann schüttelten alle den Kopf.

»Ich schlafe so tief, daß ich wahrscheinlich nicht einmal ein Erdbeben mitbekommen würde«, erklärte Curt.

»Du verursachst Geräusche wie ein Erdbeben«, scherzte David. »Aber du hast recht, ich schlafe genauso tief.«

Kim musterte die Gesichter reihum. Die düstere Stimmung, die sie beim Hereinkommen gespürt hatte, schien sich bereits aufzuhellen. Sie sagte ihnen, daß es sich nach Ansicht der Polizei bei dem Übeltäter um einen tollwütigen Bären handeln könnte, daß aber auch viele Halbwüchsige die Lage nutzten, um Unfug zu treiben. Dann berichtete sie von der an Hysterie grenzenden Aufregung, die sie in der Stadt gespürt hatte.

»So etwas kann auch nur in Salem so aufgeplustert werden«, schmunzelte Edward. »Diese Stadt wird sich wahrscheinlich nie ganz von dem erholen, was 1692 passiert ist.«

»Zum Teil ist die Sorge ja berechtigt«, sagte Kim. »Heute morgen hat man gar nicht weit von hier einen Toten gefunden. Die Leiche war angenagt.«

Gloria wurde kalkweiß. »Das ist ja grotesk!« rief sie.

»Weiß man, woran der Mann gestorben ist?« fragte Edward.

»Nicht genau«, erklärte Kim. »Man hat die Leiche zur Untersuchung nach Boston geschickt. Dort soll geklärt werden, ob der Mann schon tot war, bevor das Tier ihn angefallen hat.«

»Dann wäre das Tier nur so etwas wie ein Aasfresser«, schränkte Edward ein.

»Richtig«, nickte Kim. »Aber ich hatte trotzdem das Gefühl, Bescheid sagen zu müssen. Und noch etwas«, fügte sie hinzu und zwang sich, das Thema zu wechseln. »Es gibt da ein kleines Problem in der Burg. In den Gängen ist ziemlich viel Dreck, der zum Eingang hereingetragen wurde. Ich wollte alle bitten, sich die Schuhe abzustreifen.«

»Das tut uns schrecklich leid«, bedauerte François. »Wir kommen bei Dunkelheit hin und gehen bei Dunkelheit wieder weg. Wir müssen wohl besser aufpassen.«

»Vielen Dank«, sagte Kim. »So, das wäre dann alles. Tut mir leid, wenn ich gestört habe.«

»Ist schon gut«, lächelte Edward und brachte sie zur Tür.

Als Edward zu der Gruppe zurückkehrte, sah er lauter besorgte Gesichter.

»Eine menschliche Leiche verleiht dem Ganzen eine völlig andere Dimension«, sagte Gloria.

»Der Meinung bin ich auch«, pflichtete Eleanor ihr bei.

Ein paar Augenblick lang herrschte Schweigen, bis David schließlich meinte: »Ich glaube, wir müssen der Tatsache ins Auge schauen, daß wir für einige der Probleme hier in der Gegend verantwortlich sind.«

»Das ist doch absurd«, protestierte Edward. »Das widerspricht doch jeder Vernunft.«

»Wie erklärt sich dann mein T-Shirt?« wollte Curt wissen und zog es aus der Schublade, in die er es bei Kims plötzlichem Erscheinen gestopft hatte. Es war zerrissen und verschmiert. »Ich habe eine dieser Flecken untersucht. Das ist Blut.«

»Aber dein Blut«, meinte Edward.

»Stimmt. Aber trotzdem – wie ist es passiert?« fragte Curt. »Ich erinnere mich an nichts.«

»Wir können auch die Hautabschürfungen nicht erklären, die wir morgens beim Aufwachen an uns entdecken«, sagte François. »In meinem Zimmer waren sogar Laub und kleine Ästchen verstreut.«

»Wir müssen also schlafwandeln oder so etwas«, sagte David. »Ich weiß, daß wir uns das nicht eingestehen wollen.«

»Nun, *ich* bin nicht schlafgewandelt«, sagte Edward und funkelte die anderen an. »Ich bin gar nicht sicher, ob das nicht wieder so ein Streich ist, den einer von euch ausgeheckt hat.«

»Nein, das ist es ganz bestimmt nicht«, erklärte Curt und faltete sein zerrissenes Hemd zusammen.

»An den Versuchstieren können wir jedenfalls nichts feststellen, das auch nur andeutungsweise in diese Richtung weist«, meinte Edward gereizt. »In wissenschaftlicher Hinsicht macht es auch keinen Sinn. Es würde doch irgendeine logische Konsequenz ergeben. Deshalb macht man ja Tierversuche.«

»Der Ansicht bin ich auch«, pflichtete Eleanor bei. »Ich habe in meinem Zimmer nichts gefunden und habe auch keine Schürf- oder sonstige Wunden.«

»Also, eingebildet habe ich mir das Ganze ganz sicher nicht«, erklärte David. »Ich habe hier eindeutig Schnitte.« Er streckte die Hände aus, damit alle seine Verletzungen sehen konnten. »Wie Curt schon gesagt hat: Das ist kein Witz.«

»Ich habe keine Verletzungen, aber beim Aufwachen waren meine Hände ganz schmutzig«, sagte Gloria. »Und alle Nägel sind abgebrochen.«

»Irgend etwas stimmt hier nicht, obwohl wir an den Tieren nichts bemerkt haben«, beharrte David. »Ich weiß, daß niemand es sagen will, aber ich tue es jetzt: Es muß an Ultra liegen.«

Man konnte sehen, wie Edwards Kinnmuskeln sich spannten. Er ballte die Fäuste.

»Ich habe selbst ein paar Tage gebraucht, bis ich es mir eingestehen wollte«, fuhr David fort. »Aber ich bin jetzt ziemlich sicher, daß ich nachts draußen war, mich aber absolut nicht daran erinnere. Ich weiß auch nicht, was ich gemacht habe, aber beim Aufwachen war ich schmutzig. Und ich kann euch versichern, daß ich so etwas noch nie getan habe.«

»Willst du damit andeuten, daß dieser Vandalismus in der Umgebung gar nicht auf ein Tier zurückzuführen ist?« fragte Gloria kleinlaut.

»O bitte, wir wollen doch ernst bleiben«, erregte sich Edward. »Wir werden doch jetzt nicht verrückt spielen!«

»Ich sage ja nichts anderes, als daß ich draußen war und nicht weiß, was ich getan habe«, erklärte David.

Angst begann sich in der kleinen Schar von Wissenschaftlern breitzumachen, wobei sich zwei Gruppen herausbildeten: Edward und Eleanor fürchteten um die Zukunft des Projekts, während die anderen mehr um ihre Gesundheit bangten.

»Wir müssen das rational betrachten«, verkündete Edward.

»Ohne Zweifel«, pflichtete David ihm bei.

»Das Präparat ist bis jetzt doch perfekt«, sagte Edward. »Wir haben bislang nur positive Reaktionen gehabt und Grund zu der Annahme, daß es sich um eine natürliche Substanz handelt oder etwas, was einer natürlichen Substanz sehr nahe kommt. Die Affen haben keinerlei Tendenzen hinsichtlich Somnambulismus gezeigt. Und ich persönlich mag das Gefühl, daß Ultra mir verschafft.«

Dem stimmten alle sofort zu.

»Tatsächlich finde ich sogar, daß es für Ultra spricht, wie wir uns selbst unter diesen Umständen noch darüber unterhalten können«, fügte Edward hinzu.

»Du hast sicher recht«, sagte Gloria. »Noch vor einer Minute war ich vor Angst und Ekel außer mir, aber jetzt fühle ich mich schon wieder besser.«

»Genau darauf will ich hinaus«, erklärte Edward. »Es ist ein phantastisches Präparat.«

»Trotzdem haben wir noch ein Problem«, meinte David. »Wenn das mit dem Schlafwandeln tatsächlich stimmt und es von Ultra verursacht wird, was ich für die einzige Erklärung halte, dann ist das eine Nebenwirkung, mit der wir unmöglich rechnen konten. Also bewirkt das Präparat in unserem Gehirn etwas Einmaliges.«

»Ich hole meine Pet-Scans«, verkündete François plötzlich. Er ging hinunter in seinen Arbeitsraum und war gleich darauf wieder da. Er legte eine Reihe von Gehirn-Scans eines Affen auf den Tisch, dem man radioaktiv markiertes Ultra gegeben hatte.

»Ich muß euch etwas zeigen, das mir erst heute morgen aufgefallen ist«, sagte er. »Ich hatte bis jetzt noch keine Zeit, darüber nachzudenken, und es wäre mir wahrscheinlich auch nicht aufgefallen, wenn der Computer es nicht registriert hätte, als diese Bilder noch in digitaler Form waren. Wenn man genau hinsieht, baut sich die Ultra-Kombination im Rautenhirn, im Mittelhirn und im limbischen System langsam von der ersten Dosis auf und steigert sich dann deutlich, sobald ein gewisses Niveau erreicht ist. Das deutet darauf hin, daß kein stabiler Zustand erreicht wird.«

Alle beugten sich über die Fotografien.

»Vielleicht ist das Enzymsystem bei signifikanter Zunahme der Konzentration einfach überfordert und nicht mehr imstande, es abzubauen«, gab Gloria zu bedenken.

»Das könnte sein«, meinte François.

»Das bedeutet, daß wir überprüfen sollten, wieviel Ultra jeder von uns genommen hat«, sagte Gloria.

Alle Augen richteten sich auf Edward.

»Das scheint mir vernünftig«, sagte Edward und ging zu seinem Schreibtisch, dem er eine kleine versperrte Kassette entnahm.

Die Gruppe erfuhr, daß Curt die höchste Dosis genommen hatte, gefolgt von David. Am anderen Ende der Skala hatte Eleanor, dicht gefolgt von Edward, die niedrigste Dosis eingenommen.

Nach einer längeren, ruhigen Diskussion hatten sie eine Theorie über das Geschehen entwickelt. Sie nahmen an, daß Ultra mit zunehmender Konzentration die normalen, im Schlaf auftretenden Variationen des Serotoninniveaus blockierte, die Schwankungen einebnete und damit das Schlafmuster veränderte.

Gloria meinte schließlich, daß Ultra bei noch höherer Konzentration, vielleicht an dem Punkt, wo die Kurve steil nach oben stieg, die Verbindungen des niederen oder Reptiliengehirns an die höheren Zentren in den Zerebralhemisphären blockierte. Schlaf wurde, wie andere autonome Funktionen auch, von den niederen Gehirnregionen reguliert, wo das Präparat sich ansammelte.

Eine Weile herrschte Stille, während jeder sich mit dieser Hypothese auseinandersetzte.

»Wenn das der Fall wäre«, fragte David, »was würde dann passieren, wenn wir aufwachten, während diese Blockade wirksam ist?«

»Das wäre dann so, als hätten wir uns rückentwickelt«, sage Curt. »Wir würden nur von unseren unteren Gehirnzentren gesteuert werden. Wir wären dann wie fleischfressende Reptilien!«

Der Schock, den diese Feststellung auslöste, ließ in Anbetracht seiner erschreckenden Konsequenzen alle verstummen.

»Augenblick mal!« sagte Edward, bemüht, ebenso sich selbst wie die anderen aufzumuntern. »Wir ziehen da übereilte Schlüsse, die nicht auf Tatsachen basieren. Das ist alles reine Annahme. Wir sollten uns daran erinnern, daß wir an den Affen nichts dergleichen festgestellt haben, obwohl die ebenfalls ein Großhirn und ein Kleinhirn haben, wenn auch kleiner als Menschen, wenigstens kleiner als das der meisten Menschen.«

Alle außer Gloria schmunzelten über Edwards Witz.

»Selbst wenn es mit Ultra ein Problem geben sollte«, erinnerte Edward seine Mitarbeiter, »müssen wir auch die gute Seite des Präparats in Betracht ziehen und welche positiven Auswirkungen es auf unsere Gefühle, unsere geistigen Fähigkeiten, unser Wahrnehmungsvermögen, ja sogar unser Langzeitgedächtnis hatte. Vielleicht haben wir zu hohe Dosen genommen und sollten sie reduzieren. Vielleicht sollten wir alle die Einnahme auf Eleanors Dosis reduzieren, sie hat schließlich nur die positiven Auswirkungen erfahren.«

»Ich werde die Dosis nicht reduzieren«, verkündete Gloria trotzig. »Ich werde gar nichts mehr nehmen. Der Gedanke, daß in meinem Körper ein primitives Geschöpf lauert, das sich nachts ohne mein Wissen hinausschleicht und Unheil anrichtet, erschreckt mich.«

»Sehr schön formuliert«, bemerkte Edward. »Selbstverständlich kannst du das Präparat jederzeit absetzen. Gar keine Frage. Niemand wird gezwungen, etwas gegen seinen Willen zu tun. Jeder soll entscheiden, ob er das Präparat weiterhin nehmen will oder nicht, und deshalb schlage ich folgendes vor: Als zusätzliche Sicherheitsmaßnahme denke ich, sollten wir Eleanors Dosis halbieren, als obere Grenze ansehen und künftige Dosierungen in Hundert-Milligramm-Stufen absenken.«

»Das klingt für mich vernünftig und ungefährlich«, sagte David.

»Für mich auch«, nickte Curt.

»Und für mich auch«, schloß François sich an.

»Gut«, faßte Edward zusammen. »Ich bin zuversichtlich, daß das Problem dosisabhängig ist. Es muß einen Punkt geben, wo man die Chance, daß das Problem der Nervenbahnblockade ausgelöst wird, als akzeptables Risiko bezeichnen kann.«

»Ich nehme es nicht«, wiederholte Gloria.

»Kein Problem«, erklärte Edward.

»Und das macht dir nichts aus? Du wirst nicht sauer auf mich sein?« fragte Gloria.

»Nicht im geringsten«, beruhigte sie Edward und schüttelte den Kopf.

»Dann werde ich die Kontrolle übernehmen«, sagte Gloria. »Außerdem werde ich nachts auf euch aufpassen.«

»Hervorragende Idee«, nickte Edward.

»Ich hätte einen Vorschlag zu machen«, meinte François. »Vielleicht sollten wir radioaktiv markiertes Ultra nehmen, damit ich dem Aufbau folgen und die Konzentration im Gehirn beobachten kann. Die optimale Dosis dürfte diejenige sein, die ein definiertes Niveau aufrechterhält, ohne es beständig zu steigern.«

»Gute Idee«, sagte Curt.

»Eines noch«, erklärte Edward. »Ich brauche sicherlich niemanden daran zu erinnern, daß diese Besprechung streng geheim bleiben muß.«

»Keine Frage«, erklärte David. »Niemand von uns will die Zukunft von Ultra gefährden. Vielleicht gibt es das eine oder andere Anfangsproblem, aber trotzdem wird Ultra das Medikament des Jahrhunderts werden.«

Kim hatte beabsichtigt, einen Teil des Vormittags in der Burg zu verbringen, als sie aber zum Cottage zurückkam, sah sie, daß es bereits Zeit zum Mittagessen war. Während sie aß, klingelte das Telefon. Zu ihrer Überraschung war es Katherine Sturburg, die Archivarin in Harvard, die sich besonders für Increase Mather interessierte.

»Ich habe möglicherweise eine gute Nachricht für Sie«, begann sie. »Ich habe gerade einen Hinweis auf ein Buch von Rachel Bingham gefunden!«

»Ist ja großartig!« freute sich Kim. »Ich hatte schon alle Hoffnung aufgegeben, aus Harvard Hilfe zu bekommen.«

»Wir tun, was wir können«, erklärte Katherine.

»Und wie haben Sie's gefunden?« wollte Kim wissen.

»Das ist das Allerbeste dran«, sagte Katherine. »Ich habe mir den Brief von Increase Mather noch einmal durchgelesen, und sein Hinweis auf eine juristische Fakultät hat mich dazu veranlaßt, die Datenbank der Bibliothek der juristischen Fakultät anzurufen – so bin ich auf den Namen gestoßen. Ich habe keine Ahnung, warum in unserer Datenbank kein Querverweis zu finden ist. Jedenfalls ist das Buch dem großen Feuer nicht zum Opfer gefallen.«

»Ich dachte, damals sei alles verbrannt«, sagte Kim.

»So ziemlich alles«, gab Katherine ihr recht. »Zu unserem Glück haben etwa zweihundert Bücher das Feuer überlebt, weil sie damals ausgeliehen waren. Jedenfalls habe ich herausgefunden, daß die juristische Fakultät das Buch 1818 von der Hauptbibliothek bekommen hat.«

»Haben Sie das Buch selbst schon gefunden?« fragte Kim aufgeregt.

»Nein, dazu hatte ich noch keine Zeit«, erwiderte Katherine. »Ich schlage vor, Sie rufen Helen Arnold, die Archivarin der juristischen Fakultät, an. Ich werde ihr Montag früh Bescheid sagen, daß Sie sich bei ihr melden werden.«

»Ich gehe am Montag nach der Arbeit gleich selbst hin«, sagte Kim eifrig. »Ich habe um drei Uhr Schluß.«

»Dann klappt's bestimmt«, erklärte Katherine. »Ich sage es Helen.«

Mit neuer Begeisterung machte sich Kim, nachdem sie ihr Mittagessen beendet hatte, wieder an die Arbeit auf dem Dachboden. Nächste Woche, wenn sie wieder im Krankenhaus arbeiten würde, würde sie nicht mehr so leicht die Zeit dazu finden.

Sie arbeitete konzentriert bereits den ganzen Nachmittag, als ihr ein ähnlicher Glückszufall widerfuhr wie Kinnard. Sie öffnete eine Schublade und zog einen Brief heraus, der an Ronald adressiert war! Er stammte wieder von Samuel Sewall, und das Datum verriet Kim, daß der Brief wenige Tage vor Elizabeths Hinrichtung abgeschickt worden war.

15. Juli 1692
Boston

Sehr geehrter Herr Stewart,

ich komme gerade von einem gemütlichen Abendessen mit Reverend Cotton Mather. Wir haben uns über das traurige Los Ihrer Frau unterhalten und sind voll Betrübnis für Sie und Ihre Kinder. Reverend Mather hat sich in höchst großzügiger Weise bereit erklärt, Ihre geistig verwirrte Frau in seinem Haus aufzunehmen, um sie zu kurieren, so wie er das mit großem Erfolg bei dem beklagten Goodwin-Mädchen getan hat, wenn sie nur in der Öffentlichkeit ein Geständnis ablegen und den Bund widerrufen würde, den sie mit dem Fürsten der Finsternis eingegangen ist. Reverend Mather ist überzeugt, daß Elizabeth als kritische Augenzeugin Beweise und Argumente liefern kann, die das Sadduzäertum dieser gequälten Zeit widerlegen. Andernfalls kann und wird Reverend Mather sich nicht gegen die Vollstreckung des Urteilsspruch des Gerichts verwenden. Glauben Sie mir, daß da keine Zeit zu vergeuden ist. Reverend Mather glaubt fest daran, daß Ihre Frau uns alles über die Angelegenheiten der unsichtbaren Welt lehren kann, die unser Land bedroht. Gott segne Ihre Mühe. Ich verbleibe

als Ihr Freund
Samuel Sewall

Kim starrte ein paar Minuten lang zum Fenster hinaus. Der Tag hatte blau und wolkenlos begonnen, aber jetzt trieben aus dem Westen finstere Wolken heran. Von ihrem Platz aus konnte sie das Cottage inmitten der Birken stehen sehen, deren Blätter sich jetzt zu hellem Gelb verfärbt hatten. Der Anblick des alten Hauses im Verein mit dem Brief versetzte Kim dreihundert Jahre in die Vergangenheit, und sie konnte die ganze Panik verspüren, die Elizabeths bevorstehende Hinrichtung auslöste. Sicher war der Brief, den sie gerade gelesen hatte, eine Antwort auf Ronalds verzweifeltes Bemühen, das Leben seiner Frau zu retten.

Kims Augen füllten sich mit Tränen. Sie malte sich die Qualen aus, die Ronald durchlitten haben mußte, und fühlte sich schuldig, weil sie anfangs so argwöhnisch gegenüber Ronald gewesen war.

Schließlich stand sie auf, steckte den Brief in seinen Umschlag zurück und trug ihn hinunter in den Weinkeller, wo sie ihn mit den anderen Schriftstücken in der Bibelkassette verwahrte. Dann verließ sie die Burg und ging zum Cottage zurück.

Als sie die Hälfte des Weges zurückgelegt hatte, verlangsamte sie ihre Schritte, sah zum Labor hinüber und blieb dann ganz stehen. Sie sah auf die Uhr. Noch nicht ganz vier. Warum sollte sie die Wissenschaftler nicht noch einmal zum Abendessen wie vor vierzehn Tagen einladen?

Mit diesem Gedanken wechselte Kim die Richtung und ging zum Labor hinüber. Als sie durch den Vorraum ging, verspürte sie ein leichtes Gefühl der Unruhe, da sie nie recht wußte, was sie erwartete. Sie betrat das eigentliche Labor und ließ die Tür hinter sich ins Schloß fallen. Niemand kam ihr entgegen, um sie zu begrüßen.

Sie strebte auf Edwards Arbeitsplatz zu und kam dabei an David vorbei, der sie freundlich, aber bei weitem nicht so überschwenglich wie vor ein paar Tagen begrüßte. Kim winkte Gloria zu, die ähnlich wie David sich gleich wieder auf ihre Arbeit konzentrierte.

Obwohl Davids und Glorias Verhalten wahrscheinlich das normalste war, das Kim seit der Ankunft der beiden erlebt hatte, stellte es doch eine Veränderung dar.

Edward war so in seine Arbeit versunken, daß Kim ihn zweimal antippen mußte, um ihn zum Aufblicken zu veranlassen.

»Gibt's ein Problem?« fragte er. Er lächelte und schien erfreut, sie zu sehen.

»Ich wollte dir und den anderen einen Vorschlag machen«, sagte Kim. »Wollt ihr nicht zum Abendessen rüberkommen, wie vor zwei Wochen. Ich würde gern in die Stadt fahren und einkaufen.«

»Das ist sehr lieb von dir«, lächelte Edward. »Aber nicht heute. Wir haben keine Zeit. Wir lassen uns einfach Pizza kommen.«

»Es kostet euch bestimmt nicht mehr Zeit, das verspreche ich«, versuchte Kim ihn umzustimmen.

»Ich habe nein gesagt!« zischte Edward mit zusammengebissenen Zähnen, so daß Kim unwillkürlich einen Schritt zurücktrat. Aber Edward gewann sofort seine Fassung zurück und lächelte wieder. »Pizza ist schon in Ordnung.«

»Wie du meinst«, sagte Kim verwirrt und ein wenig beunruhigt. »Fühlst du dich auch wohl?« fragte sie zaghaft.

»Ja!« herrschte er sie an, lächelte dann aber gleich wieder. »Wir sind heute alle ein wenig gereizt. Es hat einen kleinen Rückschlag gegeben, aber wir haben die Dinge im Griff.«

Kim trat noch ein paar Schritte zurück. »Wenn du es dir im Laufe der nächsten Stunde anders überlegen solltest, kann ich immer noch in die Stadt fahren«, sagte sie. »Ich bin im Cottage. Du brauchst bloß anzurufen.«

»Wir haben wirklich zuviel zu tun«, wehrte Edward ab. »Aber vielen Dank für das Angebot. Ich werde es den anderen sagen.«

Als Kim ging, blickte keiner von seiner Arbeit auf. Draußen angelangt, seufzte sie und schüttelte den Kopf. Sie staunte immer wieder, wie schnell die Stimmung im Labor umschlug, und fragte sich, wie diese Leute eigentlich mit sich zurechtkamen. Langsam gelangte Kim zu dem Schluß, daß Wissenschaftler wirklich eine besondere Sorte Mensch waren.

Nach dem Abendessen war es noch hell genug, um wieder in die Burg zu gehen, aber Kim hatte keine Lust und blieb vor dem Fernseher sitzen. Sie hatte gehofft, das Erlebnis im Labor verdrängen zu können, wenn sie sich eine harmlose Serie ansah; aber je mehr sie über das Verhalten Edwards und der anderen nachdachte, desto größer wurde ihre Unruhe.

Sie versuchte zu lesen, konnte sich aber nicht konzentrieren. Sie dachte an Kinnard und fragte sich, mit wem er wohl zusammensein mochte und was er jetzt tat. Und dann überlegte sie, ob er wohl je an sie dachte.

Kim erwachte ruckartig, obwohl sie wieder eine Xanax genommen hatte, um ihre aufgewühlten Gedanken zu beruhigen. In ihrem Schlafzimmer war es stockfinster, und ein Blick auf die Uhr verriet ihr, daß sie nur kurze Zeit geschlafen hatte. Sie legte sich wieder hin, lauschte den nächtlichen Geräuschen des Hauses und versuchte sich darüber klar zu werden, was sie geweckt haben mochte.

Dann hörte sie hinter dem Haus ein dumpfes Dröhnen, das sich ein paarmal wiederholte. Es klang, als würden die neuen, gummiummantelten Mülltonnen gegen die Hauswand stoßen. Kim erstarrte bei der Vorstellung, daß ein Schwarzbär oder ein tollwütiger Waschbär sich dort zu schaffen machten.

Sie knipste die Nachttischlampe an, stieg aus dem Bett und schlüpfte in Morgenrock und Pantoffeln. Dann strich sie Sheba beruhigend über den Kopf. Sie war froh, daß sie die Katze nicht hinausgelassen hatte.

Das Dröhnen wiederholte sich, und Kim eilte hinüber zu Edwards Zimmer. Als sie das Licht anknipste, stellte sie fest, daß Edwards Bett leer war. Sie nahm an, daß er sich noch im Labor befand, und war beunruhigt, weil er im Dunkeln zu Fuß zum Cottage gehen mußte. Sie ging in ihr Schlafzimmer und wählte die Nummer des Labors. Nachdem es zehnmal geklingelt hatte, legte sie auf.

Kim holte die Taschenlampe aus der Nachttischschublade und ging die Treppe hinunter. Auf halber Höhe erstarrte sie. Die Haustür stand weit offen.

Zuerst war Kim unfähig, sich zu bewegen. Der erschreckende Gedanke, daß diese Kreatur im Haus war und sie jeden Moment anfallen konnte, lähmte sie förmlich.

Kim lauschte, konnte aber nur den Chor der letzten Baumfrösche hören. Eine kühle, feuchte Brise wehte durch die offene Tür herein und ließ Kim frösteln; es regnete leicht.

Im Haus war es totenstill. Kim ging langsam die Treppe hinunter, blieb nach jedem Schritt stehen und versuchte irgendein verräterisches Geräusch zu hören. Aber im Haus blieb es still.

Jetzt hatte Kim die Tür erreicht und griff nach dem Knauf. Ihr Blick wanderte von dem dunklen Eßzimmer in den Salon, dann schob sie langsam die Tür zu. Sie hatte Angst, sich zu schnell zu bewegen, aus Sorge, damit einen Angriff herauszufordern. Die Tür war beinahe zu, als sie nach draußen sah und ihr der Atem stockte.

Sheba saß vielleicht sechs Meter vor dem Haus mitten auf dem Plattenweg. Den Nieselregen nahm sie nicht zur Kenntnis, sondern leckte sich ruhig die Pfoten.

Zuerst wollte Kim ihren Augen nicht trauen, da sie gedacht hatte, die Katze sitze auf ihrem Bett. Offenbar hatte Sheba gespürt, daß die Haustür offenstand, und war hinuntergelaufen, um die Chance zu nutzen, ins Freie zu kommen.

Kim atmete ein paarmal tief durch, um das drückende Gefühl

der Benommenheit los zu werden, das sie erfaßt hatte. Voller Angst vor dem, was draußen im Dunkeln lauern mochte, zögerte sie, das Tier zu rufen, das wahrscheinlich doch nicht reagiert hätte.

Kurzentschlossen schlüpfte sie nach draußen. Nachdem sie sich hastig umgesehen hatte, rannte sie zu der Katze, packte sie und drehte sich um – nur um zu sehen, wie die Tür sich schloß.

Mit einem stummen »Nein!« auf den Lippen sprang Kim mit einem Satz auf die Tür zu – zu spät! Sie schloß sich mit einem schweren Dröhnen.

Kim versuchte vergeblich, die Tür zu öffnen. Sie drückte mit der Schulter dagegen, aber das half nichts. Mit hochgezogenen Schultern, als könne sie sich damit vor dem kalten Regen schützen, drehte Kim sich langsam um. Sie fröstelte vor Angst und Kälte.

Sheba beklagte sich hörbar, wehrte sich und wollte heruntergelassen werden. Kim streichelte sie und entfernte sich ein paar Schritte vom Haus; sie warf einen prüfenden Blick auf die Fenster in der Vorderfassade, aber alle waren geschlossen. Sie drehte sich um und sah zum Labor hinüber, wo jetzt endlich die Lichter ausgeschaltet worden waren. Ihr Blick wanderte weiter zur Burg. Die Burg war weit weg, aber sie wußte, daß die Eingangstüren zu den Flügeln nicht abgesperrt waren.

Plötzlich hörte Kim, wie etwas Großes, Schweres sich im Kies neben dem Haus bewegte. Sie konnte nicht da bleiben, wo sie jetzt war, und rannte deshalb links um das Haus herum, weg von dem Tier, das sich an ihren Mülltonnen zu schaffen gemacht hatte.

Verzweifelt versuchte Kim, die Küchentür aufzubekommen; aber auch sie war abgesperrt. Sie stieß einige Male mit der Schulter dagegen, aber das hatte keinen Sinn. Das einzige, was sie damit erreichte, war, daß die Katze zu jammern begann.

Sie drehte sich um und spähte zum Schuppen hinüber. Die Katze an sich gepreßt und die Taschenlampe wie eine Keule haltend, rannte Kim so schnell ihre Pantoffeln es erlaubten. Als sie den Schuppen erreichte, löste sie den Haken an der Tür, öffnete sie und zwängte sich in den dunklen Innenraum.

Sie zog die Tür hinter sich zu. Rechts von der Tür konnte man durch ein winziges schmutziges Fenster einen Teil des Gartens hinter dem Cottage sehen. Die einzige Beleuchtung war das wenige Licht, das aus ihrem Schlafzimmerfenster fiel.

Eine schwerfällig wirkende Gestalt kam jetzt um das Haus herum und schlug dieselbe Richtung wie sie ein. Es war ein Mensch, nicht etwa ein Tier, aber er verhielt sich höchst eigenartig. Kim sah, wie er Witterung nahm, so wie das Tiere tun. Er wandte sich in ihre Richtung und starrte offenbar zu dem Schuppen herüber. In der Dunkelheit konnte sie bloß eine dunkle Silhouette erkennen.

Entsetzt sah Kim, daß die Gestalt langsam und schlurfend näher kam, immer wieder schnüffelnd, als folge sie einer Witterung. Kim hielt den Atem an und hoffte, daß die Katze sich still verhielte. Als die Gestalt nur noch drei Meter entfernt war, trat Kim instinktiv einen Schritt zurück und stieß dabei gegen Werkzeuge und Fahrräder.

Jetzt konnte sie die Schritte draußen auf dem Kies schon hören. Sie kamen näher, blieben schließlich stehen. Ein paar qualvolle Sekunden lang herrschte Stille. Kim hielt den Atem an.

Plötzlich wurde die Tür unsanft aufgerissen. Kim stieß einen erschreckten Schrei aus, auf den Sheba ebenfalls mit einem Schrei antwortete und dann mit einem Satz aus Kims Armen sprang. Der Mann schrie ebenfalls.

Kim packte die Taschenlampe mit beiden Händen und leuchtete dem Mann direkt ins Gesicht. Der hob beide Hände, um sich vor dem grellen, unerwarteten Licht zu schützen. »Gott sei Dank«, sagte sie und ließ die Taschenlampe sinken.

Sie rannte auf ihn zu und schlang die Arme um ihn. Der Lichtkegel ihrer Taschenlampe tanzte über die Bäume.

Einen Augenblick verharrte Edward regungslos und sah sie mit glasigen Augen an.

»Ich kann dir gar nicht sagen, wie froh ich bin, dich zu sehen«, sagte Kim und lehnte sich zurück, um ihm in die Augen sehen zu können. »Ich habe noch niemals solche Angst gehabt.«

Edward reagierte immer noch nicht.

»Edward?« fragte Kim und legte den Kopf etwas zur Seite, um ihn besser sehen zu können. »Stimmt etwas nicht?«

Edward atmete laut aus. »Nein, alles in Ordnung«, sagte er schließlich. Er war ärgerlich. »Dabei sollte ich auf dich böse sein. Was, zum Teufel, hast du hier mitten in der Nacht im Morgenrock im Schuppen zu suchen? Du hast mir eine Heidenangst eingejagt!«

Kim entschuldigte sich überschwenglich, als ihr bewußt wurde, welche Angst sie ihm gemacht haben mußte. Sie erzählte ihm, was geschehen war. Edward lächelte, als sie mit ihrer Geschichte fertig war.

»Das ist gar nicht komisch«, fügte sie hinzu. Aber jetzt, wo die Gefahr vorüber war, lächelte auch sie.

»Ich kann einfach nicht glauben, daß du Leib und Leben für diese faule, alte Katze riskierst«, sagte er. »Komm jetzt! Sehen wir zu, daß wir aus dem Regen kommen.«

Kim rief nach der Katze, die sich in der hintersten Ecke hinter ein paar Gartenwerkzeugen versteckt hatte. Kim lockte sie heraus und hob sie auf. Dann ging sie mit Edward ins Haus.

»Ich bin halb erfroren«, sagte sie. »Ich brauche etwas Heißes, einen Kräutertee vielleicht. Möchtest du auch einen?«

»Ich setze mich einen Augenblick zu dir«, sagte Edward und erzählte ihr seine Version des Vorfalls. »Ich hatte die ganze Nacht arbeiten wollen«, sagte er. »Aber als es dann halb zwei war, mußte ich mir eingestehen, daß es einfach nicht ging. Mein Körper ist daran gewöhnt, gegen ein Uhr schlafen zu gehen, und ich konnte die Augen nicht mehr offenhalten. Ich schaffte es gerade noch, vom Labor zum Cottage zu gehen, ohne mich ins Gras zu legen. Als ich zum Haus kam, habe ich die Tür aufgemacht, und dann fiel mir auf, daß ich noch eine Abfalltüte in der Hand hatte. Also ging ich nach hinten zur Mülltonne. Wahrscheinlich habe ich dabei die Tür offengelassen, was ich natürlich allein schon wegen der Moskitos nicht hätte tun sollen. Jedenfalls habe ich die verdammten Deckel nicht von den Tonnen bekommen, und je mehr ich mich anstrengte, desto wütender wurde ich. Ich habe sogar ein paarmal mit der Faust daraufgeschlagen.«

»Die sind neu«, erklärte Kim.

»Dann hoffe ich nur, daß sie eine Gebrauchsanweisung mitgeliefert haben«, sagte Edward.

»Bei Licht ist es einfach«, meinte Kim.

»Schließlich gab ich es auf«, sagte Edward. »Als ich wieder ums Haus kam, war die Tür zu. Und dann bildete ich mir ein, dein Kölnisch zu riechen. Seit ich Ultra nehme, hat sich mein

Geruchssinn erstaunlich verbessert. Ich ging dem Geruch nach, ums Haus herum und schließlich zum Schuppen.«

Kim schenkte sich heißen Tee ein. »Und du willst wirklich keinen?« fragte sie.

»Nein, ich kann nicht mehr«, sagte Edward. »Allein schon hier zu sitzen strengt mich an. Ich muß schlafen gehen. Mir ist, als würde ich fünf Tonnen wiegen.« Edward glitt vom Hocker und taumelte. Kim streckte die Hand aus, um ihn zu stützen.

»Es geht schon«, sagte er. »Wenn ich so müde bin, brauche ich einen Augenblick, um mich zu orientieren.«

Kim hörte, wie er sich die Treppe hinaufschleppte, während sie den Tee und den Honig wegräumte. Dann griff sie nach ihrer Tasse und folgte ihm. Oben angelangt, schaute sie in sein Zimmer. Er lag halb ausgezogen auf dem Bett und schlief.

Kim zog ihm unter großer Anstrengung Hemd und Hosen aus und deckte ihn zu. Sie knipste das Licht aus. Daß er so leicht einschlafen konnte, machte sie neidisch, und sie wünschte sich, ebenso schnell einschlafen zu können.

Kapitel 18

Sonntag, 2. Oktober 1994

Im dunstigen Licht, das der Morgendämmerung voranging, trafen sich Edward und die Wissenschaftler auf halbem Wege zwischen dem Cottage und der Burg und gingen stumm durch das feuchte Gras zum Labor. Alle machten einen etwas bedrückten Eindruck, beinahe trübsinnig, und während des kurzen Weges fiel kein Wort. Im Labor angekommen, schenkten sie sich die erste Tasse Kaffee ein.

Edward war noch wesentlich mürrischer als die anderen, dabei hatte sein Zustand sich sogar in der halben Stunde, seit er aufgestanden war, gebessert. Als er aus dem Bett gestiegen war, hatte er zu seinem Entsetzen auf dem Boden mit Kaffeesatz verkrustete Hühnerknochen gefunden, die so aussahen, als ob sie aus einer Mülltonne stammten. Dann hatte er festgestellt, daß seine Fingernägel so schmutzig waren, als ob er damit in der Erde herumgewühlt hätte. Er war ins Bad gegangen, wo ihm ein Blick in den Spiegel gezeigt hatte, daß auch sein Gesicht und sein Unterhemd dreckverschmiert waren.

Nachdem alle mit einem Kaffee Platz genommen hatten, ergriff François als erster das Wort. »Obwohl ich nur die halbe Dosis genommen habe, war ich letzte Nacht draußen«, sagte er bedrückt. »Als ich heute morgen aufwachte, war ich schmutziger denn je. Ich muß im Schlamm herumgekrochen sein. Ich muß mein Bettzeug abziehen! Und schaut euch mal meine Hände an.« Er streckte seine Hände vor, so daß man eine Menge Kratzer und Schnitte erkennen konnte. »Mein Pyjama war so schmutzig, daß ich ihn wegwerfen mußte.«

»Ich war auch draußen«, gab Curt zu.

»Ich leider auch«, fügte David hinzu.

»Was glaubst du, wie groß die Chance ist, daß wir das Gelände verlassen haben?« fragte François.

»Das kann man nicht sagen«, erklärte David. »Aber der Gedanke beunruhigt mich. Was wäre denn, wenn wir etwas mit diesem Landstreicher zu tun hatten?«

»Das sollten wir nicht einmal als Möglichkeit in Betracht ziehen«, brauste Gloria auf. »Das steht überhaupt nicht zur Debatte.«

»Das Problem könnte die Polizei oder irgendein Nachbar sein«, sagte François. »Wenn in der Stadt wirklich alle so aufgeregt sind, wie Kim erzählt hat, könnte es zu einer Auseinandersetzung mit einem kommen, wenn wir die Umzäunung verlassen.«

»Ja, das beunruhigt mich auch«, sagte David. »Wir wissen ja alle nicht, wie wir reagieren würden.«

»Wenn wir von unserem Reptiliengehirn geweckt werden, dann glaube ich, daß man sich das vorstellen kann«, erklärte Curt. »Wir wären einzig und allein vom Überlebensinstinkt gesteuert und würden uns ohne Zweifel wehren. Ich glaube, wir sollten uns da nichts vormachen. Wir würden gewalttätig werden.«

»Das muß ein Ende haben«, erklärte François.

»Ich war ganz bestimmt nicht draußen«, meinte Eleanor. »Es muß also dosisabhängig sein.«

»Der Meinung bin ich auch«, nickte Edward. »Wir wollen die jeweilige Dosis noch einmal halbieren.«

»Ich fürchte, das reicht nicht«, wandte Gloria ein. »Ich habe gestern gar kein Ultra genommen und muß leider sagen, daß ich trotzdem draußen war. Ich wollte wach bleiben, um aufzupassen, daß keiner hinausgeht, aber es war unmöglich.«

»Ich schlafe auch geradezu blitzartig ein, seit ich Ultra nehme«, sagte Curt. »Ich dachte zunächst, das käme von unserem Dauerstreß. Aber vielleicht liegt es in Wirklichkeit an dem Präparat.«

Alle pflichteten Curt bei und fügten dann hinzu, daß sie beim Aufwachen das Gefühl hatten, besonders gut geschlafen zu haben.

»Ich fühlte mich heute morgen sogar ausgeruht«, sagte François. »Das überrascht mich insofern, als ich ja schließlich genügend Hinweise darauf habe, daß ich im Regen herumgerannt war.«

Eine Weile saßen alle stumm und nachdenklich da. Glorias Aussage, sie sei trotzdem im Schlaf gewandelt, obwohl sie nichts genommen hatte, war beängstigend.

Schließlich brach Edward das Schweigen. »Unsere Studien zeigen auf, daß Ultra innerhalb eines gewissen Zeitraums abgebaut wird, jedenfalls wesentlich schneller als Prozac«, erklärte er. »Glorias Erfahrung deutet lediglich darauf hin, daß bei ihr die Konzentration im unteren Gehirnbereich oberhalb des Schwellenwertes für diese unglückliche Komplikation liegt. Vielleicht sollten wir die Dosis noch stärker reduzieren.«

François streckte noch einmal seine Hände vor. »Diese Verletzungen sagen mir etwas«, erklärte er. »Ich werde dieses Risiko nicht länger eingehen. Es ist offenkundig, daß ich draußen herumlaufe, ohne die geringste Ahnung zu haben, was ich tue. Ich möchte nicht erschossen oder überfahren werden, weil ich mich wie ein Tier verhalte. Ich setze das Präparat ab.«

»Ich auch«, sagte David.

»Ja, das ist nur vernünftig«, fügte Curt hinzu.

»Also schön«, räumte Edward widerstrebend ein. »Was Sie da sagen, ist nicht von der Hand zu weisen. Es ist unverzeihlich, unsere Sicherheit oder die von anderen aufs Spiel zu setzen. Als wir noch aufs College gingen, waren wir alle nicht viel besser als Tiere, aber ich glaube, über diese Sturm- und Drangzeit sind wir inzwischen hinaus.«

Alle lächelten über Edwards Humor.

»Setzen wir also das Präparat ab, und in ein paar Tagen werden wir sehen, wie die Dinge stehen«, meinte Edward freundlich. »Sobald Ultra im Körper abgebaut ist, können wir ja überlegen, ob wir mit wesentlich geringeren Dosierungen noch einmal anfangen.«

»Ich werde das Präparat nicht mehr nehmen, bis wir ein Versuchstier gefunden haben, das diese somnambule Wirkung ebenfalls zeigt«, erklärte Gloria bestimmt. »Ich denke, man muß das vollständig studieren, ehe Menschen es weiter einnehmen.

»Okay«, erklärte Edward. »Wie ich schon immer gesagt habe, Selbstversuche erfolgen auf freiwilliger Basis. Ich sollte euch vielleicht daran erinnern, daß ich anfänglich vorhatte, das Präparat allein einzunehmen.«

»Und was werden wir in der Zwischenzeit für unsere Sicherheit tun?« fragte François.

»Wir sollten vielleicht im Schlaf EEGs aufzeichnen«, schlug Gloria vor. »Wir könnten die Geräte an einen Computer anschließen, der uns wecken soll, wenn die normalen Schlafmuster sich ändern.«

»Eine brillante Idee«, lobte Edward. »Ich werde dafür sorgen, daß die entsprechenden Geräte gleich am Montag bestellt werden.«

»Und was ist mit heute nacht?« fragte François.

Alle überlegten ein paar Augenblicke lang.

»Wir wollen hoffen, daß es kein Problem gibt«, sagte Edward. »Gloria hat immerhin die zweithöchste Dosis eingenommen, und sie hatte vermutlich in Relation zu ihrem Körpergewicht signifikant hohe Blutwerte. Ich glaube, wir sollten alle unsere Blutwerte mit den ihren vergleichen. Wenn sie niedriger sind, sind wir möglicherweise außer Gefahr. Wahrscheinlich ist der einzige, bei dem ein ernsthaftes Risiko besteht, Curt.«

»Na, vielen Dank«, meinte der und lachte. »Dann müssen Sie mich eben in einen Affenkäfig sperren.«

»Gar keine so schlechte Idee«, grinste David.

»Vielleicht sollten wir abwechselnd Wache halten«, gab François zu bedenken. »Dann könnten wir aufeinander aufpassen.«

»Eine gute Idee«, nickte Edward. »Und wenn wir heute unsere Blutwerte messen, dann können wir überprüfen, ob sie mit etwaigem Somnambulismus korrelieren.«

»Wissen Sie, das könnte sich alles noch zum Besten wenden«, sagte Gloria. »Wenn wir Ultra absetzen, haben wir die einmalige Chance, Blut- und Urinwerte zu verfolgen, und können vielleicht eine Verbindung zu etwa verbliebenen psychischen Auswirkungen herstellen. Und dann sollten wir alle auf etwaige ›depressive‹ Symptome achten. Die Studien an Affen deuten zwar darauf hin, daß es keine Entzugssymptome gibt, aber das müssen wir noch bestätigen.«

»Wir sollten das Beste daraus machen«, pflichtete Edward ihr bei. »Und unterdessen haben wir alle noch sehr viel zu tun. Darüber hinaus sind wir uns sicher alle einig, daß alles, was wir gerade besprochen haben, weiterhin streng geheim bleiben muß, bis wir das Problem wirklich geklärt haben.«

Als Kim auf die Uhr sah, wollte sie zuerst ihren Augen nicht trauen. Es war beinahe zehn Uhr. So lange hatte sie seit ihrer Collegezeit nicht mehr geschlafen.

Als sie dann auf der Bettkante saß, erinnerte sie sich plötzlich wieder an die unheimliche Episode im Schuppen, die ihr wirklich Angst eingejagt hatte. Nachher war sie so aufgewühlt gewesen, daß sie nicht wieder hatte einschlafen können. Sie hatte fast zwei Stunden lang versucht, Schlaf zu finden, bis sie schließlich aufgegeben und wieder eine halbe Xanax genommen hatte. Sie war langsam ruhiger geworden, hatte sich dann aber plötzlich dabei ertappt, wie sie über Thomas Goodmans Brief nachdachte, der Elizabeths Flucht in den Schuppen beschrieben hatte, ohne Zweifel unter dem Einfluß des giftigen Schimmels. Daß Kim in ihrer Panik in denselben Schuppen gerannt war, schien ihr mehr als ein bloßer Zufall.

Sie duschte, kleidete sich an und frühstückte, in der Hoffnung, im Laufe des Tages die schlimmen Ereignisse vergessen zu können, was ihr allerdings nur teilweise gelang. Für das Schreckliche, das sie in der Nacht in ihrem ohnehin labilen Zustand erlebt hatte, war das einfache Beruhigungsmittel zu schwach. Kim brauchte menschlichen Kontakt und wurde sich plötzlich bewußt, wie sehr sie doch die Bequemlichkeit und das soziale Umfeld der Stadt vermißte.

Sie setzte sich ans Telefon und versuchte einige ihrer Freunde und Freundinnen in Boston anzurufen, hatte aber nicht viel Glück. Sie erreichte nur Anrufbeantworter und hinterließ auch auf einigen ihre Nummer, rechnete aber nicht damit, daß vor dem Abend jemand zurückrufen würde. Ihre Freunde waren aktive Leute, und an einem Herbstsonntag in Boston gab es viel zu erleben.

Von dem starken Drang erfüllt, das Gelände zu verlassen, wählte Kim Kinnards Nummer. Während die Verbindung aufgebaut wurde, hoffte sie fast, daß er sich nicht melden würde; weil sie nämlich eigentlich gar nicht wußte, was sie zu ihm sagen würde. Beim zweiten Klingeln hob er ab.

Sie tauschten Freundlichkeiten aus, und Kim versuchte ihre Nervosität zu verbergen, was ihr aber nicht sehr gut gelang.

»Und du bist ganz sicher, daß bei dir alles in Ordnung ist?« fragte Kinnard nach einer kurzen Pause. »Du klingst so eigenartig.«

Kim suchte nach einer beruhigenden Antwort, aber ihr fiel keine ein. Sie war konfus, verlegen und wußte nicht, was sie sagen sollte.

»Kim, kann ich dir irgendwie helfen? Ist etwas passiert?«

Kim atmete tief durch. »Du kannst mir helfen«, sagte sie schließlich. »Ich muß hier weg. Ich habe ein paar Freundinnen zu erreichen versucht, aber keine ist zu Hause. Ich hatte vorgehabt, in die Stadt zu fahren und dort zu übernachten, weil ich morgen wieder arbeiten muß.«

»Warum kommst du nicht hierher?« fragte Kinnard. »Ich muß nur mein Fahrrad und ein paar tausend Hefte *New England Journal of Medicine* aus dem Gästezimmer räumen, dann kannst du es haben. Außerdem habe ich heute frei. Wir könnten etwas unternehmen.«

»Bist du ehrlich der Meinung, daß das eine gute Idee ist?«

»Ich werde mich benehmen, falls du dir deshalb Sorgen machst«, sagte Kinnard und lachte.

Kim fragte sich, ob sie sich in Wirklichkeit nicht größere Sorgen wegen ihres eigenen Benehmens machte.

»Jetzt komm schon«, ermunterte sie Kinnard. »Ich habe wirklich das Gefühl, daß es dir guttun wird, einmal rauszukommen.«

»Also gut«, erklärte Kim plötzlich entschlossen.

»Großartig!« freute sich Kinnard. »Wann kommst du?«

»In einer Stunde?« sagte Kim fragend.

»Fein, also bis dann.«

Kim legte auf. Sie wußte nicht genau, was sie eigentlich vorhatte, hatte aber das Gefühl, das Richtige zu tun. Sie stand auf, stieg die Treppe hinauf und packte ein paar Sachen zusammen, vergaß auch ihre Schwesterntracht nicht. Sie füllte Shebas Napf und reinigte das Katzenklo an der Hintertür.

Nachdem sie alles Nötige erledigt hatte, fuhr Kim zum Labor hinüber. Ehe sie das Gebäude betrat, blieb sie kurz stehen und überlegte, ob sie ausdrücklich erwähnen sollte, daß sie bei Kinnard übernachten würde. Sie beschloß, es Edward zu sagen, falls er fragen würde.

Die Atmosphäre im Labor wirkte noch angespannter als bei ihrem letzten Besuch. Alle waren auf ihre Arbeit konzentriert, nahmen ihre Anwesenheit zwar zur Kenntnis und begrüßten sie auch, aber nur beiläufig.

Kim war das gerade recht. Edward lächelte sie an, aber es war ein mechanisches, flüchtiges Lächeln.

»Ich fahre einen Tag nach Boston«, verkündete Kim vergnügt.

»Gut«, nickte Edward.

»Ich werde dort übernachten. Wenn du willst, hinterlasse ich dir eine Nummer, wo du mich erreichen kannst.«

»Das ist nicht nötig«, meinte Edward. »Wenn es ein Problem gibt, kannst du mich ja anrufen. Ich bin hier.«

Kim verabschiedete sich und ging. Als Edward ihr nachrief, blieb sie stehen.

»Tut mir wirklich leid, daß ich so wenig Zeit für dich habe«, sagte er. »Ich wünschte, wir hätten nicht soviel zu tun. Aber es gibt hier eine Art Notfall.«

»Ich verstehe«, sagte Kim und sah Edward an. Er wirkte verlegen, etwas, was sie schon lange nicht mehr an ihm gesehen hatte.

Es dauerte nicht lange, bis sich bei Kim eine gewisse Entspannung einstellte, und je weiter sie nach Süden kam, um so besser fühlte sie sich. Auch das Wetter leistete seinen Beitrag. Es war ein heißer Spätsommertag, die Sonne schien hell, und der Himmel leuchtete in herbstlicher Klarheit. Hier und dort zeigten die Bäume schon erste Anzeichen ihrer herbstlichen Farbenpracht.

Am Sonntag einen Parkplatz zu finden war kein Problem, so daß Kim ihren Wagen ganz nahe bei Kinnards Apartment an der Revere Street abstellen konnte. Als sie klingelte, war sie nervös, aber er vermittelte ihr sofort das Gefühl, willkommen zu sein, und half ihr, ihre Sachen in das Gästezimmer zu tragen, das er inzwischen aufgeräumt und saubergemacht hatte.

Sie verbrachten einen wunderbaren Nachmittag, der Kim für ein paar Stunden Omni, Ultra und Elizabeth völlig vergessen ließ. Ihr Ausflug begann am North End, wo sie in einem italienischen Restaurant zu Mittag aßen; anschließend tranken sie in einem kleinen Café einen Espresso.

Sie bummelten durch Filene's Basement, und Kim kaufte einen hübschen Rock, der ursprünglich von Saks Fifth Avenue stammte.

Danach schlenderten sie durch die Boston Gardens und erfreuten sich am bunten Herbstlaub und an den Blumen. Sie saßen eine Weile auf einer Parkbank und sahen den Schwanenbooten zu, die über den See glitten.

»Ich sollte das wahrscheinlich nicht sagen«, meinte Kinnard, »aber du machst einen etwas müden Eindruck.«

»Das überrascht mich nicht«, sagte Kim. »Ich habe in letzter Zeit nicht sehr gut geschlafen. Das Leben in Salem war nicht gerade idyllisch.«

»Gibt es etwas, worüber du gern reden würdest?« erkundigte sich Kinnard.

»Im Augenblick nicht«, wehrte Kim ab. »Ich bin ziemlich durcheinander und muß erst selbst mit mir klarkommen.«

»Ich bin wirklich froh, daß du zu mir gekommen bist«, sagte Kinnard.

»Ich möchte aber keinen Zweifel daran lassen, daß ich im Gästezimmer schlafen werde«, sagte Kim schnell.

»He, keine Panik«, sagte Kinnard und hob abwehrend beide Hände. »Das versteh' ich doch. Wir sind Freunde, hast du das vergessen?«

»Tut mir leid«, entschuldigte sich Kim. »Wahrscheinlich komme ich dir ein wenig hysterisch vor. Dabei war ich seit Wochen nicht mehr so entspannt wie jetzt.« Sie griff nach Kinnards Hand und drückte sie. »Vielen Dank, es ist schön, dich zum Freund zu haben.«

Nachdem sie sich eine Weile im Park ausgeruht hatten, bummelten sie noch ein bißchen durch die Stadt, kauften ein paar Bücher und gingen am späten Nachmittag in ein indisches Restaurant. Nach einem köstlichen Tandoori-Dinner beschlossen sie, den Tag bei Kinnard ausklingen zu lassen. Auf seiner Couch sitzend, jeder mit einem Glas Weißwein versorgt, spürte Kim bald, wie sie müde wurde.

Sie ging früh schlafen, weil sie am nächsten Tag schon bei Tagesanbruch aufstehen mußte. Als sie sich in Kinnards frisch gemachtes Gästebett legte, brauchte sie kein Xanax, sondern sank sofort in tiefen, wohltuenden Schlaf.

Kapitel 19

Montag, 3. Oktober 1994

Kim hatte beinahe vergessen, wie anstrengend ein ganz normaler Tag in der Intensivstation sein konnte. Sie hätte ohne Zögern zugegeben, daß sie nach einem Monat Ferien weder körperlich noch emotional das notwendige Stehvermögen besaß und völlig außer Form geraten war. Aber als ihre Schicht zu Ende ging, mußte sie zugeben, daß sie die stetige Herausforderung und das Gefühl, Menschen helfen zu können, genossen hatte, ganz zu schweigen von dem belebenden Gefühl, einer Gruppe anzugehören, die gemeinsam etwas leisteten.

Kinnard war im Laufe des Tages einige Male mit Patienten aus der chirurgischen Station aufgetaucht, und Kim hatte sich bemüht, ihm zu helfen. Er hatte ihr angeboten, auch diese Nacht bei ihm zu verbringen, obwohl er selbst Bereitschaftsdienst hatte und die Nacht im Krankenhaus verbringen mußte.

Kim wäre gern geblieben. Aber sie wußte, daß sie wieder nach Salem mußte. Dabei machte sie sich keinerlei Illusionen, daß Edward für sie Zeit haben würde.

Als Kims Schicht zu Ende war, ging sie zur Station an der Ecke Charles und Cambridge Street und nahm die Red Line zum Harvard Square. Um diese Zeit verkehrten die Züge in dichter Folge, und so war sie zwanzig Minuten später bereits auf der Massachusetts Avenue in nordwestlicher Richtung zur juristischen Fakultät von Harvard unterwegs.

Es war ein heißer Spätsommertag ohne die kristallene Klarheit des gestrigen Tages. Kein Lüftchen wehte, und man hatte eher das Gefühl, es sei Sommer als Herbst. Im Wetterbericht war vor heftigen Gewittern gewarnt worden.

Kim ließ sich von einem Studenten den Weg zur juristischen Bibliothek erklären. Helen Arnolds Büro zu finden war nicht schwer. Kim nannte einer Sekretärin ihrer Namen, worauf diese ihr sagte, sie müsse warten. Aber kaum hatte Kim sich gesetzt, erschien eine große, schlanke, auffallend attraktive schwarze Frau in einem Verbindungsgang und winkte sie in ihr Büro.

»Ich bin Helen Arnold, ich habe gute Nachrichten für Sie«, sagte die Frau geradezu begeistert und führte Kim in ihr Büro, wo sie ihr einen Stuhl anbot.

»Ich habe heute morgen mit Ms. Sturburg gesprochen, übrigens einer wunderbaren Frau, und sie hat mir erzählt, daß Sie sich für ein Werk von Rachel Bingham interessieren.«

Kim nickte nur, während die Frau mit Maschinengewehrgeschwindigkeit auf sie einredete.

»Haben Sie's gefunden?« fragte Kim, als Helen schließlich innehielt.

»Ja und nein«, lächelte Helen. »Die gute Nachricht ist, daß ich Katherine Sturburgs Vermutung bestätigen konnte – das Werk hat den Brand von 1764 überlebt. In dem Punkt bin ich absolut sicher. Allem Anschein nach war das Buch mehr oder weniger permanent im Gewahrsam eines der Tutoren, der nicht in der Old Harvard Hall wohnte. Das ist doch eine gute Nachricht, oder?«

»Das freut mich«, nickte Kim. »Ich bin sogar entzückt. Aber Sie haben sich recht einschränkend auf meine Frage geäußert, ob Sie es gefunden hätten. Was meinen Sie mit ›ja und nein‹?«

»Daß ich zwar das Buch selbst nicht gefunden habe, aber einen Hinweis darauf, daß das Werk tatsächlich existiert. Ich erfuhr auch, daß es Schwierigkeiten bei der Registrierung des Werkes gegeben hat. Obwohl es etwas mit Kirchenrecht zu tun hat, wie das ja der Brief von Increase Mather schon andeutet. Übrigens, ich halte diesen Brief für einen fabelhaften Fund, und wie ich höre, haben Sie angeboten, ihn Harvard zu stiften. Das ist sehr großzügig von Ihnen.«

»Im Hinblick auf all die Mühe, die ich Ihnen mache, ist das wohl das wenigste«, sagte Kim. »Aber was ist mit dem Rachel-Bingham-Werk? Weiß irgend jemand, wo es sein könnte?«

»Ja, so jemanden gibt es«, sagte Helen. »Nachdem ich noch ein wenig herumgesucht habe, fand ich schließlich heraus, daß das Buch 1825 von der juristischen Bibliothek an die theologische Fakultät überstellt worden ist, gleich nach dem Bau der Divinity Hall. Ich weiß nicht, warum, aber vielleicht hatte das etwas mit den Katalogisierungsproblemen hier in der juristischen Bibliothek zu tun.«

»Großer Gott!« rief Kim aus. »Was für eine Reise dieses Buch hinter sich hat!«

»Ich habe mir die Freiheit genommen, meine Kollegin drüben in der theologischen Bibliothek anzurufen«, erklärte Helen Arnold. »Ich hoffe, das macht Ihnen nichts aus.«

»Aber ganz und gar nicht«, wehrte Kim ab, die froh war, daß die Bibliothekarin die Initiative ergriffen hatte.

»Ihr Name ist Gertrude Havermeyer«, fuhr Helen fort. »In gewisser Weise ist sie eine Schreckschraube, aber sie hat ein gutes Herz. Sie hat mir versprochen, sich sofort darum zu kümmern.« Helen Arnold griff nach einem Stift und schrieb Kim den Namen und die Telefonnummer auf und kreuzte dann auf einem Plan des Campus von Harvard die theologische Fakultät an.

Ein paar Minuten später stand Kim vor Gertrude Havermeyers Büro.

»Sie sind also schuld daran, daß ich einen ganzen Nachmittag verschwendet habe«, sagte Gertrude Havermeyer, als Kim sich vorstellte. Sie stand mit auf die Hüften gestemmten Händen vor ihrem Schreibtisch. Wie Helen Arnold schon angedeutet hatte, strahlte die Frau eine Aura strenger Kompromißlosigkeit aus, was in krassem Widerspruch zu ihrer schmächtigen Gestalt, ihrem weißen Haar und der starken Brille stand, durch die sie Kim musterte.

»Tut mir leid, daß Sie sich meinetwegen so viel Mühe gemacht haben«, sagte Kim schuldbewußt.

»Seit Helen Arnolds Anruf hatte ich keine Sekunde Zeit für meine eigene Arbeit«, beklagte sich die Bibliothekarin. »Es hat mich Stunden gekostet.«

»Dann hoffe ich, daß all die Mühe wenigstens nicht vergebens war«, versuchte Kim sie zu besänftigen.

»Ich habe in einem Journal aus jener Zeit eine Quittung gefunden«, erklärte Gertrude Havermeyer. »Helen hatte recht. Das Rachel-Bingham-Werk ist von der juristischen Fakultät hierher geschickt worden und auch in der theologischen Fakultät angekommen. Aber bedauerlicherweise konnte ich weder im Computer noch in der alten Kartei, ja nicht einmal in dem sehr alten Katalog, den wir im Keller aufbewahren, irgendeinen Hinweis auf das Buch finden.«

Kim war enttäuscht. »Es tut mir wirklich leid, Sie vergeblich so bemüht zu haben«, sagte sie.

»Nun, ich habe noch nicht so schnell aufgegeben«, sagte Gertrude. »So etwas gibt es bei mir nicht. Wenn ich mich einmal auf etwas eingelassen habe, dann gebe ich keine Ruhe. Ich habe mir die alten Karten aus der Zeit, in der die Bibliothek eingerichtet worden war, angesehen. Das war recht mühsam, aber ich habe tatsächlich einen weiteren Hinweis gefunden, was ich allerdings mehr dem Glück als sonst etwas zuschreibe, höchstens vielleicht noch meiner Hartnäckigkeit. Ich weiß wirklich nicht, warum es nicht im Hauptregister erwähnt ist.«

Kims Hoffnung stieg wieder. Die Verfolgung dieser Spur war eine emotionale Achterbahn. »Ist das Werk noch hier?« fragte sie.

»Du liebe Güte, nein!« erwiderte Gertrude indigniert. »Dann wäre es ja im Computer gewesen. Hier herrscht Ordnung. Nein, der letzte Hinweis, den ich fand, deutete darauf hin, daß man es 1826 an die medizinische Fakultät geschickt hat. Offenbar wußte niemand, was er mit dem Material anfangen sollte. Das ist alles äußerst mysteriös, weil ich nicht den geringsten Hinweis darauf finden konnte, in welche Kategorie es gehört.«

»Ach, herrje!« sagte Kim enttäuscht. »Die Suche nach diesem Buch, oder was es auch sonst sein mag, kommt mir langsam wie ein schlechter Scherz vor.«

»Kopf hoch!« forderte Gertrude sie auf. »Ich habe mir Ihretwegen große Mühe gegeben und habe sogar die medizinische Fakultät angerufen und dort mit John Moldavian gesprochen, der für seltene Bücher und Manuskripte verantwortlich ist. Ich habe ihm die ganze Geschichte erzählt, und er hat mir versprochen, daß er sich sofort darum kümmern würde.«

Kim bedankte sich und fuhr mit der Red Line wieder nach Boston zurück.

Inzwischen hatte die Stoßzeit begonnen, und Kim mußte sich in den Zug zwängen. Es gab keine freien Sitzplätze, also mußte sie stehen. Als der Zug dann über die Longfellow Brücke donnerte, begann Kim ernsthaft zu überlegen, ob sie nicht die ganze Suche aufgeben sollte.

Sie stieg in ihren Wagen, den sie in der Tiefgarage des Krankenhauses abgestellt hatte, ließ den Motor an und dachte erst dann an den dichten Verkehr, mit dem sie auf dem Wege nach Salem zu rechnen hatte. Um die Zeit würde sie wahrscheinlich eine halbe Stunde brauchen, um bloß die Leverettkreuzung hinter sich zu bringen.

Kim lenkte ihren Wagen schnell entschlossen in die entgegengesetzte Richtung und nahm Kurs auf die medizinische Bibliothek. Anstatt im Verkehr festzustecken, konnte sie ebensogut Gertrude Havermeyers Hinweis nachgehen.

John Moldavian wirkte auf sie wie ein Mann, der die geradezu idealen Voraussetzungen für die Arbeit in einer Bibliothek mitbrachte. Er war von sanfter Wesensart und sprach leise, und sein vorsichtiger Umgang mit Büchern ließ sofort erkennen, wie sehr er sie liebte.

Kim stellte sich vor und berichtete von ihrem Gespräch mit Gertrude Havermeyer, worauf John Moldavian sofort auf seinem mit Büchern und Papieren überhäuften Schreibtisch zu suchen anfing.

»Ich habe hier etwas für Sie«, sagte er. »Wo habe ich es nur hingetan?«

Kim sah ihm zu, wie er zwischen den Papierstapeln wühlte. Sein schmales Gesicht war von seiner dicken schwarzen Brillenfassung beherrscht, und sein dünner Schnurrbart sah fast zu perfekt aus, so als habe er ihn mit einem Augenbrauenstift gezogen.

»Ist das Rachel-Bingham-Werk hier in der Bibliothek?« fragte Kim schließlich.

»Nein, da ist es nicht mehr«, antwortete Moldavian, und dann hellte sich sein Gesicht auf: »Ah, da ist jetzt, was ich gesucht habe.« Er zog ein Blatt Papier hervor und hielt es ihr hin.

Kim seufzte innerlich. Wieder nichts.

»Ich habe mir die Akten der medizinischen Bibliothek von 1826 durchgesehen«, sagte Moldavian. »Dabei habe ich diesen Hinweis auf das Werk gefunden, das Sie suchen.«

»Lassen Sie mich raten«, sagte Kim. »Es ist woanders hingeschickt worden.«

Moldavian sah Kim über das Blatt in seiner Hand hinweg an. »Wie haben Sie das erraten?« fragte er.

Kim lachte. »Das hat sich inzwischen zu einer Art Schema entwickelt«, sagte sie. »Wohin hat man es von hier geschickt?«

»In die anatomische Abteilung«, sagte Moldavian. »Heute nennt sich das Abteilung für Zellbiologie.«

Kim schüttelte ungläubig den Kopf. »Warum in aller Welt denn dorthin?« fragte sie, obwohl sie wußte, daß das nur eine rhetorische Frage sein konnte.

»Keine Ahnung«, erwiderte Moldavian. »Der Eintrag, den ich gefunden habe, war recht eigenartig. Eine unvollständig ausgefüllte Karte, die allem Anschein nach an dem Objekt befestigt gewesen war. Ich habe eine Kopie für Sie gemacht.« Er reichte Kim das Papier.

Die Kopie war ziemlich schwer zu lesen, und sie mußte sich etwas zur Seite wenden, um das vom Fenster hereinkommende Licht nutzen zu können. Soweit sie die Schrift entziffern konnte, lautete der Text: *Kuriosität von Rachel Bingham, erhalten im Jahre 1691*. Das Wort »Kuriosität« erinnerte Kim an die von Mary Custland erwähnte »Fundgrube von Kuriositäten«. Die Handschrift erinnerte sie an Jonathans Brief an seinen Vater. Vor ihrem inneren Auge malte sie sich aus, wie Jonathan Stewart nervös und hastig die Karte bekritzelte, bemüht, möglichst schnell das Arbeitszimmer des Tutors wieder zu verlassen, wo er sich eingeschlichen hatte, um den Namen auf Rachel Bingham zu ändern. Wenn man ihn entdeckt hätte, hätte man ihn vermutlich aufgefordert, das College zu verlassen.

»Ich habe den Dekan des Lehrstuhls angerufen«, riß Moldavian Kim aus ihren Gedanken. »Er hat mich an einen Herrn namens Carl Nebolsine verwiesen, den Kurator des Warren-Anatomiemuseums. Ich habe ihn angerufen, und er sagte mir, wenn ich das Exponat sehen wolle, müsse ich ins Verwaltungsgebäude kommen.«

»Heißt das, daß er es hat?« fragte Kim ungläubig.

»Allem Anschein nach«, nickte Moldavian. »Das Warren-Anatomiemuseum befindet sich im vierten Stock von Gebäude A, schräg gegenüber der Bibliothek. Würden Sie gerne hinübergehen?«

»Unbedingt«, erwiderte Kim und spürte, wie ihr Puls schneller wurde.

Moldavian griff nach dem Telefon. »Dann wollen wir sehen, ob Mr. Nebolsine noch drüben ist.«

Er führte ein kurzes Gespräch, in dessen Verlauf er Kim einmal aufmunternd zunickte. Als er dann auflegte, meinte er: »Sie haben Glück, er ist noch da. Wenn Sie gleich hinübergehen, erwartet er Sie im Museum.«

»Bin schon unterwegs«, strahlte Kim, bedankte sich bei Moldavian und eilte hinüber zu Gebäude A, einem klassizistischen Bauwerk mit mächtigen dorischen Säulen und einem massiven Ziergiebel. Ein Museumswärter hielt sie an der Tür auf, winkte sie aber weiter, als sie ihren Krankenhausausweis zeigte.

Im vierten Stock stieg sie aus dem Aufzug. Das Museum, oder das, was hier so bezeichnet wurde, bestand aus einer Reihe von Glaskästen an der linken Wand. Die Kästen enthielten die übliche Kollektion primitiver chirurgischer Instrumente, alter Fotos und pathologischer Proben. Es gab eine ganze Anzahl Schädel, darunter auch einen mit einem Loch in der oberen Stirnpartie, das sich durch die linke Augenhöhle fortsetzte.

»Das ist ein ganz interessanter Fall«, sagte eine Stimme. Kim blickte auf und sah sich einem Mann gegenüber, der wesentlich jünger war, als sie das bei einem Museumskurator erwartet hätte. »Sie müssen Kimberly Stewart sein. Ich bin Carl Nebolsine.« Sie gaben sich die Hand.

»Sehen Sie diese Stange dort drüben?« fragte Nebolsine und deutete auf eine etwa eineinhalb Meter lange Stahlstange. »Das ist eine sogenannte Stopfstange. Sie diente dazu, Pulver in ein Loch zu stopfen, das zu Sprengzwecken gebohrt wurde. Und eines Tages, vor mehr als hundert Jahren, ist diese Stange da jenem Mann durch den Kopf gegangen.« Nebolsine deutete auf den Schädel. »Das Erstaunliche ist, daß der Mann das überlebt hat.«

»Und er hat keinen Schaden davongetragen?« fragte Kim.

»Nun, es heißt, er sei, nachdem er sich von dem Trauma erholt hatte, nicht mehr besonders umgänglich gewesen, aber das verwundert einen ja nicht, oder?« meinte Nebolsine.

Kim studierte die anderen Ausstellungsstücke. Ganz in der Ecke entdeckte sie ein paar Bücher.

»Ich höre, Sie interessieren sich für das Rachel-Bingham-Exponat«, meinte Nebolsine.

»Ist es hier?« fragte Kim.

»Nein.«

Kim sah den Mann an, als ob sie nicht richtig gehört habe.

»Es ist unten im Lager«, erklärte Nebolsine. »Es kommt nicht oft vor, daß jemand es sehen will, und wir haben bei weitem nicht genug Platz, um alles auszustellen, was wir haben. Möchten Sie es gern sehen?«

»Sehr gern«, erklärte Kim erleichtert.

Sie fuhren mit dem Aufzug in den Keller und folgten einem labyrinthartigen Weg, den Kim ungern allein zurückgegangen wäre. Schließlich schloß Nebolsine eine schwere Stahltür auf und knipste das Licht an: einige nackte Glühbirnen, die von der Decke hingen.

Der ganze Raum war mit verstaubten alten Glaskästen vollgestellt.

»Entschuldigen Sie die Unordnung, die hier unten herrscht«, meinte Nebolsine. »Es ist sehr schmutzig. Hier kommt nicht oft jemand her.«

Kim folgte dem Mann, der zielstrebig zwischen den Glasschränken hindurchging, in denen Kim eine Unzahl von Knochen, Büchern, Instrumenten und Gläsern mit allen möglichen Organen sah. Dann blieb Nebolsine stehen, trat etwas zur Seite und deutete auf etwas in dem Glasschrank vor ihm.

Kim fuhr zurück. In ihr mischten sich Abscheu und Schrecken. Sie war überhaupt nicht auf das vorbereitet, was sie hier zu sehen bekam. In einem großen Glas, das mit einer bräunlichen Konservierungsflüssigkeit gefüllt war, war ein vier bis fünf Monate alter Fötus eingezwängt, der wie ein Monster aussah.

Nebolsine schien Kims Reaktion überhaupt nicht wahrzunehmen. Er öffnete den Glasschrank, griff hinein und holte das schwere Gefäß heraus, wobei der Inhalt in grotesker Weise auf und ab hüpfte und kleine Gewebeteilchen wie Schnee in einem Briefbeschwerer herunterregneten.

Kim griff sich mit der Hand an den Mund, während sie den anenzephalischen Fötus anstarrte. Er hatte einen Wolfsrachen, wodurch der Eindruck entstand, der Mund reiche bis zur Nase hinauf. Da das Gesicht gegen das Glas gepreßt war, waren die Züge zusätzlich verzerrt. Hinter den relativ großen, froschähnlichen Augen war der Kopf flach und mit kohlschwarzem Haar bedeckt. Das massive Kinn stand in keinem Verhältnis zu dem Rest des Gesichts. Die oberen Stummelgliedmaßen des Fötus endeten in schaufelartigen Händen mit kurzen Fingern, die teilweise zusammengewachsen waren; man mußte unwillkürlich an gespaltene Hufe denken. Der Rumpf ging in einen langen fischähnlichen Schwanz über.

»Soll ich es näher ans Licht tragen?« fragte Nebolsine.

»Nein!« erwiderte Kim eine Spur zu schroff und beeilte sich, mit etwas ruhigerer Stimme hinzuzufügen, daß sie das Exponat hier gut sehen könne.

Kim konnte sich gut vorstellen, was ein Mensch des siebzehnten Jahrhunderts in einer solchen Monstrosität gesehen haben mußte: den leibhaftigen Teufel. Tatsächlich waren Holzschnitte des Teufels, die Kim aus jener Epoche gesehen hatte, praktisch Kopien dieses Monsters.

»Soll ich es umdrehen, damit Sie auch die andere Seite sehen können?« fragte Nebolsine.

»Vielen Dank, nein«, sagte Kim und trat unwillkürlich einen Schritt zurück. Jetzt begriff sie, weshalb weder die juristische noch die theologische Fakultät gewußt hatten, was sie damit anfangen sollten. Und dann erinnerte sie sich an die Notiz, die John Moldavian ihr in der medizinischen Bibliothek gezeigt hatte. Sie hatte nicht gelautet: *Kuriosität von Rachel Bingham, erhalten von Rachel Bingham im Jahre 1691,* vielmehr war das fünfte Wort *empfangen* gewesen.

Und Kim erinnerte sich auch an die Eintragung in Elizabeths Tagebuch, wo diese ihre Sorge wegen des unschuldigen Hiob ausgedrückt hatte. Hiob war kein biblischer Hinweis gewesen. Elizabeth hatte bereits gewußt, daß sie schwanger war, und hatte dem Baby den Namen Hiob gegeben. Welche Ironie des Schicksals, dachte Kim.

Sie bedankte sich bei Nebolsine und kehrte mit schweren Schritten zu ihrem Wagen zurück. Ihre Gedanken befaßten sich mit Elizabeths doppelter Tragödie: einer Schwangerschaft, während sie, ohne es zu wissen, eine Schimmelpilzvergiftung hatte. In jener Zeit wäre jeder überzeugt gewesen, daß Elizabeth sich mit dem Teufel eingelassen haben mußte, um ein solches Monstrum hervorzubringen. Niemand hätte daran gezweifelt, daß sich darin ein Pakt mit dem Teufel manifestiert hatte, ganz besonders, da die »Anfälle« in Elizabeths Haus ihren Anfang genommen hatten: Elizabeths selbstbewußtes Auftreten, ihre Auseinandersetzung mit der Putnam-Familie zum ungünstigsten Zeitpunkt und die Veränderung ihres gesellschaftlichen Status hatten die Situation nicht gerade verbessert.

Für Kim stand jetzt eindeutig fest, weshalb man Elizabeth den Prozeß als Hexe gemacht hatte und wie es zu dem Schuldspruch gekommen war.

Kim fuhr wie in Trance. Allmählich begriff sie, weshalb Elizabeth kein Geständnis abgelegt hatte, um damit ihr Leben zu retten, wie Ronald das nachdrücklich von ihr verlangt hatte. Elizabeth wußte, daß sie keine Hexe war, aber ihr eigenes Vertrauen in ihre Unschuld war ohne Zweifel dadurch erschüttert, daß alle sich gegen sie stellten: Freunde, Gerichtsbeamte und selbst die Priester. In Abwesenheit ihres Mannes hatte Elizabeth nirgends Unterstützung gefunden. Völlig alleingelassen, hatte sie sich in den Gedanken hineingesteigert, eine schreckliche Sünde begangen zu haben. Wie sonst sollte man erklären, daß sie ein solch dämonisches Geschöpf zur Welt gebracht hatte? Vielleicht hatte sie sogar geglaubt, ihr Schicksal verdient zu haben.

Am Storrow Drive geriet Kim in einen Stau und kam nur

noch zentimeterweise voran. Es war immer noch ziemlich heiß, und im Wagen eingeschlossen wuchs Kims Beklemmung.

Schließlich hatte sie die Verkehrsampel am Leverett Circle und damit auch den Stau hinter sich gebracht. Befreit von den Banden der Stadt, fuhr sie auf der Interstate 93 nach Norden. Mit dieser Freiheit stellte sich eine neue Erkenntnis, der Hinweis auf eine bildliche Freiheit ein. Kim wußte plötzlich, welche Botschaft Elizabeth ihr hatte übermitteln wollen: daß Kim an sich selbst glauben sollte. Sie sollte nicht zulassen, daß andere Menschen ihr Selbstvertrauen zerstörten. Sie sollte nicht zulassen, daß autoritäre Gestalten ihr Leben bestimmten. Elizabeth hatte in dem Punkt keine Chance gehabt, wohl aber Kim hier und heute.

Kims Gedanken arbeiteten fieberhaft. Sie erinnerte sich an die endlosen Stunden, die sie mit Alice McMurray verbracht hatte, um über ihr zu gering entwickeltes Selbstwertgefühl zu sprechen. Sie erinnerte sich an die Theorien, die Alice als Erklärung angeführt hatte: eine Kombination aus der emotionalen Distanziertheit ihres Vaters, ihren vergeblichen Versuchen, es ihm recht zu machen, und der Passivität ihrer Mutter gegenüber den zahlreichen Affären ihres Vaters. Plötzlich kam ihr das alles trivial und belanglos vor. Jene Diskussionen hatten sie nie so berührt wie jetzt der Schock über Elizabeths Martyrium.

Kim schien auf einmal alles klar. Ob ihr unterentwickeltes Selbstwertgefühl nun auf der speziellen Situation in ihrer Familie, ihrer eigenen Wesensart oder der Kombination aus beidem beruhte, war ohne jeden Belang. Kim hatte versäumt, sich ihr Leben nach ihren eigenen Interessen und Fähigkeiten einzurichten.

Sie mußte plötzlich bremsen. Verärgert und überrascht stellte sie fest, daß auch auf der normalerweise zügig zu fahrenden Fernstraße ein Stau entstanden war. Wieder kam sie nur schrittweise voran, und der Wagen heizte sich in der sommerlichen Hitze schnell auf. Im Westen bildeten sich schon mächtige Gewitterwolken.

Während sie so langsam vorrückte, reifte in Kim ein Entschluß. Sie mußte ihr Leben ändern. Zuerst hatte sie zugelassen, daß ihr Vater sie beherrschte, obwohl zwischen ihnen praktisch keine Beziehung bestand. Und jetzt hatte sie sich Edward in der gleichen Weise untergeordnet. Edward lebte mit ihr zusammen, war aber praktisch nie für sie da. In Wirklichkeit nützte er sie nur aus.

Als der Stau sich aufgelöst hatte, gelobte sie sich, diesem Zustand ein Ende zu machen. Sie würde sofort mit Edward sprechen, wenn sie zu Hause war.

Da sie wußte, daß sie Auseinandersetzungen gern aus dem Weg ging, machte Kim sich klar, daß es äußerst wichtig war, so bald wie möglich mit Edward zu sprechen, zumal es jetzt Grund zu der Annahme gab, daß Ultra teratogen war und teratogene Präparate auch Krebs verursachen konnten.

Als Kim zu Hause ankam, war es kurz vor neunzehn Uhr. Wegen der sich im Westen auftürmenden Gewitterwolken war es wesentlich dunkler als sonst um diese Zeit.

Kim bemerkte sofort die veränderte Stimmung im Labor. Sie war sicher, daß David und Gloria und vielleicht auch Eleanor ihre Ankunft bemerkt hatten, aber niemand begrüßte sie. Tatsächlich wandten sie sich sogar ab und ignorierten sie geradezu. Von dem üblichen Gelächter keine Spur, die Wissenschaftler unterhielten sich nicht einmal miteinander. Spannung lag in der Luft.

Sie fand Edward in einer dunklen Ecke an seinem Computer. Das grüne, phosphoreszierende Licht des Bildschirms hüllte sein Gesicht in ein gespenstisches Licht.

Kim blieb einen Augenblick neben ihm stehen. Sie wollte ihn nicht unterbrechen. Während sie zusah, wie seine Finger über die Tastatur huschten, registrierte sie zwischen den einzelnen Anschlägen ein leichtes Zittern. Auch atmete er deutlich schneller als sie.

Einige Minuten schleppten sich hin. Edward ignorierte sie völlig.

»Bitte, Edward«, sagte Kim schließlich mit bebender Stimme, »ich muß mit dir reden.«

»Später«, sagte Edward, ohne sie anzusehen.

»Es ist wichtig, daß ich *jetzt* mit dir rede«, sagte Kim zögernd.

Edward versetzte Kim einen Schock, indem er plötzlich aufsprang. Und zwar so heftig, daß der Stuhl davonschoß und gegen einen Schrank prallte. Er schob sein Gesicht so nahe an Kims, daß sie in seinen hervortretenden Augen Spinnennetze geröteter Äderchen sehen konnte.

»Später, habe ich gesagt!« stieß er zwischen zusammengebissenen Zähnen hervor und funkelte sie an, als wolle er sie herausfordern, ihm zu widersprechen.

Kim trat einen Schritt zurück und stieß gegen einen Labortisch. Sie tastete hinter sich, um sich zu stützen, und dabei fiel ein Becher auf den Boden. Er zersprang und zerrte damit noch weiter an ihren ohnehin strapazierten Nerven.

Sie rührte sich nicht, sondern musterte Edward beunruhigt. Sein Verhalten war wieder so, als stehe er kurz davor auszurasten, so wie damals, als er in seinem Apartment in Cambrigde das Weinglas an die Wand geworfen hatte. Allem Anschein nach war etwas Bedeutsames vorgefallen, etwas, das eine größere Meinungsverschiedenheit ausgelöst hatte.

Kims erste Reaktion war Mitgefühl für Edward, weil sie wußte, wie schwer er gearbeitet hatte. Aber dann fing sie sich wieder. Ihre neugewonnene Erkenntnis ließ sie begreifen, daß sie mit solchen Gedanken wieder in die alten Gewohnheiten zurückfiel. Kim hatte sich fest vorgenommen, nach Elizabeths Botschaft zu handeln. Sie mußte jetzt an sich selbst und ihre eigenen Bedürfnisse denken.

Doch sie war auch Realistin und wußte, daß Edward jetzt nicht in der Stimmung für ein Gespräch über ihre Beziehung war.

»Es tut mir leid, wenn ich dich gestört habe«, sagte Kim. »Es ist offensichtlich nicht der richtige Augenblick für ein Gespräch. Ich gehe hinüber ins Cottage. Ich muß mit dir sprechen, komm bitte, sobald du dazu in der Lage bist.«

Kim wandte sich von dem immer noch finster blickenden Edward ab und schickte sich zum Gehen an. Nach ein paar Schritten blieb sie stehen und drehte sich um.

»Ich habe heute etwas erfahren, das du wissen solltest«, begann sie. »Ich habe Grund zu der Annahme, daß Ultra teratogen sein könnte.«

»Wir werden das Präparat an trächtigen Mäusen und Ratten erproben«, erwiderte Edward mürrisch. »Aber im Augenblick haben wir ein dringenderes Problem.«

Kim sah, daß Edward an der linken Wange eine Schürfwunde hatte. Auch seine Hände wiesen Schnitt- und Schürfwunden auf, wie sie sie schon bei Curt gesehen hatte.

Sie trat wieder einen Schritt näher. »Du hast dich verletzt«, sagte sie und beugte sich vor, um sich die Verletzung näher zu betrachten.

»Das ist nichts«, wehrte Edward ab und machte sich wieder an die Arbeit.

Erschüttert verließ Kim das Labor; sie konnte Edwards Stimmung oder Verhalten einfach nicht mehr einschätzen. Draußen war es inzwischen erheblich dunkler geworden, die Luft schien stillzustehen, die Blätter an den Bäumen hingen schlaff herunter. Einige wenige Vögel huschten über den drohenden Himmel und suchten Zuflucht.

Kim fuhr hinüber zum Cottage und begab sich zuallererst in den Salon. Mit neuer Sympathie, Bewunderung und Dankbarkeit blickte sie zu ihrer Ahnfrau auf. Nachdem sie eine Weile das starke, feminine Gesicht mit den leuchtenden, grünen Augen betrachtet hatte, spürte sie, daß sie ruhiger wurde. Kim wußte trotz des Rückschlags im Labor, daß sie diesmal keine Kehrtwendung vollziehen würde. Sie würde auf Edward warten und mit ihm sprechen.

Sie löste ihren Blick schließlich von dem Bild und schlenderte in dem Cottage herum, das Elizabeth bewohnt hatte und jetzt auch sie. Trotz der Einsamkeit der letzten Wochen war es ein behagliches, romantisches Haus; unwillkürlich kam ihr der Gedanke, daß es in Kinnards Gesellschaft ganz anders gewesen wäre als in Edwards.

Dann stand sie im Eßzimmer, das zu Elizabeths Zeit die Küche gewesen war, und stellte voll Bedauern fest, wie selten der Tisch benutzt worden war. Für sie gab es keinen Zweifel mehr, daß sie den ganzen September vergeudet hatte, und sie machte sich Vorwürfe, daß sie sich von Edward so hatte beeinflussen lassen.

In einer plötzlichen Aufwallung von Zorn ging Kim noch einen Schritt weiter und gestand sich zum erstenmal ein, daß Edwards beginnende Habgier und seine neue, von Ultra bestimmte Persönlichkeit sie abstießen. In ihrem Bewußtsein war kein Platz für ein von Medikamenten erzeugtes Selbstverständnis, Selbstbewußtsein oder gar Glücksgefühl. Das alles war unecht. Die Vorstellung von kosmetischer Psychopharmakologie widerte sie an.

Kim seufzte. Sie war physisch wie psychisch erschöpft, war aber gleichzeitig innerlich völlig ruhig. Zum erstenmal seit

Monaten spürte sie nicht mehr jene vage, nagende Beklemmung. Obwohl sie wußte, daß ihr Leben in Unordnung geraten war, war sie fest entschlossen, es zu ändern, und glaubte zu wissen, wo sie ansetzen mußte.

Sie ging ins Badezimmer und nahm ein ausgiebiges Bad, etwas, was sie schon so lange nicht mehr getan hatte, daß sie sich gar nicht mehr an das letzte Mal erinnern konnte. Nach dem Bad schlüpfte sie in einen weiten Jogginganzug und bereitete sich das Abendessen zu.

Nach dem Abendessen trat Kim an das Fenster im Salon und blickte zum Labor hinüber. Wann Edward wohl herüberkommen würde?

Kims Blick wanderte zu den schwarzen Baumsilhouetten weiter. Sie standen völlig reglos da, wie hinter Glas, immer noch regte sich kein Lüftchen. Der Sturm, von dem sie bei ihrer Ankunft geglaubt hatte, er würde gleich losbrechen, war im Westen hängengeblieben. Aber dann sah Kim den ersten Blitz, gleich darauf war in der Ferne ein dröhnender Donner zu hören.

Kim ging ins Zimmer zurück und setzte sich so, daß sie Elizabeths Porträt sehen konnte. Sie ließ ihre Gedanken schweifen und dachte darüber nach, ob sie vielleicht den Beruf wechseln sollte, ob sie überhaupt den Mut haben würde, dieses Risiko einzugehen. Wirtschaftliche Gründe konnte sie nicht als Vorwand benutzen, dazu war ihre Erbschaft zu groß. Es wäre eine große Herausforderung, besonders wenn sie daran dachte, vielleicht einen künstlerischen Beruf zu ergreifen. Die Verlockung war groß.

Eine der unerwarteten Folgen von Kims Bemühungen, Dokumente aus dreihundert Jahren zu sortieren, war die Erkenntnis, wie wenig ihre Familie für die Gemeinschaft getan hatte. Die riesige Menge von Papieren und die geschmacklose Burg waren die beiden größten Vermächtnisse. Unter ihren Vorfahren hatte es nie Künstler, Musiker oder Schriftsteller gegeben. Trotz all ihres Geldes hatten sie keine Kunstsammlungen aufgebaut, keine Bibliotheken oder Philharmonien gestiftet. Tatsächlich hatten sie überhaupt keinen Beitrag zur Kultur geliefert, es sei denn, Unternehmertum war in sich selbst eine Kultur.

Um neun Uhr hatte Kims Erschöpfung ihren Höhepunkt erreicht. Einen Augenblick lang überlegte sie, ob sie noch einmal ins Labor gehen sollte, tat den Gedanken aber dann ebenso schnell wieder ab. Wenn Edward hätte reden wollen, wäre er herübergekommen. Statt dessen schrieb sie ihm einen Zettel und klebte ihn im Bad an den Spiegel. Auf dem Zettel stand schlicht: *Ich werde um fünf Uhr aufstehen, dann können wir reden.*

Nachdem sie mit der Katze kurz aus dem Haus gegangen war, ging Kim zu Bett. Sie versuchte gar nicht erst zu lesen und dachte nicht einmal daran, ein Schlafmittel zu nehmen. Binnen weniger Minuten schlief sie tief.

Kapitel 20

Dienstag, 4. Oktober 1994

Ein erschreckend lauter Donnerschlag riß Kim aus den Tiefen eines Traumes. Das Haus vibrierte noch von dem ungeheuren Lärm, als ihr bewußt wurde, daß sie kerzengerade im Bett saß. Sheba hatte auf den Schrecken mit einem Satz vom Bett reagiert und hielt sich darunter versteckt.

Es regnete in Strömen, und Kim sprang aus dem Bett, um die Fenster zu schließen. In diesem Augenblick traf ein Blitzstrahl den Blitzableiter auf einem Burgturm und tauchte das ganze Gelände im bläuliches Licht.

Kim sah etwas Erstaunliches. Eine gespenstische, spärlich bekleidete Gestalt rannte über den Rasen, und obwohl Kim sie nur den Bruchteil einer Sekunde lang gesehen hatte und deshalb ihrer Sache nicht sicher war, glaubte sie doch, daß es Eleanor gewesen war.

Kim zuckte zusammen, als dicht auf den Blitz ein neuer Donnerschlag folgte. Ohne auf das Dröhnen in ihren Ohren zu achten, versuchte sie in der Dunkelheit etwas zu erkennen, was freilich im dichten Regen unmöglich war.

Sie rannte zu Edwards Schlafzimmer hinüber, denn sie war überzeugt, keiner Halluzination zum Opfer gefallen zu sein; irgend jemand war dort draußen.

Sie mußte es Edward sagen. Zu Kims Überraschung war die Tür geschlossen. Sie klopfte. Als keine Reaktion kam, klopfte sie noch einmal, diesmal lauter, und öffnete die Tür.

Edward lag mit ausgestreckten Armen und Beinen auf dem Rücken. Er trug nur seine Unterwäsche. Ein Hosenbein hing noch an seinem Bein, das andere über der Bettkante. Sie schüttelte ihn leicht, aber er wachte nicht auf. Kim schüttelte ihn heftiger, und als auch das keine Wirkung zeitigte, wurde sie unruhig. Es war, als befinde er sich im Koma.

Kim schaltete die Nachttischbeleuchtung ein und sah, daß Edward ein Bild des Friedens war. Sein Gesicht war schlaff, der Mund stand ihm offen. Kim legte ihm die Hände auf die Schultern und schüttelte ihn hartnäckig, rief immer wieder seinen Namen; schließlich schlug er blinzelnd die Augen auf.

»Edward, bist du wach?« fragte Kim. Sie schüttelte ihn erneut, und dabei flog sein Kopf hin und her, wie der einer Puppe.

Edward wirkte völlig konfus und desorientiert, bis er schließlich Kim erkannte.

Sie sah, wie Edwards Pupillen sich plötzlich weiteten, ganz ähnlich denen einer Katze, die sich zum Sprung anschickt. Dann verengten seine Augen sich zu schmalen Schlitzen, und seine Oberlippe kräuselte sich wie die eines knurrenden Tieres. Edwards bis dahin erschlafftes Gesicht verzerrte sich zu einer Maske schierer Wut.

Erschreckt von dieser unerwarteten grausigen Metamorphose, ließ Kim ihn los und trat ein paar Schritte zurück. Es verblüffte sie, daß er so wütend werden konnte, bloß weil sie ihn geweckt hatte. Edward gab einen kehligen Laut von sich, wie ein Knurren, setzte sich auf und starrte sie mit unbewegten Augen an.

Kim rannte zur Tür und merkte, daß Edward mit einem Sprung aus dem Bett war. Sie hörte, wie er auf den Boden plumpste, vermutlich weil er sich in seinen Hosenbeinen verfangen hatte. Kim knallte Edwards Tür zu und schloß ab.

Sie rannte die Treppe hinunter zum Telefon in der Küche. Sie wußte, daß mit Edward irgend etwas Schreckliches passiert war: Das war nicht nur Wut darüber, daß sie ihn geweckt hatte. In seinem Bewußtsein mußte irgendeine Sicherung durchgebrannt sein.

Kim wählte 911, aber während sie noch auf die Verbindung wartete, hörte sie, wie Edwards Tür zersplitterte und gegen die Wand krachte. Im nächsten Augenblick hörte sie Edward oben am Treppenabsatz knurren, dann polterten Schritte die Treppe herunter.

Panisch ließ Kim das Telefon fallen, rannte zur hinteren Tür und nach draußen, wo es in Strömen regnete. Ihr einziger Gedanke war, daß sie Hilfe holen mußte, und die nächste Möglichkeit dafür war die Burg. Sie rannte querfeldein, und als sie sich der unechten Zugbrücke näherte, stellte sie fest, daß der Haupteingang offen war.

Keuchend rannte Kim ins Haus und hetzte durch die finstere Eingangshalle in den großen Saal, wo durch die riesigen, zwei Stockwerk hohen Südfenster ein schwacher Lichtschein von den umliegenden Ortschaften, der von den niedrig hängenden Wolken zurückgeworfen wurde, ins Haus drang.

Kim hatte vorgehabt, durch den Speisesaal in die Küche und von dort in die Dienstbotenräume zu laufen, war aber noch nicht weit gekommen, als sie beinahe mit Eleanor zusammenstieß. Ein nasses, weißes Spitzennachthemd klebte wie eine zweite Haut an der Frau.

Kim blieb stehen und war einen Augenblick lang wie gelähmt. Jetzt wußte sie, daß sie sich nicht getäuscht hatte: Die Gestalt, die sie draußen gesehen hatte, war tatsächlich Eleanor gewesen. Kim setzte an, sie vor Edward zu warnen, aber die Worte blieben ihr im Hals stecken, als sie in dem schwachen Licht Eleanors Gesicht erblickte. Sie sah denselben unbeschreiblich raubtierhaften Ausdruck, den sie an Edward wahrgenommen hatte. Und um es noch schlimmer zu machen, war Eleanors Mund mit Blut verschmiert, als ob sie rohes Fleisch in sich hineingeschlungen hätte.

Der Zusammenstoß mit Eleanor kostete Kim ihren Vorsprung vor Edward. Nach Luft schnappend taumelte er herein, zögerte, musterte Kim mit wildem Blick im Halbdunkel. Das Haar klebte ihm in Strähnen am Kopf. Er trug nur sein T-Shirt und seine Unterhose, die beide dreckverschmiert waren.

Edward setzt dazu an, sich auf Kim zu stürzen, hielt dann aber inne, als er Eleanor entdeckte, und wechselte die Richtung, als habe er Kim vergessen. Er taumelte auf Eleanor zu und hob, als er sie auf Armeslänge erreicht hatte, argwöhnisch den Kopf, als würde er Witterung aufnehmen. Eleanor tat dasselbe, und die beiden umkreisten einander langsam.

Kim schauderte. Es war, als befände sie sich in einem Alptraum und beobachtete zwei wilde Tiere, die einander im Dschungel begegneten und sich argwöhnisch beschnüffelten, um sicherzugehen, daß nicht eines ein Raubtier und das andere Beute war.

Kim zog sich langsam zurück, während Eleanor und Edward miteinander beschäftigt waren. Und als sie dann den Weg in den Speisesaal vor sich hatte, rannte sie los. Die plötzliche Bewegung erschreckte die beiden, die wie aus einem urzeitlichen Raubtierreflex heraus die Verfolgung aufnahmen.

Als Kim den Dienstbotenflügel erreicht hatte, schrie sie laut um Hilfe, rannte aber weiter, hetzte laut schreiend die Treppe hinauf ins Obergeschoß und stürzte in den von François bewohnten Raum; das Licht brannte, aber François schlief.

Kim rannte auf ihn zu, rief seinen Namen, schüttelte ihn heftig, aber er wachte nicht auf. Kim brüllte ihn an und versuchte ihn wachzurütteln, erstarrte dann aber plötzlich. Selbst in ihrer Panik erinnerte sie sich, daß es ähnlich schwer gewesen war, Edward wach zu bekommen. Sie trat einen Schritt zurück. François' Augen öffneten sich langsam. Ebenso wie sie das schon bei Edward gesehen hatte, vollzog sich in François' Gesicht eine erschreckende Metamorphose. Seine Augen verengten sich, die Oberlippe zog sich von den Zähnen zurück, ein tierähnliches Knurren kam aus seinem Mund, und im nächsten Augenblick war aus ihm ein wildes Tier geworden.

Kim wirbelte herum, aber inzwischen versperrten Edward und Eleanor die Tür. Ohne zu zögern, warf sie sich mit einem Satz durch die Verbindungstür in das Wohnzimmer der Suite und raste von dort hinaus in den Flur. Sie hastete zur Treppe, rannte ins nächste Stockwerk und stürzte in ein weiteres Zimmer, von dem sie wußte, daß es bewohnt war.

An der Schwelle blieb Kim stehen, mit einer Hand die offene Tür haltend. Curt und David saßen spärlich bekleidet und verdreckt auf dem Boden. Wasser rann ihnen aus ihren Haaren. Vor ihnen lag eine zum Teil zerstückelte Katze. Wie Eleanors waren auch ihre Gesichter blutverschmiert.

Kim knallte die Tür zu. Sie hörte die anderen die Treppe heraufkommen. Sie fuhr herum und öffnete die Verbindungstür zum Hauptflügel des Hauses.

Kim rannte durch den Wohnsalon, dessen Fenster nach Süden gerichtet waren und der deshalb in ähnliches Licht wie der große Salon getaucht war. Sie konnte den Tischen und Sofas ausweichen, glitt aber in ihrer Panik auf einem Läufer aus und krachte gegen die Tür, die zum Gästeflügel führte. Nachdem sie ein paar Augenblicke am Türknauf gerüttelt hatte, schaffte sie es schließlich, die Tür zu öffnen. Der Flur dahinter lag in Dunkelheit, aber Kim rannte blindlings weiter.

Sie hatte angenommen, daß der Flur leer sei, bis sie gegen einen Tisch rannte und mit schmerzverzerrtem Gesicht zu Boden ging. Einen Augenblick regte sie sich nicht von der Stelle und überlegte, ob sie sich verletzt hatte. Ihr Leib schmerzte, und ihr rechtes Knie war taub. Sie spürte, wie ihr etwas am Arm entlangrann, und vermutete, daß es Blut war.

Kim tastete in der Dunkelheit um sich, und dann wußte sie, weshalb sie gefallen war; der Installateur hatte seine Werkbank hier abgestellt. Die Monteure hatten ihre Geräte in den Gästeflügel geschafft, um die Abflußrohre zu überprüfen und zu reparieren.

Kim lauschte. Sie hörte, wie im Dienstbotenflügel Türen aufgerissen und wieder zugeknallt wurden. Die Geräusche deuteten darauf hin, daß diese Kreaturen – sie brachte es nicht fertig, sie in diesem Zustand als Menschen zu bezeichnen – ziellos nach ihr suchten. Sie waren ihr nicht auf dem einzig logischen Weg gefolgt, was den Schluß zuließ, daß sie sich nicht vernunftgesteuert bewegten. Kim nahm an, daß sie nicht im Vollbesitz ihrer geistigen Kräfte waren und instinktiv und reflexartig handelten.

Sie richtete sich auf. Ihr Knie, das gerade noch taub gewesen war, hatte jetzt angefangen, stechend zu schmerzen. Sie betastete es und spürte, daß es bereits geschwollen war.

Ihre Augen hatten sich inzwischen an die Dunkelheit gewöhnt. Sie entdeckte ein Stück Rohr und nahm es als Waffe an sich, warf es aber wieder weg, als sie feststellte, daß es ein Kunststoffrohr war, entschied sich für einen Hammer, den sie aber auch wieder beiseite legte, als sie eine Acetylen-Lötlampe und ein Reibefeuerzeug entdeckte. Wenn diese Kreaturen, die hinter ihr her waren, tierisch reagierten, würden sie panische Angst vor Feuer haben.

Die Lötlampe in der Hand, ging Kim, so schnell es ihr mit ihrer Verletzung möglich war, zur Treppe des Gästeflügels. Sie beugte sich über das Geländer und blickte hinunter. Ein Stockwerk unter ihr brannte die Flurbeleuchtung. Kim lauschte erneut. Die Geräusche, die sie wahrnahm, hörten sich immer noch so an, als kämen sie vom entgegengesetzten Ende des Hauses.

Kim schickte sich an, die Treppe hinunterzugehen, kam aber nicht weiter. Vor dem Treppensockel im Erdgeschoß lief Gloria erregt auf und ab, wie eine Katze vor einem Mäuseloch. Unglücklicherweise entdeckte sie Kim, sie stieß einen kreischenden Laut aus und rannte die Treppe hinauf.

Kim machte kehrt und floh den Korridor hinunter so schnell sie konnte. Sie rannte in den Hauptflügel zurück, als sie hinter sich ein Krachen und dann einen wilden Aufschrei hörte – das war vermutlich Gloria, die an die Werkbank gestoßen war.

Kim stieg vorsichtig die Freitreppe hinunter und preßte sich an die Wand, um von unten nicht gesehen werden zu können. Nachdem sie den Treppenabsatz erreicht hatte, schob sie sich langsam vor und stellte erleichtert fest, daß niemand in der Halle war.

Nach einem tiefen Atemzug ging sie die letzte Treppe hinunter und humpelte dann unten so schnell es ging zur Eingangshalle. Etwa drei Meter von ihrem Ziel entfernt hielt sie inne. Zu ihrem Entsetzen schlich dort am Ende der Halle Eleanor hin und her, als bewache sie den Haupteingang. Sie bewegte sich genauso wie Gloria vorher am Absatz der Treppe zum Gästeflügel, sah aber Kim im Gegensatz zu Gloria nicht.

Kim trat schnell zur Seite, um aus Eleanors Blickwinkel zu kommen, bemerkte im gleichen Augenblick, daß jemand hinter ihr die Treppe herunterkam und jeden Augenblick den Treppenabsatz erreichen würde.

Ohne nachzudenken, humpelte sie quer durch den Raum und zwängte sich in eine kleine Gästetoilette unter der Treppe. Bemüht, möglichst wenig Geräusch zu erzeugen, schloß sie die Tür hinter sich und sperrte ab. Im gleichen Augenblick hörte sie auf der Treppe unmittelbar über sich Schritte.

Kim versuchte ihre Atemzüge zu dämpfen und lauschte auf die die Treppe herunterkommenden Schritte, bis der dicke Teppich sie verschluckte, der den Marmorboden im großen Saal bedeckte.

Kim hatte Angst. Zugleich machte sie sich Sorgen wegen ihres Knies, und zu allem Überfluß war sie durchnäßt und fror und zitterte am ganzen Leib.

Im Versuch, die Ereignisse der letzten Tage zu ergründen, überlegte Kim, ob der Zustand, in dem Edward und die anderen sich im Augenblick befanden, möglicherweise jede Nacht eingetreten war. Wenn ja und falls sie das selbst argwöhnten, würde das den deutlichen Stimmungsumschwung im Labor erklären. Entsetzt wurde Kim bewußt, daß nicht ein tollwütiges Tier oder durchgedrehte Teenager, sondern mit hoher Wahrscheinlichkeit die Wissenschaftler für die grausigen Vorkommnisse in der Umgebung verantwortlich waren.

Kim schauderte angeekelt. Für sie bestand kein Zweifel, daß das alles auf Ultra zurückzuführen war. Durch das Präparat waren die Forscher zu solchen »Besessenen« geworden wie einige der »heimgesuchten« Menschen 1692.

Diese Überlegungen ließen Kim wieder hoffen. Wenn ihre Annahme zutraf, würden sie am kommenden Morgen wieder zu ihrem normalen Ich zurückfinden, ganz so wie in alten Horrorfilmen. Kim mußte sich nur bis dahin verstecken.

Sie beugte sich vor, legte die Lötlampe und das Feuerzeug auf den Boden und tastete dann in der Dunkelheit herum, bis sie den Handtuchhalter gefunden hatte. Sie trocknete sich ab, wrang ihr nasses Nachthemd aus und legte sich das Handtuch über die Schultern, um sich ein wenig zu wärmen. Dann setzte sie sich auf den Toilettensitz, um ihr angeschwollenes Knie zu entlasten.

Die Zeit verging. Im Haus war es still geworden. Aber dann war plötzlich das Splittern von Glas zu hören, und Kim zuckte zusammen. Sie hatte gehofft, die Kreaturen hätten die Suche nach ihr aufgegeben, aber das war offenbar nicht der Fall, denn jetzt hörte sie, wie Türen und Schränke geöffnet und wieder zugeschlagen wurden.

Ein paar Minuten später erstarrte sie erneut, als sie wieder jemanden die Treppe herunterkommen hörte. Kim stand auf. Ihr Zittern hatte gelegentlich den Toilettendeckel gegen das Porzellanbecken klirren lassen, und sie wollte nicht, daß das wieder geschah, wenn eines der Horrorgeschöpfe so nahe war.

Und dann wurde Kim in zunehmendem Maße ein anderes Geräusch bewußt, das sie nicht gleich erkannt hatte. Jemand schnüffelte draußen, ähnlich wie Edward das vor zwei Tagen nachts am Schuppen getan hatte. Sie erinnerte sich daran, daß Edward gesagt hatte, das Präparat würde unter anderem auch alle Sinne schärfen. Kim spürte, wie ihr Mund trocken wurde. Wenn Edward neulich nachts ihr Kölnisch hatte riechen können, dann würde er es jetzt auch wahrnehmen.

Wieder hörte Kim das Schnüffeln. Dann rüttelte jemand am Türknopf und versuchte die Tür zu öffnen. Kim hielt den Atem an.

Die Minuten schleppten sich dahin. Kim hatte den Eindruck, daß jetzt auch die anderen eintrafen. Bald gab es für sie keinen Zweifel mehr, daß sich draußen eine ganze Horde versammelt hatte.

Kim zuckte zusammen, als jemand ein paarmal hintereinander mit der Faust gegen die Tür schlug. Die Tür hielt stand, aber Kim wußte, daß sie nach ein paar weiteren Schlägen zersplittern würde.

Sie kauerte sich nieder und tastete nach der Lötlampe. Als ihre Finger die Lampe berührten, war sie erleichtert. Das Feuerzeug lag daneben.

Mit zitternden Fingern versuchte Kim das Feuerzeug zu betätigen. Ein Funke sprang in die Dunkelheit. Sie nahm die Lötlampe in die rechte Hand, drehte an der seitlich angebrachten Schraube und hörte ein gedämpftes Zischen. Sie hielt die Lötlampe und das Feuerzeug von sich weg, wie sie es bei dem Installateur beobachtet hatte, und entzündete die Acetylenflamme mit einem leichten Knacken.

In dem Augenblick begann die Tür unter den wiederholten Schlägen nachzugeben. Als der erste Sprung sichtbar wurde, zersplitterte sie schnell, und dann rissen blutige Hände ein Brett nach dem anderen weg.

Kim hielt die Lötlampe auf Armeslänge von sich gestreckt und richtete sie auf die Bestien. Die Lampe erzeugte ein kehlig zischendes Geräusch und erhellte mit ihrem Lichtschein die wilden Gesichter. Edward und Curt waren Kim am nächsten. Sie richtete die Lötlampe auf sie und sah, wie ihr Ausdruck von Wut in Angst umschlug.

Die Kreaturen fuhren erschreckt zurück, ganz von der atavistischen Angst vor dem Feuer beherrscht. Ihre glitzernden Augen ließen die blaue Flamme nicht los, die ihnen aus der Düse der Lötlampe entgegenschlug.

Ermutigt trat Kim, die Lötlampe vor sich haltend, aus dem kleinen Raum. Die Wissenschaftler zogen sich zurück. Kim schob sich vorsichtig weiter nach vorn, und drängte die ganze Gruppe nach draußen in den großen Saal.

Nachdem sie noch ein paar Schritte zurückgewichen waren, schoben sich die Wissenschaftler auseinander und bildeten einen Halbkreis. Kim hätte es vorgezogen, wenn sie dicht beisammengeblieben oder geflohen wären, konnte sie aber nicht dazu bringen. Sie konnte sie nur abwehren. Während sie sich langsam, aber unbarmherzig auf die Eingangshalle zu bewegte, umringten sie sie. Sie mußte die Lötlampe immer wieder im Kreis schwingen, um sie in Schach zu halten.

Die panische Angst, die die Kreaturen ursprünglich vor den Flammen gezeigt hatten, begann zu schwinden, je mehr sie sich an sie gewöhnten, besonders wenn die Lötlampe nicht auf sie gerichtet war. Als Kim die Hälfte des Raumes hinter sich gebracht hatte, wurden einige von ihnen mutiger, ganz besonders Edward.

Kim hatte die Lampe gerade auf einen der anderen gerichtet, als Edward einen Satz nach vorn machte und Kims Nachthemd packte. Kim fuhr sofort mit der Lötlampe zu ihm herum und verbrannte ihm den Handrücken. Er stieß einen gräßlichen Schrei aus und ließ los.

Als nächster sprang Curt sie an. Kim brannte ihm eine Furche in die Stirn und sah, daß sein Haar teilweise versengt war. Er stieß einen schmerzlichen Schrei aus und griff sich mit beiden Händen an den Kopf.

Gloria war die nächste Angreiferin und schaffte es, sie am Arm zu packen.

Kim riß sich los, aber durch die plötzliche Bewegung verlor sie das Gleichgewicht. Sie stürzte und ließ dabei die Lötlampe fallen, die zur Wand hinüber unter einen der Damastvorhänge rutschte.

Kim stieß einen wilden Schrei aus, als sich die Kreaturen kratzend und beißend auf sie warfen. Aber ein lautes, krachendes Zischen, gefolgt von einem plötzlichen, grellen, heißen Licht lenkte ihre Aufmerksamkeit ab. Alle starrten wie benommen in dieselbe Richtung, und in ihren Gesichtern spiegelte sich goldenes Licht.

Kim drehte sich um und schrie entsetzt auf. Die Lötlampe hatte die Vorhänge entzündet, die jetzt lichterloh brannten, als wären sie mit Benzin getränkt.

Das sich ausbreitende Inferno ließ die Kreaturen im Chor aufheulen. Kim sah den Schrecken in ihren geweiteten Augen. Edward ergriff als erster die Flucht, unmittelbar gefolgt von den anderen. Aber sie rannten nicht zur Haustür hinaus, sondern hetzten in ihrer Panik ins Obergeschoß.

»Nein, nein!« schrie Kim den fliehenden Gestalten nach, aber ohne Erfolg. Das Brüllen der Flammenwand sog jedes Geräusch auf, so wie ein schwarzes Loch Materie verschluckt.

Kim versuchte, sich mit ihrem unverletzten Arm vor der sengenden Hitze zu schützen. Dann richtete sie sich auf und humpelte zur Tür.

Eine Explosion hinter sich ließ Kim wieder zu Boden stürzen. Sie schrie vor Schmerz auf, weil sie auf ihren verletzten Arm gefallen war. Wahrscheinlich war der Brennstoffbehälter der Lötlampe explodiert. Nichts war jetzt wichtiger, als schnellstens ins Freie zu kommen.

Sie rappelte sich mühsam hoch und taumelte nach vorn, wankte durch die Tür und humpelte in den strömenden Regen hinaus. Sie hinkte die ganze Strecke bis an den Rand der Kiesfläche vor der Burg und biß bei jedem Schritt die Zähne zusammen, um sich von den Schmerzen in Arm und Knie nicht aufhalten zu lassen. Dann drehte sie sich um, hielt sich die unverletzte Hand über die Augen und blickte auf die Burg zurück. Das alte Gebäude brannte wie Zunder. Man konnte bereits hinter den Gaubenfenstern im Dachgeschoß die Flammen lodern sehen.

Ein Blitz tauchte kurz die ganze Umgebung in hellen Schein. Kim kam die Szene wie ein Bild aus der Hölle vor. Sie schüttelte angewidert und erschüttert den Kopf. Der Teufel war wahrhaftig nach Salem zurückgekehrt.

Epilog

Samstag, 5. November 1994

»Wo willst du zuerst hin?« fragte Kinnard, als er und Kim durch das Tor auf das Stewart-Gebäude fuhren.

»Das weiß ich eigentlich nicht«, sagte Kim. Sie saß auf dem Beifahrersitz und stützte mit der rechten Hand den Gipsverband, der ihren linken Arm einhüllte.

Sie blickte zu Kinnard hinüber. Die fahle Herbstsonne, die schräg durch die Bäume fiel, huschte über sein Gesicht und hellte seine dunklen Augen auf. Er war ihr eine große Hilfe gewesen, und sie war ihm sehr dankbar, daß er mit ihr hierhergefahren war. Seit der schicksalhaften Nacht war ein Monat vergangen, und dies war Kims erste Rückkehr auf ihren Besitz.

»Nun?« fragte Kinnard und verlangsamte die Fahrt.

»Laß uns zur Burg fahren«, entschied Kim. »Das heißt, zu dem, was noch von ihr übrig ist.«

Kinnard bog nach rechts ab. Vor ihnen ragte eine schwarze Ruine auf. Nur die Steinmauern und Kamine standen noch.

Kinnard hielt vor der Zugbrücke an, die jetzt zu einem geschwärzten leeren Türbogen führte.

»Das ist schlimmer, als ich erwartet habe«, sagte er. Er sah zu Kim hinüber und spürte ihre Nervosität. »Wenn du nicht willst, brauchst du nicht hineinzugehen.«

»Ich will aber«, erklärte Kim. »Irgendwann muß ich es doch tun.«

Sie stiegen aus und liefen einmal um die Ruine herum. Hineinzugehen versuchten sie nicht.

»Man kann sich kaum vorstellen, daß hier jemand lebend herausgekommen ist«, meinte Kim.

»Zwei von sechs ist auch nicht gerade viel«, wandte Kinnard ein. »Außerdem sind die beiden noch keineswegs über den Berg.«

Sie hatten inzwischen eine kleine Bodenerhebung erreicht, die ihnen einen Blick auf die ganze Brandstelle erlaubte. Kinnard schüttelte angewidert den Kopf. »Was für ein passendes Ende für eine grausige Geschichte«, meinte er. »Die Behörden wollten es zuerst absolut nicht glauben, bis der Zahnvergleich eines der Opfer mit den Bißmalen an den Gebeinen des toten Landstreichers Übereinstimmung zeigte. Du zumindest mußt dich doch jetzt rehabilitiert fühlen. Zu Anfang haben die dir doch kein Wort geglaubt.«

»Ich denke, sie haben es erst tatsächlich geglaubt, als Edward und Gloria im Krankenhaus wieder eine Metamorphose durchmachten«, sagte Kim. »Das war der eigentliche Beweis, nicht die Bißspuren. Die Leute, die das miterlebt haben, haben bestätigt, daß es im Schlaf geschah und daß weder Edward noch Gloria die geringste Erinnerung daran hatten, was geschehen war. Erst das hat die Leute veranlaßt, mir zu glauben.«

»Ich habe dir sofort geglaubt«, sagte Kinnard und wandte sich Kim direkt zu.

»Ja, das hast du«, sagte Kim. »Dafür bin ich dir dankbar, und für vieles andere auch.«

»Aber ich wußte ja auch, daß sie ein unbekanntes Präparat geschluckt hatten«, sagte Kinnard.

»Das habe ich dem Staatsanwalt von Anfang an gesagt«, wandte Kim ein. »Aber das hat ihn nicht sonderlich beeindruckt.«

Kinnard blickte wieder auf die eindrucksvollen Ruinen. »Dieser alte Bau muß schrecklich schnell abgebrannt sein«, sagte er.

»Das Feuer hat sich so schnell ausgebreitet, daß es mir fast wie eine Explosion vorkam«, sagte Kim.

Kinnard schüttelte erneut den Kopf, diesmal mit einem Gefühl der Dankbarkeit und zugleich des Staunens. »Wirklich ein Wunder, daß du da herausgekommen bist«, sagte er. »Es muß schrecklich gewesen sein.«

»Das Feuer war praktisch meine Rettung«, meinte Kim. »Vorher war das eigentlich Schreckliche. Du kannst dir gar nicht vorstellen, wie es ist, wenn man Menschen, die man kennt, in einem solchen Zustand erlebt. Aber ich habe daraus etwas Wichtiges gelernt: Wenn man solche Präparate nimmt, ob es nun Steroide sind oder psychotrope Präparate – es ist jedesmal ein Pakt mit dem Teufel.«

»Die Medizin weiß das seit Jahren«, erklärte Kinnard. »Ein Risiko besteht immer, selbst bei Antibiotika.«

»Ich hoffe, daß die Menschen sich daran erinnern, wenn sie Präparate gegen sogenannte Persönlichkeitsmängel, wie zum Beispiel Schüchternheit, schlucken«, sagte Kim. »Und Psychopharmaka sind im Kommen; die Forschungsarbeiten sind nicht aufzuhalten.«

»Das Problem ist eben, daß wir der Ansicht sind, daß es für alles und jedes eine Pille gibt«, meinte Kinnard.

Sie standen noch eine Weile stumm da und starrten auf die Ruine. Als Kinnard schließlich vorschlug weiterzugehen, nickte Kim; sie gingen zum Wagen zurück und fuhren zum Labor.

Kim schloß auf. Sie gingen durch den Empfangsbereich, und Kinnard staunte. Alles war leer.

»Wo ist denn alles hingekommen?« fragte er. »Ich dachte, dies sei ein Labor.«

»Das war es auch«, nickte Kim. »Ich habe Stanton gesagt, daß alles sofort weggeschafft werden muß, sonst würde ich es einer wohltätigen Institution stiften.«

Kinnard tat so, als würde er mit einem imaginären Basketball dribbeln und ihn schließlich werfen. Seine Schritte hallten im Saal. »Man könnte immer noch eine Sporthalle daraus machen«, sagte er.

»Ich glaube, mir ist ein Atelier lieber«, sagte Kim.

»Ist das dein Ernst?« wollte Kinnard wissen.

»Ich glaube schon.«

Sie verließen das Labor und fuhren zum Cottage. Kinnard ging darin herum und sah sich alles genau an.

»Glaubst du, daß du je wieder hier wohnen möchtest?« fragte er.

»Ich glaube schon. Irgendwann einmal. Und du? Glaubst du, du könntest je an einem solchen Ort leben?«

»Sicher«, nickte Kinnard. »Man hat mir im Salem Hospital eine Stellung angeboten, die ich ernsthaft in Betracht ziehe. Hier zu wohnen wäre ideal. Das einzig Unangenehme ist, daß es ein wenig einsam sein könnte.«

Kim blickte Kinnard an, der provozierend die Augenbrauen in die Höhe gezogen hatte.

»Soll das ein Antrag sein?« fragte Kim.

»Das könnte es«, meinte Kinnard ausweichend.

Kim überlegte einen Augenblick. »Vielleicht sollten wir uns nach der Skisaison darüber unterhalten.«

Kinnard schmunzelte. »Du hast dir eine ganz andere Art von Humor zugelegt, die gefällt mir«, sagte er. »Du kannst jetzt über Dinge Witze machen, von denen ich weiß, daß sie dir wichtig sind. Du hast dich wirklich verändert.«

»Das hoffe ich«, sagte sie. »Das war schon lange fällig.« Sie deutete auf Elizabeths Portrait. »Ich habe meiner Vorfahrin dafür zu danken, daß sie mich die Notwendigkeit hat erkennen lassen und mir den nötigen Mut gegeben hat. Es ist nicht leicht, aus einem alten Schema herauszukommen. Ich hoffe nur, daß ich es schaffe, mein neues Ich zu behalten, und ich hoffe, daß du damit leben kannst.«

»Bis jetzt mag ich es sehr«, sagte er. »Du bist für mich viel verständlicher geworden, und ich muß nicht mehr dauernd rätseln, was du gerade empfindest.«

»Ich bin erstaunt, aber zugleich auch dankbar, daß sich aus einer so schrecklichen Geschichte doch noch etwas Gutes entwickelt hat«, sagte sie. »Die eigentliche Ironie für mich ist, daß ich endlich den Mut aufgebracht habe, meinem Vater zu sagen, wie ich über ihn denke.«

»Wo liegt da die Ironie?« wollte er wissen. »Ich würde sagen, das paßt durchaus zu deiner neuen Fähigkeit, das, was dich bewegt, auch anderen mitzuteilen.«

»Nein, die Ironie liegt nicht darin, daß ich es getan habe«, sagte sie. »Ich meine vielmehr das Ergebnis. Eine Woche nach dem Gespräch hat er mich angerufen, und es sieht ganz so aus, als könnten wir jetzt eine neue, positivere Beziehung aufbauen.«

»Das ist ja herrlich«, sagte Kinnard. »Ganz wie bei uns.«

»Mhm«, nickte Kim. »Ganz wie bei uns.«

Sie streckte sich, legte ihren gesunden Arm um Kinnards Hals und zog ihn zu sich heran. Er drückte sie mit der gleichen Begeisterung an sich.

Freitag, 19. Mai 1995

Kim blieb stehen und blickte an der Fassade des neu errichteten Ziegelbaus empor. Über der Tür war eine lange weiße Marmortafel, auf der in großen Lettern OMNI PHARMACEUTICAL eingraviert war. In Anbetracht der Geschehnisse war sie nicht sonderlich begeistert davon, daß die Firma immer noch im Geschäft war, verstand aber andererseits, daß Stanton das Unternehmen nicht einfach aufgeben konnte.

Kim öffnete die Tür und trat ein. Sie nannte am Empfang ihren Namen, und die junge Frau erklärte ihr den Weg.

Nach Stantons Beschreibung wußte Kim, was sie zu erwarten hatte.

Hinter einer Glaswand befand sich ein modernes biomedizinisches Labor, das auf unheimliche Weise an das Labor auf ihrem Gelände erinnerte.

So wie Stanton sie instruiert hatte, nahm Kim auf einem Sessel Platz und drückte den roten Knopf an der Sprechanlage. Im Labor erhoben sich zwei Gestalten, und kamen auf Kim zu.

Kim verspürte sofort eine Anwandlung von Mitleid für die beiden. Sie hätte sie nie erkannt. Es waren Edward und Gloria. Beide waren bis zur Unkenntlichkeit entstellt. Sie waren praktisch haarlos und würden noch einige Schönheitsoperationen über sich ergehen lassen müssen. Sie bewegten sich steif und roboterhaft und schoben mit Händen, an denen einige Finger fehlten, IV-Einheiten vor sich her.

Als Edward zu reden begann, war nur ein heiseres Wispern zu hören. Er dankte Kim für ihr Kommen und drückte sein Bedauern darüber aus, daß er sie nicht in dem Labor herumführen konnte, das speziell im Hinblick auf ihren Behindertenzustand gebaut worden war.

Als eine Pause eintrat, erkundigte sich Kim nach den Fortschritten in ihrer Genesung.

»Recht gut, wenn man die Umstände berücksichtigt«, erklärte Edward. »Unser größtes Problem ist, daß wir immer noch ›Anfälle‹ haben, obwohl Ultra inzwischen völlig aus unserem Gehirn abgebaut ist.«

»Treten diese Anfälle immer noch im Schlaf auf?« erkundigte sich Kim.

»Nein«, sagte Edward. »Sie sind jetzt wie epileptische Anfälle, ohne jegliche Vorwarnung. Das Gute daran ist, daß sie höchstens eine halbe Stunde dauern, selbst wenn keine Behandlung erfolgt.«

»Es tut mir so leid«, sagte Kim und kämpfte gegen ein aufsteigendes Gefühl der Traurigkeit. Sie stand vor zwei Menschen, deren Leben praktisch zerstört war.

»Wir sind diejenigen, denen es leid tun muß«, sagte Edward.

»Es ist unsere eigene Schuld«, meinte Gloria. »Wir hätten so vernünftig sein sollen, das Präparat erst nach Abschluß aller Toxizitätsstudien einzunehmen.«

»Ich glaube nicht, daß das etwas geändert hätte«, meinte Edward. »Bis heute haben die Tierstudien diesen menschlichen Nebeneffekt nicht gezeigt. Tatsächlich haben wir dadurch, daß wir das Präparat selbst genommen haben, einer großen Zahl freiwilliger Versuchspersonen erspart, das durchzumachen, was wir erleiden mußten.«

»Aber es gab doch noch andere Nebenwirkungen«, sagte Kim.

»Das stimmt«, gab Edward zu. »Ich hätte erkennen müssen, daß die kurzzeitigen Gedächtnislücken signifikant sind. Damit war offenkundig, daß Ultra Funktionen im Nervensystem blockieren konnte.«

»Hat eure weitere Forschungsarbeit zu neuen Erkenntnissen geführt?« erkundigte sich Kim.

»Da wir einander während eines Anfalls studierten, konnten wir dokumentieren, was wir ursprünglich als den Aktionsmechanismus betrachtet hatten«, sagte Gloria. »Ultra baut sich bis zu einem Punkt auf, wo es die zerebrale Kontrolle des limbischen Systems und der niederen Gehirnzentren blockiert.«

»Aber wieso kommt es jetzt immer noch zu Anfällen, wenn das Präparat doch abgebaut ist?« fragte Kim.

»Das genau ist die Frage!« sagte Edward. »Das versuchen wir hier herauszufinden. Wir glauben, daß dem derselbe Mechanismus zugrunde liegt wie den schlechten Erfahrungen, die manche Leute mit halluzinogenen Drogen machen. Wir versuchen das Problem zu erforschen, um vielleicht eine Therapie dagegen zu entwickeln.«

»Dilantin hat kurze Zeit geholfen, die Anfälle unter Kontrolle zu halten«, sagte Gloria. »Aber dann stieg unser Toleranzpegel so weit an, daß es nicht mehr funktionierte. Aber da es kurzzeitig den Prozeß beeinflussen konnte, sind wir zuversichtlich, daß wir vielleicht doch noch ein anderes Mittel finden.«

»Mich überrascht, daß OMNI immer noch im Geschäft ist«, sagte Kim, um das Thema zu wechseln.

»Uns auch«, nickte Edward. »Wir sind überrascht und froh. Sonst hätten wir dieses Labor nicht. Stanton wollte einfach nicht aufgeben, und seine Hartnäckigkeit hat sich ausgezahlt. Eines der anderen Alkaloide aus dem Schimmelpilz zeigt recht vielversprechende Ergebnisse als neues Antidepressivum, und so konnte Stanton ausreichend Kapital beschaffen.«

»Ich hoffe, daß wenigstens Ultra aufgegeben wurde«, sagte Kim.

»Nein, natürlich nicht«, erklärte Edward. »Das ist die andere Stoßrichtung unserer Forschungsarbeit: Wir versuchen herauszufinden, welcher Teil des Ultra-Moleküls für die meso-limbische Zerebralblockade verantwortlich ist, die wir als den ›Mr. Hyde-Effekt‹ bezeichnet haben.«

»Ich verstehe«, nickte Kim und setzte schon dazu an, ihnen Glück zu wünschen, brachte es dann aber nicht übers Herz. Nicht nach all dem Leid, das Ultra bereits verursacht hatte.

Kim verabschiedete sich und versprach, bald wiederzukommen, als sie merkte, daß Edwards Blick glasig wurde. Dann vollzog sich an seinem ganzen Gesicht eine totale Veränderung, wie in jener Nacht, in der sie ihn geweckt hatte. Im nächsten Augenblick war er von unkontrollierbarer Wut beherrscht.

Er versuchte, sich auf Kim zu stürzen, und prallte unsanft gegen die dicke Glasscheibe.

Kim machte erschreckt einen Satz zurück, und Gloria reagierte, indem sie schnell Edwards IV öffnete.

Einen Moment kratzte Edward vergebens am Glas. Dann wurde sein Gesicht schlaff, und seine Augen rollten nach oben. Im Zeitlupentempo sackte er zusammen wie ein Ballon, aus dem langsam die Luft entwich. Gloria sorgte geschickt dafür, daß er weich auf dem Boden landete.

»Es tut mir leid«, meinte Gloria, während sie Edwards Kopf auf ein Kissen bettete. »Ich hoffe, er hat Sie nicht zu sehr erschreckt.«

»Ist schon gut«, brachte Kim hervor, aber ihr Herz schlug wie wild, und sie zitterte. Vorsichtig trat sie näher ans Fenster und blickte auf den am Boden liegenden Edward. »Was würde denn passieren, wenn Sie beide gleichzeitig einen Anfall hätten?« fragte Kim.

»Darüber haben wir schon nachgedacht«, meinte Gloria. »Unglücklicherweise ist uns bis jetzt noch nichts eingefallen, aber bis jetzt ist es auch nicht vorgekommen.«

»Ich bewundere Ihre Seelenstärke«, sagte Kim.

»Ich glaube nicht, daß wir eine große Wahl haben«, meinte Gloria.

Kim verabschiedete sich und ging. Sie war bedrückt. Als sie mit dem Aufzug hinunterfuhr, spürte sie, wie ihre Beine zitterten. Als sie dann in die warme Frühlingssonne hinaustrat, fühlte sie sich wieder wohler. Im Freien zu sein tat gut. Trotzdem sah sie vor ihrem inneren Auge immer noch das Bild, wie Edward gegen die Glasscheibe seines selbstverordneten Gefängnisses krachte.

Bevor Kim losfuhr, warf sie noch einmal einen Blick auf das Haus. Was für Präparate würde die Firma wohl in Zukunft auf die Welt loslassen? Sie schauderte. Sie gelobte sich, im Hinblick auf Medikamente aller Art in Zukunft noch konservativer zu sein.

Als sie den Parkplatz verließ, tat Kim etwas, das sie überraschte. Statt nach Boston zurückzufahren, wie sie das geplant hatte, schlug sie eine andere Richtung ein. Nach dem bedrückenden Erlebnis bei Omni verspürte sie einen unwiderstehlichen Drang, zu ihrem Grundstück hinauszufahren, wo sie seit ihrem Besuch mit Kinnard nicht mehr gewesen war.

Da nur wenig Verkehr herrschte, stand Kim eine halbe Stunde später vor ihrem Cottage. Sie verspürte ein seltsames Gefühl der Erleichterung, als würde sie von einer anstrengenden Reise nach Hause zurückkehren.

Sie sperrte auf und trat ein. Als sie in den schwach beleuchteten Salon trat, blickte sie zu dem Portrait Elizabeths auf. Das intensive Grün ihrer Augen und ihre entschlossene Kinnpartie waren genauso, wie Kim sie in Erinnerung hatte, aber da war noch etwas anderes, etwas, das sie bisher nicht gesehen hatte: Es hatte den Anschein, als würde Elizabeth lächeln!

Kim drehte sich um und blickte aus dem Fenster. Und in dem Augenblick faßte sie den Entschluß, wieder in das Cottage zu ziehen.

Ausgewählte Bibliographie

1. Boyer and Nissenbaum, *Salem Possessed.* Cambridge, MA. Harvard University Press, 1974.
Für diejenigen, die möglicherweise Lust bekommen haben, mehr über die Hexenperiode Salems zu lesen, ist dieses Buch eines von zweien, das ich empfehlen möchte. Ich bin sicher, daß Kim und Edward mir darin aus ganzem Herzen beipflichten würden. Es ist faszinierend und zeigt, wie man Geschichte zum Leben erwecken kann, wenn man sich ursprüngliche Quellen erschließt, die mit gewöhnlichen Bürgern zu tun haben. Das Buch vermittelt einen unterhaltsamen Einblick in das Leben in Neuengland während der letzten Hälfte des 17. Jahrhunderts.

2. Hansen, Chadwick, *Witchcraft at Salem.* New York. George Braziller, 1969.
Dies ist das zweite Buch, das ich empfehlen würde. Es bezieht den Standpunkt, daß nicht alle Beteiligten unschuldig waren! Diese Haltung überraschte mich zunächst, erwies sich dann aber als Provokation.

3. Kramer, Peter, *Listening to Prozac.* New York. Viking, 1993.
Obwohl sich dieses Buch wesentlich positiver als ich mit dem Einsatz psychotroper Mittel zur Persönlichkeitsveränderung auseinandersetzt, werden doch unterschiedliche Standpunkte diskutiert. Es ist aufklärend, provozierend und vergnüglich.

4. Matossian, Mary, *Poisons of the Past: Molds, Epidemics, and History*. New Haven, CT. Yale University Press, 1989.
Dieses Buch vermittelt dem Leser sicherlich Respekt für den bescheidenen Schimmelpilz. Für mich war es im Hinblick auf *Das Experiment* ganz besonders stimulierend.

5. Morgan, Edmund, *The Puritan Family*. New York. Harper & Row, 1944.
Der Geschichtsunterricht auf der High-School lieferte mir nicht genügend Kenntnisse in bezug auf die Puritaner. Dieses Buch half mir, die Lücken zu füllen.

6. Restak, Richard, *Receptors*. New York, Bantam, 1994.
Dieses Buch empfehle ich jenen Lesern, die an einer leichtverständlichen, anregenden, modernen Erklärung des gegenwärtigen Wissensstandes über Gehirnfunktionen und die augenblicklichen Forschungsbemühen interessiert sind.
7. Werth, Barry, *The Billion-Dollar Molecule*. New York. Simon & Schuster, 1994.
Wenn irgend jemand an den schädlichen Einflüssen der Industrie auf die heutige Wissenschaft Zweifel hat, muß er unbedingt dieses Buch lesen.